박상륭 장편소설
雜設品

초판발행 2008년 5월 16일

지은이 박상륭
펴낸이 채호기
펴낸곳 ㈜문학과지성사

등록번호 제10-918호(1993. 12. 16)
주소 서울 마포구 서교동 395-2(121-840)
전화 02) 338-7224
팩스 02) 323-4180(편집) 02) 323-7221(영업)
전자우편 moonji@moonji.com
홈페이지 www.moonji.com

ⓒ 박상륭, 2008. Printed in Seoul, Korea

ISBN 978-89-320-1862-1

雜説品

— 無所有*

박상륭 장편소설

문학과지성사
2008

* D.T. Suzuki의, *Studies In The Lankāvatāra Sūtra*(楞伽經 註解講說)에 의하면, '無所有'라고 漢譯된 산스크리트 '아비디야마나트바Avidyamānatva'는, 'not existing'이라고 英譯되어 있다(玄奘譯, 大般若第五百三十八券, 縮刷, 八十二丁, 六行, 如是諸空無所有故, 於如是空無解無想). 本經 중 'Sagathakam'에는 "...not being born is said to mean not having any abode;..."라는 英譯된 구절이 있는데, 이것을 줄이면 'not existing'이 될 것이었다. 이 英譯대로 따르면, '無所有'란, '소유한 것이 없다,' 즉 '無,所有'의 뜻이기보다는, '존재치 않는다,' 즉 '無所,有'의 뜻인 것으로 해석되는데, 현학심을 돋워, 비약하고 굴절하고 전와키로 하면, 혹간 '소유한 것이 없다'와 '존재치 않는다'가 같은 뜻으로 모두 어질지 어떨지 모르되, 그러기 위해서는 그 원어(산스크리트)를 해독할 수 있고서야 가능할 터여서, 통재라, 秤官은, 패관의 불학밖에 눈 홀길 데가 없구나. 문제는 그런데, '無,所有'를 行道로 삼는, 어떤 이들에 의해서 발생한다. 그야 '중생에 대한 한량없는 보살심'으로 그러했을 터이지만, '소유한 것이 없다'고, 표표함을 드러낸 이들이, 舍利 구워내는 데 써야 할 육신을, '臟器寄贈'에 쓴다는 일이다. 그런즉 그 '장기'는 누구의 것이었는가? 자기의 것이 아니었다고 한다면, '기증'이란 언어도단이며, 그것이 자기의 것이었다고 한다면 '無,所有'가 盧法이 된다. 그럴 땐, 오른손이 하는 일을 왼손도 모르게 했어야지! 落草不少(He's fallen deep in the weeds)! (咄, 小說하기의 雜스러움!)

차례

'자라투스트라' 박상륭을 기다리며

김윤식

　노력 이민 혹은 기술 이민을 아시는가. 찢어지게 가난했던 60년대. 그대 형제자매들은 광부로, 간호사로 낯선 땅 호서(湖西)로 갔소. 오토(烏兎)의 흐름 속에서, 시체 보관실의 박명 속에서, 혹은 뒷골목 책가게의 흐린 등잔 아래서 그대는 기를 쓰고 떠나온 고토를 잊으려 하지 않았던가. 방법은 단 하나. 중원(中原)의 어법으로 하는 글쓰기가 그것. 대체 그런 글쓰기란 무엇인가. 그대에게 그 방법론을 가르쳐준 스승은 석가세존이 아니었던가.

　십 년 만에 그대는 의기양양하게 고토를 밟았소. 등에는 현장법사 모양 중원의 어법으로 쓴 경전 한 짐 짊어지고서. 왈, 『칠조어론』(1994). 28조 보리달마에서 혜가, 홍인을 거쳐 6조 혜능까지가 35조라면, 그대는 감히 대가 끊긴 6조를 잇는 7조라는 것. 이 굉장한 외침엔 그 누구도 꿈쩍하지 않았소. 도반(道班)이여!로 시작되는 이 중원의 어법이 '급전쇼a'만 듣던 고토의 중생들에겐 쇠귀에 경 읽기일 수밖에.

별수 없이 그대는 바랑을 챙길 수밖에. 쓸쓸히 돌아가는 그대 뒷모습을 엿본 자가 있었을까. 만일 있었다면 소설을 수필이라 우기는 고집쟁이 『관촌수필』의 글쟁이가 아니었을까.

호서의 어두운 동굴 속에서 그대는 다시 깊은 사색에 빠질 수밖에. 무엇이 잘못되었던가. '급전쇼a'를 듣는 귀밖에 없는 호동(湖東)의 중생에게 초인의 사상을 펴고자 한 것이 그토록 잘못인가. 그대는 이 귀먹은 중생이 하도 안타까워 다시 견딜 수 없었소. 그대는 다시 하산할 수밖에.

이번에 그대를 가르친 스승은 석가와 동시대의 자이나 바르다마나였소. 그 경전 이름은 왈, 『신을 죽인 자의 행로는 쓸쓸했도다』(2003). 이래도 귀가 뚫리지 않는가. 최소한 자라투스트라가 누군지 아는 중생이 어찌 없으랴, 라고 외면서.

딱하게도 이번 역시 고토의 중생들은 외면해 마지않았소. 그도 그럴 것이, 그들은 '급전쇼a'에 그토록 중독되었으니까. '도반이여!' 대신 이번엔 '초인이여!'라고 외친 형국이었으니까. 중생이 어찌 초인의 말을 들을 수 있었겠는가.

그렇다고 그대는 물러설 수 없었소. 그대가 익힌 이 중원의 어법, 그 초인 사상을 포기할 수 없었으니까. 그 길만이 중생을 구하리라 믿었으니까. 이번엔 썩 자신이 있었다고나 할까. 초조했다고나 할까. 동굴로 돌아간 지 불과 이 년 만에 그대는 홀연 고토에 왔소.

등에 짊어진 것은 장자. 진짜 중원의 어법인 남화자(南華子)의 목소리. 그게 제일 '급전쇼a'에 가깝다고 판단했기 때문. 왈, 『소설법』(2005)이 그것. 장자의 어법대로 '내편' '외편' '잡편'으로 된 『소설법』도 중생의 귀엔 여전히 쇠귀에 경 읽기일 수밖에. 어째서? '급전쇼a'에 너무도 중독된 중생들이었으니까. 그대는 망연히 뒤돌아 호서 동굴로 향할 수밖에. 쓸쓸히, 쓸쓸히도.

　이제 어쩌면 좋단 말인가. 초인이여, 자라투스트라여, 카인이여, 우리의 패관 박상륭이여. 중원의 어법에 서서히 물들어가고 있는 고토의 징조가 아직도 그대 초인의 눈엔 보이지 않는가.

　설사 아직 보이지 않더라도 그대, 동굴에 홀로 칩거해도 될 일인가. 우리의 형제 카인이여, 그대의 하산은 아직 기약 없는가. 아벨이 없는 아비의 외로움을 외면해도 되는 일인가.

1. 家出

  '어부왕(魚夫王, Fisher King)'이라고 더 널리 알려진 안포-타즈 Anfortas는, '성배(聖杯, Graal, Saint Graal, Seynt Grayle, Sangreal, Sank Ryal, Holy Grail)'를 안치하고 있는 문잘배쉐(Munsalvaesche, 惑說엔 Corbenic) 성주(城主)였더니, 이 성배지기가 수업기사 knight-errant 시절, 모험을 찾아 헤매던 중, (어떤) 상대방 기사(는 回教徒였다는 설도 있으나, 傳說은 傳說이어서, 實史性을 반드시 띠는 것은 아니라고 한다면, 稗官은 굳이, 그는 다른 누구도 말고, 한 이단적 拜火教徒가 아니었으면, 롱기누스Longinus였다고 우겨, 믿는 바이다. 롱기누스는 하늘 어디다 槍 구멍을 내고, 이 Zoroaster는 땅 어디다 그랬던 모양이지만, 저 둘은 異名同人이었다는 설도 있다. 저 양자 간의 말싸움joust 얘기는, 『神을 죽인 자의 행로는 쓸쓸했도다』라는 怪談 後續篇 속에 있다고 전하되, 수상할 일은, 그것을 손에 쥐고 읽어보았다는 이가 하나도 없다는 것이다. 그런 것도 그래서 Fakelore라고 이르는 것일 게다)의 독창(은, 저 '聖杯의 城'에 비치되어 있다는 얘기도 전한다)

에 '치부'를 다친 뒤, 어떻게도 치유가 되지 않는 그 상처 탓에, 살이 썩느라 역한 냄새를 풍기면서도, '죽지도 못해' 살며, 창 쥐었던 손에 낚싯대를 쥐어, 고기 낚기로, 하루, 또 하루, 그러고도 다른 하루, 영겁을 치고 덤비는 시간의 아픈 물살, 그 독수리의 부리에, 무방비인 채 상처를 쪼이기로, '시간(時間)'에 묶여 있는데, 그랬음에도 그는, 네미Nemi 숲의, 다이애나Diana 여신의 사당지기 버-비우스 Virbius와는 달리, 자기 다음으로 성배지기가 될, 어떤 기사가[1] 나타나는 날로, 자기의 상처가 말끔히 치유될 것이라는 희망 하나는 갖고 있었다. 그러자니, 생기를 잃어 찬바람과 대막(大莫) 휩싼 성에는, 악취 맡고 날아든 까마귀들이나 떼 지어 울부짖었다. (아는 이들은 아는 바대로, 안포-타즈와 버-비우스, 저 두 사제왕들의 괴이한 운명들은, 지극히 상반적이라도, 그것들을 천평칭에라도 올려본다면, 그 무게들은 분명이 똑같을 것이라는 것이, 本 稗官의 추단이다. 마는, 누가 염라 전에 가서, 그 '운명의 저울'을 빌려올 수 있는지, 그것만은 패관도 못 말해준다.)

이 어부왕을 주야로 곁에서 뫼시며, 그가 가래를 끓이면 타구(唾具)도 받쳐 올리고, 낚시질에 나서면, 따라, 구유배를 저어 호수 가운데 나가, 낚시에 미끼도 꿰어주고 하는, 이름은 알려지지 않은 시동(侍童)이 하나 있었는데, 바로 이 시동이, 왕의 상고(傷苦)를 마음으로 함께 겪으며, 안타까워하여, 뭔지 혼자 의문하고, 뭣엔지 혼자 대들고 하다, 끝내 못 참았겠었던지, 문잘배쉐 숲 가운데 있는, 아주 젊었을 때 벼락 맞고도, 여태도 살아 있음의 싼내를 풍기는 무수(無壽)의 익드라실Yggdrasill, 성(城)에서는, '저 재[灰]나무에 잎이 피면 성주의 병도 나을 것'이라고, 잎 피기 비는 봬나무, 거세(去勢)당한 고자나무—그 살아 있는 해골의 슬픈 똥구멍을 열어 묻

12

어놓은 소리가 있었던지, 불어 바람이, 저 재나무 속으로 내려, 그 밑 어디, 불모와 휴지에 동결된, 무슨 기억을 깨워, 가랑잎 냄새도 비슷한, 싸아한 냄새를 조금 흩트릴 때, 그 싸아함 속에 싸인 무슨 푸념을 따르면, 대략 이런 내용이 조립되어질 수 있었다.

— '성배'란 다름이 아니라, 부족 탓에 한(限) 맺힌 사람들의 원(願)을 이뤄주며, 병과 상처를 치유해주는, 영검한 힘이 있는, '성스러운 돌[石]'²⁾이라고 하는데, 바로 그 돌을 뫼셔 지키는 사제왕의 상처는 어찌 된 일인가? 원을 이뤄주는 것이 그것이라면, 이 왕의 원은 죽고 싶은 것이거늘, 조석으로, 저 돌의 빛에 상처를 쪼이되, 그 영력(靈力)은, 더욱더 파고드는 그이의 상처와 고통은 비켜가며, 목숨만 끊임없이 이어가게 하고 있으니, 이는 또 어찌 된 일인가? '불'이 사람에겐 은총이로되, 불 맞은 나무여, 그대에게는 주살(呪煞)이 된 것모양, 저 성석(聖石)도, 그것을 지켜 뫼시는 이에 대해서는 그러한 것인가? 아으, 불사조(不死鳥)는, (안포-타즈와, 벼락 맞은 나무의 한숨과 탄식이 이것이지만,) 재 속의 무슨 힘으로, 새로운 뼈, 새로운 깃털을 새로 차려입어, 새로 젊어져 푸르도록 붉게 날아오르는가?

웃지도 못하겠담시롱도 씨석 씨석 웃어싸며, 매콤한 바람결에 흩트려내는, 저 산 고목이 하는 얘기를 조금만 더 꿰맞춰보기로 하면, 숲의 동쪽 가지에 어제저녁 깃 접었던 빛이, 첫 홰를 치는, 그렇게나 이른, 아직도 달빛이 훤한 새벽에, 급기야 저 시동은, 북녘 가지들에 깃 접었던 까마귀들까지도 모르게, 성을 벗어났던 모양이었다. 밤길 걸어야 했으니, 달이 밝은 밤을 택했을 것이라고 했다. 세운 뜻은, 이 세상 어디엔가는 분명히 있다고 알려진, 그 불사조를 찾아, 어깨에 앉혀 돌아오겠다는 것이랬다는데, 이 시동이 사실로, 제놈 뫼시는 그 어른의 뜻을 바르게 이해하고 있었던지 어쨌던지는, 그 자신(재나

무)도 자신 있게 말할 수는 없다고도 했으며, 어찌 되었든 이 젊은
네도, 꿈꾸기로, 대가리만 코끼리만 하게 불어난, 젊은네들 중의 하
나가 아니겠느냐고도 했다. 자기가 아닌 남을 위하려 하여 세운 그
뜻은, 참으로 가상하여, 그가 지나는 길가에 있는 모든 나무들의 축
복을 받을 만하다고도 했고, 환처에 시달리느라고 하다가 생각만 자
꾸 깊어져버리게 된 왕의, 말〔言語〕의 진한 젖에 뼈를 굵혔으니, 허
긴 그를 뫼시는 녀석의 속도, 그만큼은 매워졌을 법하잖냐고도 덧붙
였다.

그의 말로는, 자기는 호동(湖東) 어디 '유리(羑里)'라는 사막에서
온 돌팔이중이라고 했으며, 문잘배쉐에서는 '이상한 순례자'라고 이
르는 이로부터 들은 수많은 얘기 속에, '봄 뜰 낮잠에 든 늙은네와
나비의 꿈'이라는 것이 있어, 시동이 충격을 받은 일이 있었거니와,
그 이후로 굳어진 생각이 이것일 성부른데, 시동의 믿음엔, 문잘배쉐
에 비치(秘置)된 저 '성스러운 돌'은, 그냥 갖다가시나 디립다 잠만
쳐대 자는, '불새의 잠'일 뿐이며, 그 '잠의 꿈'이거나, '잠의 주인'은
저 '돌'을 떠나, 어디 봄 뜰을 나비하고 있을 것이라고 하여, '루타
(Ruta,Skt., 相, 記表, 體)'와 '아르타(Artha,Skt., 義, 記意, 用)'[3]를
분리하고, 그뿐만 아니라, 명사(나비)를 동명사화하여 이해하고 있
었다. 그렇다면, 저 '돌의 나비'를 잡아오기로써, 잠에 씌워진 저
'돌'의 영검한 힘이 깨어 일어날 것이 아니겠느냐는 것은, 저절로 만
들어진 대답일 것인데, 다시 말이지만, 시동은 그래서, '돌의 나비'의
탐색에 오른 것이고, 하다 못하면, (시동은) 그것의 깃털이라도 하나
뽑거나, 뽑혀져내린 것이 있으면, 그것이라도 주워오려는 것이다. 글
자를 깨우친 문잘배쉐의 젊은이라면, 잠 안 오는 밤마다 되풀이해서
읽는, '오디세우스의 모험담' 속의 모든 역경과 고난이, 바닷길에만

14

있는 것은 아니며, 들이나 산, 어디에나 매복해 있다는 것쯤, 시동이
도 잘 짐작해 알고 있는데, 어디서 무슨, 인(人)내에 생피내 나는 것
이 지나가지 않는가, 나타나기만 한다면, 한달음에 내달아, (놈을)
선취(先取) 덜미하여 후취복장(後取腹臟—이는 民間拳法으로, '그런
다음, 배때기에 큰 한 방을 먹인다'의 뜻이겠지만, 이 자리에서는 '뱃속
에 처넣었다'라고 해석함이 권유된다)해버리는 외눈배기 거인이라든,
(놈을) 돼지로 둔갑시켜, 잘 피운 화덕에 구워 먹는 마녀라든, (놈
의) 돌아갈 곳에의 간절한 그리움 한 가지만 남기고, (놈을) 바위로
만들어버리는, 매부리코의 위사도(僞邪道, wizard)라든, 또 뭐라
든……, 그, 그런다고 해서, 이누묵 손들이, 꿈을 좇아 가출을 도모
하는 저누묵 손들, '바보놈'들 말이지, 의, 뒤꿈치의 힘줄을 끊어버리
는 것도 못 되는 데다, 사실로는 그런 풍문의 까닭으로, 수업기사라
는 것들이, 그것들을 찾아, 산야를 헤치고 있다고도 하잖던가. 이랬
든 그랬든 저랬든 어쨌든, 홀홀단신으로, 그 끝도 모를 험난한 길에
나서기는 심난한 일이었을 것이라도, 시동은 그러나, 호신용 무기 삼
아, 타다 만 부지깽이라도 하나 들지 안했으며, 방패 삼아, 깨어진
솥뚜껑이라도 가슴에 받쳐 들지도, 또 바쁜 길 속하게 달릴 양으로라
도, 쓸모없이 되어 들로 쫓겨난 늙다리 노새라도 한 마리 꾀어, 그
등에 뽐나게 걸터타고 있는 것도 아니었다. 그랬음에도, 성급을 부려
말하기로 하면, 꼭히 구비했어야 될 한 가지 조건이 미비한 상태라고
할 수도 있겠지만, 이런 소리 듣고, 바위가 만년의 침묵에 굳은 목구
멍을 열어, 피 뱉아 웃으려면 웃을 일이겠으나, 그가 세운 뜻에 의해
보면, 이 시동이도, 하나의 기사였거니, 뽐나는, 어엿한 한몫의 수업
기사였더라 말이심. '한 가지 조건이 미비했다'고 이른 것은, 다름이
아니라, 기사라면 누구나, 자기의 용기와 기사다움을 증명해주고, 그

가 탐색에서 얻은 전리품 영광을 바칠 때, 그것을 꽃다발처럼 받아주는, 다른 이들의 눈에야 버매재비의 암컷이나, 살찐 흰 돼지처럼 보였든 말았든, 제눈에는, (그것 없이는 세상이 왼통, 눈 오는 벌판이며 달 없는 사막, 불 꺼진 항구,) 봄바람에 연분홍 치마 같은 것을 하나 구해, 신주 뫼시듯, 그것의 영상을 가슴에 꼭 품고 있어야 하는 기사속(騎士俗)⁴⁾ 한 가지를 염두하고 이른 것이었으되, 때에는, 장차 안포-타즈의 뒤를 이어, 성배지기가 되게 되어 있다는 페레두르(Peredur, Parzival)도 집을 떠나 헤매던 중이었거니와, 그가, 아직 마빡의 피도 채 마르기 전에 이미, 당당한 기사 꼴을 꾸미고 있었어도, 그도, 어머니의 젖냄새밖에 아직은, 연분홍 치맛자락에서 풍기는 아무 냄새에도 코를 열고 있지 못했던 것을 감안하면, 그런 조건을 구비치 못했다 해도, 기사의 불알이 떨어지거나 하는 것은 아니었던 것이 분명하다. 그런즉 꼭히 따져보아야 될 것이 있다면 그것은, 가다, 구미호라도 하나 만났을 경우, 그것을 혼내줄, 여벌의 무기를 하나 은닉해놓고 있느냐, 없느냐 같은 것일 게다. 자기를 기사라고 치고서, 어찌 계집께 창을 날리겠으며, 칼을 휘두를쏘냐? 그렇다는즉슨, 시동이더러, (라만차의 기사가 그랬듯) 되돌아가, 추파해쌌던 계집아이의, 맨 안쪽 속곳이라도 벗겨 (봉준이 뽄사 꾸며) 머리에 동이고, 다시 시작하라는 소리는 할 것도 못 될 테다. 눈앞에 떠올라 아롱거리는, 실속 하나도 없는 음식만으로 보릿고개를 넘기는 농가에서, 아홉번째쯤 태어난 자식을 봐도, 저 먹을 것은 갖고 태어난다고 하여, 한 뚝배기 온수에 뒤 방울 간장 탄 것이라도, 미역국인 듯이 산모께 먹이거늘, 글쎄 그렇게 되어 있는 것이 아니냐, 골짜기[谷] 열린 데 '뜨거운 김'은 일게 마련이며, 이를 일러 '谷神'⁵⁾이라고 하는 모양이며, 암컷[牡] 누워 있는 자리로 하늘빛[玄]은 내려 쏜다. 이

16

를 '호牡'이라고 하는 모양인데, 요컨대, 삼시랑이 불알을, 그것도 두 쪽씩이나 달아준 뒤, 뭣 하나를 세상에 내보냈을 때는, 그것 한쪽 나눠 가질, 다른 뭣 하나를 첨매 내보낸다는 말인 것이다. 용 가는 데 구름 가는 것, 그런 것 아니냐? 시동이는 그래도, 다음 끼니를 걱정하지 않는다는 다른 낭인들과 달리, 한번 배 불릴 빵떡과, 목 축일 물병은, 괴나리봇짐 속에 쌓아놓고 있어, 한번 형편은 그리 나쁠 듯하지 않은데, 또 보니, 헥, 저런 저런, 명절 때로만 신었던, 그 뽐나는 신발도 뽐나게스리 신었구나, 신었어, 허, 허, 허긴 뽐生뽐死라거니—.

　시동이가 듣기도, 눈치 채기도 해왔기로는, 도처의 많은 기사들이, 그 '성배의 성'을 찾아, 수로 수천 리, 육로 육만 리를 헤쳐 헤매 다니고 있다고 했으되, 시동이가 실제로 만나본 기사는 없었던 걸로 미뤄보아, 문잘배쉐에 닿는 길은 험하기 이를 데 없는 것이나 아닌가, 또는 무슨 주술에 덮여, 누구나의 눈앞에 있는데도 보지를 못하는 것이나 아닌가, 그것도 아니면, 땅에서 들어올려져 구름 가운데라도 있는 건 아닌가, 하는 따위, 여러 가지 이유를 들춰내보기는 했지만, 아무튼 시동은, 모두 닿고 싶어 하되 닿을 수 없는 바로 그 성을 빠져나와, 그 성을 뒤에 둔 방향으로, 그러나 그 닿을 곳은 알 수 없는 곳을 향해, 몇 달, 혹은 몇 년, 혹은 몇 생(生)이 걸릴지도 모르는 걸음의 시작으로 터벅터벅 걸어 나가고 있는 중이다. 얼마나 오래 가물었던지, 아니면 볕이나 흙 속에 무슨 독소가 그리 과했던지, 그가 터벅거리는, 길도 없는, 정적하기만 하고 막막한 들은, 노숙자까지도 더 못쓰고 버려버린 모포 꼴로, 낡고 헐고 삭아, 헤설프게라도 한 마리 지렁이의 잠을 덮어줄, 습습한 자비 한 조각도 남김이 없어, 파장이었으며 들은, 둘러앉아 두런거리든 산 것들의 마지막 음성까지도 다 태워먹은 꺼진 모닥이었으며 들은, 무음(無音)의 이끼에 덮인 적막까지도 푸석거려 들은, 해가 중천까지나 떠올라 있어도, 볕의 소금에 시들어서든, 빛 듣고 좇아 일어나는 그림자 하나 없어 들은, 중음(中陰)에도 들지 못한 야행성 악몽들이, 모든 곳으로 수분을 약탈하려 갈증으로 헤매다, 지쳐 동트기 전에 돌아와, 언제 녈 벼락에 맞아 죽어, 선 채 풍화당하는 나무귀신들 꼴로, 여기저기 듬성듬성 겅게 서서 아프게 낮을 새우고 있어 보이는데 들은, 저주의 미친 춤을 추다 불칼 맞고 소롯해진, 이 마(魔)의 종내기들의, 굳어버린, 정 없는 수맥 속에서, 대체 무슨 푸른 잎사귀라도 하나 피겠는가,—가문 쪽의 니플하임(Niflheim, 凍土), 이 휴지, 이 불모, 이 황폐, 이 침묵, 이 대무(大無) 속에서, 무슨, 하다못해 죽음이라도 하나 기대되어지겠는가, 몰락한 에덴이거니 들은, 하여 그러나, 기름을 덕지덕지 끼얹고 있어야 할 그대의 배때기가, 이렇게나 쪼글아 붙어서야 되겠느냐? 하필이면, '성배'를 뫼시고 있다는, 문잘배쉐의 누구의 죄며, 누구의 진노 탓이냐? 그대 메마른 자궁으로 앓아누운 대지, 그 제단에는 해골이 놓여 있구나—문잘배쉐, 썩는 남근(男根). 아으 그러나 보아람, 공동묘지의 밤중에 지나는 등불모양, 소리 하나 없는 적막한 데로, 하나의 기적이, 승리처럼, 대장간의 모루 치는 소리모양, 걸어가고 있도다. 이 사람을 보아람!

아침밥을 거르고 성을 빠져나왔으므로 시동은, 그 첫걸음을 내디뎠을 때부터 사실은, 창자가 음식을 보채 내는 쪼르륵 소리를 들었었는데, 걸어온 거리는 측정할 수 없었으되, 시간은, 해를 천장까지나 밀어 올려놓고 있었으니, 시동의 창자의 보챔도 입천장까지나 닿았을 법했다. 그랬으니 이 젊은네는, 어디에 앉아 숨도 좀 돌리고, 목구멍도 창자도 달랠 만한, 적당한 그늘 자리가 없는가, 사유시방을 훑어

보지 않았을 리 없었을 터, 그러자 그의 시야 오 리 길의 오 리는 될 만한 거리에, (거인들이 설쳐대는 시절이니, 어찌) 거구의 똥풍뎅이 (는 없을 수 있겠는가)가 뭉쳐, 밀어가고 있는, 똥덩이로도 보이는, 언덕이 하나 불거져 올라 있는 게 뵈는다. (흐흐흐, 아브라카다브라! 이는 사뭇, 魔職褓 펴기 같게도 보일라? 魔職꾼이, 필요할 때 필요한 것을, 소매 끝에서 끄집어내기. 마는, 어떤 기사가, 아무리 정처 없이 헤매고 있다 해도, 바로 그 정처 없는 길에서, 모든 운명적인 사건들에 마주쳤다는, 흔한 무용담 따위를 듣다 보면, 그의 몫의 '운명'까지도 정처 없는 것은 아니었던 것을 알게 된다. 그렇다는즉슨, 시동이가 쉬려고 작정을 하자마자, 기다렸다는 듯이, 어디서 '그늘'이 달려왔느냐고, 물을 일은 아닐 테다. '왕자'들 길 떠나는 길목에는, 그를 기다려 나앉아 있는, 동안백발의 노인이나 노파모양, 시동이 가는 앞에는, 이제 들어보면 알겠지만, 이 언덕 그늘이 기다려왔을지도 모른다고 하면, 저것은 시동이의 '운명'의 몫이었다고, 접어둘 수 있을 테다. 日常的인 것은 운명적인 것이라고 이르지 않지 않잖는가? 무엇이 운명적인 것이기 위해서는, 어떤 형태로든 그 일상을 교란하거나 전복하는 일이 일어나기에 의해, 이후 그 삶의 진로나 양태가 바뀌게 되는 것을 이를 테다. 일상적인 것에 대해 그것은, 어쩌도 돌발적이거나 우발적인 것은 사실인데, 그것이 필연화를 겪기에 의해, 운명화하는 것일 것인 것. 이런 의미에서, 다시 살피면, 돌발적이거나 우발적 사건이란 있는 것이 아니며, 사실에 있어 그것은, 그 어떤 한 삶의 앞길에 매복해 기다려 있던 것과의, 필연적인 만남이라고 이해되어질 수 있을 뿐인 것. 뼤, 小說하기의 雜스러움!)

시동의 걸음은 그러자니 바빠져, 거의 뜀박질이 되었겠거니와, 시동이 대략 '저만쯤' 되는 데까지 오게 되어, 두 눈으로 확실하게 보게 되었기로는, 거대한 똥풍뎅이가 뭉쳐 밀고 가는 똥덩이처럼 보였던 그 거무튀튀한 언덕은, 부농가네 거름무더기 서너 배는 되는 크기로, 언덕 아래로 빙충맞게 걸어가는, 비구의 대가리모양 반구형이었는데, 시동이의 호기심을 자극한 것은, 그것은 그런데 굴일 것이 분명한, 크고 퀭한 구멍을 둘씩이나 열고 있는, 그것이었다. 그 순간 시동이게 떠오른 연상에는, 그 싸움이 어느 벌에서 벌어졌던지 알 필요도 까닭도 없었겠지만, 다윗의 돌팔매에 꺼꾸러졌다던, 골리앗의 대가리가 거기 굴러와 있었다. 얼굴 가죽은 교만과 들파리가 벗겨 먹었을 것이며, 눈깔은 증오와 까마귀가 쪼아 파먹고, 혀는 야심과 지렁이가 쏠아 먹었을 것이었다. 시동은, 해를 올려다보며, 암내 낸 암소 만난 황소모양, 암소만이 알 수 있는, 그런 웃음을 웃었는데, 자기의 연상이 꽤는 그럴듯하다고 여긴 모양이었다. 이똥 긴 누런 웃음으로 해도 답해주었겠더라. 그러나 과장법에 좀 익숙치 않은 이들이, 어릿두군해질 경우를 생각해, 밝힌다면, 이 연상, 또는 이 비유는, 너무 좀 확대된 데가 없잖아 있기는 있는데, 골리앗도 '여섯 규빗 한 뼘(2.9m)'이나 되는 키여서, 거인은 거인이었으되, 키클롭스들의 것이라면 몰라도, 그 대가리를 부농네 거름무더기에 비유하기에는, 좀 쥐좆 기력지 같은 데가 없지는 않다. 그러나 중요한 것은, 그 연상이기보다는, 그것이 함축하고 있는 내용일 것인데, 정작으로는, 아직 한번도 맞닥뜨려본 적이 없는, 바깥세상이 시동에게는, '골리앗'으로나 여겨졌던 모양이었으며, 그랬다는즉슨, 시동은 자연스레, 자신을 아주 은근히, '다윗'에 빗대놓고 있었던 것이나 아닌가, 하는 그것이다. 시동도 하기는, 골리앗을 때려눕혔던 때의 다윗의 나이 또래이기는 하다.

그늘과 먹이에 집중된 시동이의 걸음은, 삽시간에 시동이를 그 언덕 밑까지 데려다가 놓았겠다. 마침맞게도 그런데, 그 언덕 뿌리에는, 언뜻 짐작해도, 그 높이나 넓이가, 시동의 두 배는 되게 큰, 거인의 묘비석이라도 연상케 하는, 선바위가 하나 있어, 뭘 더 생각하고 말고 할 것이 있겠을 일인가, 바위의 그늘진 쪽에 시동은, 털썩 주저 앉았겠는다. 그림자라고 치고서는, 무엇 하나 예외 없이, 공평스레 짧아져 있는 시각이어서, 시동이 찾아든 자리의 그것 또한 키 작아, 시동이가 다리까지 길게 뻗기에는, 아직은 충분치 안했으나, 가난한 괴나리봇짐 하나 풀어 헤치기에도 모자란 것은 아니었다. 게다가 그 늘은, 웅덩이와 달리, 들불의 포부를 가진 것이어서, 고여 있기 대 신, 탐욕스레 번져 펴 늘여지기만 하는 것인 것, 시동이 그 음식을 다 먹고, 먼눈 몇 번 팔기로 졸음에 겨울 때쯤이면, 황소라도 한 마 리 삼켜넣을 만큼 불어나 있을 것이었다. 종내는 그리고, 냇물들이 만나면 바다가 되듯이, 그늘들도 바다가 되어, 원(怨)이 깊어져 소금 이 되고 독이 되면, 거 무슨 한 점 살이라도 발겨 낼 것이 있다고, 뼈 만 앙상한 문잘배쉐까지도 휘감아 빨아들여, 노란자위를 터뜨려 내려 안간힘 써 뒤집힐 테다. 아니 사실은, 문잘배쉐의 뭣 때문인지 물어 볼 필요도 없겠지만, 그것을 삼키려는 일념으로, 태초에 궁창이 나뉘 고 있었을 때, 이 그늘은, 변절자의 얼굴빛을 꾸며, 빛 가운데로 숨 어들었다는 얘기도 있거니. 이 노략질에, 문잘배쉐는 나날이 황폐해 져갔지만, 아직도 그러나, 함락되어 있지는 않은 듯하다.

사지후토(四地后土) 전 고수레 따위는 염두에도 없었으니 시동은, 먼저 마셨고, 떼어 씹었고, 우글부글 양추질도 해, 이빨 새에 긴 찌 꺼기도 씻어 삼켰고, 먼눈도 몇 번 팔았고, 바라볼수록 시력을 빨아 들이는, 해골의 두 눈두멍 같은 굴 안을 살펴보아야겠다고 마음도 먹 었고, 비옥한 황폐거니 잠은, 모르는 새 잠에 들었고, 깨었고, 기지 개도 켰고, 소리 하나 없는 들을 소리처럼, 상여처럼 지나가는 구름 그림자도 보았고, 해도 올려다보았다. 시동이께 보이기에 해는, 권태에 꼭지가 시든, 빛의 한 낙엽이어서, 오후의 중간쯤 되는 데까지 흐적여내리고 있었는데, (시시포스의 바위도, 다름 아닌 저것이라는 소리도 있지만, 그것과 달리, 시동이의 이것은 중력을 잃어) 빛은 녹슬어 푸슬거리고, 별은 빈혈로 버스럭거렸다. 그러고는, 동녘에도 소리란 하나도 없었고, 서녘도 조용했으며, 남녘도 적막했고, 북녘도 소조해서, 부스스 잠 깬 시동의 어눌한 느낌에는, 저 앉은 그 한가운데로, 무음(無音)의 폭설이 내려, 꼼짝달싹할 수도 없게 저를 묻어 눌러 덮고 있는 듯이만 여겨졌다. 별이 몹시 무르녹아, 모든 움직임들이 일순 소롯해져 새까만 어떤 여름 한낮, 또는 빛이 쌓이고 쌓여 땅 밑 똬리 친 용의 갈비뼈까지 가즈런히 들여다보이는 가을날 오후 어느 한 순간, 이런 무음의 폭설이 내리고, 그러면 그 깊이 모를 적막의 심연 속으로 가라앉아드는데, 그럴 때론 그 밑 없는 심연이 시동이께 좋았으나, 오늘은 어째 싫기만 한 것이 문제다. 점차 그것은, 시동에게 공포감을 일으켰으며, 무자맥질을 해대면 해댈수록 자꾸만 더 물밑으로 끌려 내려가는, 익사 직전에 처한 수부의 절망감 같은 것을 일으켰다. 그런 느낌들은 시동에게 이번엔, 자기의 머리통이, 골리앗의 피와 골에 범벅된 군홧발 밑에 깔려, 무참히 짓밟히고 있다는 연상을 더불었다. 시동은 왝 왝 건구역질을 하기 시작했지만, 시동이 이런 처지에서도, '골리앗'을 연상하고 있는다면, 시동이 아직은, 싹수가 노래져 글러먹은 놈까지는 아니겠다. 때에, 시동이에게 새로 보여진 이 들은, 무변으로 황막하게 펼쳐져나간 것이 아니라, 무저(無底)로 중험(重險)하게 꺼져내려 있었다. 그랬으니 거기서, 무슨 늙다리 '귀뚜라미' 가래 끓이는 소리라도, 또는 실바람이라도 한 바름 일어날 수 있었겠는가. 심한 중력감에다 숨도 가빴으므로 시동은, 할 수 있는 껏 심호흡을 해대며, 자신을 달래기 시작했다. 이런 침묵, 이런 정적은 오늘 갑자기 나타나 불어난 것은 아니지 않는가, 세상은 여전히 어제나 다를 바 없으며, 제기랄, 차라리 달라져 있기라도 하면 좋을 일이 아니겠느냐, 글쎄 말이지, 무슨 일이 있고서야, 이 적막에 구멍이라도 하나 뚫리지 않았을 리 없을 터, 항-솨 항-솨(시동이 심호흡하는 소리러람)…… 그러기로 시동은, 적이 마음의 안정을 얻고, (자기의) 현실적인 문제에로 마음을 돌렸다. 나름의 탐색의 초입에 있으니, 시동의 형편이 뭐 그렇게 좋을 일도 없었지만, 나쁠 일도 없었다. 몸을 꾸물거려쌌더니 시동은, 제 몸의 기럭지보다, 석 자가웃은 더 늘여 기지개를 킨다.

"얼마나 걸어왔는진 모르지만, 여기서는, 문잘배쉐의 첨탑도, 그 높은 굴뚝에서 오르는 연기도, 보이지가 않누먼," 중얼거리고 시동은, 상여처럼 들을 흘러가는, 구름 그림자를 보며, "듣기로는 그랬지, 북명(北冥)인가 어디서 일어난 불새가, 하늘못〔天池〕으로 날아가느라고 하면, 구름 그림자만큼이나 큰 그림자를 땅에다 깐다는데," 중얼거림을 계속했는데, 늙은네들 잠에 들기처럼 시동은, 버릇이 된 몽상에 살콤 떨어져든 듯하다. "그래서 그것 지나간 자리를 잘 찾아보면, 불새가 떨어뜨린, 깃털을 하나쯤 주울 수도 있다고도 했는데……, 난 그러나, 까마귀나 비둘기 털 따위 말고는, 무지개처럼 곱거나, 타는 불잉걸 같은 것은 주워들지를 못했을 뿐이었지……, 허긴 지금이라도 저것을 좇아, 달려가본다?" 그러나 시동은, 구름 그늘에 마음만 실어 보내고, 몸으로는, 발가락 하나도 움직이려 하지 않고 있다. 그러는 중에, 구름 그림자가 들을 다 건너가버렸는지, 중음(中陰)의 마른 입술들이, 그것 속의 습기를 다 짜버렸는지, 더 보이지 않게 되자, 등 기댄 자리가, 끈적거리는 데다, 갑자기 가렵기도 해서 시동은, 삯도 못 받는 몽상에서 돌아와, 소가 언덕에 대고 하기처럼, 바위벽에 대어져 있는 등을, 상하좌우로, 요분질을 해댄다. 하며 시동은, 석양에 등물하기나, 또는 앓는 이빨 찌럭대기, 그보다 좀 낫게는, 농조(弄鳥)질하기모양, 지랄육갑 하는 꼴이, 아프고 시원해, 죽어 자빠지고 싶어 못 살겠는 맹이다. (呸, 小說하기의 雜스러움!) 그에 따라, 바위벽에, 몇 세기나 덮였던지 모를, 마른 이끼가 푸슬어 떨어지며, 바위의 생살이 드러난다.

시동이가 그리고—이런건 필연적, 또는 운명적이라고 해야겠지만—우연스레 보았기에는, 제놈 등 기대 잠들었던 그 선바위 벽엔, 어떤 석공(인지 뉘 알아?)이, 언제 녘(일지도 뉘 알아?)엔지, 정교하게 '파놓은' 무슨 글자들이, '솟아올라,' 읽어주기를 바라고 있는 그것이었다. 씌어진 글자란, 문맹꾼은 아무리 들여다보아도, 바위와 닭의 관계라도, 익힌 이들에 대해선, 먼저 그들의 눈을 뽑고, 다음 그들의 염통을 도려 파내 회 쳐 먹는 마녀 같은 것, 이거나 학녀(鶴女)와 나무꾼의 촌수인 것. 씨설이질에, 부엌일, 빨래, 길삼질, 바느질, 보약 끓이는 일, 흥보는 일, 그리고 저녁 일에 혹사당하면서, 자고 있다고 발길질에 채이는 일, 보태 알까지 까 바친다. 무슨 종년이 있어, (자네 같은) 별 볼일 없는 놈팽이께 그래 주겠는가? 시동이께 읽혀진 바로는, 저 돌판의 글자들은 이러했다.

돌아오고싶은행려자는왼쪽길을가고돌아오고싶지않은행려자는오른쪽길을갈지니!
모든끝은그러나시작에물려있음을!

그 글귀는, 시동을 난감케도, 망연자실케도 했는데, 아무리 길이 없는 곳이라도 트고 걸으면, 일회용이라도, 그것이 길은 길이었으므로 시동은 여기까지도 왔으되, 그런 없는 길, 길이 길 자신을 싹싹 지워 없애는 길 말고, 거기 또 무슨 길이 트여져 있다는 말인가, 시동이가 아무리 눈에 불을 켜고 내어다보았어도, 길이랄 것이, 그것도 두 갈래나 트여져 있다고 명시되어 있는, 그런 건 없었다. "이거 어디 귀신만 곡할 노릇이겠냐, 길 없이도 다닌다는 바람도 곡할 노릇이 아니게? 이는 필시 죽음 동구에 세워져 있는 이정표겠거니?" 투덜거리고 시동은, 몹시 침울한 얼굴이 되었는데, 이정(里程)이라고 하기에는 여간만 망설여지잖는 이 이정표는, 자기의 마음속에는 훤하게 열려져 있던, 그 길까지 지워 없애버린 느낌이 든 모양이었다. 문잘배쉐에 할머니 집을 두고 있는, 세상의 대개의 어린 이들은, 그들 할머니들로부터 들어 '불새'가 어디에 살고 있는지를 알고 있던 것이다. (이 '불새Firebird'가 '불사조Phoenix'와 같은 새인지 어쩐지, 그들 중의 아무도 의문해보지 않았으니, 같은 것들일 수도, 아니면 전혀 다른 것들일 수도 있으되, 시동 역시 그런 건 의문해본 적이 없이, 어부왕이 이르는 '불사조' 잡기에 나섰으니, 그의 '불새'는 어째도 '불사조'와 같은 것임은 분명했다. 같은 것을, 할아버지들이 말할 땐 '불사조'라 이르고, 할머니들은 '불새'라 했을는지도 모르긴 하다.) '가깝게든 멀리든,' 어디만쯤 걷고 걷고 걷다 보면, 밤에는 그 나무들이 모두, 맹수나 병정들로 변하는 큰 숲이 나타나는데, 그 숲도 통과해, 또 걷고 걷고 걷다 보면 이번에는, 배라는 배는 모두 가라앉히고 마는 강이 나타난다는 것, 그것도 건너고, 가까이든 멀리든, 또 걷고 걷고 걷다 보면, 무지개가, 뿌리를 거기다 두고 있는, 유리의 성을 보게 되기도, 멀리 비켜날 수도 있지만, 그것이 예의 저 불새의 성이라는 것이었다. 세상의 무지개는, 그 불새의 날개에서 발원하는 것이라고 했으며, 해가 지고 어두워지며 기온이 낮아지기 시작하면, 그만한 크기의 얼음알처럼 뭉쳐, 어느 잎 위에 숨어 자는 벌새〔蜂鳥〕와 꼭 같이, 불새도 저녁에는 날개를 접고, 무슨 잿돌〔灰石〕 같은 것이 되어, 이 세상 어디에 있는지 달님까지도 모르는, '밤중'이라는 무소(無所) 깊은 데 숨어, 밤을 샌다는 것이었는데, 그럴 것이, 햇빛이 사그라졌다 하는 그 순간, 그 유리성도, 볕 아래 얼음이 녹듯, 사그러져 보이지 않거나, 없어져버리기 때문이라는 것, 할머니들 짐작에는 그래서, 그 성은, '밤중' 그중 깊은 데로 접혀들었을 것이라고 했다. 빛까지도 들지 못하는 그 꼇(곳＋것)을, 누가 무슨 수로 들겠느냐고도 했다. 그 새의 깃털이라도 하나 뽑으려면 그래서, 그 유리성에 첫 날빛이 비치기 시작하는, 밤중과 새벽의 한순간을 노려, 잿돌에 불기가 일려 하며, 깃털이 돋으려 할 때밖에, 다른 도리는 없다고 했다. 그러나 시동은 갑자기, 그 어디만쯤 가는, 그 길을 모르게 되어버린 것이다. '행려자'는, 이정표대로 따르자면, 여기서부터는, 왼쪽이든 오른쪽이든, 길 하나를 정해 걸어가야만 되는 것으로 되어 있는데, 그 길들이 대체 어디에 있다는 말인가? 시동에겐, 처음 보았을 때부터, 눈알 빠진 골리앗의 해골이 열고 있는, 두 눈두멍 같은 동굴이 마음에 씌어쌌기는 했지만, 까닭에 시동은, 그 동굴에다 자기의 동공을 빼앗기고, 마음을 꾸릿대로 감긴 시선(視線)을, 몇 꾸리씩이나 풀어내고 있지만, 발은 무엇엔지 묶여 꼼지락도 못하고, 혀만 나부렁거리고 있다.

　"아 말이지, 그런 길이 있기만 하다면야, 나아갈 길은, 벌써부터 딱 정해져 있는 것, 그렇잖으냐? 나야 뭐, 불새라도, 과부네 씨암탉쯤으로 알아, 잡는 즉시 털을 뜯고, 새끼들이야 눈이 불거졌든 어쨌든, 구워, 먼저 제 배부터 불린 뒤, 그것의 둥지라는 '밤중'에도 손을 넣어, 꺼낸 알은 엽전하고 바꿔, 꾸러미가 되는 대로, 어깨에 감아 메고, 놀음판에로 달려가는, 그런 뻘건 건달 뽄사를 내려는 것은 아니며, 돌아올 분명한 까닭이 있어 나는야, 떠나는 길에 올랐잖냐 나는야 말이야. 헌데, 저 누무 두 굴 구멍은, 그냥 열려 있기만 할 뿐인데도, 괜스레 기분이 나쁘거든. 대체 뭣들이, 저 속에 똬리 틀어 숨어 있기에 그런구?…… 동화대로 따른다면, 어디만쯤 가다, 두 길 나뉜 데 이르러, 왼쪽 길을 가면, 마귀할멈께 잡히고, 오른쪽 길로 접어들면, 위사도의 손바닥 위를 걷고 있다는데……, 그, 그렇다는 즉슨, 여기서 보아 왼쪽 굴속엔 어쩌면, 어둘수록 더 잘 본다는 마귀할멈이, 서캐 잡느라, 한두 개 남은 송곳이빨로, 서캐 오복조복 고등마을 꾸민 자리 속곳을 씹고 있을 게고, 다른 굴속엔, 위사도가 돋보기를 끼고 앉아, 어제나 오늘치의 수확을 셈해보고 있을지도 모를 일이군. 위사도의 수확이 뭐겠어? 자기가 바위로 만들어버린 것들의 비밀이며, 꿈 따위, 뜨뜻한 불알 같은 것들이겠지. 아직 똥이 마렵거나 하지는 않으니, 똥을 칠갑하는 짓까지는 그만두더라도, 가래침이라도 미끄럽게 발라, 돌멩이라도 하나 쐐 던져 넣어본다?" 이 대목에서 시동은 애써 꾸며 킬킬거려보았지만, 구시렁거리는 짓밖에, 써먹어볼 만한 다른 무슨 의견도 방도도 서질 않해, 민틋해진 '상판'이 되어, 쩔쩔 매고 있는 중이다. 그러면서도 속으론, 저 이정표의 뜻을 백 번 새기고 풀이하려 하며, 자기 이전에도 어떤 행려자가 있어, 이 이정에 좇아 행려를 계속한 이가 있었을 것인가, 그런 것도 의문했으나, 무슨 대답이 있을 수 있겠는가. 그러는 어느 순간 그런데, 시동의 저 '민틋한 상판'에, 코가 드러나고, 귀가 자라는가 하자, 눈에서는 빛이 쐬어났을 뿐만 아니라, 입도 크게 열려, '얼굴'이, 그것도 생기 있는 얼굴이 갖춰져 드러나고 있었다.

"아항, 그랬댔구나, 그랬댔어! 그것은, 글쎄, 말이지, 그런, 뜻, 이었더란 말이지! 크, 크흑, 시작되는 길의 어귀가 저것이었던 것을,

것을 갖다가시나!"

　그랬으니 시동은, 두 번 더 생각해볼 필요도 없이, 벌떡 몸을 일으
켜 세웠으며, 출발의 준비로, 괴나리 했던 보를 둘둘 말아, 허리에
둘러맸다. "히히히, 내가 그랬더라는 소문이 만약, 바람결에라도 퍼
졌다가는,…… 말인데, 마귀할멈도 여성은 여성이다 보니, 여성주의
자들 등쌀에 장가들기도 어렵게 될지도 모르지만, 그런다 해도 또 우
리 어머니를 보면, 아버지가, 세상 난간 진 데를 위태위태하게 걸어
나가는 것을 보며, 두려워하여, 받아 모시려, 치마폭을 넓게 펴고 따
르는데, 이래서 보면, 남근(男根)의 학정 아래 숨어 눈물 흘리던 우
리 어머니가 그때마다 사실은, '세상을 떠들어 올렸거니,' 말이지, 그
런 여성도 있었기에, 우리 아버지도 자식을 두었을 게 아니냐? 소
문? 그것을 겁내 꼬리를 샅에 사리겠느냐, 한달음에 내달아, 저 추악
한 녀러 노파의 뾰족한 뻐드렁 이빠디를 한주먹에 부러뜨려, 할멈의
고랑 진 배때기에라도 씨 삼아 뿌려 넣어줄 터!" 헥! 이런 경칠 놈
(!)은 그리고, '저누무 할멈'을 겁간하려 하여, 좌지(左肢)를 먼저
꼴아 들었다. 그러면서도, 어느새 버릇이 붙어버린 그 생각하기를 계
속했는데, 별 까닭도 없이 접시 물을 들여다보다, 얼굴을 빠뜨려 익
사를 해본 경험이 없는 이는 이거 무슨 소린지 알 수가 없을 테다. 평
균화된 시간의 단위로는 잴 수도 없는 그 짧은 시간에 (稗官이 이거,
잘 이해했다는 믿음은 적되, '아토세컨드Attosecond'라는 것이 있다는바,
그것으로 재는, 현존의 평균 시간의 '일 초'는, 말하자면 '삼백만 년'에
해당한다는 소리도 있던 것) 시동이 또한 이 광야에서, 생각의 접시
물에 코 박아 자맥질하고 있는 중이다. (번개부터 스치고 우레가 따르
는 식으로, 시동이의 생각을 정리해보기로 하면) 저 '왼쪽 길'이야말로,
'돌아오고 싶은 행려자'가 오르는 길이라잖느냐, 저 길에 올라 열심히

걷다 보면, 돌아오는 길엔 저절로 올라 있을 것인 것, 다름이 있다면, 이 든든한 어깨 위에, 불새를 얹고 있다는 그것이겠지. 아으 그러면, 이 밑도 끝도 없이 적막한 황원에, 그렇군, 불새는 글쎄 말이지, 그런 자리에서 저를 태우고, 새로 일어난다고 하던 것을, 새순들이 다 뭐 돋아, 순식간에 푸름으로 덮어버리기뿐만 아니라, 새들 지저귀는 소리 탓에 지렁이들이 잠을 설피고시나, 씨버럴 툴툴거리고 새끼들만 까재낄 터인데, 벼락 맞은 고목엔들 어찌 잎이 피지 않겠으료! 흐흐흐, 그러구 보니 시동이도, 어부왕과 다르지 않게, 어느 대목에선지, '물고기'와 '불새'를 혼동하고 있어 뵌다. 생각만으로는 어쨌든 시동이는, 몇 달인지, 몇 세기인지, 이수(里數)로는 또 얼마나 되는 험로인지,를, 단숨 한달음에 건너 뛰어버리고 있는데, 갑자기 나타난 무슨 장애 때문에, 실제로는, 쳐들었던 발을 그때도 쳐들고 있는 채, 반 치도 떼어놓지를 못하고 있다. 학 다리로 동결된 채, 땀을 뻘뻘 흘리며, 숨만 씨근덕대고 있다. "문제는 그런데, 마, 만약에 말인데, 저 굴을 나선 그쪽 편에도, 이와 똑같은 이정표가 있을 것이라면? '이쪽에 있는 건 저쪽에도 있다'잖느냐? 그런즉 그쪽에서의 왼쪽 길은, 이번엔 어떻게 되는가?" 그것이 문제였으며, 그 문제가 장애였던 모양이다. 시동은 아마도, 이 광야에서 '거울' 속으로 빠져들고 있다. 결국은, 쳐들었던 발을 못 내딛고 시동은, '빠르면 빠를수록 좋겠지만, 떠나는 일이 시한부에 묶여 있는 것도 아니니, 일단은' 본디 자리에로 되모두었다. '그쪽에는 있다는 불새가, 어찌하여 그러면 이쪽에는 없는가,' 꼭히 물었어야 하는 그 물음을, 이 나르키소스-시동은 그러나 생각조차도 못하고 있다. 길을 의문하다 보면, 나중 언제라도, 그 물음을 묻게 될지도 모르긴 모르지.

모든끝은그러나시작에물려있음을!

"이런 순, 참말이지 땀도 못 낼!" 시동은, 땀도 못 낼 짜증으로, 땀을 뻘뻘 흘리며, 각혈하듯 투덜댔다. "아까까지만 해도, 저것을 두고 나는, 정신이 오락가락하는 어떤 환쟁이가, 뱀을 그리고 발까지 붙여놓은 것으로 여겨 킬킬거렸었더니……, 이제 새로 건너다보니, 그 발은 뱀의 것이 아니라, 뱀이 물고 빨아들이고 있는, 다른 누구의 것인데, 그 '다른 누구'가 지랄 맞게도 내가 아닌가? 두렵거니, 저것이, 행려자의 뒤꿈치를 먹고 사는 독룡이었던 것을?" 그래서 시동이가 다시 살펴보게 된 그 선바위는, 바위가 아니라, 그 자리 지켜 기다리고 있다 '모험 찾아 떠나는,' 무슨 꿈 한 가지 말고는 속 빈 젊은네들의 뒤꿈치를 파내고, 바위로 만들어버리는 위사도였다. "올자(兀者)가, 지팡이도 없이, 없는 길의 어디를 가겠는가? '올자'의 동화적 사투리가 '바위'는 아니겠는가."

그렇게 시작된 시동의 생각은, 천만 가지로 떠오르고, 가라앉고, 얽히고설켜, 도저히 갈래를 잡을 수가 없이 되어, 땀도 못 내는 병이라도 앓는 듯 시동은, 그러나 땀을 뻘뻘 흘리며, 앓는 소리를 낸다. 저렇게 뒤꿈치를 잃은 시동은, 반 발자국도 내딛지 못하고, 흔들거리다, 종내 무기력하게 무너져 앉는다. "말이지, 나는, 방향을 다른 데로 정해, 나아갈 수도 있었는데……,"라고 시동은, 뒤늦게, 회한이랄 쓴 즙도 삼켰다. 그리고 막연한 듯 시동은, 동서남북을 휘둘러 보았는데, 거기 어디에서고, 자기를 일으켜 세우거나 이끌어줄 무슨 손이라도 하나 나타날 것 같지 않게, 여전히 (들은) 조용하고 비정적이었다. 그 광야의 일점에서, 사실은 모든 곳이 너무 훤하게 트여진, 열림의 중심에서, 그것도 백일하에, 지은 죄라곤 생각나지도 않으니 무고하게, 꼭 갇혀버리고 말았다는, 불쾌하기 이를 데 없는 느낌이, 오랏줄이 되어 시동이를 휘감았다. "……, 어쩌면, 너무 급한 김에, 내 창자만 채우느라고, 한 조각 고수레도 하지 않은 일로, 사지후토가 노하기라도 했다는가?……, 그렇기에 그것들이, 내 눈엔 보이지도 않되, 단단한 울을 둘러……, 씨버럴, 날 돼지로나 여겨? 몇 점 살이라도 붙었을 때 잡아먹으려는 것이다……, 아니, 어쩌면 나는, 어디로 떠나야겠다는 그리움만 하나 남긴 바위일지도 모른다." 해가 그러고도 조금씩 기울기에 좇아, 시동에게는, 그 '열림 속에 갇혔다'는 느낌이 희석되기는커녕, 더욱더 무겁게 짓눌러, 그것이 시동을 울고 싶게 했다. 길 떠나 하루도 다 못 채우고, 무서운 것도 많고, 그리운 것도 많아, 소금 많이 섞인 눈물을 몇 방울 흘렸다. 나중에야 그것을 어떻게 극복하게 될지 그것은 모르지만, 시동은 지금, ('시간과 공간'이랄 때의, 그) 공간, 아마도 '장소'라고 번안해야 할 그 '공간'[6] 속에 갇혀, 잡혀 철장에 갇힌 맹수모양, 사각 진 능동태 속에 내접된, 삼각 진 수동태의 곤욕을 치르고 있는 모양이다. 세계가 '사각' 져 있는 것이라면, 존재는 삼각인 것. 육신을 저변하고, (투박하게 말하면) '의지'라고 이를 것의 '상승'을 한 변으로, '하강'을 다른 변으로, 종립한 삼각인 것. 그랬으니 그는, 먼저 자기 왜소감에 당했을 것이며, 다음 외로워져, 자기가 하직했던, 모든 다정한 얼굴들을 떠올렸을 것이었다. '나아갈 길은 없어도, 돌아갈 길은 있다'는 게, 지금 시동이 갖는 다만 한 위로가 되고 있는데, 조금 생각해본 뒤 시동은, 사실은 그 길까지도 잃었다고, 슬프게 고개를 떨구고, 제 발등에로 떨어지는 눈물을 쓱쓱 훔쳐야 했다. 어부왕이 앓아눕기 전이라고 해야겠지만, 문잘배쉐의 성문 턱도, 떠돌이 기사들이나 음송 시인들은 물론, 원항 (遠航) 뱃놈들이며, 먼 고장에서 온 방물장수들로 반질댔으나, 그 문턱에 곰팡이가 피기 시작한 때부터 만들어진 말은, 문잘배쉐의 운명과 운명적인 관계가 있지 않은 자는, 비록 거기서 태어나 자랐다고 해도, 무슨 일로든 한번 성문을 나섰다 하면, 그 성문은 굳게 닫혀, 더 이상 열려지지 않는다는 것인데, '닫혀 열려지지 않는다'는 것은, 그냥 소박한 표현이며, 실제론, 거기 있어야 할 그 성이 더 이상 보이지 않는다는 뜻일 수도 있었다. 까닭에 그것은 '닿을 수 없는 성'[7]이라고 알려진 것은 아닐 텐가. 물론 발길을 돌려 걸어가보고서야 알 일이겠지만, 그 말이 사실이라면, 시동이 땀 흘리며, 열병 앓듯 문잘배쉐에서 살아온 삶이 왼통, 무산되는 듯해, 시동은 그 나이에, 부질없음, 살았음의 부질없음을 느끼고, 그것이 싫어, 얼굴을 찡그렸다. (그 나이에는, 어른들 앞에서 뜻 없는 한숨을 한번 불어내도 싹덩머리가 없거늘, 하물며 부질없음이라니, 에끼 이눔!) 시동은 아직은 그러나, 돌아갈 생각은 없었으니, 그 일은 금방 잊었다.

"미노스의 미로라는 것이 있다더니, 이것이 그것인 게다. 길은, 길이 아니더라도, 그 땅바닥은 단단한, 휜한 앞을 사방에 널리 깔아놓고시나 나는, 한 발자국도 나아갈 수가 없다니? 저기서부터 길이 시작될 것이라고 막연히 믿어지는, 해골의 두 눈두멍으로만 보이는 저 동굴은, 이정표대로만 따른다면, 모든 길에로 열려져서는, 모든 길을 닫는다……, 그 끝은 그런즉 다시 시작에 물려 있고……, 그것은 그래서는 다시 뒤집힐 것인가?…… 트여 막힘이 없는, 왼통 열린 자리에서 나는, 나도……, 지남철을 잃고 무풍대를 표류했더라는, 우리 할머니가 사랑했었다던 그 선원과 다름이 없음을! 그런 얘기로 할머니의 귀를 노략질했던, 할머니의 추억 속에 아직도 살아 있던 그 뱃사람은, '모든 방향의 한가운데서 한 방향을 잃었었다'고 했드랬다는데, 나는, 모든 길 위에서 한 길을 잃은 게 아닌가?…… 사람들은,

뭔가를 말해가는 중 곧잘, '로마에 닿으면 그것이 길의 끝이다'라고 하면, 대꾸하는 이는, '떠나려면 그것이 길의 시작이다'라고 하는데, 그런즉 끝이야 어떻든, 시작은 해보고 볼 일이 아닌가?…… 성주님(어부왕)의, 회한을 섞은 혼잣말을 따르면, 삶을 두고는, 그것을 대강 살고난 뒤에는, 퇴고(推敲)가 가능치 않은 것이라고, 또 (함성호 시인은 이것을, '건축'과의 관계에서) '습작'이 없다고 하되, (까닭에, 시간의 무게를 견뎌내지 못하여, 그 같은 자리에, 새 건축물이 들앉고, 들앉아온 모양이다) 그건 한 문장(文章)이라도 써놓은 뒤에 따져볼 문제인 것, 아직 시작도 않은 문장을 두고, '중 하나가 달 아래 산사문(山寺門)을 밀어 열었다[推]든, 두드렸다[敲]든 어쨌다든, 돌(땡)!…… '운명'이라는 게 있는 것이라면, 살기 위해 바둥거려 쌌는 일을 두고, '퇴고'니 '습작'이니 하는 문제를 들춰내 따져보려 할 일도 아닌 것이 아니겠는가." 그러고도 시동은, 넋 떨어진 놈모양 앉아만 있고, 이번에는, 일어난 제놈의 생각에 제 뒤꿈치를 물린 모양이어서, 생각만 하고 있는데, 이골이 난 꿈꾸기가, 이번엔 생각하기에로 옮긴 모양이었다. "그러고도 결과는, 제자리로 되돌아와져 있는다면?" 시동은 그렇게, 생각하고, 생각을 고치고, '僧推月下門,' '僧敲月下門,' 推, 敲, 推-敲, 열 번을 고치고 스무 번을 바꿨는데, '운명'인지 뭣인지, 그것을 실천해야 하는 당자인지 누군지가, 흐흐흐, 이 한 대목의 시동의 삶을 '퇴고'하고 있었다. 그러는 짓은, 허기야, 열 길을 파도 동전 한 잎 나올 일 없는 자갈밭 파기보다도 곤할 노릇이었겠다. 피곤이 엄습했던지, 그 자리 비그르 무너지는가 하고 있자니 시동은, 코를 곯기 시작한다. 사자 따위, 육식동물들을 보면, 배부른 대로 잔다. 그래야 들이 좀 평온해질 게 아닌가. 아직도 '사람'보다 '짐승'이 많아, 저 나이 또래는 그래서 잠도 많은 게다.

시동이 그 잠에서 깨었을 때는, 사위에 어스름이 덮여 있었고, '귀뚜라미' 우는 소리 하나도 없었으며, 날빛이 사그러들면, 도처에서, 무수히, 수분에의 갈증으로 깨어 일어난다는, 밤귀신 하나 얼씬거리지 안했는데, 갈증이나 배고픔, 오줌이 마려운 탓에 이 어스름판에 일어난 것은, 시동이 말고는 없었다. 그러곤 어릿두군하게 사위를 둘러보다, 울먹울먹해져 시동은, 눈을 보낼 데라곤 거기밖에 없었던지, 문잘배쉐 쪽에다 넋을 보내고 등신이 되어버렸다. 이것은 그리고, 처음, 고향이라는 우멍거지를 벗고 동정을 떼이는 젊은네들이, 아파 못 견디는 그중 어려운 시각인 것이기는 하다. 생채로 귀두를 들어내는 그 순간, 저 뻘건 살에 대해, 세상은 갖다가시나 헤설픈 한데여서, 아주 '눈 오는 벌판이다.' 특히 이런 시각에, (사돈의 팔촌까지 한자리 모여) 마을 꾸미며, 오복조복, 또는 아등바등 살아보았던 것들의 거소(居所)집착증, 또는 귀소(歸巢) 본능이라고나 일러야 할, 그 펜리르 Fenrir가, 묶인 끈을 끊고, 순식간에 팔공산보다도 크게 불어나, 아으 어머니,의 치마폭 벗어난 까닭으로 '왜소하고 외롭게 된 혼'을 찢어발기려 덤빈다. 헤맬 까닭이야 있든 없든, 집 떠난 이들마다 그렇기에, 말씀 디렸더냐, 안 디렸더냐, 흰옷 입어 기다려 사립짝을 지키는 어머니보다, 연분홍치마 입고, 마을 길에 나서며 헬끔거리는, 옹가년의 영상이라도 가슴에 품어야 한다고 이른 것이었거늘. 흰옷 입은 자애(慈哀)스러운 얼굴은, 헤매는 자에게, 왠지 한숨과 한기를 일으키고, 연분홍치마 입고 (호호호) 아짱 아쌍 골목을 나가며, 헬꼼여 쌌는 얼굴은, 그 가슴 밑바닥에서, 횟배와 같은 상스러운 아픔을 일으키며, 모닥불을 지펴내는 것이다. (이따위로 느려터진, 유행가 한자리 부르는 중에, 우리들의 시동이는, 마려운 오줌을 누었는가 모르겠네?) 참으로 별일이게도 헌데, 때에, 시동이가 그리움을 다해 건너다

보고 있는 그쪽 하늘을, 한 마리의 흰 비둘기가 날아오고 있었는다. 그렇다, 날아오고 비둘기가 한 마리 있었는다! 그것이 그냥 시동이 자기와 아무 인연 없이, 그것의 갈 길을 가버린다 해도, 긴 장마를 겪은 노아께 그것이 '감람잎'의 소식이었던 것처럼, 하나의 생명도, 소리도, 움직임도 없는 가문 들을, 오늘 하루 동안에 사십 주야를 겪은 시동이에게도 그것은, 감람잎이었으며, 소리였으며, 소식이었다. 어디선가는 비가 내리고, 생명들이 장(場)을 차려, 떠들썩이고 있는 그 소리, 그 소식—. 그것이 그냥, 자기의 머리 위를 날아가버린다면, 분명히 울고 싶을 것이라고 생각했으면서도 시동은, 그것 자체가 하나의 사건이며, 위로라고, 그래서 그것이 나는 자리를 통해, 무슨 소통의 오솔길이라도 트여지고 있는 듯이 여겨, 시동은 거의 종교적이랄 심정으로 그것을 마중했다. 먼 길을 날았든, 아니면 그것에게도 들의 적막이 무거웠든, 비둘기는 느리게, 그리고 힘들어 그러는 듯, 조금은 빙충스럽게 날아오고 있었는데, 가까워졌을 때 (시동이) 보니, 그것은, 솔개도 아닌 것이 솔개모양, 발톱에 뭔가를 꿰어 차고 있었다. 그것은, 어디를 향해 날다 보니, 하필 시동이의 머리 위를 지나게 된 것은 아니고, 시동이를 찾아 날아왔던 모양이어서, 시동이 앉은 자리 가까이 닿아서는, 시동의 머리 위를 한 바퀴 돌더니, 발톱에 꿰차고 있던 것을, 시동의 무릎 위에 떨어뜨려주는 것이었다. 그리고 그것은, 왔던 방향으로, 이번에는 물 찬 제비 꼴로, 되날아가버렸다.

그 비둘기가 떨어뜨려준 '감람잎'은 한 덩이 빵떡wafer이었는데, 문잘배쉐 성민이라면, 잘 알고 있는 음식이 이것이었다. 그것은, '염원을 이뤄주는, 성스러운 돌'이 챙겨주는 것으로서, 옛 사람들이 '만나'라고 일렀던 것이 그것이었는지도 모른다. (사실은, 저 '염원을 이뤄주는 돌'이 챙겨 내주는 음식의 식단은 다양해서, '식탁에 둘러앉은 누구나의 입맛에 좇아, 원하는 대로 차려져' 나왔으되, 이 저녁 시동은, 자기만의 식단을 염두할 처지도 형편도 아니었으니, 저보다 더 호사스러운 음식을 바랄 수는 없었을 것이었다.)

시동은 그랬기에, 고통하는 어부왕이, 전신의 기력을 다해 고통을 참으며, 저녁 식탁에 앉아, 시동이 자기를 염려해주고 있다는 것을 알았으며, 왕은 또, 시동이 자기가 무엇을 위해 성을 벗어났는지, 그것까지도 짐작해 알고 있으리라는 믿음도 갖게 되었다. 했으니, 그 감격으로, 일어서, 문잘배쉐 쪽에 대고, (矣里에서 왔다는, 순례자 흉내를 내) 합장해서는 무릎 꿇어 절하고, 또 일어서 무릎 꿇고, 했다. "어쩨 이리도 시간은 더디게 흐르는가? 그것이 흐르기는 흐르고 있는가?" 탄식해쌌던, 아버지 같던 그 늙은네가 불쌍해, 술 처먹는 해적이, 쏟기는 술로 앞자락을 적시기모양, 시동은 눈물로 가슴을 적셨다. (예의 저 비둘기는, 시동이가 어디에 있든, 어부왕의 치리 내의 구역이면, 매일 그 같은 시각에, 예의 그 만나를 가져와, 시동의 무릎 위에 떨구어주고, 되날아가곤 했다.)

밤은 그리고 왔고, 이 밤을 시동은 앉은 자리에서 새우기로 했으며, 새벽빛의 첫눈이 트는 대로, 힘에 용기를 섞어 염통에 모으고, 용기에 힘을 섞어 뒤꿈치에 뭉쳐, 독수리처럼 땅을 박차보려, (이 저녁은) 뒤꿈치를 사태기 새에 모아 (삼각 진 좌세로) 뜨뜻이 데우려 했다. 시동도 모르고 나선 것이 아닌 것은, 자기가 온 길은, 구사일생(九死一生)도 어려울 만큼 신산험로일 것이라는 것. 시동은 그리고, 두 뒤꿈치를 사태기에 모아 책상다리한 두 무릎 위에다, 오른편 볼태기를 얹고, 잠을 청했다. (이 경우의 '책상다리'는, 시동이, 두 정강이뼈와 두 허벅지뼈를, 네 개의 책상다리처럼 세워, 제상에 삶은 돼지

머리 없듯, 무릎 위에 머리통을 올려놓은 형상을 말함이렸다. '양발을 개어 앉는 좌세'의 형상이라 하되, 文盲도 앉을 때마다, 책상을 앞두고 앉던가? 책상 짊고 다니다, 앉을 때마다 앞 놓은 사람 봤는가? 계집 앞에 하초 꼬나들고 앉아 있는 좌세는 뭐랄 것인가? 흐흐, 걸 石田耕牛坐라는 겨. 松下老仙坐는 왜 없는가? 本 稗官은, 양발 개 앉는다는 橫坐에 대한 縱坐로 '책상다리'를 이해해, 그렇게 써오고, 그렇게 써갈 것이다. 쌰, 小說하기의 雜스러움!) 그러자, 고통을 참느라 납월달모양 납빛을 띤 찡그린 어부왕의 얼굴이 떠올라, 새로 마음이 언짢았는데, 어부왕의 그 고통하는 얼굴은, 시동에게는 어째선지 늘, 교회당 벽의, 나무 십자가 위에 못 박혀 있는 이의 얼굴과 겹쳐져, 한 얼굴이 되곤 했었더니, 이 저녁에도 그것은 마찬가지였다. 그러면 문잘배쉐와 '수난하는 이의 몸'이라는 회당도 또한 겹치는 것이었는데, 그때마다 시동은, 그를 예배하는 자들이 오히려, 그를 처형해, 교회당에 유폐해버리고 있는 듯이 믿겨지는 그이를, 어떻게든 보듬아내리지 않으면 안 된다고, 마음을 굳히고 해오던 터였다. 이번에는 어부왕의 그 고통하는 얼굴이, 시동을 울게 했다. 울다 시동은, 잠에 들었다.

때에, 그 광막한 황지에로도 달이 떠올랐는데, 독사까지도 달빛 아래 차려 나서는 것을 보면, 무엇에게나 안위로 부드러운 것이 달빛이었으니, 시동이의 잠도 부드럽게 덮어주었을 터, 시동에게도 어머니가 있다면, 걱정하시지 안해도 되시리다. 달빛도, 잠과 같은 머큐리액(液)이어서, 그 달빛에 덮이면 대지도, 그 무량겁의 세월과, 중력이라는 운명, 그리고 비·바람·서리·눈·가뭄 따위, 모든 가학적인 것들의 뾰족한 손톱이 할퀴여낸 상채기나 딱지에 덮인, 그 불모와 황폐 밑의, 타는 아픔에 휴안(休安)을 얻고, 새 살을, 그리고 새 깃털을 돋과내는 것인 것— 동이 트는 대로, 대지는 그러면, 날아오른다.

'돌'이 되어 밤에는, 어디 무소(無所)에 숨어 잔다는 그 '불새'는, 무소에 숨기는커녕, 차라리 무방비로, 또는 수용적으로 자신을 훨씬 드러내버리는 것은 아닐라는가? 훤히 보이는 것은 (누구도) 찾지 않으므로, 찾아지지 않는다.

2. 카마(愛)

광야. 선바위[立石] 아래, 잠에 꾸드러져 누운 시동. 열 사나흘 달.

　시동이가, '해골이 된 골리앗의 두 눈두멍 같다고 본, 두 개의 혈구(穴口)를 열고 있는 언덕 아래, 웬 인기척, 왁자지껄할 정도. 해골의 빈 눈구멍 속에서 구더기가 버글거려 나오듯, 그것들은 그 혈구를 통해 나왔을 것인데, 대략 십여(十餘). 궁인(宮人)이 바깥출입을 하려면, 그렇게 얼굴을 가렸던지 어쨌던지 알 수는 없으되, 가면무도회라도 나온 듯, 얼굴엔 모두, 자기들 취향대로 탈을 써, 예를 몇 들어 보이면, 어떤 것은 뿔을 단 암소, 어떤 것은 꽃의 요정, 사슴, 곰, 벼슬 단 새, 라는 식이어서, 모두 사람의 말을 하고 있어도, 그 정체는 알 수 없을 뿐이다. 달빛 아래서는, 그 색깔들이 분명하지는 안했으되, 어쨌든 붉거나, 푸르거나 흰 비단옷들을 두른 데다, 말소리 또한 그랬으니, 그들 모두 여성인 건 분명한데, 시동이의 꿈의 눈[夢眼]에 보인 그들은, 틀린 루타(相, 象)에 틀린 아르타(義, 意)가 접붙여져 있어, 시동이의 잠의 의식을 교란하고 있다. 이들이 타고 온 여남은 조랑말들은, 여기저기 선 채 말라죽은 나무둥치에들 매두고 있다.

주술에라도 들씌운 듯 잠자며 시동은, 피식피식 웃고 있다. 문잘배쉐에 머물렀던, 어디 먼 고장 유리(羑里)라는 데서 왔다는, 그 이상한 순례자가 했던 소리대로 하자면, 갓 죽은 주검들이, 죽었으되 당분간은, 모든 것을 감지하는 능력을 갖는다고 했는데, 자기는 현재, 말하자면 갓 죽은 자의 상태에 있는 것은 아닌가, 시동은 그런 생각도 하고, 그렇다면 시동이 자기는, 죽은 경험이 없으니, 죽지도 않은 채, 어떻게 실족했든, 중음(中陰, 바르도) 속으로 발을 들여놓고 있는 중일지도 모른다는, 생각도 했다. 또 아니면, 얼마 전, 동정(童貞)의 기사 파르치발이, 원했건 어쨌건, 성배 비의(聖杯秘儀)에 참가되어졌던 것모양, 이 저녁 시동이 자기 또한, 그런 어떤 비의에 가담되어져 있는지도 모르겠다고, 그렇게도 시동은 생각하며, 아무튼 집 떠난 이 첫 밤은, 외롭지만은 않게 되었다고, 히죽히죽 웃었다.

저것들 중에, 암소머리를 달고 있는, 늙은 목소리의 잡종 하나가, 윗자리를 차지해 있고, '마님'이라고 불려지는 것으로 보건대, 다른 것들은, 저 늙은 암소의 시녀들인 듯했다. 이 암소의 발치에, 달을 정면해, 비둘기도 같고, (시동이 상상하는) 불새도 같은, 새대가리의, 아담한 몸집의 잡종이 앉아 조잘거리는데, 특히 이 새가, 시동이의 꿈의 눈을 도려 파내고, 그 자리에다 옻즙(汁)이라도 넣어준 모양이었다. 시동은, 시작해서 웬일로, 횡경막 부위가 생 가려워 못 살겠다고, 그 부위를 긁어댄다. 헤르메스 신이, 이놈께도 수음법쯤 가르쳐줘야 할 모양이다. 안 그랬다간 이놈 별수 없는 가슴팍이나 북북 긁고 두들기다 뒈지고 말 일이겠다. 예의 저 '이상한 순례자'가, 그냥 지나가는 말처럼 일렀던 '둠모(Tumo, Tbtn.) 선정법'도 대략은 이와 비슷한 열(熱)을 일으켜내기거니, 그때 잘 들어뒀었어야지 이놈아, 횡경막 부위는 아무리 긁어봐야 별수 없는 겨. 또래는 또래끼리, 어떤 보이지 않는 촉수로, 서로를 감지해내는 모양인데, 그 어투나, 치마폭 아래서 출렁이는 몸짓 등으로 미루어보아, 저 새는, 그들 중에서는 그중 어린 듯했다. 아으, 달꽃이 한 덤불 푸르쭉쭉 핀 자리에, 한 마리 불새가 달 품어 있다. (그 아닌 자리, 보이지 않은데, 똥독에 빠진 똥개 그림자 같은 패관이 쭈구시고 앉아, 귀로 소리들을 야금거리고 있는 것도, 어스므레 보인다. 똥 있는 데 똥개 있듯이, 계집들 있는 자리, 어찌 그가 없을쏘냐. 해도, 계집 보채는 놈들치고 맑은 얼굴 해갖고 있는 것 보았느냐, 저 늙은탱이(蕩兒)도, 그러자니 저승꽃에 덮이고, 흘린 게거품에 썩어, 젊어서보다 덜 아름답구나. '色'을 탐하듯 學文을 그리했더면, 얼굴이 왼통 글자판이 되어설람에, 그 얼굴 읽은 누구라도 기껍지 안했겠으료?)

마님: 우리들의 발키리Valkyrie님께 경배하자. (모두 달을 우러러 축수한다.)
것1: (축수하던 손을 가슴에 모두며) 저 시동이께, 신과, 어부왕님과, 발키리님의 축복이 함께하시기를! (그리고, 마님을 향해 散文調로) 파르치발님과, 저 시동이가 쇤네들의 희망이 아니리까?
것2: 파르치발님은 떠난 후, 생사도 알 수 없으나, 바람결에 들리기론, 어디서 검은 얼굴의 발키리님께 붙들려, 세월도 잊고 있다잖으? (한숨)
것11: 성(城)에 있었을 땐유, (비둘기도 같고, 불새도 같은 새대가리의, 아담한 몸집의 잡종이, 동면하는 중치 곰 같은, 시동이를 건너다보며) 저 시동이 말여요, 파르치발님 얘기가 나와서 말씀일 뿐여요,

덩치만 멋대가리없이 중소만 하게 큰 데다, 눈치도 없이, 노상 누구의 치마폭이나 밟고, 망아지 냄새만 풀풀 풍겨싸서, 미워 똑 죽겠더니 (쿡쿡 웃는다.) 성을 나서자마자, 파르치발님의 반은 되게, 씩씩해 뵈는 건 참 우습제유? (모두 웃는다.)

것3: 얘, 너 말이지, (웃음 웃어, 핀잔 투로) 소풍 와서까지도, 파르치발님 반은 되게 늠름한 망아지의 엄마 노릇 하려 하니? (모두 웃는다.)

것11: 언니두 참! (일부러 짜증 낸 목소리) 건 말씀 같지도 않네유!

마님: 성주님의 마음이야 오죽하시겠냐만, 다음으로 저 애('것11') 속도 많이 아프고 쓰릴 게다. 저 시동이가, 성주님 낚시질하시는 데 도와주러 다니기 전까진, 유모 뗀 뒤부터 시동이는, 말하자면 저 애 손에 큰 셈이 아니냐?

것3: 전 때로, 저 둘이는, 씨도 배도 달라도, 누이동생이나 아닌가, 둘 사이의 나이 차이를 잊을 때는, 쌍둥이나 아닌가, 그렇게 착각하기도 해왔구먼요. 저 애 소맷자락은, 시동이 코 닦기로 노상 번들번들 했잖아요? (모두 웃는다.)

마님: (잠에 꾸들어진 시동이를 건너다보며, 혼잣말 하듯) 아서왕성(王城)의 원탁(圓卓)의 '위험의 자리'가 아직도 빈 채, 주인을 기다려 있다는데……, (명랑한 음성을 꾸며) 이럴 줄 알았더면, 성배(聖杯) 전에 빌어, 뭐든 먹고 마실 걸 좀 갖구 왔었더면 좋았을 걸 그랬구나.

것4: 그러게요. 의식(聖杯儀式)이 끝나기가 무섭게, 바삐 나서다 보니 이렇게 되었구먼요.

것5: 저도 생각 안 했던 건 아니었었습니다만, 잠시 하는 마을인 데다, 이 밤중에 음식 싸들고야 소풍을 하겠느냐구, 하는 생각에,

마님: (마음이 언짢은 음성인 듯) 글쎄 말이다, 우리사 그렇지, 그렇지만두 시동이를 볼 수 있으면 보겠다는 생각만 했지, 시동이 굶주렸을 것 생각은 못 했던 게 탈이구나.

것6: 사실은, 시동이 여기 어디쯤 머물러 있을 것이라는 믿음은 거의 없었잖아요? 시동이 걷는 걸 따라붙이려면 늘 숨이 차고 그랬거든요.

것7: 전, 시동이를 볼 때마다, 어디서 왔는지, 어머니 얼굴이라도 기억하는지, 늘 좀 궁금하고 짜안스러웠드랬는데요, 숲 가운데 재〔灰〕나무님까지도 알 수가 없다잖아요? 성에서 알기론, 성주님께서 낚시질을 가셨던 어느 날, 그 호수 위에 둥둥 떠 있는 바구니가 하나 있어, 건져올려 들여다보니, 사내아이가 하나 곤하게 잠들어 있어, 보듬아 왔다는 정도…….

것8: 그렇다면, 시동이의 엄마 되는 여자는, 문잘배쉐에 살며, 아주 가까이에서 자기의 애가 자라는 것을 지켜봐왔을지도 모르겠군요.

마님: 성주님이나 나도, 그런 추측을 해보지 않은 것은 아니었다만, 그해 그 새벽엔, 천기에 밝은 태학사에 의하면, 백 년에도 한 번 있을까 말까한 이변이 있었다 하는데, 바다가 역류해왔다는 것이었더라. 민물고기에 섞인 짠물고기, 예 들면, 이 고장에서 숭배하는 연어 따위며, 흙 속에 섞인 염분 등, 그 증거는 많은 듯했는데, 그 주장을 믿기로 한다면, 저 애의 어미 되는 이가 반드시 문잘배쉐 여성일 필요는 없다는 추측도 하게 했었지. 그러니 그 바구니는, 호수의 위쪽에서, 도랑이라고나 해야 할, 어떤 작은 강을 떠내려왔었을 수도 없는 건 아니지만, 성주님께서는, 그 애에게 쏠리는 애정의 까닭도 섞어 '떠올라왔었을 것'이라고 믿으시는 눈치이셨다. 전에 바다였다가, 그 바다가 한번 떠나서 되돌아오지 안해 뭍으로 변해진 고장에론, 바

다가 그렇게 한번씩, 밤에라도 돌아와보는 것이 아니겠느냐고……
글쎄다…… 다 구워놓은 빵에다 오줌을 갈긴다 해도 밉지 않은 애가
저 녀석이지만, 이래서도 저래서도, 성주님께서는 각별히 저 애를 귀
애해온 것은, 보아 모두 알거를?

  것9: 그렇담, 시동이게 이름이 없는 데두, 무슨 이유가 있었던 것
이었나요?

  마님: 건 오랫동안, 저 애가 저 나이가 되도록 묻는 이가 없던 물
음인 걸 깨닫게 되는구나. 성주님께서 어찌 저 아이에게 이름을 주려
하지 안했겠느냐? 그래 생각이 많으신 듯했었다. 기억나는 예를 들
면 '바다의 아들,' '바다의 허벅지에서 낳은 아들,' '바다가 뭍에 와서
분만한 아들,' 또는, 심지어(웃음) '물총새Kingfisher'라는 이름까지도
생각하셨는데, '어부왕Fisher King'과 어디쯤에서 어맥(語脈)이 닿고
있었던 이유였을 것이었다. 당신의 아들이라고 믿어버리신 것이었겠
지. 이름 속에, 꼭히 '바다'의 이미지를 섞어넣으려시기는, 한번 떠난
뒤 돌아오지 안해 가문 고장에다, 녀석이 새로 수로를 터, 그 바다를
되불러왔으면 하는 염원이 있었을 것이었다. 그러고도 이상스레 비약
해서는, 녀석은 불새가 낳은 달일지도 모른다고, 불새와 관련된 이름
들도 몇 생각하셨더랬지그리. 따지고 보면, 황지(荒地)의 물총새는,
불새의 이미지에로 바뀔 소지도 없잖아 있기는 있다. 안 그런가? 그
러시다가 결국은, 저 애 스스로 제 이름을 찾도록 내버려두기로 한
것이 이후 무명의 시동이 된 것이었다. 저 애의 이번 가출이 얼마나
오래 걸리게 될 것인지는, 아마도 저 애 자신도 모를게다만, 제 이름
찾기 같은 것이기도 하겠지. 그러면 저 태어났던 고장도, 제 아비나
어미도 찾게 될 것으로 추측하고 있다. 어쨌든 저 시동이는, 두 개의
모태에서 태어난 아이인 것만은 사실이다. 어쨌든 그냥 '시동이'라고

부르는 게 편하고, 정 있고 그랬더니라.

것10: 럼펠스틸트스킨Rumpelstiltskin모양, 저 시동이도, 제 이름을 어디다 숨겨놨겠쥬? (모두 웃는다.) 전 그런 얘기를 들을 때마둥, 모세님을 떠올리게 되더군요.

것7: 아 제발! 문잘배쉐의 모세였으면! 문잘배쉐를 덮은 저 나쁜 주술, 황폐의 주술을 깨뜨려줬으면! 그래설람, 우리를 이 광야에서, 젖과 꿀이 흐르는 고장에로 이끌어줬으면!

것11: 언닌 꿈도 야무겨유! 헌데 모세나 시동이만, 바구니에 담겨, 강을 떠내려왔던 건 아니라는 결유.

것4: 호우 그래?

것11: 전 아직두요, 그 얘길 믿을 수가 없긴 하지만유⋯⋯, 그 순례자의 말씀을 따르면, 같은 한 종족 중에서, 먼저 온 이는, 광야의 은총이었다고 하는데, 다음 저주로 온 이도, 똑 그런 바구니에 담겨 떠내려왔다더라구요.

것7: 너는, 젯밥에다 또 무슨 재를 뿌릴라는 겨?

것4: 너, '그 순례자'란, 어느 순례자 얘기네? '이상한 순례자'는 아니겠지러?

것11: 아휴―, 언니는 늘 저렇다니까!

것4: 늘 저렇다니?

것11: 누가 '이상한 순례자'랬어유? 관두겠어유!

마님: 그래? 건 여간만 흥미로운 얘기가 아니군 그래, '저주'라면,

것11: 유다 이스카리옷[8]랍습지요네.

마님: 유다라? 유다 이스카리옷이라?

것11: 네, 맞아유!

것8: 그, 그렇다면요 마님, 저 시동이가, 그 둘 중의 하나일 수도

있는데 말씀이와요.

마님: ('것8'을 향해) 저 시동이가 그런즉, 어부왕을 팔아넘길 수도 있는, 그 유다일 수도 있다는, 그 말도 하고 싶은 게냐?

것8: (뭔지 민망한 것을 감추려거나, 탓을 돌리려는 듯) 검은 개 꼬리는, 석삼 년을 흰 눈 속에 묻어놔도, 희어지지를 않는다더니, 쟤가 그 꼴이라니깐!

것11: 제가 뭘 어쨌는데 그러셔요? 언닌 늘 나만 갖고 그러신다구요! 난 뭐 들은 얘기만 했는 걸유.

것8: 이런 자리에, 자기의 주를 팔아넘긴, 저주 받은 자의 얘기는 뭣 땜에 꺼내는 겨?

것11: 얘기가 되다 보니 그렇다는 얘기지, 다른 뜻은 없네유. 얘기가 되다 보니 또 얘긴데, '주인'이 '종'을 파는 거야 당연한 일이라도, '종'이 '주인'을 파는 일도 있을 수 있겠남유? 그 대목은, 아무리 생각해도 풀려지지가 않더라구요.

것9: 오른쪽 어깨를 내놓고 지내시던 그 '이상한 순례자' 말고, ('것11'을 턱으로 가리키며) 너의 순례자 말인데, 그이의 눈이며, 웃음이며, 어투 같은 게 너한테는 끈적거리지 않든?

것11: 끈적거리기는, 그런 성자가 왜 끈적거린다구, 언니는 괜스레 흉을 보나유? (빠르게 聖號를 긋는다.)

것9: 난 말야, 그이가 쳐다보기라도 할 양이면, 속곳을 열두 겹 입었는데두, 그이의 눈빛에서 떨어져내린 벌레들이, 스멀스멀 기어드는 듯해. ('것11'만 빼놓고, 모두 카르르 킬킬 찢어져라 웃는다.)

것11: 건 그이의 눈빛이 아니라, 언니의 속곳 아래가 그런 걸게유. (까르르, 킬킬킬, 잡종 여남은이, 잡종 웃음 웃는다.)

마님: 달빛이, 이슬은 없어도 푼더분해 좋구나.

것9: 내가 하려 했던 말은, 사실은 말이지, 너의 성자님 흉보려는 것은 아니고, 그러니깐 그 순례자가, 그런 얘길 네게 들려줬더냐, 는, 그 말 좀 물어보려는 것이었지. 이러면 너 뭐, 속 낼 것 없잖여? 내게두 그런 스승이 하나 있었으면, 나두 너만큼은 똑똑해졌을 수도 있잖아? 있쟈나, 그러니 내게도 좀 가르쳐도고,

것11: ('뾰로통'함을, 반만 남기고) 그랬네유. 글구, 읽기도 했네유. 그이 말씀으론, 그건 금서(禁書)에 속한 것이지만, 'Tchacos本 (Codex)'『유다福音 *The Gospel of Judas*』(*National Geographic* 英譯 本. 2006)이라는 외전(外典)에 의하면, 유다는, 그런 역을 맡도록, 운명적으로 예정되었던, 어쩌면 축복받은 선택된 자였다고 하데유. (마님을 향해) 그렇다면 그도, 주의 어떤 대의나 목적을 위해, 주와 다른 쪽에서, 아주 큰 몫을 담당해 있었을 것이라고 하던데유.

마님: 저 애 속이 깊은 줄은 알고 있지만, 저만큼이나 깊은 줄을 몰랐댔구나. 건, 처음 듣는 얘기다 보니, 충격적이기도, 그리고 뭘 새로 고려해보게도 하는 얘긴데, 매우 흥미로운 것만은 사실이다. 그러니, 네가 시동이 얘기에, 유다를 끌어들인 건, 험담하자는 것은 아니었댔군. 그렇지?

것11: (생기를 찾고) 하온데, 소녀가 그 순례자로부터 또 들었삽기는, 유다는, 모세-카인-오이디푸스라는, 셋의 인격체, 아, 아니겠삽지요, 셋의 전설체(傳說體)라고 해야겠삽지유, 하나가 되어 있는 자더군유.

마님: 그, 그런 수가! 궁금하구나!

것11: 말씀드린 바대로, 유다 또한 모세처럼, 바구니에 담겨져 떠내려와, 스카리옷 왕비 손에 자랐는데, 이 왕비가 그런데 뒤늦게 회임을 하게 되었다누요. 아들을 낳았다는뎁쥬, 유다는 그가 자기의 친

동생이라고만 알잖았겠나유? 그러자부터 왕과 왕비의 사랑이 그에게만 쏠리자, 질투나 뭐나 까닭은 많았겠지유, 'Siblings Rivalry'라는 것 있잖아유? 유다는 종내, 그 동생을 살해하기에 이르렀다는군유. 그러곤 도피 길에 올랐다, 예루살렘에서, 빌라도와 인연을 갖게 되고, 빌라도네와 인접해 있는 과수원의 정원사를, '능금' 몇 알의 까닭으로 죽이게 되는데, 바로 그 원정이 유다의 친아버지였다누요. 그 미망인이 아직도 젊고 아름다운지라, 빌라도가 유다의 부인으로 삼아 주었더라는 것이옵지유네. 어머니를 부인 삼은, 두번째 오이디푸스겠남유?

마님: 끔찍도 하구나! 그렇게 기구한 운명일 수도, 유다도, 있을 수가 없구나! 그의 삶은 우리도 알지만, 그런즉 그의 죽음이 어떠했을꼬? (혼잣말) 아담의 능금…… 유다의 능금…….

것11: 그 부분은 아주 조금 밝혀져 있는 것으로 아옵니다만……. 그래두 그는, 자기 무덤에 표지는, 당당하게 남겨뒀더라 하옵네다. 힌놈의 골짜기의 동남 예루살렘과 골짜기 맞은편 후미지고 나그네의 발걸음이 여간해선 머물지 않는 한곳에 오래되고 볼품 없는 움막집이 한 채 있었는데, 그 움막집의 사립문 한쪽 기둥에 '가리옷 유다'라는 문패가 걸려 있었더랍습죠.

마님: 물에 투신자살하는 이들이, 둔덕에다, 신었던 신발을 벗어놓아, 표지를 남긴다는 말은 종종 들었다만…….

것5: 타관에서의 죽음이 꽤는 슬펐던가 보죠? '스카리옷 지방 사람 유다 이곳에서 죽다.' 뭐 이런 거겠나유?

것9: (감추는 듯이 하며, 사실은 드러내 보이는 하품을 하고, '것11'의 손등을 토닥인다.) 각설이(吟誦詩人 등)나 땜쟁이, 방물장수들은 빼고 말인데, 금욕주의를 노상 입에 걸고 사는 순례자들은 거시기가 없는 이들이라는 말이 맞든?

것11: (주먹으로, '것9'의 등짝을 쿵 소리가 나도록 쥐어박는다.) 언니의 그 늙다리 음송쟁이도 뼈가 있습뎌?

것9: 저 애가, 늙은네 형편까지 훤히 알고 있네?

— 하그르 히킬킬, 흐흐륵 클클클, 잡종 여남은이 잡종 웃음 웃는다.

마님: ('것11'을 향해) 넌, 거, 매우 무시무시하고, 섬뜩지근한, 그래도 매우 홍미로운 얘기를 많이 알고 있구나그리.

것11 : 소녀 따위가 웬걸입쇼?

것1: 시동이 낚시질에 따라나서기 시작한 때부터, 저 앤, 눈에 안 보인다 싶어 찾아보면, 도서관 한 구석에 처박혀, 뭘 읽는다고 해싸서, 저 스스로 눈 밖에 난 애가 아닌가요? 시동이의 까막눈도 저 애가 띄워줬잖아유? 낚시질에 따라나설 때도, 뭐든 읽을 것 하나는 품에 넣고 나서는 시동이나 저 애, 어쩌면 도서관의 그 많은 책 다 읽었을걸요. 어느 나투룸한 기사 한 분이 맡기고 간 것 말고, 저 애 출신이 늘 좀 궁금했드랬는데, 저 많은 당당한 기사님들도 까막눈이 대부분인데 말쌈이와요, 저 앤 어디서 눈을 띄웠던지,

마님: 저 애 출신이야말로 저 달님만큼이나 당당하지. 마는, 여기서는 그냥 한 유학생일 뿐이니, 출신 알 필요 없잖으냐? 그리고 시동이놈이야, 노상 동화나, 전설, 무용담 같은 것이나 읽었지, 놈은 아마, 무슨 왕자나 기사가 되려 작정을 했을 게다. (웃음, 모두 웃는다.) 그래서 성주님도 저놈 언제든 떠날 줄은 알고 계셨다. 마는, 이 노파(라고 자기를 칭하기는, 이 달빛 아래서이다.) 생각에, 놈은 기사 되기엔 이미 글러먹은 놈이었다. 진짜로 용감할 수 있는 기사는, 첫째 무식해야 되는데, 그럴 때만 '정신은 육체의 도구로 쓰이기 때문

이다. 사자의 몸뚱이는, 사자의 욕망의 도구가 아니드냐? 누가 일단 글자의 맛을 알기 시작하면, 뭐든 생각하려들고, 그러면 육체가 정신의 도구화할 위험성이 따르는 것. 이것을 알고 계시면서도 성주가, 지치지도 않고 하는, 놈의 독서를 두고 '가만히' 즐거워한 데는, 그이 나름의 까닭이 있었을 터이다.

것9: 그래설람, 멋진 기사분들 다 제쳐두고, 글자를 익히 읽는 이라면, 꼽추라도 사죽을 못 쓰잖아요? 순례자님도 그중의 하나였는데,

것5: 글자를 아는 이들에 대해, 저 애가 후한 허벅지('Friendship of her thighs')를 갖고 있는 건, 문잘배쉐의, 글자 읽는 나귀도 알잖으? (빠르게 덧붙여) 이 '허벅지'를 반드시 '치마끈 풀기'에 접붙일 필요는 없겠네.

것11: (기죽은 슬픈 목소리로) 제가 그렇게나 밉나유? 눈 밖에 나도, 눈엣가시보담야 낫잖유?

마님: (허허, 웃고, '것11'의 머리를 쓰다듬으며) 모두 널 괘념해싸서 그러는 것이잖겠니? 하던 얘기나 계속해보렴! 오늘 이 노파가 많이 개안을 하는 것 같거든.

것11: 그, 그, 그래설람유, 그게 자꾸 마음에 켕기고 해쌌던 중인데, 호동 어디 유리라는 데서, 그 이상한 순례자가 오셨더랬지유. 모두 아시다시피, 그이는 시동이를, 손주나 어린 제자쯤으로 생각하신 듯했잖아유? 그이게 여쭤봤더랬네유. 말씀은 어눌하셨지만,

것9: 그인 참 이상했었다누요. 성주님이나 시동이와는 곧잘 말씀을 하시다가도……, 하기야 시동은, 노상 무슨 독룡 퇴치하여, 공주 얻어 행복하게 잘 살았더래, (모두 웃는다.) 꿈만 꾸느라, 전혀 듣지 안했거나, 반죽해놓은 밀가루덩이 같았으니, 다른 말 할 필요는 없겠지만서두요…… 우리 중의 누구라도 만나 뭘 말씀하시려 하면, 금방

더듬기를 시작하고, 한참 동안은 맥이 영 잘 닿지를 안했어유.

　마님: 그건, 나도 안다만, 그건 그이의 생각의 구조가 그렇게 되어, 그 생각을 너희들의 일상용어로 통역하려 하면, 일순 어눌증을 드러내시곤 하는데, 그이의 고장 문법체계가 그렇게 되어서인지, 그이는 흔히, 주어를 생략해버리거나, 술어 앞에다 목적어를 놓거나, 시제나, 단수 복수를 혼동되게 쓰시기는 하지만, 성주님은, 그 문법체계가 어떻게 깨뜨려져 있다 해도, 그들 간의 주제에 의해, 말하자면 멋지게 통화하실 수 있었던 걸게다.

　것3: 그 순례자께서는, 자기는 돼지치기네서 지내는 게, 궁중에서 지내기보다 훨씬 더 편해서 좋으시다고, 굳이 돼지치기네서 지내셨는데, 둘(순례자와 돼지치기)이는 여간만 잘 어울리고 친한 게 아니었군요. 자기는 농부였다나요? 그래 무슨 농사를 하셨느냐고 물으면, 대답은 안 하셔서, 혹간 못 알아들으셔서 이러시는갑다, 하는 생각으로, 손짓 발짓 다 해서, 밭에다 뭘 뿌렸느냐고 시늉해 보일라 치면, 잔잔히 웃으시며, 빈손바닥만 펴 보이셨댔지요. 우리들의 얘긴 거기쯤에서 끝나는 것입지요. (돌팔이 같으니! 禪官이 혼잣말한다, '없음〔無〕'도, '빔〔空〕'도 씨앗이냐? 그럼에도 안포-타즈는, 그것을 두고, '우레 소리 같은 침묵의 법설'이라고, 숙연해 했을 테다.)

　마님: ('것11'을 향해) 네가 아까 무슨 말을 하려 했던가? 그래서 그이가 무슨 말씀을 하셨더라고시나?

　것11: 네, 저? ('것10'를 향해) 내 뭐라고 어디까지 말했었더라? 아, 알겠다. ('마님'을 향해) 네, 저, 그이의 말씀의 요지는, 대략 이러했었나이다. 어느 고장에나 없이, 그런 식 저런 식으로 버려진 아이들은, 흔치는 안해도, 없는 것도 아니지만, 그런 영아들의 대부분이 역사나 야담(野談) 속에서 실종되어버렸음에도, 한 두엇만, 특히 인구에 회자되어오고 있다면, 저들을 수태(受胎)한 채, 둥둥 떠 흘러온 그 바구니들은 그렇다면, 달리 생각해보아야 할 것 같지 않으시냐며, 그것은 눈에 보이는, 실제적, 인공적 바구니와 달리, 어떤 천기(天機)나 무기(巫氣)랄 것을 담은, 그러니까 어떤 종류의 밀종적 '야나Yāna' 같은 것이나 아닌가 하는 생각도 드신다 하시더이다. 이 '야나'는, '바퀴〔乘〕,' 무엇을 싣고 다니는 '수레' 같은 것을 이른다는데유, 저 '바구니'는, 보기에 좇아, 한편에서는 '胎'라고도 이를 수 있을 듯하며, 다른 편에서는 '召命'이라고도 이를 수 있을 듯하다고도 하시며, '胎'라는 경우는, '習氣(Habit-energy, Vāsanās)'의 문제를 거론케 하며, '召命'이라는 경우는, '遺傳된 陰氣'의 문제를 살펴보게 한다 하시더니다. 그래서 보면, 사람의 태어남에는, 크게 나눠보면, '습기나 소명'에 의해 태어나는 경우와, '갈마'에 의해 되돌아오는, 두 종류가 있어도 뵌다며, 웃으시더이다. 대개, '비범한 출산'은 전자에 속한다 하시더이다.

　마님: 쓰이는 어휘가 문잘배쉐의 것과 달라서 그렇든, 그 의미가 생소한 것이어서 그렇든, 이 노파의 지혜가 작아서 그렇겠지, 따라붙이기에 거 여간만 난삽한 게 아니군. 다른 건, 사실 짐작조차도 되잖으나, '소명'이라면, 뭔지 느껴지는 것까지 없는 것도 아니구먼.

　— 돼지치기네 부엌방. 마당과 돼지우리를 내어다볼 수 있는 작은 南窓. 하루 두 끼니만 먹는, 쫏里僧께, 매우 이른 저녁 공양을 가져간 '것11'. 벌꿀술mead과 잔이 올려진 상판을 앞에 두고, 늙은 중과 젊은 여자가 담소하고 있다.—

　것11: '갈마'의 까닭으로 돌아오는 이들에 관해서야 별 의문 날 것은 없을 듯 한뎁쥬.

순례자: 자네가 뭘 캐물으려는지 모를 것 같지는 않네만, 이보게, 천기누설하면, 어떻게 되는지 알거를? 튠시(春詩)스러운 비유로 비유한달작시면, 천기란, 영감 설풋 잠든 틈 타, 얼른 마을 갔다 오는 길에 오줌 누고 돌아와 누운, 어떤 상전네 막내첩 같은 것이거든. 의뭉스러운 머슴놈이, 벼락불에 콩 구워먹듯, 훔쳐 먹었다 해도, …… 흐흐흐, 거 안돼네, 발설했다 무슨 일이 일어나게?

것11: 의뭉 떨고 계시네유! 지금 하신 말씀도 그런즉, 그게 천기누설 아니고 뭐겠에유? 아둔한 소녀까지도, 누구네 하인놈이, 그 댁마님과 놀아났다는 것쯤 환하게 알아버렸잖유? (마당 뒤적이든 돼지 새끼들까지 놀래도록, 둘이는 웃는다.)

순례자: 덫을 피해 도망치려다, 함정에 빠졌군그래. 그래도 그렇지, 이 늙다리 중이 아무리 돌팔이라 해도, 그의 바짓가랑이를 붙들어 한사코 끌어내리려 해서야 되겠는가?

것11: 그러심선 스님은, 처음 뵐 때부터 내두룩, 이 못난 가시나의 목덜미는 왜 자꾸 보셨나유?

순례자: 헴, 이거 들켰군, 들켰어! 흐흐흐, 흠에도 어느 중뇌미, 연꽃이 곱다고, 연못가에 펴져 누워, 농조(弄鳥)질한 고름 연꽃에 쏟는 거 보았는가?

것11: 힉, 힉힉킥, 소녀 같은 계집아이도, 조금은 예쁜 데가 있으께유? 하기야, 연꽃을 보기나, 계집을 보기에 다름이 없다면, 암툿 보듯 흠씬 건너다보셔도 안 될 것 없겠네유!

순례자: 햐 이거, 이 미슬토는, 떼어내려 해도 안 되는구먼. (크게 웃고) 이 늙다리 땡중은 그런데, 이 낫살 되도록 아직 자네 말한 거기까지는 미치지를 못하고 있는 듯하다네. 그래서 돌팔이 못 면하는

것 아니겠남? (미슬토mistleto, 이는 뱀파이어 플랜트vampire plant라
는 이름도 갖고 있는데, 특히 참나무汁을 빨아 자란 것들은, 드루이드
Druids의 仙藥材로 알려져 있다는 갑더라.)

것11: 다른 스님들을 들어 설하시기를, 그이들은, 심지어 선/악에
대해서까지도 구별심을 드러내시지 않는다 하신 걸로 기억하는 뎁쥬,
연꽃과 호박꽃 가릴 일도, 필요도 없는 것 아니겠어유?

순례자: 이보게, 자네 손은 젊어서, 늙은 뺨에 따귀가 아퍼! 그만
해두게나! 오죽했으면, 먼저 간 늙은네들이 젊은 엔네들의 아름다움
을 두고시나 송장이 드러내는 '아홉 가지 변화(九想觀)'까지 설했겠
나?

것11: 히힣힣, 유리의 고승 한 분이, 배고파 죽어가는 늙은 호랑이
를 보고, 불쌍하게 여겨, 자기 웃통을 벗어 먹이려 했었대랬더라는
얘기, 누구보다도 성주님이 감동했었드랬쥬? 허나 그 몸은, 소사니
카(Sosāinika, Frequenting of cemeteries) 고행 중, 기체(氣體)로
화해, 호랑이의 배를 채워주지 못했더라고 하시잖으셨나유?

순례자: 에끼 이 사람, 어법은 완곡해도, 거 용서 못할 소리를 하
고 자빠졌구만! 이 돌중이 늙은네라고 깔보면 못써!

것11: 히히힣, 힣, 소녀의 머리끄덩이를 끄셔유!

순례자: 전에 자네들 앞두고, 잠깐 유리의 수도부들 얘기 비춘 적
이 있었던 듯한데 말이시, 그네들의 고행의 목적은 '불감(不感)'이라
고 하잖았던가? 반해서, 수도남들의 그것은, 그와 정반대되는 것이
었다는 것, 얹어두겠네.

것11: 그, 그러시니깐, 간두루, 예를 든다면, 간두루, 그렇군읍쥬,
쉽게 청각을 하나 예로 든다면입쥬, 수도부들의 경우는, 성한 귀로,
소리의 불음화(不音化)를 성취하려는 데 반해서, 수도남들은 들리지

않는 소리, 신들도 못 듣는 침묵, 또는 무음(無音) 따위를 듣게 되기까지 정진한다는 말씀이신가유?

순례자: 자네가 슬그머니 딴전 피우고 있는 것도 모르지는 않네만,

것11: 직접적으로 말씀 드린다면, 스님은 포-노제나리안(Pornogenarian, 'a dirty old man')이어라유! (킬킬거린다.)

순례자: (함께 흐흐거리고) 자네 공주님 말입습지, 상속 받을 영지인지, 나라인지가 얼마나 크든, 자네만 한 암소라면, 시바śiva신의 땀방울이라도, 수용할 만하겠구먼! 그 밭에 풍작이 있기 바라노라.

것11: 축복에 감사하여이다!

순례자: 말인데, 우리들의 말머리가, 썩 바랄 만한 방향으로 돌려져, 잘 달리고 있어 말인데 말이야, 이 낫살의 비구라도, 젊은 기사님들모양, 특히 자네 요조숙녀 말이지, 여기저기 핀 민들레 같지는 절대로 안해, 희귀종이라 해도 틀릴 성부르잖는데, 그런 젊은 옌네를 보면, 숭배의 정이 일고, 그러자니, 아까 '구상관'을 말했네만,

것11: 스님은 시방, 완곡어법으로시나 춘시(春詩) 한 수 읊고 계시쥬? (킬킬거리며, 볼 붉히며, 눈 흘기며, 호들갑 떨며, 순례자의 빈잔에 술을 따른다.) 소녀는, '불감증'을 도모하겠나이다. 수도부의 신보시란, 그런 것 아니겠납슈? 그러구 보면 스님께옵서는, 문잘배쉐의 암톳까지도, 모조리 간(姦)하셨읍져?

순례자: 쉿, 그래도 동네방네 소문만은 내지 말어! (힐힐거리느라, 잠시 말을 중단했다 잇는다.) 비옥한 밭[9]이 있어도 황폐해져간다면, 비구(比丘)란 근사남(勤事男)이라고도 이르거늘, 어찌 그 밭 갈아씨 뿌리려 하잖겠는가?

것11: (웃음을 끊지 못하며) 비록 그러하시려 해도, 시동이놈이라면 몰라도, 소녀의 개종(改宗)은 기대치 마셔유!

순례자: 씨 뿌리는 자가 들에 나가 씨를 뿌릴 새 혹 마른땅에도 떨어지고 혹 반석 위에도 떨어지느니…….

것11: 불감증을 도모하는 자궁은, 그 자체가 마른땅이나 반석 아니겠나이까?

순례자: 자네 그래싸봐도, 이 중의 눈에는, 말이지, 자네 말야, 유리의 수도부가 아니라, 불의 울타리에 갇혀 잠자고 있는 발키리라네. 늙은 귀에도, 저쪽 가는 용감한 시구르트Sigurd의 말발굽 소리가 들리는 듯한데…….

것11: (조금 신중한 얼굴이 되어서) 생각보다 빠를 수도, 또 늦어질 수도 있겠지먼유, 무슨 그래야 할 사정도 있는 듯하구유…… (눈에 이슬방울만 한 눈물이 잡히는 듯했으나, 얼른 명랑한 얼굴이 되어) 성주님이나 마님께서두, 별로 더 가르칠 게 없다고 하시며, 귀국을 권하거든유. 두 분 공히 발군의 석학이신 것은 아십쥬네?

순례자: 건 좋은 소식이구먼!

것11: 걱정은입쥬네, 소녀 같은 투미한 미련둥이가,

순례자: 그 태도는 상찬할 만하구먼. 겸허한 귀는, 개구리나 당나귀울음까지도, 뜻 있는 소리라고 귀담아 들을 거거든.

것11: 하오니, 법음(法音)을 베풀어주시는데, 저어하시지 마셔유! 네?

순례자: 흐흐흐, 홋! 자네 공주 나으리 말이지, 이 땡중을 국사(國師) 삼으려는 건 아니겠지맹? 그만두겠네! 딴 데 가서 알아봐!

것11: 너무 커서 들리지도 않는, 민중의 소리는 어떻게 듣나유? 사실은, 감지(感知)한다고 해야겠나유? '소명' 말씀이어유.

순례자: 이 미슬토는, 떼어내려 해도 안 되는구먼! 아무리 이 늙은 중이 돌팔이라 해도, 그의 바짓가랑이를 잡아, 자꾸 더 끌어내리려

해서야 되겠는가?

것11: 그러심선 스님은, 이 못난 가시나의 목덜미는 왜 자꾸 보시나유?

순례자: 으? 흐흐흐, 흐흐웃,…… 자네들이 어떻게 받아들였든, 그것은 자네들이, 상대가 중이라는 그 선입관 탓으로, 중 쪽에서는 해본 적도 없는 설법을 했다고도 이르는 것으로 아는데, 그건 아무렇게나 생각해도 상관은 없겠네만, 이 땡중더러 법설을 하라구? 안 하고, 누워 잘 일이지. 설할 법이 있어야 말이지, 안 그런가?

것11: '부처님은 아무 짓도 하지 않는 이'라기에 말씀인뎁쥬, 스님은 부처님이십쥬?

순례자: (재채기모양 캑캑거려쌌더니) 이 땡중을 '개새끼〔狗子〕'라고 이르는 말이겠네?

것11: 건 또 무슨 새빠진 말씀이시께유?

순례자: '萬有有佛性'이라는 소리를 두고, 누가(趙州) 그랬다더군, '狗子無佛性!'

것11: 해, 해해, 핵, '萬物은 다 金性을 갖고 있다.' 또는 '萬人은 다 神性을 갖고 있다'고 하는 그 맥락에서는, 스님은 개새끼가 아닌 것은 아니겠어유.

순례자: (숨이 가빠 넘어가도록 흔쾌히 웃고) 뭔 소리로 자네가 개장국을 끓이려는지, 모를 성싶지는 안해도, 그런 혀는 진종일 늘였다 해도, 한마디 말도 한 적이 없다는 소리 나오겠는걸.

것11: 납이나 돌을 두고시나 金性이 있다고 일러도, 純金을 두고 金性이 있다고 하면, 여간만 이상하지 않잖아유? 마찬가지로, '더러운 늙은탱이'나, '영계보채, 입 귀퉁이로 개기름을 줄줄이 흘리는 남자'도, 어쨌든 神性을 감춰 있다고는 말한다 해도, 神을 두고 神性을

갖고 있다고 말하는 것은,

순례자: 이봐, 자네는 어쩐다고, 사람 앞에 두고, 그리도 옹골차게 면박을 주나?

것11: 핵핵핵, 소녀도 '영계'스러운 데가 있으끄유?

순례자: 이 늙은탱이한테는, 환갑 넘은 할마씨도 영계여. 그, 그런 즉슨 갖다가시나, 이 돌팔이중은, '개새끼'도 못 되으이!

것11: 그러심 보디사트바이십쥬?

순례자: 늙은 중이 바라기는, 한 번 더 반복해 말하면, 바라기는, 모든 유정이 다 이 고해를 벗어나게 되기겠구먼! 그러나 보디사트바는, 그것을 위해 뭐든 열심히 행하는 자라 하잖던가?

것11: (쿡쿡 웃으며) 이런 말씀 천만번 꾸중허셔도 어쩔 수 없네유, 스님은 돌팔이 부처셔유!

순례자: 건 뭔 소려? 부처도 돌팔이가 있다는 말 첨 들어보누먼. (웃음 탓에, 입을 다물지 못한다.)

것11: 말씀하신 그 '바란다'는 뜻에서 보면, 보디사트바이신데, '행하지 않겠다'는 뜻에서 보면 부처로 보이니 그러합쥬 뭐.

순례자: 야, 이거 참나무 한 대가, 미슬토 한 포기 탓에 하릴없이 쓰러지누먼! 아까 공주마마 물으려 했던 물쏨에 이 늙은 비구가 해올릴 물쏨은, 돌아가서, 성배(聖杯)지기 늙은네나, 잘 건너다보라는 소리밖에 없겠구먼.

것11: 그런즉 문잘배쉐의 황폐를 곧바로, 문잘배쉐가 불러냈다는 말씀이겠나유? 풍요롭게 살다 사람들은, 어째 하필 황폐를 꿈꾸오리까? 그것은 어떻게 극복될 수 있으리까?

순례자: 우레가 하는 설법(Brihadāranyaka Upanishad)도 들어본 적이 없었던가? 다(Dāmyata, Control, 제어하라)! 다(Datta, Give,

주라)! 다(Dayadhvam, Compassinate,—意譯이 용허된다면—서로 사랑하라)!

것11: 그 벽력은, 아직도 숫총각을 못 면한 듯한데유! 좋은 제시는 현명한 이들이라면 누구나 할 수 있잖나유? 비가 따르지 않는 우레 소리는, 어디서나 간간히 들리지만유, 일고여덟살배기는 그래서, 장가를 들여놔도 애를 못 만들잖아유? 운문적이기에는, 현재의 처지나 상황은 너무도 산문적인 걸유! 그런 우레 소리 들려온 지는 무량겁 전부터였을 것이온뎁쥬, 종교적 고행자들까지 이 자리에 끌어들이려 하지만 않는다면유, 그래서 바꿔진 게 무엇들인지, 소녀가 너무 산문적이 되어서일랑가는 몰라두유, 소녀로서는 알 수가 없다. 그건 기억에도 나지 않는 옛부터 울어온, 숫총각 벽력의 농조질의 되풀이 말고, 그래서 마른 풀잎이라도 하나 소생시킬 수 있었으께유? 외람된 말씀이오나, 스님도 노파여유, 실답잖아유! 말씀이 너무 많아유! 돌팔이 부처여유! 거 별로 어울리지 않는 시늉 좀 덜 내셔유!

순례자: (일어나, 합장하여, 깊이 머리 숙인다.) 할 만한 법설이 없다 하되, 그건 들어볼 만한 법설이로다. (둘이는 소리 내어 웃는다. 돼지새끼들도 기겁을 한다.)

것11: 이거, 언제부터도 여쭤보려 벼르든 것인뎁쥬, 기회를 얻지 못했는뎁쥬, 스님의 안목엔, 이 우주 간 어떤 사물이나 존재 모두가, 그냥 무슨 거울이 비춰내는 그림자[影]나 허깨비[幻] 같은 것으로밖에 보이시지 않으신 겁쥬?

순례자: 그 '거울'을 유리에서는 '마음Mind'이라고 이르는데, 문잘배쉐에서는 '심리(心理, Psychy)'라고 이른다는, 어떤 해박한 이(Jung)의 말을 빌려 써도 될랑가 모르겠네그리.

것11: 유리식(羑里式) 관법에는, 실물(實物)이란 그런즉 존재치 않는 것이겠습쥬? 안포-타즈 성주님의 상고까지도, 실재적인 것은 그러니 아니겠네유?

순례자: '마음의 우주'의, 하향식(下向式) 관법을 빌리기로 하면, 대개 그렇게 되겠지. 존재나 사물은, '알맹이'가 없어 '空'이라는 얘기겠지만, 근본적으로, 태어난 바도, 지어진 바도 없다는 얘기겠네. 저들의 '空'論은 거기서만 끝나는 게 아닌 듯해서, 그건 모순당착으로밖에 달리는 이해되어지지가 않는데, '斷見(Ucchedadarśana, 虛無主義?)'에 떨어져내리려 하잖은 고투, 고행이 거기 보이더군. 상향식 관법, 즉슨 유리식 '밝'論은, '진화론'을 바탕으로 삼고 있다는 얘기는, 지금 또 하면 천두번째나 될 거를? 하향식 관법에는, (아무것 하나) 본디도 없었으니(不生, Ajāta), 없는 것에서 무엇이 있을 수 있겠느냐(無生, Anutapanna)라 하되, 그건 홈잡을 데 없는 논리적 비약이겠는데, 그럼에도 '아(阿, A-)'라는 이 부정접두사(否定接頭辭)에, 특히 주목해야겠잖다구? 이 부정접두사가 그래서보면, 하향식 관법의 흑혈Black Hole일 듯한데, 이 흑혈을 태혈Womb Hole화하는데 상향식(上向式) 관법이 쓰이겠네. 그렇다면, '阿'라는 부정접두사를 불러내게 된, 어떤 실체, 또는 그런 무슨 대상이 전제되어 있는 것을, 아무리 안 볼래도 안 볼 수가 없어 보다 보면, 저 부정접두어는, 매우 매우 역설적이게도, 그것이 부정하려 하는 것을 긍정하고 있다는 데로 눈을 돌리게 된다 말이지. 무엇이 있었기에, 그 무엇을 부정한다는 식인데, 이 탓은 언어구조에 돌릴 수 있는 것만도 아닐 성부르구먼. 마는, 그 관법을, '마음의 우주'로부터 '몸이나 말씀의 우주'에로까지 확대 확장하려 하지 않는다면, '실다움'은 그것이라는 믿음 또한 없는 건 아니지. 다만 그 관법에, 전도가 있었다는 주장이겠는데, '밝'論의 입지는 여기에 두고 있는 것이겠네. 그렇다면, '몸

60

의 우주'에서, 상향식(上向式)으로 관찰하는 결과는, 또 달라지잖겠남? 답박 덮어씌우기로 말한다면, 이 늙다리 비구는, 이게 이러면 천 세번째 반복이 되겠는가, '진화론'을 기조로 한 '몲(몸＋말＋맘)'론자(論者)인데, 그래서 단정해 말할 수 있기는, 안포-타즈가, '몸'이나 '말씀의 우주'에 머물고 있는 한, 그가 않는 상고는, 실재적, 너무도 실재적이라는 것이겠네! 아으, 이 한 비구는, '몲論'의 정립(定立)을 위해, 한 삶을 다 바쳤었구나! 이 '몲'론자는, 그 구부려진 부분은 펴고, 그 감춰진 것은 드러내려 했으며, 시들어가는 자리는 살려내려 하고, 둥치가 잘린 자리는 소생시키려 했으되, 모든 뜻있는 이들이 그러려 해왔음에 분명한, 없는 것을 있게 하려 하여, 무슨 씨앗을 뿌리지도 안했으며, 못했다고 하는 게 옳겠는가, 왜냐하면 인류의 업적으로 삼는 말한 바의 저것들은, 이미 있어온 것만으로도 이한 우주가 무너질 때까진 너무도 충분하다고, 믿었기 까닭이다. 그것들은 그러나, 하나하나가, 구멍만 뚫리고, 끈에 꿰어져본 적이 없어, 인류는, 자기가 이룬 업적의 까닭으로, 차라리 더욱더, 모순당착의 심연에 빠져 허덕이고 있거니, 그리하여 마침내, 유리의 늙은 비구 하나가, 그 구슬들을 한 끈에 꿰어, 하나의 꿰미를 이뤘다고 말한다면, 서낭당 귀신으로부터, 자네네 하늘의 대신까지도 함께 일어나, 노발대발하고선, 자네네 로키Loki에 대해서처럼, 특히 이 한 돌팔이 중을 벌할, 새로운 형죄(刑罪)를 찾으려 할 것인가? 아니면, 이 세계가 송두리째 하나의 사원(寺院)이나 회당(會堂)으로 변할 듯싶은가?

것11: (순례자가 하던 뽄을 따, 일어서서, 합장하여, 고개를 깊이 숙인다.) 아둔한 소녀가, 알긴 뭘 알아유, 마는, 알겠네유!

순례자: (한 잔 술을 단숨에 마시고, 자작해서 한 잔 더 마신다. 망연

히 창밖을 내어다보다, 돌아와) 자네 '소명'에 관해서 말하지 안했었던
가? 그랬댔군, 그러구 보니 안포-타즈는, 하나의 위대한 소명, 우주
적 소명에 불려나온, 야누스의 한편 뺨을 펼쳐 보이지 안했던가? 하
늘 쪽 뺨은 '기독'이며, 땅 쪽 뺨은 '안포-타즈'가 아니었댔나? 그러
자 둘의 어부왕(魚夫王)이 나타난 셈이구먼. 이 '어부'들은, 자네네
동네 인구에 매우 시끌장하게 회자되고 있는 어떤 이(자라투스트라)
가, 「꿀 공양The Honey Offering」(Zarathustra 4章)」이라는 제목
으로, '그리하여 나는 오늘, 물고기를 잡기 위해, 이 높은 산정(山
頂)에를 올랐거니/누가 높은 산 위에서 물고기를 잡은 이가 있었던
가?' 한참 쉰 뒤 계속하여, '아, 사실로 나는, 쓸 만한 생선을 잡으려
는 희망으로, 그들의 바다에 그물을 던졌었으나, 그때마다 나는 늙은
신의 대가리나 끌어올리곤 했더니라'라고(Of poets) 크게 떠든 소
리가 있어―그는 그때, 저 심연에서 '성배'를, 걷어올린 것은 아니었
겠는가? 마는, 그에게 그것은, 독수리와 뱀 등, 그의 식구들 저녁식
탁에도 올릴 수 있는 것이 아닌 것이었던 듯해, 적이 슬프다―들은
일이 있었더니, 이 늙은 비구도 그래서, 저렇게 목청 높인 이의 눈으
로 보게 되어, 보고 보니, 저 어부왕은 그런즉, 문잘배쉐라는 저렇게
도 쑤악한 황무지에서 물고기를 낚으려, 낚싯줄을 드리우고 있는 것
도 뵈더라. 마는, 설마 젊디젊은 자네까지도, 저 허무주의의 독생자
(僞조로아스터)의 빈중거리고 비아냥거리는, 빙충맞은 넋두리를 곧
이곧대로 받아들이려 하지는 않겠지? 처음 그는 대개 추상적이랄 얘
기abstract idea로부터 시작했다가, 어느 일점에 다다르면, 그것을
팩 쭈그러뜨려reducing, 일상적 언어everyday idioms로 감싸, 견고
한 이미지concrete image화하는, 젊은 정신들을 매료할 화술이 있
다고 찬양되어져 있는 것은 알지만, 그 기술art 탓에, 비극적이게도

신(보다도 더 abstract idea가 또 어디 있겠는가?)이 죽는다. 어디서 주워들은 말을 옮기면 이렇네라. '...reducing an abstract idea to concrete image by means of everyday idioms is of the essence of his art.'(*Thus Spoke Zarathustra*, Penguin Classics, P. 342, Notes 33.) 이는 다름이 아니라, 저들은 '추상적인 것들은 잘 사유치 못한다'는 그 말이겠는데, 첨언해둘 것이 있다면, 예의 이 말하기의 art는 天竺이라는 고장의 현자 시인들이 입만 열었다 하면, 써먹는 그것이어서, 듣고 또 듣다 보면 귀에 고름이 고이게 하는 것인데, 양자의 다름은, 하나는, 수증기가 올라 구름이 되는 쪽, 그러니까 concrete image를 abstract idea化하는 데 그 기술을 써먹고, 다른 하나는, 구름이 비가 되게 하는 데 써먹고 있다는 것이다. 그래서 천축에서는 神들이 버글버글 태어나 흔전만전인데, 그래서 湖西에서는 神들의 씨가 말라가고 있음인저! 계속하면, 후자는, 이 늙은네 편에서는 이렇게 밖에 말할 수 없어 미안하지만, 한 찬달라(Chandala, 이는 'Fierce' Untouchable의 한 대명사로서, 僞Zoroaster가, 'Superman,' 또는 'Overman'의 Antithesis로 써먹는 이름으로, 그리고 알고 있지만, 이 경우는 'man'—이 'man'은 小文字인 것에 주목해야 한다—의 Antithesis로서의 저 특정한 Super/Overman을 이르는 것으로 바꿔 이해해주기를, 늙은네는 바란다. 반복하면, 僞조로아스터가 man의 Antithesis이다)가 기왕 있어온, 인류가 달성한 모든 고귀한 것들에다, 오줌 갈겨대면서, 광열의 진저리를 치며 하는, 한 광적시꾼이 읊은 소리에 대한, 호의를 품은 이의 한 탁월한 해석일 터인데, 빌린 구절은, 그 자체로서는, 자기 발붙인 자리보다 위에 있거나, 눈에 아스므레한 것이라면, 그것이 무엇이든 끌어내리거나, 흙탕에 헹군 옷을 입히려드는데, 한 징검다리 건너뛴 비유로 말하면, 그것이란, 옻칠한 낫 같아서, 그 낫으로 거둬들이는 곡식을 먹은 자마다, 창자의 안벽으로부터 일어난 가려움증으로, 송신해 못 살게 하는 것인 것. 그럼에도, 저 구절이 야나(乘, Yāna) 삼고 있는, 두 극점(極點)에 놓은, 'abstract idea/concrete image'라는 두 쌍의 어휘들은 매우 중요하게 여겨진다. 그것을 이 늙은네식으로 빌려 이용하기로 한다면, '몸—말—마음' 사이의 '門/無門'을, 또는 自然/文化 사이를 자유자재로 넘나드는 '야나'일 수도 있으며, 그럼으로 'abstract idea ↔concrete image'라는 투의 '도식(圖式)'을 만들 수도, 그런 어떤 '축(軸)'을 삼을 수도 있어 보인다. '詿'門의 여덟번째 아손 하나가, '詿'門의 관법으로 굴절했거나, 고의적 전와(轉訛)를 자행한, '에우헤메리즘'도 그런 것이라고, 대강 짚어두면 좋을 게다. 만약 그러하다면, 필요할 때마다, 라는 말은, 어떤 abstract idea를 말하고 싶은 때마다, 이 concrete image화한 야나를 빌려 타려할 것이라는 말인데, 저것을 concrete image화한 자가 언제든 방자 역을 하게 됨은 분명하다. 그는 분명히, 좋은 눈을 가진 현자였다. 그에게 감사하다고 해둬얄 테다. 그래서 그것을 부려먹기로 한다면, 이런 얘기부터 하게 된다. '이름'으로 이를 수도 없는 저 무엇?그것을 선인들은 'TAT(That)'라고 일렀던 듯한데, 이 絶對的 abstract idea가 사람의 인식의 그물에 옭혀들었을 때, 限定的 abstract idea, 즉 'SAT(Beness)'화를 겪게 될 터. 그런데 다시 또, 이 '가정적 abstract idea'를 'concrete image'화하려 하여, 가정적 '이름'을 붙이려 하면, 그 과정에서 모든 추상적인 것의 격하reduce현상이 일어나고, 결과 신까지도 땅에 부득쓰러져 피를 흘린다. 반복되지만, 神이 죽는다. 대신 대지가 찬양된다. '詿'論門의 돌팔이중의 생각엔, 이 '사트'에다 꼭히 '이름'을 붙이려 할 필요는 없는 듯하다. '이름'에 좇아, 이 'abstract idea'까지도 'concrete image'화한 것일 것인데, 그러니 이름이 없는 것은 태어나지 안했으니, 태어나지 않은 것은 죽지도 않을 것 아니냐? 재미있다고 해야 할 일화는, 어떤 깨우쳤다는 이가, '神은 죽었다!'고 외치고 나섰을 때, 어떤 다른 이 하나가(Jung), '神을 믿지 못하는 이들의 심정 속에서는, 어쨌든 그는 죽은 것이다'라는 투로 각주를 붙이고 나섰더라는 그것인데, 하긴 으스락딱딱해 보이지 않는 것은 아닌 듯함에도, 한쪽에선 철없는 애가 똥 싸 뭉개 칭얼거리고 있어 보이며, 다른 쪽에선, 소갈머리 없는 노파가, 그 똥 치우고, 기저귀 채워주고 있어 보이지 않는가? 죽는 것은, 예의 저 'concrete image'일 뿐일 테다. 이 말은, 그것(concrete image)은 죽을 수 있어 죽었다 해도, 본디 'abstract idea'였던 것까지 죽은 것은 아니라는 그 말인데, 결과는, 자연이나 천체의 운행 따위를 '내어다'보며, 어떤 신비한, 초월자를 상정해내려 했던 혈거민 이전의 상태로 소급 역행했거나, 거기 차투린드리야들의 공포에 질린 얼굴들이 보인다, 거기 진화의 역행, 소급이 있다. 이것에다, 동화식 화법을 입힌다면, 그 길에 들어선 왕자들이, 그네의 주술에 한번 씌워진 당장, '짐승(차투린드리야)'으로 변신케 된다는, 마녀네 우리간 풍경으로 나타날 테다. 그것은 '순화의 나무'를 오르던 나무늘보의 되내리기, 또는 추락의 결과일 것이지만, 이 늘보가 노상 본둥치만을 오르고 있는 것은 아닐 수도 있어, 자칫 곁가지를 본둥치로 잘못 알아 거기로도 나아가기도 하는 모양인데, 동화는, 거기, 모든 것을 '바위'로 만드는, 마법의 판수(앞서 들먹여진 바의 그 찬달라 'Sorcerer')가 기다려 있다고 일러준다. '허무주의'의 동화적 변용이 '바위'였을 것인데, 다른 국면에서보다 현학적 어투를 걸치기로 하면, 추상적(抽象的) 아이디어 abstract idea의 구상적(具象的) 이미지concrete image化가 저 추상적 아이디어의 '바위' 되기 일 테다. 이편에서 보면, 이 판수의 마법의 지팡이(는, 神보다도 더 강력한 힘을 갖고 있어 뵈는데, 판첸드리야의 '言語'겠지) 끝에서 바위가 되는 것은, 누구도 아닌 '神(들)'인 듯하다. 그렇게 바위가 된 신(들)은, 그런 뒤, 저 마법사네 정원에 유폐된다. 이 '정원'이라는 운문적 어휘를 산문적으로 환치한다고 하면, 왜냐하면 '신'이 관련되어 있으므로, '종교'로 바뀔 테다. 이것은 그러나 저 무(巫)질하는 것들에게 잡힌 '신(들)'의 경우며, '왕자'들의 경우는, '허무주의'라는 그 반대편 모습을 드러내는 것이 보인다. 이 판수의 마술의 지팡이는, 역설이라는 붉은 용의 역린(逆鱗)과, 모순어법이라는, 독수리와 독사, 양두(兩頭) 바룬다새의 창자 속 독액으로 연금된 것이어서, 그것의 능력은, 또한 신(들)보다도 막강해 뵈는데, 문제는, 그것은, 남을 칠 때마다, 사실은 마법사 당자를 치고 덤빈다는 데 있을 것이었다. 그것이 역설이며, 그것이 모순어법이다. 그는 먼저, 추상적 아이디어를 그 지팡이로 쳐, 바위concrete image로 만들기엔 성공적일 수 있겠으나, 저 추상적 아이디어 자체에는 아무런 흠집도 만들어내지 못했다면, 이 경우, 구상적 이미지화하겠다고 나선, 바로 그 자신들을 바위로 만들어버린 결과를 초래하게 된다는 것이다. 이게 무슨 빌어먹을 노릇인가? 판수네 '바위'를 마녀네다 옮겨다 놓는다면, 우리간에 우크르한 '돼지(짐승)'로 변할 테다. 육신적이었는가, 정신적이었는가, 그 다름이 있을 뿐이지, 저 둘은, '人間'을 실종해버렸다는 의미에서는, 어째도 다르지 않을 테다. 돼지와 바위. 이것에 의해서도 그는, '人間'의 antithesis인 것. 그는 참으로 비극적이고도 손해나는 수사학을 발전시킨 것인데, 대개의 지성인을 대표한 그의 비극, 그의 손상이 그것에서 끝나지 않은 데 난제들이 쌓이는 까닭에, 늙은 돌팔이중까지 나서서, 저 '젊은네'가 잘못 굽힌

부분을 펴려기에 눈썹을 축내고 있는 것이다. 변화하는 세월 안에서, 어떤 한 시절, 그 한 시절의 한 고장 사람들을 열광케 했던 노래라도, 그 시대적 폐쇄적 상황에서만은, 예를 들면 문잘배쉐 같은 것일 것인데, 어떤 식으로 사람들의 심금을 울리고 광열케도 할 수 있었으나, 변화의 까닭으로 그 폐쇄의 벽이 무너나는 날, 그리하여 광야 가운데 드러나져야 한다면, 그렇게도 절실했던 그 노래도, 슬프지만 산울림 같은 것으로, 사람들의 고막에서 사라진다. 그것은 '흘러간 옛 노래'로서만 기억될 뿐이다. 소주잔에나 취하면, 아직도 이 흘러간 옛 노래 때문에, 우는 자들도 왜 없겠는가, 마는—. 그것은 분명히 광야의 노래가 못 되었던 것이었던 게다. 그보다도 무량겁 전에 불리워졌던 노래가, 아직도 그 서곡도 채 못 불리워진 것들이 있다. 그런 것을 폐쇄의 노래 대신, 광야의 노래라고 이른 것인데, 이런 것을 두고 맞다/틀리다고 입 대려 할 필요는 없을 게다. 그런즉, 이 늙은네가 자네라는 젊은이라면, 그랬음에 분명하지, 라는 말은, '막대를 쥐어들어, 칭얼대는wailing 저 배우actor, 저 진리의 날조자fabricator, 가슴 밑바닥으로부터 사기꾼인 저 무당sorcer의 다리몽생이를 매우 후려쳐, 뜨겁게(warm—히히, 이 단어는 괜찮게 쓰인 듯하다) 해주었겠구먼(The Sorcerer).' 아으, 저 진리의 날조자의 눈이 그래서라도 뜨여, 보이지 않는 것abstract까지도 볼 것이라면, 어찌 그의 손가락이라도 하나 탁 잘라내지 않겠으리요? 손가락이 잘리면 그는, 손가락 대신 달을 볼 테다. 앞서도 밝혔거니와, 그는 달을 가리키다 노상 제 손가락에로 돌아오는데, (如愚見指月/觀指不觀月. 『능가경』「찰나품」) 사실은, 손가락을 펴서 손가락을 먼저 보이고 난 뒤에는(concrete image), 달(은 abstract idea의 한 상징으로 상정되었을 테다)을 가리켰어야, 우주의 탐색이나, 심지어 정복에 나선 정신이라 할 것이며,

아예 없었다 해도, 신은 거기서 태어났을 것이었다. (그것이 天쓴 현자들의, 설법의 art였던 것을!) 그런 정신을 초인적이라는 방언으로도 표현할 수 있을 테다. 들리지 않는 것, 보이지 않는 것, 단단하게 만져지지 않는 것, 천녀(天女)들의 샅 냄새, 씹으면 없어도 입속에 가득 담기는 것, 말하자면 표현을 못 입은 말 같은 것, 그런 것까지도 알아내는 정신을 구비한 것이 五官의 성취겠거니와, 어떻게 돼서인지, 저 진리의 날조꾼은, 달에서 노상 제 손가락에로 돌아와, 판첸드리야 로카(界)를, 차투린드리야 로카화하는, 무(巫)질에 나섰는지, 그것 여간만 남세스레 여겨지지 않는다. 석가무니에 대해서 마라 māra처럼, 이 Sorcerer는, 기독에 대해서 작은 마라('antithesis'라고 이르는 갑덩만)로 보인다. 대지(大地)를 고집하는 자는, 키가 작다. 그래서 그는, 노상, 키 큰 이를 비아냥거리parody되, 이 세계를 이룬 '셋의 우주'에 대해 눈을 뜨지 못한 것이 그의 탈이다. 앞서 말한 대로 그는, 나름대로의 화술의 장인(匠人)이어서, 누가 그의 몇 구절로 그를 다치려들면, 그의 어망(語網)에 꼼짝없이 걸려들기도 쉬운데, 분명한 것은, 그는 달을 가리키다 손가락 빨기에, 젖 먹던 힘까지 쏟아 붓는 자라는 것, 손가락 빠는 자의 혀가 천하 없이 길다 해도, 곤(鯤)이나 붕(鵬)까지야 무슨 수로 휘감아 삼키겠느냐? 판첸드리야가 탐색했거나, 정복한, 보다 광대한 우주적 언어 중에서, 몇 어휘를 빌리기로 하면, 특히 예 들어진 저 '달' 하나만을 두고 말한다 해도 그것은, '영원한 잠에 들씌워진 공주―발키리'라거나, '물고기'의 상징이나 비유를 갖고 있다는 것을 지적해낼 수 있다. 그거 잘 알려진 것 아닌가? '물고기'는 그리고 '생명의 상징' 아니던가? 안 그런가? 그렇다면, 기독이 산상에서 '물고기' 두 마리로, 여러 천 명의 배를 불리고도 광주리 광주리 남겼다는데, (기독주의자들의 주장대로)

안 될 일이 무엇이던구? 그러고도 그 물고기는, 영영 세세토록 남아 돌듯 하잖는가? 산상이나 광야에선들, 왜 그것이 낚여져오르지 말아야겠는가? 저런 자는, (새롭게 몸 입어 태어나기 위해) 불새가 막 깃털부터 태운 자리에 당하면, 날지 못하게 된 그 뻘건 고깃덩이를 거머쥐어 들어올려 보이며, 아으, 나는 키위를 잡았노라, 공들은 포크와 나이프를 대장질해얄 것이노라! 라고 부르짖을 터. Abstract idea 의, everyday idioms의 포크와 나이프로 concrete image의 뼈를 발겨내기reduce—. 그는, '드바이타(Dvaita, 二分法)'편에서는, 변태성 가학증의 배교도(背敎徒)였으며, '아드바이타(Advaita, Non-dualism)'편에선, 변태성 피학증의 배교도였던 것을! 전자에 의해서는 그래서 그는, 생각의 그물로 노상 '늙은 신의 대갈통'만 끌어올리고, 후자에 의해서는, 허무주의의 그물에, 노상 자기의 대갈통만 수확한다. 그는, 실패한 어부였던 것이다. (呲, 小說하기의 雜스러움!) 마는, 허허허, 얘기가 이것 사뭇 곁길로 벗어난 느낌이 없잖아 있구먼. 그래서라도 어쨌든, 잘못 굽혀진 자리는 펴고는 봐얄 것 아니겠는가? 그랬으면, 해왔던 얘기의 이음새를 찾아, 잇기로 하세나. 하자면, 지금 들먹이려는 이것 자체가, 말해온 바의 그 피학증이겠네만, 하나는 '자기부정'을 가르치고, 다른 하나는 그것을 실천하고 있다 말이지! 승리는 그래서, 늘 하늘에서 이뤄지고, 그리고 늘 패배하여 희생되는 것이 땅의 속성이겠지. 그러나 그리하여, 땅의 위대함은, 그런 패배, 그런 희생의 까닭이라는 것도 알게 되누먼. 이 '희생'의 국면이, 확대 변용을 겪으면, 여성, '영원한 여성,' 여자와 어머니의 일체인, '성(聖)스러운 창(娼)'이, 땅의 근원되는 데 누워 있음을 보게 된다. 왜냐하면 이 '여성'은, '몸'과 '말씀'의 우주를 안방 삼고 있기 때문인데, 문잘배쉐 쪽에서 말하기로 하면, 이 여성이, 어느 민속

에서는, ('모든 거친 自然의 안주인이며, 모든 어린 것들의 수호신'으로
서) '아르테미스Artemis'라는 이름을 가졌던 듯하고, 다른 민속에서
는 '잠자는 공주-발키리'로, 그리고 자네네서는 '블랙마돈나'의 이름
을 입었던 듯하되, 이 부분은, 유리에서 온, 이방인이 혀를 늘일 것
은 못 되는 듯하다. 말을 여기까지 몰고 오자, 여성은 '앓음' 자체거
나, '아름다움' 또는 풍요 자체라는 말을 하게 됨시롱, 그러자, 앓는
자, 황폐 자체는, 남성 쪽이라는 소리까지 하게도 되누먼그리. 여기,
'習氣'와 관계된, 한 우주적 출산, '말씀의 우주'의 구주, 자네네 '기
독' 말이지, 그의 (Antithesis에 대한) Synthesis로서, '안포-타즈'의
찡그린 얼굴이 보이지 않는가? 이러면 따라붙는 얘기가 많게 될 성
부르네만, 그러려다 보면, 얘기를 시작했을 땐, 소녀였던 이가, 끝맺
음에 가까워질 땐, 파파 노파가 되어 있을지도 모를 일이겠지.

것11: 소녀의 머리칼이, 어느덧 세어진 건 아닙쥬? (웃고) 스님의
법설(法說)은유, 알 듯싶은데두 모르겠구유, 모르겠는데두 알 듯도
싶은 건 소녀가 미망을 벗어나지 못한 까닭이겠습쥬. 아무튼 머리가
세어 파파 노파가 될 때까지라도, 확실히 이해가 될 때까지는, 생각
해보려 마음먹었네유. 아둔한 소녀가 아마도, 너무 성급하게, 세상
깊은 속 이치를 알아버리고 싶어 했던 듯하오이다. 그것도 탄지간에
─. 삼척동자도 쓰는 항간의 말로써 우주적 진리까지도 다 표현된다
면입쥬, 사실 교육도 필요 없는 것일 것이어서, 유학길에 오를 필요
도 까닭도 없었겠쥬. 갓 난 새끼코끼리가, 어찌 아비코끼리의 짐을
감당할 수 있겠어유? 하오나, 성급하고 아둔한 여아에게 품으신 슬
픔일랑 거둬주시와유. 소녀의 독서랄 것도 못 되는 독서를 통해 어디
서 읽었기로는유, '어떤 책은 맛만 보고 말 것이 있고, 어떤 책은 그
냥 삼켜버릴 것이 있는가 하면, 어떤 책은 씹고 소화를 시켜야 할 것

70

이 있다'(F. Bacon)라는데, 그야 물론, 위장을 한 개만 염두하고 했던 소리 같긴 해유. 해두, 소녀가 지금, '책'이라고 대언(代言)하는, 어떤 말씀들은, 씹어 삼켜 소화키 위해, 여러 번 씩이나 게워내서, 씹고, 삼키고, 해야 할 것도 있는 것 같아유.

순례자: 이 늙은 중이 들었기로는, '법을 설하는 이는, 의원이 환자의 병증에 좇아 약 처방을 하듯이, 듣는 귀들에 대해 그렇게 한다,' (『능가경』[10] 二冊九章一二四節)고 하는데, 이 땡중은, 더도 덜도 말고, 돌팔이 의원 같아서, 환자의 맥 짚기도 못하며, 처방전을 써 날리는 식이겠네.

것11: 그러하오신즉, 소녀의 울증이 일으킨 이명증에 쓰일 약 처방도 있을 게 아니겠나유?

순례자: 자네는 거 수사학적 덫을 놓는 데도, 상당한 수준을 유지하고 있다구그리. 미워도, 사실은 뜯어내기 싫은 미슬토도 있군, 하오나 공주마마, 그 울증 들어, 돌팔이 의원으로부터 처방전 얻으려지는 마십습지.

것11: (울먹이는 시늉) 건 말씀이어유, 병을 진맥해낸 이도 의원이었으면, 약을 지어주는 것까지도 해야 되는 게 아니겠나유?

순례자: 이 늙다리 돌팔이 의원이 진맥해본 바에 의하면, 자네의 병은 엄살병일세나, 분명한 엄살병이라 말이시. 의몽병 증세도 좀 있고 말이네, 음흉증도 있더라 말이시.

것11 호호호, 의몽병이나 음흉증은, 병세가 어떠하나이까?

순례자: 저를 먹으려는 적을 만나, 용을 써보다 안되겠으면, 금방 팩죽은 듯이 해서, 썩는 냄새를 풍기는 능구렁이 병증이겠네.

것11: (다시 울먹이는 시늉) 소녀는, 문잘배쉐에 유학의 명목을 띠고, 볼모돼온 이후, 성주님(안포-타즈)의 '유토피아論' 공부는 많이 되어, 말하자면 익히 알게 되기는 했지만유, 그 이론이 쓰여질 자리들은 반드시 같지 않다는 생각도 했더랍니다유.

순례자: 자넨, 돌아가면, 그런즉, 이렇게 지레 짐작해도 되나 어쩌나 모르겠네만, 문잘배쒜적 유토피아를 구현하려는 생각은 없는 게군? 그렇다 하는 경우라면, 돌아가, 자네네 왕국 태학사들로부터, 새로 배우면 될 게 아닌가? 어쩌자고, 노망한 늙은 땡중을 국사(國師) 삼으려는 겨? 딴 데 가서 알아봐! (시늉으로 눈알 부라리고, 야단이다.)

것11: (시늉으로 눈물 짜고, 야단이다.) '님은 갔습니다. 아아, 사랑하는 나의 님은 갔습니다. /푸른 산 빛을 깨치고 단풍나무숲을 향하여 난 작은 길을 걸어서 차마 떨치고 갔습니다.'

순례자: 이 瞎輩가 아무리 포-노제나리안이라 해도, 거 말여, 닭살 돋는 소리 좀 그만 혀라! 징그러! 몽니 좀 그만 부려!

것11: (시랑토 않고) '밤은 고요하고 물로 시친 듯합니다. /이불을 개인 채로 옆에 놓아두고 화롯불을 다듬거리고 앉았습니다.'

순례자: 이래서는 신들도, 신 노릇 못해먹겠다는 소리 나겠네. 두드러기 탓에 긁느라, 한시름 놓을 겨를도 없겠어야! 뭔 실연이라도 했더냐? 징징 짜기는 왜 그리 짜능 겨? 몽니 좀 그만 부려!

것11: 소녀 꼬락서니가 시방 그렇잖유? 행여나 님의 발소리 들리는가, 문 밖에다 귀 밝혀내놓고 있잖유?

순례자: (웃고, 웃고, 또 웃고) 늙은 부나비라도 걸려들 성부르네? 고목된 참나무의 즙을 빨아 귀약에 써먹으려고? 몽니 좀 그만 부려!

것11: 그것이구먼유, 대체 그것이 뭬께유? 들리는 소리야 바위까지도 듣겠지만요. 백성이 하는, 소리 내지 않은, 그러니 귀 먼 구렁이밖에 못 듣는, 들리지 않는 소리는 어떻게 듣나유?

순례자: 그것 같구먼! 눈을 두고 하는 말들이 있던데, 자네 동네 티레시아스는, 두 눈이 다 멀고 난 뒤, 안 보이던 것들을 보았다 하고, 오딘은 또, 눈 하나를 잃고서 지혜의 눈을 띄웠다 하잖여? 귀머거리 구렁이의 귀를 가지는 수밖에 없겠구먼. 아니면 그런 구렁이 혀에 자네의 먼지 덮인 고막을 씻김 받아보던지,

것11: 어떤 멍텅구리를 장가들여놓았더니, 득혈(得穴)을 못하구시나, 밤새도록 산등성이만 해맸더라는 민담이 있더라구유.

순례자: (웃음 머금고, '것11'의 머리를 쓰다듬으며) 하는 말로는 그러더라, 천기를 보려면 위에 있는 자는 아래를 내려다보고, 아래에 있는 자는 위를 올려다보아야 된다는 식이더군. 위에 있는 자가 내려다보니 국태민안 하다면야, 무슨 소리를 듣고 말고 할 게 있겠나? 임금이 있는지 없는지, 백성이 그것까지 잊어버리면, 더더욱 들어내야 될 소리는 없겠지, 안 그런가?

것11: 그런 시절도 있기는 있어왔으께유? 사정은 늘 그렇지 않은데, 그것이 문제잖유? 백성의 마음을 얻는 자리에, 승리는 있다잖유?

순례자: 자네 말하는 '백성의 마음'이라는 데에 그러구 보니, '들리지 않는 소리'도 괴어 있고, 그 소리에 불려나오는 이들도 있게 되겠군. 그것이 '召命'이라는 것을 형성해내는 힘이 될 성도 부르구먼.

것11: 따라붙이고 있네이다.

순례자: 근데 말야, 이 '소명'이라는 것을 보듬아내려면, 산파모양, 대개 세 종류쯤의 胎부터 열어, 그 냄새를 맡아보아야 될 성부르더라고. '習氣'가 그 하나며, '유전된 음기'가 다른 하나고, 당대 민중이 이뤄내는, '당대적 음기의 발로'가 그 세번째 것일 듯한데, 이 세번째 것이야, 만삭된 어미가 똥 누다가라도, 밭일하다가도 까내는 그런 것

이어서, 산파까지 부를 필요도 없을 것일세.

것11: 그러함에도 소녀는, 이 세번째 모태를 들여다보는 눈 갖추기에 대해, 스님식의 어법을 좇아 말씀드리면, 스님의 바짓가랑이를 물어 늘어질 듯한데유, (웃고) 소녀께는 '習氣'라는 어휘는 생소하오니다.

순례자: 그건 말야, '마음의 우주'의 유심론자(唯心論者)들의 어휘를 빌린 것인데, 자네께는 생소할 수밖에 없겠군그랴. 천축의 '바싸나Vāsanās'라는 어휘가, 중원말로 뒤집혀 그렇게 나타났던 것으로 아는데, 자네네 말로는, 'Habit-energy,'라고 이를 듯헝만. ('Vāsanās,' 'conception, longing, impression' 'Submerged and hidden desires, attractions, and ambitions, which can surface again at any given moment.' *The Encyclopedia of Eastern Philosophy and Religion.* Shambhala Press)' 이거 말이지, 불학무식의 돌팔이중 하나가, 학자연하고 있는 거 아닌가 몰라?

것11: 하시는 말씀을, 잘 따라붙이지 못하겠다 보니, (웃는다.) 현학적이라는 느낌까지도 없지는 않지만입지요네, 그래도 눈에도 귀에도 불을 키고, 열심히 좇아붙이려 하고는 있구먼유.

순례자: (웃음 머금고) '習Habit'이랄 때의 習이 뭣이겠는가? 사람들의 습관적 사고, 언동, 이런 거 저런 것들의 집적을 이르는 것 아니겠다구? 그것에다, '氣Energy'를 붙이면, 뭐가 될 성부르지? '習'은 말하자면, 수동태일 터인데, '氣'는 능동태가 아니겠으? 수동태적인 것들은, 어딘가 쌓이게 마련일 터여서, 쌓이는 자리는 '알라야(藏)'라고 이르는 것일 테고, 그것에서 일어난 능동태를 '비쟌야나(識)'라고 이를 수 있을 것이어서, '알라야 비쟌야나ālaya-vijñāna(藏識)'라는 말이 이뤄졌을 법한데, 이것이 자네네 말로 번역된다면,

'Storehouse Consciousness'라고 될 성부른데, 이것을 또 타타가타 가르바Tathāgatha garbha라고 이른다는데, '타타가타(Thus gone, thus come)'는 '如來'라 하며, '가르바'는 '胎'라고 하니, 합성어로서 '如來胎,' 또는 '如來藏'이 되잖겠다구? 예의 이 '習氣'는, 그것 자체로 혼탁하고, 악취의 웅덩이스러울 것도 쉽게 보이는데, 여래의 씨가 거기 맺혀 자란다는 것은, 크게 보는 자밖엔 볼 수 없는 것이겠지.

것11: 매우 알쏭달쏭하여, 난삽해두유.

순례자: 그건 이 돌팔이 늙은네가, 사실은, 저 주제를 잘 이해하고 있지 못해서 일어나는 난삽증이겠네. 하나의 위로는, 중은 이론이나 학문꾼은 아니라는 것인데, 중門에선 그래서, 차라리 뭘 모르는 것이, 사실은 빠르게 깨우치기〔頓悟〕라는, 그 첩경에 오른다네그려, 허허.

것11: 열심히 따라붙이려 하고 있구먼유.

순례자: 저것(習氣)은 '마음'門(『능가경』)에서 빌려온 얘기인 것은, 이미 홱 밝혀져 있을 거를? '말씀'門에서, 그와 비슷한 것을 말하려 하면, '遺傳된 陰氣'라는 것을 보듬아내게 되잖겠다구?

것11: 그것만은, 보다 더 용이하게 따라붙일 성부르네유. 뭔지, 발현, 또는 폭발하지 못한, 그러니 들리지는 않되, 천둥 같은 소리가, 민중의 어디에 되사려 있다는 그런 것 아니겠나유?

순례자: 대개, 그런 것을 땡중도 회포하고 있구먼. 이분법적 사유가 지배적인 고장에서는, 그것을 두고도 그렇게 생각하게 되는데, 개인과 더불어서는, '갈마'의 문제를 거론케 할 듯하며, 집단과 더불어서는, '유전된 음기,' 불발(不發)의, 또는 성취되지 못한, 억압받은 욕망 따위라고 바뀌겠지. 그 양태는 무수히 많을 것이라도, 그것이 어떤 한자리에 모두어들어, 그 공통점들에 의해, 어떤 하나의 밧줄을

꼬게 된다면, 그것이 이제 '召命'이 될 성부르잖다구?

것11: 잘 따라붙이고 있네이다. 마는, 그 소리는 누가 듣는가, 하는 성급한 우문이 드누먼유.

순례자: 자네는 거, 썩 꾀 많은 기마꾼이여. 어떤 때쯤, 말의 엉덩이를 때릴지 용하게 안다구.

것11: 한잔 드셔유! (웃음 웃고, 반쯤 비워진 잔을 채운다.)

순례자: 이거 말이네, '법칙'이라고 하기에는 어째 좀 그렇고······ (눈살을 찌푸린다.) 그런데도, 당최 마땅한 단어가 생각이 나지를 않는데, 어쩌겠나, 문수가 틀린 신발이라도, 어떻게 끈으로 감아 신는 게, 맨발보다야 낫잖는가, 그러니 말인데, 저 들리지 않는 소리를 듣는 귀를 가진 자들을, 태어나게 하는 데는, 그런 어떤 우주적이랄 법칙이랄 것이 있다는 소리를 하게 되누먼. 그러나 이런 얘기 듣고, 그걸 들어 불륜이니, 사련이니 그런 생각하려 하면, 아예 귀부터 가려! 나중에 아무리 귀 씻고, 침 뱉고 해봐야, 이미 그 귀는 말벌의 침에 구멍 나고만 뒤여.

것11: 또 춘시(春詩) 읊으시려는 거쥬?

순례자: 맞으. 이 춘시의 구조는, '二陽一陰'이거나, 반대로 '二陰一陽,' 또는 통째로 '二陽二陰'이라는 식으로, 복수(複數) 성(性)으로 되어있다는 것이 짚이더구먼. 그럴 때 비상한 출산이 가능되어진다는 것인데, 이 경우의 한 성(性)은 꼭히 우주적 대력, 그런 어떤 초월력이 담당하고 있다는 것이 기억되어져야 할 게다. '二陽一陰'의 처용가와 더불어서는, '習氣'의 문제를 고려해보게 하며, '二陰一陽'의 관계에서는 '유전된 음기'를 살펴보게 하는데, 이런 관계에서의 출산은, 우주적 전기를 만드는 경우여서, 창세 적부터 헤아린다 해도, 두 손가락이나, 그보다 많다 해도, 세 손가락으로 헤아려낼 만

큼, 흔하지 않을 게다. 예의 저 여래태에서 태어나 '마음의 우주'를 개벽한 이는, 그의 어머니가, 꿈에 거대한 흰 코끼리를 받아 수태했다는 전설을 데불고 있는데, 여기 二陽一陰의 처용가가 불려져 있다. 이 모태의 이름이 '알라야 비쟌야냐'일 테다. '유전된 음기'라는 쪽에서는, '성령'의 개입이 운위되어 있던데, 또한 읽고 배웠기로는, 이 '二陽'을 수용한 어머니가, 『계시록』에, '만삭이 되어, 진통을 겪고 있는 여인'으로 나타나 있더구머는. 이 옌네는, '흠 없이, 어린 흰 양과, 붉은 용'이라는, 이란성 쌍태아를 배고, 그 모진 진통을 겪고 있어 뵈두먼. 이분법적 사유의 결과겠네. 그리고 하나 더, 이 우주적 출산을 꼽아보기로 하면, 이는, 그 초월적 대력이 대지에서 구해지는데, 이 경우는, '二陰一陽'의 법칙(?)에 의존해 있는 것일 것으로, 여기 와서 읽어 배운, '아도니스' 탄생 설화를 들 수 있을 것이네. 처음 사람여자의 자궁에 회임되어 있던, 저 씨앗이, 태어날 땐, 나무의 자궁을 빌려 있어, 이 처용가는, 경우가 바뀌어 있는 것이 훤히 보인다. 이 처용가대로 좇아 말한다면, 강강술래 탑돌이에 나섰던, 처용 마누라가 돌아와보니, 처용은 다른 계집과 가라리를 휘감고 지냈더라는 식으로 되겠으나, 아도니스 설화의 사정은, 좀 다른 것도 사실이다. 이 춘시에서 보이는 모태는 향나무myrrha이다. 거기서는, 겨울에 죽었던 것이, 봄에 다시 살아나곤 하던 것이다. 부연해둘 것이 있다면, 복수+복수 성(性)에 관해서겠는데, 그중 용이하게 이해될 예를 하나만 들면, 자네네 구주 '기독'의 얘기를 할 수 있을 테다. 그는 태어나기는 '二陽一陰'의 법칙에 의존해 있었으나, 그의 행적을 좇아 말하면, '二陰一陽'의 관계를 보게 된다. 이것은, 다윗주의자들이나, 정통성만을 고집하는 이들의 귀에는, 끓인 독이 부어넣어지는 소리도 같겠다만, 한 작은 촌구석에서 울려난 한 작은 고고 (소리는,

福音의 이름으로 설파되잖느냐?) 소리가, 우주의 모든 곳으로 울려 퍼지게 된 데에는, 그 고고 소리를 품어들인 거대한, 우주적이랄 모태가 있었다는 것이 기억되어져야 할 터이다. 그런 모태를 빌리지 못했더면, 그는 다윗의 자손들 중에서, 어떤 종류의 탕자로 취급되어지다, 역사 속에 묻혀버렸을지도 모르겠다는 생각이 있더군. 그래서 그가 보다 더 큰, '인공적 바구니'라고, 물신적(物神的) 에우헤메리즘을 입은, 우주적이랄 모태에로 이월했을 때, 그의 육신 속에 돌던 피까지도, 우주적인 것으로 바뀌어 수혈된 것인 것도 보이더라 말이지. 그의 인격의 신격에로의 확산은, 이 수혈의 문제이다. 그래서 그의 피의 소리는 '박애agape'이다. 대적해야 할 원수가 있다면, 그 정신은, 특히 종교적 정신은, 편파성, 지방성을 뛰어넘지 못할 터이다. 그러면, 편을 갈라, 서로 적대하기에 혈안이 된 자들에 대해, '원수를 사랑하라!'는 부르짖음을 하게 될 터이다. 이 말은, 이런 의미에서는, 우주인이 된 자의 부르짖음이어서, '너의 아버지나, 아들을 살해한 자까지도 사랑하라'라는, 일견 보디사트바적 자비나, 너그러움 베풀라는 소리와는 달리 들린다. 가, 가짰자, 이거 가짰어 보자꾸나, 이방인 돌중 하나가, 자네네 구세주를 들어, 설교에라도 나선 건 아니겠지러?

것11: 호후후, 소녀가 간청하옵는 것은, 그런 설법,

순례자: (손을 홰홰 젓는다.) 아니지, 아니라구! 이 늙은네의 망녕 부리기지!

것11: 아까, '천기를 보려면, 높은 데 있는 이는, 아래를 내려다보고, 낮은 데 있는 자들은 위를 올려다본다'고 말씀하셨쥬?

순례자: 자네 말이지, 고국 돌아가려, 벌써부터 보따리 싸기 시작한 건 아닌가?

것11: 얘기는 길지만유, 줄여 말씀드리면, 사실은, 그렇다고 말씀을 드려야 할 성부르구먼유. 아버님이 연로하셔서, 하나뿐인 딸의 공부가 다 끝나지도 못했는데, 귀국을 원하기뿐만도 아니구유, 사실은, 아버님께, 연세 차이가 많은, 이복동생이 하나 있어, 이웃나라 공주께 결혼을 시킨 뒤, 고을 하나를 다스리라고 떼어주어, 분가를 하셨는데, 이 이복동생 되는 이가, 나이도 차고, 슬하에 자식도 두고 하는 사이, 혹종의 야심을 품었든 어쨌든, 밥자리를 못 얻어 헤메는 기사들을 고용하기뿐만 아니라, 민병대도 조직해서, 저 기사들 시켜 맹훈련을 하고 있다는군유. (눈에, 병아리 눈물만큼의 이슬이 잡힌다.) 그러나 현재로써는, 별다른 기미는 보이지 않고 있는 상태랍습쥬. 문제는, 백성들께 있는 듯하거든유. '백성의 마음을 얻으면, 천하를 얻는다'라고 하셨잖유? 말씀하신 당대적 음기의 발현 말여유.

순례자: 그, 그러구 보니, 보니 말인데, 이건 말이지, 자네네 가정사인데, 밝히고 싶지 않을 것일지도 모르고, 아니면, 전혀 연척이 닿지 않는 얘기일 수도 있는데, 말이지, 마, 말인데 말여, 안포-타즈가, 혹간 자네의 저 삼촌 되는 이나 아닌가, 하는 생각이 오늘에사 갑자기 드는군그래. 허허, 허으, 호나, 그렇든 저렇든 꼭히 대답할 필요는 없겠구먼. 그냥 그런 막연한 생각이 들었다는 것이지. 말이 나왔으니 말이지만, 안포-타즈가 선기사(先騎士)주의를 제창하구시나, 그것을 실천에 옮기려 하며, 거 괜한 소리로, 백성의 빈창자를 헛바람으로 불려줬었더군그래. 만방정복이라던가? 흐흐흐, 돌팔매질로 적장을 꺼꾸러뜨리던 시절도 아니고, '이웃 간에 사이가 좋으려면, 울타리를 높이해야 된다'(Frost)고, 그래서는 울이나 담을 든든히 해놓고, 이웃들 모두 화해스레 사는데, 아직도 정복할 땅이 남아 있겠으? '사이가 좋으려면'이라는 제구(提句)에 의하면, 울을 높인다고

해서 문까지 꽁꽁 잠그라는 뜻은 아닐 게다. 그러고서야 어떻게 화기 애애하게 지내겠나? 바람 한 바름도 스며들지 못하게 문까지 잠근다면, 그것이야 폐쇄, 무서운 절폐여서 문잘배쉐성(城) 꼴 나지 않겠으? 안포-타즈 또한 그걸 모르겠나? 모르는 것은, 안포-타즈의 주술에 덮어씌워진 그의 백성들뿐이겠지. 같은 '人種'이라 해도, 회교도와 기독교도가 여인숙 같은 데서라도 만나면, 잘 통화를 못하는 것은, '人間'이 달라져버려 그러는 것으로 아는데, 말하자면 안포-타즈네 백성과 바깥사람들 간에도, 그런 뭣이 있는 듯하게 보이더라 말이지. 왜냐하면 예의 저 주술 탓이겠지. 늙은네가 안포-타즈에 관해, 편견을 갖고 있는 듯하게도 여겨지겠지만, 비슷한 얘기를 통념적으로 쓰는 '正常的'이라는 말풀이에서 찾기로 하면, 열 사람이 있는데, 아홉 사람이나 여덟 사람은, 새벽 두 시에 깨어 하루를 시작하는 데 반해, 한 사람이나 두 사람은, 아침 일곱 시나 여덟 시에 깨인다면, 이 한 사람이나 두 사람은 비정상적, 이상 증세를 드러낸다고 여기는 것, 그런 것이 正常의 기준이 아니겠나? 이 늙은네가 만약 편견을 드러내 보인다면, 저런 선에서 얘기겠네.

  것11: 성주님의 유토피아론은, 익히 익혔었습니다.

  순례자: 돌팔이면서도, 중이라고 자처하는 늙은탱이가 말해줄 수 있는 것이 있다면, 『판챠탄트라』 열심히 읽어보라는 소리밖에 없겠네. 그건 석두(石頭) 왕자들 머리 깨〔破, 覺〕는 우화묶음으로 알려져 있는데, 자네네 도서관에는, 그것에 필적할 것으로 『이솝禹話』라는 게 있더군.

  것11: 그 우화들이라면, 소녀도, 오늘 돌아가 한 번 더 읽는다면, 천두번째 읽는 셈이 되겠군유.

  순례자: 호우, 거 잘했군, 잘됐어! '석두왕자'라는 표현 때문에 비

위 좀 상했을 수도 있겠네?

것11: 개똥을 개똥이라 하는데, 그것이 개똥에 대해 모욕이 되겠나유?

순례자: 자네는 (재밌어하며) 자처하는 그 돌대가리 속에 옥을 감춰 넣어놓고 있어 뵈누먼.

것11: 그렇게 말씀하시면, 석두 쪽에서, 은근히 교만심이 생겨, 있는지 없는지 모를 그 옥까지 돌 만들어버리기 쉬울 듯혀유. 하오나, 현재로써는, 문잘배쉐 도서관에서는 찾아지지 않는 책을 말씀하신 데는, 분명한 이유가 있으십쥬?

순례자: 허긴 그렇겠구나. 하나는, 왕자들 돌머리 깨는 지혜의 끝이라는, 그 한정 수식구(句) 탓이며, 다른 하나는 그 우화 속에 있는, '바룬다 새' 얘기쯤 들춰내게 될 성불러서라네. 치세(治世)는, 그 자체가 바룬다 새거나, 바룬다 새의 모이찍기식으로 운영되는 것이나 아닌가 싶어 그러지. 『이숍우화』의 경우는, 그것에 경것줄(경계줄? 禁索) 둘러놓은 자리가 없어, 누가 듣거나 읽든, 자기 처지나 형편 따라, 그것의 그 훈도(訓道, moral)를 이해해낼 것들 아니겠는가?

것11: 그것은 그러니, 독사가 마시면 독이 되고, 개구리가 마시면 오줌이 된다는 그런 식입져?

순례자: 그거겠구먼! 그 얘기를 하려는 것이었다 말임세. '寓話'란 아마도, 여기선 神이 아니라, 人間이 그 상좌에 있어 뵈는데, 네 피림들모양, 이것들이, 그 아래 세상에 내려가, 아래 세상 엔네들을 겁간하기도, 새끼들을 잡아먹기도 하는, 그 에우헤메리즘을 이르는 것일 것인데, 땅에 내려온 아폴론이다 디오니소스다 하는 신들이, (땅의 남자들의 어떤) 원형성Archetypal Figures을 띠기모양, 『이숍우화』 속의 어떤 짐승들, 여우나, 늑대나, 원숭이 같은 것들 또한,

그런 어떤 원형성, 또는 전형성을 띤 것들로 읽기로 한다면, 양의 가죽을 쓴 늑대가, 가죽을 벗어, 생체로 늑대를 드러내고 하잖던가?

것11: 말씀 자체만으로는, 아직은 추상적, 또는 형이상적 아이디어에 머물러 있다고 해야겠는뎁쥬네. 그것을 구상적, 또는 형이하적 이미지화하면, 어떤 것이나 될깝슈? 추상적 아이디어로써는 콘크리트로 된 대가리는 깨지지 않누면유.

순례자: 자네 궁금해쌌는 그 '소명'이란, 입을 열려 해서 몇 마디 주억거리다 보면, 거 뭐 뻔한 것을 두고 말만 소비하고 있다는 느낌이 들 그런 것들일 터인데, 그렇다면, 일견 '소명' 같지도 않되, 그것 역시 '소명'이며, 그것도 사실은 한 전형성을 띠고도 있어 뵈는, 꽤 특수한 것이 있을 수 있다면, 그리고 있을 수 있는데, 그런 것을 두고 말해보는 건, (말을) 소비하는 대신 쌓는 일 아니겠는가? 예를 들면 이런 것도 그런 것 중의 하나겠구먼. 「백성은 자기네가 원하는 것에 합당한 통치자를 얻는다We get the Ruler we deserve」(*Fables of Aesop*, 42, Penguin Classic)」라는 우화가 있던데, 한 연못의, 개구리들께 주어진 임금 얘기겠네.

것11: 그건 무척도 우스운 얘기여서, 많이 웃었기 땜에, 대번에 기억나네유. '나무토막 임금과 물뱀 임금' 얘깁쥬?

순례자: 그거구먼, 그거라!

것11: 한 연못의 개구리들이 어느 날 회동해서는, 제우스께 자기들께도 임금을 하나 내려 보내달라고 빌었더니, 제우스가 듣고, 내려다보고선, 먼저 나무토막을 하나, 임금이라고 떨어뜨려주었더라쥬?

순례자: 그 뒤에, 볼멘 저 개구리들의 웅덩이에, 큰 '물뱀'을 한 마리 내려 보내주었더라고 한다면, 그 얘기를 다한 셈이겠네.

것11: 그렇구먼유. (머리를 긁적여쌌더니) 돌대가리란 돌대가리여서 그런지, 아무리 굴려보아도, 거기, 들리지 않는 백성의 함성은, 들어낼 수가 없네유.

순례자: 소명에는 그러니까 그런 형태도 있다는 얘기겠는데, 백성이 원하기는 뭘 원하는데도, 그것은 신까지도 모르는 것인 것이어서, 제우스의 해학이 돋보이잖나?

것11: 제우스가 나무토막을 임금으로 떨구어주었다는 그것은, 결과에서 보자면, 그 백성은, 뭘 원했음에도, 아무것도 원한 것이 없는 것으로 보이잖나유?

순례자: 그거구먼! 그 소명은, 그렇군, 언어학에서 한두 단어를 빌려오는 것이 필요할 성부른데, 이렇게 될 성부르다고, 루타(Ruta, 記表)만 있고, 아르타(Artha, 記意)가 없다는 애기로도 풀이될 성부르네. '默'이라는 단어를 하나 예 들어보면, 어떨까 하는데, 그건 소리가 아예 없는 것임에도 눈으로만 보아버리고 만다면 몰라도, 소리 내어 읽어보려 하면 기이한 현상이 일어나는 것을 알아내게 될 것이구먼, 안 그런가? 여러 말이 따라붙일 성도 부르네만, 거 다 필요 없는 소리겠으니, 묵!

것11: 호후후, 하오니, 저 개구리들의 소명은, 발음된 默 같은 것이었군입쥬네? 그런 것이 하오나, 실제적으로 가능하겠나이까?

순례자: 자네 이거, 이거 말이지, '默'이라는 발음기호가, 있는 것이 아니라는 소리 하려는 것 아니겠지? 이솝이라는 현자가, 지혜 써먹을 데 없어, 무슨 환상을 조작해냈다는 소리 하려는 것도 아니겠지?

것11: 시늉으로라도 화내지 마셔유! 그러시면, 돌대가리 속에서도 눈물 나와유.

순례자: 어으 호호, 흔데, 이런 경우에, 말했던 바의 그 당대적 음

기의 발산의 얘기가 가능해지는 것으로 아누면. 이 경우는, 당대 민중이 이루는, 들리지 않는 함성은, 아직 시간 속에서 그 가닥이 정연하게 잡히지를 안해 난마적(亂麻的)일 테다. 그럼에도 이뤄지는 함성이, 루타 역일 터이며, 그 아르타는, 또 말이지만, 난마적이어서, 간추려내기 어려울 터이다.

것11: 그렇다고 해서 '나무토막'을 임금이라고 떨어뜨려주는 것으로, 뭣이 간추려지는 것은 아니잖나유.

순례자: 개구리들이, 임금을 내려줍시사, 빌어올린 소리는 우리도 들었지 않나?

것11: (징징 짜는 음성을 꾸며) 이래가지구선 돌대가리에 금도 가잖어유!

순례자: 그러면 이번엔, '나무토막 임금' 대신에, 그 한 웅덩이의 '개구리들' 쪽에서 살펴보기로 하면, 어떤 얘기가 만들어질 듯한가?

것11: 이솝 어르신은, 매우 어리석은 자들의 집단으로 저 개구리들, 그 웅덩이를 상정하셨던 것은 아니었을깝슈? 하오나, 집단을 이룬 민중이, 또는 모든 집단이, 모두 어리석은 것만은 아니잖아유?

순례자: 그 문제는, '習氣'와 관계되어질 법허구먼. 그것까지는 그러나 더듬어보려 애써 싸보아야, 「癡郎失穴」(『古今笑叢』)밖에 더 되지 못할지 모르니, 그만둘 일이겠네만, 아무튼 어떤 자리, 어떤 시절, 어떤 한 집단은, 말하자면, 잘 뛰놀던 염소새끼들이 한순간, 잠지랄병을 일으키고, 잠에 들썩워져 픽픽 쓰러져 눕기모양, 지적으로 거의 치매 상태에 떨어져 드는 경우가, 흔히 '읽혀'지는데, 그것이 이솝 늙은네의 저 개구리 웅덩이, 그리고 그 웅덩이 속 개구리들이라고 말해도 틀릴 성부르지 않다. 매 개인들의 '갈마'의 문제를, 집단에 원용해, 즉 역사를 이해하는 척도로 만들어, '유전된 음기론'을 편 자의

얘기에 의하면, 이 상태는, '니그레도(黑)'에로의 역조(逆調), 또는 퇴조전이(退調轉移)를 치르고 있는, 그 상태라는데, 방금 전에도 말했지만, 문제는, 그 상태에 떨어져든 자들이, 자기네의 처지나 상황을, 그렇게 인식하고 있지 못한다는 데 있을 게다. 이는 당대민들의, 정의나 가치 따위와 더불은 정신적 혼돈, 혼란, 분열증 따위의 한 발로겠지.

것11: '물뱀 임금'은 어떻게 이해해야 할지, 이러자 갑자기 더 난삽해지는 걸입쥬. 우화대로 따르면, 그도 분명히 불려(召命)나온 건 분명합지유만,

순례자: 그, 그, 그런데 말이네, 늙은 무학승께는, '나무토막 임금' 다음에는, 반드시 개구리들 삼켜먹는 '물뱀 임금'이 뒤따라 나오는 것은 아닌 것처럼 보여, 그게 탈이구먼. 제일 무난하기로는, 이솝은, 우화 작법상, 대비법을 동원했잖나 하고 치부해버리겠네만, 현재 우리 입장에선, 그래버리기에는 우리들의 얘기가 너무 멀리 뻗쳐 나가버린 듯한 느낌도 없잖아 있다구. 이런 경우는, 예 들어진 저 우화 속의 침묵의 소리 드러내기, 즉슨 함의(含意) 찾기가 필요할 성부르지만, 어떤 경우는, 그리고 아마도 이런 경우는, 표현되어진 것이 전부고, 들어낼 침묵의 소리는 없을지도 모르는데, 그럴 땐 그렇다면, 듣거나 읽는 이쪽에서, 뜻을 조립해넣을 필요가 있을지도 모르지. 그러려들면 물론, 주어진 재료에, 황우일모만큼이라도 틈새가 열려 있어 보일 때만 가능할 것인데, 그러다 보면, 화자나 작자 자신은 의도치 안했던 것이, 청자나 독자에 의해 조립되어, 천운이게도, 화자나 작자 쪽에서, 과외의 이득을 보게 되기도 하겠지. 누구들이 그것을 '신의 몫'이라고 이르는 소리들도 있던데, 어쨌거나, 짚이는 것은, 저 특정한 우화는 말임세, 『판챠탄트라』에 나오는, '바룬다 새'

애기일 수도 있다는 것이지. 바룬다 새 애기 했었었지 아마?

것11: 그랬에유. 몸은 하나여서, 창자도 같은 하나인데, 대가리가 둘인 새 말씀이시쥬? 모이를 줍던 중, 그 대가리 하나가 선병 조각을 발견하고 저 혼자서만 꿀꺽 삼키자, 그것을 본 다른 대가리가, 분기 탱천하여, 독덩이를 찾아, 그것을 삼켰더라는, 그 애기의 그 새입쥬? 이번에 들으면, 천두번째 듣게 되겠어유. (웃는다.) 하오니, 저 '물뱀 임금'인즉슨, 선병 조각이든, 독덩이든, 뭐 그런 걸 꿀꺽 삼킨, '나무토막 임금'의 다른 쪽 대가리라는 말씀을 하시려는 것입쥬?

순례자: 자네는 어쩌자고, 시도 때도 없이 불거져 나서서, 늙은네 먹을 그릇을 가로채는 겨? (목소리는 개구스레 짜증 나 있고, 눈은 늙은네스레 情 내고 있고, 그렇다.)

것11: 호후후, 칭찬으로 듣겠습니다.

순례자: 그런즉, 이번에는 늙은네 쪽에서 들어보기로 맘먹었네그랴. 계속허셔!

것11: 어린이 모은 학당에서 하는, 'Show and Tell'이겠군입쥬?

순례자: 거 아무려면 어떤가? 어서 보이고, 말해봐!

것11: 글쎕쥬, 글쎕쥬네, 의견이랄 것도 못 되는 의견이랄 것은입쥬, 저 '나무토막 임금'이 나무토막에 머물려 하지 않고, 저 개구리들 앞에 자기를 내세우려 하자마자, 우화적 대법으로 '물뱀 임금' 형상이 드러났겠구나, 하는 것이군입쥬.

순례자: 그냥, 그 웅덩이를 둥둥 떠흐르며, 개구리들 바치는 존경의 신주나 마시며, 잠이나 잤더면, 無爲而無不爲의 치도(治道) 덕에, 성군(聖君)의 이름에 불리웠을 것을! 츠쯧, 거 참 아깝구면, 아까워! 성군이 될 강보에 쌓여, 열군(劣君)에로, 제 발목을 제가 끌어 내렸구면! 건 아까워! 우리 둘 다 짐작하다시피, 저 연못 사정은, 거

의 권태스러운 행복까지 누릴 지경으로, 꽤 잘되어왔던 모양인 것을! 거, 꾀 낸다는 짓이, 저만 소용돌이 속으로 휘빨려 들어가게 됐구먼. 그런 자리에, 그래서, 거 졸렬한 얼굴을 펴들려 하면, 무슨 짓을 해야, 그리 될 법한고? 이 부분은, 자네 공주마마께서 전문일 듯싶구먼. 가르침 한 수 베풀어봐!

것11: 건 그렇잖유, 어느 시절이나 없이, 어떤 이들이 머리에 뿔을 돋과 받고 덤비려면, 대상부터 찾아내야 되잖유? 그것이 찾아지거나, 만들어졌으면, 이제 혁명이다, 개혁이다, 혁신이다, 진보다 하는, 어휘들을 동원, 하기만 하면, 우화적으로 말씀드린다면유, 주렁주렁 따라붙는 승냥이들이 있게 마련이잖유?

순례자: 잘 따라붙이고 있네. 거 말야, 자네 들먹인 그런 어휘들은, 젊은 피는 끓이고, 늙은 피는 얼게 하는 것 아는지 모르겠군. 그래서 젊은네들은 '오이포리온(Euphorion, *Faust*)'이 되고, 늙은네들은 '환(鸓)'이 되는데, 이 '환'이 뭣인지, 자넨 잘 모를 걸? 중원에 『山海經』이라는 기책(奇冊)이 하나 있는데, 그 「山經」편에 나온 짐승 이름으로, '생김새는 양 같으나, 입이 없고, 또 죽일 수도 없다'는 짐승의 이름이라더군.

것11: '죽지는 안해도, 입이 없는 동물(鸓)'이 할 수 있는 일이란, 뭐든 귀로나 먹고, 먼산바라기나 하는 짓이겠나유?

순례자: 그러니 저 냉가슴이나 앓는 저들이 뉘놓은 똥이 거 얼마나 독할 성부른가?

것11: 그 밭에 떨어져내리자마자, '오이포리온'의 발목부터 녹아지는 것이 보이는뎁쥬!

순례자: 자네의 비유나 상징주의는 과장적인 데가 좀 있다 해도, 그래두기로 하세나. 헌데 늙은네 생각엔 말야, 희귀하게는, 강조해

말이네만, 아주 희귀하게는, 저 물뱀 쪽 대가리가 찍어먹은 독이, 선병일 수가 있는 경우도 있는 듯하더라 말이시. 여기, 저 당대민의, 유전된 음기의 발로가 보이기도 허누먼.

것11: 그건 무릎 꿇고, 경배하며 배워야겠는 걸유!

순례자: 뭐 그럴 것까진 없겠네. 수사학(修辭學)이란 이상한 뱀구덩이 같아서, 땅꾼이 피리 불어, 뱀 한 마리를 불러냈다 하면, 다른 뱀들이 그 꼬리를 물고, 꼬리에 꼬리를 물고, 몇 마장이고 딸려 나오는 것이다 보니, 하는 얘긴 것이지.

것11: 저 '毒'이 '선병'일 수도 있다는 경우는, 그것이 연금술적 독의 의미일게유? '질료' 쪽에서 '독'을 불러냈거나, 이뤄냈겠나유?

순례자: 자네 말야, 어떤 공주의 입맞춤 한 번에, 개구리가 왕자 되었더라는 얘기 기억하는가 몰라?

것11: 하다마다유! 오늘은, 그 얘기를 기억해내자마자, 그 또한 『판챠탄트라』였구나 하는, 기끔스러운 생각까지 드는구먼유.

순례자: 그거겠네. 그것들이 뭐래도 상관은 없겠으나, '개구리는 두 원소(元素) 간의 중간적 존재'라 하잖는다구? 공주의 입맞춤은 그러니, 하나의 충격요법 같은 것으로 이해되는데, 미온적, 수동적, 또는 노예근성의 피학적, 반 잠에 들어있는 질료를 독사(毒死)시키기 같은 것이 아니겠다구? 결과는 둘이겠지, 먼저 꼽히는 것은, 질료를 썩히는 것이며, 그러니 그것은 위험한 요법이겠네, 다음 꼽히는 것은, 그 질료의 본성(本性)을 죽이기이겠네. 납은 납성의 죽음을 통해서라야만, 다음 단계에로의 전이Transmutation를 가능케 하는 게 아니겠다구? 이러면, 저 개구리들이 왕자의 모습을 꾸며내는 것일 것인데, 이 독은, '날것→썩히기'나, '날것→익히기'라는, 그 두 변화에 기여하는 것인 것을 알게 되는먼. 人間의 재림은, '날것→익히

기'라는 文化의 軸에서만 기대되어진다는 얘긴데, 문잘배쉐에서는 그런데, 허허, 그곳의 공양에 배 두들기고 살면서, 이런 홍보기식 얘기는 해서는 안 되겠네만, 前軸의 경우가 보여, 슬프더군. 이곳 사는 이들의 집단적 성향, 사고방식, 원망, 언행 등등은, 다른 문화권에서, 자기 나름대로는 깜냥껏 눈 크게 뜨고 세상을 읽어왔다는 이들에 대해서는, 비유로 말하면, 맑은 물속에다 꼿꼿한 막대를 찔러넣고 보았을 때 보이는 것과 같은, 그런 어떤 굴절 현상이 일어나 있는 것으로도 보인다는 소리가 따라붙는군. 누가 만약, 그 밑에 누워서 위에를 올려다본다면 그는, 그 수면 위쪽에서 그런 굴절 현상이 일어났다고 봄에 틀림없을 성부르되, 여기 어디에 어쨌든, 저 이상한 굴절 현상이 있음은 분명하다. 이러면 양자 간 통화가 잘 안 된다. 서로는 서로를 불순불온한 자나 된 듯이 건너다본다. 이것은 그럼에도 문화적 차이도 아니게 뵈는데, 이 늙은네 쪽에서 들여다보는, 문잘배쉐의 질료는, '날것→썩히기(썩기)'의 축으로 경사해 있는 듯이 보이는 것은, 이 늙은네의 눈이 사시여서 그럴 일이겠는가? '智氣' 속에서 그 원인을 찾아야겠으나, 문잘배쉐의 집단적 의식·무의식적 모든 언동은, 굴절 현상을 일으키고 있다는 식으로, 늙은네의 얘기는 축약될 듯하다. 짧은, 한철의 증후군이기를 바라야겠지. 이런 점에 있어서는, 종교와 物神主義가 매우 같은 증후군의 숙주가 되어있는 것이 짚이는데, 어느 한철의 사람들은, 저 둘 중의 하나의 까닭으로, 차투린드리야(四官)도 못 되는, 이를테면, 두 원소 간의 중간적 존재 개구리 같은, 트린드리야(三官)에로 추락해 있는 수가 있어 뵈두면. 글쎄지, 인류사가 증언하는 것에 좇으면, 하필 종교의 까닭으로도, 차라리 그들의 영적, 지적 수준은 추락한다 말이지. 물신의 종도들과 더불어서는, '타락'이라는 어휘로 환치해야겠지러? 그것이 '날것→

썩기'의 축이랄 것이겠지.

것11: 이런 견지에선, 그러하오니, '소명'이 아니라 '연금'의 문제가 대두허누먼유?

순례자: 자네는 아직도, 이것이냐 저것이냐를 분명히 갈라놓고서야, 대상을 이해할 수 있는 모양인데, 눈이 두 개인 까닭일 성부르구먼. 눈 하나를 더 띄워, 양자를 종합해 보는 눈을 갖추던지, 하나를 뽑아내버려, 하나를 전체라고 보는 눈을 갖추던지 어쩌든 하게나. '소명'이 먼저고, '연금'이 다음이라고는 볼 수 없으끄나?

것11: (울먹이는 시늉) 저로서는 그렇게밖에 볼 수 없었으니, 석두라고 이르시잖았나유?

순례자: (웃고) 그, 그, 그게 그렇게 돼 있었군그래? 그건 못 깨우친 대갈통들을 일러 말이겠지만, 건망증 걸린 대갈통은 다르잖겠다구?

것11: 제가, 깜냥으로 열심히, 한 줄 한 글자도 놓치지 않겠다고 읽어왔는데두유, 뭘 놓쳤거나 잊었으께유?

순례자: 『이솝우화』로 다시 돌아가보면, 저 개구리들에게, 물뱀 임금이 보내어진 것도 기억하게 될 거를?

것11: 호으, 걸 깜빡 잊었구먼유! (뒷통수를 긁적인다.) 개구리들이 갖는, 그 중간적 존재의 뜻도 알 만허네유. 그러니, 임금 쪽만이 아니라, 개구리 쪽도, 바룬다 새였던군입쥬? 바로 이 개구리들의 독 찍어먹은 대가리가, 물뱀 임금을 불러냈다고, 그 위치를 바꿔서도 살펴볼 수 있는 얘기가 저것이군입쥬? 피학성 음란쟁이가 가학성 음란쟁이를 불러들이기, 라는,

순례자: 서로가 서로를 불러냈든, 서로가 서로에게 대답했든, 그러니 소명도 일방적인 것만은 아니라는 얘기도 되겠군그랴. 그래도 지

금은, 그건 어째도 상관없는 얘기 아니겠는가?

것11: 돌대가리에, 조금 금이 간 느낌도 있는데유, 연금술사이기를 바라는 석두왕자라면, 이제 그 찍어먹은 독과 관계된 방법의 문제에 부딪칠 듯한뎁쥬,

순례자: 늦잠 자는, 말하자면 시동이놈 깨우기 위해, 자네 늘 그러듯, 발바닥에 간지름밥을 먹이든, 코를 쥐어 숨 막든, 그래도 안 되면 뒤흔들든, 자는 놈을 억지로 일으켜 앉히든, 자네 거 별지랄 다 떨지 않했던가? 제일 좋기론, 뒤꿈치에 불총 놓기 같은 것일 것이겠지. 가차 없이, 저 질료를 매질해대는 수뿐이겠다. 개구리게 보인, 공주의 불의 입맞춤 말이지. 그러지 않고, 그 돼지껍질이 벗겨지겠나? 수동태의 능동태화란, 그 한 문장의 구조를 완전히 바꾸기인 것 알잖는다구? 노예근성의, 피학증쟁이를, 주인스러운, 가학적 능동력을 구비케 하려면, 결국 개구리들의 그 한 웅덩이에다 불비를 쏟아넣는 수밖에 없을 터이다. 그러고서야 人間의 再臨을 볼 테다. 이 연금술쟁이는, 물뱀 중에서도, 그중 독한 물뱀일 테다. 이것은 '날것→익히기'의 축이래야겠는가?

것11: (한동안 숙연해 있더니) 저들은 그러면, 새로 '나무토막 임금'을 그리워할 성부르군유. 안일을 되찾고 싶으겠습쥬? 그러며, 자유, 인권, 등등, 이왕에 준비되어 있는 현수막 먼지 털어 들고 저 독한 물뱀 묻은 자리에다 침 뱉고 오줌 갈기려 들겠습쥬?

순례자: 자네는 거 못돼먹은 성미를 부리려드누먼! (진정으로 꾸짖는 듯한, 엄한 얼굴이다.)

것11: (눈물을 글썽이고, 오래 침묵하고 있더니) 바룬다 새 말씀이셨는데유, 소녀가 알고 있는 그 새 말씀 하나 드려두 되께유?

순례자: 경청할 준비는 되어 있구먼.

것11: 같은 한 부모에게서, 이란성 쌍둥이가 태어났는데, 하나는 수송아지였으며, 하나는 수이무기였다누유. 이후, 둘 다 결혼해, 자손을 거느리면서, 소토템족과, 뱀토템족으로 나뉘었겠쥬? 소토템족 쪽에서는 왼 가족이 별 보고 나가, 별 이고 돌아올 때까지, 들일에 바쁘다 보니, 곡간이 차 넘치기를 시작해, 곡간을 새로 지어야 하는 일이 빈번해졌음에 반해, 뱀토템 쪽의 가장은, 뱀이란, 불을 뿜지 못하는 한 이무기에 머무를 수밖에 없어, 아이들까지도 그 대가리를 짓밟고 든다며, 어느 동굴에 들어 불 굽기 수업에 들자, 식구들은 나날이 더 가난해져, 애들까지도 쪽박 들어, 이웃으로 다니며 구걸을 하거나, 장통으로 다니는 신세가 되었더라쥬.

순례자: 거 훤하게 내어다보겠으니껜두루, 건너뛰고 말해도 되겠네그랴.

것11: 호후후, 소녀가 이거, 일 세기의 일사분기도 제대로 못 채우고시나 노파가 되었으께유? 그렇담 저 독룡이, 이웃에 위협이 된 부분부터 말씀드려두 되겠네유.

순례자: 그런즉 저 이무기가 구워낸 불이, 그렇게나 위협적일 수 있겠다는 말이겠네? 거 참말이지, 못 할 짓하자구시나, 처자식께 쪽박 들려 내보겠구먼! 살리는 것 해야지, 살하는 것은 왜 해야겠느냐구?

것11: 이건 성주님의 표방하는 한 주의(主義)지만유, 빌려 쓰자면유, 그 불룡은 선기사(先騎士)주의를 내세워, 그곳에서는 나무들까지도 밤에는 기사나 맹수의 꼴을 꾸며낸다는 데다, 그 용이 한번 불을 토하면, 그 화력이 닿는 자리는 당장에 불바다가 된다는데유, 그 화력이 미치는 범위는 측정해낼 수 없다는군유.

순례자: 야호가, 늙어 죽은 사자를 다 파먹고, 그 가죽을 입고서,

늑대 무리 앞에서 사자후를 하는 경우도 있겠으나, 자네 전하는 풍문이 진짜 사자후라는 경우라 해도, 그 화력이 과연 그 정도라면, 그것 뭣에 쓰자는 것이꼬?

것11 : 문제는유, 결코 웃을 수는 없음에도, 이런 것을 두고도 재밌다고 해얄 성부른데유, 뭣인가 하면유, '형제는 형제끼리!'라는 구호 아래, 그 불을 들어, 소토템네를 겨냥해서는, 불바다로 만들겠다는 둥, 잿더미를 만들어버리겠다고 위협한다는 그것입쥬네. 건 매우 재밌거나, 매우 이상한 형제주의잖유?

순례자 : 아 위협 말인가? 그건 그렇겠군. 그것 말고 그것 써먹을 자리가 사실로 있을 법한가? 그것 말이지, 평화며 인권, 민주, 인류의 복지, 세계-한-마을 해싸며, 열강이 한 형제 비슷하게 된 바깥, 그러니 막강해져버린 이웃들에 대해서는 악명만 하늘 끝까지 높이는데다, 그가 불 굽는다고 칩거해 있는 동안, 밖은 바뀌어도 많이 바뀌어, 강쇠라고 해서 마을의 약쇠네 안방을 차지해서, 그 댁 주인이나 처자식들을 머슴 삼아 혹사한다는 일은, 구습 중에서도 그중 악습 같은 것으로 되어버린 지 오래인 터, 그것 써먹을 자리도 마땅치 않게 되었다 보니, 고립, 뼈를 얼리고 드는 엄동 같은 고립밖에 뭘 더 자초하겠으? 이웃들이 저렇게, 인종을 넘어선, 같은 인간 한 마을, 꾸미기에 좇아, 그 뭉친 힘은 막강해질 수 밖에 없는데, 저들이 저 용으로 하여금 제멋대로 여기다 저기다 불을 토해내도록 냅둬놔둘 성싶은가? 대신, 로키에게 그랬듯 저 용의 목에다 사슬을 씌우고, 암흑과 가난과 기아와 고독의 말뚝에다 단단히 비끌어 매려 하잖겠으? 문잘 배쉐의 어둠과 가난과 황폐와 고독은 이 고립 탓인 것, 알잖는다구? 그래서나 '毒狗의 이빨 값'이라는 우화까지 만들어진다. 이런즉 저런즉, 그것 굽는 데 바쳐진 노력, 그 가족들의 희생의 피눈물 값은

누가 지불하느냐 같은 문제는, 역사가 꼬치꼬치 캐물을 것이니 덮어두기로 한다 해도, 그 용에 대해, 이 게제에 이르면, 그 불이 차라리 애물단지가 되어 있어 보이는데, 이 늙은네가 잘 관찰했는가 몰라?

것11: 전 조금밖에 잘 따라붙이지를 못하겠네유.

순례자: 몇천 년 전, 『라마야나』나 『마하바라타』 시절에도 이미, 그런 것이 발명되어 있어, '브라흐마 무기'라고 일렀다 하네. 당시엔, 만부장 정도만 돼도, 풀잎이라도 하나 뜯어, 그들 배워 익힌 주문(呪文)을 발라 던지면, 왼 바닷물이라도 말릴 수가 있는 화력이 발생했던 모양이었네. 그것은 그러나, 인류에 적대하고 나선, 신들에 대해선 아수라족들과 같은, 인류가 아닌 막강한 타유정(他有情)이 인류의 평화를 위협한다거나, 또는, 요즘 '판타지'물들에 범람하고 있는 것들과 같은, 외계에서 온 적군과의 싸움에서, 그것도 약세에 몰릴 때만 쓰게 되어 있는 무기로서, 인세(人世)에 쓸 수 있는 것이 아니었다 하네. 그러니까 그것은, 땅의, 그리고 인류의 안보를 위해 쓰는 것이지, 정복을 위해 쓰는 것이 아니라는 얘기지. 인세의 종말을 부를 것이거든. 크리슈나 고국의 종말의 풍경은, 그것을 여실히 보여준 예라고 해야겠지?

것11: 소녀의 귀는, 점점 더 어두워져가고 있는 느낌이오니다. 저 불용이, 소토템족들을 향해, 자기네가, 그들의 안보까지 챙겨주고 있다고 나선다는 얘기도 들었거든유.

순례자: 거 재밌군그랴. '토템' 얘기를 했으니 말이네만, 호랑이, 곰, 코끼리, 늑대라는 둥, 먼 데 가까운 데 배고픈 이웃들이 있어, 예의 저 살찐 소네에 침을 흘리고, 그 살 베어 먹자고, 칼들을 갈아 쥐고서는, 호시탐탐하고 있다는 얘기겠네? 안 그런가? 그렇잖다면, 이봐, 자네 같은 당찬 정신을 가진, 자존심 있는 자들이 있었으면 말이

네, 그렇게 허풍떨고 나선 자들을, 당장에 오랏줄에 묶어, 엄히 다스렸어야지! 대신, 사시나무 떨듯 떨고, 후문 싸들고 찾아뵈려 했겠는가?

것11: 소녀의 귀가 어둡든, 스님이 피안에 앉아 계셔서든,

순례자: 병가(兵家) 속담에, '전투에는 이기고, 전쟁에는 졌다'라는 소리가 있던데, (꾀 많은 제갈량이 해온 짓이 저것이었거니) 이 경우는, 저 막강한 불룡이, 그것을 써먹으려들면, 그것 써먹은 자리만을 국한해 말한다면, 전투도 이기고, 전쟁도 이겼는데, 전장(戰場)을 잃었다는 소리를 하게 될 성부르네. (나폴레옹의 '모스크바 入城'은 널리 알려진 얘긴 것.) 그래서는, 배고파 죽겠어서, 얻으려는 곡창 다 태우고, 쑥대밭에 퍼내지르고 앉아, 욥모양, 뜨거운 돌로 상처 난 자리나 지지며, 재나 움켜먹어야 되겠는가? 전투에서도 이기고, 전쟁에서도 이긴 뒤, 뭘 얻었는고? 그 짓이란, 배고픔 탓에 정신이 뒤집혀 발작증을 일으키는 자나, 나중 일 생각해볼 여유도 없이 불뚝불뚝 성부터 내는 소인 나부렁이, 뭐든 과시해보고 싶은 용렬한 자, 인명을 초개만큼도 여기지 않는, 잔인한 자들이나 허능 겨. 인물이 어쨌든 범상스럽지는 안했기에, 남의 앞에 서 있게 되었을 것인데, 특히 남의 앞에 서 있다거나, 인류의 안녕을 고뇌하는 통 큰 이들은, 생각조차도 안 허능 겨. 처자식들 쪽박 들고 비럭질하러 다니기 전에, 저 이무기도, 들이나 일궜더면, 자신이 남의 악몽 덩어리 되는 대신, 얼마나 요족하게 살며, 이웃에도 퍼주고 해서, 한 동네가 화목하겠으?

것11: (침묵. 해학을 잃은 우울한 얼굴) 그, 그렇다해두유, 혀, 현실은유,

순례자: 그러고도 그렇지, 사람이라는, 반은 흙에 묻히고, 반은 하

늘을 나는, 이 괴유정들이 손대어 세우는 것을 '文明'이라고 이르면, '自然'에 대해 문명은 옴병 같은 것이렸는다. 문명과 자연은, 그렇게 相剋의 관계인데, 일반적으로는, '모든 것은 時間이 일으켜 세웠다, 시간이 무너뜨린다'고 하되, 그런 생각이란, 무고한 시간에다 누명 씌우기가 아니겠는가? 거두절미하고 말하면, 時間은 Neuter(無性, 中性)이라는 게, 이 돌중의 咄見이다. 四季의 바뀌기에 좇아 일어나는 생성과 조락을 두고, 거기서 시간의 뜻을 읽는 이들도 있으되, 그것이란, 時間 안에서 自然이 자연 자체를 갱신하는 과정이며, 그 속에 시간의 意志가 개입되어 그런 건 아니다. 니플하임(凍土)이나 무스펠하임(熱土)의 변화는 같지 않다면, 시간의 의지는 일률적이지 않거나, 무수하다. 시간 안에 의지가 있다면, 시간이 곧바로 창조자며, 파괴자여서, 다른 신들의 존재 여부도, 그리고 필요도 없다고 알게 된다. 시간은, 그것 속에 싸인 것만을 싸거나, 풀어놓을 뿐, 그것이 무엇을 임신하거나, 분만해내는 性別을 구비해 있다고는 결코 믿어지지 않는데, 그렇다면, 文明에 대해 가장 무서운 적은 自然이 아니겠는가? 문명 쪽에서, 한 탄지경이라도, 한시름도, 손도, 놓고 있으면, 어느새 그 자리에 자연이 파괴의 손가락을 쑤셔넣고 있다. 초옥 섰던 자리, 쑥대밭 되는 것은 자연의 승리다. 이렇다면 문명 쪽에선, 붕괴되고 도태치 않으려면, 어째도 합세하여, 자꾸 세우는 것 해야지, 왜 부수는 것 해야겠는가? 전 인류가 합심 협력하여, 平和하려 아무리 안간힘을 써도, 자연의 易의 저울 눈금에서 벗어나면, 문명은 감당치 못하고, 쓰러지고, 파괴당할 뿐이다. 그렇다면 이 거인의 콧수염이라도 한 개 뽑으려, 아무렇게나 덤볐다가는 큰 코 다친다. 몇 배로 참담하게 복수당한다. 그럼에도, 그 정도에서 그친다면, 그 황폐 위에서, 새로 또 무엇이 뽀스락 뽀스락 일어서는 소리가 있기 시작할 것이지만, 최악의 경우는, 菌 저그들끼리 해치느라 용쓰고 하다가, 저 옴병이 암 같은 것으로 변해, 저 거인을 죽여놓는 경우일 것이다. 無에서 왔으니, 無에로 돌아갈 뿐인가? 온 일도 없으니, 갈 일도 없는가? 태어난 일이 없는데, 죽을 일이 있겠는가? 아으, 얼마나 잠들을 훨씬 깨고 하는 소리냐? 잠을 깨어야겠는다! 전원이 장차 황폐해지겠으니, 어찌 돌아가지 않으리요?

것11: (해학을 잃은, 우울한 얼굴. 반복해서) 그, 그렇다해두유, 혀, 현실은유,

순례자: (연민을 담은 눈으로 '것11'을 건너다보며) 허긴 이 늙다리 돌중은, 자네 앉은 자리에서 보면, 피안에 있어, 아무렇게나 씨불일 수 있는지도 모르지. 그러나 원기를 돋우게나! 아직도 자네 사정은 그렇게 나뻐 보이지는 않음세나. 가났자, 재미있을 얘기 하나 해드리면, 그 잘 웃던, 고운 웃음쯤 보여주려나? 이건 『판챠탄트라』 후속편에 속한 것이라 해얄 성부른데, 제목은 '毒狗dog의 이빨 값'이라고 되어 있던 듯싶웅먼. 들어보라구 말이네, 이를 데 없이 소심한 데다, 짝을 찾을 수 없이 겁이 많은 선비가 하나 있었구먼. 그는, 자다 마른 잎 구르는 소리만 들어도, 강도가 들지 안했나, 지붕이 무너져내리지 안했나 겁을 먹곤, 불 켜 살펴보러 나서는 대신, 몸을 웅숭크려 최소한도 크기를 만들어, 떨며, 어디 구석에 처박혀, 뜬 눈으로 밤을 새우곤 했던 모양이었다네. 그러다 친구의 조언을 따라, 커다란 독구를 한 마리 사들였다는군. 그러곤 다리 뻗고 자는 잠도 여러 밤 잤겠지. 헌데 이 독구들이란, 잠잘 때 꼬리를 밟힌다거나, 먹을 때 누가 방해를 한다거나 하면, 따르던 주인이든 누구든 가리지 않고, 털을 곤두세우고, 이빨을 드러내 으르렁거리는 야생성 한두어 가지는 남겨 갖고 있는 짐승인 건, 대개 다 아는 것임에도, 이 서생은 몰랐던 모

양이었네. 그래서나, 딴에는, 친해보자고, 밥통을 핥고 있는 놈께 무작정 손을 뻗쳐내, 놈의 목덜미에 아첨을 떨어보이려 했던 모양인데, 이눔이 그만 야성을 드러내버렸군그랴. 황망이 물러나다 엉덩방아를 찧은 이 서생은, 식은땀을 흘리는 중에도, 아, 놈이 밥이 적은 까닭으로 불만이었댔구나 생각을 하고선, 이번엔 아주 고봉으로 갖다가시나 밥을 더 주었군그랴. 그런즉 놈의 눈부터도 아양기를 띠는 것뿐이겠는가, 꼬리까지 흔들어대며, 먹고 난 뒤엔, 주인의 볼가지 핥고 야단을 부렸겠네. 아, 개를 길들이려면 역시 음식밖에 없구나, 주인 생각은 그랬겠지. 그런 뒤부턴, 놈이 무슨 까닭으로 해서든, 이빨을 보이려들면, 그때마다, 놈의 밥그릇은 음식으로 고봉 됐겠네. 그러는 중, 이 독구놈께도, 아, 비겁한 사람을 정복하려면, 이빨이구나, 라는 식의 지혜가 들기 시작했던 모양이네그랴. 그런 뒤부턴, 자기께는 어울리지도 않는 어리광부리기며, 귀찮기 이를 데 없는 꼬리 흔들기, 주인의 더러운 상판의 역겨운 개기름 핥아주기 따위 짓 다 그만두고, 주인 지나는 길 앞자리마다 찾아 누워 잠든 시늉하기로, 이빨 몇 보이기로, 하루하루 지내기가, 훈제고기 매달아놓은 광 속에서 지내기처럼 그랬을 것이었네. 그러며, 저 겁 많은 서생의 안보를 자기가 책임져주고 있다는 생각을 키워, 교만까지 부렸더라지. 그러자니 주인이라는 자는, 제집 대문을 나서려거나 들어서려 할 때까지도, 저 독구놈께 통행세를 바쳐서야 될 형편에까지 이르게 되었겠는데, 그런 정도에서 끝나기만 했어도 좋았을 것인데, 놈의 코에 인분 냄새가 난다 싶으면, 측간에 내달아, 주인놈의 후문까지 겁탈하기를 시작해, 그 댁에 웬 치질 냄새가 등천하기 시작했더라고도 하지. 이눔 독구의 행패가 그냥 그 댁 울 안에서 그쳤어도, 이웃들이야 뭐라겠냐만, 이 누미 글쎄 왼 동네를 불편하게 했던데 문제가 있기 시작했던 모양이더라구. 애들을 밖에 내보내지도 못하게 된 것부터 시작해, 물동이인 옌네의 정강이 물기, 널어놓은 서답 끌어내려 똥 싸기, 지팽이 짚은 늙은네들을 보았다 싶으면, 암사돈 수사돈 가리기나 했겠으? 대번에 내달아, 꺼꾸러뜨리고, 침도 안 바른 똥구멍에 비역질하기,……뭐 그거 다 헤아리려들면, 자네 발가락까지 다 빌려도 모자랄 거를. 그러니 이런 못된 것을, 마을 사람들이 가만두려 하겠어? 공적이 되어버린 것이지. 참다못한, 마을의 꾀 많은 이가 어떤 날, 그 개놈의 주인을 가만히 불러, 그 놈을 길들일 꾀를 하나 귀띔해주었던 모양이라서, 그걸 실천에 옮길 양으로, 그 주인은, 개평 얻은 그 꾀를 호주머니에 넣고, 하루는 그래서, 장에 가, 개목걸이 파는 전 들리고, 목수 연장 파는 데도, 푸줏간에도 들려, 무겁게 짐해 메고 와, 먼저 살점 많이 붙은 뼈를 보인 뒤, 침을 흘리며, 저도 모르는 새 꼬리를 흔들고 다가와, 주인께 몸을 부비려드는 틈을 타, 저놈의 목덜미에 쇠목걸이를 채우고, 그리고 놈의 몸길이 두 배 정도 자리만 빙글거리도록, 아무리 흔들어도 끄떡없는 기둥에, 다른 끝은 묶어뒀겠구먼. 그리고 그날은, 사온 그 뼈다귀 주어, 제놈의 형편이 어떤지 눈가림도 해뒀겠지. 문제는 이제 독구 쪽에 있게 되었잖다구? 그 후, 아무리 이 독구놈이 음식을 기다려도, 세 끼니가 걸러지고, 열세 끼니가 걸러지고, 하는 사이, 밤도 길어지고, 해도 길어지고, 못 먹은 창자도 길어지고, 설움도 길어졌겠지맹. 저 독구놈이 거의 빈사지경에 이른 하루는, 그런데 주인이, 한 손에는 좋은 음식을, 다른 손엔, (못대가리를 집어 뽑아올리는) 연장을 들어, 히죽히죽 웃고 나타나서는, 독구야 알아듣든 말든, 이렇게 말해줬다 하더구먼, 이빨 한 개에 밥 한 그릇, 취하든 말든, 그것은 네가 선택할 일이다. 그리고 한참 더 얘기며, 실랑이질이며, 뭐며, 누가 보든, 무엇을 보고든 결단코 웃음 웃을 일 없는 중들까지도 웃게 할 짓이며, 또 뭐며,……뭘 다 말하랴, 꼬리 탁 자르고 말하면, 그렇다 해도, 그 독구를 잇바디 없는 노파 같은 것으로까지야 만들었겠는가? 불화의 씨앗이 되고 있는, 그것만을 거뒀을 성부른데,……건 어차피 필요 없는 것일 것이거든. 클클클, 웃고, 뭘 정복하는 데 쓰여지는 것은 그러니 이빨뿐만은 아닌 게구나, 독구를 길들이려면 역시 음식밖에 없는 겨! 시 한 수 읊기도 했더라지. 흐흐흐, '우화'는 대개, 訓道랄 것을 목적으로 읊어지는 것이겠으나, 그것까지 일러주랴?

것11: 그러셔도, 인도주의라는 것도 있잖유?

순례자: 그 말은, 늙은네로 하여금, 젊은 처자를 존경하여 부복케 하누먼. 늙은네께는 그러나, 저 독구나, 저 마을의 노약자를 위시하여, 아녀자들, 그 양편의 안녕을 어떻게 지켜줄 수 있을지, 그런 인도주의적이랄, 좋은 방편까지 생각해낼 수 있는 지혜가 없구먼. 그런즉, 전에, 어떤 돌팔이 늙은탱이 하나가, 대낮에 켠 등을 들고, 골목들로 다니며, 뭐라더라? 뭘 찾는다고 헤맸더라는 소리가 있는데, 아으 자네 선녀자여, 선녀자께서는, 그 물음을 들고, 이웃들로 다녀보는 게 권고되누먼.

것11: 통쾌하면서도, 사실은 섬뜩지근하구유, 소름까지 돋우는 얘기여유. 그런즉 이제, 저 독구의 주인 되는 이는, 발 쭉 뻗고, 아무 걱정 없는 잠을 자도 좋게 된 것이 분명하겠나유? 그 방법이 어떻게나 정당하거나 부당하거나, 다른 선택이 없었으므로 하여 이빨을 포기해버려야 했던 저 독구는, 이빨을 포기하고 있었을 때, 자신의 모든 것도 함께 포기해버렸을 수 있다고, 그러므로 하여 양자 간에 기대되는 것은 상생화목밖에 없다고, 폭죽 터뜨리며 축제 꾸며도 되겠는가유? 저 독구는, 이빨을 포기한 것이 아니라, 처지나 상황이 그러하므로 해서, 보이지 않는, 안의 어디 깊은 곳에다 접어들여 감춰두지는 안했겠나 생각한다면, 지나친 기우겠나유? 말씀하신 '우화'는, 어느 시대든, 그리고 어떤 고장이든, 어떤 형태로든, 이란 종교적, 정치적, 군사적, 경제적, 문화적이라는 투로 종류는 많겠지요, 되풀이되어지는, 축생도 풍경의 인세적 은유, 즉 우화로도 이해되어지는데유, 그런 방법이 아니고서는, 공생공존(共生共存) 할 수가 없는 것이 인류인가유? 소녀는, 슬프오니다! 슬퍼도 많이 슬프오니다! 人世도 畜生道, 보다 복합화해 있는 축생도라고 하셨던 말씀이, 새삼 소녀의 가슴을 치는데유.

순례자: (잠시 생각에 잠기더니, 이어 이런다.) 자네네 경전 서두에 나타나는, '카인/아벨' 얘기를 자네는 어떻게 읽었던구? 그것인즉슨 인류, 범위를 좁혀 형제라고 말하면, 훨씬 더 설득력이 있는 듯하니, 형제라고 이르세나, 형제간에 있는, 불화·불목과 관계된 한 전형적 사건, 심지어는 원형성까지 띤 얘기로도 읽히던데 말이야,…… 이를 두고, 자네네서는 간결하게, 'Siblings rivalry'라고 표현하는 것으로 아는데, 안 그런가? 그것을 두고는, '하나님'까지도 속수무책이었다는 얘기가 저것 아니던가?…… 카인은 이후 동쪽으로 가서, 놋 땅이라던가 어디에 가정 꾸려 정착했더라고 하며, 아벨(대신 셋이라고 해야 맞겠으나, 셋은 아벨의 대신이라잖으?)은 가업을 계승했다 하는데, 그 뒷소문은 잘 들리지 않으나, 그런즉 추측이 허락되어진다면, 카인은 농군이었으니 철따라, 땅의 소출에서 얼마를 떼어내 아우네 보내고, 아벨은 목축꾼이었으니, 때로 때로 고기 근에다 가죽으로 만든 신발 같은 것도 함께해서 형네에 보내고…… 했다면, 그런 것이 공생공존 아니겠으? 추측을 또 달리해보기로 하면, 서로 손에 피를 묻힌 뒤, 금강석도 녹여낼 원한을 품고 헤어져서는, 그 손의 피가 다

굳기도 전에, 어느 한편에서 지치고, 앓고, 굶주린 데다 헐벗으므로 하여, 형제는 한 지붕 밑에서 살아야 되잖겠느냐고—현실적으로, 서로는 서로를 그렇게 쉽사리 용서할 수 있는가, 어쩐가, 하는 의구심도 있지만, 그, 그건 어영부영해두기로 하고 말하면 어쨌든—아직도 끈적거리는 손으로 악수하여 얼싸안구시나 한 지붕 밑에서 살기 시작했다 하면, 물론이나 좋을세라! 그 아니 좋은가! 좋고 또 좋을세라! 그러는 동안, 힘도 두 배는 세어져, 이웃에서도 선망의 눈길을 보내지 않겠으리요? 마는, 그러는 중 양편 공히, 튼실하게까지나 기력도 되찾고, 위장도 불러지지 않겠으료? 마는, 그러면, 혹간, 난제가 발생하지나 않나 하는, 불길하고도 불쾌한 기우부터 드는데, 그 둘이 헤어졌기 전의 형편이나 상황을 되돌아보다 보니 그렇구먼. 형은 농부였으며, 아우는 양치기가 아니었던가? 식구가 불어나기에 좇아, 형께는 농지가 더 필요해지게 될 일이었으며, 마찬가지로 아우는, 더 넓은 방목장이 필요해지게 될 일이었다. 그런다면, 힘도 세어졌겠다, 이웃의 땅을 빼앗아서라도 넓게 쓰면 될 게 아니겠느냐는 철없는, 못돼먹은 소리를 하지는 않겠지? 앞에서도 비슷하게 말했든 듯싶지만, 오늘날엔 글쎄, 이 현재 사정은 그래 보인다 말이지, 여하히 막강한 아서왕의 군대라도, 다른 혼란한, 분쟁지역의 평정을 위해 침공하여 성공했다 해도, 머물러, 그 땅을 자국의 식민지화하는 일은 없잖던가? 함에도, 앞서 말한, 이웃 땅이라도 빼앗아 터 넓게 쓰는 짓을 정당화하는 방법이나 비결도 없기는커녕 여럿인 듯하여, 누구네들의 '우리 동네'에서는 이런 일도 있었더라 하니, 그것을 예로 하나 들어둘끄나? 저런 일을 도모하려 하면, 그 위인은 첫째 음흉해야 하고, 일동의 사촌 팔촌 사돈 누구도 범접할 수 없으리 만큼 장대한 데다, 포악함을 구비하고 있어얄 테다. 바로 이런 궐자가, 우리 동네에도 하나 있어, 우리 동네 애먼 견공들까지도, 꼬리 한번 편하게 사태기 밖에. 내어 흔들어 지낼 수도 없을 지경이었다는데, 이 궐자가 어느 날은 글쎄, 자다 봉창 뜯기로서나, 새벽 일찍 일어나, 목욕재계 하구 시나는, 벽장의 족보를 꺼내 먼지 털고, 개정 가필을 시작했던 모양이었다. 본동 甲氏는, 자기네 고조 고조의 서출의 몇대 손자로서, 지금 어디 어디라는 땅 몇 뙈기를 빌려 분가해 살기 시작했고……로 시작해, 사돈 亥氏는, 그 성정이 방정치 못해, 고조의 증조 되시는 이가, 지금 어디라고 이르는 변방의 땅 소작이나 하라고 멀리 쫓아낸 막내의 후손이라…… 대개 이런 식이었더라 했다. 우리 동네 약골이 그랬었다가는, 덕석몰이 곤장에, 이백여덟 개쯤의 뼈를 곤, 걸쭉한 곰탕이 되었을 일이 아니었겠남? 흐흐흐, 나무하러 갔다. 신선들 놀이 자리에서, 얻은 술 몇 잔 잘못 마시고, 제 잠 위에 쌓인 낙엽이 몇 십 번이나 썩었을지도 모르게코롬 잠에 꾸드러졌다, 깨어, 집에 돌아온 나무꾼이, 놀랠 일이야 거 뭐 한둬 가지였겠느냐만, 듣자 하니, 그를 그중 크게 놀라게 한 것 중의 하나는, '山賊盜跖'이의 후손이라하여, 천시되고, 괄시받던 자가, 글쎄 말이지, 떵떵거리며 우리 동네를 쥐락펴락하고 있는 것이었다 하잖느냐? 내력인즉슨, 저 후손이, '山賊'의 '賊'字 하나를 '王'字로 바꾼 결과였다는 것이더라구. 그러자 그 할애비의 '노략질'이 '정복하기'로 바뀌어, 도척이인즉슨 자연스레 정복자로, 영웅으로 둔갑돼, 우리 동네 젊은네들의 선망과 찬양, 경배의 대상이 되어버렸더라는 것이지. 헌데 이 점은 중요하다, 저 나무꾼에게는 邪實이, 저 젊은네들께는 史實로 아무 의문없이 받아들여지고 있다는, 이 事實은 중요하다 말이지. 누가 게거품 물고 삿대질하며, 歷史는, 이미 솔아버린 과거사여서, '일점일획도 고치지 못한다는 하나님 말씀보다도 더 견고하다'고 외치는가? 심지어는,

갈이질해 먹고살, 생쥐 마빡 넓이 땅도 없어, 雜技질에 나선 서생들의 붓끝에서까지도, 그 붓 꼴리는 대로, 報紙 요분질하는 대로, 물결 치는 대로, 바람 부는 대로, 역사적 사건이나 인물, 그 시대적 배경 등등, 이런 것 저런 것 왼갖 것이 다 바뀌고 버무려져 雲雨를 일으키거늘!—이런 식이다. 갓 쓴 놈이 글쎄, 가죽장화 윤내 신고, 돼지 등에 타 마구(馬球, polo) 마구잡이로 해대는 이런 식이다. 예의 저 '가죽장화'가, 짚새기만 신던 시절엔 없었다 해도, 이 시절에는 있는 것 아니냐? 얘기를 듣는 귀들 또한, 현재 이 시절 사는 이들의 것 아니냐? 호호호, 그러한 데다, 그리고 말한 바대로, 비록 '山賊'이 '山王'으로 둔갑되는 일이 있는다 해도, 그거 말짱 '小說'이며, (헤아릴 수 없는 밤낮을 새워, 입힐 것이라는 것 짓기는 뭘 열심히 지었는데, 그것 입자, 입은 자의 뱃속 거위까지 환하게 들여다보이게 되었더라는) '어느 황제네 재봉사들이 지어낸 홍포' 같은 것이며, 그래서 '이것은 詐欺올시다!' 즉 '虛構'라고 이르는 것이며, 까닭에 '雜技질'이라고 이르는 것인 것. 어찌 대인군자라고 자처하고서, 그런 것에 마음이 묶여, '잔잔한 물처럼 고요한 마음'에 풍파를 일으키려 하리요? 측간에 앉아 굳은 똥 눌 때로, 몇 글자씩 읽어보다, 밑 닦이에 쓰면 좋은 것이 그것 아닌가? 음흉하기 이를 데 없는, 우리 동네 저 궐자가, 자기네 족보를 새로 고쳐 쓰고 있다 해도, 그래 보았자 小說질인 것, 그런 것을 두고, 소인잡패스레, (마음이 고요함에 머문 뒤) 한옆에 밀어두었던, 사소한 걱정이나 염려 새로 챙겨내, 덮인 먼지 털어내려 할 일은 아니고 말고지. 이런 바쁜 철에 그럴 틈이라도 있으면, 나물 먹고 물 마셔, 칭얼거리는 거위는 달래뒀겠다. 펑퍼짐한 마누라 깔고 편안스레 한잠 자느니만 못할세라. 피식민지민인지, 피지배층 우민인지, 그런 누구들 몽니 삭히는 데 쓰는, 君子道라는 보약 오랜 세월

복용한 효험 내느라 그랬겠지, 헤음, 거 어쩐다고, 소인스레 문빗장 걸고 말고 하겠으? 무릉 도화강에 잠의 배 띄워 타고, 지끄럭 찔그럭 어사와, 잠의 놋좆에 듬뿍 침 발라, 떠흐르는 복사꽃 헤쳐나갔겠더라. 好也, 호야, 호호호 호야! 마, 마는, 좋은 일에는 마가 끼어드는 수가 많다던가? 이제 '바야흐로,' 퍼오른 복사꽃 구름〔雲〕에, 복사꽃 비〔雨〕가, 한 줄금 쏟으려는 지경에 이르렀는데, 이런 순 구정물 맞을! 尾閭로 뱃길 빠져들고 말았구나! 沃焦에 난파해 타스러졌구나! 흐, 흐미! 이러한즉, 이제도 거 뭐 하자고 맛 가신 튠시 더 읊어델 필요 있겠냐? 절미하기로 해 말하면, 무슨 검센 객귀 하나가, 자기네 들 아랫목을 떡 차지하고 앉아, 까낸 불알 두 쪽에 공알 하나를 안주 삼아, 제사 때나 쓰려 아껴둔, 그 아까운 청주를, 가슴팍에 철철 쏟아대며 처마셔대고 있구나, 보았어라, 알았어라, 아팠어라. 그런 뒤 뒷소문 듣자니, 이후, 저 군자는, 자기 집에서, 솟을대문을 드나들면서도 허리 굽히고, 새 상전의 상에서 던지워지는 부스러기 얻기 기다리는 자기 집 똥개와 함께, 상전의 명이 떨어지기 기다리는 방자 역에 취직했다 하고, 그의 마누라는, 자기 집에서 小室로 옮겨, 이 밤 행여 님 오시는가, 발소리 기다려 쭈구시고 앉아, 화롯불이나 다독이고 있더라 허두먼. 운명인 것을? 것을! 두고 어째야겠응? 이제는 배만 곯지 않는다면, 그나마 다행으로 여기고, 그냥 저냥 한세상 살다, 갈 일만 남았는 거를 갖고, 아둥바둥해봐싸면 또 뭔 수가 있간디? 그러다 죽게 되면, 님께서 거적에 말아, 누구들 말로는, 역사의 쓰레기 처리장이라던가, 뭐 그런 자리, 공동묘지에 던져주실 일이겠지맹. 불알 공알 까였을 때, 이미 몽달이나 손말명은 면했었으니, 달이 휘영청 밝다 해서, 아니면 굿은비가 추적거린다고 해서, 잠 못 이루고 무주공산처럼시 밤을 울어애든 안 할 테니, 그것만 해도 복이래야겠지

맹. 으흐흐으, 그, 크, 크래서 저렇게 말이시. 새벽같이 족보를 개정
가필하구시나는, 우리 동네 저 음흉한 궐자가, 그러고는 뭘 했을 성
부른가? 그 먹물이 채 마르기도 전에, 벌떡 일어나, 삼밭으로 쳐든
멧돼지나 돌풍모양, 마을로 내달려 내려갔을 성부른가? 그래서야 그
를 두고 음흉하다고 이르기는 좀 뭣한 데가 있잖겠다구? 그는 그러
곤, 손해 본 잠 벌충하려, 성급하게 일어나는 대신, 게으르게 누웠을
것이었다. 슳카장 자고, 일어나, 기지개 한번 크게 켰을 터이지. 해
한번 올려다본 뒤, 아직도 시간이 더 남았는지, 시간 걸려, 큰 낫 시
퍼렇게 갈았을 테다. 그러곤 손바닥에 침 뱉아 끈끈하게 해설람, 그
낫 억세게 꼬나쥐었을 테다. 슬슬 시작해, 이제 자기 선군 어르신들
이 소작 내준 땅 되돌려 받기에 나섰을 일. 자기 할아버님께서 빌려
준 땅, 이날 이때껏 도조(賭租)라고시나 요절미 한 톨 바치지 않고,
몇십 대를 공짜로 부쳐왔으니, 그동안 쌓인 빚이 어떠할꼬? 마는, 그
빚을 탕감해줄 터이니, 땅이라도 내달라는 데 대고, 육국을 세 치 혀
에 감아 꿀꺽 삼켜 먹었다던가 어쨌다는 공자가 소작인이었다 해도,
그런 순 仁하기 이를 데 없는 君子 앞에서, 뭔 소리 하자고시나 혀에
찬비 맞히겠으? 으-흐흐 클클클, 거 술맛 돋우는 얘기구먼. 한잔 부
어라, 잔이 터지게스리 부어라 말이시. 그러구시나 우리 또한, 우리
의 얘기의 맥을 잠시 멈춰놨던 자리 찾아, 통하게 해설람, 이어보자
꾸나. 잇기로 하면, 형은 아우의 방목장에다 밀이나 강냉이를 파종하
려 할 것이며, 아우는 아우대로, 새싹이 트는 그 농토에다 양 떼를
풀어놓으려 할 것도 어렵잖게 짐작된다. 그것이 그들의 생업이 아니
던가 말이지? 그렇다는 경우, 어느 한편에서 자기의 생업을 바꾸려
하지 않는 한, 글쎄라, 그런 것에도 최선이란 말을 써도 될랑가 모르
겠어도 최선의 경우로, 두 생업 사이에, 새로 울타리가 서게 될 것은

불 보듯 뻔하잖다구? 이런 것을, 하릴없는 늙은 돌팔이중의 기우라고 하는 것이겠지, 안 그런가? 人間이 같으면, 人種이 다른 이들과도, 가까운 이웃해서, 문 닫는 법 없이 사는 세상은, 좋은 것 아닌가! 같은 인종임에랴! 함에도 이솝('The Wages of Treachery,' *Fables of Aesop*, Penguin Classics)이라는 늙은네는, '최악'이라는, 만약의 경우에 대해서도, 경고하기를 잊지 않고 있더군그랴. 모든 일반적 Siblings와 달리, 카인(은 악하고)과 아벨(은 선하다는 것은, 그 가문의 어르신들이 만든 편견, 편애라는 것을 염두에 둬두자)로 대표되는 이 특정한 Siblings는, 어떻게 어떻게 되어, 한 지붕 아래 동거하게 되었다 해도, 안됐게도! 종래는 다시 또 분가하고 말 듯하다. 人種은 같아도 (그것이 사실은 난제인 것!) 人間이 다르기의 까닭일 게다. 이 특정한 'Siblings Rivalry'의 변증법이 그것 아니더냐?

것11: 그 말씀이 그 말씀인데유, 소녀의 처지나 입장에서는, 인종(人種)은 같아도, 인간(人間)은 같지 않은 경우를 더더욱 생각해보게 허누먼유.

순례자: 건 우울하고, 아픈 문제군그랴! 이방의 이 행려자는 말이시, 자네네 동네에 와서, 인종은 다른데도, 같은 인간으로서 대접을 받다 보니, 은근히 희망 같은 것도 큰 걸 하나 갖기 시작했는데 말이시,

것11: 만인 한 가족 같은 것 말씀이시겠쥬?

순례자: 거 얼마나 찬란한 꿈이냐고! '맑'論이 구현하려는 프라브리티 쪽 세상 또한 그런 식이지그리. 만종(萬種) 만인(萬人)이 하나의 가족이 되듯이, 만종(萬宗) 만신(萬神)이 한 회당에 모여……그러기 위해선, 이번에는, 신들이 성숙해지기를 기다려야 할 성부른가?

것11: 인간 쪽에선, '인간'이 성숙하기를 기다려야 될 듯한뎁쥬,

문제는 인간이 인간을 상실해버렸다거나, 어느 일점에서 동결해버렸다거나, 곪아버렸다는 둥 뭐, 따라붙는 모독적인 언사는 많잖아유?

순례자: 'Siblings rivalry' 얘기를 해왔잖다구? 자네가 또 그 얘기를 하게 만드는데, 세상 모든 형제자매들이 다 그런 것이 아니어서 천만다행이라고 해야겠지만, 카인과 아벨로 대표되는 형제라면, 저 둘은 핏줄은 같아도, 人間은 같지 않다고 자네가 말해왔던 것 아닌가? 이런 두 형제는 그렇다면, 되도록 멀리 떨어져 사는 것이 좋을 성부르지 않다구? 그러다 보면, 어쩌다 울리는 핏줄의 소리의 까닭으로, 서로가 다, 다른 쪽은 어떻게 사는지, 멀리 시선을 보내기도 하잖겠으? 이게 뭐 좀 대답이 될 만한가 모르겠네.

것11: 아유, 그런 말씀일랑 특히 아벨네 마을에선 하지 마셔유! 그랬다가는, 자기네들 식으로는 착하기 이를 데 없다고 생각하는 열린 마음의, 포용, 진보, 개혁을 부르짖는 자들로부터 크게 욕 얻어자셔유! 한 핏줄의 형제임에도, 남만도 못하게, 원수 사이처럼 지내는 짓이란, 케케묵은 정의나 이념 따위에 묶인 수구꼴통에, 발전성 없는 꽉 막힌 보수 짓거리라고 말여유. 그러니까 그들의 대의는, 양자 사이에, 어쩌다, 비극적이게도 막히게 된 혈맥을 터, 풍부한 쪽에서 필요한 쪽에다, 수혈을 해주며, 장차 함께 살자는 짓이 어째 안 되며, 나쁘겠느냐는 것입쥬네. 액면 그대로는, 허긴 그런 것이 포용이며, 아량, 개방이며, 진보, 개혁 같은 것인 듯싶어, 박수를 보내게도 되었는뎁쥬, 그러다 보니, 그것이 일종의 고정관념 같은 것을 형성하게 된 듯해서는요, 그 마을의 보수라고 규탄받는 이들도, 자기네가 보수라는데 대해 이의는 없는 듯 합쥬.

순례자: 호호호, (무엇이 재미있는지, 재미있다는 식의 웃음을 웃고) 야, 것두 그럴싸해 뵈네그랴. 그렇게 해서, 양자 간에 막혔던 맥이

터, 쏟겨든 氣가 우악한 맘에 새로 힘 실어주지만 않는다면, 그래서는 그쪽 편 발가락까지는 물론, 먼지털에까지도 미친다면, 그런 수혈은 자꾸 더 해줄수록 좋은 일이겠네, 안 그런가? 마는, 본디는, 그리고 사실은, 예의 저 피의 까닭으로 'Siblings rivalry'라는 말까지 생겨난 것 아니던가 모르겠네. 호호호, 그래도 피는 술보다는 진한 모양이던가? 술은, 이념의 비유로 이해해두기로 하게나. 이념이란 것들의 성격이 대개 그러한 것 아니더라구? 문제는 헌데 말야, 예의 저 Siblings rivalry가 중년에 갑자기, 카인네서도 말고, 착한 아벨의 동네에서, '진보/보수,' '개혁/수구'라는 식으로, 새로 발작을 했다는 데 있겠군그랴, 오래 섬겨온 大地에 대해, 느닷없이 하늘을 도입했다 해서, 아우를 향해, 모난 돌 들어 공개 처형해버렸던 카인이 아니었던가? 大地가 있고, 어머니가 있으며, (생명이 발아할 조건을 충족시키는, 이 둘은 그러나, 인식하며 사는 유정, 판첸드리야에 대해서는 詛呪라는 소리가 있고, 또 어쩌면 原罪가 저것이나 아니겠는가 하는 의문도 들게 하는 것들인 것) 그리고 판첸드리야가 있은 다음, (저 대지로부터 탈출을 도모하여, 하늘길에 오르다 만나게 된) 神이 있는 것이, 합리적 사고에 익숙해진 정신에 차질을 일으키지 않을 그 順序라면, (아직도 草木이나 禽獸들의 神들의 神殿이, 들판 어디에고 세워져 있는 것이 하나도 보이지 않는 까닭은 무엇이냐? 그것들은 아직도 창조되어져 본 바가 없어 그러하냐?) 그리고 그것이 순서인 것이 분명한데, 이런 순서를 좇는다면, 언뜻 가장 진보적, 전위적으로 들리는, '이제는 대지를 모독하는 것이 가장 큰 모독이 될 것'이라는 투의 대지 선언을 하고 나선, 두번째 '카인-자라투스트라'의 입지가, 저절로 환하게 내어다보이지 않는가? '대지'는 아직도, 아메바로부터 코끼리까지의 종교라면, 그러니까 그것은 여태까지도, ─官有情(에켄드리야)으로부

터 四官有情(차투린드리야)의 寺院이라면, 五官有情(판첸드리야)
의, 그것에로 되돌아가기의 운동은 무엇이래야겠는가? 흘러간 옛 노
래에 목이 메기 아니겠는가? 쯧, 이런 수구꼴통도 또 없겠는다! 그
것이 어째서 진보적, 개혁적, 전위적 선언이겠는가? 이 늙다리 진화
론자에게 이해되는 대지는, 판첸드리야에 대해서는 목적이 아니라,
판첸드리야의 사원이 서는 기반이어야겠는 것이다! 고로 그것은 잘
가꿔지고, 다져지고, 기름지게 보살펴져야겠는 것인 것. 이런 순서를
좇는다면, 그래서 이것은 눈금 삼아 눈여겨본다면, 한동네 사는 사돈
들 사이에서도 노론/소론, 동인/서인, 우익/좌익 편 가르며, 진보/
보수, 개혁/수구 해싸면서, 심지어는 삿대질에 저주까지 하고 나서
는, 자기네 편만의 그 선하기도 선한 주장들도 사실은, 많은 경우,
구멍 난 버선을 토시 삼거나, 짚신짝으로 벗은 앞가리개에 쓰는 식인
것을 알게 되어, 올챙이들까지도 웃음을 참다 못 참고, 나비 되어 날
아갈 지경일 게다. 아하, 함에도, 자네 아직도, 그래도 뭣이 좀 다분
히 추상적이어서, 석연찮다는 얼굴인데, 그럴 것이 아니라, 자네 볼
모 되어 있는 동네 일 돼오고 가는 것에서 그 구상적이랄 예를 하나
찾아보면 어떨꼬? 일인 절대권력자 안포-타즈 얘기구먼. 새바람이
불기 전, 근년 언제까지는, 어느 영지에나 그런 자들이 대개 하나씩
있어오잖았더냐 말이지? 그중에서도, 안포-타즈의 병력이 아서까지
도 초조하게 할 지경에 이르자, 앞서 말한 저 새바람에 좇아, 그의
이웃 영지에서, 자체 내의 일인 절대권력자에 항거해, 타도하기에 성
공한 지적 정예라는 이들이, 그렇게 하지 않으면 전쟁의 위험이 있다
하여, 갑자기 전향하고, 안포-타즈께 애지중지하는 딸까지 볼모로
보내 저쑵고, 조공을 바치기뿐만 아니라, 자기네 식구들에 대해서는,
그렇게 하는 것이 평화공존, 안보의 길이며, 열린 마음으로 하는 포

110

용이고, 진보 개혁적 처사라는 투로 교육해온 것은, 자네라면 특히 더 잘 알고 있을 거를? 흐흐흐, 그거 여간만 재미있는 얘기가 아니어서, 입에 소태를 물었어도, 벌꿀 술 맛으로 바뀌려 허누먼그랴. 흐흐흐, 아가 야야, 문 좀 빠끔히 열고 바깥 좀 내어다봐줄래? 자기들이야말로 이 우주의 최전방에서 '대지'를 방위하고 있다는, 두번째 카인-자라투스트라와, 자기들이야말로 평화를 수호하기에 앞장 서 있다는, 자네네 동네 진보개혁꾼들이 떼 뭉쳐, 이 늙은탱이 쳐 눕히겠다고, 롱기누스의 창 꼬나 내달려오고 있지 않는지, 그것 좀 빠끔하게 내어다봐줄 터?

것11: 저들은유, 안포-타즈 일인의 선기사주의나, 전체주의가 아니라, 그 영주민들이 이해하여 믿고 있는, 사회주의라는 것에 박수를 보내고 있다는 박론도 없잖아 있을 법한데유?

순례자: 자네는 그 실험대에 올려졌던 흰 쥐였으며, 이 늙은네는 멀리서 방관만 해온 자였으니, 그 결과에 대해서는 자네로부터 배워야겠네만, 그것 이미 역사적 임상 실험이 끝난 것으로 아는데? 흐흐흐, 小說질이란 말이 있던데, 중이라고 자처하는 자가 어쩌자고, 小說질에, 자네 열두 폭 치마가 흥그렁하게 젖도록 방뇨를 했을꾸?

것11: 또 튠시 읊으셨읍져? (둘이는 흥그렁하게 웃는다.) 그 보담 은유, 각주(脚註) 하나 달아주셨으면 하는뎁쥐네, '두번째 카인-자라투스트라'는 처음 들어보는 이름이 되어서유.

순례자: (한 모금 머금어 입천정까지 적시고) 허허, 거 어짜라고시나, 그 한 엉뚱한 이름이, 수사학의 이 해변에까지 밀려왔드랬지? 이렇게 다구채일 줄 알았더면, 말을 시작하지 말았었어야 했을 것을, 갖다가시나! 허, 허허, 헌데, 그 얘기를 하려 하니 이 얘기 좀 섞어야 될 성부르다. 문잘배쉐에도, 글 읽기나, 얘기 듣기 좋아하는 이들

이 많아, '글사모'라는 모임을 만들고, 매일 아침, 일용할 양식 대신, 하늘도서관에서 광주리 가득히 새 책이 내려지기를 간구한 그 감천할 지성의 까닭으로 장로, 또는 원로 자리에 앉았던 이였던 모양인데, 자네도 익히 아는 바슐라르Bachelard翁이 그이 아닌가? 헌데 말이시, 글 읽기나, 남의 얘기 듣기 좋아하는 이라면, 먼지 한 톨도 끼인 자리 없어 淨土라는 덴, 하품 나고 심심해서 못 산다. 걸 무슨 수로 무량겁 한하고 견뎌내겠으? 그런 자리에 무슨 읽고 듣고 할 얘깃거리가 있겠으? 도서관이라는 데에, 女仙男仙 짝 지어 앉아, 살인, 강도, 방화, 불륜의 얘기 읽으며, 시식대고 있을 성불러? '글사모'네 방장 바슐라르옹은 몰랐겠지만, 글이며 얘기가 쌓인 자리는, 글쎄 말임세, 이 풍진 세상 말고는 없을 것임세. 이 세상 유정 하나하나가 다 얘기책인데, 서른 권 책도 넘을 분량의, 그것도 아픈 얘기, 그래서 않음다운 얘기들이라 말이시. 천국에도 도서관이 있다면, 그 도서관은 그래서 이 땅 위에 있는 그것을 이른다 해야겠으시. 읽기나, 듣기 좋아하는 이들은 그래서는, 그곳을 뒤로하고 내려와야 할 테다. 그런 仙 중의 하나가, 羑里에 내려, 文門을 연 뒤, 자네네서 이르는 聖杯, 그 친타마니를 찾아, 텍스트들의 심산유곡, 뻘밭, 타는 사막, 가시쟁이숲이며, 엉겅퀴, 돌밭 해치기를 지칠 줄도 모르고 해온 끝에, 물론 그의 안낭엔 무수한 좋은 것들이 빼꼭 채워 있을 것이네만, 찾아낸 것 중의 하나가, '카인-자라투스트라'이겠네. (이 원로 기사가, 湖東의 김윤식翁이다.) '카인-자라투스트라'란, 이 김翁이, 復古, 또는 復元된 人間의 한 전형으로서, 그 비전을 제시한 인물인데, '두번째 카인-자라투스트라'라고 했었으니, '첫번째'도 있었을 것은 당연하겠지. 이 둘은 그런데, 同名同人이거나, 同名異人이라는 설도 있다. 엣따나, 詩三百 다 읊으려 말자, 一言이 폐지하면, 하나는 앞서 말한

112

'대지'라는 현수막을 높이 들고, 전위를 표방하며, 역설적으로 逆前衛하고, 다른 하나는, 반대로, 복고를 주창하며, 逆前衛하기로써, 역설적이게도 전위(逆逆前衛)한다는 다름이 있다. 한 번 더 되풀이하면, 이것이 언뜻 전위, 또는 새 소식처럼도 여겨지는 관건일 것인데, 하늘에 저항하여, 저 가장 오래된 늙은 대지에 돌아가 안기려 하고, 다른 하나는, 이것이 언뜻 퇴행, 케케묵은 소식처럼도 들리는 관건일 것인데, 어머니께 童貞을 겁탈당했기 전의 아담, 그 原人, 또는 本디人에 돌아가려는 데서, 同名同人, 同名異人이라는 구분이 생긴다. 이 '大地'를 '어머니'라고 이해하면, 양자는, 발로된 '요나 콤플렉스'의 표리 관계로 이해되어질 터이다. 하나는 저 모태 속으로 들어가려 하고, 그 의지의 표상화가 '붉은 용'일 테다, 다른 하나는 나오려 하는데, 거기 '흠 없는 어린 양'의 모습이 보인다. 人間의 再臨이 있다! 인간의 재림의 강보는 그리고, 새로 그리고, 새로 또, '神에의 認識'이 되어 있는다. 神이 존재하는가 마는가 하는, 이분법적 고전적 의문은, 잘라내버려야 곱낄 자리를 남기지 않는 귀두를 덮은 껍질 같은 것이다. 이미 그것은 유치하다. 그것에 의해서만 요나들은, 大地라는, 그 짐승의 자궁, 그 레비아탄의 뱃속에서 탈출한다. 완성된 五官有情급 육관유정(六官有情) 그 이후의 人間이 태어난다. 티베미(Thus I Say).

것11: 참 난삽한 小說질이네유!

순례자: 이 小說질이 말씀이야, 『古今笑叢』중 「女尿呼匙」라는 얘기식으로 되어 그런 걸, 새로 고쳐 쓰랴? 출가 탈속했다는 한 촌 중놈이, 어쩌자고시나, 소문으로만 질펀하게 들어온, 그녀러 것 맛의 그윽하기가 이를 데 없다 해서, 용케 한번 그것 얻어걸린 김에 그것 맛 좀 보자구시나, 옻칠한 숟갈 꺼내들어, 호호호, 떠먹어볼 것이 따

로 있는 것이지, 옥문을 그래서야 되겠으?

것11: (짐짓 골낸 얼굴을 꾸민 채) 함에도, '毛深內闊'(김삿갓)하고시나, 詩나 한 수 읊고, 얼음판에 넘어진 황소 눈깔을 하고 있는 것보다는 훨씬 낫다고 해야겠는데유. (비시시 웃는다.)

순례자: (뭣이 재미가 난 듯 낄낄거리며, '것11'의 머리를 가볍게 토닥인 뒤) 이제도, 우리 말이시, 같잖은 小說 쓴다고, 눈썹 더 축낼 필요는 없게 된 듯형만, 그랗야? 그래도, 화두를 꺼냈으면, 화미는 보고 봐야 하니, 무량겁 전부터 울어온, 우레가 하는 진보의 설법에나 귀 기울여보는 것도, 해스러울 건 없겠지? 다-! 다-! 다-!

것11: 호후후, 그 먼 뇌우 소리, 오늘 들으면 천세번째겠에유. 오줌 한 방울도 잴겨지지 않어유.

순례자: 打!

것11: 담야타-원수가 네 왼뺨을 때리거든, 대들어 그의 오른뺨까지 후려치려는 대신, 먼저 '자제하라!' 그리고 너의 오른뺨까지 대주라, 자제하라!

순례자: 따!

것11: 다타-원수가 너의 머리를 딛고, 너의 모든 소유를 탈취하려 하며, 너의 처자식을 노예로 삼으려 한다 해도, '주라!'

순례자: 다!

것11: 다야드밤-'악행은 미워해도, 그 사람은 미워하지 말고,' 다만 '자비를 베풀지어다!' (둘이는, 씨석거리더니, 오르륵 타오르는 웃음 웃어 나자빠진다.)

순례자: 이 늙은 가슴이, 젊은네께 정들고, 화풍병 들고, 상사병 들어, 사지가 오구라드는 듯해설람 못 살고 죽어가겠구먼!

것11: '씨벌지목(十伐之木, '열 번 찍어 넘어가지 않는 나무 없다'는 속담의 줄임말일 테다)' 믿지 마우, 씨븐 아니 줄 터이오!' 이런 자리 당해, 어찌 맹사또만 맹사또일까 부냐?

순례자: (웃다 죽다 깨어나서) 자네와 나 사이에 지금, 우리들 입은 수피의 색깔의 다름이 뵈는가?

것11: '재림한 인간'은 어떻게 하면 구해지리까? 하오니까, (머리를 긁적이고) 비록 인종은 같지 않다 해도, 인간 속에서 인간을 어떻게 불러내리까?

순례자: '인간'의 기준이 어떤 것인데? 인피 입었으면 인간 아닌가?

것11: 가시다 잘 가시다, 가파른 재도 쉬잖고 넘으시다, 스님 또한 홍시 주워 먹기를 좋아해유!

순례자: 그런다면, 엉덩이에 따귀 몇 차례 맞는다 해도, 어쩔 수 없겠구면. (둘이는 웃는다.)

것11: '주라,' '자비를 베풀라,' 또는 '원수까지도 사랑하라' 같은 우레의 설법은, 실행에 옮기려면,

순례자: 순교자가 태어나거나, 등신불이 나타나겠지?

것11: 소녀께는, 해학을 이해할 만큼 여유가 없나이다.

순례자: 그게 왜 해학이여? 한쪽에서는, 순교, 자기부정이라는 식의, 사회적 피학증의 등신이 속출할 테고, 다른 쪽에선, 자기 보는 앞에서 마누라와 어린 딸이 강간 유린을 당하는데도, 웃고 있는 부처님이 보이잖는다구? 거기 물론, 하늘에 차려진 큰 상이 그를 위해 준비되어 있기는 하잖겠다구?

것11: 첩첩산중, 설상가상,

순례자: 뭐 그럴 것까지도 없겠구면. 신데렐라모양, 찔찔 짜며, 난마(亂麻)의 올을 찾아, 간추리려는데, 문제가 있어 뵈누먼. 엘프Elf

도 알아 써먹는 쾌도법(快刀法)을, 사람이라고 치고서 왜 몰러?

것11: 한 수 가르침 받겠나이다!

순례자: 자연도(自然道)의 끈끈이는 '에로스Eros'라메?

것11: 그렇게 읽은 듯도 싶으네이다.

순례자: 석가무니는 경을 짊어지고, 인세로 왔다 하고, 연화존자는 또 그런 경을 짊어지고, 귀계(鬼界)로 갔다 하며, 유리의 팔조(八祖)는 균세(菌世)로 갔다 하는데, 축생도로 나아간 이도 있었더라 말이네. 그는 주로 '사랑'에 관해서 설했더라는데, 이 사랑은, '에로스'에 대한 '아가페(博愛)'였다누먼. 말하자면 들 가운데 불탄 자리처럼, 문화도(文化道), 진정한 의미에 있어서의 문화도가 일어서기 시작했었을 것인데, 자연도도 문화도도 아닌, 다른 道가 하나 더 있었는데, 그 어느 道도 아니라면, 그것은 누구들의 마음속에나 있거나, 아예 없(無)거나, 빈(空) 道겠는데, 거기서는 그것이 '다야드밤(또는, Anukampā, 慈悲)' 모습으로 설해진다 하대그리. 이러면, 이 세계를 이루는 세 개의 우주의, 끈끈이들의 성격이 확연해진 듯한데, '아가페'라는 것이 그중 역동적 끈끈이인 것을 알게 된다고. 그것은 드바이타(二分)에서 출발해, 드바이타를 극복해, 아드바이타(不二, 無二)를 성취해, 다시 또 드바이타를 들어내, 새로 또 아드바이타를 성공해 있어 보이기의 까닭이다. '원수라도 사랑하라'의 이 원수는, 드바이타적인데, '사랑'에 의해 아드바이타화하는 것이 보인다. 임제(臨濟)라는 뱃사공의, '主/客'論은 사뭇 쾌도스러운 데가 있는 걸로 아누먼. 시선을 모으는 일점은 뭣인가 하면 말이시, 이 '아가페'는, '에로스' 쪽에보다, '다야드밤' 쪽에 매우 가깝다는 것이겠는데, '다야드밤'은, 뭘 구분하거나 구별치 않는, 통합적 사랑이라는 것이겠구먼, 그것이 문화도의 아가페로 표현되면, '네 원수까지도 사랑하라!'의

대체(大體)로 바뀌어 드러나는 것일 것인데, 이런 대체적인 것은, 소체적인 데 써먹으려 하면, 말한 바대로, 거기 순교자나, '병신과 머저리'들이 우후죽순할 수밖에 없게 된다. '에로스' 또한, 우주적 능력이겠으나, '아가페'나 '다야드밤'이 운위되면, 그 경계가 저절로 허물어지게 된다는 것쯤 살펴내기는 조금도 어렵잖을 일, 안 그런가? 그것 때문에 엘프들의 도움까지도 필요할 건 아니잖나? 그 '경계'란, 말의 편리를 위해 '성(聖)/속(俗)'이라고, 한계 지어도 틀리지는 않을 것이지. 문화도의 유정은 그러자니, 축생도에서 이민 온 지 얼마 안 된 까닭에, 라는 말은, 아직 그것으로부터 초극하지 못했다는 말인데, 자아, 또는 혼, 더 나아가서는 신에의 인식에 의해, 아가페까지는 개발해 있다. 이 아가페의 자궁에서 태어난 유정을, 재림한 인간이라 이를 테다.

것11: 재림한 인간을 '초인(超人)'이라 이르리까?

순례자: 인간이 모태에서 태어나기 전, 그 모태에서, 왜냐하면 인간이 될 씨앗이었으므로 하여, 인간을 완성해놓고 있었다면, 그 반대로, 인간은 영구히 불완전한 존재라는 전제하에서는, 예의 저 '완성된 인간,' 반대로는 저 '불구의 인간'을 초월한다는 의미에서는, 그리고 치기와 광기 어린 과장적 정신에 의해서는, 혹간 그럴 수도 있겠구면.

것11: '유아'는 '천국'의 비유로 써먹히잖유?

순례자: 이 늙다리 돌팔이중에게는, 저 마당의 새끼돼지든, 살모사의 새끼들도 '천국'의 비유에 조금도 부족함이 없을 것으로 뵈누먼.

것11: 저 비유는 그러니, 완성된 인간은, 유아처럼 보인다, 라는 식으로, 그 시작을 다른 끝에서 잡았어야 했던 것이었군유? 인간은 그러니, 초월해야 하는 어떤 것이기보다, 완성해야 하는 어떤 것이라는 그 말씀이겠습쥬?

　순례자: 시방 말 되어지고 있는 이 '超人'은 다른 방언으로 된 번역에 좇는다면, 'Superman'이 아니라, 'Overman'으로 되어 있는 듯하더구먼. 이 방언의 'Super'와 'Over'의 차이는 그렇게 어렵잖게 짚여질 듯함에도, '超'와 '越'의 差意는, 아리숭한 느낌(!)이 있다. 그런데 그것에다 '人'을 합치고 보면, '超人'은 名詞처럼(!) 느껴져, 도달해야 하는 하나의 궁극으로 설정되어져 있는 듯도 싶은데, 반해서 '越人'이라고 이르면, 어째선지(!) 動詞처럼(!) 느껴지는 것은, 이 늙은네 또한 그 본의를 잘 터득하고 있지 못다는 뜻이겠지? 그렇다고 '超, Super'가 動詞性을 전혀 갖고 있지 않다는 주장도 될 성 부르지 않구먼. 명확한 것은 數學이며, 아리숭한 것은 哲學 아니더라구? 아리숭한 중에도 대개 가닥이 잡히는 것은, '超人'과 '越人' 양자 공히 동명사로 취급하는 의미에선 同意語가 아니겠는가, 반면 양자 공히 명사로 취급하는 경우엔 異意語가 아니겠는가, 하는 것인데, 늙은네는, 그 양자의 다름이나 같음이 어떻든, 그것들이, 동명사 역을 벗어난 국면에서 쓰여질 때와, 진화론적 의미로 쓰여지는 경우를 제외하고는,—가깠자, 말을 해놓고 보니, 그 말이 그 말이 됐네그랴!—명사적으로 받아들이기에는, 무엇이 거시기하고 머시기해싸서, 받아들이기에 꽤 걸리는 게 많다고 말하고 싶으구먼, 그것들이, '도달해야 하는 어떤 궁극'으로서, 명사로 취급되어 있다면, 그러고도 '자아'를 금강석처럼 싸안아 고수하고 있다면— 글쎄, 듣기로는, '초인 사상'을 부르짖은 자의 성공에 비해, 더 큰 패배는, '자아'를 고수하여, 분쇄해버리지 못한 데 있다는 소리가 있더면—그것이 시작점이지 어디 도달점이겠는가? 그것들이, 진화론적으로, 즉슨 동명사로 제창되었다면, 그것은 분명히, 축생도에 주어져야 하는, 위대한 복음

이 될 수 있는 것이었을 듯하다구. 그럴 때, '정신은 육체의 도구'화할 것이다. 완성된 판첸드리야가 超/越人이다. 갈마론자들의 편에서, 눈을 키우고 보면, 이 우주 내의 어떠한 유정도, '人間' 아닌 것은 없는 게 아니겠다구? 그러나 인간(판첸드리야)을 성취하고 나면, 육신은 정신의 도구화할 터이다. 인간의 재림이 거기 있다.

것11: 돌대가리가 깨어지는지, 뒈세기가 많이 아퍼유! 아프구면유!

순례자: (후후, 웃고, '것11'의 머리를 토닥인다.) 그런즉슨, 이거또 그 얘기지만, 인간의 재림은, 아직 발견해내지 못했거나, 발견했어도 드바이타적 사유의 병증의 까닭으로, 그를 처형해버렸거나, 어쨌거나, 인간 속에서 신을 새로 일으켜 세우는 수밖에, 다른 도리는 없을 듯헝만. 이 형천(刑天)들은, 자기네들이 잘라버린, 브란Brân의 머리통을 찾아,—전자는 '몰락'의 의지며, 후자는 '상승'의 그것인 것—다시 두 어깨 가운데다 올려야 할 게다. 그러면 새로 인간이 일어나 선다.

것11: '붉은 용'의 귀에, '어린 양'의 울음소리가 들릴 수 있을께유?

순례자: 흐으흐흐, 식욕이나 돋우겠나?

것11: 저 독룡을 퇴치하거나, 극복하는 방법이란 게 없어서, 세상은 아직도 그렇구 그런가유?

순례자: 대답은, 그렇겠구나, 이렇게 구분해놓으면 말하기가 편리하겠구먼, 성(聖)/속(俗)이라고 말임세나. 聖의 편에선, 저 대치는 이미 끝나, 어린 양의 뒤꿈치가, 붉은 용의 대갈통를 짓밟고 있는 것이 환히 보인다. 함에도, 이 노래까지 불러주랴? 俗의 편에서는 그런데, 이 대치는, 우주의 끝날까지는, 한 치 반 치의, 어느 편의 우세

도 가능치 않은 채, 계속되어갈 것이 또, 훤히 보인다.

　것11: 형편은 절망적인가유?

　순례자: 그것이, 프라브리티의, 상극으로 이뤄진 질서체계라면, 뭣이 절망적이며, 무엇이 또 희망적이겠는가? 이 자리에다, 聖 쪽의 아가페를 도입해들이면, 세상이 무척 좋게스리 변해질 성불러도, 그 짓이란, 프라브리티에 대한 오독(誤讀)이거나, 심지어는, 저 단단한 테에 끊긴 자리를 만드는, (和平이 아니라) 검(劍) 주기 같은 것은 아니겠는가?

　것11: 그러니 결국은, 누가 왼쪽 뺨을 때리면, 불뚝 일어나, 그의 오른쪽 뺨까지 때리는 수밖에 다른 도리는 없는거겠쥬?

　순례자: 까닭에, '이웃 간에 사이가 좋으려면, 오히려 담을 높이 쌓아야 된다'잖게?

　것11: 그런즉 저 독구네 주인의 실행(失行)이랄 것은, 너무 성급하게 양자 사이의 담을 헐어내려 한 데 있었다는 말씀이시겠나유? 이미 늦었을 때는 그런즉, 독구의 소실(小室) 노릇이 싫다면, 다른 선택도 있을 성부르잖쥬? 그런즉 저 '독구네 주인'의 폭력, 그러해유, 폭력은 찬양받아야겠습쥬?

　순례자: 근데 말야, '폭력' 얘기가 나왔으니 말인데, 이런 자리 어디에, 아마도 그중 호끈할 성부를 자리일 터인데, 그 폭력에 대한 對폭력은 절대로 아닌, 그 폭력의 뾰족함을 둔화하는, 힘 아닌 힘이 있어, 그 힘이 이 세계를 떠받쳐왔거나, 들어올려온 것으로 알려져 있다네. 검[玄]은 암컷[牝]이, 그 자리에 샅 벌려 누워 있는 것이 보이누먼. 검[黑]다는 것은, 잘 드러나지 않는다는 것 아니겠는가. 이것이, 거친 자연에 대한 시적 서정(抒情)이라고도, 운문화하는 것일 것인데, (밖에로 시선을 보낸다. 그러고도 잠시 후에야, 뭘 보아낸 듯이)

가, 가짰자, 가짰어보자, 벌써 해가 뉘엇뉘엇해지고 있잖다구? 오늘
해도 또 지고 있네그랴.

것11: 어마나! (황망히, 챙길 것 챙기며) 하구유, (떠나려며) 약속
하나 드릴 건유, 다음 와 뵐 땐, 뽐나는 신발을 한 켤레 지어다 신겨
드리려 허누먼유. 바닥은 튼튼하고, 발등 덮는 데는 부드러운 걸루
다,

순례자: 시, 신, 신발, 신발 말인가? (갑자기 더듬는다. 이마의 헌
주름 위에 새 주름을 여럿 잡는 것으로 보아, 자신도 그 까닭은 모르는
모양이지만, '신발'이라는 단어가, 오랫동안 건드리지 안했던, 그의 속의
무슨 鍵 하나를 슬쩍 다친 듯했는데, 그런데도 그 痕이 잘 짚이지가 않
아, 일순 어눌증을 일으킨 듯하다.) 시, 신, 신발이라?

것11: 그렇게 맘먹었네유! 그것 신으시면, 발이 편해, 자꾸 걷고
싶을 걸루유.

순례자: (그것이, 잠들어왔던 무엇의 발바닥에 불침을 놓은 듯했으
나, 일단은 접어둔 듯) 공주님이, 한 천승의 신발을 만들어 신겨주시
는 일은, 천승께는 더할 수 없는 영광이겠소이다만,…… 걸승이 맨
발인 건 이제야 알았남?

것11: 사실은유, ……, 얼마 전 그걸 알았던 때부텀 맘먹고 시작
해, 마무리를 지어도 될 때까지 됐구먼유.

순례자: 그만두게나! 걸승께도, 괜찮은 걸로, 한 켤레 신발인들 왜
없었겠나? 헌데 말야, 그 한 짝은 할멈 곁에 벗어뒀고, 아으 그러구
보니! (잊었던 뭣 하나가, 이 순간 기억에 떠오른 듯했다.) 그러구 보
니! 그렇군, 다른 한 짝은 갖고 길 떠나려다, 어느 큰 나무 밑, 누구
의 무덤 위에다 벗어둔 것이 기억나누먼! 불행하게도 낙태 유산된,
여아가 묻힌 무덤이었다는군. '해골의 전수(傳授)' 같은 것이었겠지.

그 여아는, 너무 일찍 유리에 왔었겠지. 훗날, 그 가슴에 해골을 받치고 있는 것도 벌써부터 보이누먼.

것11: 참 이상한 사연을 담은 말씀이시네유! 다음 뵐 때, 그 말씀 졸라 듣기로 하겠나이다. 평강하세유! (순례자 뻔사내어, 합장하고 깊이 허리 숙인다.)

순례자: 신발은 잇게나! 길 가다, 신발도 못 신은 왕자라도 만나면, 그이 뫼셔다, 지은 신발 그이 발에 신기고, 그러고는, 나귀도 못 탄 기사며, 눈 붉은 늑대들은 조심허셔라잉?

密交品

그리고 가부좌 꾸며 앉아, 순례자는 그런 채로, 오래도록 잠들어왔던, 자기 속의 어떤 鍵 하나가 낸 그 소리의 탐색에 올랐다. 그러고서야 그는, 그 곱의 확실한 의미를 되찾게 된다. 羑里에서는 '촛불 중'이라고도 일렀으며, '曢'門의 第七祖라고도 이르는, (문잘배쉐에서 이르는) 이 이상한 순례자가 (문잘배쉐의 표현으로는 '성배 탐색'이랄) 저 소리의 씨앗의 눈 튼 자리를 더듬어 오른 길은, '胎藏界 Garbhakośadhātu'로 이어진 길이었던 듯했다. 무량겁 과거로 이어진 그 길에서 그가, 하루저녁 노숙을 한 자리는 그리고 '羑里'였다. 유리를 떠나려며 그가, 六祖께 고별의 인사를 드리러 찾아갔던, 큰 형장이 있는 큰 숲, 가운데 그중 높은 나무 아래였는데, 육조의 관곽은 아직도 그 나무 꼭대기에 매달려 있었다. 순례자는, 그때 그 자리로 돌아가, 그 자리 그 시간 속에서 이뤄졌던 일들을, 오늘의, 이 시간의 현재 속에다 再流入하려 하고 있는 중이다. 그렇다, 再流入하

122

고 있는 중이다. 육조와 마주해 앉기 위해 촛불중은, 육조의 관곽을 매단 나무 밑에 정좌한 뒤, 육조의 영상을 양미간에 떠올려 뫼시고, 합장재배하고, 하직을 고했었는데, 그때 촛불중은, 누구의 건드림은 없어도, 스스로 울려내는 소리 같은 것을 청각으로 '느끼고' 있었다. 청각이 그 안쪽 마음의 鍵 같은 것이어서, 그 마음에 전해진 느낌이, 저 鍵을 두드려 소리를 내게 하고 있었다고 하는 게 옳을지는 모른다. 어쨌든, 그때 촛불중이 '느껴낸 소리'는, 육조의 음성 그것이었는데, 그때 촛불중이 느꼈던 몇 소리 속에서, 오늘 그 晉이 확대 재생된, '신발'의 소리 부분만을 밝히기로 하면, 羑里門의 '九祖'로 예정되어 있는 여인(은, 유리읍내 '장로의 손녀딸'을 가리킴이다)의 자궁 속에, 자기(六祖)의 딸이 자라고 있었는데, 불행하게도 두번째 낙태 유산되어 (『七祖語論』2, 134~40쪽) 묻힌 자리에 지금, 유리의 '七祖'가 앉아 법은을 베풀고 있다고 하며, 자기(六祖)가 보니, 유리의 반대편 되는 땅(이라면, '사막'에 대한 '얼음의 고장'쯤이 아니겠는가, 그렇게 촛불중은 내어다보았었다)에, 아주 좋은 자궁이 하나 열려 있으므로 해서, 그 자궁에다, 유산된 딸아이의 넋을 심어주었더라고 했다. 아직 제대로 魂을 갖추지 못해, 流産과 함께 還本하게 될, 胎意를 일단 凍結시키는 것은, 자연의 달마에 금을 가게 하기이기보다는, 거기 어디 균열이 갖는 자연의 덕 베풀기를 좇기도 하는 것이 아니겠느냐고 하며, 어쨌든, 이런 어떤 특정한 여아의 유산, 낙태는, 무량겁 전부터 쌓여온, 男習의 정화로서 필요한 대속행으로 보이는데, 이로 인해, 女習이 한계에 차오르기까지는, 이 다키니(는, 이 語論에 준해 意譯하면, '女祖'의 형태를 드러낼 수 있을 테다)들이, 황폐를 극복하기에 지대한 공헌을 하게 될 것이라고 했다. 촛불중의 시간의 소급, 역행이, 그보다 조금만 더 나아갔더면, 앞서 육조가, '두번째 낙태, 유산했다는 핏덩이인즉슨, 그실은, 바로 촛불중 그 자신에 의해, 겨우 시작한 삶을 중두무이 해버렸던, 육조에게 정 깊이 드렸던, 그 수도부인 것도 알아냈었을 것이기도 했다. 그리고 촛불중을 굽어보며, "떠나신다고 하니 말이외다만, 하기야, 족적이 남는다 해도, '苦/無,' '無/苦'나 남기겠소만, '苦'야 말해볼 것도 없겠어도, '無'를 딛기도, 발은 아프게 마련일 터인데, 가시는 길 어디에서, 스님의 신지 않은 발을 걱정하여, 특히, 제 손으로 만든 편안한 신발을 신겨드리겠다는, 소녀나 여인를 만나게 되거든, 그 소녀나 여인이, 유리의 六祖의 딸아이였다고, 그렇게 알아주시고, 법은을 베풀어주기 바라네이다." 그리고, 소리는 더 이상 느껴지지 안했었다. 그러는 새, 순례자의 밤은 샜다. 그래서 도량(道場) 돌기 삼아, 산책에 나서려, 옷매무새를 추스리며 순례자는, "胎藏界에로의 탐색에서 이번 얻어낸 '聖杯'는, '신발'이었구나. 상사라였구나! 그랬구나!" 되뇌이고, 그리고 이 '신발'을 신는 대신, 머리에 얹고, 문 밖을 나섰다.

—다시 광야, 선바위 아래, 웃는 소리가 질편하고, 질펀하다—

마님: 그이가 때로 웃으며 쓰시던 어투를 흉내 낸다면, 그이의 쏜 화살 중의 어떤 것은, 과녁을 비켜넘어, 조선까지나 날아간 듯한 점은 없잖아 있어 보임에도, 그이는 스스로 일러 진화론자시라메? 그이 또한, 몸 입고 있으므로 해서, 그 입은 몸, 처하게 된 세상이 아프신 게다, 누군들 아프지 않을 수 있겠느냐? 너 또한, 유학 중의 공주인데, 본국으로부터 무슨 물건이 송부되어오려면, 하자세월인 데다, 흔하게는, 산적이나 해적들에게 빼앗기기도 하는 갑던데, 이 노망한 할망구가, 마음 쓰는 데 좀 게을렀던 듯하여, 그렇게 여러 군데를 꿰

맨 옷을 입고 있는 걸 보니, 보기에 민망하고 안쓰럽구나. 잘 알고들 있겠다만, 사실은 성주가 상고(傷苦) 중인 데다, 금욕을 하고 있고, 성민들 또한 최저한도라고 말한대도 될 만큼 검약 검소한 생활을 하고 있는 터에, 우리들이라고 해서, 비단옷에 치장할 수도, 기름진 음식에 배를 불릴 수도 있던 형편은 아니었지 않으냐. 이따 성에 닿는 대로, 네게 몇 가지 옷을 선물 삼아 주려 하고 있다. ('것11' 큰 웃음으로 머리를 조아리고, 나머지 '것'들은, 부러움 섞어 탄성을 한다.) 가 맜자 그럴 일이 아니라, 이 공주마마의 슬기로움의 까닭으로, 여러 공주마마들도 그런 선물을 받는다면, 나쁘잖겠지? (탄성, 왼 광야가 빽빽해진다.) 가맜자, 어쩌다 보니, 우리가 전에는 해본 적도 없는 얘기를, 그것도 소풍 나온 자리에서 하게 되었는데, 이 저녁 이 할멈은, 광야에서 은혜라도 얻은 것 같은 느낌이고 있다. 우리의 주제는 그러다 보니, '소명,' 그리고 그런 소명에 딸려나온, 그의 고장의 '뜰파'거나 '추구(蒭狗)' 같은 것으로 정리되는데, 저 애('것11'을 가리킨다)의 도움으로, 땅의 그것에 대해서는, 얼마쯤 의견이 스는 듯도 싶으구나. 마는, 땅보다 높은 문제로는, 아직도 그렇구나. 땅을 사는 사람들은, 땅에 먼지가 많이 쌓여 숨도 쉴 수 없다고 여기면, 자기들 속에서 뜰파를 하나 불러내서는, 그의 피를 세제(洗劑) 삼으려는 이상한 폭력성을 드러내는데, 그 운명에 묶인 자는 저주라고 해야겠느냐, 은총이라고 해야겠느냐? 저 시동이 그런 운명으로, 문잘배쉐의 역사의 강을 떠내려온 것이 아니기를 바라야겠느냐, 아니면 그랬기를 바라야겠느냐? (한동안 침묵하고, 왠지 글썽이는 눈으로 달을 바라고, 시동을 건너다보다) 사람들이, 아담으로부터 켜켜이 쌓여온, 그 때〔垢〕 때문에 가려워 못 살게 되기 시작하자, 그 때를 긁어모아 그의 몸에 맥질을 하고, 그를 처형할 십자가를 그의 어깨에 올려, 책쭉질해, 슬폼의 길을 오르고 있었을 때, 그 짐이 무거워 비틀거리다 그가 쓰러지자—그를 못 견디도록 무겁게 했던 것은 분명 그 '때'였던 것이며, 말 되어져온 바대로, 두 토막의 나무를 가로질러 만든 '십자가'는 아니었을 것으로, 나는 믿는다—그 십자가를 대신 짊어져주었던, 구레네에서 온 시몬이라는 사람이 있었다고 하는데, 이 시몬도, 혹간 혹간 말이지, 어떤 이의 육신적 고통을 대신해주러 불려나온, '뚤파'라고 이해해도 되겠느냐? 육신적 고통 말이지…… (최소한 '것11'만은, 마님의 뜻이 무엇인지, 느끼기도, 짐작하기도 해서 알고 있는 듯했는데, 액면 그대로는, '구레네 사람'과 '뚤파' 간에는, 아무 연맥도 닿지 않고 있었을 뿐이기에, 그런 것이다. 사실은 '안포-타즈'가 이 '구레네 사람'으로 변형을 치렀을 것이 아니겠는가, 하는 게, '것11'의 짐작인 것.)

아무도 입을 열지 못한다.

무대가 회전하여, 문잘배쉐 성의 밤. '성배 의식'이 끝난 자리. 어부왕과, 호동에서 왔다는 순례자가 마주해 있는데, 이 무대의 시상(時相)은 분명치 않다, 어젠지. 오늘인지, 내일인지, 그 모두가 섞였는지, 상(相)은 있는데 시(時)가 없다. 이는, 꿈과 현실, 어제·오늘·내일에 대한 확연한 구별을 할 수 없이 된, 시동이의 시상이 그러해서, 그러하다. (양자의 대화가 진행되기에 좇아 드러나 보이는 '相'은, 순전히 수사학적 압력에서 드러난 것이며, 그들 간의 대화는 아예 없었던지도 모른다. '빈손으로 法種을 뿌린다'는 것 같은 역설을 원상에 돌려놓고 보면, 그러하다.) 아까까지 보였던 마님과 시녀들의 모습은 보이지 않는다. '아까'라고 이른 그 시간의 길이도 모호할 뿐이다. 그네들의 모습은, 밝혀진 바대로, 동면하는 곰모양, 파들어내진 구근(球根)모양, 또는 밤의 커다란 품에서 밤을 새는 벌새모양, 둥글게 자고 있

126

는 시동이의, 잠의 언저리에, 한 덤불 해당화로 피어, 거의 붉도록 푸르죽죽이고 있는 것이 보인다. 시동들 몇, 그리고 성배기사들 몇. 무수히 켜진 촛불들. 궁중에는 어디나 대개 있는, 갖가지 물건들.

어부왕: 순례자께서는, 아니 순례자 고향 호칭을 빌려 '스님'이라 하십세다. 스님께서는, 몇 춘추인지 헤아릴 수도 없는 세월을 걸려, 이 먼 곳까지 오셨다 하는데, 스님이 떠났을 때는 그러니, 대략 시동이 낫살쯤? 허허허, 그야 어쨌든 이제는 스님도 백발이시구료. '성석(聖石)을 되돌려 가져가시려는 목적'을 세우시고, 길 떠나셨다는데,

순례자: 길 떠날 때, 누구든, 무슨 대의나 목적 같은 것을 가질 수 있어 가진다면, 걸음걸음마다, 무슨 의미가 있는 듯이도 생각되지 않겠나이까?

어부왕: 느낌이란 건 묘한 것이겠소만, 어째선지 이 저녁 스님께는, 떠나려는 행려자의 분위기 같은 게 있어 느껴져 말이오만, 그래서, 이 저녁에 그것을 보셨으니, 가져가려 하시겠소이다?

순례자: (생각해보느라 하다, 무겁게 고개를 모로 젓고, 깊은 한숨, 그리고 느린 어조로) 이렇게 알현한 것만으로도, 빈승의 목적이랄 것은, 다 이뤄졌다는 믿음이옵니다.

어부왕: (의아해하며) 그, 그런즉 스님의 일생을 걸린, 탐색의 대의나 목적, 그것에 바친 고행의 의미가 바뀌었다는 말씀이겠소이까?

순례자: '바뀌었다'고 하기보다는, '없어졌다'고 하는 게 옳겠삽지요.

어부왕: 그 먼 길, 그 오랜 세월, 그 많은 고역을 치렀으니, 그런즉 슬프다고 해야겠소이까?

순례자: 이 저녁부터 빈승은, 발이 가벼워질 것 같은 느낌이온데,

발 위에 얹고 있는 몸이 가벼워진 듯하오며, 몸 위에 얹고 있는 머리통이 또한 가벼워진 느낌이옵니다.

어부왕: 허허, 헛헛, 보신 것만으로, 이제 찾으실 게 없다는 말씀이겠구료?

순례자: 빈승께, 그런 성스러운 의식(儀式)을 지켜보게 해주셔서, 성은이 크옵니다.

어부왕: 성석을 뫼신 본성(本城)지기인 나는, 기사이기는 하지만, 그것도 보시다시피 불능의 기사이기는 하지만, 기사 또한 속인(俗人)이 아니리까, 그러니 또 이런 말을 하게 되오만, 그래도 빈손으로야 돌아가실 수는 없잖겠소이까?

순례자: 빈승의 고향 속담에, '여기에 있는 것은, 저쪽에도 있다. 여기에 없는 것은 저쪽에도 없다'라는 게 있삽는데, 그 진정한 의미를 알기까지 그 많은 세월이 흘렀군입지요. 거기 가보고서야 그 뜻을 알게 된 셈이었나이다.

어부왕: 허긴 이쪽에도, 그 비슷한 속담은 있소이다. '위에 있는 건 아래에도 있다'라는 것인데……, 그, 그러하다면, 스님의 고장에도 있는 그것을 못 보고,……또 아니면,……하지만 '성배(聖杯)'라고 이르는 그것까지야,

순례자: 빈승은, 추호라도 성배를 모독하려는 뜻은 없사옵니다. 경배를 바칠 뿐이옵습지요. 빈승 또한, 허허헛, 이거 외람된 말씀이옵니다만, 성배 탐색 기사의 한 종자(스콰이어) 따위는 아니겠나이까?

어부왕: (빙그레 웃고) 마음에 전해진 뜻을, 이쪽 병든 늙은네식으로 번안을 해본다면, 이런 것은 아니겠소이까, 성배 또한, 하나의 외적 대상인 것, 그렇다면, 어떠한 물건을 두고서라도, 사람이 그것에 신심을 갖고 경배키 시작하면, 그것이, 그 사람의 신심과 경배의 넉

타르를 마셔, 물성(物性)을 신성(神性)으로 바꿔 드러내 보이기,

순례자: (황급히 손을 저으며) 그, 그렇게 우상(偶像)이라는 것도 태어나겠사오나,…… '위에 있는 것은 아래에도 있다'는 지혜는, 아마도 '말씀의 우주'의 진리를 요약한 것인 듯함에도, '여기에 있는 건 저쪽에도 있다'는 속담은, '마음의 우주'의 탐구의 방법을 요약한 것이어서,

어부왕: 우리네 성석은 그래서, '하늘에서 떨어져내린 돌'이라고 하오만, 그런즉 스님의 성석은 어떤 것이리까?

순례자: 빈승은, (그리고 침묵하며, 잠시 생각하더니) 성석을 두고서도 루타(相, 象)와 아르타(義, 意)를 분리해 보고 있었지나 않았는가, 하는 것을 고려해보고 있나이다. 사실은, 그 깨달음을, 성배를 알현했음과 동시에, 얻은 것이라 해야겠나이다.

어부왕: 법음(法音)이 울려도, 듣지 못하는 귀를 좀 띄워주시구료!

순례자: 빈승 또한, 불새 잡으러 떠난 시동이모양, 루타를 버리고, 아르타를 찾아 헤맸던 것이나 아닌가,…… 그 아르타는, 저쪽에뿐만 아니라, 이쪽에도 이미 거기에 있었던 것을,

어부왕: 그, 그건 매우 흥미로운 설법이신데, 조금 풀어 말하면?

순례자: 파르치발은 그것의 루타의 탐색에 올랐으며, 시동은 아르타를 찾아 떠난 것으로 아옵는데,

어부왕: 아, 그것까지는 생각해보질 못했구료!

순례자: 이건 순전히 천승의 천견일 뿐이옵니다만, 파르치발은 아마도 세월(歲月) 안에 문잘배쉐로 돌아올 듯하오나, 시동은, 문잘배쉐 주변 어디서 방황하면서도,

어부왕: (침중한 얼굴로, 깊은 한숨을 쉬며) 그, 그런즉 그 아이 한

번 더 보았으면 하는, 이 늙은 아비의 소원은 성취되지 못할 듯하구료?

순례자: 말씀 올린 바와 같이, 그건 천승의 천견이오니, 너무 심려치 마소서. 천승이 천박하여, 말을 아끼지 못하고,

어부왕: (손을 홰홰 젓는다.) 이쪽 늙은네도, 제 놈은 몰래 떠난다고 떠났으나, 놈의 등을 보며, 이것이 마지막일지도 모르겠다는, 막연한 생각은 했더랬소이다. ……건 그러하거니와, 다시 귀를 열어주셔야 할 것은, 루타가 없이, 그 어떤 특정한 아르타도 어떻게 인식되는 것이겠소이까? 성배 얘기외다만,

순례자: 빈승의 고장에선, 전에 말씀드린 바와 같이, 이 성석(聖石)을, '친타마니(如意珠)'라거나, '파드마마니(蓮石)'라고 이르옵는데, 풍문엔 그것이, 어떤 경로에 의해서였는지는 밝혀져 있지 않사오나, 호서(湖西)의 문잘배쉐라는 데로 옮겨져, 비치되어 있다고 하였사옵니다.

어부왕: 처음 듣는 얘기는 아니외다만, 여전히 놀라운 얘기외다.

순례자: 하오나, 새로 살펴보게 되었기는, 그것은, 에린 중생께 주어진 하나의 소망 같은 것으로 들어져, 다른 아무 데도 말고, 법경(法經) 속에 숨겨져 있는 것이나 아니었던가 하는 것이옵니다. 이는, 현재로써는 관념적, 형이상적 소망의 돌이옵는데, 이 소식을 들은 에린 중생은, 누구나 없이 마음속에서 그것 얻기를 간구하는 중에, 그것을 실현해줄 어떤 대상을, 또는 물상(物象)을 하나— '만났다'라고 하는 말이 옳겠나이까—만나, 그것을 상대로, 그것 얻기를 기구하게 되었을 수도 있었나이다. 그것 '얻기를 실현해줄 대상'이란, 예를 들면, '기자바위' 같은 것으로서, '기자바위'가, 그 불임의 여성과 교합하여 회임케 하는 것은 아니잖사오니까. 이는, 친타마니의 루타(物

130

象) 역(役)이겠습지요. 이때, '아르타' 따로, '루타' 따로 독립해 있
는 것이 관찰되어짐에도, 감천(感天)할 정도의 그 신심 속에서는, 저
둘이 일원화해 있음도 관찰되어지네이다.

어부왕: 그런즉, 그 현장에는 없던, 추상적, 풍문의 아르타가 어떤
물상과 야합하게 된다는 말이겠구료? '풍문의 아르타'란, 누멘
Numen이라고들 이르는 것이 더 정중한 표현이 될 듯한데,

순례자: 빈승이, '성석'을 모독하지 않는 한도 내에서는, 그러하다
는 말씀이오니다.

어부왕: 저런 것을 일러, 샤머니즘이라고 하는 것이 아니겠소이
까?

순례자: 종교에도 원형(元型)이 있다면, 천견에는 샤머니즘이 그
것 아닌가 하옵니다. 동시에 그것이, 허무주의의 반대편에 있는, 발
전한 모든 종교의 흑혈(黑穴) 같은 것이나 아닌가 하고도 있사오니
다. 어떤 종교의 주지(主旨)가, 어떤 신도의 지적 수준을 넘고 있는
경우, 그 신도의 신심은, 그 자신도 모르는 새, 이 흑혈 속에 빠져드
는 것이 살펴지옵는바, 이런 신심 속에서는, 우주적인 초월자까지도,
그 신도만의 한 누멘의 모습을 띠게 되는 것으로 짐작되네이다. 물
론, '신은 자기의 신도가 원하는 모든 모습을 드러내준다'는, 신의 다
현적(多現的) 의미에 있어서는, 그리고 '신심이 지극하면, 그 신심
은 어떤 하나—이는 'SAT'라는 말로써 가정될 수도 있겠습니다만—
에 닿는다'는 해박한 견지에 있어서는, 저 '흑혈' 또한, 그 신도(信徒)
자신에 대해서는, 자기도 모른 새 행한 변절이라거나, 개종이랄 수는
없겠사오나, '사트'와 '누멘'은, 같음에도 같은 것은 아니며, 같은 것
은 아님에도 같은 것이라는, 이상한 역설을 주억거릴 수 있음에 의해
서도, 그 양자가 반드시 동의어라거나, 그런 뜻은 없다는 것이, 은연

중에 밝혀지는 것이 아니오니까. 기자바위나, 드나드는 사립짝 곁에 우람하게 서 있는 탱주나무에 대해서처럼, 회당 벽에 걸린 '십자가'를 의신화하기는, 그것을 상징으로 보는 눈의 신심과는 같지 않으며, 같고, 같아도 같지 않을 터이온데, 드리고 있는 말씀은 그러니까, 어떤 신도에게 십자가는 누멘의 역이며, 다른 신도에게 그것은, 사트의 상징이 된다는 말씀이 되겠나이다. SATism 쪽에서는, 저 NUMENism은, 혹혈에로 떨어져내렸다고 건너다볼 수 있겠사오나, NUMENism도 그 신심에 있어서는 다를 바가 없다고 포용적으로 인정하려들면, 그 종문의 주의(主意)의 품은 넓어져도, 그 종교는 모르는 새, 그 아르타 부분에 변화가 있어,

어부왕: '성석'이나 '친타마니' 숭배도 그런즉, 어떻게는 SATism일 수도 있다는 말씀인데,

순례자: (침묵. 그리고 또 침묵. 그리고 입을 연다.) 빈승은, 말하자오면, 역으로 말씀 올렸사온데, '친타마니'나 '퐈드마 마니'와 달리, 문잘배쉐의 성석의 경우는, 루타가 선존(先存)하는 경우여서,

어부왕: 이쪽 늙은 어부 하나가, 오늘은, 스님의 어망(語網)에 갇혀, 혼란을 겪고 있는데, 결국은, 이렇게나 저렇게나 같은 얘기라면, 성석 또한, 그 아르타뿐만 아니라, 루타도, 여기에 있으면 저쪽에도 있다는, 그런 결론이 아니겠소이까? 이쪽 늙은네가 혹간,

순례자: (조용히 웃고) 빈승이, 말을 너무 많이 한 듯하옵니다.

어부왕: 어디에나 있을 수 있다, 는 루타 얘긴데, 성배 의식을 통해서 스님께서는 무엇을 보셨으리까?

순례자: (거의 들리지 않을 음성으로) 외람되오나, 분명히 보았으되, 보았다는 말씀은 분명히 드릴 수가 없는 것이, 빈승의 죄이오니, 책하소서.

어부왕: 어떤 뜻인지 얼른, 그리고 분명하게 짚이지가 않소이다. 마는, 우리 두 늙은네는 시방, 성주와 손님이라는 관계로 대좌해 있는 것이 아니라는 것만은 알아주었으면 하는구료. 부족한 이 성주가 만약, 스님의 친구가 될 수 있다면,

순례자: 성은이 망극하옵니다.

어부왕: 그런즉, 이번에는, 이쪽 늙은네의 눈을 좀 뜨게 해주셔야겠소이다.

순례자: 세월은, 빈승이라고 해서 무관하지 안했사와, 빈승 또한 시력이 매우 나빠진 듯하여, 눈으로는 어떤 사물을 보고 있음에도, 마음으론 전혀 못 보는 수가 흔하옵는데, 사실은 세월이, 눈보다 마음을 덜어내간 것이나 아니겠는지요. 마음도 눈도 장애자겠나이다.

어부왕: 어허허허, 허허—, 이래서 속담에 이르는, 늙은네 사정 늙은네가 알아준다고 하는 것이겠소이다. 그래서 그러면, 아까는 마음으로 본 얘기겠소이다만, 눈으로 보신 것은 어떠했소이까?

순례자: 윤허를 받잡고, 외람된, 지극히 외람된 말씀을 드리오면, 허긴 빈승의 마음이 그러해서인 것인지, (머뭇거린다.)

어부왕: 두 늙은 친구끼리 못 털어놓을 얘기도 있겠소?

순례자: 황공하옵니다. 윤허를 받잡고 말씀 사뢰오면, 빈승께 보인 그 루타는, 페레두르(Peredur, *Mabinogion*)가 본 것과 비슷하되, 빈승의 눈엔 '잘려서도 살아 지혜를 설하는 머리통'이 아닌, 그냥 '해골,' '마른 해골'이었더니다.

어부왕: (혼잣말로 탄식하여) 허긴 브란(Brân, *Mabinogion*)도 눈 감을 때도 됐겠지러. (순례자를 향해) 그것이 스님이 본 루타였구료? 스님네 사찰이 있음에 분명한, 유리(羑里)에서는, 스승과 제자 간에, 경(經)의 전수로 '타액'을 먹이고, 조(祖)의 그것으로서 '해골'을 전

수한다는 법속(法俗)이 있다고 들었는데, '해골'을 두고서야, 이것과 저것의 다름은 말할 수 없을 터이지요? 그래서 본즉, 유리에도 있는 것을, 놔두고, 먼 문잘배쉐까지 왔구료? 이쪽 늙은네게도, 그렇게 보인 것은 아닙네다만, 어찌 되었든, 구상적 물상까지도, 그 보는 눈에 따라, 다른 모습을 드러낸다는 것은, 경이구료! 페레두르의 '살아 있는 머리통'을 두고는, 그 전설적, 전기적 측면까지 고려하고 보면 이해되지 못할 건 아닌 듯해도, '마른 해골'은, 이 늙은네껜 매우 난삽한 재료구료.

순례자: 천견엔, (머뭇거리며, 이 경우에 적절한 어휘를 찾지 못해, 난감해하고 있더니) 천승 같은 무학승이, 그것도 다른 고장의 언어로써 새로 어휘를 하나 조립〔造語〕해낸다고 하면, 그 언어로 우짖는 새들도 웃겠사오나, 그것은, 한 '에우페메리즘Euphemerism'이랄 것이, 어떤 한 집단의 집단적 관념을 형성해 낸 것이나 아닌가 하읍는데,

어부왕: 스님문(門)의 말을 빌리면, 이를 두고, 설상가상(雪上加霜)이라고 해야겠을시다.

순례자: 돼지치기 노인네서, 문잘배쉐의 언어도 익힐 겸, 이곳의 경전을 봉독하며, 이 여러 해 소일을 해왔삽는데,

어부왕: 스님의 종문에선, 타 종가의 경전을 읽는다는 게 금기로 되어 있는 건 아니구료?

순례자: 빈승문(門)에는, 특히 무슨 경전이랄 것은 없사옵니다마는, 어찌 되었든 천견에는, 한 정신이 자라 여물 때까지는, 그런 금기는 꼭히 필요한 것으로 아옵니다. 마는, 말씀을 드리고 보니, 빈승은 꽤 익어 있다는 투의 말씀이 된 듯하와, 황공하오니다. 마는, 유리라는 고장은, 어느 종문(宗門)에서, 파계했거나, 파문당한 자들이 모이는 곳임도, 알려드려야겠나이다. 환속한 중들이 이룬 고장입습지요.

어부왕: 거 참, 듣고 보니 만감(萬感)이 드는 통종교적 고장인 듯한데, 그 얘긴 따로, 그럴 수도 있다면, 기회를 내서 듣기로 해야겠소이다. 그런 대신, 그 '에우페메리즘'이라는 것이 매우 궁금하구료.

순례자: 만종문의 돌팔이로 하여, 귀종문의 성법(聖法)에 대해, 천승의 천견을 발설케 하시지 마옵시기 바라오니다.

어부왕: 아니, 시작된 말씀이시니, 굳이 말씀하셔야겠소이다. (어부왕 미소.)

순례자: '에우페메리즘'이라면 사뢰온 바와 같이, 무학승이, 'Euhemerism'과 'Euphemism'을 합성해 급조(急造)한 어휘이온데, 무학승의 의도는, '무엇과 무엇'의 대비, 또는 상관관계가, 보다 더 은유적으로, 완곡하게 표현되어져 있는 재료를, 보다 용이하게 이해해보자는 것이었나이다. 하나만 예 드는 것이 윤허된다 하오면, '어부왕의 불구'가, 어떤 밀로(密路)를 경과하는 사이, '잘린 채로도 살아 있는 브란이라는 신의 두상'으로, 그리고 이 '잘린 두상'은, 기독이 받았던 할례에서 잘린, 그의 귀두 끝의 살점에로까지 연계되어져 보이는바, 이 경우의 이 우주적 밀연(密緣)은,

어부왕: (손을 홰홰 저으며) 아, 아직도 물론, 모호하기는 마찬가지외다만, 그, 그런 말씀이시다면 그러나, 이만쯤에서 그만두기로 해야겠소이다. 그이의, 이 천한 종이, 어찌 그이의 신들메라도 감당할 수 있으리까?

순례자: 하옵슨즉, 그렇게 여쭙기만으로도, 폐하의 상고가 치유된다고 하오나, 빈승이 어찌 감히, "폐하의 병은 어찌하면 나을 수 있아오리까?" 사뢰올 수 있었겠나이까? 폐하의 상고(傷苦)로, 폐하의 영지에, 성은이 망극하온 것을,

어부왕: 저 불모, 저 황폐도 '성은'이리까?

순례자: 에덴은, 황폐가 꾸어낸 꿈이거나, 에덴이 꾸어낸 꿈이 문잘배쉐가 아니겠나이까?

어부왕: 그 말씀의 뜻은, 아주 조금만, 그것도 관념적으로 알 듯할 뿐이구료.

순례자: (묵묵히 합장만 해 보이고, 눈을 내려 감는다.)

어부왕: (그도 꽤 오래 침묵하고 있더니, 웬일로 글썽이는 눈이 되어) 스님께서는 그래서, 걸어오시며 낸 발자국을 되밟아 가시려는 것이외까? 그 고행이란, 역탐색(逆探索), 즉슨, 발자국을 지우기라고 해야겠소이까? 오실 때의 발자국엔 '苦' 자가 인각되어 있었다면, 가실 때는, 그것을 지우는 일이 되어, '無' 자가 인각되겠는가요? (허허히 웃는다.)

순례자: (허허히 웃으며, 자리에서 일어나, 어부왕 앞에 합장해, 고개 숙여 보이고) 듣자 하오니, 파르치발은, 성배를 찾기까지, 아무 곳에서나 하룻밤 이상은 머물지 않는다는 세원을 세웠다 하옵는데, 참으로, 빈승은,

어부왕: (가볍게 손을 저으며) 그쪽 늙은네는 건강해 뵈니 말씀이외다만, 이쪽 늙은 병자가 죽기 전에, 한 번 더 뵈일 수 있겠소이까? 빈손일 것이 안타깝소이다!

순례자: 빈승의 순례는, 사실로는 문잘배쉐에서 첫걸음을 내딛는 듯이만 싶으오니, 돌아가기 전에, 몇 걸음만 더 나아가보려 하온즉, 발자국을 되밟아 돌아가는 길엔 문잘배쉐가 있지 아니 하겠니까? (그리고, 혼잣말하여, "하옵고, 빈손은 아닐 것 같사온데, 빈승의 성배 탐색도, 헛된 것은 아니어서, 얻은 聖杯는 둘이나 있사온데, 하나는, 이쪽 황폐 속에 남겨두려 하오며, 다른 하나는, 다른 쪽 황폐 속으로 가져가려 하옵니다. 그들이 그래서 황폐를 극복할 수 있게 되기를!" 그리고,

누구도 보아내지 못할 미소를 지었는데, 이 두번째의 聖杯는, 아직 그 母胎에 피도 맺히지 않은 '八祖의 씨앗'을 두고 했던 혼잣소리였기의 까닭이다.)

어부왕: '친타마니'라는 법씨〔法種〕 뿌릴 밭이, 아직도 많이 남겨져 있는 게 아니겠소이까? 허나, 괜찮으시다면, 이 밤은 이쪽 늙은네와 같이 새우고, 아침에 떠나도 되시잖겠소?

순례자: 빈승을 친형제처럼 친애해주신, 노인장(돼지치기)께도, 하직의 말씀은 드려야겠나이다.

어부왕: 마지막일지도 몰라, 이리도 만류하는 바이외다만,······ 어찌하여 스님께는, 성석이 해골, 그것도 마른 해골로 보였으리까?

순례자: (뒤돌아서려다 말고, 잠시 숨을 고르는 듯하더니) 시동이가 평소에, 자기는 '잠든 돌의 나비'를 찾아야겠다고 했던 말을, 폐하께서도 들으신 일이 있사오니까?

어부왕: 느슥은 영 철이 없다 보니, 낚시질을 도와준다고 할 때면, 노상 그 말을 입에 물고 살았더랬지요. (웃는다.)

순례자: (같이 웃고) 천견엔, 시동은 그래서 그것(聖石)의 아르타를 찾아 떠나고, 파르치발은 루타를 찾아 떠났다면, 윤허하옵시다면, 이런 말씀을 드릴 수 있사온데,

어부왕: (손을 홰홰 젓고) 아, 알겠소이다. 알겠는 것은, 그것은 그러니 해골, 마른 해골이 아니겠느냐는 것인데······, 파르치발에 대해서는 걱정은커녕, 그로부터 보호를 받아야 될 처지임에도, 시동이는, 그, 글쎄 시동이는······ 떠난 등을 보며 본성주비(本城主妃)와 함께 탄식했던 소리가 이것이었쇠다만, 아직 한뒤 해쯤 기다리려 했었으나, 이럴 줄 알았더면 장가라도 들였어야 했을 것을, 것을,······ 걱정이외다.

순례자: 하오나, 시동이 또한, 과녁이 달라서 그렇지, 하나의 늠름한 기사오니다! 너무 심려치 마소서!

어부왕: 어디쯤에서나 노숙을 하는지? 늙은 아비의 속을 이렇게 언짢게 해서 되겠소이까?

순례자: 이제 갓 태어난 짐승의 새끼들도, 어미가 혀로 쓸어 태보를 벗겨내는 즉시, 저 살벌한 들을 다 잘 이겨나가지 않으오니까? 항차,

어부왕: 거야 그렇소만…… 지금쯤은 저 광야의 어디서, 방향도 잃고 우왕좌왕하고 있지나 않는지……, 늙은 가슴이 허퉁하구료. 장가라도 들였을 것을…….

순례자: 세상은, 보는 눈이 보는 대로 보여주는 것이온즉, 파르치발님은 물론이지만, 시동이도, 제 눈에 보이는 대로의 아름다운 고장을, 노래하며, 경쾌히 나아가고 있을지도 모르잖나이까? 그렇게 생각하소서, 하오면, 세상은 또 그렇게 아름다움을 드러내 보여주겠습지요.

어부왕: 어디를 가시든, 늘 평강하시기 빌리다. 돌아가시는 길엔 그리고 부디, 이쪽 병노(病老)의 손이라도 한번 잡아주고 가셔야 하리다. 또 혹간 죽었거든, 무덤에 한잔 술이라도 뿌려주시구료.

무대가 다시 회전하여, 다시 광야의 그 자리. 밤의 아들, 죽음의 막냇동생, 꿈의 아비 히프노스Hypnos가, 잠의 주술을 엎어 씌워놓아, 광야 속의 한 작은 광야 같은 시동. 잡종 암컷들이 풍겨내는 액기는, 흰 암툿이 싼 오줌, 달빛 냄새이다.

것11: 저 시동이는 참, 저 길 떠나는 걸 바래주러, 마님까지 행차

하신 것두 모르고, 잠만 쳐대자고 있다누요! 저 머슴앤 늘 저렇다니깐. 낚시질 가실 준비가 다 되어, 성주님께서 우리 중의 누구를 보내 깨워서라야만, 튀정 부리고 부스스 일어나곤 하더니, 제 버릇 개 못 주나 봐요.

것3: 너 참 앙큼하다 말이지! (모두 킥킥거린다.) 시동이 앓았을 때 몇 번 꾸물거렸었을 뿐이지.

마님: 유모의 젖 떼고부터, 시동이가 이 애 손에 자라고, 배운 건 알잖느냐. 섭섭할 것은 당연하고도 또 너무도 당연할 일이지. 원한다면, 잠시 저 잠퉁이 곁에 머물러, 자장가를 불러주렴! 기억해둘 것은, 이 밤중에, 성문은 한 번밖에 더 열리지 않는다는 것이겠다. 가다, 널 기다려, 우리는 재나무님과 좀 재재거리게 될 테다. (딴소리 하듯) 탐색 길에 오른 왕자들이나 기사들을, 무사하도록 지켜주는 힘은, 첫째는 '하늘에 계신 우리 아버지'겠으나, 둘째는, 앞에서 기다리고 있거나, 뒤에 남아 또한 기다리는 여성들에게 있다고 이르되……, 츠쯧, 저 시동이는 허나, 어머니 얼굴도 모르는 데다, 저 애('것11') 말고는, 사귀었던 여자아이 하나 없었던 듯한데, 주님과 어부왕 말고, 앞으로 닥칠 그 어두운 길에서, 누구의 영상이 등불이 되어, 저 우직한 녀석을 이끌어줄꼬? 누구든 한번 집 떠나면 그렇지 않겠느냐만, 특히 저 시동이는, 기사 치고도 고아 면치 못한 기사겠구나. 아담은, 금단의 열매를 따먹은 불복종 죄로, 육안에 보이시던 신을 못 보게 된 대신, 늘 곁에 있었어도 못 보았던 '여성'을 보기 시작했더라 하는데……, (웃고) 신을 잃고, 여성을 찾는 게 '지혜'였으꼬나? (실없는 웃음을 또 웃고) 하늘의 '눈'이 땅에로 뚝 떨어져내린 것이렸다? 머슴아이들은 어째도, '금단의 열매'라는 것을 따먹어보아야, 순수를 잃었으므로 짐승에로 떨어져 내렸다 해도, 비로소 '사내'로 성장

한다고 해야겠느냐? 성배기사들은, 하늘의 눈, 그 '순수'를 '성배'로 써, 되찾으려 고역을 치르고 있다고 말해도 되겠느냐? 그러면 에덴의 복귀가 가능해지겠느냐? 얘기대로 따르면, 아담의, 그때까지도—흙에서 흙으로 빚어졌으니 그럴 일이지—대지의 양수(羊水)에 덮인 눈을, 하와가 씻어준 것으로도 이해되는데, 아담이 그렇게 눈이 뜨이고 나서 본 세상은, 왼통 엉겅퀴며 가시쟁이에 덮여 있었다 해도, 그것이 사실은 에덴의 진면목이었다면, 빠르게나 늦게나, 그 금기에의 위반은, 숙명적 과제였었을 것이라는 생각도 있다. 골목쟁이 어디에나 많은 아이들을 보면, 눈곱이나 코딱지를, 그 애 어버이의 가난하기의 아픔으로 뭉쳐 달고 있어도, 손에 쥐어져 있는 검은 빵 한 덩이를, 누가 뺏아가지만 않는다면, 그 아이는 그것만으로 고통이 무엇인지 모른다. 물론 무엇이 행복인지도 모르겠으되, 어머니가 부엌에서 뭐든 먹을 것을 만들며, 흙 묻은 장화를 신은 아버지가 식탁 앞에 앉아 있으면, 그것이 그 아이에게는, 에덴일 뿐이다. 에덴이 그러고도, 좋은 꼇(곳+것)인지 어떤 꼇인지, 그것까지도 모른다, 그러는 중 아이는 자란다. 그러면 이제껏 동화적, 운문적 한 세상이 산문적으로 변해 보인다. '짐승'이 발동하며, 금기를 깨뜨리고 싶어 한다. 어느 훗날, 이 '금기'에 대해선, 다른 해석이 만들어질 것은, 뻔히 내어다 보인다. 이 노파는, 그것도 일종의 할례 의식이라고 믿어 의심치 않는다. 어떤 젊은네는 그러곤, 매우 희귀하게, 그것을 두 번 태어나기라고도, 이해할지도 모르며, 일반적 젊은네들은 그것을 그냥, 자라어른 되기의 과정이라고 알고, 휘파람 불며 바짓가랑이 끌어올린 뒤, 다른 데다 추파한다. 그중에서도 가장 희귀하게는, 그것을 거세(去勢)라고까지 믿어버리는 경우도 있을 법한데, 이 경우의 젊은네는 분명히, 비극적 운명에 스스로 묶여들어버린 것이겠지만, 안으로 열린

한 세상의 비밀은, 그들에 의해 밝혀지는 것이나 아닌가, 하는 생각
도 있다. (몸을 일으켜 세우며) 밤도 이슥해졌는 데다, 게으르게 늦잠
도 자고 해야 할 나이에 그래 보지 못하던 중, 누적되었던 잠이 한꺼
번에 풀리는 듯해서 시동은, 그것이 좀 가벼워져서라야만 깨일 성부
르니, 자게 내버려두기로 하쟈. (앞서 걸음을 옮기며, 혼잣말로) 안
포-타즈가 탄식했던 것모양, 글쎄지, 저 느슥 장가를 들였어야 했었
던 것을! (말께 오르기 전, 언뜻 한번 뒤돌아보고, 제일 어린 것이, 달
빛 아래 웅숭크리고 서서, 어찌할 바를 몰라 하는, 몸짓의 언어를 이해
해낸다. 睹妄嫗다운, 음흉한 웃음을 웃고) 불쌍한 것! (이라고 탄식도
한다. 말께 올라, 책죽을 들어, 말의 엉덩이판을 가볍게 친다.) 불쌍한
것 같으니라구! 운명은, 어째 하필, 어떤 한 생명을 골라, 그 올가미
를 씌우는 것인가? 저 시동은, 보다 더 모세일 것인가, 아니면 보다
더 유다일 것인가? 아니면 그 둘일 수도 있을 것인가? 또 아니면, 그
아무도 아닐 것인가? …… 시동이가 누군가? 문제는, 파르치발 다음
으로, 어쩌면 정(情)으로서는 파르치발보다도 더, 안포-타즈가 아끼
는 머슴아이라는 데 있음인 것. 사실은, 저 아이 고국의 형편을 살펴
면, 그럴 가능성도 없잖아 있어도 보이지만, 지금은 알 수 없는, 어
떤 운명이 그러해서, 저 애가 문잘배쒜를 벗어나지 못하고, 안포-타
즈의 시선 아래에 머물러야 된다면, 그러는 한, 저 가련한 것은, 불
가침의 과부, 것두 일종의 성녀(聖女)라고 해야겠지, 시집 가본 적
없는 과부일 수밖에 없는, 그러니 그것이 운명 아니겠는가? 이후, 저
어린 것은, 얼마나 많은 한숨과 눈물로 해를 저물리겠는가? 한번 바
다가 채워들었다 물러간 뒤, 황무한 사막이 되었다는, 그 이상한 순
례자의 고향, '유리'가 생각나는구먼. 저 아이의 시선은, 미래를 향했
다며, 그제는 닫힌, '뒤쪽에로 열린 영원'에 묶이게 될 것을.

아, 글구, 패관이 어디까지 읽었습뎌? "화설 이때" 대목까지 끝냈다구? 배는 육시러게 고프고, 목구멍은 절시러게 말라 뻑뻑이는데, 쳇, 밤은 이제 겨우 이경도 못 되었구만, 케흠, 패관이 목청 가다듬는 소리러람, 어째 이리 목구멍에 기름기가 없어 뻑뻑하고 쓰리다는겨, 요럴 땐, 술이 약이라, 한잔 먹는다면, 쓸어놓은 마당에 달빛 괴이기 같을 것인데,…… 카, 거 좋고 좋도다! 그런즉 또 시작해볼 일이겠제, 시작은, 허리 굽은 '기역(ㄱ)'으로 돼 있소이다, '아(ㅏ)'를 업어 허리가 굽었은 즉, '가가 되는도다, 역시나 짐을 무겁게 져 허리 굽은 '기역'이, 그 짐 밑에 깔렸으니, 행여라도 그 위에다 검불이라도 하나 더 얹으려 마소, 그런다면 '각' 자(字)가 팍 쓰러질 팍 자로 꺼꾸러질 테요. 이윽히 건너다보니, 꼬락서니가 '각' 자로다. 그러는 중 보니, 이웃 며늘아기가, 애 밤똥이라도 누이려는지, 아니면 칭얼대는 애를 업은 채 오줌이라도 누려는지, 달밤에 나서는데, '시옷(ㅅ)'으로 가랑이 벌리니, 마당의 수캐가 '어(ㅓ)'? 폭 박아넣은즉, 시작된 요분질 꼬락서니가 '리을(ㄹ)'이로다. 달빛이 서셔리 '설'서리 내리니, '설' 자를 이뤘도다. 합쳐―'각설(却說).' 감창하여, 이빨들 부딪치는 데서 '이!' 이 소리가 저절로 새나오는데, 생똥이 비어져 나오는지, 찢어진 주둥이와 똥구녕이 '쌍디귿(ㄸ)' 꼴인 데다 대놓고, 업힌 '애(ㅐ)'가 뗴써 나서는 구나, 본즉 이것이 '때'로다. 아하, "각설 이때"―가, 이 대목이었댔도다. ……호호호, 저것인즉슨, 우리 아저씨 김삿갓이 신다 버린 짚신짝만도 못하긴 못해도, 할방패관이, 언문쇼셜책 '화설(話說)' 다음 대목으로 넘어간 자리를, 줄줄이 줄줄이 유창하게 읽어나간 쇼러람. 음전키로 소문난, 마을의 암사둔이, "잘이혼다, 잘이혀!" 쭈글거리고 합죽한 입에 침 발라 넘어가고, 점

잖아 존경받는 수사둔이, 목침으로 제 허벅지를 쳐, 쿵! 픽-쿵, 궁벅
궁 허으, 허으, 꺼으, 꺼으—,

　각설 이때—, 놈은, 시동이 놈은, 이게 체조 짓 달밤에 하기끄냐,
제 놈의 육괴를 제 손바닥 위에 올려놓고, 달빛에 언문쇼설 읽듯, 읽
고 있는 중이다. 달이 그런즉 가만있겠냐, 그것을 탐해, 치사한 암캐
가 돼 핥고 덤비는데, 달이 핥고 덤비는 그것인즉슨, 개고기 파는 푸
줏간에 걸린, 개 피 덮인 양두(羊頭)도 같거나—. 그 본인은, 어부네
새끼 어부였으니, 농부네 자식들이 그럴 상싶은, 황토밭에서 갓 캐어
올린 고구마 따위의 연상은 할 수도 없었을 터여서 말인데, 낚여져
올라와 퍼덕이다. 진흙탕에 끌박힌 무슨 붉은 색깔 물고기 같은 것을
내려다보고 있는 중일 것이었다. 달의 혀가 푸르러 그런지, 그것의
비늘이 그래서 그런지, 인광과도 같은 푸른빛을 쐬어내고 있어 그것
은, 그 괴주(塊主) 당자까지 섬뜩해하며, 치사하고 흉물스럽다고,
구역질을 함께하여, 이 교본을, (그렇다, 해독해내야 하는 내용을 담고
있는 대상은 해독하려 하면, 교본의 체제를 갖추는 것, 그것을) 읽으려
하고 있다. 그러다 그 괴주는, 그 교본에 대고 침을 퉤퉤 뱉고, 꼬집
고, 비틀고, 가루가 되거나 국수가락이 되도록, 움켜쥐고, 주물럭대
고, 괴롭히고 있다. 선인들이 관찰하고 전한 말대로 좇으면, 남자의
오체의 그중 호꼰한 자리를 차지해 있는, 이눔 혼자만 뚝 불거져, 이
눔 썩 잘났겠다, 저 따로, 제멋대로 노는 방자한 손〔客〕이라거늘. 주
인이, 소금 같은 잠에 푹 절여져 시들어져 자고 있을 때라도, 이눔만
은 저 혼자 시불불기드래밤드리노닐며, 이년 저년 닥치는 대로, 수쿠
비들께 애를 배준다 하는데, 이 달빛 아래선, 그년들 중의 '드룩
Drug'[11]이 화풍병을 앓았내비다.

3. 아르타(義·意)

황원(荒原). 가운데. 그것에 의해 사위가 드러나고, 중심이 잡히는
듯한, 거인 크기의 선바위. 밑. 뜨끈해서 구근(球根) 같은 주검 하
나, 번듯이 누워 있다, 시동. 때에, 문잘배쉐의 하늘 쪽에서, 첫 새
끼 배기까지나 자란 암툇 크기의, 새가 한 마리 날아오고 있는데, 이
후, 저것의 주술에 덮어씌웠거나 하여, 저것이 시동이의 거의 모든
의식/무의식을 점유해버리거니와, 시동의 믿음에 그것은, 꿈들이 나
들이하는 고장에만 있는 백조거나, 아니면 거인들 마을의 비둘기, 또
아니면, 어쩌면, 불새가 그것일 것이라고도 했다. 글쎄지, 불새가 그
것이었을 것이라고 했다. (나중의 그의 신념까지 끌어들이기로 하자면)
그리고 불새는 그것이었다. 그 새의 그 폭넓은 날개는 시동이께는,
벨탄 축제Beltane Festival 때, 그 가운데 깊이, 산 사람이나, 짐승을
가둬넣고, 생나무를 동산 높이나 쌓아올려 태우는, 벨의 화톳불Bel's
Fire처럼 여겨졌는데, 그 가운데 갇혀진 자는 시동이 자기였고, 그
자기를 품은 화톳불은, 새〔禽〕였음에도 짐승〔獸〕의 아랫두리〔牡〕를

144

열어-닫고 있었고, 닫긴 그 안쪽으로 화산보다도 환하고 더운 안이 열리더니 시동이 자기를 녹혀 용암을 만드는 것이었고, 밖의 닫기와 함께 안으로 열린 그 궁창은, 영겁을 두고 닫기지 않을 것 같았고, 그 찰나에 묶인 시간 또한, 영겁을 두고 흐르지 못할 것 같았다. 강호(江湖)는, 광야에도 있다. 그렇다, 광야에도 강호는 있다.

　강호가 있는 곳에, 은원(恩怨)도 있게 마련이라는 것. 강호가 어디 중원(中原)에만 있는 것이던가, 해동(海東)에도 있듯이 천축(天竺)에도 있어, 그쪽 강호도 중원 강호와 달랐을 리는 없었을 것이었다.
　그 강호 얘기 중에서도 특히, 시바Śiva신과, 마귀 아디ādi 간의 그 것은, '은(恩)/원(怨)' 중에서도, '怨'과만 관계된, 우주적 강호의 한 전형 같은 것이었다고 이르거니, 그 말 좀 해도 쓰겠다. (밝혀두고, 얘기를 시작해야겠는 것은, 이것은 사실 男女 간의 恩과 관계된 얘기를 하기 위해, 怨과 관계된 얘기를 빌린 것인데, 은 탓에 빚어진 결과가, 원 탓에 초래된 것과 조금도 다르지 않은 까닭이다. 일반적으론, 은과 관계된 얘기를 하려면, 武俠 얘기 대신 情俠 얘기가 되어, 베개 밑에 감춰두고서나 은근히 들여다보는 쓰임새가 있겠으나, 그 결과가 그런데 무협 얘기처럼 되었다면, 恩이라도 怨化하는 것이 江湖 아니겠는가? 그러하다면 이것인즉슨, 꼭히 살펴보아야 할 내력이 있겠는다.) 저 怨의 요체는 대략 이러했다고 전해져 있다: 쿵후문[工夫門]에서 진리처럼 읊어지는, '복수는 복수를 낳고, 복수는 복수를 불러, 복수의 바퀴는 끝없이 구른다'라는, 그 바퀴 구르기에 좇아, (그러니 저 양자 간의 이전의 은원 관계에 관해서는 생략하기로 하고, 『스칸다 푸라나』에 수록되어 있다는 얘기를 번안키로 하면) 저 마귀 아디가, 시바께 복수할 목적으로, 몇만 년 닦아온 요가의 공력에 의해, 자신의 성(性)을 전환하여, '여성'을 갖춘 뒤, 그 여성(요니) 속에다, 그 뾰족하기가 벼락에도 비교될 이빨들을 배치하고(이를 'Vagina Dentata'라고 이르는 것을 모르는 이는 없을 테다), 시바의 배우자 파르바티(또는 우마)가 집비운 틈을 타, 그럴싸하게 그네의 모습을 꾸며, 시바를 유혹해 침실에 들었다는 것이다. 글구시나, 글구시나, 또 글구시나, 말이지 있잖아, 했으나 미리 그것을 눈치 챈 시바는, 자기의 하초(링가) 속에다, 무시무시한 무기를 은닉하고, 그 유혹에 넘어간 척, 저 가짜배기 파르바티를 끌어안았더랬다는데, 결과 저 마귀가, 날카로운 비명을, 그것도 극한에 찬 비명을 하다, 뻐드러져 죽었다는 것이었다. 시바가그러나, 무슨 무기를 비장해 있었다는 것은 밝혀져 있지가 안해, 못말해주지만, 그것이 우주적 대협객들 간의, 그것도 '성교(性交)'라는 신명나는 형태의 결투였으니, 짐작컨대는, 시바는, 살(煞,은 蟲에서도 蟲인 것)과 원(怨,이라는 砒霜), 증오(라는 爆藥) 등을, 그만의 비방으로, 한 약탕기에 넣어 끓인 뒤, 그 탕 속에 근을 잠가, 근에도 철갑을 하고, 또 (이후, 그를 본받아, 탄트라門의 숙련된 요기들이, 홍그렁한 월후 속에 방출해버린 것을, 그래서 쿨암리타가 된 것을 그렇게 하듯, 근을 빨대로 하여, 빨아들여) 고환 속에도 터지도록 채워뒀을 듯하다. 근래 유행하는 중원 무림의 방언(方言)을, 그 뜻에 좇아 빌리기로 하자면, 아디는, 골짜기〔谷〕의 샘에 잠겨 앉아, 그윽이 피어오르는 곡기(谷氣)를 호흡해대며, 『구음진경(九陰眞經)』을 익히고, 시바는, 사유시방이 광활하게 열린 설산 꼭대기에서, 산기(山氣)를 숨에 담아 마시며, 『구양신공(九陽神功)』을 연마했었을 듯하다. 谷氣는 黃氣며, 山氣는 玄氣이다. 뜻으로 본 『九陰眞經』은, 물론, '아홉(九)'의 '음력(陰力)'이 뭉쳤다는 식으로 이해해낼 수 없는 것은 아니라도, 그렇다면 어째 하필, (저들식 數理에 좇으면, 홀수는 전부 陽

이며, 짝수는 陰이라거늘) 양수(陽數) 구(九)일까 보냐, 어째 (易卦 해설에, 陰으로 처음을 삼는 글귀는, '初六'으로 시작하는, 그 陰數) '六'은 아니고, 과장적으론 '萬'은 아니냐, 라는 의문이 드는데, 이런 견지에선, 사뭇 삿(邪)된 무술이 그것 아니겠느냐는 삿된 생각도 있다. 할 것이, 예의 저 '가장 큰 양수(九)'가, '음(陰)'에—oxymoron!—접붙여져, 결과적으로 '陰化' 했으니, 결과는 그 무술 수련자의 성전환이나, 그렇지 않는다면, 그 자체로 그 무술은 흉액을 거느린 것일 수밖에 없음이 관찰되어지기 때문이다. 반해서 『九陽神功』은, '陽'에다 '陽'을 보탰으니, (그 大用的 功力이 어거되지 못하여, 수행자가 주화입마 된다면, 표적을 못 만난 브라흐마의 화살처럼 되돌아와, 그 수련자 자신을 치고 덤빌 위험성이 있어 뵈는데, 근자에사 그 진상이 밝혀진 HIV라는 大瘡菌이 그것일 듯하다) 그 위력이 어떠했겠는가? (함에도, 열거한, 중원 武林의 두 활극도, 그 '著者 名'이 명시된 童話들과 같이, '안데르센'이다 '오스카 와일드'다 하는 식으로, 왜냐하면 '著者'가 밝혀 있으므로 해서, '집단 무의식/의식'의 방 들여다보는, 처용적 노래 부르기 따위 짓거리를 하려 하기 대신, 그냥 文學 삼아 감흥 따위나 즐기면 되는 그런 것인 것도 말해두자. 이것들은, 어떤 개인의 창의력에 의한 人造品이어서, 소위 '집단 무의식'이라고 일러진, 그 子宮에서 태어난 자식들과 다르기 때문인데, 이거 아닌 자리에, 헌 중우에 뭣 불거지듯, 왜 자꾸 패관이 나서느냐고 수염 끄시려마러, 패관께 이만큼의 外道도 허락되어지지 않는다면, 公들 말이지, 小說客 없는 삼동, 밑질하기도 패시시 끝난 긴 밤, 호롱불이나 껌벅 껌벅 건너다보며, 하품이나 함시룽, 새워봐야 알 거구먼.)

연이나, 촌놈들 주먹다짐이 아닌, 단수가 훨씬 높아진 중원 쿵후의 '검도(劍道)'나, '기도(氣道)'는 대개, 말한 바대로 '음양론'을 기초

로 해, 그것을 몸의 운용에 원용하고 있어도 보이는데('氣'에다 역점
을 둔다면, 무협 얘기는 이제, 어떠한 판타지의 날개를 단다 해도, 그것
의 리얼리티를 획득하게 되는 것일 게다. 패관이 틀렸거든, 한 수 가르
침을 베풀지어네), 그러함에도 불구하고, (稗官의 五里霧世로 아는
한) 중원에는 '성교'로 치러지는 활극이 없다는 것은, 매우 이상하다
고 해얄 것이다. 도가(道家)의 연금술 그 '내단(內丹)' 만들기는, 장
생불사를 목적으로 하여, 천축의 '탄트라' 쪽으로 기울어, 무도(武道)
라고 정의하기는 매우 어려울 듯한데, '음양'을 창조의 수단으로는 이
해(한 일련의 현자들도 있었으되, 그렇지 않은 이들도 있었음인 것)했
으나, 천지의 기원(氣源)이라고까지는 아마도 생각지 않은 천축에,
그 무용담이 있어, 읽거나 듣는 이들을 경악케 하고, 감탄케 한다.
저 원수(怨手)들의 결투의 자세(즉슨 성교의 자세)라거나, 시바의 공
력을 모은 주먹을 아디의 이빨이 어떻게 물어뜯었다거나, 시바가 터
뜨린 불의 독수(毒水)는 아디 쪽에 어떻게 작용했다거나, 그런 저런
것들은, 하나도 밝혀지지 안해, 매우 궁금하되, '샥타/샥티' 간의 性
交/聖交는, 조악한 물질로 이뤄진 두 육신이, 하나의 불멸을 창조하
는 위대한 제사인 것인데, 이것만은 아디가 샥티 役을 대신하기에 좇
아, 性交로 변했다가, 肉交化하여, 은총이 저주로 변해지고 있는 것
이 벌써부터도 보인다. (좇 단 놈들이여, 좇 단 놈들이여 그런즉, 보지
에 이빨 해 박아넣는 계집들을, 거 뭐 '九想觀'까지 멀리 들를 것 있겠냐,
뒤꿈치까지 보리 밭고랑에 묻고 못 일어나 누워 있는 문둥이쯤으로 건너
다보려 하잖고, 섹구하라[SEXual HARRAsment]症 드러내려 하면 자네
의 물렁한 좇대가리만 썩어 문드러지는 것 아니다. 자네 아버지 말고,
자네 어미가 자네를 이해해주려 하겠나? 마누라가 그래주겠네? 딸내미
들 얼굴은 또 어떻게 마주하려 하는 거? 옛날에는 계집들만 모난 돌 맞

았는데, 오늘날엔 사내들만 돌 맞는다. 그런데도 자네 아버지는, 은근히 일러줄 테다. 그게 英雄好色이라는 겨. 밖에도 나가보고 그래라, 네놈이 한사코 그 치마폭에 쌓여드는 너의 그 알량한 여편네만 못한 엔네가 또 어디 있겠냐? 그럴 땐, 아빠―란 호칭은 이럴 때 꽤 효율적이다―는 불초소자가 이장감이라도 되는 듯이 생각허시는 갑네유이? 뒷전에서 콧방귀 꿰어줘라. 아빠 지론 실천하다, 코 베이고 사립짝도 못 나서기보다 나을 테다. 呱, 小說하기의 雜스러움!) 이 제사에서 고수레 되어진 것들 중 한두엇 쉽게 집히는 것을 들어 들여다보기로 한다면, 첫째 '유혹'이라는 시작이 시사하는 것은, 아디 쪽에서 기선을 제했었을 것이라는 것. 그랬다면 그 시합(始合)은 분명히, 맷돌 자세(女性上位)였었을 것이라는 것. 둘째, 그 결합(結合, 終合)은, 시바 쪽의 (분명히 계획된) 조루(早漏)로, 매우 짧은 순간이었을 것이라는 것 같은 것이다. 이는, 동정이라도 떼고 있어야, 나중에 만나게 될 계집아이께 자랑거리가 된다고 믿는 뇌미, 얼굴도 하초도 감추고시나, 창가에 들렀다, 들렀다 하는 순간 되달려 도망치기에서, 그 모습이 확연하게 짐작되는데, 그렇지 않고, 시바가 만약, 중원의 西門慶(은 그러나, 情俠이며, 武俠이 아닌 것이 좀 안됐지만, 이 情漢이, 조조 빼놓고, 어느 俠客을 부러워했겠는가?) 대가 모양, 비아그라(Viagra는, 이미 저 『金甁梅』 속에 있어온 것. 어느 道師가 제조해주며, 한 알씩만 먹으라는 경고를 해주었음에도, 그 효력을 두 배로 불릴 양으로, 두 알을 복용한 결과, 오줌을 못 눠, 협객을 배 터져 죽게 한 알약이 그것일 것) 먹고, 근끝에 고춧가루인지 뭔지 매운 것 뿌린 뒤, 혼신으로 깊숙이 쳐들어, 소골소골 속삭이며, 소골(焇骨)을 도모하려 했었다 하면, 소골은 아디 쪽이 아니라, 시바 쪽에서 일어나고 말았었을 것이, 대번에 짚여지기 때문이다. 시바는, (계획된) '조루'의 병법을 썼다 해도, 어쨌든 최소한도만이라도, 자기의 병력을 적진 가운데로 투입했어야 되었음은 트로이전쟁의 목마(木馬)가 증명하는데, 그렇지 않고선, 십 년의 공위(攻圍)도 결과가 없거나, 오나니슴에 끝날 일이었던 것, 게다가 그것도, 성교라는 형태의 전쟁이었으니 다른 도리는 없을 것, 적을 분쇄키 위해서는 시바도, 그만큼의 희생은 각오치 않으면 안 되었을 일, 이후, '시바의 링가 숭배속' [12]이 강호 선남자 선여자들 심정에 깊이깊이 뿌리내린 것을 감안하면, 시바도 결국은, 자기의 군홧발을 온전히, 그리고 무난히 회수해내지는 못했었다는 것을, 짐작케 한다. 성내에 창검을 비치해놓고, 침공을 기다리는 쪽도, 결과적으로 패배의 쓴잔을 마셨건 어쨌건, 그 공력이 시바에 대적할 만하다 싶어 전투를 청했었을 것이니, 아무리 시바라 해도, 그 창검에 닿아, 어찌 무난할 수가 있었겠는가. 시바는 결국, 그 승리의 제단에, 승리의 값으로, 자기의 근을 바쳐야 했던 모양이었는데, 그 잘린 부분이 얼마쯤이나 되었던지는, 비쉬누도, 브라흐마도 알 수가 없었으니, 뉘 알겠는가. 마는, 그것을 예배하는 신도들의 신앙의 크기 정도였었을 터이긴 하다. 문잘배쉐에서 '聖石'이라고 감춰 뫼시는 것도, 그런 것일 것이라는 설이 있잖던가. 주목을 요하는 것은, 아디가 잘라낸 그것은, 바다로 떠 흘러간 우라노스Uranos의 그것과 달리, 이 대지에 굳건히 박혀, 어떤 이는 (어쩌면 Alain Daniélou라는 이였지 싶은데) 그것이 거대한 '검은 돌'의 모양으로, 어디 우람하게 서, 만인의 예배를 받고 있다고도 하지만, 잘린 부분의 시바의 실근(實根)의 길이에 대해서는, 비쉬누나 브라흐마도 이를 데 없이 궁금했었던 모양이었다. 어느 날 둘이는 그래서 한자리에 만나, 저 스바이얌부(시바 링가)의 밑과 끝을 찾아보자고 해설라무네, 비쉬누는 멧돼지, 브라흐마는 백조, 또는 거위의 모양을 꾸며, 전자는 땅을 파 내려가고, 후자는 하늘을 날아올랐더라 했다. 저것은 아마, 운문적(韻文的) 표현인 듯하며, 산문적(散文的)으로 조립한다고 하면, 거기서 '돼지 하반신의 백조'의 모습이 드러날 것이었다. '링가(男根)'가 주제가 되어 있다면, 저 두 우주적 양력도 반드시, 성전환을 치렀어야 옳았을 터인데, 그렇지 않았다고 한다면, 거기 면행(男色行)이 보이기 때문이다. 브라흐마는, 자기의 신격을 높이려 하여, '그 끝을 보았다고 거짓 증언을 했다는바, 그 결과였었을 것이었다. 그 얘기의 후속편(後續篇)에 의하면, 브라흐마가, 샥티(大陰)에로 성전환을 치른 얘기가 있거니와, 이런 결과를 고려하고 보면, 그것은 거짓 증언은 아니었던 것은 알게 된다. 라는 말은, 이거 미리 끌어들인 얘기가 되는 듯싶지만, 예의 저 우주적 남근을 타고 오르고 있었을 때, 이미 저 브라흐마의 성전환은 이뤄져 있었다는 의미로 이해하면 그렇다는 말이다. 멧돼지-비쉬누의 성전환 얘기는 그러고도 없는데, 그러면 그는, 그 면사(事) 중 어디로 실종이라도 했었던가, 아니면 「처용가(處容歌)」나 불렀던 것이었는가, 하는 따위 힐문에 부딪치게 될 터인데, 그 대답은 어쩌면, 그 둘이, 십만 년 탐색에서 돌아와, 주고받은 얘기에서 찾아질 듯하기는 하다. 비쉬누는, 자기는 아무리 애썼어도 그 밑을 찾지 못했다고, 자기의 실패를 솔직히 인정했었더랬는데, 반해, 반복되지만, 브라흐마는, 앞서 말한 바의 그 거짓 증언을 했다는 것이었다. 이에 분노한 시바가, 마빡의(제삼의) 눈에서 빛을 쏴내, 브라흐마의 (네 머리 중) 머리 하나를 바싹 태워버렸다고 얘기는 전한다. (이후, 브라흐마의 神性은, 약화를 겪어, 샥티에로 전신하게 되었다거니와, 이를 두고 샤이비즘Savism의 등장과, 강세를 의미하는 것이라는 해석이 있다. 그 끝에 닿았었다고 했을 때 브라흐마는, 면行을 저질렀거나, 성전환을 치렀을 것이라는 짐작인 것.) 이 신화적 운문을, 파탄잘리네

(요가門) 산문으로 번안한다면, '샥티(쿤다리니)가 휘감아 오르는 링가'라는 식으로 될 것일 듯하다. (先/後, 始/終의 전도가 여기에 있긴 하다.) 사실로는 그런데, 예의 저 샥티는, 저 링가의 뿌리, 회음(會陰)에 잠들었다 깨어 일어나는 陰力으로 되어 있는 것인 것, 그렇다면 더욱더, 흙을 파내려간 비쉬누의 암호는 풀기가 어려운 듯하다. 마는, (이방인이기 때문에, 稗官이 異端的 방자함을 맘껏 누리기로 하면) 이 판차타트바(탄트라門의 秘儀)의 사다카(行道者) 역이 다름 아닌 비쉬누가 아닌가 하는 것이다. 그것 말고는, (瞎榜稗官으로서는) 더 짚어낼 말도 없을 듯한데, 저것을 판차타트바라고도 이해하면서도, 문잘배쉐 편에 서면, '성석 탐색'이라고도 보인다는 것은, 부연해 둘 만한 것이겠다 싶으다. 이 다 그린 뱀그림에다 꼬리까지 붙이기로 한다면, 시바링가가 자리잡은 소중(所中)의 시간에 관해서도 말할 수 있어 뵈는데, 시바링가를, 모든 것이 그것 안에서 일어서고, 무너진다는, 특히 '세월,' '시간'과의 관계에서 '모래시계'라고 전치하고 보면, 위에로 오르는 브라흐마의 시간은, 미래의 시간이며, ('宇宙樹'는, 그 뿌리를 하늘에 '내린' 나무라는 설이 있으니, 땅에서 보면, 거꾸로 선 나무이다. 이 나무를 오르는 수맥은 그렇다면, 하늘 쪽에서는 내리는 것일 것. 모래시계의, 미래의 시간은, 육안에는 내리고 있어 보여도, 그래서 오르고도 있다) 내리는 비쉬누의 것은 과거의 시간이라는 것에 동의케 된다. 이 신화 속에, 시간의 '영겁회귀'의 비밀이 있어 뵌다. '시간의 영겁회귀'[13]를, 그 시간 속에 휩싸인 존재들의 영겁회귀처럼 믿는 것은 그러나, (시간 속 '時中'과, '所中'에서만 가능한) '羯磨分裂/逆分裂,' 즉 食口增加/逆增加, 그리고 그 곳으로부터 완벽한 탈출, 즉 '解脫' 등을 읽어내지 못한 短讀의 결과인 것. 존재의 영겁회귀란 '아도니스Adonis 秘儀'일 것이어서, '몸의 우주'의 복

152

음이며 희망일 것이라도, 완성된 판첸드리야에 대해서도 그런 것은 아니다. 그것이 '꿈'인 것! 오호통재라, 복음도 희망도 아닌 것에 신심을 바치기의 오나니슴! 그런 허무주의의 극복은, 차안과 피안 사이 물길 건네주기로 풀칠해 사는, 뱃사공 카론Charon의 목구멍에 거미줄 치게 하기에 똑 좋겠다. 카론도 생업을 바꾸든, 윗방 늙은네 고림장을 하든, 뭔 수를 내야겠는다.

그러나, 시바의 거세(去勢)와 브라흐마의 그것은, 같은 것으로는 보이지 않는데, 전자의 경우는, 거세를 통한 승리로 보이고, (문잘배쉐식 어투로 바꾼다면, 그것이 '하늘에서 떨어져내린 돌'일 것) 후자는, 패배, 그것도 완패로 보이기 때문이다. 진정한 의미에 있어서의 '거세'는 그러므로 해서, '자아'에의 인식을 시작한 '남성'에게만 가능한 것으로서, 이런 남성은 (문잘배쉐의 여러 석학들 중에서도, 안포-타즈와 함께, 발군의 석학으로 정평이 난, '마님〔妃〕'이, 앞서 밝힌 바대로) 이상해서 거의 변태적이라고도 해야겠지만, 아담으로부터 시작해 안포-타즈에 이르기까지, '거세복합증'에 당해온다는 것을 짚어내게도 된다. 앞서, 그것의 긍정적/부정적인 것들이 얘기된 것은, 염두에 두고 있어얄 것이다. 근자의 한 여성 석학의 주장에 의하면, (瞎榜秤官이 잘 이해해냈다는 믿음은 없지만) 여성만이, 아니면 특히 여성이, 이 복합증Castration Complex에 당한다는 주장인 것으로 아는데, 이는 물론, 모든 스뮈르나Smyrna마다 다 갖는 것은 아닐 것이겠으나, 관찰되어지는 것은, 긍정적이거나 부정적이거나, '남근주의'는 그렇다면, 남성 자신들이 만들어냈기 전에 이미, 여성의 저 예 든 복합성 중에 싹터 있었던 것이나 아니었던가 하는 것까지 의문케 한다. 최초의 여자 하와가, 최초의 남자 아담을 건너다보고, '경악하고 전율'했었을 그 눈빛을, 'Penis awe'라고 이르는 소리가 있는데, 그렇

다면 그것이 'Penis envy'로부터 시작된, '여성의 거세 콤플렉스'의
단초(端初)가 되는 것일 겐가? 아마도, 어떤 특수한 경우에 한해서
는 그럴 듯도 싶으며, 일반적으론, 그것은 그냥, '생식 본능'에의 자
극 같은 것이랄, '자연의 소명'에 귀 열기 같은 것으로도 보인다. 이
일반적 경우라면, 그것을 두고 '거세 콤플렉스'를 운위할 것은 아닐
듯한데, 자기는 그럴 수가 없는데도 아버지들은 오줌을 눌 때도, 수
음을 한다고 보는 어린 딸이, 아도니스의 어머니 스뮈르나모양, 아버
지 품에 안기고 싶음은, 인간이 만든 윤리·도덕의 테를 무시하기로
한다면, 자연적 현상일지도 모르긴 모른다. (임상 실험이랄 것을 겪지
도 않은, 할방패관의 저런 얘기에 무슨 一理라도 있겠는가마는, 해바라
기를 보아람, 이렇게 보면 꽃판인데, 저렇게 보면 씨판이고 그렇잖으
냐.) 아마존 여아들과 달리, '거세'를 운위하는 여성들은, 남근주의
(男根主義)의 그늘 아래서, 간접적으로 햇볕 쬔 이들도 싶은데, 자
신의 결핍 대신 어째서 저 여아들은, 사내애들을, 육손이나 혹부리에
대해서처럼, 생태적 불구라고 보지는 못하는가? 하긴, 투박하게스
리, 석세삼베 보따리에 싸잡기로 하자면, 거기서부터 '링가 숭배속'
이 시작되었을지도, 모르긴 모른다. 저것이, 특히 한 유정, 판첸드리
야의 인식에 무섭고도 무겁게 자리 잡았을 때부터, 축생들의 그것과
달리, 그것대로 판첸드리야로카에 걸맞게 진화를 치른 것일 수도 있
는데, 그 다름의 한 예를 든다면, 피조된 유정들 중에서는 두꺼비가
그중 추악한 것으로 알려졌으나, 이것(男根)은 사실 두꺼비보다 더
혹독하게 추악함을 드러내는 것, 사람의 수컷은, 그것으로 생식만을
추구하는 것이 아니라, 저 추악한 것으로 더불어 보다 더 많이 '미
(美)'를 추구한다는 것도 그것이다. 이것은 특히 '쾌락'의 이름으로도
불리는 것으로서, 이 '미-쾌락'은 '윤리'라는 펜리르의 끈으로 묶어

154

매지 않는다면, 한편에선, 판첸드리야를 역진화(逆進化) 쪽으로 몰고 가기 쉬우며, 다른 편에선, 곁길로 벗어나 아수라로카에 닿게 하는, 어거키 어려운 추동력을 갖는 것인 것. 그렇기 탓에 그것은, 그것을 멍에(yoke, yoga)에 매일 수 있는 자에 의해 잘 어거되어질 때, 조악한 물질의 밭을 갈아, 금을 수확해내는 위대한 힘으로 바뀐다고 설해진다. 온육파(溫肉派)들은 그 '금'을 '사다나'라고 이르고, 어선파(語禪派)들은 '삼약상보디'라고 이르는 듯한데, 왜 그런지 모르겠다. 이것은, 그것(링가, 팔루스)의 펜리르성(性)에 관해서 된 얘기이지만, 그것은 또, 판첸드리야가 인식해낸 '자아'로도 보인다. 그러니까 같은 한 대상의, 형이하적 루타가 저것(링가)이라면, 형이상적 아르타는 이것(自我)이라는 얘긴 것이다. 그러자, 그것, 특히 루타를 갖지 못해 '거세복합증'까지 들먹이며, 구석진 데 쭈구시고 앉아 훌쩍이는 '마리아는, 이 ('사람'들의) 자리에서 내보내'야 하는가, 라는 난제가 머리를 쳐듦을 보게 된다. (이는 中原式 陰陽論과 天竺式의 그것의 차이를 극명히 하고 있어, '陰陽論'에 관심을 가진 이들의 시선을 묶는 관건인데) '아무리 시바(陽)라도, 샥티(陰)가 없이는 쇠바(송장)이다'라는 명제부터 전제해둬, 구석에 쭈그려 있는 계집아이의 눈물부터 닦아주기로 하지만, 그렇다 해도, 저 명제가 그 직접적인 대답은 못 되고 있는 것도 사실이다. 저것이 대답이 되려 하면, 아직도 몇 구비 고된 고비를 넘겨야 할 것인데, '마리아(魂)는 남성(靈)이 아니어서, 천국에 합당치 않으니, 우리 중에서 내보내자(『도마복음』)'라고 한 선언이 '영지파(靈智派)'네 아손들의 입에서 꾸물거려 나온 황충이니, 그 문(門)에 가서, 그 살충제도 얻어야 할 것인 것. 그들에 의하면, 인간은 삼겹살로 되어 있다. 그 바깥 껍질(舍利)은 '육신'이며, 흰자위는 '혼(魂),' 그리고 그 안쪽에 '영(靈)'이라는 노란자위가 있는 것. 이는 곧바로, 태아(胎兒)를 싸안은 삼 같은 것으로 환치되는 것을 그러면 보는데, 이런 견지에선, 마리아-여성의 자아,의 루타는, '자궁(子宮)' 자체가 아니겠는가 하는 의견을 갖게 한다. 그것(子宮)이, '천국의 씨앗(靈)'을 감싸고 있다, 보다 문학적(呲!)으로 표현하면, 천국은 여성이다, 라는 시구를 얻게 된다는 얘기다. 이것에도 붙임말이 없을 수 없다면, 영지파네 저 동자 하나는, 손가락이 아직 잘리지 안해, 그 손가락으로 가리킬 수 있는 만큼의 세계를 보고 있다는 얘기를 할 수 있을 듯하다. 영지파네 삼분법적(三分法的) 이해는, 이분법적 견해를 뛰어넘은 듯함에도, 이후의 무분법적(無分法的) 눈, 또는 육관(六官)쯤 갖추고 나면 보이는 세계는, 보지 못해 못 보고 있어 보인다. 여성의 '자아'의 체(體)가 '자궁'이랄 때, 이제는 '자궁,' 특히 '좋은 자궁'의 '수용'의 미덕이 논의되어져야 할 차례일 것이다. 거두절미하고 말하면, 그것이 모든, 거칠고, 뾰족하며, 야만적인 것을 길들인다고 해야 할 것이다. (道家 綿織 한벌 옷〔襌〕입은 이들이 설하는) '禪'이나, (김정란 시인이 力說하는) '靈性'(은, 사실로는 선구자적 절규가 아닌 것은 아니다) 같은 것들은 제외하고 말해야겠지만, (비유·은유 따위가 아닌, 自然을 主材로 삼을 때는, 거기 기필코 '道'가 드러난다) 이를 두고 전원시(田園詩) 또는 자연시(自然詩)의 '서정성(抒情性)'을 들먹인다면, 설명이 빠르게 될 듯한데, 자연 자체는, 전원시인들이 노래하는 것과는 전혀 같지 안해, 그 가장 많이 몸부림을 해온 것들이 대략 차투린드리야까지나 진화해온 것이라고 보면, 그것은 그 나타남의 아름다움 이면에, 조악함이 있다. 판첸드리야에 비해 열등하고, 조야할 뿐만 아니라, (자연이) 자연 그 자체에 대해서 폭력적인 것, 그 자체로서 그것은 성적(性的)일지는 몰라도, 아름답거나, 아름다우려는 것은 아니다.

근자엔 '성적(性的)'인 것이 '아름다움'과 혼용되기도 하는 듯하지만, 이는 판첸드리야(五官有情)의 차투린드리야(四官有情)에로의 전락, 즉 '몸의 우주'의 '짐승의 대왕'의 승리로 이해된다. 신(神)의 참패가 그것일 듯한데, 신도 신 자신으로부터 전락하지 않으려 투쟁하고 고통하듯이, '자연'도 자연 자체로부터 도태치 않으려 고투하는, 앓음 자체거니, 누가 이 '자연'의, 응달에 핀 꽃의, 비탈에 선 나무의, 이끼 낀 바위의, 시린 눈을 인 늙은 산신의, 젖어 시린 발의 곡신(谷神), 또는 다람쥐며, 귀뚜라미 지렁이 따위의 통고를 알아주는가, 그럼에도 그런 저런 모든 것이, 판첸드리야의 '시적 서정' 속에 담겼다 끄집어내지면, 무슨 여러 말이 필요하겠는가, 그것은 '서정적'이다. 아름답다. 시적 주제로서 '전원, 자연'을 노래하는 이들은, 그래서 보면 사티로스Satyros 꼴이다. 신들과 인간과 자연의 가운데 강보를 두고 태어난 그들은 축제 자체로 보인다. 얼굴은 '신의 형상'을 닮아 있는데, 양각(羊角) 양각(羊脚)을 하고, 풀이며 꽃이며 열매, 바위며, 그늘은 물론 구름 따위들까지, 무차별적으로 끌럭인다. 흐흐, 이들 끌럭거리고 지나간 자리에서 '서정'이라는 공주들이 태어난다. 산문적(散文的) 샥티-발키리를 운문화(韻文化)하다 보면, '抒情'이라는 공주, 백설공주가 나타나 보인다는 얘기―. 이 운문적 '抒情'은, 새로 산문화를 치른다면, 쇄바(송장)를 시바화하는, 추동력(推動力)화한다는 것도, 이렇게 조합하고, 저렇게 분리하고 하다 보면, 살펴 지게 된다. '샥티가 없이는 시바도 쇄바이다'라는 명제가 그래서 성립되었을 테다. 이렇게 되면, 백설공주가 발키리이기도, 발키리가 또한 백설공주이기도 하다는, 야누스적 여성이 보인다. 이 여성이 분명히, '모든 것을 품는 여성,' '모든 것을 태어내는 여성,' ― '영원한 여성'이라고 일러지는 바의 그 여성인 듯하다. 영구히 처녀인 어머니, 자식의 아내— 아담과 배붙인 이후, '원죄'에의 이해가 그러하듯, 여성은 처녀막을 파열당한 뒤, 테오토코스(Theotokos, God-bearer, 聖母)에 의해 그것에의 회복이 있었다고는 이르되, 신생(新生)의 여아까지도, 우주적 의미에 있어서의 동정(童貞)은 아니다. 그것은 하와가 그것을 잃었던 그 태초에 잃어졌던 것이다. 것임에도, 대지(大地)를 보면, 억조창생을 무시로 분만해내도 이 여성은, 영구히 처녀이다. 바다나, 제철공장의 용광로가 창(娼)인 것 보았나? 그리고 이여성은, 우주의 회음(會陰, Mūlādhāra Chakra) 속에 똬리 쳐 있다. 견해에 좇아서는 '배꼽Omphalos'이라고도 이르기도 하는, 이 우주적 會陰을 어쩌면, 어느 종문에서 '타타가타가르바, 즉 如來胎'라고이르는 것이나 아닌가 하는 우문도 있는데, 그것은 그 깊이를 가늠할수 없어, 삼천대천세계를 다 싸안고도, 드러내 보이지 않으며, 드러내 보이지 않는 것도 아니어서, 무슨 이름으로 불러도 틀리지 않을 게다. 그것은 검〔玄〕다. '샥티가 없이는, 시바도 쇠바(송장)이다.' 그러함에도, '여성의 거세복합증'이 운위된다면, 그것은 분명히 '병증'이다. 그것도, 이분법적으로, 존재를 읽은, 눈들의 눈애피(앓이)일 테다. (이는 『바르도 퇴돌』에 보이는, 풍경 중에서 하나 빌려, 상것스레 하는 소리지만) 제 아비가, 제 어미의 엉덩이 더듬는 것을 훔쳐본 자식놈이, 제 어미에 대해 질투하듯이, 저쪽 구석에 쭈그리고 앉은 계집아이는, 제 아비를 질투하고 있구나. 저 새끼는 전생에 계집이었으며, 이 계집아이는 사내였던 모양인데, 바르도 험로를 헤매던 중, 그 업을다 삭히지를 못한 채, 공포와 전율 탓에, 보이는 穴 속에 아무렇게나뛰어들었다가, 틀린 아르타가 틀린 루타를 입어버린 것이었구나.

그럼에도, 그보다도 더 비극적인 경우는, 그것(링가)을 구비해 있음을, 새벽녘으로 더욱더 무섭게 인식해내면서도, 자기가 거세되었다고 믿는, 남성의, 자기 거세복합증이라는 그것이다. 장가들기 전엔, 마을의 홀렛개였다가, 장가들어선 흥부만큼이나, 물이 못 나게 마누라를 보채(이놈 흥부야, 애 배줄 시간에 베라도 낳았더면 家用에 보탰을 것을!), 사흘에 하나씩 새끼를 까 내게 함시롱도, 뒤통수 어디에서는, 자기는 노새 같다고 믿는다는 게 문제다. 글쎄 말이고, 다시 말이지만, 남성의 거세복합증의 역사는, 아담으로까지나 소급되어질지도 모른다. 예의 저 아담 얘기를 기술하고 있는 책에는, 신이 특히 아담(사람)의 코에만 자기의 '생기를 불어넣었다'라고, '생기'에 역점을 둔 대목이 있는데, 진화론을 신봉하는 자의 입장에선, 얼마나 반복되어도 여전히 모자라서 하는, 또 그 얘기지만, 그것은 다름 아닌, 차투린드리야(四官有情)였던 아담이, 시작하여, 밖의 눈을 안으로 돌렸을 때, '자아'라는 걸 발견하게 된, 이후 판첸드리야(五官有情)에로 진화를 성취한 사건의, 창조론적 전치라고 이해되어지는 부분이다. 그렇다면, 아담은, 어떻게 되어, '자아의 거세'가 치러졌다고 믿게 되었는가, 라는 의문이 저절로 따르게 된다. 그 대답이랄 것이 그리고, 그 경전에는, 자세하게 기술되어 있는 것은, 주지하는 바대로이다. '지혜의 열매 따 맛보기,'[14] 그 까닭으로 에덴에서 추방당하기, 그리하여 아담께 보여진 세계는, 엉겅퀴와 가시덤불에 덮여 있었다기, (이는, 어느 新興宗家에서, 그실 오래 묵은 얘기인 것을, 자기네가 꼬았다는 끈을 달아, 그 글자 하나하나가 대문짝만 하게 크게, 써서 내건, 펄럭이는 깃발에서도 읽히는 얘기지만) 그때 '아담은, 그리고 하와도, 동정을 잃었을 것'이라는 것이다. 분명히 하와는, 그때 '자궁'을 인식했었을 것이었다. 앞서 흘린 말을 다시 주워 담기로 하면, 아담도 보다 조금 뒤늦게 '자아'에의 인식을 가졌을 것이라도, 짐승들모양, 첫 교미를 하고 난 뒤 아담은, 그것을 잃었다는 편에 생각을 모두었을 것이라는 건, 쉽게 추측되는 바이다. '엉겅퀴와 가시쟁이에 뒤덮인 세계'에의 인식이, 그의 상실감을 증언해주고 있다고 읽으면 그렇다는 얘기다. 그것 오그려 싸, 지키고 있어봤자, 곰냄새나 풀풀 풍기고 다른 수는 없는, 동정을 잃고 난 뒤의, 잃은 자의 느낌은 저러했을 터이다. 그건 사실, 문화에 눈뜬 자의, 자연 콤플렉스 같은 것일 것으로도 짚인다. 이제 그는, 에덴의 안포-타즈이다! 정작의 난제는 그러니, '간교한 뱀'이 아니라, 아담의 이 자기 거세복합증인 것. (훗날, 그리하여 '스스로 된 고자'주의라는, 복음이 들리기는 한다. 이는, '無我'주의와 맥락을 같이하고 있어도 보인다는 견지에서는, 그것을 설교하는 이의 보디사트바性을 고려해보게 하는 관건이 될 성도 부르다.) 이후 아담(인류)은, 그 잃어진 것에의 수복, 에덴에의 복귀를 서두르게 되는 것을 감안하면, (문잘배쉐에 비치되어 있는 그것은, '하늘에서 떨어져내린 聖石'이지만, 불려져온 대로) '성배'(라고, 좇아 부리기로 하면) 탐색은, 그렇게도 이해되어지는 것인 것. 그럼에도 그것이 여전히 '대상'으로 존재하는 한, 안포-타즈의 불능은, 그리고 그가 몸을 입고 있는 한, 극복되어질 듯하지 않게 보이는 것은, 그를 위해 슬픈, 그리고 민망한 얘기다.

그렇든 저렇든 어떻든, 우주사, 세사, 인사는, 그것들이 고스란히 그대로 되풀이되는가 어쩌는가는, 다시 다른 문제일 것이라도, 시간 속에서 헝클려졌다 시간 속에서 간추려지는 것인 것. 만약 시간까지도 부인하려들지만 않는다면, 그 속에서 인식되어진 '자아'라는 것도, 그것 안에서는 실재(實在)하는 것이라는 환상을—oxymoron!— 고수하기로 하고, (우리의 시동이의 몽상을 점유하고 있는, 그 얘기를 계속하기로 하면) 성기(性器)가 검(劍)이나 기(氣)가 되어, 그것으로 결전을 치른, 아디와 시바 간의, 극한 참(慘) 쾌(快)를 도(賭)한 고

투의 실전 현장이 궁금해진다. 그 승부가 가려졌기 전에, 그들 간에서 어떤 칼부림, 몸부림, 기 펴기 따위가 있었던지, 극렬한 폭발력을 가진 성력(性力)을 만재한 시바의 정자(精子)와, 무저갱의 참호를 파놓고, 둘러 삼엄하게 창검을 배치한 뒤, 독룡이며 살무사, 전갈과 황충, 표범, 늑대, 부엉이와 박쥐, 들쥐, 성병(性病)을 매복해놓은 아디의 난자(卵子)와의 만남이 어떠했던지, 그것이 글쎄 아니 궁금할 수 없어, 귀에서 청각의 구더기가 슬고 그렇다. 음담패설만이라면, 조씨(朝氏)네 문중의 『古今笑叢』이나, 문잘배쉐의 (그 많고도 많은 陰書들을 대표해) 『패니 힐Fanny Hill』, 예의 아디 동네의 『카마수트라』, 또는 얼음우회 댓잎 자리 봐서 뿐만 아니라, 열사(熱砂) 위에서도 너와 나 타 죽을 망정이라도, 붙어서 못 떨어질, 『퍼퓸드 가든The Perfumed Garden』 같은 것들을 찾아 읽는 것이 좋을 테다. 또 어떤 이가, 저것을 '선/악' 간의 다툼이라고 이해한다면, 천축의 비아샤Vyaśa라는 이가 읊은, 십만여 행의 『마하바라타』라는 서사시를 봉독해보길 권하는 바인데, 그것 말고는, 땅 위에 나타난 어떠한 전쟁 얘기도, 어느 쪽이 절대적으로 선이었으며, 어떤 쪽이 그 반대였다는, 분명한 경계선을 그어놓은 것은 없어 보이기 때문이다. 그 전쟁이 시작되기 직전에, 판다바 쪽 유디시티히라가, 두 진영의 가운데 나서서 이런다, "저쪽(카우라바) 편에 정의가 있다고 믿는 이들은, 지금 저쪽으로 가고, 이쪽 편에 그것이 있다고 믿는 이들은, 지금 이쪽으로 오라!" 그러니 자기의 신념에 좇아, 가고, 오면 된다. 배고픈 어느 집단이, 배고픔을 참다 못해, 이웃의 노적가리를 노략질하러 덤비기와, 맞서 지키기라는, 축생도적 자기 보호 보존 본능의 발로에 의한 행위를 제외한다면, '전쟁'이라고 이르는 것도, (노엄 촘스키의 『황제와 해적』의 의견을 원용키로 한다면) '폭력주의Terrorism' 말고 다른 것은 아닐지도 모른다. 이 '폭력주의'는, '인(仁)함이 없는 천지(天地)'의, 또는 '역(易)의 균형 잡기,' ―예를 들면, '달은 차면 기운다' 따위― 즉 '에로스/타나토스'(이는 빌리기는 문잘배쉐 어휘를 빌렸지만, 그 어의는 羑里의 西藏 지방의 것임은, 분명히 해두쟈. 그리고 이것은, 어디서 분명히 해뒀던 얘기의 재탕이라는 것도 밝혀두쟈. 拙冊『小說法』중「雜想 둘」참조)라는 '기(氣)의 모래시계'의 뒤집힘에 의해, 에로스가 팽만해지자, 뒤집혀 타나토스화하는 데서 일어난, 억제키 어려운 파괴력이랄 것일 것이다. 어떤 시절 사람들은, 이상스럽게도 '죽고 싶어' 하는 것이 진맥되어지는데, (촘스키는 그러나, 이하의 부분을 들여다보려 하지 않은 것으로 짚이는데) 그것이 '외폭(explode, 醫學의 발전이 후진적이었을 때는, 주로 페스트 같은 病手나 자연적 재앙 따위가 균형을 유지하기도 해왔던 것으론 알지만)'할 자리를 얻었을 때, 그것은 '전쟁'이라고 이르는 듯하며, 그렇지 못할 땐 '내폭implode'을 할 것인데, 이 내폭의 형태가 어떻든, 그리하여 드러나는 형태가 얼마나 다양하든, 그것들을 한 단어로 싸잡는다면, 테러리즘이라고 이를 수 있을 것이라고 이해된다. 거기서 환각제, 윤리, 도덕의 기준에 벗어난 제 행위, 이유(야 왜 없겠는가, 마는) 없는 자살(도 테러리즘이다!) 등, 헤아릴 수도 없는, 불비 내리기와 함께, 화산의 분화구가 터뜨려진 것 같은 폭력이 일어나, 창궐 만연한다. '노아의 홍수'는 위에서 내린 비와, 아래에서 솟은 비와의 합류의 까닭으로, 더 피할 수 없었던 것이라는 설이 있어 말인데, 기록에 남겨져 있는 것 같지는 안해도, 그래서 말인데, '아래에서 솟은 비'란, 누구나 알고 있다시피 요르문간드Jormungand라고 알려진 그 아래쪽 고장엔, 독화(毒火)를 뿜는 독룡이 똬리 쳐 있다고 하니 말인데, 그러자니 저절로 얼음의 고장 북구Norse 사는 사람들의 상상력을 빌리게 되어 말인데, 당시, 무슨 이유에서였던지 기록에는 없어도 말인데, 니플하임(Niflheim, 凍土) 전체가 해동을 했지나 안했던가, 하는 짐작도 하게 해서 말인데, 그래서 말이고 또 말이고 말인데, 더 무서운 비는 밖에서 쏟겨 내린 것보다도 안에서 범람해 오르는 것이 아니었던가, 하는 그 말을 하게 될 수도 있어 말인데, '어린 양'과 '짐승의 대왕'의 최후의 결전이나, 신들의 황혼Destrucution of the Powers 또한, 밖의 파괴적 폭력에도 물론 많은 부분 빚지고 있겠음에도, 안쪽에서부터 분화하는 폭력이 더 무서운 결과를 초래케 한 것이나 아닌가 하는 것을 살펴보게 한다. 이 말은, 테러리즘의 외폭(外爆―이를 稗官은 '戰爭'이라고 이해한다)도 외폭이지만, 보다 더 그것의 내폭에, 말세가 뒤따르는 것이나 아닌가 하는 그 말인데, 나라와 나라가 서로 독창을 겨눠, 서로 간 피를, 그것도 노아의 홍수만큼이나 많은 피를 내게 하는 일을 통해서는, 거기 타나토스라는 독력의 중화가, 오할, 사할, 심지어는 영할(零割)까지 치러져 있어, 세상이 통째로, 모든 걸 잃고, 잿더미 위에서, 구운 돌로 가려운 곳을 긁고 탄식하는 욥 꼴을 취해 있다 해도, 그래도 아직은 끝난 것은 아니다, 이제 그 상처에 새살이 차올라오기 시작할 것이었다. (이 상처 아물기가, 느리든 빠르든, 그 치유기를 稗官은, '平和'라고 이해한다.) 아마겟돈까지는 아니라 해도, 이런 살상, 이런 파괴는 두렵고, 싫어서, 어느 시대 사람들이든, 할 수 있으면, 후대에로 유월시켰으면 하는 원망(願望)을 갖지 않는 것도 아니다. 다만 이 쓴잔을, 우리에게서는 거둬가주시옵소서! 마는, 더 무서운 것은, 예의 저 요르문간드가, 뿜어올리는 독의 비일 것인데, 이것이, 말한 바의 그 '테러리즘의 외폭'에 대한, '내폭(內爆)'이라고 말하게 되는 그것이다. 저 폭력이, 외폭할 대상을 얻지 못했으므로 하여, 쌓이기만 쌓이되, 중화가 가능되어지지 못했을 때, 그리하여 그 독력이 포화 상태에까지 이면, 곪기에 익은 종기가 저절로 터뜨려져 고름을 쏟듯이, 안에서 터뜨려져 오를 것인데, 그것을 '내폭'이라고 이르는 것. 왜 그런 내폭이 준비되어 왔었던지를, 물을 일은 아닌데, 신들이 타락했다고, 풍문이 만들어진다. 그렇게 믿어진다. 이 내폭을 통해서는 신들이 먼저 죽는다 (Ragnarök). 모든 대답은, 그것 속에 휩싸일 테다. 그래서 사실로, 이 아마겟돈, 라그나뢰크는 회피되어지지 않는가? 어느 종문에서, 이럴 때마다 부르짖는, 그러나 들리기에는 애잔하기만 한 소리가 있다, "독사의 자식들이여, 회개하라, 말세가 가까웠느니!"라는데, 아마도 그 방법, 종교적 어휘로 이르는 '회개하기'의 그 방법밖에 없는 듯하기는 하다고, 새로 그 부르짖음에 귀 기울이게 되기는 한다. '선을 한번 염두하기만으로도, 과거 오백 세 쌓여온 악업을 중화한다'(미라레파)고 하잖는가? 그리하여 성취된 중화는, 최후의 전쟁까지 치닫게 하는 그 붉은 용의 죽음의 의미여서, 자기네 당대에 치러야 되는 그 종말의 이월이나 유월 같은 것도 아니어서, 어느 날 그 독화, 그 불의 비가, 후손들 머리 위에로 폭우하는 일은 없을 것인데, 그래도 그것이 회피되지 않는다면, 그것은 선조들의 '음기의 유전'의 까닭에만 탓 돌릴 것도 아닐 것, 그들의 삶에서 새로 이뤄진, 중화되지 못한, 그런 채로 쌓이기만 쌓이는 음력의 까닭이 더 큰 것, 그래서 말세나 종말은, 그것이 오게 되어 있는, 정해진 시한이 있는 것이 아니라, 어느 시대든, 그 시대민의 살기의 경향이나 태도에 따라, 언제든 올 수 있다는 얘기도 할 수 있게 된다. 천국도 또한 그러할 것인 것. 그럼에도 어떤 한 시대의 사람들은, 이 비극의 이월이나 유월을 바라, 자기들만은 회피되어지기를 바라는데, 어째서 그들은, 자기네가 당해야 할 그 비극적 종말을, 아직 태어나지도 안해 무고하기만

한 후손들에게 전가하기를 바라는가? 어째서 이 '짐승의 대왕'—붉은 용의 추종자들은, 자기가 먹은 모든 물질적 쾌락의 찌꺼기, 그 독한 똥을 후손들에게 먹이려 하는가? 이 할배 할매들은, 왜 이렇게 못 됐는가? 독사의 자식들이로고! 회개할지어다! 너희들이 부른 그 종 말이, 문턱에 서 있거늘! 그럼에도, 그것이 이월이나 유월, 회피되지 않는다 해도, 하기는, 그것을 '體의 解脫'이라는 편에서 보기로 한다면, 아직도 九生, 十生, 五百生을 더 살고도 모자라, 더 살아야 되는 삶이 무척 아깝기는 하다 해도, 반드시 비극만은 아니라는 얘기도 할 수 있겠는가? 한 우주(體)가 본디의 비화현에로 쏨먹 되사려들기는, 그것이 싸안고 있던 모든 것의 환본(還本)일 것이어서, 슬픈 것도 기쁜 것도 아마도 아니지만, 때로 때로 즐겁지 않은 것은 아니었으나, 보다 더 고통스럽기만 했던, 그 살기의 모질음은 끝난 것이다. 인연도, 업도, 윤회도, 천국이나 지옥도, 뭐 이것저것 이루고 싶은 것이며, 그리운 것도 끝난다. 끝난 것이다. 한 방울 한 방울의 아침 이슬 같은 것들이, 비화현의 대양 속에 합류해버렸거니! 한번 體가 박살나버리자, 그 속에 꿈틀거리던 벌레들, 또한, 적멸(寂滅)을 성취해버렸거늘, 그런 걸 갖다가시나, 어쩌겠다고, 살아 꿈틀거리던 것들 중의 어떤 것들은, 저것(寂滅)을 성취하겠다고시나, 한 끼니에 열 근 쇠고기 먹기며, 하루저녁에 스무 번 성교하기도 다 버리고, 그 모진 고행난행을 자초했었을꾸? 고통이 더 많더라도, 그것 속에 함량 되어 있는 꿀을 탐해, 오고 또 오고, 자꾸 와서 살고, 또 살고, 자꾸 살다 보면, 저렇게 대체(大體)의 해탈에 좇아, 모든 소체(小體)의 해탈도 저절로 이뤄지는 것을 갖다가시나, 도류들은 성급을 부려도 너무 부리고 있는 건 아닌가 몰라? 그래서 '해탈'에도 두 종류가 있다고 하는 것인 것. 하나는 능동태를 취하며, 하나는 피동태를 취한 것일 것인데, 그, 그럼에도 회피하고 싶고, 회피되어져야 하는 것은, 수동태적 적멸을 성취하기인 것, 것? 것! 그것은 그리고 회피되어질 수 있는 것이라고, 종교들이 이른다. 다시 묻게 되지만, '회개'란 무엇이겠는가? 자기의 불순물을 한 보자기 싸, 하늘 쪽에다 탁송해버리는 것이 아니겠는가? 거기 그러면, 흐르는 바닷물이, 옥초(沃焦)라는 바위에 닿으면 타스러진다고 하는, 그런 어떤 우주적 옥초(는, 종교적 어휘로 지옥이거나 나라카이겠지. 거기서 모든 불순한 것들은 순화를 성취할 테다)가 있어, 닿는 대로 그것들은 타 스러질 것인데, 이것을 화학적 변화라고 이를 테다. 이러자, 그런즉 인세에서 일어나는 모든 검은 구름 또한 그것에 닿은즉 타 스러져버릴 것이어서, 월후 끝낸 계집(니체가, '성스러운 거짓말쟁이'라고 이르는 마누가, 法說이라고 이러고 있다, '타락한 계집은 월후를 하기로 정화되며, [……] 사내는, 자지에다 a piece of earth, 똥구녁에는 3 pieces of earth를 맥질해 대기로 또한 깨끗해진다'고 하니, 기억해뒀다, 써먹고 써먹고 하그라. 마는 저 'piece'가 얼마의 양을 말하는지 몰라, 일러주는 당자 稗官도 못 써먹고 있는 것은, 감춰두쟈) 모양, 새로곰 새로곰 처녀를 회복하는 것이 아니겠느냐, 그렇게 물을 수도 있을 법하다.

그리하여, 해오던 얘기에로, 끊어진 끈을 다시 잇기로 한다면, 시바는 에로스 역이며, 아디는 타나토스 역이라는 것이라고, 간신히 짚어낼 수 있을 뿐이다. 거기서, 팽대한 타나토스의 중화, 또는 대속(代贖)이 이뤄져 있음이 보이는데, 대속이라는 국면에서 말하면, 아디는 '발키리성(性)'을 제사에 희생했으며, 이 제사에서 시바는 '거세(去勢)'를 당했다는 것일 것이다. 이것은 꽤 흥미로운 일인데, 그것이 비의적·밀종적으로 치러진 이상, 누구나의 상상이나 추측의 어느 것도, 옳다거나 틀렸다곤 못할 테다. 문잘배쉐에 「잭과 콩대궁

Jack and the Beanstalk」이라는 동화가 있는데, 그것을 성인용으로 바꾸기로 하면, 저 비의(秘儀)의 방을 조금 엿보게 하는 듯하다. '잭'이라는 소년이, 당나귀인지, 돼지인지, 소인지, 뭐 그런 짐승을 하나 업고 장에 가, 바꿔온 콩알 하나가, 심자마자 자라, 구름 위에 까지 그 대궁이 뻗어 올라간즉, (호기심 많은 우리들의 영웅이) 그것을 타고 올라갔다가, 그 위에 사는 거인네의 행복한 삶을, 왼통 망쳐놓은 뒤, 돌아와, 행복하게 잘 살았더래, 라는 게 그 얘기의 줄거리인 것은, 누구나 알고 있는 바대로이다. 이런 얘기에서 '오이디푸스 콤플렉스'를 말하고 싶은 자는, 그리해도 무방한즉, 그래보려마. 마는, 다른 편에선 그의 아비 '라이오스 콤플렉스'의 발로라고 이해한다면, 오류를 범하게 될 텐가? 아마도 저 얘기는, 그 둘의 공존인 듯하기는 하다. 저 얘기는, 우리들의 귀네비어들이 냉소적으로, 그리고 비하해 말하는 바의 '남근주의(男根主義)'가 저들게 정조대까지 채워주던 시절에 인구에 회자한 것이다 보니, 부정적 측면에서, 모든 아비들은, 자기의 권좌와, 마누라를 빼앗으려 덤비는, 직접적 이세(二世)를 상대로, 불안과 공포심을 갖고 있어 보이는 것이 보인다. 오이디푸스 쪽에서는, 저 '거인'이 장애며, 거인 쪽에서는, 저 '오이디푸스'가 주적이 되어 있음인 것. 이것이 '비의,' 또는 '밀종적'이라고, '성교'의 형태를 취한 폭력주의와의 전쟁이라고 이른 것은, 그 얘기 속의 암호가 되어 있는 것들을 성인용, 또는 원상에로 되돌려놓고 보았을 때, 풀려나는 얘기다. 잭이 타고 오른 '콩대궁'은, 그 어미의 자궁 속으로 뚫고 든, 그 아비의 성기며, 그 끝에서 튕겨져 오른 정충의 의인화가 '잭'이라는 식이다. 그 거인의 부인 된 자가, 잭을 숨길 곳을 찾다, 숨긴 자리가, 하필 하루에도 몇 번씩 불을 지피는, (저 누무 거인은, 하루에도 몇 번씩이나 마누라를 행복하게 해주었거나, 물도 못 나게 했던 모양이다) '솥oven'이었다는 그 암호도, 그러면 저절로 풀림을 보게 된다. 이후, 폭력적 거인 라이오스와, 잭을 보호하려는 거인 요카스테와, 잭-오이디푸스 간의 공방이 시작되는데, 라이오스 쪽에선, 가까운 장래의 주적의 뿌리를 뽑아, 마누라를 불모화하려 하고, 요카스테 쪽에서는, 자식을 보호하려 한다는 것이, 저 동화에 대한 한풀이가 될 것이었다. 이것은, 이라는 즉슨 일반적 모든 방사(房事) 끝에 밑 씻기 하기라는 그것인데, 부정적 형태로 드러난 것이겠지만, (그것의 긍정적인 것은, 思 갚기의 武俠 얘기? 같아서, 얘기로 만들어볼 만한 것도 아니잖은가?) 아디와 시바 간의 경우도, 저 비밀의 방 속에서는, 저와 꼭 같은 일이 일어났었을 것이라는 것 짐작해내기에, 저 얘기는 도움이 된다. 문제는, 이 두 '원수 간의 동침'은, 그것에서 얻어질 '쾌(快)'가 도(賭)되어진 것이 아니라, '참(慘),' 또는 '패(敗)'가 되어 있었다는 것이다. 이런 자리에, 대개의 동화 속에는, '계모'가 등장을 하는데, 이 '계모'는 '아들'이 아닌 '딸'에 대한 '음(陰) 라이오스 콤플렉스'의 덩어리여서 자기의 위치에 도전을 받기도, 남편을 빼앗기기도 싫어하는 것이, 특성으로 꼽힐 테다. 이런 의미에서는, 그 저자의 실명이 밝혀지지 않은, 전래하는 동화나 민담이, '집단이 꾸는 꿈속에서 나타난 것들'이라는 주장에도, 수긍할 만한 점이 있어 보인다. 그리고 그것에서, 그것이 이뤄졌던 시대적 상황이라거나, 응달 편 역사적 변천을, 굳이 거론하려 하지 않는다면, 정신분석을 위한 좋은 재료를 제공할 수 있을 법도 하다. 부정적인 국면에다 시선을 묶기로 한다면, 아들-오이디푸스에 대해 아비는 모두 '계부'며, 딸-요카스테에 대해 어미는 모두 '계모'일 뿐이다. 이런 계부/계모의 동침은, 오난Onan을 태어나게―육시럴oxymoron!―할 테다. 계부는 근을 끊고, 계모는 불모화한다. 그리고 이것은,

168

(패관 상판대기의) 처용(處容)이 들여다본, 냄새 등천하는 그 방의,
한판의 격투가 끝난 풍경이지만, 이제는 전리품을 모아 계산해볼 자
리에 온 듯도 싶으니, 그것이나 셈해볼 일이겠다.

— 이제부터 되어질 소리는, 성격상, 북구에 전래하는 *Volsunga
Saga* 속의 '오딘Odin/발키리Valkyrie'간의 불화의 얘기와도, 상징
이나 비유의 의미에서는 상당한 상관관계가 있을 듯함으로, 그럴 것
이 아니라 아예, '시바-오딘'/ '아디-발키리'라는 식으로, 묶음을 만든
뒤, 뭐든 셈해볼 것이 있으면, 셈해보는 것도 편리할 성부르니, 그렇
게 해보쟈. 그런즉 황천(荒天) 어디서 느닷없이, 피에 범벅된 오딘/
발키리가 떨어져내렸는지, 의아해할 일은 아니다. —

먼저 묻게 되는 것은, 그래서 그러면, 시바-오딘이 격파해버린 것
은, 남근주의에 의한 '여성(女性),' 그것이었는가, 라는 것이다. 분
명하게는, 그래 보이지는 않는다. 이후, 한쪽에서는 샥티즘이 설법
전도되어 전성기를 이뤘으며, 다른 쪽에서는, 예의 저 발키리가 갖지
못했던, 정반대 국면의 '여성'이, '블랙마돈나'라는 이름 아래 숭앙되
어진 것에 의해 보건대, 저들이 타도한 '여성'은, 다름이 아니라, 부
정적 국면의 여성, 즉 계모 따위, '폭력적 여성'이었을 뿐인 것으로
믿어진다. 이 말은 그러니, '폭력적 남성'이, 연약하고 착한 여성을,
패도필리아paedophilia증을 드러내, 먹어치운 것이 아니라(Little
Red Ridinghood 참조), '폭력적 여성'을 장악했었던 것이었을 것인
데, 얘기를 해가다 보면 그것이, 여성의 자기 비하에서 발상한 주장
이라는 것이 밝혀지겠지만, 우리네의 귀네비어님들은, 저것인즉슨,
어찌 되었든, 여성을 노예화하려는, 남근주의자들의 폭력적이며 야
만적 행위라고, 서리 담은 눈을 떠 오뉴월 해를 흘길 게다. '자연도'
에 있어서는 '역(易)'이 그러하듯 '폭력'이 인세의 균형을 조절하는

근간의 힘이라는 데도 (패관은) 서슴지 않고 동의(同意)하지만, 그렇다고 해서 '폭력'에 의해서만, 인세가 운영되어지는 것은 아니다. 분명하게 하기 위해 반복한다면, 그것(暴力)은 인세의 '균형의 조절력'이라는 것이다. 말이 되었으니 말이지만, '폭력'만으로 세계가 운영되어진다면, 남성이 남근우월주의를 부르짖어야 할 이유란 애초부터 없음인 것. 투박하게 말하면, 일반적으로, 그리고 비교적으로, 남성이 여성보다 뼈대가 굵고, 근육질인 데다, 야만적, 이기적일 뿐만 아니라, 담대하고 용감하다. ('몸의 우주'에서는, 저런 조건들이 모든 것을 결정하는 것 아니냐? 제우스를 보아람, 오딘을 보아람! 사자 떼를 보아람, 군국주의자들을 보아람!) 때로 물론, 아디, 발키리, 아마존적 여성이 나타나지 않는 것은 아니라도, 아디는 시바에게 패했으며, 발키리는 오딘에 의해, 잠재우는 가시(링가였겠지)에 찔려, 뛰어넘을 수 없는 불의 울타리 안에 갇혀 백 년을 자고, 아마존 여인네들은, (하이에나의 여족장이 남근을 날조해 사타구니에 다는 것과, 나타나기에는, 한쪽은 붙이고, 한쪽은 떼어내지만, 의미상에는 같은 행위로 여겨지는 바의, 활쏘기에 불편한 쪽의 젖퉁이를 도려 파낸다고 하는데) 啞! 칭얼거리는 어린 것에 물려 빨게 할, 젖퉁이가 쭈그러들었음의 까닭으로, 측간에 쭈구셔 앉아 울었노라. (그 외의 여성들은, 이란 일반적 여성들이겠지맹, 모든 불순함을 정화하는 '제사에서 피어오르는 불이나 연기 같다'는, 향내 나는 비유에 싸여, 남성들의 '사모의 대상'이 되기도 한다. '저것은 쬘스러운 거짓말'이라고 비아냥거리는, 니체는 우리 중에서 내보내고 말지만, 『마누法典』(Penguin Classic)에 이런 법설이 있어, 음흉스럽기 이를 데 없는 神官이란 것 하나가, 하다못해 할망구한테서라도 혹간 박수갈채라도 울궈낼 수 있을까 하여, 몇 구절 인용해보면, 'A girl's breast, a child's prayer, the smoke of sacrifice, are always

170

pure. ...There is nothing purer than the light of the sun, the shadow of a cow, air, water, fire and a girl's breath. All the openings of the body above the navel are pure, all below impure. Only in the case of a girl is the whole body pure. ...A woman's mouth is always unpolluted, as is a bird that knocks down fruits;' 흐흐흣, Manu가 그렇게 말했으면, 그런 것 아니겠는가? 마누 좋아어! 마누 마누라 만세?! 그렇다 함에도) 만약에 여성도, 말이지 모두가 계모적이어서, 다수의 남성처럼 천품이 음험하고 잔혹한 데다, 이기적일 뿐만 아니라, 한 주먹에 사내를 쳐 눕힐 수만 있다면, 말인데, 아낙네들이여, 들을 내어다보아람, 그리고 배울지어람, '배앓이'가 하고 싶어, 사타구니가 쓰려싸서 못 견디겠거든, 빙충맞게 암컷들의 주변을 맴도는, 수놈 몇이라도 눈짓해 불러, 잠깐 배 위에 그 짐을 실었다가, 놈은 눈 흘겨 쫓아버리고, 그 짐을 뱃속에 옮긴 뒤, 잠시만 기다리다 보면, (그래도 축생도에는 계부는 많아도 계모는 없다 보니, 그런 일이란 절대로 일어나지 않는다 해도, 인간 세상도 그런 건 아니잖으냐?) 새끼가 자랄 일, 새끼 낳거든 잡아먹고 배불려, 다시 씨받는 밭에 춘정(春情) 모아, 수놈 하나 또 꾀어 들이면, 완벽한 자급자족이 그것이다. 이래서 보면, 인세의 계모는, 자연도에서 문화도 쪽으로 넘어오는 사이, 어떤 암컷들이 드러낸 돌연변이에서 나타난 것들로도 보인다. '생명'이 니고다(最初의 生命)로부터 판첸드리야에까지, 직선적으로 죽 이어져 있듯이, 말하자면 '여성성'도, '생명'처럼 그러한 듯하다. 함에도, '계모'는, 인세에만 있는 변종으로 보인다. 그런 소수의 변종을 제외하기로 한다면, 여성의 여성성, 모성은, 삼세를 통해 하나로 같다는 얘긴데, 판첸드리야로부터 시작해 그것이, 우주적으로까지 승화한 예들이 보인다. 이 여성들은, 아디-발키리는 분명 아니다! 그럼에도 그네들보다 강하다. (자기를 낳았던 어머니의 불은 젖퉁이의 냄새를 몰랐던 모세가, '젖과 꿀이 흐르는 땅'에서 흘러온 젖 냄새를 맡았던 것처럼, 시동은 시방, 어떤, 누구나의 어머니이면서도, 자기만의, 처녀인 어머니에 대해 그러고 있음일라.)

그런즉 그러면, 이 전투에서 아디-발키리는, 잃기만 하고 얻은 것은 없는가, 그 전실(戰失), 전리(戰利)를 대강이라도 훑어보는 것은 필요할 듯하다. 실상은 그런 참패에도 불구하고 그네들이 거둔 매우 중요한 전리품이 있었으니, 우선 그것부터 들춰내보기로 하면, 아디의 파열된 요니 속에는, 잘린 만큼의 시바의 링가가 꽂혀 부르르 부르르 떨고 있었으며, 발키리의 창끝에는, 오딘의 눈 하나가 꽂혀, 분노에 찬 시선으로 발키리를 쏘아 내려다보고 있는 그것들이다. 양자(링감, 눈)는, 주지하는 바와 같이, 한 품목에 대한, 두 다른 비유나, 상징을 입은 것들인 것. (오딘은 눈 하나를 잃고, 지혜를 얻는다. 잃기로 더 밝게 보기와, '지혜의 열매'를 따내리기는, 거세/지혜와의 관계를 살펴보게 하는 중요한 단서를 제공한다.) 이는 다름 아닌, 시바나 오딘의 '거세(去勢)'로서, 아디-발키리가, 저 우주적 양력들을, 땅 위에로 끌어내린 것으로 이해된다. 문잘배쉐의 '성배' 또한 그것이라고, '유리의 순례자'는 건너다본 것으로, 건너다뵌다. '우주적 거세'가, 땅에서는 '생식력' 자체로 바뀐 기원이 거기에 있어 보이는데, 이 주제는, 언뜻 모순적이며 역설적인 듯해서, 간추리려 하면, 천기누설에 이르기까지, 매우 장황스레 말을 펴 늘여야 될 것일 것이지만, 그러려는 대신 그냥 투박하게 제언만 해두기로 하면, 매 성교 때마다 수컷은 거세를 당하고, 결과 암컷의 수태(受胎)라는, 창조가 있게 된다는, 땅의 얘기나 해둘 일인 듯하다. 판첸드리야는, 반드시 종족보존의 목적으로서가 아닌, 쾌락의 추구로서도 살 속에 살을 넣는데, 자연의 섭리 쪽에선, 이는 오나니슴 말고 다른 건 아닐 터이다. 흔히, 색을 밝히는 자를 두고 축생(畜生)이라고 이르되, 동네 흘렛개까지도, 액기를 흘리지 않는 암캐를 강간하는 법은 없는 걸로 보면, 그건 축생을 모독하는 언사이다. 그로부터 시작해, 추상적, 초월적 어떤 우주적 '권세'가 구상화하여, 땅의 오관유정들의 일상적 삶의 현장에 뛰어든 듯한데, '신에 대해 모든 유정은 암컷이다'라는 식이다. 그렇다면, 아디-발키리의 가시적 참담한 실전(失戰)은, 참패만은 아니어 보이기도 한데, 그것 말고는, 뭐 좀 더 헤아려낼 전리품은 없는가? 누구나 짐작해 냈겠다시피, 저 한판의 성교는, '사도-마조히즘'이라는 크룩쉐트라(聖戰地)에서 치러졌던 것이었는데, 앞서도 밝힌 바대로, 이 전장에서 아디는, 여성적 폭력성(暴力性)이라는 뾰족함을 잃은 것만은 확실하고, 시바 또한, 남성 쪽의 그것의 무뎌짐을 당한 건 확실해 보인다. 시바 쪽에서는 그것이 '거세'로 나타났음에 반해, 아디 쪽에선, 그것이 한번의 죽음으로 치러진 것은, 이미 얘기되어진 바대로인 것. 그렇다면, 꽤는 지리멸렬하기까지 한, 이런 되풀이엔 (稗官 나름의) 목적이 있을 것인데, 그것은, 아디의 그 한번의 죽음은, '새〔新〕 아디'의 부활로 이어진 것이나 아닌가, 그리고, 시바의 '거세'는 (밝혀진 바대로) '친타마니'나, 문잘배쉐의 '성배'의 형태로, 땅의 유정들 심정에, 하나의 우주적 희망과 소망으로 심겨진 것이 아닌가, 하는 것을 고려해보기 위해서랄 것인 것.('本註 3'의, 할례 의식에서 잘린, 아기예수의 귀두 끝을 상기하는 것은 필요하다.) '거세'에 관해선 충분히 얘기되어졌었을 듯한데, 이 '신(新) 아디'는, 말 그대로 '신 아디'여서 그네의 새 모습이 어떤 것일지는 매우 궁금해진다. (稗見에는) 이 새 아디는, 폭력성이라는 가학증을 잃자, 피학증을 드러내기 시작한 것으로는 보이지 않는데, 대신 (中原의) '인(仁)'이나,

'덕성(德性)' 따위를 다분 함유한 '수용성(受容性)'을 차려내지 않았
나 하는, 매우 긍정적이랄 의문이 있다. 여성의 '수용성'이 운위되면,
문잘배쉐 쪽에서는, '블랙마돈나'를 먼저 연상함에 분명한데,—최근
항간에 떠도는 풍문에 귀 기울이면, 이 마돈나야말로, '가나의 혼인
잔치'의 여주인공이었으며, 이후 그 신부께는 자식들이 있었다고도
이르되, 그것이야 어찌 되었든, 문잘배쉐 사람들의 심령에 호소되기
는—그 여성은, '성모(聖母)'와 매우 달리, '어머니로서의 여성'으로
기려지는 이가 아니라는 점이, 심심히 고려되어져야 할 듯하다. 밝힌
바대로, 이 '여성성'은, '생명처럼, 니고다로부터 판첸드리야까지 관
통해 있는 것'이어서, 가히 우주적이랄 것인데, 그럼으로 그것은 분쇄
되거나, 타도되어지지 않는 것일 것, 여기 '아디가 한번 치르고, 새
로 부활한 여성'의 얘기가 설 자리를 얻는다. 이로 인해, 세상의 모든
자식들은, 그 지방이나 방언(方言)에 좇아, 그 드러남이야 어떻든,
문잘배쉐 방언으로 이르는, '영원한 여성'에의 영상을 품에 품고, 그
네에의 탐색에 오르는 것일 것인데, (돈환 얘기까지는 하지 말기로 하
쟈) 그렇게 하기로써, '파르치발'에서 그 한 전형이 짚여 보이는, 루
타는 판첸드리야(成人)라도, 아르타는 차투린드리야(幼年)에도 닿
아 있지 못한 불순한 것들의 성숙, 완성이 성취되는 것일 것이었다.
연금술사들이 이르는, '순화의 나무 오르기'인 것. 비약해서 말하면,
'女性'이, 이 순화의 나무이다. 이렇게 되면, '블랙마돈나'가 '성모'와
겹치거나, 혼동된 듯이 여겨지기도 하지만, 문잘배쉐식 이해를 빌리
기로 한다면, '성모'는, 신을 임신해 인간으로 태어나게 한 '신의 어
머니Theotokos'이며, 분명히 '인류의 어머니'는 아니다. 게다가 이상
하게도 인류는, 여성 자신들까지도 포함해, '처녀인 영원한 여성'을
추구하는데, 아풀레이우스Apuleius의 '금당나귀 루치우스'가, 이시

스Isis 여신에의 열애, 그 돈독한 신앙에 의해 '나귀 껍질'을 벗었다 해도, 그 여신이 루치우스의 '어머니'는 아니었던 것을 고려해보면, 어머니인 양 기려지는 블랙마돈나 역시, 언뜻 어머니 역까지 겸하고 있어 보여도 분명하게는 '어머니'는 아니다. 신성모독이라는, 용서받을 수 없는 천죄 범하기를 무릅쓰고라도 말해야 된다면, 이 블랙마돈나는, '창녀'로서 아무나의 여인이라는 말도 하게 되며, 그것이 그네의 우주성이 아니겠느냐는 말도 하게 되는데, 그러면 그네와 혼인한 신랑은, (문잘배쉐的 心理學에서 배우기로 하면) 우리 모두의 '자아' 또는 '불멸의 상징'으로 자리바꿈을 하는 것도 보게 된다. '성창(聖娼)'이라는 게 있다면, 여기서 그 모습을 보게 되는데, 문제는 그러고도 그네는 '처녀'여야 한다는 데 있을 게다. 문잘배쉐에도, 꽤 옹색하기는 하지만, 그 대답을 해놓은 것들이 여럿 있는 것도 모르지는 않지만, 그럼에도 그 가장 근사하다고 해야 할 대답은 중원(中原)에서 찾아지거니와 ('自然道' 쪽에서의 별견의 결과 瞎榜稗官式 瞎見이랄 것이, 따로 없는 것은 아니라도, '文化道' 쪽에서 새로 보기로 하면, 선현들의 고전적 해석을 我田引水식으로, 그대로 빌리게 되는데) '현빈(玄牝)'이라는 것이 그것이다. '玄'은 '검다'는 뜻이라는데, 이는, 시원(始原) 전의 상태(未始出吾宗)와 같이, 아직 남성을 받아본 적이 없는 처녀의 자궁이 그렇지 않은가, 모든 것을 임신하고 있으나, 아직 궁창이 나뉘지 않은 상태로도 이해되는바, 여성의 '仁'이나, '受容'의 궁극적 모습은 그래 보인다. 문잘배쉐의 '마돈나'를 '牝'이라고 대치해도 괜찮다면, '블랙마돈나'가 '玄牝'이다. '玄牝'은 또한, '검은 암컷'이라는 대신, '현묘한 요니(牝)'라고도 해석하는바, 이 '현묘'함에, '처녀'를 잃고도 영구히 처녀에 머문 여성의, 우주적 처녀성의 비밀이 있어 뵌다. '[……]玄牝之門 是謂天地根. 綿綿若存 用之不勤.'

— '파괴' 쪽에서, 우주적 '玄牝'이 노상 짓밟히고 유린당해 처녀를 잃는다면, 생성 쪽의 '玄牝'은 노상 처녀이다. (瞎榜稗官式 이해로, 이 '玄'을 '하늘빛'이라고 이른다면, 문잘배쉐의 'Vesica Piscis'가 玄牝이다.)

　헤아려본 바의, 아디-발키리의 전리품을 두고 보건대는, 그네들은, 표면적으론 깡그리 분쇄된 듯함에도, 실상은, '폭력적 여성'이라는 것 빼고는, 잃은 것은 없이 얻기만 했다는 식으로, 얘기의 결말이 휘는 것을 보게 되어, 정황이 사뭇 이상하게 뒤집힌 듯해도, 아마도 그런 듯하다. 그러나 아디-발키리에 대해서, '폭력적 여성'이란 그네들 전 존재를 규정하는 것이었던 것을, 결코 잊거나 간과해서는 안 될 품목인 것인 것. 하긴 이것도 '거세'이다. 재밌다고 해야 할 것은, 이 여성들은 그런 거세를 당하고서 비로소, 여성을 차려냈잖나 하는 그 대목일 것인데, (이 의미에서는 童貞을 잃기가 去勢인 듯하다) 여성이 '아디-발키리'를 일으키지 않으면 안 되었던, 사회구조 따위를 고려하면, 여성이라는 성을 구비하기는 비극이기도 하지만, 눈을 좀 치떠 보기로 하면, 그것은 우주적 은총이기도 한 것. 말한 바의 사회제도 하에선, 여성이 '제이의 성(性)'으로 전락해 보이지 않는 것은 아닐지라도, 그 원한의 까닭으로, 음모를 꾸미며, 다시곰 다시곰, 새로곰 새로곰, 요니에다 이빨을 돋과내려 하지만 않는다면, 훨씬 치떠보아야 하는 자리에 있는 여성들이, 차라리 남성을 '제이의 성'화(化)하는 것이 관찰되어진다. (윤리적 어휘를 쓰려 하니) '어머니'(가 드러나는데)에 대해서, 모든 자식들은 제이의 성이다. '남근주의' 아래서, 학대에 시달리는 여성들이, '남녀평등,' '무차별' 등을 부르짖고 일어나는 일은, 분명히 당연해 보이되, 분명하고도 분명한 목소리로 이르노니, 이 '불평등·차별' 따위는, 남성과 여성 사이에서만 있어온 것은 결코 아니라는 것이다. 그것은 오히려, 아으, 눈물 닦기에 잠을 못 이루겠으면, 축생도를 내어다보아람, 보다 더 남성과 남성 사이에서 더 혹독하고, 심하게 고질화해온 것인 것을! 그럼에도 물론, 밖에서 차별당하기의 모욕을 무릅쓰고, 생활을 버는 사내가, 퇴근하여 귀가하면, 손이 부르튼 마누라를 줘박는 꼴은, 간과될 수 있는 문제는 아닐 테다. 그럼에도, 아으 눈물을 훔치고, 축생도를 내어다보려마, 거기에서는 노상 일어나는 짓이 그것인 것을―, 거기엔 그래서 보면, '강자와 약자'가 있을 뿐인 것. 영악한 이와 아둔한 자가 있을 뿐인 것. 분명한 것은, 그런 폭력적 행위는, 인세의 것이 아니라는 것이다. 自然道의 것이며, 文化道의 것이 아니라는 애긴 것. 그것은, 거기에 '여성'이 있기 때문이 아니라, 자기보다 열등한 약자가 있기 때문이다. 솔직하게 말하면, 앞서 말한 바 있지만, 일반적으론 여성의 뼈는 남성의 그것에 비해 약할 뿐만 아니라, (그 역사적 배경 따위를 재거론할 필요가 있겠는가?) 지적으로 개발을 못 봐 열등한 위치에 있던 것도 사실인 것. 이런 자리엔 '알파 늑대'와, 비틀린 '오메가 늑대'가 있을 뿐이다. 그렇다면 이것은 난제인데, 이 축도(畜道)는, 그것들이 축생도(畜生道)를 벗어나지 못하는 한, 숙명처럼, 세상의 끝날까지도, 가망 없이 계속될 듯하기 때문이다. 글쎄지, 축생도를 내어다볼 일이다 말이지! 거기서는, (코끼리네나 하이에나댁은 제외하고 말해야겠지만) 암컷은 '알파 늑대'의 부속물이 되어 있고, 수컷이라도 '오메가' 쪽은 노예가 되어 있음인 것을 갖다가시나! 그럼에도 '오메가 늑대'들은, 여성들처럼, 대놓고 떠들어 불평등이나, 차별, 성폭력 따위를 말하지도 못한다. 왜냐하면, 물론 경우는 다 다르겠음에도, 기회는 균등하게 주어져 있기 때문이다. 나중엔, 분노한 오메가들이, 만방의 노동자들은 이 깃발 아래 모일지어다, 떼를 이뤄, 알파의 권위를 무너뜨리고 그것(권위)까지도 분배하려는, 가상한 혁명도 일으키곤 하지만, 그리하여 오메가들에의 예찬이나, 설움 살펴주기로, 한 시대의 앞장에 서는, 새 종류의 알파(그들은 오메가들이 아닌데, 이는 역설이다)들이 등장하기도 하지만, 문제는, 만약에 그들 각원이 판첸드리야를 성공시켜놓고 있지 못하고 있다 할 땐, 차투린드리야도(道)의 질서에, 와해 혼란이 야기될 수도 있다는 것에도 있을 테다. '위대한 사회의 구현'은, 인피(人皮)라는 루타를 입어, '판첸드리야'라고 불리워졌으면, 먼저 그 아르타도 또한, 그것에 걸맞게 깨워 일으키는 방법 외에, 다른 수는 없을 듯하다. 그렇지 않으면, 인세(人世)도 축생도(畜生道)인데, 보다 복합화해 있는 축생도이다. 설움 받는 건 그러니 여성뿐만 아니다. 여성은 그래도, 퍼내지르고 앉아 동네방네 다 들으라고, 대성통곡이라도 할 만하지만, 예의 저 한 깃발 아래 가담하고서도, 더욱더 외로워져, '남 몰래 흘리는, 하염없는 눈물'을 삼키는 자는, 설움 받는 남성들인 것을. 그런즉 여성들입습지, 너무 그렇게 나쁜 쪽으로만 생각하려 말구라 말입습지. 그런다고 해서, 옥문에다 이빨을 세워, 저누무 못된 남자를 받으려는 앙심을 품을 일도 아니겠어야. 여성인 것의 지복은, 폭력에 맞서는 대폭력(對暴力)이 아니라, 어떠한 폭력도 그것에 닿으면, 그 뾰족함을 잃는 인(仁)함, '검음(玄)'을 지키기, 지키되 중심(中心)을 드러내지 않기―중심이 없으니, 가도 없다― 같은, 그런 것은 아니겠는가? 어머니들이 자식들에 대해서처럼, 남성을 '제이(第二)의 성화(性化)'하는 수뿐이다. (흐흐, 이 늙은 파락호가, 제멋대로 이 나이까지 늙었어도, 아직은 어머니의 자식인 것을. 어머니에 대해서 자식은 그리고, 근본적으로 '제이의 성'이며, 그것에 머물기를 바라는 것인 것들! 그래서 여성이 얼른거리면, 빨던 젖퉁이가 만져보고 싶고, 제가 비어져나온 자리에의 그리움의 까닭

178

으로, 드러내는 돈 후안이즘Don Juanism은, 꼭히 색념만은 아니다. 여성은, 신에게 드리는, 祭祀 그 자체의 化身이라고, 무의식적으로 감지하는 남성들도 있다. 여성은 그래서 祭壇이며, 祭祀를 흠향하는 자의 일체로서, 그 남성의 앞에 헌신해 있는, 매우 구상적 종교가 된다. 이런 것을, 그의 무의식의 어떤 떨림에 의해 감지하는 자는, 그 종교 앞에 서면, 그 祭壇에 바치는 祭酒로서, 精水를 바치고 싶어 한다. 살 속에 살을 넣어, 영혼을 방출해버리고 싶어 하는데, 이런 남성은, 여성 앞에 서면, 자신도 모르게 始原에로 끌려들어가는 것일 것이었다. 그중 흔한 형태로는, 알려진 '요나 콤플레스'며, 흔하지는 않을 것이로되, 앞서 말한 것과 같은, 司祭 役에의 충동을 느끼는 경우일 것이다. 이 시원에 우주적 여성, 大地母神이 있어 뵌다. 이런 관계에서의 성교는, 그래서 제사화하는 것일 것. 그 제사를 통해, 남성 또한 신으로 거듭나는 것일 게다. 이 부류의 남성이라 해도, 모든 여성에 대해, 어떤 시원적 본능을 일깨우는 것은 아님에 분명한데, 어떤 여성은 아마도, 이런 남성 속의 醫氣,의 어떤 쭉을 자극했음이 짚인다. 이럴 때 여성은, 지고하게 존경받아져 있으며, 동시에 남성 또한, 신에로까지 상승하는 것일 게다. 어떤 남성이나 여성은, 다른 남성이나 여성에 비해, 보다 더 많은 양의 시간을 싸안은 무의식을 갖고 있는 것으로 짐작된다. 진화론적 입지에서는 그렇게 보인다. 이는, 이런 분야의 학문을 공부하는 이들이, '풍요제'라는 투로 설해내는 바의, 원시종교의 한 형태에서만 머문 것이 아니며, 두 개의 性이 있는 한, 그것이 없어질 때까지는 계속되어질 것임도 분명하다. '몸의 우주, 말씀의 우주, 마음의 우주'라는 식으로, 그 우주의 성격에 좇아, 그것의 변용도 따를 것인데, 원전은 분명히 저기에 있다.) 인세를 '복합화한 축생도'라고, 일견 망발스러운 어투를 꾸민 것은, 그 곳의 '폭력'은, 자연에 배꼽줄을 이은 본능적인 것도 물론 포함하고 말이지만,

'문화'라는, 구멍 많이 뚫린 헌 중우에 가려져 있는 것을 두고 이른 것이다. 그럼으로 그것은 복합화해 있는 것이다. 그것(폭력)이 분명히, '복합화한 축생도,' 말하기의 편리를 위해, 그것을 그냥 '문화도'라고 이르기로 하자, 그 곳의 균형(均衡)을 조절한다. 자연과 축생도의 균형은, '번식욕과 식욕(食慾)'이라는 두 축(의 저변에 '易'이 있음일 것)에 의해 조절된다고 하지만, 문화도의 그것은, '에로스와 타나토스'라는 두 자장(磁場) 가운데서 '폭력'이 '易'의 역할을 하고 있는 것으로 관찰되어진다. '폭력'은 야누스의 모양새다. '야누스Janus'는, '문(門)의 의신화에서 드러난 신'이라는 것은 주지하는 바와 같거니와, 이 '문'의 자리에, '모래시계의 개미허리'가 있을 게다. (얼마가 반복되어진다 해도, 여전히 충분치 않은 것이 이것이다 보니, 반복되는 느낌이 있지만) '시간'의 개미들이, 부지런히 시간을 날라 내리다 보면, 한쪽은 비는 대신, 다른 쪽은 포화 상태에 이른다. 그러면 이제 모래시계는 뒤집혀야 할 차례다. '타나토스가 팽대하면, 사람들은 죽고 싶어 한다.' 이것이 언뜻 뒤집히면 죽이고 싶어 한다. 被/加虐性이 운위될 차례다. 뒤집힘의 역동적 힘은 거기서 일어난다. 까닭에 인세는, 거기가 어디든, 마련된 제단에서, 번제 양이 타며 오르는 연기 속에 생피 냄새가 흐르고 있는 것이, 그 타나토스의 종기를 터뜨려, 얼마쯤의 고름을 짜내는 것으로 보인다. 이 '폭력'에 맞서거나, 폭력이 휩쓸어간 자리에서 '에로스'가 일어날 것인데, 이것 또한, 어느 한계를 지나, 팽창하여 포화 상태에 이르면, 똑같이, 타나토스의 얼굴을 드러낼 것인 것, 그래서 저것을 '야누스'라고도 이를 수 있을 테다. '에로스'도 '폭력'이다. 폭력주의자들까지도, 그런 대의와 목적을 갖는 것이 분명한 '평화'라는 것을 예로 들기로 해도, 그 아름다운 우주적 인류 전반적 소망까지도, 잠정적 아름다운 한 환상이며, (영구적인) 그런 건 없다. 그러니 그것은 실다움이라거나, 불변의 진리 같은 것은 아니라는 얘기로도 될 것인 것. 그것도 항변하는 하나의 '상태'이다. 긍정적 상태이다. 진정한 의미에 있어서는 평화도 폭력이다. 음성적 폭력이다. 그것 아래에서, 타나토스가 억압당하는데, 억압당하는 타나토스는, 수시로 무시로, 폭발할 위험성 자체인 것. 무엇보다도 문제는 그럼에도, 사람은 절대로 전쟁과는 못 살지만, 평화와도 못 사는 유정이라는 그것에 있을 테다. 무수히 되풀이 되어진 바대로, 진화의 도상에 있는 유정, 특히 인간의 그것에의 추동력이 '타나토스와 에로스'가 되어 있기의 까닭일 테다. 아으, 그렇든 말았든, 그러함에도 여전히, 그리고 언제나, '평화'란 좋은 것인 것! 그것을 위해서 그래서 전쟁도 하는 것인 것! 그 꿈을 고수하는 한, 세상이 여하히 하 수상타 해도, 세상은 지키고 보살피며 살 만한 고장이 된다. 그럼으로 인류는, 그것의 구현을 위해 한 기치 아래 모이는 것일 게다. 아으, 모일지어다! 모여서 平和해보쟈! 그리하여 그 제단에서, 목숨까지 산화시키는 것일 게다. 아름다운 꿈을 위해서? 위해서!

문화도(文化道)의 '균형의 힘'으로서, 앞서 '폭력'을 들춰 말해왔는데, 그것은 외적(外的) 파괴력이어서, 그것에, 맞서 자기를 지키려기에 의해, 자기들도 모르는 새, 조금씩 조금씩 진화/역진화하는 차투린드리야에 대해서와 달리, 판첸드리야에 대해선, 그것이 전적으로 '진화(進化)'에 기여하는 것은 아닌 듯이 관찰되어진다. '전적(全的)'이라는 어휘는, 약간의 에누리를 포함하고 있는데, 판첸드리야의 진화에도, 폭력에서 발생하는 고통이나 고뇌가, 그 발숫음하기에 얼마쯤의 용수철이 되어 있지 않은 것까지는 아니라는 그것이지만, 판첸드리야로부터의 그것(進化)은, 이제부터는 보다 더 내적(內的)인

3. 아르타(義·意) 181

것이어서, 그것의 동력을 찾는다면, 이제부터는, 그것의 루타, 즉 몸에서 얻어질 것으로 보인다. 하긴 '몸'도 '정신'에 대해 '폭력'이 아닌 것은 아니라고 보면, 그것 같은 폭력도 더 없을 것이긴 하다. '진화는 육신을 조건으로 해서 가능되어진다'는 그것인데, 이때 두 종류의 '육신'이 드러나 보인다. 하나는, 자연의 환경, 조건이나, 무시적으로 존재하는 밖의 위협에 맞서, 자기를 보호하려는 그 본능적인 몸, 즉, 차투린드리야(四官)와, 저것도 선제적으로 포함하여, 사대(地水火風)라는 조악한 물질이 일으키는, 제어키 어려운, '더럽고도 칙칙한' 욕망, 자타(自他), 호오(好惡), 선악 등에 대한 분별심을 일으키기뿐만 아니라, 사고(生老病死)에 당하는 숙주로서의 몸, 즉, 판첸드리야(五官)라는 두 가지이다. 까닭에, 판첸드리야로부터의 진화는, '폭력'보다, '자기부정'에서 더 많은 추동력을 얻는 것으로 이해되어지는 것인 것. '욕망'을 제어하려 하기, 분별심을 없애려 하기, 사고(四苦)를 극복하려 하기는, '자기부정'이라는 고행 자체인데, 그럼에도 그가, 몸이라는 오두(五頭)의 '암뱀'을 아랫목에 뉘어놓고, 저만 혼자 '수독수리' 하려 한다면, 그러고도 어떻게 진화를 성취할 수도 있다면, 그것이란, 뱀이 허물을 벗는 과정에서, 몸은 여전히, 너무 무거워 땅에 배대고 길 수밖에 없는 뱀인데, 엉뚱하게 새 대가리를 뽑아 올리기 같은 것일 테다. 그것이, 곁길의 진화의 도상에 오른, 판첸드리야의 비극의 한 전형이 될 터—. 특히 판첸드리야와의 관계에서 얘기되어지는 '진화'는, '오두의 암뱀'의 소진을 통해, 그 재 속에서 날아오르는 '불새'의 의미라는 것은, 빌려 밝혀두쟈. 이 계제에 이르면, '자아'가 중력이 될 것이어서, 그것 벗기 위해 제 날개를 태울 것이다. 재(灰)를 도달한다, 해골—.

세상의 모든 '어른들의 아비들'('The Child is father of the Man'—

Wordsworth)의 가슴속엔, 밖에는 눈보라가 휘몰아치며, '삶'이라는 계모 등쌀에 쫓겨난, 니플하임(凍道)의 유수들의 한이 펜리르가 된 것들이, 눈벌판을 헤매며, 목 놓아 울어, 세상의 모든 계모들보다도 더 정 없는 밤, 시린 눈 위에다, 뜯긴 목젖에서 흐르는 붉은 피를 뿌리는 들 가운데, 작은 통나무집, 타는 벽난로, 앞, 식탁을 둘러앉은, 능금볼의 난쟁이들을, 주걱을 휘둘러 어우르고 있는, '백설공주'가 있다. 말 안 듣고, 욕심 사나우며, 짓궂은 장난질이나 하려는 저것들을 때릴 듯이 위협하는 그네 또한, 저 난쟁이들께는 발키리이다. 이 발키리가 잠시만 집을 비워도 저것들은, 잠시, 그저 잠시, 들불에 휩싸인 들쥐 떼모양 버스럭거리다가도, 금세 히마리들이 하나도 없어져, 턱을 괴고 능장코나 빠뜨리곤 하다 사립문 열리는 소리가 들린다 싶으면, 새로 들불질이다. (그 경로야 어쨌든) 이 발키리는, 배앓이를 해본 적도 없이, (天竺의 通理 중에, '아내는 남편의 어머니'라는 게 있는데, 이런 자리에 그것 좀 빌려 써먹어도 될랑가 모르겠다) 그 치마폭에, 옹그랑 종그랑한 것들을, 여럿씩이나 싸안고 있다. 이 난쟁이들에게 그네는 거인 여자며, 그 입술은 피처럼 붉고, 그 살갗은 눈보다도 희어, '백설공주'라고 일렀거니와, 바로 이 동정의 어머니가, 세상의 모든 어린이들의 가슴속에 있다. 훨씬 늙어 있어도, 어머니에 대해선, 자신은 언제나 어리고, 어리기를 바란다. 이 어머니는 늙어 식탁 앞에서도 졸거나, 이빨이 없으니 비린 것이나 보채고는, 입에 넣은 것을 삼키는 대신, 투정부리기와 함께 줄줄 흘려내며, 음식에다 비듬을 떨궈내는 그 어머니는 아마도 아니다. 그래서 이 살벌한 들판 가운데, 늙은 아들들의 통나무집이 각기 하나씩 서 있고, 그 벽난로에서는 불이 타고 있다. 여기서도 시간이 왜 흐르지 않겠는가, 마는, 모든 것을 싸안고 가는 시간이 있으면, 그것을 풀어헤쳐놓은 시간도 있을 것, 여기서는 그래서 잃었던 것들 중에서도 되찾고 싶은 모든 것들이 찾아질 테다. 삶의 '처녀의 샘'과도 같은 寂靜이 여기 있다. 여기서는 어린 神들이 살고 있다. 거기, 아직도 처녀인, 젊고 순결한 어머니가 있어, 그 자식들을 따뜻이 감싸주고 있는데, 밖의 살벌함은 그러면 잊어도 된다. 고향은 허긴 그런 것이다. 늙은 아비들은, 추억 (追憶)보다도 더 깊숙한, 과거가 아닌 과거 속을 떨며 헤매다 들르는 이 통나무집 벽난로 앞에, 자기보다 오래오래 전, 헤아릴 수도 없는 먼 옛날부터 거기 와 있어온, 자신을 발견하면, 먼저 놀래고, 그리고 준비되어진 휴식 속에 잠길 테다. '추억'에도 '집단적'인 것이 있는 듯하다. 집단적 추억? 그 중심에, 여러 모습의 '공주'들이 있는데, '난쟁이'라고 동화적 의인화를 겪은 것들과의 관계에서는, '백설공주'가, 제일 커 보인다. 그중 믿음직스러우며, 치마폭이 그중 넓어 보일 뿐만 아니라, 전순히 순결무구하여 백설보다 희어 보인다. 이 공주의 치마폭에 쌓이면, 고슴도치까지도 우리 집 북슬강아지처럼 부드러워지며, 까마귀까지도 흰 비둘기가 된다. (『금당나귀』나 『神曲』, 『파우스트』 속에, 이 백설공주 얘기가 어른용으로 되풀어져 있음을, 아는 이들은 알 테다.) 동화적으로 이르는 '천국'의 여성화는 저런 것인데, 그렇다면, '지옥'은 '계모'의 꼴이 아니겠는가. 이 '백설공주'는, 예의 저 '계모'의 학대 밑에서, 그 분명한 모습을 드러냈거니와, 이는 다름 아닌, 폭력적 여성–발키리의 참패 속에서 일어난, '새 여성,' (시동이의) '불새'인 듯하다. (반복을 무릅쓰기로 하면) 이를 확대하여, 집단화한다고 하면, '범(凡) 여성'이라고 해도 될랑가 모르겠다. '하나인 모든 여성,' '특수한 보편적 여성'(버무린, 이 말들은 그럼에도 정연하다), '영원한 여성'이랄 것인 것. 이런 뜻으로 보면, 진화의 도상에서, '여성'처럼 성공적인 유정은 없는 것이나 아닌가, 하는 것까지,

미뤄 짐작케 한다. 주지하다시피, 여성의 헌신성, 모성(母性) 등은, 남성들로서는 그 신들메 여미기도 감당치 못할 것들임에도, 그네들은 그 십자가를, 구레네 사람에게 대신 메이지도 않고, 꺼떡 없이, 잘 짊어져 오고 있는 중이다. 개중에는 물론, 이 짐이 무겁고, 버거워 인내키 어려워, 그 짐을, 남성들께도 지우려 하는, 아디-발키리에의 수복을 꿈꾸는 이들도 어찌 없겠는가? 마는, 여성이 그러려들면, 다시 참패하고 말 게다. 또 그 얘기지만, 이는 다시 아디/시바, 발키리/오딘 간의, 예의 저 폭력 휘두르기의 되풀이에로 돌아갈 것일 것인데, 시작은 분명히, 성별 간의 우선권, 또는 기득권이라는 우승배 쟁취의 형태를 띠게 될 것이라도, 전투가 계속되는 사이 그것은, 성별을 떠난, 힘의 우열, 강약 겨루기의 전쟁으로 변해, 양자 공히, 다시 축생도에로의 추락이라는, 바람직하지 않은 결과를 초래하게 될 위험성이 전부일 것처럼 보인다. 아담이, 처음 눈떠보고, 자기의 세계를, 엉겅퀴와 가시덤불에 뒤덮인 광야로 인식한 다음, 그것에 보습 대어 연 자리에, 땀을 쏟아넣자마자 땀에 젖은 그 흙에서, '에켄드리야(一官有情, 외눈배기)'라는 이름의, '부와 권세'를 주관하는 물질주의의 대왕이 눈을 떠, 나날이 불어났거니와, 이는, 아담의 물질적 육신적 쾌락과의 동침에 홀린 정수에서 일어난 '짐승의 대왕'과 이란성 쌍둥이라기도, 또는 바룬다라는 쌍두조(雙頭鳥)에서 그 비유를 빌려와, 그 둘의 한 몸으로서 '붉은 용'이라고도 이른다 하는데, 이 두 새 신들의 모태는, 흙에 중력(重力)이 반죽되어진 그것이어서, 이것들의 의지의 대략 칠 할은 '하강' 쪽으로 기울게 되어 있다는 것, 그것이 (꼭히 윤리적이랄 수는 없을지 몰라도) 종교적 어휘를 입을 때 '타락'의 형태로 드러난다는 것,—이라면 그렇다. 하강의 아래쪽에 축생도가 있다. 이 시절은, 시절의 변천에 좇아, 전에 없이, 여성들의 지위가 향상되고, 그네들이 깔고 앉은 부의 증가에 따라, 지위나, 권익 따위를 도모하는 일에는 성별이 있는 것도 아니라는 데까지 변해 있는 것도, 여성 자신들까지도, 불만은 불만인 채 드러내면서도, 꼭히 부인하려 덤비지는 않을 성부르다. 문제는 그러면, 여기서도 발생할 듯하다. 라는 것은, 그런 위치를 독점하고 있었을 때의 남성들이 타락일로에 있었듯이, 여성들의 타락도 뒤따르게 예상된다는 것이다. 이제쯤은, '마음의 우주'가 성시를 이뤘을 것임에도, 이런 자리에서의 발전이라고 해보았자, 기껏 탈레스Thales로부터, 절벽 끝에 선 니체 Nietzsche까지이다. 한발 더 내디디려 하면, 추락한다. 어느 상태에, 도달하면, 시시포스의 바위덩이만 그러는 것 아니다, 무엇이든, 무슨 힘에 의해서인지, 쌔! 저절로 추락한다. 이유는 분명히, 집단적 자아라는 것이 없어서이겠지. 남성들이 역사의 주동 역(役)을 해온 결과가, 이런 지연, 이런 후진성을 계속적으로 초래해온 이유는, 그들의 정신적 타락에 기인하고 있었을 것이었다. 이런 자리에, 절대적 정신이 배제된 역사의 변증법이 주억거려지는 맺힘점이 있다. 이 시절은 전에 없던, 발키리-아디들께도 그 책임을 물어야 되는, 남성의 추니 androgyne화에 의해, 종말적 위기에 처해 있는 듯싶은데, 이제 한발 더 내딛는 자리에 대한 희망은, 그러므로 해서 백설공주들께서 찾아야 할 계제에 왔는지도 모른다. 이 시절은 그러나, 우리들의 세상이, 보다 더 산문가들에 의해 엉망이 되어온 것을 살피면, 그네들로부터서는 산문(散文)이 아니라, 운문(韻文)을 기대하게 한다. (앞서 여러 차례나 강조 운위된 바와 같이) 어떻게나 조악한 것이라도 이 詩的 抒情에 감싸이면, 그 조악함을 잃는, 그런 詩를 기대한다. (다시 散文的 실정에로 눈을 돌리기로 한다 해도) 그랬으면, 여성들이 구현하려는, 위대한 사회의 구현은 실현된 것 아니냐? 성별이 전제되는 한은, 그럼에도 여성들은, 꼭히 上位에서, 요분질을 해서라야만, 남성들을 정복 내지, 굴복시켰다고 개가를 부를 수 있다고 한다면, 그 까닭은 잘 짚이지가 않는다. 왜 서로는, 한편에서는, 여름철 엿가락만도 못한 조즐 창처럼 들고, 다른 편에선 코끼리의 가죽도 찢는 이빨을 갖춘 보지를 방패로, 복수만을 꿈꾸는가? (稗官이 역설하고 있는 것이 그것이지만) 사실은 여성인 것이, 남성인 것보다 더 축복되어져 있는 것은, 그들이 겪어온 그 고통의 까닭이다. 그들이 아래쪽에서, 뒤에서, 세상을 지켜오지 안했더면, 저 야만적이고 폭력적 남성들의 까닭으로 세상은 벌써 박살나버리고 말았던 것이었을 것으로, 되짚어서 말인 것. 이런 추세에 좇다, 어떤 부류의 남성들이 추니화하여, 저 아디들의 기름진 상에서 던지워지는 부스러기를 얻으려 하는 꼴이, 그리고 때로는 그네들의 발길에 채여, 끼깅끼깅 삳에다 꼬리를 사리는 꼴도 흔히 보이기도 하고 해서, 저 발키리들께 박수를 보내기도 하게 되곤 한다. 아디 만세! 이는, 이 아디들이 많은 전투에서 승리를 거둔 것의 증거인데, 그러나 그렇다고 해서 전쟁까지 이겨낸 것은, 아직은 아니어 보인다. 예의 이 추니들은, 새로운 종류의, 그러니 네모사피엔스식 '내시(內侍)'라고 일러야 할 듯한바, '인간'을 거세(去勢)당하고, '당나귀'에로 추락한 루치우스모양, 이 네모 Nemo Sapiens 고자들은 '남자Man'를 거세당하고, '수컷Male'을 확대케 되었으므로 해서, '짐승Male'은 거세되었어도, '사람Man'은 남겼던, 호모Homo Sapiens고자들과 다르다고 이르는 것인 것. (그러나 이후 루치우스는, 루타는 차투린드리야에로 추락했어도, 드디어 판첸드리야라는, 그 아르타를 강하게 깨워 일어서기 시작했었으므로, 이 네모 고자들의 범주에서는, 힘차게 뽑아내야 될 듯하다.) 이들의 역(役)은 이후, '변강쇠'에서 그 한 전형이 보이는, '德巨動'이라는 이름의 남자 형상의 성기구(性器具)로서, 어떤 부류의 마님 아씨들의 장롱 속 같은 데라도 처넣어져서는, 부름받기를 기다려 있다. 이것이, 이긴 전투에서 데려온 노예와 정복자의 관계에서 일단 끝난다면, 다른 문제는 발생할 일 없어, 좋고, 또 상찬을 바칠 만도 할 테다. 마는, 루치우스의 당나귀의 옛 애인 포르티스가, 이 당나귀 루치우스와, 진한 관계를 갖기 시작해, 뒈져 못 살겠다고 지랄하기를 계속한다면, 이 포르티스에게 일어나는 문제가, 문제가 되는 문제가 짚이는 것이, 또한 문제가 되는 문제다. 여성의 타락이 시작된다. 포르티스의 여성Woman의 거세, 혹은 그 전락에 따른, 암컷Female, 짐승적 암컷의 확대에, 예의 저, 여러 번의 문제가 문제로 드러난다는 얘긴 것. 수탕나귀와 씹하는 년은, 암당나귀지 또 뭣이겠냐, 포르티스가 사람의 여자이기 때문에, 당나귀가 사람에로 끌어올려진다면, 다른 문제는 없겠는데, 이 당나귀를 사람으로 끌어올린 이도 또한 여성은 여성이었으되, 포르티스가 아니라, 이시스였다면, 여성에도 두 종류가 있다는 것이 대번에 짚여진다. 하나는 암컷이며, 하나는 여성이다. 이때 저 아디 또한 참패한다—이것은 물론, 극단적인 한 예에 불과한 것인 것도 밝혀둬야겠지만, 이 극단적인 한 예가, 범사에도 써 먹힐 수 있는, 하나의 잣대일 수도 있다면, 반드시 극단적인 것만은 아닐 테다. '폭력'에 맞서 폭력을 이겨내는 폭력은 그래서 보면, 아디-발키리는 절대로 아닌 것을 알게 된다. 때로 해일 같은, 광기 어린 물주름도 없는 것은 아니지만, 바다라는, 아무리 거대한 폭력이라도, 달마가 그어놓은 대지의 어느 선에 닿으면, 그 사나운 이빨이며, 손톱 발톱 모두 잃고 패시시 물러나듯(이란, 나가세나가 누설한 천기이다) 남성적 폭력도, 어떤 여인의 치마폭에 싸이면, 그 뾰족함을 잃는데, 거기 남성의 '제이(第二)의 성화(性化)'가 치러져 있고, 거기 백설공주가 있다. 파도에 대해 대지 같은, 절대로 반(反)폭력이라거나, 대(對)폭력, 또는 역(逆)폭력이라고 부를 수 없는, 그런 힘 아닌 힘, 무위(無爲), 수용하기가 꺾기라는 식의, 현묘한 '검음〔玄〕'이랄 그런 뭣이 또 있는데, 그것이 백설공주의 치마폭이라는 얘기—. (아무리 광기 어린 해일이라 해도, 달마의 선 넘어, 몇 척이나 더 달려가던가? '노아의 홍수'라는, 땅을 완전히 제압했던 물은, 하늘에서도 엎질러져 내렸더라지만, 사실은 땅에서 솟아올랐던 것이라고 하지 않느냐? 여성이 참패케 되는 것은, 외견상으론 남성의 까닭인 듯해도, 아니려니! 계모화한 女性이, 그 자신의 '女性性' 자신을 할퀴어 뜯기에 의해서도 그랬겠거니! 땅에서 폭우가 내린다.) 엉겅퀴며 가시쟁이로 덮인 들을 헤매며, 난쟁이 녀석들의 저녁 식탁에 올리려, 거둔 열매나 뿌리를 싼 그네의 치마폭엔, 아무리 살펴보아도, 허리 꺾인 가시 하나 묻어 있지 않다. 거기 난쟁이들의 과거는 물론, 미래가 싸인다. 거기 싸이면, 남성의 폭력성이, 어느 순간, 생산적 창조력으로도 몸바뀔 수도 있을 테다. 여성에 대해 남성은, 시바-오딘이 아니면 난쟁이이고, 남성에 대해 여성은, 아디-발키리거나 백설공주이다. '난쟁이'란 제이의 성의 동화적 은유가 아니겠는가. 그 외에도 다른 유형들이 또 왜 없겠는가, 마는, '폭력/비폭력,' '붉은 폭력/검은 화력(和力)'과의 관계에서는, 대략 저렇게 관찰되어진다는 얘긴 것. 그럼에도 양자 사이에 있는, (펜리르를 묶은 줄) 글라이프니르Gleipnir 같은 자력(磁力)/반자력, 사랑과 증오 따위가 살펴지지 안했지만, 그런 재료라면, 저승 써늘한 방 군불 피우는 데 좋은 연료가 될 듯하다.

시동이의 손바닥 위에는 아직도, 그 '폭력'이 올려 놓아져 있고, 지는 달이, 그것에 감은 혀를 못 풀어 수캐 똥구녕에 붙여진 암캐 꼴을 하고 있는데, 저 황무한 들 가운데, 저승꽃으로 피어 있다. 그는, 제

손 위에 올려진 폭력을, 아니면 그 제물을 들여다보며, 아디-발키리의 영상으로부터, 백설공주의 그것까지 이끌어내, 어부왕처럼 앓고 있는 중이다. 시동이 이해하는 바대로 좇으면, 이 판차타트바(秘儀, Maithuna, Skt., 性交의 뜻이라누먼)는, 음극(陰極)으로 기울었던 듯하다. 情俠 얘기가, 武俠 얘기로 바뀌어 있는다. 그러면 문제가 생긴다. 밝혀 말하면 그는, 스스로 믿기엔 패배한 시바-오딘이어서, 거세를 당했는데, 좇아, 참패당한 아디-발키리가 백설공주로 변신해 있음을 본 것이고, 그리하여 그네 품에서 자기 수복을 염원하기 시작하고 있었던 듯도 싶다. 하기야, 여성들에 대해선 '처녀의 샘'이거나, 얘기해온 바대로는 신비한 '검음〔玄〕'의 방이라고 일러온, 그런 어떤 '소중(所中—이는, Cittāśraya, Skt., inmost seat of consciousness, 라고 들여다보면 좋을 게다)'이라는 방에, 어떻게 돼서였든 떨어져든 자라면, 특히 이런 경우엔, 거기 열린 길은 하나뿐인데, '그 길은 시간의 과거 속으로 뻗어난 길이다.' 그 길에 올라, '잃어진 것'을 찾으려는 자는, 그런 모두가 거기 있음을 알게 될 것이긴 하다. '공중(空中)에도, 색중(色中)에도 아니다/수중(水中)에로, 그럼에도 젖음이 없는 길을 좇아서, 그대/그곳을 통과하지 않으면 안 된다—/그러면 그대, 그곳에서, 찾으려는 모든 것을 되찾게 되리라.'(泰國人들의 敍事詩『라마키엔』), 이것은 분명히, 이 세상 場 그 길목에 앉아, 한 켤레의 쇠신발과 쇠지팡이 하나를 전 벌려놓고, 팔아 연명하려는, 동안 백발 늙은네 하나가, 뭘 찾겠다고 길 떠난, 어느 동네에나 최소한 하나씩은 있는, 한낮 하늘에서 별 따려는, 파르치발이라는 젊은네에게, '치타쉬라야에 닿는 길 가리켜 보이기이다. 이 멀쩡하게스리 엉뚱한 젊은네는 시방, '몸의 우주'의 거친 들을 헤매고 있어 뵈는데, 늙은네가 가리켜 보인, 저쪽 하 아스무레한 고장은, 무지개의 뿌리가 박힌 자리여서 巫洞의 이름으로 불려져 왔기에, 그렇다. ─몸과 마음의 현주소는 같은 것들인 것─ 이 같은 늙은네가, '말씀의 우주'를 밖으로, 변두리로 헤매는 파르치발에게도, 자기 전 벌려놓은 물건 값으로, 젊은네의 불알을 까 삼키고선, 가리켜 보이기를, 이번에는 이런다, '대지의 깊은 속으로 내려가보라, 그러면 순화를 통해 그대, 거기서 숨겨진 돌을 찾으리라.' 그리고 셋째번 파르치발에겐, 합장해, '옴 연 속에 담긴 보석이여 훙(옴마니팟메훙)!'하고 눈 내려 감는다. ─ '성배'는, 시동이가 문잘배쉐에서 자랐기 오래전부터도, 이미 거기에 있어 왔으되, 그것을 찾기 위해서라면, 이 길은 틀린 길이다. 그것은 시간의 과거 쪽에 있음에도, 그 길이 어떻게 휘어서였든, 그 반대 방향으로, 영원을 향해 뻗어난 길을 좇지 않는다면, 탐색에 오른 자마다, 황도 변에 버려진, 밑이 다 닳아빠진 쇠신발이 되고 말 테다. (늙은 패관의 넋두리가 이것이지만, 삶은, 대략 다 살고 나서 보면, 구멍 뚫린 쇠신발 같은 것인 것, 무거웠으되 그것이 가시밭 돌길을 헤쳐오게 했었거니. 그것 구멍 나면, 그것 벗어던지고, 이제 길가에 앉아서라도 쉴 땐 겨, 쉴 땐 겨. 바랑 속에 무엇이 모였나 헤아려보면, 聖杯는커녕, 개혁 이전의 동전 몇 닢, 이제쯤은 할망구가 되었을 어떤 옌네가 인정 쓴, 그러나 곰팽이 핀 누룽지 반뭉터기─, 그걸 내밀어주던 손은 거칠었어도, 따스했던가? 곰팽이야 피었건 말았건, 그것만은 저승 갖고 가, 배고플 때로만 한번씩 건너다보아야겠지맹. 두 번 쳐다보려 하면, 아서, 말어! 그 인정이 짜거워, 다시곰 다시곰 물(苦海) 켠다. 그러고는 빼, 회한뿐이다, 짠 눈물에 범벅된 회한뿐이다. 小說하기의 雜스러움!)

그래도 그렇지, 시동이로 하여금, 제 손바닥 위에 올려놓은, 제놈의 하초를 마냥껏 내려다보게 내버려둘 수만은 없겠는데도, 사실 말이지, 아담이, 무화과 이파리로 하초를 가렸을 때부터 시작해, 자기의 하초를 내려다보기처럼 민망하고도 수치스러운 고뇌도 또 없이 된 것, 그러나 시동이는 시방, 제게 붙어 있음을 굳게 인식하고 있으면서도, 이런 경우에 역설이라는 말이 쓰이던가, 그것이 잘려 나갔다고 믿고 있는, 새로운 고뇌에 당하고 있느라 저런 치사한 짓을 하고 있는 것을 어쩌랴? 시동이는 그리고, 실수하여 제 도끼로 제 발을 찍어버린 나무꾼이, 다 낫고 난 뒤에도, 찍혀 나간, 이제는 없는 그 발의 아픔에 당한다는 얘기까지도 기억해내고 있는 중이다. 그 나무꾼에게, 실족(實足)과 실족(失足) 사이의 경계가 없어져버린 것모양, 시동이께는 아마도, 실족(失足)과 실족(實足), 비현실과 현실 사이의 그것이 없어져버린 듯하다. 없어졌는데도 있어 아픔을 일으키기와, 있는데도 없어져 일으키는 아픔은, 타인의 눈에는 똑같이, 이해키 어렵고도 아리숭하되, 그 자신들에겐, 없다는 것/있다는 것의 인식이 아무리 강하다 해도, 일어나 있는 고통만은 환상이나 허위가 아닌, 진한 실다움이 되고 있다는 데, 난제는 있는 것인 것. ('쏯'이라는 숯을 굽는다는, 산정의 숯굽쟁이들이 이것을 알았더면, '태어나본 적 없는 유정'들의 태어나본 적 없는 태우는 불길의 아픔도 알았을 것을!) 시동이는 시방, 에덴을 잃고 있는 중일 게다. 세계는, 보는 눈에 좇아, 그 모습을 드러내 보여준다고 하거니와, 그리하여 시동이는, 광야에서 처음으로, 그리고 진정으로, 광야를, 그 황무지를, 대막(大莫)을, 그리고 대무(大無)를 인식한 모양인데, 불알을, 혼을 잃었다고, 거세당했다고 믿는 자의 세계는 하긴, 그렇게 보였음 직도 하다. 배에다 한번도 새끼를 실어본 적이 없는, 돼지치기네의 흰 돼지로 보이는 아랫두리를 가진 그 암컷은, 상반신은 새였는데, 그랬으므로 더욱더 시동이가 굳게 믿게 되었기는, 그것은 '불새'였는데, 글쎄지 한번도 새끼를 실어본 적이 없어 그랬을 것으로 그것은, 몹시 아프고 앙구찮아

하며 시동이 위에 틀어앉았는데, 오래잖아 시동이 자기에게서, 자기 의지와도 상관없이, 한 맹렬한 불이 일어났는데, 시동이 느낀 단 하나의 느낌은, 그때 자기도 들여다본 적이 없는, 자기의 어떤 깊디깊은 안에서, 몇만 년이나 숨겨져왔던, 피에 범벅된 무슨 빛돌 같은 것 하나가, 그 몇만 년의 잠을 일시에 깨고, 공중에도 아니며 색중에도 아닌, 그럼에도 젖지 않는 수중의 길을 따라 솟구쳤다가, 어느 일점에서 산화해버린 그것이었는데, 그것은 어두워지는 바다 위에 출렁이는 붉은 노을 같았고, 때에는 자기 위에 틀어앉았던 그 새 또한, 바람에 휩쓸린 해당화 덤불처럼 떨며 붉게 흩어지고 있었는데, 타고 있었고, 그 재는 희었는데, 아으 흰 재 속에 무슨 운동(運動)이 구워져 있었단 말이냐, 무슨 붉디붉은 굼벵이 같은 '운동'이 하나 일어나고 있었는데, 한 마리 병아리구나, 새구나, 붉디붉은 깃털을 입은, 찬연한 새구나, 새 한 마리였는데, 새는 목젖을 꼴록여쌌더니, 첫 울음이었겠지, 목젖을 뜯어 피를 내어, 밑에 깔린 만 년 전의 해골의 입에다 먹이는 것이었고, 속삭여, 안녕히 가셔요. 아 안녕히 가셔요, 님은 가셔도 님에의 그리움은, 님의 말씀을 담은 이 그릇 속에서 그 씨앗이 터 나날이 자라 빼꼭 차지 않겠어요, (조금 황진이 투로) 말하고, 그리고 몸을 일으켜 떠났는데, 죽지에 병이 든 듯, 날지는 못하고, 덫에 발가락만 치었던 들짐승 꼴로, 어죽어 걸어가는 것이었고, 어깨를, 가슴을, 전신을 몹시 떨고 있었고, 울고 있었고, 기 죽어 있었고, 월식(月蝕)이 있었던가, 붉게 타는 어둠 속에서, 달은 그때서야 시동이 눈에 보였는데, 라후(蝕)에게 달도 처녀를 잃은 얼굴이다. (唑, 小說하기의 雜스러움!)

강호가 있는 곳에, 은원도 있게 마련이라는 것―, 그러면 시동이가 그렇게 믿어버린 저 불새와, 시동이 간의 은원은 무엇이었는가? 홍루

기녀들모양 곱게 분장하구시나, 항구야 항구야 항구에마다 떼 지어
서, (바다 가운데 어디 노점이나 선술집이라도 있어야 써먹지) 써먹지
못해 두둑해진 정수,라는 금전을 울궈내려 '마도로스Matroos'들을
꾀이려는 구미호들을, 세이렌이라고 불러오는 것쯤은 시동이도 알고
있지만, 항구에가 아니라 광야에 나타난 저 세이렌은, 과연 시동이
자기에게 무슨 원을 품었는가? 시동이는, 제 손바닥 위의, 참패당한,
흐흐, '마도로스'를 내려다보며, 그런 의문에도 묶였는데, 이 의문이,
시동이의 항해의 진로까지도 바꿔버리게 할지도, 현재로써 시동인들
알겠는가? 종합해 말한다면, 시동이는, 대의와 목적을 세워, 찾아 떠
났던 그것, 즉 성배를 잃었다고 믿고, 절망해 있는 중이라는 것이다.
시동이의 이 절망적 새 믿음은, 결코 쉽게 풀릴 수 없는, '모순'으로
꼬여진 것인 것은, 매우 쉽게 살펴지거니와, 그 하나는, 그는 그것
(聖杯, 聖石) 밑에서, 그것의 손에 똥오줌 가리고 자랐음에도, 그것
을 찾으러 나섰다는 것이며, 다른 하나는, 그것을 '찾으러' 나섰다면,
찾으려는 자에게 그것은 아예 '없었던' 것이었음에도, 그것을 잃었다
고, 뜬금없이 믿기 시작한 그것이다. '모순'으로 꼬여진 줄은, '고양
이의 발소리, 여자의 구레나룻, 물고기의 숨, 새의 거품, 산의 뿌리,
곰의 힘줄로 꼰 글라이프니르'보다도 더 끊기 어려울 테다. 시동이가
묶여든 자리가, 그래서 '소중(所中)'이라는 것을 알게 되는데, 거기
는, 꿈과 현실 사이의 벽이 서 있지를 안해, 아마도 모든 것이 현실
이며, 따라서 현실도 꿈의 형태일 것인 것. 시동이의 이 '소중'은, 다
른 말로 환치한다고 하면, '야누스적 에우헤메리즘'이라고도 이를 수
있을 것인 듯도 싶다. 그럴 것이, 이 방에서는, (그 방에 처한 자가)
문을 열고 나서면 '현실' 속에 들었다가, 그 문을 들어서면 '꿈' 속에
드는데, 그것에다 이름을 붙이기로 하면, 거기 에우헤메리즘을 입은

환(幻)/실(實)이 있다: '바르도'를 '문'으로 하여, 저쪽 편의 죽음의 신을 '야마'라고 하면, 이쪽 편에선 '최판관'이라고 이르며, 구름을 하늘 뚜껑으로 삼는 경우, '이쪽 동네 조장사'를, 그 뚜껑 위쪽 올림 포스에서는 '제우스'라고 이른다는 투이다. 그러니까, '꿈'의 에우헤 메리즘이 '현실,' 反之亦然, 이라는 식인 것. 여기에선 '산도 산으로 보이지 않고, 강도 강으로는 안 보인다.' 이것을 우주적으로 확대한 다고 하면, '인세'란 우주 내의 '소중,' 즉 '말의 우주'라고도 될 듯싶 다. 이것을 밀종적으로 관(觀)한다면, '알라야비쟌야나(藏識),' 또 는 '타타가타가르바(如來胎)'라고까지 말할 수 있을지 모른다. 이 '말의 우주'는, 그러니 '모래시계의 잘룩한 허리 부분,' (자라투스트 라의) '순간'이라는 그 일점일 터인데, '순간'은, 그실에 있어선 '순 간'이라는 시간에 초점이 맞춰지는 그 순간, 그것도 '영원'화하는 것 이, 장황함을 삭제해버린, 논리적 귀결이다. 장황함을 다시 한 번 더 삭제해버린 논리적 귀결은, 순간-영원의 개념을 고수하는 한, '해탈' 이라는, 시간의 질서체계에서 보는, '위대한 춘사,' '자유의지' 등은 가능되어질 수 없는 것일 게다. '零時,' '時中'의 개념은 그런 자리 에서 비롯되는 것일 것인데—시간의 회전 속에서, 예의 저 '영시,' 즉, 비시(非時), 무시(無時)를 보아내지 못한 눈으로서는 그런즉, '자유의지'를 설하지도 말 일이며, 없는 날개를 펴려고도 말아얄 테 다. 그러려들면, 무량겁, 그 줄에다 이빨을 박아 끊으려 해도 끊기지 않을, 모순으로 꼬인 줄에 묶인다. '순간'의 개념밖에, '영시(時中)' 를 들여다보지 못하는 정신이, '영시' 속에 갇히기이다. 그런즉 도류 는, '순간' 속에서 '영원히 회귀'하는 수밖에, 거기 다른 도리는 없을 게다. 이래서도 저래서도, 인간도(道)가, 육도(六道)의 중심에 있다 고 이르겠거니! 그렇거나 저렇거나, 어떻거나, 시동이의 현재의 상황이나 처지를 두고, 하긴 너무 멀리 내어다본 듯한데, 사실로, 이 현재 시동이가, 저 상황이나 처지를 두고, 자기의 '소중'을 인식하고 있느냐,는 의문스럽기는 하다. 무엇을 꿈이라고 하며, 무엇을 현실이라고 해야 할지, 그 분간도 할 수 없이 되어, 그저 몽롱하고, 그저 막연하며, 그저 어둑스레하기만 하여, (다시 본자리로 돌아오기로 해 말하면) 제 손바닥 위에 얹혀진 그것까지도, 제 것인지 아닌지, 그런 따위에 대한 판단까지도 못 하고 있는 것이, 현재의 시동이 아닌가. 그것은 분명히 제 것인데도, 이제는 제 것이 아니라고 믿고 있는 식이다. 제 것이 아니라고 믿으면서도, 제 것이 아닌 것은 아니라고도 믿고 있는 식이다. 비유로 말하면, 그것 또한 시동이 자신이 건너다본 성석(聖石) 같은 것이었다. 루타만 남아 있고, 그것의 아르타는, 저 어디로 떠난 그 불새가 찍어 먹어버린 것이었다. 볼모로 잡혀갔다.

새운, 하룻밤 새우기에 시동은, 세기가 가고, 세기가 오는 것을 보아버렸다. 부연해둘 것은, 시동은 그러나, 저 모순의 글라이프니르가 욱죄고 패여드는 것을 조금도 느끼지 못했으니, 더욱이 그것을 끊으려는 생각이라도 일으켰겠는가, 하는 그것이다. ('虛無'라는 아르타와 '荒野'라는 루타가 이룬 中原의 方言 하나를, 필요할 때로 빌리기로 하면) 대막(大莫)에도, 해나 달이 뜨거나 질 때면, 바다와 마찬가지로, 해나 달을 건너다보는 이의 시야에, 빛의 보라가 깔려, 보라 치는데, 그 풍정(風情)은, (흐흐흐, 이거 아닌 자리에, 느닷없는 얘기 끌어넣는 소리지만, 小說冊 읽어주는 늙다리 굴퉁이의 얘기는 늘 저러하다,라는 것은, 대개의 육혈포재비들 활극에 배경하는 그런) 살인적인 시정(詩情)을 일으킨다, 으스스하고, 오싹한 아름다움—. (뿌리 뽑힌 마른 덤불이 스산한 바람에 구르고, 죽음이 오는 전조로, 황진과 검은 연기가 일어나는데, 길은 열명길보다 조용하다, 그 아름다움 속에서, 제시 제임스든, 빌리 더 키드, 아니면 홍길동이든, 누구 하나는, 앓음답게 쓰러지는 거디어따. 아으 꽃바이 꾀돌, 굿빠이 멍순…… 이런 족거치, 참말이제 이거, 눈물 없이 못 봐주겠네!) 그래서지, 시동이 (이 대막에서) 처음 맞는, 이 살인적 시정은, 피에 범벅된 암돼지였다. 바다의 풍광과 달리, 대막의 그것은 무차원적이거나, 이차원적이어서, 그것은, 피 묻은 강보나 같은 것이었다. 이제 시동이는, 용기를 뒤꿈치에 모아, 땅을 박차 떠나야 할 때인데,도, 오히려 옆으로 비그르 무너져 누우며, 사태기 사이에다 두 손을 모으는가 하자,부터, 몸을 아프게 경련한다. 흐느끼기 시작한 것이다. 갈비뼈 자리가 아픈 듯, 턱을 그 부분에다 쿵쿵 박아댄다. 그러자 광야도 갈비뼈 자리가 아픈 듯, 붉고, 광야가 아파, 구름 한 점 없는데도 하늘은 황회색이어서, 차라리 어둡다. 하기야 그럴 일이었다. 신이 아담을 지으려 하여, 대지의 갈비뼈를 하나 뽑아냈겠었듯이, 하와를 지으려 하여서는, 아담으로부터 그것 하나를 뽑아냈었다고 이르니, 그 갈비뼈 부위가 어찌 아프지 않을 수 있었겠는가. 대지와 사람과, 사람의 남자와 여자의 관계는, 그러구 보니 흐흐, 여성의 갈비뼈, 남성의 갈비뼈의 관계겠구나. 뽑아낸 아담의 그 갈비뼈 자리를 이 신은 자기의 생기로 채워 넣었다고 이른다. 까닭에 아담은, 중력(흙)과 역중력(빛) 사이에서 찢기는 것이라는 소리도 했었을 것이라고 짐작하게 된다. 반은 독수리며, 반은 독사라는, 변종이 출현한다. 그래서 인간은, 어느 것 하나도, 그 루타와 아르타를 제대로 짝 맞춰 있는 것이 없다는 주장도 하게 되는 것인데, 만약 '인간은 신과 동물의 중간적 존재'라면,—이것이 의인화하면, 브란의 머리통을 단 刑天이겠구나—저 양자가 짝 맞춰지는 자리에, 독수리 편에선, '홈 없는 어린양,' 또는 '인신(人神)'이 출현하고, 그 독사 쪽에서는, '붉은 용,' 또는 '짐승의 대왕'이 나타날 것이었다. 한쪽은 '짐승'을 극복했으며, 다른 쪽은 '짐승'을 성공한 것이다. 한 나르키소스가, 거울을 들여다보다, 그 거울 속으로 빠져들기 시작했다면, 그것은 은총에 쌓인 비극이다. 그가 그 거울 속에서, 밖의 자기와 꼭 같은 자기를 보았다면, 뭔 염병 지랄한다고시나, 그 속으로 빠져들어갔겠는가,— 그는 그때, 자기라는 한 존재의 루타와 아르타가 짝 맞춰져 있지 않다는 것을 보았던 것이었을 것이고, 거기 그래서 완벽한 자신(自身), 또는 완성된 자아(自我)의 성취라는, 나르키소스의 그 성배 탐색이 있어 뵌다. 그는, 그 안으로 들어가기로써 자꾸 밖으로 나가거나, 밖으로 뛰쳐나가기로써 자꾸 안으로 들어가거나, 어쩌고 있다. (아마도 여기 어디서, 문잘배쉐에로도 이르고, 유리로도 이르는, 두 길이 갈라지는 듯하다. 이름은 둘이라도, 닿는 자리는 같다면, 결국 길은 하나이다.)

그 둔덕에는, 그가 그 거울 속으로 뛰어들려며 벗어둔 신발이 놓여져 있다. 그것은 그가 남긴 마지막 하직의 말이었는데, 그것을 '에코 Echo'라고 이른다고 했다. 발음되어진 소리의 끝부분만을 되풀이 하는 '소리'는 '거울의 에코'이다. 거울의 소리는 에코이다. 그래서 거울 속에는 반영(反影)만 있고, 반향(反響)이 없다. 그 반영이 영상의 에코이다. 그런즉 그 반영이나 반향의 실체는 있어야 되고, 그것 찾기가 그러자 '성배 탐색'이겠는가. 그 '거울'은 '習氣'의 방 벽에 걸려 있다고 한다.

4. 宇宙樹-익드라실[15)

문잘배쉐 숲, 가운데, 無壽의 재나무Yggdrasill,의 발치, 퍽적지근
주저앉은 시동이, 해는 뒤 발쯤이나 남아 있는 오후.

재나무: 떠나는 대신 돌아오는 길이렸다? 성(城) 떠나고, 그러
니깐두루 가맜자 밖에서 하룻밤 새웠드랬는가? 엥?

시동: (머리를 긁적이며, 머뭇거리다) 아 그것밖에 안 됐나유?

재나무: (실소하고) 헥, 그 하룻밤이 그렇게도 길게 느껴졌더란 말
이겠는다? 허, 허기야, 그것들, 인쿠비나 스쿠비, 마녀할멈이나 독룡
따위들 말이지, 그것들이야 그런 것들이다 보니, 도처에 너부러져 있
는 것들……, 그래서 그것들 탓에 힘들게 하루저녁을 새운 것이렸는
다? 안 그러구서야, 한 개밖에 더 헤아릴 것도 없는 날짜 계산도 못
할 일은 아니지, 아니구말구!

시동: (얼굴을 붉히면서도, 부인하느라 손까지 휘저으며) 아니여유,
그, 그런 건 아녀유, 아니구면유!

재나무: (타다 만 뿌리 쪽에서, 싼내까지 끌어올리며 씨식 씨석 웃는
데, 조금도 믿고 있는 눈치가 아니다.) 그런 게 아니라면, 사실은 다행
이라고 해야겠는걸, 다행이고말고! 아니라면, 저 광야 어디서, 불새
의 깃털이라도 하나 뽑았거나, 주웠다면, 더 다행일 뿐만 아니라, 장
하다고 해야겠지러. 글쎄, 불새는 그런 황원에 깃 접었다, 날아오른
다잖느니? 것두 별스런 새지! 아니면 전설(傳說)이 별스럽든지, 것
두 아니면 그냥 상징이든지…… '죽지 마라, 태어나기 어렵〔苦〕니
라.' 말이지, 죽기나 태어나기의 강보는 '어렵기〔苦〕'라는, 그 광야라
는 것 말이지……, 엉겅퀴나 가시쟁이에 덮인 대지라거나, 여리고
사막……, 이런 건 어렵기〔苦〕가 시각에 호소된 풍경이겠지만,

시동: 그런 것도 아니구먼유!

재나무: 인석아, 그것도 저것도 아니면, 뭣여? 아니면, 따스한 곳
을 떠나, 한데 어디서, 오들오들 떨며, 무섭고도 외로운 밤을 하나
새우고 나니, 집이 그리워 못 견디겠던지? 이누마, 그래서 개나 고양
이나 장소에 집착하는 아무나, 집 떠날 수 있는 건 아니라는 것쯤 배
웠겠는다? 하늘이 지붕이 되어있는데두, 지붕 만들어 그 하늘을 가리
고서야 사는 족속들은, 그래서 지붕 밑이나 맴돌아야 허능 겨. 나귀
가, 그런 혹사를 당하면서도, 못 뛰쳐나가는 까닭도 알 만하네? 아무
나 하늘 아래 나설 수 있는 줄 알았었네?

시동: 어르신두 참! (완강히 부인해 보이느라, 고개까지 젓는다.)
그, 그런 게 아니라닌깐유! (목소리엔 짜증까지 섞였다.)

재나무: (재미가 나싸서 못 살겠다는 투로) 뭣여 그러면 이누마? 그
런 것도 아니라면, 사실은 다행이라고 해야겠지만서도, 뭣여 그러면?
(갑자기 신중한 어조로) 그렇거나 저렇거나, 어쩌거나, 너라는 놈은
이제, 돌아가고 싶어 돌아간다 해도, 결국 되돌아오고 말거를?

시동: (준비되어있었던 것인 듯이, 눈물을 글썽인다.) 저두, 대개 그와 비슷한 것을 느끼고는 있구먼유.

재나무: 호우, 걸 어떻게 짚어냈을꾸?

시동: (글썽였던 눈물이, 눈 귀로 흘러내린 대신, 콧구멍으로 흘러들었는지 코를 한번 훌쩍이고, 꽤는 꾀 있어 하는 목소리로) 어떻게 어떻게 성을 찾아들었다가도, 떠난 기사님들마다, 되찾아 오는 이가 없다는 것은 뭐겠어유? 성주님이 오매불망 그렇게 기다려 싸시는데두, 파르치발님까지도 감감 무소식이잖유?

재나무: 길갓 핀 야홍(夜紅)이에게 홀렸거나, 돌아가, 창 자루 대신 호미 자루나 들잖았을까? (씨석거린다.)

시동: 어디가유? 제 생각엔, 성이 마법이나 주술에 덮어씌워져 있어 그럴 것인 듯한데유, 있어도 보이지 않는다면 어쩌겠어유?

재나무: 그 반대편에서 말한다면, 불알 까인 문잘배쉐라? 호우, 그것도 갖다가시나! 그렇게 돼 있던 것이었구나이? 흐흐흐. (늙은 노루 웅덩이 들여다보듯, 시동이의 눈을 들여다보며) 너도 발솟음만 조금하기로 하면 그럴 게다만, 이 늙은네는 노상, 성의 첨탑 꼭대기며, 키 큰 굴뚝에서 오르는 연기를 보곤 하거든……. 그렇다면, 마법이나 주술에 들씌워진 쪽, 저 기사들은 아닐랑가? 건 모르지. 젊어서는 어떻게 보고 좇았든, 지금은 이 늙은네께 보이기엔, 성이 무슨 무지개 뿌리 같은 것이어서, 그만쯤 가서 보면 또 저만큼 가 있고 그런 것은 아닌데, 말이지, 너 같은 놈이 문제일 것 같다구. 그 문에 닿아 빠끔히 안을 들여다보려다 말고는, 너라는 느슥은, 빙 돌아선 벌씬 듯 되달릴 것으로 내어다보이거든. ……거야 뭐, 너를 걱정하고 있는 이들이 제법 몇은 있으니, 첫째는 성주부터 널 반길 테고, 또 뉘 아나, 비밀리에 널 좋아했던 여아라도 있으면, 그 여아가 그럴 테

고……, 그런즉 성이 마법의 보자기에 덮여 보이지 않는다거나, 벽이나 문에서 무슨 주술의 발이 불거져 나와, 너의 등때기를 차 던진다는 식으로, 핑계를 댈 수는 없겠지맹.

시동: 저, 저는유, 사실은, 사실은유,

재나무: (늙은네의 수다스러움으로) 그게 글쎄, 늙은 눈에 훤히 내어다보인다 말이지. 그런데도 그런 건 아니라면, 뭐셔 이눔아?

시동: 사실은, 문을 들어서려다 말고, 되돌아 나오려는 건 아니었네유!

재나무: 그, 그래? 그랬던가? 허, 허허, 늙은네가 이거, 말이지, 말인데 뭘 갖다가시나, 갑자기 종잡을 수가 없이 됐단 말이지. 그런즉, 그보다 훨씬 더 깊이 들어가보려 했다는 말이겠는다?

시동: 그랬네유!

재나무: 하기야, 문전까지 닿았으면, 이왕이면, 아비 병문안을 하기는 해야겠다만, 그 아빈들 어느 아비와 다르겠냐, 처음 반기고, 안도의 한숨 쉬고…… 그러고는 어쩔 성부르네? 이 늙은네라면 그렇겠어, 이 응둥이가, 덩치만 엄버무레하니 컸지,

시동: 저는 그냥, 병문안만 하려 했을 뿐이었네유!

재나무: 당연히 그래야겠지! (눈으론 웃으며, 농지거리를 계속한다.) 엉뚱한 생각 같은 것이나 품진 안했다면 말이지,

시동: 엉뚱한 생각이라면……?

재나무: 이, 이건 웃자고 하는 얘기다만, 게다가 심심한 늙은네들은, 농지거리를 좋아하잖는다구? 늙은네의 연상이 꽤 엉뚱하다고, 썽내고 늙은네의 수염을 잡아채도 어쩔 수 없겠는데 (흐흐, 매우 흐흐거리며) 연상되는 건 연상되는 것 아니겠냐? 절대로 흔하게는 아니었다 해도, 어쩌다 하나씩 그런 자식이나 딸내미들에 관한 수상한 소문

이 있어 심심찮게 들렸기에 연상되어 말인데, (더 호흐거린다.) 대홍
수 끝의 노아네 가정사 얘기다만, 그의 세 아들 중 함(이 맞다)이라
던가, 오이디푸스(는 맞지 않다)라던가 하는 뇌미, 아비가 대취해,
벗고 깊이 잠들어 있는 걸 보고, '아비를 즐겼다'라는 소리가 있는데
(*The Book of J*), 이는 아도니스의 어미가(스뮈르나)가, 취해 잠든 아
비를 즐긴 것과 같은 경우일 테지만, 성(性)이 달랐음에 뒤집힘이 있
었을 듯하다.

시동: 저어, 저, 제, 제가 잘못 생각했으께유?

재나무: 헥? 가맜자, 내가 너여? 네가 뭘 잘못 생각했다는 겨? 늙
은네가 이거, 네놈의 흉복(胸腹) 속까지 들여다보게 되네? (낄낄거
리고, 농지거리를 계속하며) 어째선지, 어제 새벽 지나고 있었을 때의
너의 냄새와, 오늘의 너의 냄새가 꽤 다르다 했더니…… 전에는 너
에게서, 젖 먹는 아기들께서 나는 그런 좋은 냄새가 났더니, 오늘 네
게서는 짐승 냄새가 난다구…… 섬뜩하다구! 지금 너에게서는, 상처
깊은 짐승이, 제 상처를 핧는 냄새 같은 게 나고 있다구! 무슨 음모
의 냄새도 같단 말이거든.

시동: (두꺼비만 한 눈물이, 벗은 큰 두꺼비만 한 발등에 떨어져 발등
의 두터운 흙을 버무리 한다. 그 뿜나는 신발은, 선바위 밑에다 벗어놓
고 온 모양이다.) 용, 용서받을 수 있을까유?

재나무: 뭘 용서받아? 저지르지 않는 일을 두고도, 용서라는 것이
있겠냐? 건 무슨 소린지는 모르겠지만, 용서다 뭐다 하는 소리가 나
왔으니, 말이지만, 아담이 그 나무 아래 설 때면, 노상 그 열매를 따
먹고 싶어 했었을 것이었어도, 그 일로 벌 받지는 안했지 안했던가?
그 벌 받기는 그것을 따먹은 다음 얘기지. 빌어먹을 누무 연상의 까
닭으로 아까는 그냥 해본 말이었다만, 무슨 음모를 꾸미긴 꾸몄던 것

이었구나그리? 그래서 바삐 돌아오는 길이렸네?

　시동: 아담은 그러기 전에 괴로움에 시달렸겠나유?

　재나무: 인석아, 이 늙은네가 너 같은 아담족(族)이여? 버렁 떨어진 놈! 나무족(族) 쪽에서는, 가까이 있는 모든 게 다 위험스러울 뿐이라구! 산들바람까지도 그냥 지나는 법은 없어. 가맜자, 이거 얼마나 오래된 옛 얘기겠냐만, 그, 그땐 나두 애 비린내가 나도록 젊었었지…… 간교한 뱀이 휘감아 틀어 오르면 싫이고(싫고/시리고), 뭔지 음모를 담는 듯한 수상한 눈빛을 띤 하와나 아담이 곁에 섰을 땐, 치가 떨리더라구!

　시동: 그래두요, 동산 가운데 병든 늙은 나무가 있어, 그 나무의 까닭으로 동산이 황폐해져가고 있다면유, 게다 보태, 그 나무가 잘려지기를 바란다면유,

　재나무: 흐흐흐, (재밌어 하며) 네 이눔, 고얀 눔 같으니라고! 앓으면서도 죽지도 못하는, 이 늙은 재나무를 잘라버리겠다구? 그런 말인가? 이거 암만해도 농담 아닌가 부네? 흐흐흣흣흣, 건 늙은네도 고대하는, 조금은 언짢은 희소식이겠군. 어떤 이는, 어떻게 하룻밤을 새고 났더니, 머리칼이 새하얗게 세어져버렸다 하더니, 허 이거, 우리들의 시동이가 그 꼴이네, 이거 암만해도 농담 아닌가 부네? 흐흐, 그 얘길 꺼내긴 이 늙은네였다만, 너의 투로 따지면, 아담이 딴 그 열매는 '지혜'였기보다는, '병(病)'이 아니었겠는가? 지혜는, 병으로부터 시작되는 것일 성도 부르거든. 아픔 말이다. 고통 말이라구. 허긴 그것은 '죽음에 이르는 병'이었기도 했을시라……, 만약 이 늙은네가, 틀리기는 많이 틀림시롱도, 여기저기 맞는 대목도 조금씩 있다면 말인데, 넌 잠을 이룰 수 없는 한데 밤을 새우면서 그랬겠지, 잠만 디립다 자대는 '성배가 꾸는 나비'를 찾아 떠나려 했으니, 그 '성

배의 잠'의 정체를 한번쯤 더 잘 봐두고도 싶었을 것이고, 그러고 나서라야만 확신도,

시동: 거기까진 맞는 말씀이구먼유.

재나무: 그렇지? (낄낄거리며) 그래, 또 그랬을시라, 건너뛰고, 직접적으로 말하면, 피를 뚝뚝 흘리고 있는, 그 신성모독의 창(槍), 그게 롱기누스의 창이라지? 그것에다 침이라도 뱉아주지 못한 한이라도 풀려 했었을시라.

시동: 것두 맞는 말씀이구먼유!

재나무: 맞기는 뭐가 맞어 이누마, 사실은 네 손바닥에 침 뱉아 바르고, 그것을 쥐어보고 싶었겠지? 안 그렇나?

시동: 저, 전, 나, 나쁜 생각은 없구먼유, 제 생각으론 절대루 나쁜 것 같지 안해유!

재나무: 걸 모르면 이런 소릴 허나 어디……, 음모를 꾸미되, 나쁜 걸 꾸미는 자가, 그 음모를 밝히려 하면, 탈나지 괜찮을 성불러? 건 그러려니와, 늙은네가 느끼는 대로 따지면, 하룻밤 노숙 끝에, 넌 참 불순한 젊은네가 되었다 말이지, '천국'을 잃어 뵌다 말이지, 아이란 천국이다, 그러잖여?

시동: 용서를 비네유…….

재나무: 이게 지금, 이 늙은탱이가 용서하고 말고의 문제겠어? 아까 아담을 들어 말한 대로, 그게 뭔지는 모르지만, 너는 생각만 좀 했을 뿐으로, 아직 아무것도 실행에 옮긴 일은 없잖냐구. 흐흐흑큭 (재밌어 웃다 그만 사래가 든 모양이다.) 그, 그래도 이상한 것은, 네게서 무슨 피냄새 같은 것이 나기는 나는데도, 그 속에 살욕(殺慾)이 섞여 있지 않은 듯하다는, 그것이라구. 클클, 누마, 나무나 풀은, 움직이지 못하는 대신, 장님이 청각이나 촉각이 밝다고 하듯, 땅의 깊

은 곳에서, 그곳에 괴어드는 모든 비밀을 고스란히 길어올리는 코나 귀를 가졌거니, 이후, 나무나 풀 곁을 지날 땐, 조심하고 근신커라. 지렁이며 굼벵이도 대지의 젖은 품에 안겨 산다 해도, 나무나 풀처럼, 대지의 젖을 직접적으로 빨아 자라는 것들은 아니잖나? 그래서 나무들의 축복을 받는다는 건, 하늘 일로 따진다면, 천사들의 보살핌을 받기나 같은 것여. 아틀라스Atlas 어르신이, 우리네 시조(始祖)인 것쯤은 너도 알고 있을 거를? 나무 자꾸 학대해싸면, 땅이 무너진다.

시동: (손을 홰홰 저으며) 더 마, 말씀 마셔유! 제발유!

재나무: 클클클, 왜 괴롭냐? 의뭉스러운 속이 홀딱 까뒤집혀 보인 것이 싫고, 부끄러운 데다, 이제는 두렵기까지 하냐? 클클클, 크륵, (웃음에 또 사레 들린다.) 네놈이, 밤새 어디서, 그 쓸모없는 우멍거지를 벗기웠을꾸? 어디서 기저귀를 벗어버렸을꾸? 그러구 보니 기억이 나는데, 어제저녁, 사람 여자의 암내를 풍기는 한 떼의 동물들이, 떠들썩하게 여기를 지난 일이 있었군그랴. 보니, 밤새 스콰이어 Squrire 꼴은 대략 꾸민 듯도 싶어 뵌다 말이지. 너의 걸터탄 그 지혜가, 노새가 아니기를 바라야겠지맹? 노새란, 어미 뱃속에서 이미 거세된 놈이거든,

시동: (충혈의 까닭으로, 눈 하나는 짙은 갈색을 띠고, 다른 것은, 노을 사이로 보이는 하늘색을 띠었으나, 의미는 하나도 없는, 그러니 그냥 열린 눈이 되어, 앞의 모든 것을 보며, 아무것도 보지 않고 있다. 그러다 자기도 의식하지 못하며) 저는 저주에 처해 마땅하겠습니다?

재나무: 너는 아마, 네 아비가 먹여준 젖을 토해내고 있는지도 모르겠군. 그가 두 종류의 파르치발을 기다리고 있는 건, 문잘배쉐의 누구라도 다 알고 있는 것 아니냐?

시동: 두 종류의 파르치발 말씀이신가유?

재나무: 하나는 밖에서 왔다 밖으로 다시 뛰쳐나갔으며, 다른 하나는,…… 가맜자,…… 전부터도 이와 비슷한 무슨 느낌을 가져오기는 했었으나…… 이, 이건 오늘 갑작스레 갖게 된 신념도 비슷한데, …… 한데 말이다…… 하기야 그 자신 용신할 만했으면 그 자신 그 과업에 나섰겠으나, 그럴 수가 없게 되자, 그 불능(不能)에 한사코 저항하여 뛰쳐나가려는 능(能)을 분리해내려 했겠는데…… 말이야, 유리의 순례자의 어휘를 하나 빌린다면, '뚤파(Tulpa, Tbtn.)'가 그것이겠지. 누가 자기 속에서, 자기를 분리해낸 '염태(念態)'를 뚤파라잖으? 유리의 성력파(Tantra) 대승들 중의 어떤 이들은, 그럴 능력을 개발해 있다는데, 처음 그것은 기체(氣體)를 취했다가도, 시간의 경과에 좇아, 사대(四大)까지 입은, 실체(實體)처럼 보이고, 또 그렇게 언동도 한다잖으? 이것은 그러니, 수사학이 느린 줄을 못 끊어 말하면, 안에서 와서 안으로 뛰쳐들어갔다고 해얄시라. 하기야, 떠나고 있었을 때까지의 넌, 이라고 해보았자 어제 얘기겠다만, 너무도 투미했었으니, 걸 알 수는 없었겠지. 허, 허나, 투미하지 안했으면, 타인이 느린 소명의 줄 끝에 묶이지도 안했겠지맹.

시동: 마, 말씀하신대로, 전 좀, 좀 너무 투미해서…….

재나무: 너두, 뭘 읽기는 꽤 즐거워한다고, 네 입으로 여러 번씩이나 말해왔을 뿐만 아니라, 이 늙은네 그늘에서도, 멍하니 하늘 보기 아니면, 읽기로 시간 보내기를 해왔으니 말이지만, 대리석이 되어가는 왕자나, 프로메테우스 얘기쯤은 훤하게 알고 있을 거를? 하나는 童話며, 하나는 神話라지만, 두 주인공은, 비슷한 운명에 묶인 것 아니냐?

시동: 투미해서 이런 말씀인데유, 제가 프로메테우스에 대해 생각한 것을, 노인장께서도 생각하고 계시게유?

재나무: 넌 분명히, 그를 구속하고 있는 끈이든, 바위든 무엇이든, 그것이 '병(病)'이라고 바꿔 읽었을 터이지?

시동: 마! 맞! 맞네유!

재나무: 그러다, 어젯밤 노숙 끝에, 아 물론이사 지난밤도 문잘배 쇄 푹신한 북더미 속에서 새웠다면, 그런 생각이야 어림도 없었겠지만, 말한 바의 저 '구속'은, 사실은 밧줄도 바위도 아닌, 그의 '몸'이었다고 깨달았겠지? 몸이란 펜리르 같은 괴물로서, 묶으면 묶을수록 그 욕망이 더 불어난다 해도, 바로 그 몸집 탓에 묶인 것이 아니겠느냐, 고 말이지.

시동: 것두 맞는 말씸이셔유! 맞는 말씸이셔유!

재나무: (여전히 낄낄거리는 음성으로) 그런즉, 당연한 결론일랑은 이러했겠지, 프로메테우스가 그 구속, 그 한계를 벗어나는 일은, 그 몸을 벗어버리는 수밖에, 무슨 다른 수가,

시동: 거기 부당성은 없잖아유?

재나무: 부, 부당성이라니? 부당하다니? 건 완벽한 논리인 것을 갖다가시나! 흐흐흐, 이래서 보면, 동정을 못 떼고, 그것(聖石)을 찾겠다고, 그래서 바로 그것을 지키는 이의 병을 나수겠다고, 가맜자, 여기 어디 좀 비린내가 풍기는 대목이 없느냐? 산야를 헤매는 파르치발이야말로 노새 탄 스콰이어 꼴이겠구나. 예의 그 성배를 찾는 날에나 그는, 우멍거지를 벗게 되겠느냐? 정액 속에 정충을 못 가진 놈은 모두 노새러람! 그래서 스콰이어 하나는, 노새를 타고 창을 꼬나들어 밖으로 달려 나가고, 하나는 안으로 깊숙이 들어가, 롱기누스의 창을 쥐려 한다. 이 둘을 한 이름으로 부르면 파르치발이다. (음성은 여전히 장난기를 띠고 있다.)

시동: (미친 듯한 눈이 되어, 토악질하듯) 그이는 늘 죽고 싶어 했

음은 아시잖유? 죽고 싶어 했다구유! 눈은 늘 성문 밖으로 보내며, 누굴 기다리시면서두, 주, 죽, 죽고, 싶어, 싶어 했다구유!

재나무: 그가 이 늙은네의 유일한 친구이니, 건 이 늙은네도 알기에 하는 말이지. 그의 소명(召命)이, 두 밧으로 꼬여져 있는, 그걸 안다는 말이다, 한 밧은, 가깠자, 유리에서 온 늙은네께서 한 말빚 좀 내서 말하면, '에로스'며, 다른 밧은 '타나토스'인 것─, 뛰어나간 자는, 에로스의 밧 끝에 묶여 파르치발의 춤을 추기 시작했으며, 들어가려는 자는, 타나토스의 끈 끝에 묶여, 이제 막 롱기누스의 춤을 시작하려 하고 있는다, (음성은 여전히 장난기를 띠고 있다.) 흐, 히거, 본방의 방언을 이방인으로부터 빌려 쓰고 있는 셈이군그랴.

시동: 뭔가 좀 난삽한 구절들을 읽고 나면, 늘 그런 느낌이 들곤 했는데유, 투미한 까닭으로, 제가 혹간 뭘 오독(誤讀)하고 있지나 않는가,

재나무: 오독이라? 건 재밌는 말이군. 이 늙은네의 경험이 이것이지만, 세상이라는 교본도, 나이에 따라 달리 읽혀지는 것이더구만. 그렇다면 필시, 어제 읽었던 세상이든, 오늘 읽은 그것 중의 어떤 것은 오독이 아니겠는가? 내일은 어떻게 읽게 될지 그건 오늘은 모르지만, 만약 조금이라도 달리 읽게 될 것이라면, 먼저 이해했던 세상은 모두 오독의 누명을 못 벗을 게다. 대부분의 경우는 그러나, 몰랐거나 놓쳤던 것을 살펴 알게 된다거나, 어제의 생각에다 오늘의 것을 보탠다는 식으로, 괄호 채우기나 보태기 같은 짓이어서, 이런 말은 이런 경우에만 쓰이는, 좀 극단적인 구석이 없잖아 있다. 그건 그러려니와, 사물도 또 그렇더군. 비교적 변화가 느린 바위라면 더 좋은 예가 될 듯 하잖다구? 그것까지도 헌데, 흐린 날, 맑은 날,이라는 기후의 변화에 좇아 변덕이 죽 끓듯 하거니와, 같은 맑은 날이라 해도,

새벽에 보이든 모습이, 석양 속에서도 같이 보이는 것은 아니더라 말이지. 살기도 그러하더라구. 그래서 세상은, 보는 눈이 보는 대로 보인다고 이르는 것일 게여. 열 개의 눈이 있다면 그런즉, 열 개의 오독이 있다는 얘기까지 할 수 있게 될 터인데, 공통점을 이루는 부분은 그래도 있을 게다. '바위'라는 그것 말이지. 이 '공통점'까지도 그러나, 오독의 산물이라면 어쩔 텨? 그이(유리의 순례자)의 말씀대로 따른다면, 존재도 그렇지만, 사물도 알맹이가 있는 것은 아니어서, 환(幻)에 불과하다고 한다고, 들었다잖으? 오독이란 재밌는 말이군. 그러니 이런 걸 기본적, 기본적이라? 기본적 오독이라고도 일러도 되겠냐? 그렇다면, 근시나 난시, 사시 들에 의한 오독도 있다는 얘기이기도 할 것인데, 그걸 두곤 여러 말할 것도 없이, 그러니 그냥 뭉뚱그려 사시적(斜視的) 오독이라고 해둬버린다?

시동: 난삽해도 듣고 있네유.

재나무: 그 어떤 교본이, 추상적 관념이라거나, 형이상적 주제 따위를 취급하고 있을 때, 저 두 오독이 극심하게 일어나는 것이 끄나? 근시안을 가진 자들은, 허무주의 쪽으로 기울어 형이하적 사실주의만을 주장하려 할 것이며, 글쎄 '허무주의와 사실주의는, 한 얼굴의 두 뺨'(『능가경』, 미라레파의 『十萬頌GurBūm』)의 관계라잖느냐, 반해, 난시안을 가진 자들은, 글쎄 난시(亂視) 자체가 그러한 것처럼, 회의주의로 흐르기 쉽겠지. 이 회의주의는 문이 여러 개나 있는 미로 같은 것이어서, 거기 든 자가 어느 문으로 나올지, 그건 예측 불가일 것이지. '오독'은 그런 것이냐?

시동: 전 투미한 데다, 어르신의 말씀을 듣다 보니 사시에 겹쳐 난시증까지 발증하는 느낌인데유, 그렇다면 정독(正讀)이란 도대체 없는 것이 아니겠나유?

재나무: 그런즉슨 이누마, 넌 뭔 지랄발렬한다고 집 뛰쳐 나선 것여?

시동: 제가 집 떠난 데는, 세상이나 바위 따위를 정독해보자는 뜻은, 참말이제 없었네유!

재나무: 으흐 흐흐크르클클, 거 썩 멀쩡한 녀석이네! 그렇다면, 오독이니 뭐니 그런 따위 생각은 아예 하지 말고시나, 좋거나 싫거나 보이는 대로, 펴지거나 찡그려지거나 말이는 대로, 신명을 돋우거나 이명증을 일으키거나 들리는 대로, 달거나 쓰거나 맛 보여지는 대로, 꼴리거나 줄거나 나타나는 대로, 그 모두를 합쳐, 마음과 몸에 기껍거나 언짢은 대로, 그것들을 경전(經典) 삼아, 열심히 읽으면 될 게 아녀? 밑줄 쳐야 되는 부분에 오줌 싸 묻히는, 길 가는 개놈들 세상 읽는 방법대로, 읽으면 되는 것 아니겠으? 세상 읽는 데, 개처럼 열심인 것도 없더군그랴. 그러다 보면, 네가 찾겠다고 나선, 그 불새를 잡게 될지도 모르잖게?

시동: 어르신의 말씀을 두고, 제가 뭘 지적하는 것 같아 죄송스러운데유, 사실 '오독'이라는 것을 두고, 제가 드리려던 저의 속내는,

재나무: 아 그랬지, 그랬댔어. 넌 그냥, 이 늙은네가 무슨 말을 하는지, 영 기끔스럽다는 말을, 그렇게 완곡어법으로 꾸며댄 것이었던 것을, 갖다가시나! 흐흐흐, 그러구 보니 이 늙은탱이가, 누가 까내버린, 네놈의 그 불알을 다시 까려 덤볐겠느냐?

시동: 어르신께서 이 동자를 수줍게 하시는데유!

―둘이는, 숲의 나뭇잎들까지 웃다 떨어져라, 소리 내 웃어젖힌다.―

재나무: 안포-타즈가 자식 하나는 잘 뒀군그려. 자기의 침 먹여 키운 보람이 있을 법하다구. 그뿐인가, 유리라는 데서 왔다는, 그 이상

한 순례자가 또한, 시도 때도 없이 네눔의 발목을 잡아, 거꾸로 쳐들어 올렸다가는, 유리의 법수(法水)라는 불의 기름의 가마솥에 잠가, 쇠똥을 태우려 했으니, 아 그렇지, 그런즉 너는 뒤꿈치를 주의해야 할 테다. 사람이 죽으면, 그 사람의 뒤꿈치로 그 사람의 영혼이 방출된다는 소리도 있어 말인데, 그런즉 뒤꿈치를 자지로 번안해 들을 만하냐?

시동: 그런즉, 뒤꿈치 파내는 형벌을 받은 올자(兀者)와 고자는, 늘 어디로 떠나는데도, 제자리만 맴돌고 있다는 소리까지 나올 성부른데유?

재나무: '스스로 된 고자'주의에 접붙이기로 한다면, 올자야말로 재림한 인간이래야겠어야. 나무느림보 말인데, 그놈이 나무똥구멍에다 뒤꿈치를 벗어놓아버린다면, 무슨 일이 일어날 성불러?

시동: 족거튼 소리에 썽도 나고 그렁만유. '오독' 말씀을 하시다, 오도(誤導)를 하고 계셔유!

재나무: 으흐으흐흐, 흐흐, 아서! 말어! 내단(內丹) 굽는 이들은, 방귀까지도 못 새나가게 하려, 정교히 깎은 나무좆으로 똥구멍까지 틀어막는다는 겨. 그래야 밖으로 헛되이 발산해버릴 기(氣)가, 안에서 진하게 농축하게 된다는 겨.

시동: 우악한 뇌미, 썩 잘못했구면유! 해두, 조또나, 어린 것 데리고시나 낫살 깨나 쳐자신 늙은네가 뭐 가르칠 게 없어 나무 좆에 비역하는 짓이나 가르칠께유?

재나무: (웃느라 자빠지다, 어떻게 수습해 정색하고) 가땄자, 늙은네가 오도하고 있다는 그 '오독'은, 가땄자, 단독(短讀)이랄 수도 있겠지맹?

시동: (좌세를 고쳐, 꿇어 엎드린다.) 귀는 준비되어 있는 듯하와유.

재나무: (웃으면서도, 음성은 짜증난 듯이 꾸며) 인석이 이거, 버렁 떨어진 짓을 하고 있잖게? 이 늙은탱이가 네 아비여? 네 스승이여?

시동: 문잘배쉐 성에는 안포-타즈 성주님이 계시고…….

재나무: 문잘배쉐 숲에는, 벼락 맞고도 못 죽고 산, 무수(無壽)의 이 늙은 재나무가 있다는 말이 하고 싶은 게지?

시동: ……, 저는,

재나무: 안포-타즈와 이 늙은네, 우리 둘은, '죽고 싶다'는 소원에 의해서는 다르지 않기는 하다. 마는, 그에게는 지켜내야 할, 무슨 이념 같은 것이 있어도, 이 늙은네껜 그런 것이 없어. 그래서 우리는 같잖다 말이지, 달라! 그 이상한 순례자가 몇 번 다녀간 후, 이 늙은네도, 이 늙은네식 무량겁의 삶의 오독을 알았다만, 그리고 대략 그의 문하생이 되어가고 있다만, ……누군가가, 어느 날, 이 하릴없는 늙은 나무의 밑둥에, 도끼날을 대러 오겠지…….

시동: 말씀하신 '오독'은 어떤 것이었나유?

재나무: 헉, 이런 불한당이 또 없겠군! 남의 집 닫힌 사립짝을 왜 열고 들어서려는 겨!

시동: 안포-타즈 성주님처럼, 무슨 비밀을 싸안을 일이라도 있나유?

재나무: 헉, 이거 영락없이 수염이 쥐끄시게 됐네! 이 늙은네는, 자신에 관해 말하기를 별로 즐겨 하지 안했으니, 별로 여러 말 하고 싶은 생각은 없다. 마는, 이만쯤은 말해줄 수도 있겠지. 라는 것은, 그 치명적 벼락을 맞았기 전까지 늙은네는, 삶을 예술이라고 생각해, '대지'를 종교 삼아, 열심히 신앙의 뿌리 내리고 가지 뻗었으며, 무성하게 잎을 피워, 꽃 피우고, 열매 맺고 했었드랬지그리. 나무들의 삶의 법열은 그런 것이기도 했더라. 한마디로, 자신을 예술화하는 데,

원 삶을 다 바친 것이었다 말이지. 이건 특히 식물류(植物類)가 할 소리겠다만, 삶의 시작에 대지가 있었듯이, 그 삶의 끝에도 대지가 있다는 믿음은, 대지에 의존해 사는 삶을 충만감으로 영위하게 하던 것이었드랬는다. 그러던 날, 예의 저 치명적인 벼락이 쳐내린 것인데, '간교한 뱀'이 가지를 휘어주고, 아담이 팔을 받쳐주자, 하와가 그만, 그 열매를 뚝 따내버린 것여. 진노한 '아버지'가 눈에서 불을 쏴내리더군. 이후 늙은네는, 아픔을 좀 줄일까 하여, 그 벼락을 은유화하기에 꽤 오랜 세월을 보냈드랬지.

시동: ?

재나무: 진(津)도 즙(汁)도 흘리는, 살아 있는, 살기의 예술도 또한, 허무주의의 다른 뺨으로 보이더군. 그러면 저 '벼락의 은유화'에서 드러난 것이 무엇인지 알 만하겠제?

시동: 그것은 알겠는데두 저것은 모르겠는데유! '난독성 짜증'이 다 나누먼유.

재나무: 어흐, 흐흐, 것두 그럴 일이다. 왜냐하면 늙은네가, 자기 얘기 하기를 싫어한다면서도, 자기 얘기 하기에 바쁘느라, 늙은네가 말하는 '예술'의 한계를 분명히 해두지 않은 까닭일 테다. 이 '예술'은, 소위 '예술가'라는 이들이 창작, 제작하는 것 같은 그런 예술의 뜻은 아니며, '삶은 예술이다'고 생각하는 바의, 늙은네의 그 '삶'의 얘긴 것을—. 늘 새로곰 새로곰, 대지를 제단으로 삼은 번제(燔祭)하기, 즉슨 창조하고, 싹 피워 꽃 열고 열매 맺기, 새로 도전하여 파괴하고, 조락하기, 그리고 또 창조하는 행위로서의 그 삶 말이지, 예술가들이 자기의 예술에 대해 그러하기처럼 말이지. 새벽에서 정오(正午)까지, 그 창조적 행위는, 아주 잘되어지고 있는, 가맜자, 이런 단어를 자네한테 써도 괜찮은가 모르겠다만, 그래도 그것이 적절한

것인즉 어쩌랴, 나무들의 성교, 잘 정진되고 있는 성교처럼, 성공적이기까지 했더라 말이지. 그럴 때 보인, 어떤 타인들, 예를 들면 자기를 부정해버리고, 어떤 절대자에게 의존해 있거나, 자기 짐을 어떤 타인에게 짊어져주고, 자기는 무의미하게 보이는, 일상이라는 연자방아에 매어 있는 당나귀 같은 이들은, 대지로부터 발이 벗어난 듯해 '종말인(終末人)'처럼도 보이더라 말이지. 그건 '정오'까지의 얘기다. 삶을 늘 새롭게 창조한다는 일은 '위험스러운' 데다, 계속하려다 보면, 무척 지치고, 피곤하게 하더군. 오후 되기 시작하면서부터는, 고행 중에서도 그런 고행이 없겠더라야. 한마디론, 거세(去勢)의 느낌이 그런 것일 듯하더라 말이지. 그것을 극복하기 위해선 부숴져야 하고, 몰락해야 하는데, 결과, 이 예술은, 계속되는, 또는 겹치는 단절의 모양새더군. 저 단절 단절은, 계속 속에서 되풀이될 뿐이었는데, 의미가 있어 뵈지 않기 시작하더구먼. 그럼으로 더 치열하게 파괴하고, 더 '위험스레 살다, 죽을 수 있을 때 죽어라,'고 스스로에게 소리쳐준다 해도, 그때쯤은 그것들처럼 공허한 외침도 없더라 말이지. 의미 같은 것이 충일되어 있다고 믿었던, 예술로서의 삶이, 만조 때의 정오의 바다처럼 보였었다면, 그런 것이 보이지 않았을 때 보인 그 꼭 같은 것이 이번에는, 석양 녘 대무(大無)의 광야로, 그것도 무변으로 앞놓여 있는 것이 보이더라 말이지. 허무 같은, 우주적 폭력도 없던 것이다. 먹어도 먹어도 배가 차오르지 않는, 그것은 아자가라-에뤼식톤이던 것이다. 한 삶이, 저 아자가라-에뤼식톤에 먹히어져 들면, 그 예술은 실패한 것이 분명하다. 그리하여 대지를 뿌리에 무겁게 달고, 날아오르려 했던, 이 늙은네의 꿈은, 이카루스Icarus가 되고 말았던 듯하다.

　시동: 그런 예술적 삶이란 그렇다면 인공적인 것 같은데유…….

재나무: 건 또 무슨 새빠진 소려? 이번에는 늙은네 쪽에서 난독성 짜증이 일어나는군.

시동: (힐쓱 웃고) 짐승도, 신도 그런 짓은 안 한다고 하니깐유, 예술 자체가 인위적이쟎유?

재나무: 그? 글쎄다?! 네 머릿속에 들어가 생각하기로 하면, 그! 그럴 성도 부르네그랴!

시동: 태어날 땐 자연적으루 갖다가시나 태어나서, 죽기는 인위적으로 갖다가시나 죽었다면, 그 삶도 죽음도 모두 인위적이지 뭐겠어유?

재나무: 으흐흐, 흐흐, 흐래두 말여, 인간이 축생과 다르다는 건 뭐겠냐, 그런 것 아니겠냐?

시동: 이건 갑자기 난 생각인데유, 저의 투미한 대가리로 생각하기에는유, 인간이 축생과 다른 건, 인위적이냐, 자연적이냐기보다는, 짐승이 아직 못 깨우친 다른 여러 가지 것을 깨우쳤다는 그것에 있는 듯하거든유. 예술가들이 제작해내는 '예술'도 그런 것 중의 하나로 보이구유, 그보다 더 신기하게는 '하나님,' '요정' 뭐 그런 것들도 말입쥬.

재나무: 야 그거, 그럴듯하네! 제법 갖다가시나 그럴듯하다 말이지!

시동: 그 이상스러운 순례자께서는, 무엇을 해드렸나유?

재나무: (잠시 머뭇거리고) 거야 뭐 여러 말 할 필요 있겠느냐, 그이는 아무것도 해준 것이 없었다. 그것이 운명적이라고도 이를, 새로운 벼락이었다! 이후, 이 늙은네 쪽에서, '판첸드리야'의 삶은 '예술'이 아니라, '연금술'이라고, 대략 그런 것만 고려해보기를 시작하게 되었을 뿐이다. 그런 뒤, 언제나 원점에로 돌아오기와, 그것을 벗

216

어나기, 라는데, '예술'과 '연금술'의 다름이 있는 것으로 살펴지더라.

시동: 저의 단독(短讀)도 혹간 저것과 상관이 있겠나유?

재나무: 하기야 오독이 단독의 결과며, 단독의 결과가 오독일 것이겠지만,

시동: 투미한 독자를 위해, 쉽게 좀 풀어주실 수 없으시겠나유?

재나무: 그런즉 그런 대갈통은 달고 있어 봐야, 밥만 축내겠구나.

시동: 히히히, 전 먹기보다 더 좋은 건 없다구 알구 있어유, 흐히.

재나무: 에끼 이눔, 앉은 자리 흙 파고, 똥만 찬 그 대가리 묻어버려! 거름이라도 되잖겠으?

—둘이는, 바위까지도 웃음을 못 참고 박살이 나도록, 흔쾌히 웃어젖힌다.—

시동: 귀는 준비돼 있구먼유.

재나무: 네가 과연, 저 광야의 황폐를, 그 정적을, 그 대무(大無)를, 네 심신에 짊고도, 다리몽셍이가 부러지지 않을 만하냐?

시동: 똥만 찬 대가리를 묻어버리기 전에, 들을 건 들어둬야겠네유!

재나무: 다시 묻건대, 그럴 만하냐구? (장난기 섞은 음성이다.)

시동: 건 말씀도 안 되는 말씀이시구먼유! 쥐가 코끼리를 놀래게 한다 해도, 어떻게 쥐가, 코끼리의 짐을 질 수 있겠어유? 전 제 대가리까지 무겁다고 느끼는 중이구먼유.

재나무: 그것이다! 롱기누스의 창으로 벗긴, 어부왕의 껍질을 입고서도, 네가 과연 어부왕처럼 그의 고통을 인고할 수 있겠는가, 그것이다.

시동: (팩 풀 죽어, 자신을 콩알만 하게 줄이려 하며) 아 거기, 투미한 놈의 단독, 오독이 있었군입쥬! 투미한 놈은 역시, 돌아서게 되겠

군입쥬, 역시 돌아서게 되겠군입쥬, 역시…….

재나무: (좀 어울리지 않게, 명랑한 음성을 꾸며) 그랬으면 이누마, 그 손에 창을 쥐려는 대신, 불새의 날갯죽지를 쥐고 돌아왔어야 지!…… 늙은네는 물론 아까, 네게서 살욕은 없는 피냄새 같은 걸 맡기는 했었는데…… 그건 말이다, 절대로 그러려 해서는 아닌데도, 글쎄 어디 저잣거리나 인가 가까이 서 있게 되어 있잖은, 늙은네의 처지와 숙명이 그러잖으냐, 자네들이 그렇게 떠넘겨 말하는, '고답적인 삶'을, 그것도 무량겁을 살다 보니, 콧구멍 속에 별로 속진 낄 일이 없어, 지나는 것들의 영혼의 냄새까지 맡을 수 있게 되더군. 사실 말이지, 좀더 젊었을 땐, 성내의 나무들이 얼마나 부러웠던지,

시동: 문잘배쉐에선 그래서, 어르신께서 모르는 것은 아무것도 없을 것이라고들 말하고 있제유.

재나무: 허으 그렇게 됐다는다? 것두 좋은 평판이라면 나쁠 것은 아니겠구먼그랴. 그러나, 눈 밝은 어떤 이가 두루 살펴 안다는 것과, 맹인이 냄새나 소리 따위에 밝다는 것은, 같은 게 아니라네.

시동: 무슨 말씀을 하시려는가유?

재나무: 예의 저 후각이 맡아낸 냄새 얘긴데, 집 떠나서 십 년도, 아니 일 년도, 또는 한 달도 아닌, 단 하룻밤 노숙을 하고서……, 집 떠날 때 십칠팔 세였다면, 한 백칠팔십 세나 되어 되돌아오며, 그 대의나 목적을 바꿔버리게 되었다면, 그 한 대목만은, 그 홀맺힘이 영 풀리지가 않는다, 않는다, 말이지, 말이라구! 이건 그 한 대문의 문장이 오문이나 비문으로 이뤄졌다는 얘기와도 같지는 않거든.

시동: (제 발등에다 침을 퉤퉤 뱉아, 풀꽃을 뜯어 쓱쓱 닦아내고, 그러고만 있으며, 중얼거리듯, 엉뚱하게) 어르신의 그 문장엔 주어(主語)가 빠졌네유. (그리고 씻뜩 웃는다.) 오문도 비문도 못 돼유.

재나무: 그 자리에다 '밥통,' 아니면 '똥주머니'라는 말을 넣어주라? (웃고) 너의 그 '나비'는 어찌 되었는 겨? 아직도, 네 눈에 보이는 바깥뜰 어디를, 즐겁고도 곱게 날고 있다는 겨 어쩌는 겨? 눈을 감기만 하면 그러니, 그것을 대번에 잡을 듯도 싶은데, 눈을 뜨면, 무지개가 그러잖다고, 아직도 저만큼쯤에 보이기만 보이고, 잡아지지가 않는 것이던가?

시동: ……, 사, 사실로, 마, 말씀입지만유…….

재나무: 늙은네의 귀는, 이렇게까지 늙었어도 속진에 덮인 바는 없었다 해도, 네 말뜻은 알아듣지를 못하겠군.

시동: 걸 뭐 할려고 알고 싶어 해쌌네유!?

재나무: 어응? 거 참 멀쩡한 놈 다 보겠네! 인석아 그런즉 그 선바위 대고 오줌이나 한번 갈기고, 다른 데로나 떠나볼 일이었지, 늙은네겐 오기를 왜 와?

시동: 뭔 말이 좀 하고 싶어 그런 것 아니었겠어유?

재나무: 허흐, 흐흐흐, 그래서나 다 말해버린건가? 그렇다면 그 모양 다리로 퍼내질러 앉아만 있지 말고, 뒤로든 앞으로든 또 걸어 나가봐야 되는 게 아니겠어?

시동: 전 아직 아무 말씀도 안 드렸네유! 어르신께서만 말씀하시잖았나유?

재나무: 허, 허허, 늙은네의 고스랑거리기의 병이 재발했던 것이었구나? 그러구 보니, 혀에 침도 마르고, 피곤하구먼, 가보거라, 가봐!

시동: 정 알고 싶나유?

재나무: 뭐를? 이 늙은네가, 너란 눔의 뭘 알고 싶은 거지?

시동: '나비' 얘기 말씀이어유.

재나무: 바위모양 나무도, 지나가는 개가 오줌 누면 오줌 맞고,

소박맞은 새댁이 하소연하면, 그게 얼마나 짜안해서 싫든, 들어줘야
하고,

시동: 저…… 사실론 말씀여유, 저, '나비'가, 사실론 저에게 날아
왔었다누요! 이게 하고 싶었던 얘기였다니깐유,

재나무: 헥! 저런! 저런?

시동: 그러곤 날아가버렸다누요!

재나무: 헥? 저런? 저런!

시동: 문제는유, 그런데유, 그것 잡으러 나섰던 얼뜨기가, 잡기 대
신 볼모로 잡혀간 듯한데 있구먼유.

재나무: 으? 호호, 호? 사실론, 거 안됐지만, 크르륵, 사실론 거
여간만 흥미로운 얘기가 아니다, 아니다 말여, 크르르, 네눔 말이지,
불알을 잃었지? 걸 잃은 게 아니냐 말여?

시동: (얼굴을 붉히고, 늙은네의 시선을 피한다. 그러곤 목구멍 속으
로 기어들어가는 소리로) 그, 그런 거 같네유, 있는데두 없네유!

재나무: 그거 말이지, (여전히 히히거리며) 열심히 들여다보고 낸
결론 같구나, 맞지?

시동: (여전히 시선을 피하며) 맞네유!

재나무: 그래서 네 생각엔, 그 나비가 그것을 갖다, 이 늙은네께라
도 보관하라고 둬뒀을 성부르디?

시동: 그런건 아니지만유, (그제사 늙은네를 정면하곤) 글고 그러
기를 바라지도 않지만유.

재나무: (여전히 클클거리는 소리로) 이 대문만은, 읽기가 영 수월
해, 암믄, 알 듯하다 말이지. 그 나비도 그냥, 봄 뜰 어디나 나는 그
런 것이드니? 아무려면? 아니겠지. 넌 '불새'를 그렇게 일렀으니깐
두루.

시동: 듣고 웃지 마셔유, 안 웃겠다고 맹세하시구, 퉤 침 뱉어유! 됐네유. 맹세를 저버리시면, 똥구멍에 털 날 거구먼유. 사실은 새는 새였는데두, 영 너머 산다는 거인네 비둘기라면 맞겠는데유, 아랫두리는, 그랬네유, 돼지치기네서 본, 어려도 숙성한 흰 암톳이었네유. (그리고 또 시선을 피한다. 얼굴이 붉어 해당화 뺨기다.)

재나무: (여전히 크륵거리며) 돼지였다면 발도 넷이었겠구나? 허긴 새라면, 그럴 까닭이 없었겠지만서두,

시동: 헌데 웃으시누만유!

재나무: 홋홀만한 힐홀 두고 훗지 않흐면, 건 정말 벼락 맞고 죽은 나무지 뭐겠어?

시동: 건, 조금만 요상한 게 아니잖유?

재나무: 그렇기도 하겠고……, 또 그럴 것까지도 없는 듯형만. 차라리 그럴 듯도 싶으다는 믿음까지 드누먼. 안 그렇다면, 산(山)불에 구워지는 모든 큰 새마다 불새라고 우긴대도, 할 말은 없게 될 수도 있을 게거든. (크르륵거린다.)

시동: 건 말도 안 되네유!

재나무: 이제 어쩔 겨? 장가들기도 이젠 틀렸구, 너 또한 안포-타즈모양, 형상만 사내지, 사내도 아니게 된 것을? '님은 갔습니다. 아아, 사랑하는 나의 님을 갔습니다.'— 년 전, 어떤 젊은 시인 하나가, 이 늙은네 그늘에 앉아 훌쩍였든 소리가 기억나누먼. '날카로운 첫 키스의 추억은 나의 운명의 지침을 돌려놓고 뒷걸음 쳐서 사라졌습니다.' 호흐흐, 오늘 네게도, 저런 탄식이 좀 위로가 될 성부르네?

시동: 그 노래의 님 자가, 수피Sufi가 아니었으면, 박씨분 따위를 보따리한 사포Sappo였겠군유? 남류(男流)는 여럿 알겠는데두, 여류는 그 이름밖에 생각이 안 나네유.

재나무: 수피는 아니었으며, 더더욱이나 여성 음송시인도 아니었더랬네. 왜여?

시동: 거 어째 좀 좆 단 사포의 넋두리 같아서유.

재나무: 이누미 이거, 웃기는 놈이네! 게다가 배교도(背敎徒) 냄새까지 풍기누면, 피이! 피이!

시동: 건 웃기는 말씀이시네유!

재나무: 시부(詩賦)란 신성한 것여!

시동: 건 참 씨부랄소리구먼여유!

재나무: 여 젊은네, 자네 뭐 좀 알기나 하구서, 신성한 것에다 침 뱉고 오줌 갈기고 있는 짓은 아니지?

시동: 알긴 뭘 알아유? 조또 모르겠는데두유, 대강 흘려듣고 말기로 한다면, 설움의 내용이 비슷하다 보니, 그를 위로해주고 싶은 생각까지도 드는데유. 그들은 서로, 입에다 가시장미를 한 대궁씩 물고 입술을 맞췄으께유? 거 어째 좀 마뜩찮게 들려유.

재나무: 허 이거, 본의 아니게 늙은네가, 네 속의 무슨 건(鍵) 하나를 잘못 건드렸으끄나? 건 뭔 소려?

시동: '날카로운' 것이, '첫 키스'인지, 그것에의 '추억'인지, 아니면 그 둘 다인지, 아마도 '첫키스'겠습지유? 만, 저를 두고서라면유,…… 저한테는유, 그 느낌은, 그냥 갖다가시나, 뜨거운 눈사태가 담박 무너져내리는 듯 했거든입쥬. 그 육중함에 깔려 죽는 줄 알았구먼유. 왼 몸뚱이가 그냥 불에 타는 듯 오그라지면서두, 얼어든 듯해 사시나무모양 떨리기만 했더라니깐유. 깝박 죽는 줄 알았에유. 시인이라면, 그런 것을 두고, 날카롭다는 식으로 표현허께유?

재나무: 야 이누미 이거, 경험이 솔찮았네그랴!

시동: 이후, 하기는 말씸이어유, 운명의 지침이 바뀌는 것 같은 느

222

낌이 들긴 한데유, 그래두 그렇지유, 그 이전의 운명은 어떤 것이었다는 데유?

　재나무: 이 멀쩡한 누마, 그걸 이 늙은네께 물으면 어쩌자는 거여?

　시동: 그때 물어두셨어야 됐잖아유?

　재나무: 이 늙은 나무더러, 지금이라도 뿌리 뽑아, 그 집 없는 시인을 찾아 물어보라는 소리는 아니겠제?

　시동: 히히히, 히, 그, 그런 말씀드린 건 아니구먼유. 왜냐하면 뒷걸음질 쳐 사라져버렸으니께유, 못 찾을지두 모르잖유? 뒷걸음질 쳐 사라졌다면, 어디겠나유? 과거의 시간 속에 무슨 맹장(盲腸) 같은 것이라도 있으께유? 아니면유, 비오는 밤중으로, 지금은 없어진 서낭당에 가, 아랫두리 내놓고 서 있겠나유? 입에는, 피 빛깔의 찔레꽃 가지를 물었겠슈? 글쎄 그게 그렇잖나유?

　재나무: (입에는, 가시장미꽃 같은 웃음을 물고, 가시스레 짜증 내) 글쎄 그게 그렇다는 소리는 또 뭐셔?

　시동: 헌데두 저에겐, '님'이라거나, 어디서 빌어왔는지도 모르겠는, 명사로 쓰인 '키스'라는 말이 영 용납키 어렵구먼유.

　재나무: 건 왜여? '님'이라는 대상의 성별(性別)에 좇아, 건 면(男色)사(事)로도, 아니면 공지니네가 소지하며 하는 축수의 대상 같은 것으로 바뀌는 그런 것이 아니겠남? 그 사랑이 지극해, 그 대상이 한껏 떠들어 올려져, 신앙처럼도 여겨지잖나?

　시동: 좇 단 사포가 아니라면 뭘 두고 '님'이라며, 옷소매 부여잡고 늘어지며, 낙루청승 떠는 소리 말예유, 스스로도 넘세스러 안 힐 것이구먼유. 글구, '키스'가 명사로 쓰이면, 키스의 여운이 토막 나버려, 날카로운 추억이 될 성도 부른데유, '입맞춤'이라는, 좋은 동명사도 있잖유? 두 입술이 따뜻하게, 또는 물큰하게 닿았다, 또는 포개어

졌다, 그런 뜻의 동명사말예유. 그 더움 속에서 영혼은 얼어드는 떨림을 갖잖겠어유?

재나무: (빙그레 웃으며) 여 이누미, 그러구 보니, 경험이 단단했었네그리. 어쨌거나, 네가, 타인의 탄식에 대해, 그건 혹간 또 모르지 축수였을지도, 화내는 까닭은 알겠으니껜. 네가 드디어, '사랑'이라는 것을 하기 시작한 겨! 이거 너한테 한 소리 들을 소리다만, 그러면, '운명의 지침이 돌려'지는 거겠지?

시동: 제, 제가 혹간, 같은 체험인 것을 저와는 달리 읊었다 해서, 말씀하신 그의 탄식을 두고, 되잖게, 트집이라도 잡고, 폄훼하려 했으께유? 건 본의가 아니네유!

재나무: 독법(讀法)에 따라서는, 그럴 수도 있겠지. '기본적 오독'이랄 것은, 작가 자신도, 비록 자기의 작품이라도, 읽을 때마다 범하는 것일 것인즉, 그것에 관해서는 말할 것도 없을 게다만, '독법'이라는 것을 두고는, 독자가 계발해 있는 지적 수준이랄 것도 매우 중요한 관건이 된다는 생각도 있다. 너의 독법대로 동의키로 하면, 널 위로하겠다고 한 구절 빌렸던 탄식은, 청승이 많고, 뿐사 꾸미려는 넉살은 좋으나, 수사학적 훈련이란 별로 잘 되어 있지 않은, 근을 사태기에 사려 감춘 남(男) 황진이의 푸념 같지 않은 것도, 아니긴 아니다. 또 아니면, 그런 노래가 읊어졌던 당시의, 그 고장 전반적 수사학의 수준이 그 정도였던지도 모르지. 모르지만, 들으려 하지 안해, 다 읊어주지 못했다만, 그 노래엔 제법 무가적(巫歌的) 정조랄 게 없잖아 있는 듯도 싶어 말인데, 사랑도 깊어지면, 어떤 경우는, 대략 이런 경우는, 무조(巫調)를 띠기도 해 보이누먼. 정조(情調)가 그러하다고 해서, 그것이 모두 무가가 되는 것은 아닐 게다만, 女性으로서의 歌唱꾼은 제외하고 말해야겠다만, 어떤 노래가 무정(巫情)을

띠면, 그 대상의 품격이 높아지거나, 커져버리는 것은, 무정의 특성 중의 하나랄 것이다. 전자, 즉 대상의 품격이 높아진다는 국면에선, '신에 대해 모든 유정은 여성이다'라는 명제가 불러낸 수피즘Sufism 의 문제를 살펴보게 할 듯하며, 후자, 즉, 그 대상이 커져 보인다는 국면에선, '님 향한 일편단심' 해쌌는 굴원의(屈原義)를 살펴보게도 할 성부르다. 그러나 말하고 있는, 저 노래는, 정조는 그러하다 해도, 그 대상에 대해, 그것이 어떤 것이라고 짚어낼 수도 있는, 무슨 단서가 제공되어 있는 것은 물론 아니다. 굴원은, 삼세 노닐던 멋들 어진 면사니 (『楚辭』)였거니와, 쭈구셔 앉아 오줌 누는 저 가납사니 는, 기껏해보았자, 어느 촌구석에 기방(妓房)차려 웅숭크리고 앉아, 행여 님이 오시려나, 화롯불이나 다듬거리며, 가망 없는 밤을 새우고 있다. 그 상상력은, 下地后土서낭四方之神에로까지 날개를 펼쳐내 고 있지를 못해, 무기, 무조 따위를 띠고 있기의 까닭으로 차라리, 쾌쾌하게도 초월된 인간을 부르짖는, 거대한 수용 같은 이들께는, 피 동적, 피학성의, '노예근성의 종말인'적 냄새까지 맡여짐에 분명하 다. 누가, 바람을 불어넣어서라야만 소리 내는, 갈피리 같은 것이거 니! 그러면 그건 무엇 하자는 노래냐, 묻게 되는데, 하기야, 이 늙은 네나 자네 같은 독자에 대해서 그것 읊어주기란, 돼지우리에 진주 던 져넣기 같을 지도 모르며, 또 그 두 돼지는, 그런 진주를 은기에 담 은 똥쯤으로 알지도 모르되, 어쨌든, 그것이, 네뇸모양, 불알 떨어졌 다고 눈물 짜는, 울보의 눈물 닦이에는 쓸모가 있는 줄로는 알았더랬 더니,

시동: 전 무슨 위로 같은 걸 얻으려, 어르신 뵈러 달려 온 건 아니 었네유.

재나무: 지금이라면 것두 알지. 알겠는 것은, 네가 글쎄, 사랑하기

를 시작한 겨! 하와라는, 사람의 엔네의 까닭으로, 참으로 태초에 느껴낸 것의 얘기겠다만, 첫사랑의 체험은 그렇더군, 혼자 속에만 꽁꽁 묶어 가둬두고 싶음에도, 또 자꾸 떠벌려 누구에게나 알려주고도 싶은 그런 것이더군. 그 진동이 너무 무겁고 커서, 묶으려 하면 할수록 불어나는 펜리르 같은 것이더라 말이지. 그것의 아가리에 물려 찢겨 죽고 싶어 안달이 나는데, 이런 이율배반이란 참 않음다운 것이더군.

시동: (넙죽 큰절을 한다.) 마, 마, 맞는 말씀이셔유!

재나무: 불알 까인 나귀러라? (까마귀 까악거리듯) 글글글, 고자가 돼버렸다 말이지? 불새를 잡으러 나선 놈이, 불새네 볼모가 되었다구 시나!

시동: 저는 괴롭네유!

재나무: 아하, 저런 저런! 저 한 대목 홀쳐 맺힌 대목이 이제사 풀리다니! 그런 까닭으로 너는, 아랫두리를 내려다보다, 불알이 까이었다는 데 마음이 묶였겠지? 그러는 어느 순간, 네 아비 안포-타즈가 너 자신에게로 겹쳐듦을 느꼈거나 보았을 것이었겠지, 안 그랬더냐?

시동: (머뭇거리고는 있으나, 부인하고 있는 얼굴은 아니다.) 저는 그냥, 황폐만을 보았었네유. 광야만을 느꼈네유…….

재나무: ……이런 얘기가 떠돌고 있으니 얘기지만, 운명적으론 파르치발이 그의 뒤를 이어, '성배지기'가 되게 돼 있다더라만,…… 문 잘배쉐에는, 오래오래 전부터, 누설된 천기가 하나 있어오는데, 문잘배쉐가 극난에 처하게 되면, 그때마다 와서, 그 난경을 극복하게 하는 이가 있다며, 그의 이름은 '탈리에신Taliesin'이라고 한다 하더라. 그는 시인(詩人)이라 하지. 조악한, 또는 황폐해진 '자연'에 '시'를 대비해보면, 하필 그가 '시인'일 까닭이 보이겠지. 그러나 우리는, 이 '탈리에신'이라는 고유명사를 보통-고유명사화해서 말하고 있는 중

226

이겠지?

시동: 이 투미한 놈은 여전히,

재나무: 예의 그 이상한 순례자가 흘린 말로는, 자기도, '친타마니'라는 성배를 찾아 헤매는, 중기사[僧騎士] 꼬락서니라고 하되, 사실은, 그 문(門)의 '팔조(八祖)'를 찾아, 그쪽(羑里)엔 말이지, 자기 신던 신발만 남겨두고, 라는 말은, 거기선 모두 '칠조(七祖)는 입적(入寂)했다'고 믿고 있을지도 모른다는 그 말인데, 먼 길을, 무세월로 헤매고 있었던 것으로, 이 늙은네는 알고 있어오는다. 예의 그 '팔조는, 균세(菌世)로 법경(法經)을 짊어지고 들었다'는데, 꽤 밀종적 비의를 담은 얘기로 들리더군. 人世라 해도, 人間이 人間을 상실하여, 人皮는 썼으되 人間이 아닌 것들이, 우글우글 득시글거리면, 그것도 하긴 菌世일 것. 전원(에덴)이 장차 황폐해지겠는다. 大莫이겠는다, 大無겠는다! 예의 저 '八祖'는, 유리의 '후문(後門)'에, 유리 촌장 중의 누가, 억지로 밀어넣은 '촛불꽃,' 또는 그런 '빛돌'이라는 것인데, 八祖의 어머니는 그러니 유리에 있거나, 그 빛돌을 임신한 유리 자체일 테다. 저 '빛돌,' 그의 어휘로 '친타마니'라는 성배 탐색꾼은, 아마도, 또는 분명히, 병(病)든 문잘배쉐에 와서, 그(八祖)가 든 자리를 발견했었을 것이었다.

시동: 저는 영 투미한가 봐유.

재나무: 투미한 자식이 아니고서야 '나비'잡이에 나서겠냐?

시동: 왜냐면유, 저 이상한 순례자는, '창조하신 이'에 관해선 별로 말씀을 않으시면서유. '그렇게(如) 오실 이(來),' '탈리에신 오실 이'에 관해, 혼자 말씀인 듯이 얼핏얼핏 흘리셨는데유, 그런 어떤 '미리 존재하신 이'가 없이, 시간의 과거 속 어디서, 무엇이 준비되어 있다가, 그런 이가 불쑥 걸어 나오겠나유? 그렇게 여쭙자면, 그때마다

그분은, 빈 손바닥만 펴 보이시며, 그냥 잔잔히 웃으시기만 하셨더랬지유.

　재나무: 헥, 저런 저런! 프라브리티에다 니브리티를 한 줌 끌어내, 뿌렸댔구나! 그러자니 여래태(如來胎)나 열어 보일 수밖에 더 있었겠는가? 아마도 말로써는 결코 그렇게 표현해내지 않을지 모르지만, 그가 이해하는 여래태는, 빈 손바닥 같은 것이었을 것이라고, 이 늙은네는 짐작만 해오고 있다. '여래태' 얘기는, 너도 귀가 아프도록 들어봤을 걸?

　시동: 그랬네유. 그이는, 제가 알 수 있으리라고 생각해 그런 말씀을 하신 것은 아니었을 것인데유, '자라는 애들에게 옷을 지어 입히려면, 품이나 길이를 매우 넉넉하게 해야 한다'고도 말씀하시며, 웃으셨구먼유.

　재나무: 호호홋, 교활하고 괴팍하다 말이지! 할 수 있으면, 그냥 꿈에서라도 한 번 더 만나뵙고 싶구먼! 그리고 보태주고 싶어 하는 말이다만, 그이는 신을 별로 많이 거론하시지 않았다,고 하는데, 이 늙은네의 귀는 오히려 그 반대로 들었구먼. 아마도 그이의 프라브리티 쪽의 성배는, '인간(人間)의 재림(再臨),' 또는 '재림한 인간'인 듯도 싶은데, 그것을 위해 최우선적 조건은, '신'을 인식해내기라고 믿는 눈치였으니, 그이처럼, 神을 많이 들먹인 이도 많잖을 성부르다구. 이 재림한 인간은, 다른 동물들에 대해 신, 육안에 보이는 신일 것이라는 식이지. 동물들에 대해, 이것의 이름이 '人神' 아니겠냐? 자네 또한, 자네의 귓속 바닥에, 그의 말의 그 나나니벌이 알 묻어놓은 것이 깨어 일어나는 아픔에 당하게 될 날이 오게 될 것은, 훤히 내어다본다. 하기는 이미 저 새끼 나나니벌이, 너를 갉아먹기 시작해 보이지 않는 것도 아니다만……

시동: 이 투미한 놈은 이제사 그 '품이나 길이가 넉넉한 옷'의 뜻만은 짐작을 하겠는데유.

재나무: 투미한 녀석이, 언제 겸손의 미덕까지 깨우쳤네그랴. 네 몸에 맞기 시작했다는 얘기로 들어도 되겠느냐?

시동: 언감생심이겠네유!

재나무: 그것 나쁘잖게 들리누먼.

시동: 여래태가 얘기되는 자리에서도 개인의 '자유의지'가 얘기될 수 있겠나유?

재나무: 아, 그런즉, 가봤어보자. 너는 그런즉, 정화되지 못한 '습기Habit Energy'에 묶여 당하고만 있는 게 아닌가, 그런 걸 묻고 있는다? 그런 물음은, 너의 스승이었던, 그 순례자께 물었어야 되었던 것을. 그는 분명히, '나무'들의 세상에도 법종(法種)을 뿌리려 해서였을 것으로, 아니면 무료를 달래려 산책하느라 그러셨을 듯도 싶지만, 이 숲엘 아주 자주 들르셨었는데, 이 늙은네는 그 의문만은 만들어내지를 못했었구나. 어쩌면 그것은, 물음이 될 만한 물음이 못 된다고 여겼었을지도 모르겠다만…… 아까는 살기를 예술적으로 하려 했다는 얘기를 했다만, 사실 그가 다녀간 후, 늙은네도 뭔가를 자꾸 생각해보기 시작하기는 했지. 했는데, 뽐내 말하면, 자칭 '예술가'가 '철인'이 되려 했겠느냐? 그런데, 말이다, 너의 뜻은 알겠는데도, '타타가타가르바'가 '니르바나'라는 식으로도 들은 기억이 있어, 그게 어쩌면 네가 말하고져 하는 '자유의지'와, 가봤자, 그이는 어째선지 '時中/所中'을 매우 중시하는 어투를 쓰고 하셨다만,…… 그러구 보니, 이 늙은네게, 아직도, 그 옷은 품이 너무 넓고, 길이가 너무 긴 듯하다.

시동: 전에는 도저히 느낌조차도 가져보지 못했던 것들이, 귓속에

서 보스락 보스락 일어나싸서 말씀인데유, 순화되지 못한 '습기(習氣, habit-energy, 如來藏是善不善因, 能編興起一切趣生, 〔……〕能興六道作生死因緣)'가 쌓인 방(藏), '六道'라는 짐승의 뱃속 말고 뭐겠유? 그것으로부터의 탈출의 다만 한 방도나 수단은, 그 내장을 불모화할 수 있을 때뿐이겠나유? 아니면, 그것 속에 임신되어 있는 것의 자기 황폐화뿐이겠나유?

　재나무: 아랫배에 채워뒀다 뉘버려야 할 똥을, 대가리에 채우고 있는 느슥 같으니! 자다 봉창 뜯고 앉았거든! (시동 히히 웃는다.) 헌데 말야, 자네, 이 대목에선, 안포-타즈의 냄새가 짙군그래. 말하기의 편리를 위해서, 그쪽 편을 보는 눈을 왼쪽 눈(Esoterism)이라고 이르기로 한다면, 이 왼쪽 눈으로 보는 세상은, 생식욕이 과한, 상복 입은 과부거미의 자궁처럼도 보일 것이지만, 오른쪽 눈(Exoterism)으로 본다면, '스스로 된 고자'도 포함해 말해야겠지? 보는 자의 자기 거세(去勢)라는, '느낌'보다 훨씬 더 진한, 일종의 병증 같은 것을 일으킬 수도 있을 듯하다. 그러나, 이 무수(無壽)의 나무도, 그 뱃속을 어떻게 벗어날지, 그것을 모르고 있기에, 아직도 이 대지에 억류? 그렇다, 억류되어 있는 것이 아니겠냐? 그건 늙은네께, 다른 생각해볼 거리〔話頭〕를 하나 더 붙이게 되었다. 그런즉 어렴풋이만 알 듯한 얘기를 더 말하려 하면, 말하는 자도 듣는 자도 야호의 껍질을 입어 들을 헤매게나 될 테다. 예의 저 '濕氣'나, '如來胎'에 관한 법설을 두고도 말이다만, 그거 말이지, 여간만 추상적이게 느껴지는 것이 아니어서, 그냥 막연한 개념 같은 것만 갖고 말하고 있는 중이라고 해야 솔직할 성부른데, 그럴 수밖에 없는 것이, 구체적, 구상적 모든 것이 무화(無化)해버린 자리에서, 그것이, '여래태' 같은 것 말이다, 구상적으로 얘기되어져 있으니, 시퍼렇게 깨어, 시퍼렇게 눈 뜨고, 몽설

하기처럼 그렇다 보니, 이와 반대되는 데서 비유를 찾는다면, 거상(巨象)을 더듬어보는 장님 생각도 나고 그렇다. 까닭에, 중생을 교화·제도하려는 법(法)이라면, 간결하고 쉬워 알아들을 수 있어야 된다고 믿는 자들이,—그 앞줄에 서 있는 이 늙은네가 보이느냐?—그렇지 못한 것을 두고, 혹 폄훼하려 할지도 모르지만, 야호가 어떻게 코끼리 껍질을 뚫겠으며, 그 뼈를 으스러뜨릴 수 있겠느냐? 야호는 그러니, 들쥐 따위나 먹으며, 난삽한 데다 무의미하다거나, 현학적 악취미 또는 사기성이 짙다는 식으로 짜증을 내가며, 오백 세든 천 세든 말한 바의 그 알아듣기 어려운 법(法)을 알아들을 만하게 될 때까지, 들을 헤매는 수뿐이다. 하기야, '마음의 우주'의 재봉사가 지은 홍포를, '몸의 우주'의 황제가 입어, '몸의 우주'의 재봉사들이, 붕어빵모양 지어 줄느런히 걸어놓은 의복전 거리로 통과하려 하면, 쑤군거리는 소리가 아니 날 수가 없게 된다. 자기 나름으로 깨우쳤다고 생각하는 이들이 흔히 말하기를 중생을 교화하려는 법이라면 그런즉, 그들의 눈높이, 귀의 깊이에 맞아야 된다고 주장하는 것은, 그들의 입장에선 틀린 말은 아니기도 할 테다. '螺'論者들은, 그런 의견을 얼른 받아, 그럼으로 종교도 식단(食單)모양 그 가짓수가 많으면 많을수록 좋은 게 아니겠냐며, 누가 자기 입에 맞는 비빔밥을 먹으며, 다른 이가 개장국을 먹는다고, 눈 흘기고 비아냥거릴 이유는 없잖느냐고 그런다.

시동: (셋뜩 웃고) 참 말씀도 많이 쌓으시네유(詞煩)!

재나무: 그래서나 늙은네들을 방문할 땐 귀를 여러 벌 준비해야능겨. (클, 크르륵.)

시동: 그런즉 그 '습기'가 쌓인 방(藏)은 어디에 있겠남유?

재나무: 이 늙은네도, 네 스승인지 아빈지 하는 유리에서 온 늙은네

모양, 빈 손바닥이라도 펴 보이라? '너의 마음속을 들여다보라, 다키니(Dākinī, Skt., The inspiring power of consciousness, as a wrathful naked female figure.)들의 집,' —걸핏하면, 그 늙은네 읊조려쌌던 그런 게송 들어보지 안했던가?

시동: (뭘 머뭇거리며, 얼굴을 붉혔다 푸렸다 해쌌더니) 고, 고, 고자도 자, 장가들 수 있나유?

재나무: (꺼져가던 불이 오르륵 살아오르도록이나, 싼내 풍겨 웃고) 건 말이다. 파르치발의 대의며 목적일 것이어서, 그의 귀향에 기대를 걸어보게 하는구먼. 문잘배쉐에서는, 둘의 불덩이가, 즉슨 문잘배쉐의 오른쪽 불알과, 왼쪽 불알이라는 말인데,—유리문의 승려식으로 말하면, 하나는 루타 역이며, 하나는 아르타 역이겠는다—빠져나간 모양이구먼, 이후 문잘배쉐는, 성배(聖杯)의 실종을 겪는다. 빠져나간 불덩이 하나는, 파르치발이라고 이르며, 다른 하나는 장차 탈리에신이라고 이르게 될 듯한데, 이건 물론 인식상의 문제일 것이겠는다. 문잘배쉐에는, 셋의 고자들이 있는 것을 알겠구먼. 불알 찾아 뛰쳐나간, 저 둘이 어떤 성과를 거둘지는 두고 봐야 알겠지만, 남은 고자 하나는, 오매불망, 뛰쳐나간 것들이,

시동: 세, 셋의 고자라뉴? 건 무슨 신명 탓인지는 몰라도, 즉흥적으로 만들어낸 말씀 같은데유.

재나무: 느슥 같으니라구! 이 느슥아, 이 늙은탱이가 할 짓이 없다 해서, 때로 때로 뿌리 뽑아, 이 거리 저 골목 다니며, 너 같은 눔의 불알 까, 무슨 그런 고자들이나 만들어내는 줄 알으? 세상에 파다하게 퍼져, 모두 알고 있는 것이 그것인 것도 몰랐네? 하기야, 너라는 눔은, 네 아비 말대로 하자면 노상 졸기만 했다고 하니,

시동: 히히히, 자면 잘수록 잠은 더 오는데유, 그랬으면 잠이 모자

랄 까닭은 없는데두유, 잠처럼 달콤한 것도 없어유. 제기랄, 그러다 들어야 될 소문도 놓치다니! (돌을 하나 들어, 조금 큰 돌을 두들겨댄다.)

재나무: 느슥 같으니라구! (핀잔하듯 말하고, 수소 모양의 웃음 웃는다.) 건 네 입으로도 여러 차례나 해온 얘기였는데, 한데서 하룻밤 새고시나는, 그것까지 잊어먹었는다? 네가 지금 그 뿌리에 걸터앉은, 잎도, 꽃도, 열매도 못 맺는 벼락 맞은 나무는 뭘로 보이네?

시동: 저, 저, 저한테는, 성주님과, 또 회당 벽에 걸린, 가로지른 나무에 못 박힌 이와, 어째 좀, 어느 대목에서는 좀,

재나무: 같아 보였다는 말이 하고 싶은 걸 삼켰겠지?

시동: 뭐, 대개, 그렇네유.

재나무: 그러면 고자가 넷이라도 셋 아녀?

시동: 그중에는 '스스로 된 고자'도 하나 있네유. 그러면 다섯이던가, 다시 셋이겠는데유.

재나무: 으? 으흐? 흐흐흐! 야, 그거, 말이지! 말인데! 그런즉 그 까닭으론 천국도 황폐해져 있겠구먼.

시동: 그러니 그이는 장가들 필요 없잖유?

재나무: 햐, 이거, 그렇잖아도, 딱따구리며 다람쥐, 뱀 따위 물것들로 몸이 가려운 재나무에, 별 희한한 미슬토가 하나 붙어 피를 빠네그랴. 인석아, 그렇게 알았더면, 어쩐다구시나, 그를 보듬아내려야겠다고, 했던 소리는 뭐 였어? 밤중에라도 회당에 들어, 끌어내렸으면 된 일 아녔냐?

시동: (돌을 거세게 쳐대싸며) 참 멍청한 소리도 다 들어보네유! 어르신이나, 성주님처럼, 그이도 불쌍해 그렇게 생각만 했었네유. 허지만두유, 그이의 성불구 생각은 못 해봤었네유.

재나무: 넌, 잎도 꽃도 열매도 못 맺는 나무를 너의 성주와 매우 흡사하다고 생각해온 것이 아녔냐?

시동: 죄송스럽지만, 그랬네유!

재나무: 흡사하다는 것은, 그 둘이 당하는 고통이 흡사하다고 한 것이었겠제?

시동: 죄송스럽지만, 그랬네유!

재나무: 너의 성주 안포-타즈가 뭣으로 고통하고 있네?

시동: (돌을 쳐싸며) 죄송스럽지만, 건 말씀드릴 필요가 없겠네유!

재나무: 너는 또, 너의 성주와 그이를 매우 흡사해서, 같은 인물로도 혼동해 건너다보아오지는 안했었나?

시동: 죄송스럽지만, 그랬네유!

재나무: 그러면 이누마 뭐셔? 그 결론은 뭣이겠느냐구?

시동: (돌을 쳐대싸며) 어르신까지 합쳐, 셋의 형편이 그렇잖나유? 그래도 그중의 하나는,

재나무: '스스로 된 고자'주의를 부르짖었으니, 셋 중에서는 빼야 된다는 그 얘기겠지?

시동: 안 그런가유?

재나무: 안 그렇기는 뭐가 안 그려? 그이가 스스로 된 고자이기 까닭으로, 안포-타즈가 그 고자병을 대신 앓고 있다고, 것두 어렴풋이는 알고 있을 거를?

시동: 사실은, 그렇게 믿어왔네유! (돌을 쳐쌌는다.)

재나무: 이건 시작으론 역설이어서, 한 일 세기 가량이나 말을 많이 하고 나면, 그것의 보편화를 획득할 성부른 그런 얘긴데, 문잘배쉐의 천국, 유리의 無生(Anutpanna)에 들기엔, 고자 되기가 불알을 구비하기일 테다. 수피(獸皮) 벗기가, 스스로 고자 되기로는 보이지

않느냐? 차원(次元)이 달라지면, 저절로 그런 현상이 일어날 것으로 짚이는데, 눈을 잃고서, 내안(內眼)을 뜬 티레시아스를 예로 들면 뭐 짚이는 게 없냐? 티레시아스는 그렇게 두번째 지혜의 열매를 따먹은 것이다. 그의 성전환도 그렇게 이해되어지는 것이지.

　시동: 이거 정말, 난독성 짜증이 올라, 못 참겠는데유! (쥐었던 돌을, 풀섶에 쐈던지고, 숨을 식식거려 쌌는다.) 후레자식이 되려 해유!

　재나무: (클클거리고) 그 돌을 이 늙은이께 쐈던진 게 아니었나?

　시동: 죄송스럽지만, 그랬네유!

　재나무: 후레자식이긴 해도, (여전히 클클거리며) 그거 쓸 만한 성질이네그랴! 그런 성질이면, 까짓것, 열두 고역도 치러내겠어야!

　시동: 치러내기는 뭘 치러낸다고 그러서유, 조또 모르겠는데유! (가래침을 퉤 뱉는다.)

　재나무: 네 이눔, 너 어쩌다 바깥 골목쟁이 애들하고 섞이면, 입에 못 담을 소리만 배웠지? 허기사, 네눔이야 뭣이 입에 담을 소린지, 못 담을 소린지, 것두 몰랐을 게다만, 흐흐흑, 크르, 크르륵 가봐, 가보라구 이누마! 네눔 엉덩이 붙인 자리가 너무 뜨거워! 자네 새끼 어부(魚夫) 말이지, 별 용뺄 재간 없이, '거세(去勢)'라는 난제에 묶인 것인 것. 아닌가? 늙은네는, 자네 새끼어부 말이지, 여자께 장가 들어, 용쓰고 싶어 하는 짓에 관해서는 할 말이 없구먼. 불알부터 찾고 난 뒤 생각해볼 문제 아니겠으?

　시동: 저는, 이제, 어, 어째야겠는가유?

　재나무: 커허 참, 별 시식잖은 돌대가리 놈이, 보잘 것 없는 늙은 탱이를 박치기해대네! 그러는 대신, 'Look into your Mind/ the home of Dākinīs.'(미라레파) 그네들의 자궁에서, 억만의 여래가 무량겁 태어나고, 억만의 여래가 무량겁 적멸(寂滅)한다. 아누트판나

―, 별 시식잖은 놈 만나 말도 많았구나. 이제는 가봐라, 가보라구! 네가 어쩌든, 어디를 가든, 고기를 낚든, 불새를 잡든, 그게 이 늙은 탱이와 무슨 상관여? (하품)

시동: 어쩔지도 모르겠구유, 갈 데도 없네유…….

재나무: (코 풀 듯) 케헹! 거 정말 못 말릴 돌대가리군! 놈아, 우선 다리에 힘을 주어, 굳건히 일어서볼 수는 있잖으냐? 그러곤 가슴을 쑥 내밀고, 심호흡을 해볼 수도 있잖으냐? 네 마음이 뒤꿈치에 있다면 몰라도, 발 내딛는데 어디로 갈 것은 왜 생각해? 그러니 오른발이든 왼발이든, 턱 내밀어, 땅이 신음이라도 하게슬랑 힘차게 내려놓아볼 수도 있잖으냐? 롱기누스의 창 자루를 쥐어보려 했다는 건 뭔 소리였다? 것두 못 하겠으면, 네 옆구리를 찔러 피 내볼는 수 있잖네? 그러고도 뭘 어쩨얄지를 모르겠으면, 이 벼락 맞은 나뭇가지, 전에 '지혜의 열매' 매달았던 자리에, 거꾸로 매달려 세상을 내려다볼 수도 있잖여? 뉘 아나 그러며, 문잘배쉐를 황폐케 하는, 문잘배쉐 지반 아래 똬리 쳐 있는, 희기도 붉기도 한 용을 보게 될지도 글쎄 뉘 아나? 귀찮은 녀석, 이 늙은 낡, 천의 다람쥐에 열매를 따이고, 만의 딱따구리에 패여도 이보다는 덜 성가시던 것을! (눈을 감는다.)

시동: (부스스 일어나선, 눈 감은 재나무께, 허리 깊이 구부려 절해, 뿌리에 이마 대고, 입술 댄 뒤, 서한문의 결구 쓰듯) 늘 건재하심만을 소망하오니다! (그 자리를 뜬다.)

어디로? 어디로!

5. 時中

돌아오고싶은행려자는왼쪽길을가고돌아오고싶지않은행려자는오른
쪽길을갈지니.

모든시작은끝에물려있음을!

밖을 찾아 밖으로 밖으로 헤맸으나, 밖을 찾을 수 없어, 그래서도
나는 돌아온 것이다. 안을 찾아 안으로 안으로 헤맸으나, 안을 찾을
수 없어, 그래서도 나는 돌아온 것이다. 외로웠느냐고 물을 일은 아
니다. 사람이 그리웠느냐고 물어야 했을 테다. 사람을 그리워하기 시
작하면, 사람들 속에서 드디어 외로워진다. 아으, 그리하여 나는, 향
수랄 소금에 쩌든 무거운 마음을, 더 이상 실어 나를 수 없이 된, 털
이 성긴 방황의 날개를 접지 않을 수가 없어, 닿을 데 없는 길에도 지
치고, 열어 나가려 해도 그 문이 찾아지지 않는 세상에도 지쳐, 병든
개 되어 앓으며, 꼬리 사리고, 비실비실 비척비척, 떠난 자리 표시
삼아 벗어뒀던, 나의 그 뿜난 신발이 놓인 섬돌 밑에로 돌아왔네라,

이 전 저 전, 모든 전에서마다 구정물 맞고 소금 맞다 서러워싸서 돌아왔네라, 마는, 아마도 그랬지, 뭣보다도 광야에 대한 그리움의 까닭이었을 것이지, 황폐가 그리운 것이었지, 그 부름에 항거치 못하고 나는 그리하여, 광야가 손짓해 부르는 것을, 보고 들은 것이었거니! 황폐도 그리운 것이었지, 그 부름에 항거치 못하고 나는 그리하여, 나의 광야에로, 죽지도 않고, 품바 품바 돌아왔네라, 돌아왔네라 나의 고향 광야여, 나의 고향으로, 눈물과 함께 돌아를 와—, '짠물 속으로 나아간 연어가 어느 날 민물의 소리를 듣듯이,' 황폐가 싸안아 부화한 '황폐의 물고기'도, 떠나고 있었을 때, 황폐가 그 새끼의 배를 가르고 넣어준, 황폐의 소리돌이 난각을 깨뜨리면, 그 소리 나는 자리로 되돌아오는 것인 게다. 이제는 지친 몸을 누이기 위해서? 뱀이 허물을 벗듯, 지친 불새도, 입었던 성긴 깃털을 벗어버리려면, 하필 광야에 내려, 스스로 분신(焚身)하고, 그 재 속에서 새로 날아오른다 하더라만, 품바꾼이 늘그막에 고향 동구를 끼웃거리는 것은, 그도 무슨 허물이 불편한 뱀이거나, 깃털이 성글어진 불새라서 그런 것이겠는가? 그럼에도 묻고 싶은 것은, 불새는 어째 하필 광야를, 묘혈(墓穴)과 모태(母胎)로 삼(는다고 이르)는가, 그것이거니—. 세상은 보는 눈에 좇아 그 모습을 드러내준다고 하는 것이 사실이라면, 불새의 눈에 세상은 어째서 광야일 뿐인가? 광야를 떠난다고 떠났어도, 광야를 헤매며, 거기서 지쳐 돌아왔어도 광야라면, 불새는 무엇을 위해 광야를 떠났었던 것인가? 이런 물음은 똑같이, 연어에게도 물어야 하기는 하다. 언뜻, 연어는 '민물을 떠나 짠물 속으로' 나아갔다는 거기에, '민물과 짠물'의 다름은 있어 뵌다. 불새가 광야를 떠나, 나아갔다는 그 광야도 그러면, 그런 어떤 다름이 있는 광야였던 것은 아니었겠는가? 히히, 짠(鹽) 광야? 그 짜거움은 그러면 어떤 짜거움이나 되겠는가? 어떤 위대한 부정주의자들은, '낳고, 살고, 죽기는 쓰다〔苦〕'라고 이른다. '쓰다'와 '짜다'는, 감각기관과의 관계에서는, 전혀 연척이 안 닿는 것인 것을 누가 모르겠냐만, 심정과의 관계에서는, 서로 간 묘하게 굴절하거나 전와해서, 심지어는 무촌(無寸) 관계이기까지 하다는 것도 살펴진다. 거기 문학적 상상력이 보태지면, '짠 바다'가 '쓴 바다〔苦海〕'로 바뀌는 것, 그것이 한 포말만큼의 자비도 없이, 모든 유정을 침닉케 하고 있다. '뜨거운 재'로도 원유(遠喩)된, '양수(羊水)'를 '민물'이라고 이르는 것일 것인가? 또 아니면, 샘, 도랑, 강 등 모든 민물은 바다로 흘러든다는, 그 유동(流動)이, 의정화(擬情化)한 것이 '연어'인가? 그러면 불새는, 광야의 어떤 유동, 또는 변화 따위의 의정(擬情)인가? 이런 의문은 '민물과 짠물'에 대해서 다시 고려해보게 한다. 라는 것은, 말한 바대로, 모든 '민물'은 '짠물(바다)'로 흘러든다는, 자연의 한 과정을, 있는 그대로 소박하게 받아들여, 아들 '아프수(Apsu, 민물)'와, 어미 '티아마트(Tiamat, 짠물)' 사이에서, 다른 제신들이 태어났다고 이르는, 그 자모(子母) 간의 (自然 속에도) 불륜(은 있는가 몰라?)의 관계를 되살펴보게 한다. 그것이 쾌락이 아니라 생성의 목적으로 치러졌으며, 있고, 있어갈 불륜이라면, 저 아프수가 산란한 알 속의 씨눈의 문제를 새로 고려케 한다. '민물─단물' 속의 그 '씨눈'은 그러면 어디서 갑자기 섞여든 것인가, 아니면 저 친화력의 양성(陽性) 자체를 이름인가, 하는 따위의 의문도 없는 것은 아니지만, 어찌 되었든(이란 매우 폭력적 副詞이지만, 이란, 저 부사의 완력의 도움을 받아, 창세설을 다시 쓰지 않아도 되잖으냐) 저 '씨눈'이, '연어'의 이름을 입은 게 아닌가, 그러니까 이 연어가 저 짠물 속에 들자, 그것을 받은 그 짠물은 그러면 양수화(羊水化)하는 것이 아닌가,─그런 처용가를 부르게 한다. 그

리하여 거기서, 신들과 어패류(魚貝類)들이 태어나고, 생성된 것일
것? '자연'과 '문학적 상상력'의 야합에서는 저렇게, 많은 신들이 일
어나는 것을 보게 되거니와, 이 '문학적 상상력'은, '문학적 서정(抒
情)'과 달리, '자연'을 길들이거나, 변조하지 않지만, 승화한다. 자연
을 모태로 한, 신들의 탄생의 강보는 저것인 것. '서정'은 그래서 일
차적으론 '상상력'과 같은 품목은 아닌 것일 게다. 해온 얘기대로 하
자면, 사내의, 정충을 함유한 정액은 민물-단물이며, 여자의 난자를
함유한 양수는 짠물-쓴물이라는, 가설 같은 걸 이끌어낼 수 있게 된
다. 精水는 그러니, 羊水보다 달고, 羊水는 그러니, 精水보다 쓴 것
인 것이어서, 羊水부터 苦海였던 것을! 요나 콤플렉스는 그러니, 얼
마쯤, 또는 일종의 오나니슴이래얄 것이겠다. 그 병증을 드러내려
했으면, 아버지의 고환 속으로 돌아가, 그러고도 還本해버리기까지
나 했었어야 했던 것을. 그런 것을! 흐흐흐, 그런즉 모든 어미의 자
궁에서 까여져 나온 逆오나니슴을 말해야겠느냐? 그것들도 사실은
오난의 새끼들이라는 것. 아마도, 어쩌면 분명히, '물'의 원소가 주재
(主材)가 되어 있는 이 불륜이, '불'의 원소를 주재로 한다면, 여기
서는 연어가 '새,' '불새'의 모습을 취해 날아오를 듯하다. 이 불새는
분명히, '물'의 원소와 달리 '불'의 원소의, '상승'이라는 가망 없는
달마에 묶였으니 민물-짠물의 만남이라는 횡적(橫的) 자연적 현상
이, 종적(縱的) 문화적 현상으로 바뀐 데서 날아오르는 연어라는 것
이 관찰되어진다. '불이 길들여진' 자리에 문화(文化)가 일어난다는
의미에서, '불새'의 윤회는 문화적이라고 이르게 되는 것인 것. '불'
은 그래서, '원소(元素)가 아닌 원소'라는 주장도 있다. 그것은, 원
소이기보다, '원소들의 변질을 돕는 힘'이라는 식이다. 거기 '문화'가
개입된다. '불새'는 그렇다면, 분명히, 자연 가운데는 없는, 문화적

유정이라는 얘기도 하게 되는데, 연어에 대해 짠물이, 불새의 광야이다—이티 마야 쉬루탐(如是我聞).

초전(初前)에 '말씀'이 있어, '빛이 있으라!' 하매 빛이 있었다고 이른다. 해·달·성군이 떠오르기 전에 있었던 이 빛을, 원초적 빛 Primordial Light이라고 한다거니와, 이 꼭 같은 빛은, 해·달·성군이 뜨기 전이나, 지고 난 뒤에도 있어, 그것을 명광(冥光)이라고 이르는 것일 게다. 바로 이 '원초적 빛'이 있기 전에 그런데, '빛이 있으라'라는 소리(말씀)가 먼저 있어, 그것이 '빛'을 불러내게 되었다는 소설(所說)이겠거니와, 이 '소리'도 '빛'과 마찬가지로, '소리 이전의 소리'가 있었던 것이고, 그리하여 '소리 이후의 소리'도 남게 되었음에 분명하다. '소리 이전의 소리'는 '무음(無音)'이었을 것이며, '소리 이후의 소리'는 그렇다면 '묵음(默音)'이라고 정의해낼 수 있을 듯하다. 이 묵음은 또 명음(冥音)이라고도 이를 수 있을 테다. '빛이 있으라'는 소리가 끝난 다음에 오는 소리는, 소리가 소리를 먹어치워, 소리가 소리가 아닌 소리인 것. 이 '默音'을 精子(種子, Bija)로 한 卵子는 그러고도 그리고 '無音'일 것인 것. 청각적인 것이 시각적인 것으로 환치되어, 문잘배쉐나, 羑里에는, 일종의 이 추상적 관념이, 구상화를 치러 있는 것이 있는데, 문잘배쉐에는, '하늘에서 떨어져내린 돌Lapis'이 있으며, 유리에는, '친타마니,' 또는 '파드마마니'라고 부르는 것이, 그것들인 것. 문잘배쉐에서는, 이 '돌'이, '블랙마돈나'께 심겨 넣어졌었으며, '문잘배쉐'의 의인화, 또는 그 인격체가 블랙마돈나로 변용된 경우인데, 유리에서는, 하나의 '촛불꽃' 형상의 '빛돌'로서, 第九祖가 될 엔네의 항문에 흘러들었다가, 짐승의 배〔腸〕속, '菌世'로 나아가, 소금이 된다고, 유리의 전설은 이르고 있다. 흙탕에 핀 蓮임이여, '蓮 속에 담긴 보석'임이여! '소리와 빛'은, 결국은, 루타와 아르타의 관계일 것이라면, 거의 동시적인 것들이며, 동시에 동일성을 띤 것들이었다는 것도 드러내고 있다고 보아내게 된다. 그러면 유리에서는 저것이 어째, 하필 '항문'으로 스며들었다고 이르는지, 그것은 수수께끼이다. 비약해서 말하면, 羑里門에서 이해하는 상사라는, 푸르샤(Purusha, Original man)의 肛門이다. 거기 프라크리티(Prakriti, Nature, Matter)가 있다. 菌世며, 똥밭이다. 유루(遺漏)의 자리이다. 이 대묵(大默)의 광야가 그래서, 나 시동이 떠나려 했었을 때, 시동이의 창자를 열고, 넣어준 광야의 소리, 그 '소리돌'은 어떤 것이었는가? 바르도 헤매는 넋(念態)들마다, 이 '소리'에 귀 열기 시작하는가? 아니면, 애절히도 그를 불러왔던 그 소리, 그것이 거기서는 뚝 끊기는가? 무엇의 뱃속에 담기기? 광야여, 나의 어머니 광야여, 羑里여, '눈물 없이 그대에게 돌아오기에 나는/이국 땅에서 너무 거친 생활을 했도다!' 여기 어디서, 부르는 그 소리는 그쳤도다. 광야가 무음(無音)이어서, '소리'가 그것의 아가리에 삼켜 들여져버린 것은 분명 아니다. 그런즉 한 불새잡이는 무음(無音)의 돌이 떼그럭거리는 소리를 들어왔던 것은 아니었는가? 광야의 침묵을, 황폐의 잠 그 정적을, 대무(大無)를? 비화현의 소리를? 소리를! 어떤 소리를? (눈[視覺]으로는, 보이지 않는 것을 보아 형체를 드러내 보기라고 이를 것이지만, 귀로는, 들리지 않는 소리를 들어, 소리로 만들려는 그런 가망 없는 탐색 대신, 아으, 그대 광야의 소리여, 그대는, "Only don't know!"라고 一喝해버리고 입 씻은 뒤, 똥이라도 누는 수밖에 더 있겠느냐? 똥 누기의 시원함[을 解憂라 하던가?]을 들어, '쇠나무가 만발이네 鐵樹開華/수탉이 낳은 알 雄鷄生卵 〔……〕 西天 후레자식 수염이 없다는다? 西天胡子, 因甚無鬚'라고, 한 首 읊게나! 남 못 깨우친 걸 깨우친, 자네 신수가 훤해 보임세나.) '없는 소리'라고 말하면,

242

말인데, 죽음보다도 더 싸늘한 침묵(無音)이 있겠느냐? 황폐보다도 더 무거운 침묵이 있겠느냐? 저승 가보지 않아도, 아니면 그곳 다녀 왔으므로 하여, 누구나 다 알고 있기는, 저승보다도 더 깊고 무거우며, 절망적 그리고 절대적 정적은 없는 것일 것인데, 그 소리의 중음(中陰)으로 내려간 염태(念態)들은, 거기서는 이승에서의 갈마가 적되어, 거꾸로 일어난다거니, (그 바르도에) 내려 들[入]었기 전에 들[聽]었던, 모든 소리를, 그 소음을, 굉음을, 한꺼번에 뭉쳐 듣는다고 이르는 소문이 있다. 분명히, 저 절대적 침묵의 가운데서 들리는, 그 소리들은 '무음(無音)'이다. 바르도에서 염태들은 '무음'을 듣는다, 무음 속에서 일어나는 소음은 무음이다. 이 무음은, 청각으로 듣는 침묵이 아닐 테다. 바르도에 내린 염태를 무섭게도 후려치는 저 굉음은, 무음(無音)의 재 속에서 일어난, 무음(無音)의 불새였구나? 그 것이 어느 일순, 그 무음의 굉음을 더 듣게 되지 못하면, 아으 이 불쌍한 유정은, '소음(騷音)'의 소용돌이, 그 한가운데에 담겨져 있는 것일 것, 그리하여 품바 품바 되돌아온 것이다. 소음의 한가운데에도, 무음, 또는 침묵, 절망적 정적이 있다, '소음'이 그 난각(卵殼)이 되어 있다. 이승보다도 더 시끄러운, 소리, 소리의 정오(正午)는 없을 테다, 잔디며, 양의 털이 자라느라 부스럭이며 내는 소리까지, 모든 소리의 바다, 그래서 이승의 정적, 침묵은, 그 루타는 '무음'이라도, 그 아르타는 또한 '소음'인 것, 것? 것! 소리의 불새가 깃 접어내리는 둥지는 그것, 그것? 그것! 소리의 몰락, 몰락한 소리—아으그리하여 나는, 그 몰락 속으로 유형을 자원했도다! '황폐'가 나의 배를 가르고, 넣어준, 그 황폐의 소리, 또는 소리의 황폐가 깨어 부르는 소리를 따라, 나의 고향 황폐 속으로 돌아온 것이다. 역(逆)바르도에서는 무음(無音)까지도 소리이다. 역(逆)바르도는 소음의 바다이다. 그 바다의 한가운데, '옥초(沃蕉)'가 있다. '미려(尾閭)'가 있다. 그것들은 그럼에도, 결코 바르도는 아니어 보인다. 이 시동이 또한, 소리의 옥초나, 미려에 난파한 (배의) 뱃놈이구나! 어떤 다른 고장의 뱃놈들은, 이 소리의 바다를 항해하다, '세상의 모든 불을 훔쳐, 제 뱃속에 감춰넣고 있는 무독사 문둘름'을 만나, 그 뱃속에서 재가 돼버렸다고도 이르며, 다른 고장에선, 오디세이아 중의 수부가, '이 우주를 빼꼭 채우게까지나 몸이 불어나, 한 치 반 치도 몸을 움직일 수 없어, 이제는 입만 크게 벌리고, 먹이가 제 발로 걸어들기만 기다리는 아자가라뱀'의 입속으로 빨려든 뒤 종무소식이 되었다 하는데, 옥초와 미려가, 다른 방언으로 바뀌는 사이, 전와(轉訛) 전도(顚倒) 현상을 일으켜, 저렇게 의인화를 치러버렸을 듯도 싶다. '전와 전도 현상'이라고 이른 것은, '沃蕉'나 '尾閭'를, 그것들의 바깥쪽에서가 아니라, 안쪽에서 내어다보았을 때 저절로 일어난 현상이 저러할 것이기 때문이다. 전자는 그러자, 그것의 전설이 그러하듯, 마구잡이로 '세상의 불'을 삼켜먹는 괴물화하고, 후자는, 또한 그것의 전설이 그러하듯, '우주 내의 모든 사물과 존재'를 마구잡이로 삼켜 먹는 괴물화하는 것. 그러구 보니 이것은 중요하다. 할 것이, 저런 '전와 전도 현상'에 좇아, 이제껏 '소리/없는 소리'이기만 했던 청각적인 것이, 시각적 '빛/불'이나, '존재와 사물' 따위에로도, 이상하지만, 조금도 이상할 것 없이, 轉身해버린 것을 보게 되기 때문이다. 모든 소리들의 소용돌이의 중심에, 저 문둘름이 있다, 아자가라가 있다. 그것을 '무음'이라고, '침묵'이라고, '정적'이라고, '대무'라고 이르되, 소리들의 고장에서는, 그것도 소리이다, 다만 형태가 다른 소리인데, 나 시동은 그것을 '황폐'라고 부른다, '불모의 광야'라고 부른다. 거기로, 그 무음의 소리를 좇아, 그리하여 나 돌아온 것이다! 항거치 못하고

244

돌아온 것인데, 그 '무음의 소리'까지도 갑자기 멈춰버린 자리에서 나는, 방향도 잃었으며, 사실은 나 서 있는 장소까지도 잃은 듯하다. 초라해져 서버린 것인데, 그리하여 이제는 싫더라도 인정하고 직시할 수밖에 없을 듯한데, 이 꼿이, 나의 모든 그리움을 빨아들였던, 나의 고향, 나의 어머니, 그리고 나의 신부 키쿠누수스(Cycnusus, Cycnus. Ltn. Swan, 백조. Sus. Ltn, Swine, 돼지)였다는 것을! 헤매다 돌아온 자가, 나아갈 길을 내어다보겠는가? 그러려 한다면, 이 '끝' 이 다시 '시작'에로 뒤집히는 것일 것, 이 이정표는, 길을 환하게 가리켜 보이기로, 길을 싹싹 지워버린다. 그리하여 나는, 나의 '탐색' 의 보따리에 무엇을 싸 돌아온 것이었는가? 수전노모양, 이제는 그것을 헤아려보기라도 해야겠지만, 제기랄, 그 속에는 그런데, 나의 초췌한, 그리고 싱싱하며 풋풋했던 젊음이 모두 노쇠라는 황폐에 먹힌, 백 년 잠 같은 건버섯에 덮인 불모의 얼굴이 하나, 화폐 개혁 이전의 엽전모양 싸여 있었을 뿐이었구나! 해골이구나!—아으, 그때, 신발처럼, 저 젊음을 벗어놓고 떠났더면!— 내가 찾아, 아주 새파란 얼굴이었을 때 떠났다, 찾아 돌아온 것이, 바로 이것이었는가? 주름살에 먹히고, 검불 같은 머리칼과 수염 속에서 내어다보는 눈은, 세상이 빛깔스러워 보이지 않으니 말인데, 한 가닥의 빛도 없이, 회색으로 물크러져 있을 테다. 그것이 내가 찾아, 그렇게도 고통스레 신산험로를 헤쳤던 그것이었는가? 아으 나르키소스여, 나르키소스여, 자네는 그 거울 속에 빠져, 결국 벗어나지 못했던 것이었구나? 자네는 '소리'는 밖에 떼어두고, 그러면, 무엇을 찾아 그 속으로 들어가버렸었는가? '성배'였던가? 아니면 '불알'이었던가? 또 아니면 '권세의 홀'이었던가, '소리'였던가…… 그럼에도 그런 오랜 탐색 끝에, 자네 열고 들어간, 그 거울의 표면엔 자네의 늙은 해골만 떠올라 있고, 다른 아무것도 보이지 않지 않는가? 무엇을 위한 탐색이었으며, 무엇을 위한 방황이었으며, 무엇을 위한 표류였는가? 자네 이제는, 울지도 못하잖는가. 그랬더면, 물론 자네 자신도, 자기가 걸어 들어간 자리가 '거울' 속이었다는 것을, 뒤늦게 지금은 알아도 그때는 몰랐겠어도, 그것을 깨트려버렸어야 했던 것을! 옥초나 미려는, 다름 아닌 저 거울이었던 것을! 것을? 것을. 그대는 그것에서 허무를 보고 있는가? 아마도 황폐를 보고 있는 듯하다. 허무는 모든 것을 부정하지만, 황폐는 부정하기 대신 침식한다. 황폐는, 도처에 존재 창궐하고 있어 객체적인 것에 반해, 허무는 그 자체로서 존재치 않음에도, 어떤 주체자의 그것에의 인식에서 일어나는 것이어서, 그것은 그 숙주부터 먹어치운 뒤, 더 해치울 것이 없자, 자신을 먹어치워, 없는 껍질만 남긴다.

거울이 거울일 수 있는 것은, 비춰드는 모든 것에 대해, 염증을 일으켜 토해내기 때문만은 아닐 테다. 침묵, 무음이 거울은 아니지만, 거울의 밖에서 아무리 우레가 스치거나 사물놀이가 한창이어도, 그 영상은 비춰내되 그 소리들을 울려내는 법은 결코 없는데, 이로 보면 거울 자체는 침묵이며 무음이다. 모든 루타를 삼키는 아자가라며, 모든 아르타를 감춘 문둘름이다. 그럼으로 거울은 침묵이며 무음이다. 아으, 나르키소스여, 그대가 에코를 소박 맞히지 안했더면, 거울 속에도 소리가 있었을 것을! 거울과 소리는 그때, 서로 간 하직의 손을 흔들었던 것이었구나. '거울의 소리'를 말하려 하면, 이제는 '영상'을 말해야 할 테다. 사실 그것은, 그것에 비춰드는 모든 것을 수용, 내접하는, 모든 영상의 무저갱이거나 심연이다. 모든 가라앉는 영상들이 거기서 되떠오를 때, 그것들은 한번 뒤집혀져, 오른편은 왼편이 되어 있고, 왼편은 오른편이 되어 있는, 역전된 현상을 일으켜내기뿐만 아니라,—이것은 Nei P'ien of Ko Hung이 밝혀준 소린데—누가 무슨 道를 닦기 위해, 어떤 덕 있는 큰 산에 들어, 그 품에 안기려 하면, 직경 九吋쯤 되는 거울을 하나씩 지참해야 된다며, 入山 중 사람을 만났다 하면, 먼저 그 거울에 그를 비춰 그 영상을 보아야 한다고 이르는데, 그 영상은, 새나, 호랑이 같은 짐승, 마귀 등 각가지일 수 있다고 일러준 대로 보건대도, 거울은 그러니, 홑겹으로 보이는 것과 달리, 여러 겹으로 중첩되어 있는 것을 알게 된다. 보이지는 않되, 중첩되어 있다고 믿어지는, 이 의뭉스러운 문둘름의 맨 안쪽의 것은, 그것의 정오(正午), 또는 자정(子正), 그리고 소중(所中) 같은 것일 것인데, (조선인들의 넋을 주관한다는) '최판관'이, 자기 앞에 꿇어 엎드려, 울상에 뒈진 상을 드러내, 뒤늦게 자기 지은 죄를 참회하고 용서를 비는, 새로 이민해온 자를 심판할 때, 들여다보는 것도 그러면, 저 거울이라는 것일 것이었다. 그 거울에 떠오르는 영상은, 저 이민꾼의 얼굴은 아닌, 그의 욕망의 무수한 記號들일 것이었다. 이것은 물론, 그 차원이 다른 꿋에 세워진 거울이겠으나, 이것에 의해 거울의 안쪽의 중첩성은, 충분히 짐작되어지는 것인 것. 어떤 넋이, 그 거울 앞에 세워지자마자, 그 속에 첩첩히, 그리고 켜켜이 쌓여 잠들어 있던, 그 넋의 과거의 한 삶이 고스란히 재현된다는 것인데, 그런 거울은 거기만 있는 것이 아니라는 것(을, 天쓰人들이 보아낸다), '습기(習氣)'라거나, '장식(藏識)'이라는 그것. 거기 '우레 같은 침묵의 소리'가 있으며, 말세의 불과도 같은 두려운 무음이 있을 테다. 내게 그것은, 오늘 생각난 것이긴 하지만, 운동(運動)의 루타인 '신발' 속에도 있는 듯해 보인다. 이 신발은, 누군가가 신고 걸어 나간다면 '운동'화(化)하는 것일지라도, 그가 어디서 앉는다거나, 벗는다면 '휴지(休止)'화하는 것인 것. 상식적인 얘기이겠지만, 운동의 루타는 그래서 휴지이다. 그것은 신발이라고 대명(代名)되어야 할 어떤 것이다. 그것에도 그러자, 대별하면 다른 종류들로서, 세 켤레쯤이 있어 뵈는데, 유리문(菱里門)의 순례자의 주장을 좇는다면, 이 세계는, 몸/말/맘의, 세 우주의 일체로서 '鈍'이라는 의견에 동의하면 그렇다는 얘기다. 한 켤레는, '아도니스Adonis' [16]의 발에 신겨진 것이며, 다른 한 켤레는 '라마Rama-*Ramayana*'가 벗어 옥좌에 올려뒀던 그 것, 그리고 마지막 한 켤레는, '다르마보디Dharmabodhi'의 그것이라는 것이다. '아도니스의 신발'은, 벗으면 죽는다, 신으면 그러나 되살아난다, 거기 운동의 회전성이 있는 것인 것. '옥좌에 뫼셔진 라마의 신발'은, 인세(人世)의 '권세의 홀' 말고 무엇이겠는가? '신발'이 '권세'이다. 그러나 '보디다르마'의 그것은 좀 별난 데가 있다. 그가 죽어, 관 속에 뉘였는데, 나중에 보니, 거기 '한 짝 신발'만 벗겨 남겨져 있고, 누가 보니 그는, 때에 서천(西天)을 향해가는데, 다른 한 짝 신발은, 머리에 이고 있었다던가, 가슴에 품고 있었다던가, 뗏목 삼아 타고 있었다던가, 아무튼 버리지 못해 갖고 맨발로 걷더라는 것이다. 그는 쾌쾌했던 이였으니, 본받아 쾌쾌하게 털어놓기로 하면 그는, 그런 방법으로, 그러니 신발을 방편 삼아 '色卽是空, 空不異色'이라는 '달마(法)'를 설하고 있었던 것이 아니었는가, '空'의 루타(相, 象)가 '色'이며, '色'의 아르타(義, 意)가 '空'이라는 것. 그래서 그것들은 짝 맞춰질 때 한 켤레가 됨에도, 죽었을 때 그는, 한 짝은 벗어놓았어야 되었을 테다. 앞에 말한, 아도니스나 라마의 신발에 관해서는, 신기료장수 멋대로 꿰매 신기면 되겠으나, 이 벽안호승의 것은, 해졌다고 해서 신기료장수께 가져가 수선 볼 것도 못 되는 것으로 밝혀져 있다. 풍문이 그것이지만, 그가 강을 건넌다며, 갈대 줄기 하나를 꺾어, 그것을 뗏목 삼(아 건넜다라는데) 았다는 얘기는, 그가 신었던 것은 짚새기〔草鞋〕였음을 밝히고 있음인 것. 그래서 그의 설법이란, 흐흐, 짚새기 짝 법설이었을 테다. 니르바나 가는데, 그 길이 얼마나 멀다고, 가죽신발도 모자라 쇠신발까지 신고 나서야겠는 가? 그러나, 아도니스네 신발장에는, 한 켤레 신발밖에 놓여 있지 않으며, 보디다르마네도, 예의 그 구멍 난 짚새기 한 켤레밖에 없는데, 라마네는, 군화(軍靴)는 물론 여러 켤레의, 여러 모양의 신발이 있다는 것은, 열고 들여다본 이들은 알고 있을 터이다. 그 많은 것 모두를 생략해버리기 위해서, 그중 잘 알려진 것으로 하나만 예 들어 보인다면, '신데렐라의 유리구두' 같은 것이다. 영토-대지-여성을 신발이라고 이르면 그렇다는 얘기다.

문잘배쉐 성주도, 어느 면에선 이 범주(Narkissos, Narcissus)에 포함될 수 있는 인물이겠지만, 나르키소스는 어째서, 변태적 꿈을 꾸었던가? 그것은 의문이다. 아니면 '거울' 쪽의 변태적 반영이 그것이었던가? 간신히 해낼 수 있는 추측은, '자아'도 또한 혹간 헤르마프로디테는 아닌가,…… 하는, ……의문에 겹친 의문뿐인데, 사내〔男〕-나르키소스의 경우는, 그 경위야 어찌 되어서 그리되었든, (문잘배쉐에서 이르는) '아니무스animus'가 승했던 것은 아니었던가……, 만약 그렇다면, 그의 자아의 탐색은, 면(男色)애(愛), 또는 면행(行)으로 드러나 보이기도 할 것은, 의문의 여지가 없을 것일 것. 안포-타즈의 성배는, 그의 거세 콤플렉스를 위무하고 있음에 분명함에도, 현실적으론 그는 불능일 수밖에 없는데, 그는 '성배 탐색의 기사'가 아니라, '성배를 지키는 기사'이다 보니 그렇다. 나르키소스의 내성(內省) 내찰(內察)이 이분법적으로 행해졌을 때 드러나는 결과가 저러할 것인데, 하나는 거울 속에 보이는 것을 건져내려 하여 거울 속으로 들어가고, 하나는, 그것을 분리해내, 제단에 뫼신다. 전자는 아직도, 거울 속 미로를 헤매고 있지만, 후자는, 내시가 되어 있다. 그것은, 찾을 것이 아니라, 깨워내야 되는 것,은 아니었을라는가? 그러려들자, 하나는 오나니슴만을 거듭하고, 하나는 스스로 거세를 행한다. 그런 뒤, 전자는 아직도 들에서 방황하고 있으니 내버려둘 일이지만, 하나는 돌아와, '세상의 불을 토해버린, 그래서 속 빈 문둘름,' 그 프로메테우스가 돼 있다. 불을 잃은 프로메테우스의 이후의 운명에 관해서는, 그 이름을 아는 자라면 다 알고 있는 것.

'신데렐라의 매우 작고 아담한 유리구두' 얘기 아니었던가? 그러자, 예의 저 童話에 곧이곧대로 묶인 정신들은, 그것을 발에 꿰어 신는 자가, 다름 아닌 女性, 신데렐라 자신이었다는 까닭으로, 고개를 갸웃거릴 성도 부른데, 成人은 그러나 그렇게 읽지 않는다. 신데렐라의 그 작고 아담한 구두가, 다름 아닌 신데렐라의 요니라고, 대번에 그렇게 읽어버린다. '유리구두'란 신데렐라의 처녀성이라고도 또 은근히 웃으며 읽겠지. 그것이 작고 아담하다고 해서, 그 영토 또한 그런 것이 아니겠느냐고 읽는다면, 다시 또 童話가 된다. 백설공주의 신발이, 'Mother Goose'의 것만큼이나 커서, 일곱씩이나 되는 사내들을 가둬넣고 있는 것 아니다. 그건 대략 이런 정도로 해둔다 해도, '금강산도 식후경'이라잖느냐? '毛深內?'(우거진 숲 가운데로 웬 길이 훤히 트였다는다?)이라고 시심(詩心)을 드러내기는 식후(食後)에 한다 해도 늦기는 제기랄 커녕! 처녀는, 수용적인가, 저항적인가와도 상관없이, 언제든 밖으로부터의 공략에 의해 동정을 잃는다. '마음의 우주'에서는, 이 동정을 잃기로 어머니가 된 여성을 '저주'라고까지 이르니, 그쪽 우주 돼가는 일 얘기는, 다른 자리에서나 할 일이겠는다. 마는, '몸/말씀의 우주'에서는, 그렇게 태어난 첫 새끼가 신의 소속인 듯이 이해하고 믿어, 불구덩이 속에 던져넣는 식으로 제물화해버린다. '말씀의 우주'에서는 '여성의 동정'이라는 것에 우주적인 의미를 두고 있으나, 그 문제로는 무수한 석학들이, 바위에서라도 기름을 짜내고도 남을 만큼의 노력을 바쳐, 자기들 머리에서 지혜의 기름을 짜냈으니, 거기에다 작은 물방울 따위를 더 보태려 할 일도 아니겠는다. 예의 저 처녀막이 파열되는 그 제사의 자리에는 언제든, 폭력이 개입되어 있으며, 결과 유혈이 낭자하다는 것인데, 저 '제사(祭祀)'는, 인지의 개발과 더불어, 그 형태가 다양해지기 시작했을 것이어서, 심지어는, 농경을 생업으로 삼는 고장에선, 추구(芻狗)까지 만들어서라도, 희생(犧牲)하기에까지 이르렀더라고 전한다. (이 '芻拘'는, '풀로 만든 강아지'라는 것은 주지하는 바대로인데, 그러자, 상고시절엔, '개'를 희생물로도 쓰지 안했던가 하는 의문도 들지만, 이 '狗'는, '길들여진 모든 동물[家畜]'의 대명사로 쓰여진 것이나 아닌가 하는 추측도 뒤따른다.) 그런 제사가 왜 필요했던지는, 그런 문제들을 학문의 대상으로 삼는 이들에게 물어보면, 그 대답은, 새로 갖다가시나 바벨탑을 몇 개고 더 쌓고도 남을 정도일 테다. 그러고도 닿는 자리는, 폭력에 의해 처녀막이 파열되기, 새끼 배기, 즉슨, 피 뿌리기를 통한, 풍요나, 재생, 중생을 보장하기라는 데 일 것. '유리구두'와 그것의 파열의 제사란 그런 의미에서 동화적으로 제시된 하나의 원형으로도 이해된다. 헌데 재미있고도 기끔스럽다고 해야 할 일은, "어? 황제가 께벗었네!"라고 떠들었던 아이와 조금도 다를 바 없이, '성(聖)의 중심에 폭력(暴力)이 있다!'라고 놀래 부르짖은 자(René Girard)가 있어, 그 곁에 있던 자들을, 잠시 어릿두군하게 한 그것이다. 그런 선언은 하기는, 일차적으론 충격적이지 않은 것은 아니다. 그러나 따지고 본다면, 그 소리가 그 소리여서, 작은 키 크게 해보이려 뽕나무에 오른, 빼팔이 書生 삭개오가, 어떻게 좀 나무 밑에 모인

이들의 주목을 끌어볼까 하여, 입으로 뀐 방구 소리로도 들린다. 代
贖羊이 뭣에 쓰자는 제물이더냐? 그것 죽이기 자체가 '폭력' 아니겠
냐? 그렇다면 '폭력'이 우선해 있잖으냐? 그럼에도 그것이 흘린 피
가, '罪'라고 代名된, 모든 고압적으로 팽창된 陰氣를 中和했다면/
한다면, 거기 '聖'으로 代名된 贖良이 있는 것 아니냐? 이런 견지에
선, '폭력의 中心에 聖이 있다'라고 선언을 바꿔야 하는 것 아니냐?
그것이 지혜로운 선인들이 이해해온 것 아니냐? 밖에 때가 묻으면,
뒤집어 신도록 고안된 버선짝은, 뒤집어봐도, 별로 다를 바 없는 것
그런 것을, 그것의 안/밖을 뒤집어 보여서는, 어쩌자는 짓이끄나? 구
차스럽더라도, 보다 더 확실하게 하기 위해, 되풀어보자면, 대속(代
贖) 같은 것을 포함한, 신에게 드리는 제사로서 짐승이나, 심지어는
사람의 피를 뿌리기 따위는, 그 자체로는, 사제들이 신을 대신해 하
는 폭력이 아닌 것은 아니다. 그런 경우라면 그러나, '폭력의 중심에
성이 있다'고 뒤집어 보았어야 옳았지 않았을까? 그럴 때만, 저 생명
이 흘리는 '피'의 의미가, 협의인 것으로부터 광의적, 즉 우주적인 것
에로까지 확대될 수 있는 것이 아니겠느냐는 얘긴 것. 그런다면, '전
쟁'도 제사 행위가 된다. (힌두이즘의 요체가 이 祭祀라는 게, 稗見이
다. 'The Self-existent one himself created sacrificial animals for
sacrifice; sacrifice is for the good of this whole [universe]; and
therefore killing in a sacrifice is not killing.' —Manu) 그 피를 흠향
하는 이가 누구이든, 그 피가 쏟기고 나면, 잠정적으로라도 거기 평
온이 온다. 이건, 협의적일 때 '대속(代贖)'의 형태를 띨 수 있을 것
임에도, 그보다 크고 넓게 행해졌을 땐 '대속'을 넘어서는 것인 듯하
다. 그 집단적 살육에서 흐르는 피는, 그것이 자연도의 균형을 잡는
'역(易)'이 마시는 듯하다. 폭력의 중심에 이 성(聖)이 있다. 균형을

유지하려는 폭력 자체가 차라리 성(聖)이다. 마찬가지로, 판첸드리야의, 무서운 수욕(獸慾)의 한가운데에도 성(聖)이 있다. Vesica Piscis가 그것일 터. 수욕의 중심에 성배가 있다. 대지의 중심에 그것이 있다. '하늘도 인하지 않으며, 땅도 인하지 않다(天地不仁)'고 하거니, 하다면, '인'하게만 믿어온 땅보다도 더 폭력적인 것이 있겠는가? 그것이 일으켜내는 모든 것은, 일으켜내어진 것들을 위해서가 아니라, 자신의 자급자족을 위해서인 것을? '자연(自然)'이라는, 대지의 이 살갗과, 밑의 비계에만 눈을 묶는다면, 나 한갓 우부(愚夫) 시동이에겐, 대지란 '잠자며 새끼 낳는 발키리'로 보인다. 이 발키리의 잠, 그 저주, 그 머큐리액 속에서, 不滅이, 그리고 佛滅이 연금된다. '자식에 대해 저주'라는 어미, 그러고도 처녀인, 어미-발키리의 처녀막을 찢어, 저 자식들은 태어난다. 저것이, 동화적 어법의 '유리구두'이다. '몸과 마음의 현주소는 같다'면, 이 유리구두가 짚신이다.

그리하여 시동이 돌아왔구나, 이전(尒塵) 저전(諸塵) 다 버리고, 이전(泥田)으로 돌아를 와, 품바 하고 돌아를 와…….

시동이는, 자기의 그 뽐나는 신발에 손을 대보았기 전에, 들판에서 똥 누는 양치기모양 쭈구시고 앉아, 그것을 해묵은 무슨 해골이나, 살아 있는 고슴도치라도 내려다보듯 보며, 햇볕 같은 먼지와, 먼지 같은 햇볕에 덮인 그것을 두고, 여기서 저기서 얻은, 쉰 깡보리밥에도 비교될 지혜를 씹고, 곰팡이 냄새에 얼굴을 찡그리기도, 어쩌기도 하고 있다. 한번 맛을 보았다간, 똥파리까지도 혀를 빼내물고, 웅덩이로 달려가 입을 헹궈버리려 들, 쉰 깡보리밥에 무슨 그리 대단한 영양이 있겠는가? 지혜스럽기란, 장님이나 바보(瞎) 되기라는즉, 봐도 못 보고 들어도 못 들어야, 차안인지 피안인지 그런 것 가름하려 하질 않는 것이겠거늘, 돌아오기는 여, 올자여, 어디를 돌아를 와? 올자도 문지방 넘었다 돌아오는 수도 있네? 그렇다 해도, 할 일은 없이, 시간만 광야보다도 정적보다도 많다 보니, 시동이 뭐든 생각하기라도 하면, 그 정적 속에서 소리가 일고, 광야가 그 생각 속으로 모두어들어, 이 각설이의 생각만큼의 장(場)을 열곤 하던 것이다. 언제부터인지 시동은, 처지가 그러하며, 상황이 그러해서든 어째서든, '생각하기 때문에 존재하는 것'이 아니라, 존재하기 때문에 생각해오고 있다. 신발을 생각하고, 거울을 들여다보며, 허으, 빈 벌 가운에 앉아 거울 들여다보는 좇 단 야홍(野紅)이도 있구나, 문잘배쉐도 건너다보고, 어부왕과 재나무, 그리고 마음이 시달릴 때마다 이상한 순례자를 생각하며, 자기는 여태도 유리의 경계를 못 벗어난 것이나 아닌가, 자기의 '40일'을 다 살아내지를 못한 것이 아닌가, 자기의 주위를 두리번거리다가는, 자기의 키크누수스에로 돌아온다. 이 중의 몇은 '그리워하기'의 범주에 속할 듯함에도, 사무치는 그리움도, 세월이 흐르다 보면, 생각의 형태로 몸바꿈을 하던 것인 것. 그 생각은, 아직도 그리움을 함량하고 있어, 축축하기는 할 테다. 떠날 때 입었거나, 어디서 얻어 입었거나, 주워 입었던 것이, 다 해져 입을 수 없이 되었을 때, 그것으로 만들어 하초를 가린 한 조각 들보와 함께, 존재하기의 까닭으로 하게 되는 생각이, 시동이의 전 재산이었으니, 홀로된 솔수(率壽)의 수전노가, (이거 또 그 비유구나. 好歌라도 唱唱不樂이라거늘, 거 좀 그만 읊조려라. 마는, 지난 시간의 뒤주 속에서 요절미라도 하나 주워올리려 하면, 저보다 더 좋은 것도 없더구먼. 쩨, 小說하기의 雜스러움!) 개혁 이전의 꾸러미 엽전을 헤아리며, 현행 권으로 환전한다면, 얼마가 될지, 그 이자, 그러고도 그것이 많이도 말고 한 열 번쯤이나 새끼를 친다면, 자기는 얼마나 부자가 되어 있을

지를 셈해보기처럼, 시동이 또한 그러지 말아야 할 이유란 있는 것도
아니잖는가. (조금 서툴기는 해서, 억지 쓰는 듯하지 않은 건 아니지만)
바로 이 일점에서, '들보'와 '생각하기'가, 어느 옴팡한 데서 야합하
는 것을, 시동은 엿보게 된다. 몸이 있기에 가리려 한 것이 아니라,
가리려 했기에 몸이 드러나버렸다는 식이다. 들보를 만들어 두르고,
해를 향해 시동이 시벌거리는 웃음을 웃었을 때, 해도 부끄러워 얼굴
을 붉혔는데, 그럴 것이, 보는 눈이란 한 개 반 개도 없는 자리에서,
앞을 가리기란, 드러내기보다도 수치스러운 비문(非文) 행위던 것이
다. 들보가 가리는 것은, 즉슨, 어떤 무당년이 '머리를 내어놓아라!'
라고 한사코 불러내 대가리를 내밀었다, 살콤 구워지는 중 재 묻어버
린 것 같은, 늙은 귀두(龜頭)는, 시동이의 경우, 더 이상 '수치'는 아
닌 것이 아니잖는가? 낮에는 해님이, 밤에는 달님이 내려다보고 흉볼
까 겁나 그러시는가? 그러려거든 공은, 누런 양수 건너려 말았어야
지! 맨 먼저 꼽히는 것은 물론 '돌출공포증' 같은 것이 될 법하지만,
문화도(文化道)에서 젖 빨아 자란 이들이, 어째도 벗지 못하는, 문화
복합증도, 그 이유 중의 하나가 아닌가 하는 우문도 있다. '들보'가
그러면, 앞서 신물이 날 정도로 얘기되어져온, 서정시의 서정(抒情)
같은 것이나, 아닌가 하는 우문, 이런 견지에서라면, 시동이의 들보
차기가, 반드시 비문은 아닐지도 모르겠는다. 정종적(正宗的) 견지에
서는 저러하다. 다만, 밀종적으론 그러나, 여기까지쯤 에두를 수 있
을 듯한데, 이것 좀 이상한 비유이기는 하지만, 성배를 은닉하고 있는
문잘배쉐 성벽 같은 것이 저것 아닌가, 즉슨, 하초라고 명명된 어떤
위대하고 성스러운 수치, 또는 비밀 같은 것을 가리려 찬 들보가 문잘
배쉐라는 것─. 아담이 눈 떴을 때, 신도 그렇게 자기를 감춰버린, 위
대하고도 성스러운 수치, 그래, 위대하고 성스러운 수치─.

시동이는 아직도, 들똥 누는 자세로 쭈그리고 앉아, 벗어뒀던 제 신발을 내려다보고 있고, 그것에 손대기를, 잠든 고슴도치에 대해서처럼 두려워하고 있는데, 그러다 그것을 한번 슬쩍 다쳐본다. 보다, 들어, 한 켤레를 송두리째, 발에 신어야 할 것을, 가슴에 안아본다. 보다, 코를 들이밀어넣고 냄새를 맡아본다. 보다, 한 손에 한 짝씩 나눠 들어, 한 귀에 한 짝씩 대어, 소리를 들어보려 한다. 먼지와, 썩은 별 냄새와 퇴적한 시간의 냄새, 말고, 그 속엔 다른 냄새는 없었으나, 소리는, 그렇다, 그 속에 소리는 있어 시동은, 미친 번들거리는 눈이 되어, 소리에 귀를 기울인다. 저 정적의, 침묵의, 무음의 한가운데에 소리가, 무슨 소리든, 소리가 있던 것이다. '내 귀는 한 개의 조개껍데기' 해싸며, 해변의 아해들이, 밖의 바닷물 소리를 안에서 들으려 하여, 조개껍질 속으로 귀 밝혀, 귀 따라 들어가듯이, 시동이도 차차로 신발 속으로 귀 따라 들어가고 있다. (돌아왔다고 하니 돌아온 줄로 알지만) 그리하여 돌아온 시동이는 그리하여 시작하여, 이상스럽게도 하필 소리를 개의해쌌고 있는데, 광야가 송두리째 무음(無音)으로 '보여'서 그러든지, 그것도 아니면, 제 얼굴을 한사코 들여다보다, 제 얼굴 속으로 빠져들며, 얼굴의 밖에다 소박 맞힌 소리, 에코에의 그리움 탓으로 그러는지도 모른다. 이미 울려진, 그래서 사라진, 무량겁 전의 과거의 소리를, 언제나 미래 쪽에서 되울림을 보내는 그 에코는, 지난 시간의 퇴적한 침묵 속에 버림받아져 있는 것인 것. 하기는, 한 조개껍질 속에 한 바닷물 소리가 고스란히 퇴적해 있기만 하다면야, 신었던 신발 속에도, 그것 신었던 이의 한 삶의 소리가 고스란히 쌓여 있을 수도 있다. 시동이의 이 '소리,' '소리돌'은, 그의 배꼽줄이, 태장(胎藏) 어디까지나 이어지고 있음이 보인다. '빛이 있으라'는 '소리'가 있자, 동시적으로 '빛'이 있었다는,

그 '소리'가 울려났던 그런 어떤 꼇 부근이었을 것이었는데, 이 경우는, 소리와 빛은, 그것이 호소되어지고, 감지되어지는 감각기관만 다를 뿐이지, 같은 것인 것이, 부인되지 않는다. 앞서도 비슷한 얘기가 있었던 바대로, 이 말은 그러니, 시동이의 '소리돌'의 탐색은, 사실은 '빛돌'의 그것에 다름 아니라는 말도 되겠는다. '소리'를 말하며 시동이가, '거울'을 개의해썼던 까닭도, 이런 데 어디서 짚여진다. 바닷가에서 아해들은, 조개껍질 속의, 괴인 바닷물 소리를 듣듯이, 무음의 광야에서 시동은, 신발 속의, 쌓인 무음을 들었던 것이었겠는가? 정적, 침묵, 무음. 대막, 대무— 그런 모두가 사실은 다, 홀로 떠도는, 무명의, 한 성배 수업기사의 외로움의 소리였을 것이었다. 그것은 그리고 짚새기(草鞋)였다. 그것을 귀로 신고 시동은, 소리의 바다를 건너고 있다.

"그러구 보니 나는," 시동은, 한 밀물이 썰물이 될 때까지나, 신발을 들더니, 다시 제자리에 가즈런히 놓아두고, 땅에 엉덩이를 붙여 픽적지근 앉으며, 중얼거리기 시작했다. "참, 얼마나 오랫동안, 귀를 잊었던가!" 그리고, 조금 머뭇거리다 부르짖듯 이었다. "그러구 보니, 나는 듣는 것을 배워야겠는걸!" 그리고 시동은, (말테Malte Laurids Brigge는 '보는 것을 배우려 한다'고 했던가? 보려고 불 켠 눈앞에는, 보려 하지 안했으면, 보이지 않았을 거울이 어디나 없이, 가려 있는 것, 그는, 散文的, 너무도 산문적 풍경 속으로 거울을 짊어지고 나아갔다가, 나아간다고 갔는데 그만, 그 거울 속으로 들어가버렸던 사내—, 거울이 임신해, 거울 속에서 분만되어 자란 아이도 있었구나. 그는 그 거울의 자식을, 그 성배를, '한 줄의 詩'라고 명명했더랬다는데, 이 거울이, 'little flute of a reed'와 일란성 쌍둥이 자매였다는 사실은, 뒤늦게 밝혀져, 알려진 것. 현재로선, 시동이의 '짚새기'가, 시각적으로 저 '거울'이며, 청각적으로 저 '갈피리'인 듯하다. 실제적 제 모습을 보려면, 거울은 깨뜨려져야 되고, 原音을 들으려면, 소리 내도록 고안된 것들 또한 파괴되어져야 하는 것은 아니겠는가? 몰라.) 듣는 것을 배워야겠다는, 그 귀를 기울였으나, 자기가 낸 말의 소리에는 반향이 없었다. 광야라는 그 문둘름, 황폐라는 미려가, 그 소리를 삼켜 먹어버린 것일 것이었다. "그래서 보니 나는, 들리는 것만을 들었으며, 보이는 것만을 보았고, 느껴지는 것만을 느꼈던 것이 아니었는가? 정적 속에서는 그러니 귀가 실종하고, 광야에서는 눈이 또한 퇴화했으며, 황폐 속에서는, 피부에 황폐의 불감증이 덮어버린 것인 것을! 새삼스럽되, 이제라도 나는, 듣는 것을, 보는 것을, 느끼는 것을 배워야 하리로다. 무음(無音)이라는 관곽 속에 담긴 귀여, 이제는 잠 깨 일어날지어다! 마녀네 우리간에 잡힌 돼지여, 부자유여, 눈이여, 이제는 이빨을 세워 주술의 울을 부수고, 그 수동태의 껍질을 벗을지어다! 위사도네 볼모가 되어, 바위가 되어가고 있는 왕자여, 그 발가락부터라도 꼬무작거려, 바위에 뜨거운 피를 돌릴지어다!" 떠들다 시동은, 잠시 잠잠해 있다, 상처를 핥는 승냥이가 앓듯, 이었다. "전에 내가 들은 것은 무엇이었으며, 본 것은, 그리고 느낀 것은 무엇이었는가? 이 정적이 무엇을 말하던가? 이 황폐의 살갗 밑에는, 무슨 비옥함이 있음을 보았던가? 내가 처한 이 세계에서 그리고 나는, 무엇을 느꼈던가? 그러고도 나의 '갈피리는 새 선율을 얻지' 못했을 뿐이었던 것을! '누가, 바람을 불어넣어서라야만 소리 내는, 갈피리'였거니!" 그리고 시동은, 익혔던 노래구절 같은 것을, 기억해냈다.

Thou hast made me endless, such is thy pleasure. This frail vessel thou emptiest again and again, and fillest it with fresh life.

This little flute of a reed thou hast carried over hills and dales,
and hast breathed through it melodies eternally new.

Gitanjali, R. Tagore

(본디 문잘배쉐 사투리로 읊어졌었으나, 그것이 꽃里말로 잘 번역되어 있는 것이 있으니, 허락부터 받아야겠으나, 우선 빌리기로 하면 아래와 같이 된다.)

님은 나를 영원케 하셨으니, 그것이 님의 기쁨입니다. 이 연약한 그릇을 님은 수없이 비우시곤 또 항시 신선한 생명으로 채우십니다.
이 작은 갈피리를 님은 언덕과 골짜기 너머로 나르셨습니다. 그리고 님은 그것을 통해 항시 새로운 선율을 불어내셨습니다. (朴喜璡 譯)

"나도 또한, 속이 빈 갈피리였었음을! 그러나 새 선율이 채워듦이란 없었음을! 항시 신선한 생명과 선율에 채워드는 저 갈피리는, 동정(童貞)의 샘 같은 것은 아니겠는가. 마는, 그 같은 갈피리임에도, 그리고 그 같은 생명, 같은 선율이 채워듦에도, 문잘배쉐의 성주는, 어째서 항시 병든 소리만 울려내는가?" 생각해보다 시동은, "어쩌면, 그 피리의 주인은, 남의 아픔을 아파하고 있는 이일 것이다." 그러곤, 허탈스러운 웃음을 웃는다. 그러고도 한 식경도 더 잠잠해 있더니, "자기의 혼신이 갈피리라고 여기는 자들은, 님을 맞는 계집처럼 죽기까지도 행복하거나, 홍루 계집이 혼자 저녁을 보내야 할 때처럼 죽고 싶도록 허전하겠구나," 짜증스러이 내뱉고, "인간은 그냥 홀로인 청루 계집이어서, 새 생명, 새 정수를 채워주는 어떤 님의 암컷일 뿐이기만 한 것이냐?"라고, 충혈된 눈을 히번득거린다.

"저 '신선한 생명,' '새로운 선율'을 불어넣어주시는 '님'의 까닭으로, '신에 대해 모든 유정은 암컷'이라는 명제가 만들어졌을 것이었다." 시동은 살구라도 씹는, 신 얼굴이 되더니, 나름대로 뭘 궁리하느라, 오래오래 침묵했다. "그러니 신도 성(性)을, 그것도 수컷성〔牡性〕을 구비해 있다는 얘기가 저것일 것이렸다." 살구 씨 뱉듯, 논리적 귀결이랄 것을 툭 뱉고, 또 생각 속으로 가라앉는다. "근원을 말하려다 보니, 창조자를 상정키에 이르렀을 것이고, 창조를 말하려다 보니, 창조자의 창조와 직접적으로 관련이 있는 성(性) 문제가 달려 나왔을 것이었다." 그리고 시동은 잠시, 자기 독백의 여음에 귀 기울이는 듯한다. "어쩌다, 길 가다 어쩌다 보면, 가장 원시적(原始的)인 것이, 가장 원형적(元型的)인 것과, 길 가운데서 꼬리 붙이고 있는 광경을 목도하게 되기도 한다. '우주는, 언제부터도, 그냥 (거기에/여기에) 있어왔다'라는 생각과, '우주는 한번도 화현해본 적이 없다'는 생각—그 두 우주관이, 어느 일점에서 만나 서로 꼬리를 붙여도, 예를 들면, 하나는 암하이에나인데 다른 하나는 수사자라는 식으로, 그 종이 달라 뵈지 않는다, 전자를 '가장 원시적'이라고 이르는 것은, 그 편은 '有'의 개념밖에, '無'에의 인식을 갖고 있어 보이지 않기의 까닭이며, 후자를 '가장 원형적'이라고 이른 것은, '無에의 인식'은, 아마도 오관유정만의 것으로서, 모든 인식의 고(蠱)라고 여겨 하는 말인 것. 양자의 공통점은, 양자 공히, 창조주나, 그를 둘러싼 신화를 발기, 발전시킬 수 있는 여지를 갖지 않는다는 점일 것인데, 까닭에, 양자 공히, 특히 유심론 쪽의 시간에 대한 개념은, 미래의 시간처럼, 과거의 그것도 무량겁으로 뻗어나간다. 앞의 것뿐만 아니라, 이미 솟아 있어야 되는 뒤의 것도, '시작'이 없었으니, 무한이다. 無時間일 터이지만, '마음'이 상정되자, '마음'을 시원(은 어딘가?)으로 한 것들이, 부정되어지기를 전제로 하여, 회피할 수 없이, 따라 일어 났을 터이다. 말이 많게 된다. 그 또한 역설이다. 공통적이지 않는 부분 또한, 한쪽을 뒤집으면 다른 쪽이 된다는 식이어서, 루타/아르 타의 관계일 뿐이지, 하이에나/사자의 관계와는 거리가 멀다는 것이 다. 그러니까, 예의 저 양자는, 그 하나하나 자체로서는, 안/밖을 갖 지 않는 전개체(全個體)임에도, 그 둘이 해후한 자리에서는, 어느 쪽 이 '안'이든 '밖'이든, '안/밖'의 관계로 전이한다는 얘기다. '언제부 터도 그냥 있어왔다'는 그 우주를, 화현된Saṁskrita, 물상적, 구상적 우주라고 하면, 다른 편은 비화현Asaṁskrita의, 비물상적, 추상적 우주라고, 어쨌든 대비법적 명명은 가능할 테다. 그러니까, 이 비화 현의 우주abstract idea를 뒤집으면, 거기 화현된 우주concrete image가 나타날 것인데, 여기, '빛'에 눈과 마음을 묶은 이들의 대쾅 론(大쾅〔光＋廣〕論), '소리'에 귀와 마음을 묶은 이들의 대쾅론(大쾅 〔音＋廣〕論)이, 그 기반을 얻을 여지가 있어도 뵌다. ('대쾅론'도 저 렇게, 종류는 둘이라도, 결국은 같은 하나인 것.) 반대로, 화현된 우주 concrete image를 뒤집으면, 거기 '비화현의 우주abstract idea'가 화현할 터인데, (이는 물론 역설이되, 이 역설은, 나 시동이가 빌린 것 이어서, 이 시동이가 나서서 왈가왈부할 것은 아니다.) 여기 '唯心論 Mind only'의 확고한 입지가 있어 뵌다.—두 견해, 즉 두 우주관은 그러니, 창조주나, 창조 신화를 창조해야 할 여지도 필요도 없는 것 들이라는 얘긴 것. 그렇다면, 저것들 또한 디뎌 건너뛰지 않으면 안 되는, 꼭히 필요한 징검다리이기는 하지만, 일단 건너뛰었은즉, 잊어 도 좋을 듯하다." 그리고 시동은, 히쭉 웃었는데, 아까 화두 삼았던, 그 「창세기」에로 돌아온 것이다. 대개의 창세기는, 神話거나, 신화 적인 것들로 서두를 삼는데, 그렇다면, 왼통 뚱냄새며, 피냄새로 등천한 歷史도 神話의 연속이래야 옳다는 생각이 들어, 그래서 시동은 웃은 것이다. 歷史라는 實學 쪽에서, 역사를 새로 쓰려 하면, 먼저 神話를 타파해야 되고, 결과 神을 살해하는 결과를 초래하게 할 테다. 아니면 神이 모독당한다. 獸皮 속에 갇혀든다. '獸皮'를 '物質'이라고 바꿔 읽어 안 될 일은 없을 테다. 마는, 이는 역사 기술자들이 범한, 회피할 수 없는 오류며, 그 일로 두고서는 神은 무고하다. 「창세기」를 머리로 삼지 않으면, '역사'가 붕 허공에 뜨거나, 머리 없는 '刑天'이 된다. '創世'와 함께 '生命'이 있었듯이, 「創世記」와 함께, 궁창이 나뉜다. '드바이타(二分法)'의 시작이다. ─누구든, 자기의 마음을 들여다본 이라면, 부정하지 못할 것이 이것인데? 마음을 태보로 하여 태어난 모든 것, 삼천대천세계나, 팔만 유정 무정, 그 모두는 그래서, '마야파마(Māya-幻, Pama-如)'라고 이르는 것. '창세'나, '마야파마' 같은, 서로 등지고 떠나는 두 어휘, 또는 두 경우가 얘기되어졌으니 말이지만, 특히, 현상계나, 그 안에서 영위해야 하는 유정들의 삶 따위의 문제를 성찰한 어떤 이들은, 자연스럽고도 당연했을 일이게도, 그러면 '누가,' 또는 '무엇이' 이 '현상계'나 '나'를 꿈꾸느냐고, 의문하기를 시작했던 모양인데, 결과, 그 자리에, 대략 세 가지의 답이 도출되었던 듯하다. 하나는, (현상계나 나를 꿈꾸는 자는, 다름 아닌) '自然(道)'이며, 다른 하나는, '神(Logos),' 그리고 마지막 하나는 '마음'이었던 듯하다. 이 셋의, 같지 않되 같은 점들은, (이 현상계나, 나를 꿈꾸는 자가) '自然'이라고 또는 '神(말씀)'이라고 대답을 얻는 자들에 의해, '마야파마'가 그 실체성을 확보하게 되었다는 것이며, 이 현상계는, 언제부터든 여기에, 또는 거기에 있어/없어 왔다고 여기는, '자연'과 '마음' 쪽의 공통점은, 그럼으로 그것의 始原/起源의 문제를 제기할 필요나 까닭이 없다는 것, 그

262

러니 시원이나 기원의 문제는, 神의 화현에 좇아 드러난 문제가 되는
것일 것이었다. '신'과 '마음'이 같이하고 있는 점은, 그 격차가 얼마
든, 양자는 '自然(道)'으로부터 벗어나 있다는 것일 것인데, 말하자
면 '文化的'이라는 것이겠는다. 여기 어디에, 수피 입어 모독당하고,
수난하는 神의 모습도 보이되, 용수보살이 야단 차리고, 법석 편 것
도 보인다. 여기 어디에, 「창세기」가 씌어질 법하던 중, 이 자리에 온
즉, 지워져버리는 것을 목격하게 된다. 지운, 흐릿한 글자들 밑에서
'마음'이 시부적시부적 떠오른다. 그리고 삼천대천세계를 휩싸버린
다. 이것(心)은 그러자, '大體/小體'의 구분까지도 할 수 없게 되어
버리는데, 그래서 그냥〔唯〕 마음〔心〕이다. 그것은 그럼으로, 구상화
하려 해서 되는 것이 아닌 듯한데, 「창세기」를 쓰지 않는 것밖에, 다
른 수는 없어 뵌다. 저것이 토사곽란을 일으키든, 회충 같은 것이어
서, 속을 다 빨아먹고, 겉까지도 갉아먹든 말든, 해볼 짓은 그러니,
저것을 거머쥐어, 통째로, 한 입가심해버리는 수뿐이다. "「창세기」
얘기가 나왔으니, 다시 또 아담 얘기지만, 사실로는 그가 따내렸다는
'지혜의 열매'는, 그것이 가져온 결과를 되짚어보기로 한다면, 저 창
조주에 대한 아담의 첫 '회의' 같은 것은 아니었을까?" 자문하고 시동
은, "그는 흙으로 사람(아담)을 빚었다고 하니, 이 사람은 분명히
'흙의 산출'이었음에도, 그 흙의 소산으로 제물을 삼은 카인의 제사는
응납하지 안했다는 뜻은 또 무엇이었는가?" 누구를 향해 묻는다. 이
어서, "왜 그이는, 사람을 흙으로부터 분리하려 했는가?" 자문하고
시동은, "이거 입에 담을 만한 소리는 아닌 듯하다만, 그 짓이란 아
버지의 어머니 살해는 아니었는가? 모든 아버지들은, 어머니 살해욕
을 갖고 있다는 소리도 있는데, 기원은 거기에 두고 있었던가? 오딘
은, 잠재우는 독가시로 발키리를 찔러 잠재우고, 불의 울타리를 둘러

놓는다. 불의 울타리 속 그늘에 갇혀 잠자는 '해'는, 이미 '달'이다."
마음속에서는 자문하고, 입으로는 자답한다. 그리고, "흙으로부터 떠
난 뒤 인간은, 이후, 모든 타 유정을 지배하는 자인 것처럼 계관을
쓰게 되기는 하되, 이 계관은 가시쟁이로 엮어진 것이었음도, 이제는
알게 된다. 인간은 그리고 '자연'으로부터 한두 치 떨어져 온 것이
었을 것인데, 조금 생각이 깊은 이들은 그래서, '위대한 몰락' 같은
것을 절규하기도 하는 모양이지만, 그 머리에 씌워진 '인간'이라는 계
관이, 인간으로 하여금 피를 흘리게 한다. 그리고 저 창조설은 별로
다른 의문 없이 여기까지는 술술 읽힌다." 그리고 시동은 또 좀 생각
에 잠긴다. "오늘 생각해보니, 저 '술술 읽힌다'는 그 문맥 속에 그러
나, 많은 난제들이 쌓여 있는 것이, 뒤늦게 발견되는 듯하다. '파우
스트'가 죽었을 때, 어디서 갑자기 내려온 큰손이, 그 '죽음'을 빼앗
아 가버렸듯이, '아담'은, 태어나자마자, 어디서 나타난 큰손이, 그
'생명'을 빼앗아간다. 대지는 그리하여 죽음을 태어내놓은 것이었구
나! 대지는 죽음의 모태였구나! 대지는 그 자체가 저주였던 것을!
뱀의 대가리가, 사람의 자식들의 뒤꿈치에 짓찧이듯, 그리하여 대지
가 모독당하기 시작하였을 것이었다. 대지를 초극하는 것만이 거듭
태어나기[重生]인 것을?" 시동은 저도 모른 새 과장적으로 떠들어
부르짖고 있었다. "화현된 宇宙는 詛呪이다. 自然은 저주이다. 大
地는 저주이다. 어머니는 저주이다. 태어나기는 저주이다. 죽기는 저
주이다. 그리고 무엇보다도 智慧는 저주이다." 부르짖는다. 말고, 천
둥 같은 무슨 굉음에 고막이 아픈 자모양, 두 손바닥으로 두 귀를 막
고, 갑자기 움츠린다. 광야 여기저기 나자빠져 있는 고자빠기 꼴이
다. 제가 내지른 소리가, 아니면 광야의 무음이, 독설(毒舌)만을 모
아, 궂고 외로운 행려자들 떠나는 바르도에 소리의 幻을 펴는 나찰이

되어 자기를 삼키려 독아를 열어 달려드는 것을 보았을지도 모른다. 바르도를 펄럭이며, 스쳐 지나가는 모든 광경들이, 이승 풍경의 전도된 幻들이라면, 소리에도, 그런 전도된 幻의 소리는 있을 것이었다. 그러고도 시동이 뱉아낸 말의 각혈 속에는, 무량겁 썩은 習氣가 함유되어 있다. 그러했으나, (시간이 없는 자리에서의) 한참 후(가 무슨 뜻이 있는가?) "가팠자!"라고, 새로 소리의 눈이 하나 터오르는 것으로 보아, 다른 고자빠기들과 달리, 이 고자빠기는, 정적의 중심, 그 無爲 가운데 웅숭크려들었어도, 爲無에까지 썩은 뿌리를 내리지는 못한 것이 분명했다. 아직도 무슨 불씨를 싸안고 있어, 싸아한 냄새를 풍기는, 재나무가 또한 그러하잖는가. "하긴, 하긴 말이지, 지금이라도 늦었다고는 할 수 없기는 하지만서두,…… 그 그늘 밑에서 기저귀 떼고, 이 나이 되도록 그 그늘 아래 맴돌다, 결국엔, 떼냈던 그 기저귀를 수의로 입어, 그 그늘 밑에 눕게 될 것이었음에도, 쩨, 이날 이때껏 그 나무 밑을 그냥 스쳐오고 말았었다니!?" 새로 또, 무슨 소문 실어나르는 다람쥐가, 그의 회음으로부터 백회혈 사이를 오르내리기 시작했는지, 귀신 씨나락 까먹는 소리를 시동이 내쌌는다. "말이지 말인데, 동산 중앙에는, 생명의 나무와 지혜의 나무라는 이름의, 自然道에는 없는, 두 그루의 이상한 나무들이 서 있었더라 하잖았는가? '사람'이 그런데, 지혜의 나무 열매를 먼저 따내렸으므로 해서, 사람이 지혜롭게 되자, 그 이상한 두 그루의 나무를 식목했던 자가, 다른 쪽 나무의 열매는 결코 따먹지 못하게 하려 하여, 그 사람을 쫓아내고, 그 나무를 둘러, 그룹들과 두루 도는 화염검을 두어, 지키게 했더라고 하잖았던가? 정황이 그러했다면, 여기에는, 저 정원사의 무슨 음모가 있었던 게 분명하다." 그리고 시동은, 궁리를 해쌌는데, 그 음모가 어떤 것이었는지를 캐어내보느라 그러는 모양이었다. "히, 히거 말히지, 말힌데, 書房에는 가본 적도 없어, 자칭 瞎榜稗官이라는 돌팔이중의 불머슴이, 거룩한 서방님들 뽄사 내어, 그이들 쓰는 어투를 흉내내려 한다면, 어느 동네 바이쉬아네 두엄자리에 버려진, 얼룩덜룩한 헌 비단옷을 주워 입고, 거드럭거리며 장통 가는 수드라까지도 웃을 일이로되, 헤헤, 그런들 어떠며, 저런들 어떠랴, 벗어 덜렁이고 아낙네들 가운데로 지나기보다는, 제놈이사 거드럭거리든 말았든, 가린 것만으로도, 웃던 입 다물이게 할 만하잖느냐? 즉슨, 저 두 그루의 이상한 나무들은, 서방님들 사이에서는, 사람의 '선택'의 문제 같은 것도 운운하고 있는 듯도 싶으되, 그거 다 진물 빠진 얘기, 되풀어봐도 물맛 말고, 더 볼 맛도 없는 것인 것. 아직 지혜의 눈이 뜨이지 않은 갓 난 강생이 같은 것들 두고, 선택이라는 게 누구네 개 이름이겠냐 말이지. 그래도 뭘 더 말해보려 하면, 하나는 '유혹'으로서 제시된 것이며, 하나는 '금단'으로서 은닉되어 있었던 것이나 아닌가 하는 것이지만, 것두 물 마시고 장구벌레 맛이라도 보려는 따위 짓이겠거니. 이런 뜻에서라면, 지혜의 나무 한 그루만 땅에 뿌리박아 있었고, 다른 나무는 시작부터 아예, 하늘에 뿌리내려 있던 것이나 아닌가, 하는 추단을 하게 한다." 시동 히죽여 웃는다. 풀 뜯다, 노란 꽃 하나를 물고, 어디 건너다보는 늙은 山염소 꼬락서니다. "신화적, 사실은 동화적 풍경이래야겠지, 겠는 것을 성인용 어휘로 환치해, 새로 들여다보기로 한다면, 다시 말해, 에우페메리즘euphemerism화하기로 한다면, 어떤 전도된, 또는 치환된 현상이 나타날 것인가? 이런 자리에서, 젖 떼고부터 먹물 마셔 자란 이들이라면, 하나는, 즉 '지혜의 나무'는, 그 여러 정황을 참조하건데, '사람'에게 삶의 '目的論'으로 주어진 것이며, 다른 하나는, 즉 '생명의 나무'는 '意味論'으로 은닉되어 있던 것이 아니겠는가, 그렇게 먼저 멋지게 정의해내려 하잖겠는가?" 시동 또 말의 노란 꽃 입에 문다. "이는, 四官有情에 머물러 있던 '사람'의 五官有情에로의 도약의 얘기가, 저렇게 동화적 어투를 입은 것이겠지만, 의문은, 사람이 그래서 지혜의 열매 맛을 본 뒤, 깨우친 최초의 지혜는 그러면 어떤 것이었던가, 그런 의문을 불러낸다. 대답은 그리고 이미 되어져, 인구에 회자하는 것, 즉슨 '죽음' 아니었던가 이것이 종교적 발상에 의해서는, '原罪'라는 이름을 입은 것일 게다. '흙으로 몸 해입었으니, 흙으로 몸 해입은 것들은 흙으로 돌아간다'—즉슨, '죽음'에의 인식이며, '大地'에의 인식인 것. 그래서 대지는 살 입은 생명에 대해 저주인 것! 대지는 죽음인 것, 이거 實存 찾아쌌던 이들이 앙앙거릴 소리겠다만, 쩨, 죽음에 맞선 사람은 幻이라도, 죽음만은 實이다!" 말 뜯다, 말의 노란 꽃 문 시동, 누렇게 투덜댄다. "이제는 그러면, 지혜의 열매, 즉 지혜가 어떻게 되어 '목적론'으로 제시되어 있다고 하는지, 그 의문의 올가미로부터 머리를 뽑아 올릴 수도 없는 형편에 처한 듯한데…… 말입지. 말인뎁습지…….'' 시동 말의 穴 찾느라 끙끙대썼는다. 하긴 어떤 말의 구슬들은, 구멍이 뚫려 있지 안해, 계집고자 같은 것들이 없잖아 있고, 그것도 쎄버렸다. 그런 말의 계집고자들이란, 수사학의 끈에 꿰이기가 여간만 난하지 안해, 그것 구멍 뚫는 데 기약도 없기는 없다. 또 아니면, 구멍은 아래 골짜기 되는 데 어디에 있는 것을 두고시나, 모르고시나 등성이만 더듬어 헤매는 수도 없지는 않을 수도 있고, 얼마든지 있다. —까부는 짐승, 토끼라는 이름의 짐승이, 걸핏하면 『능가경』 속에 뛰어들어, 法草에 배불리고 자빠져 자는데, 토끼도 월후를 하는지, 한다면 그 주기는 어떤지, 그것 '연구 및 공부'해서 박사 된 이가, 그 토끼 쥐어 도마 위에 올리려는 토끼 백정을 두고, 은근히 충고하여 이런다, 여부 백정 양반, 토끼를 쥐어 올리려면, 두 귀나, 목덜미 털이나, 앞다리를 거머쥐는 짓은, 토끼를 상하게 하는 짓인즉, 꼭히 쥐어 올려야겠으면, 두 뿔을 거머 쥐는 게 권고되는구랴. 시동 詩 읊고 자빠졌다. 술 있는 자리 똥깔 보 섞여 재밌는 세상, 시동이 막걸리 타령 한다. "各論을 펴려 하면, 전제되어 있는 주제가 있어얄 테다. 그러자니, 먼저 묻게 되는 것은, 어째서 저 '아버지'는, 다 살았기는커녕, 이제 겨우 눈뜨려는 자식에 게, 젖 대신 불소주부터 먹이고 덤볐는가, 다른 좋은 축복 해줄 것들 도 많을 터인데, '죽음'이라는 저주부터 내렸는가, 하는 문제이다. 만 약 이 한 매듭이 풀린다면, 다른 매듭들은 저절로 술술 풀려날 것일 것. 손바닥에 침 뱉아 바르구시나, 뿔부터 찾아 이것 한번 잡아 올려 보았구나." 재밌어하는 듯하더니, 이 자리에 오자 시동, "毛深內闊" 갑자기 패시시해져버린다. 헤친 손이 너무 많았던 모양이었다. 차라 리 失穴함만 못하겠도다. 실제에 있어선 그렇다. 대개의 종문 상인 방(上引枋)에는, 예의 저 토끼한테서 뽑은 뿔 한둘씩은 다 매달아놓 고 있다. 말해온 바의 저 목적론이 육성을 다해 밝히려는 것은, '살 입은 삶의 궁극적 목적은, 죽음이다'라고 확 밝히고 있는 그것인 것. 그것이 토끼 뿔인 것. 삶이 幻인데 이 자식아, 무슨 죽음 얘기여? 토 끼가 뿔을 세워 돌진해온다. 아으, 그럼에도 이 各論은, 시작하자마 자, 너무 내뛰어, 결론을 서두로 삼아버리고 있는 형편이다. 글쎕지, 말입지, 五官有情의 살 입어 받은 삶의 목적은, 그때 아예 딱 정해 져버려 있었다는 그 소리 아니겠는가?─죽음. 어떤 죽음? 그러면 이 목적론의 목적이 여실히 드러나 보인다, 어차피 죽게 되어 있는 것 이, 이 모진 목숨이라면 그래야 되잖겠는가─개죽음이 아니겠지. 도 살장으로 끌려가고 있다는 것을 알면, 눈물을 흘린다는 소의 죽음도 아닐 테다. 잘 익은 과일은, 제 스스로 둥치에서 떨어져내린다." 시동 일단 한숨 한번 불어낸다. 눈물을 글썽이는데, 아무것도 집착할 것도 버릴 것도 없음에도, 대무(大無)의 한가운데 처해서, 자기의 무엇인가가, 대무에 용해되어지는 것에 저항해, 한사코 표면장력을 일으켜내고 있다는 생각이 슬픈 모양이었다. 이 표면장력, 그 태보를 어떤 종문에서는, '執'이라고 이르는 듯한데, 이 執이 싸안고 한사코 지키려는 것은 그런즉 대체 무엇이냐? 그것이 무엇이관대, 삼천대천 고해가, 그 작은 공기 방울 하나를 터뜨리려 쏴—썰물하며, 쏴—밀물하기를, 시원서부터 오늘까지 해옴에도, 썰물 때 잠시 떠올라, 저 무한의 공간에로 휘발해버리는가 하고 있으면, 밀물 때는 해저의 그 가장 밑바닥에까지 떨어져내려, 그 억억천천 무량의 무게를 또한 감당해내며 구른다. 그래서 이 태보의 안쪽에는 무엇이 있느냐? 희귀하게라고는 하지만, 들리는 말로는, 어떤 경로에 의해서든, 이 장력이 엷어진 어떤 공기 방울이 터졌을 때 보니, 구린내 한 점(이라니?)이 풀쑥 올랐을 뿐이라기도 하고, 또 사리라던가, 무슨 그런 색깔 돌을 남겼더라고 하되, 들리는 대로만 따른다면, 그걸 어쩌자고시나, 무량겁 우겨가면서까지 오구려 쌓아 지켜냈다고 하는지, 슬그머니 그런 우문도 들게 하는다. "아으, 그래도, 거기 뭔지 긴한 까닭이 없다면, 죽음뿐만 아니라 삶도, 斷見(虛無主義)에 떨어져내린다. 공기방울 속에는 그래도, 그것을 지켜, 투쟁해야 하는, 무슨, 글쎄 긴한 까닭은 반드시 있어야 된다. 그것이, 사람에게 주어졌으나, 창세부터, 그것 따 맛보기는 미뤄져온, 생명나무 열매 같은 것은 아닐 것인가? 그것을 나 시동은 그리고, 채워넣어야 되는, 괄호라고 이해하는 그것인 것." 뱉아낸 한숨 자리 채우느라, 숨 한번 머금어넣고, 잇는다. "저 지혜의 열매 맛을 본 이들은, 그것은 식용 과일들이 주는 것 같은, 아무런 맛도 함량해 있지 않으며, 사실은 역한 냄새라는 모든

역한 냄새와, 게다가 그 과육은 쓰고, 떫고, 맵고, 짜고, 시고 독한
비린내로 조직되어 있어, 냄새 따위야 어떻든, 무엇이든, 제 몸 크기
보다 작은 것이면, 그리고 그 속에 어떤 활기가 느껴지는 것이면, 씹
지도 않고 통째로 삼켜넣는 구렁이 같은 것이나, 그것을 둥지에 얹힌
새알쯤으로나 알아 삼키려들지는 몰라도, 다른 유정들께라면, 그것
은 재수 없는 과일이라고, 꼬리 사려 멀찍이서 피해갈 그런 것이라
했다. 그러며 입을 씻느라 왼갖 초라니 발광 다 떨어댄다는데, 문제
는 그러고도 무엇인가 하면, 하와라는, 사람의 여자가, 먼저 그것을
따먹어보았다는 데 있을 것이었다. 그래서 '지혜'의 시작은 '여성'으
로부터라는 주장을 하는 여성들이 있다는데, 틀린 소리라고 하기에
는, 저 현장의 정황이 절대로 그렇지 않은 것이었다. 이후, 여성은
그래서 그것도 배설하는 자리도 아니고, 생산해내야 되는 자리라는
웅덩이 하나를 열어, 산고 따위의 고통과 함께, 저 더러움을 유출해
내야 되게 되었다고 하되, 그래서 보면, '지혜'란 더러움과 고통 속에
서만 이뤄지는 어떤 것인 것도 알겠다. 장구벌레 따위를 보아 알게
되기는, 생명은, 먼지톨 하나 앉은 곳 없는 淨土가 아니라, 더럽고
덥고, 끈적거리며 질척거리는 곳에서 발아하는 것인 듯하다. 지혜 또
한 그러한 것이어서, 세상에서는 그중 청렴하고 결백하다고 알려져,
'世尊'이라는 칭호까지 얻은 이가, 아녀자들 둘루레미 앉혀놓은 자리
에서, 살생 방화 도둑질 간음 따위를 들어 선한 남자 여자가 되는 교
육을 시킨다는 짓은, 일단은 어불성설인 것. 그 자신 속에 그런 마라
들이 우글거리지 안했다면, 그리하여 그 탓에 괴로워하지 안했다면,
그는 홀로 청정하되, 가화사라는 누명을 벗기 어려울 것 아니냐? 괴
로움이야말로, 지혜에 대해, 장구벌레의 웅덩이 같은 것인 게다. 그
것이야말로 그러므로 해서, 進化의 원동력이 되어 있는 것인 것도,

그러면 알게 된다. 사람에게 최초로 주어진, '죽음'의 까닭도 그러면 알겠는 것이고, 또 알겠는 것은, 이 '죽음'이란 것이, 연금술적 '毒'으로 주어진 것도 알겠는 것이다. 어떤 이들은, 저 과일에도 씨〔核〕는 없다고도 주장하되, 그들은 그들대로, 파종할 씨앗이 없어, 자기네들 전원이 황폐해지든 말든, 굶든 말든, 과피만 벗겨 남겨두고, 어디 다른 고장 시주 바라 떠나든 말든 냅둬라, 냅두고 말이지만, 그것을 毒으로 이해하는 쪽 사정에, 박았던 눈에 불까지 켜고 보기로 한다면, 이 毒에 의해, 조악한 물질로써만 이뤄진 상사라가 극복되어질 수 있다고 믿기 시작한 그 믿음이 보인다. 그래서 저주가 은총으로 바뀌는, 이 위대하고도 이상한 전이Transmutation가 보인다." 시동은, 말의 과피인지 과핵인지 뭣의 까닭인 듯, 쩝쩝 입맛을 다셔쌌는다. "이제는 그렇다, 아마도, 어쩌면 분명히, 하늘에 뿌리내려 거꾸로 가지 친, '생명나무의 열매'를 따 맛보려 하여, 사람의 손이 뻗쳐 오를 때이다. 지난번에는, 옛뱀이, 여자의 손을 받쳐 올려주었던 듯했으나, 이번에는, 누구의 받쳐준 손 없이, 남자가 그것을 따내리려 하고 있는 것이 보인다. 이 남자(들)는, '스스로 된 고자' 種의 첫 사람이어서, 이름이 남자이지 성별로 따질 유정은 아니어 보인다. 그것들은 이 과일 맛을 알아버렸거나, 심지어는, 말해온 바의 그 괄호 속으로, 제 발로 걸어들어가, 문을 걸어 잠가버린 것들이다. 그러면, 스스로 된 고자와, 여자 사이에 있어야 될, 정충을 만재한 남자들은 다 어디로 갔는가? 저쪽 들에서, 마상창질하거나, 귀네비어님의 치마폭 아래 호부작이고 있는 것들이 그것들로 보이지 않느냐? 창질하기에서 제국이 일어서고, 제국이 패망하며, 계집 호작질하기에서, 들이 푸르거나, 불모화한다. 창질하기에나, 계집 호부작질하기에도, 그들 나름의 이념이 없는 것이 아니어서, 그들은 그들대로 지치지 않고, 오히려 더 탐하여, 그 난행을 치러내고 있는 것은 아니겠는가? 그들도 또한, 예의 저, 살 입어 사는 삶의 의미는 무엇이냐는, 그 괄호 채우는, 최적한 말을 연금해내기에 최선을 다하고 있어 보이잖는가? 혹자는 그 괄호에 '떡'이라는 단어를 채우는 것이 정답이 된다고 믿으며, 혹자는 '笏'(권세의 홀) 字를 채우는 것이 정답이라고 주장한다. 그 외에도 물론, 각인에 따라 지어낸 단어들은 많을 테다. '먹물' '귀뚜라미' '당나귀' '요강' '손톱' '산삼' '웅담' '뜀뛰기' '공차기' '몸짱' 外 多數. 그런 난제를 싸 짊고, 여리고라는 이름의 철저히 無言의 白紙 속으로 들어가, 그 한 단어를 찾아내려 하여, 사십 주야를 굶주림에 허덕였던, '말[言語]의 성육신'이라는 칭호까지 얻는, 한 '말의 연금술사'가 연금해낸 답은, 필시 정답은, 사뭇 충격적이기도, 또 반드시 그럴 것도 없는 그런 것인데, 그러면 무엇이 있는가? 그것 좀 휘딱 알아버렸으면 그 아니 좋겠냐? 마는, 그런 한 답에 도달하게 되기까지, 그 또한 모든 우리와 다름없이, 천만가지로 많은 유사한 답들을 생각해냈었을 것이고, 그리고 그것들을 무리 짓고 갈래 짓느라, 어느 민족이 애급을 벗어나 광야에서 40년을 헤맸더라는, 그 40년에 해당되고도 남을, 여리고의 40일을 보냈었을 것이었다. 그런 결과 가정적 정답으로 서너 개의 답에로 축소되었던 모양이어서, 그것들이 그를 괴롭힌 얘기가 기록으로 남겨져 있는 것은, 그를 아는 이들은 안다. 그러고는 하나의 절대적 정답을 얻어낸 모양인데, 이 답에 좇아서는, 그를 끝까지 괴롭혔던, 이제는 홱 밝혀진 가정적 답, (네가 만약 하나님의 아들이어든 이 돌 들어 떡덩이가 되게 하라는) '떡덩이'나, (마귀가 그를 이끌어 지극히 높은 산으로 가서 천하만국과 그 영광을 보인) '권세'는, 한마디로 땅의 문제, 다시 말하면, 축생도 갓 벗어난 오관유정들이, 대지를 운영하는 양축의 힘이어서, 그것으로

272

저 괄호를 채워, 살기의 의미를 드러내려 하면, 그 당장 오문 비문 현상이 일어난다는 것이다. 한 예문: '높은 나뭇가지에다 ( )가 둥지를 짓더니, ( )을 깠다'라는 문장이 있다면, 앞서 들춰낸 '떡' '笏'은, '물고기'와 '뱀' 같은 단어를 채워넣기와 같은 꼴이 된다는 식이다. 히히히, '높은 나뭇가지에다 물고기가 둥지를 짓더니, 뱀을 깠다'—하기야, '나무에 올라 물고기를 구한다'는 말도 있고, 새들 알 까는 철엔, 새둥지에 틀어앉아 있는 구렁이가 없는 것도 아니다 보니, 이렇게도 저렇게도 맞춰보다 보면, 그런 답도 안 나오는 것은 아닐 듯하다. 그러고도 또 부인치 못할 것은, 저 작문이 풍기는 파격적 정서라는 것은 오금을 저리게 할 정도라는 것이다. 그래서 세상은, 그 대부분 非文과 誤文으로 점철되어 있으며, 그것 위에 운영되어진다 해도, 불륜짓하기에서 얻어지는 것 같은 그 맛 하나만으로도 살기에 충분한 의미를 제공하는 것인 것. 불륜짓하며 누가 文法/宮合까지 맞춰 하는가? 사실은 그러나, 저 예문 괄호에 채워진 단어들은, 궁합이 맞지 안해, 겨우 글자 깨우친 일곱 살배기도 안 할 짓이라 해도, 그러고도, 봉황 나는 것 얼씨구나 보기 좋다고시나, 남생이가 그 흉내 좀 내보려, 배 뒤집어 옆으로 날아간다는 식으론 엉터리 없는 과장법이라 해도, 앞서 운위된 '떡과 笏'을, '의미'를 채워넣어야 그 빈 괄호에다 채워넣기보다는, 최소한 미소 머금을 까닭이라도 있다고 알게 될 게다. 그래서 말〔言語〕의 광야의 40일을 견디고 나온 이가 품어온 그 정답이랄 것은 그러면 어떤 것이었는가, 무엇이었는가? 이후, 그가 사람 모인 자리에 당했다 하면, 되풀이 되풀이해서 열성으로 써먹는 특정한 단어가 하나 있는데, 한번이라도 그의 말에 귀를 기울여본 적이 있는 이라면, 그것이 무엇인지 대번에 집어낼 수 있는, 바로 그것이다. 이 한 단어는, 비유로 말하면 '소금' 같은 것인데, 그것이 그냥 소금인 채 머물러 있다면, 뭐 여러 말까지 동원할 필요 있겠는가, 특히 유정의 감각기관과 관계된 그냥 소금일 뿐인데, 그러니 조금도 새로울 것은 없는데, 이것이 그런데, 그에 의해서 이상스레 탈바꿈을 했다는 데에 충격이 있다. 극명한 예를 하나 들면, 빈모(牝牡) 간에서는 저절로 발생하는 그런 불길에서, 그 주성분인 욕(慾)이 사상되어버리는 것 같은 경우이다. 이것이다. 소금이 '빛'으로 몸을 바꿔입어버린 것—빛이다. 다만 이것에 의해서만 그리고, 그리하여 '저주'가 '은총'화하는 것인 것, 필멸이 불멸화하는 것인 것. 그래서 그것이 무엇이냐? "이 짜식아, 그거 몇 가닥이나 되는 국수라고, 그 밑에 감춰놓은 고기를 못 찾아 성내고 깨작거리고 있네시방?" 시동은 그러곤, 뱉기도 거시기하고, 삼키기에도 머시기한, 그런 무엇이라도 물고 있는 듯이, 입을 오무작여쌌고, 목젖을 꼴록여쌌더니, "이것을 머금어들인다면, 어떤 이들은 여전히 갖다가시나, 나뭇가지 위에다 물고기의 둥지를 얹으려 할 것이며, 뱉는다면, 똥도 못 된 돌덩이가, 떡 치는 소리하고 자빠졌다고, 설교하는 이들이 흰 눈 떠 건너다볼 것이 보인다. 실종한, 생명의 나무에 매달렸던 열매는 글쎄지, 이것이었을 것이었다. 함에도, 말의 황폐 속에서 주워내온, 이 한 단어에 의해 살 입어 사는 삶이 풍요를 되찾는 것이라 해도, 그것은 고통받는 민중에 대한 그의 '사랑'으로서, 그에게 남겨두자—!" 시동은 그리고, 이번엔 침묵의 심연 바닥까지 가라앉아, 옆에 기복해 있는 침묵의 거북이만큼이나 오래오래 엎드려 있고 있다.

"아담이, 생명의 열매 대신, 지혜의 그것을 따내렸을 때, 신의 죽음도 예정되어 있었다는 부분은, 한 마리 황소가 입은 털의 숫자는 몇이다, 라는 식으로까지 살펴진 문제인 것. 그럼으로 그것을 재거론할 필요는 없을 테다. 누가 그러면, 신을 죽였는가, 그것이 궁금해지는데, 지혜의 열매 맛을 본 어버이의 최초의 자식의 이름은 카인이었다고 하거니, 그야말로, 최초로 大地에로 눈을 돌린 자식이 아니었던가? 최초의 神聖冒瀆이 자행되었던 것이다. 여기, 人間의 神 죽이기의 최초의 모독 행위가 있었다. 카인이, '흙의 소산으로 신에게 드리는 제물을 삼았다'는 데에, 이 모독의 단초(端初)가 보인다. 이후, 시작하여, 이 우주적 한 가족사는, 폭력과 유혈로 뒤덮인 아수라 도화한 것이 보인다. 거기 그래서, 神에 대한 人間의 승리가 보이는가? 人間은 꼭히 神을 타도하여, 승리해야 되는 어떤 것인가? 우주적 권세와 영광을 위해서?" 시동 잠시 생각에 잠겼다, 잇는다. "이 문장은 어쩌면, 그 서두에서부터 非文이나 誤文으로 이뤄진 것이었을 듯하다. 神을 造物主라고, 화현된 우주의 주재자라고 여기기 시작했을 때 이 오문 현상은 비롯된 것인 듯하다. 神은 꼭히 造物主여야 할 이유가 있는가? 대개의 歷史書들의 서두가 그러하듯, 이 가망 없는 二分法의 서두도 神話에 두고 있는 것이라는 추측이 있다. 왜냐하면 판첸드리야는 神을 승리하려는 유정이 아니라, 神은 인식해내야 하는, 진화의 도상의 그 일점에 와 있던 유정이라면 그렇다. 카인은, 최초로 판첸드리야(五官)를 완성한 유정이었도다! 모든 記者들이, 그를 정죄하는 데만 열성을 기울여 정죄한 뒤에는, 그의 이후의 고투에 관해서는 더 말하려 하지 않는 대신, 셋家 쪽에로만 시선을 모두기 시작했을 때부터, 수정 가필까지 거의 불가능한 誤文과 非文이, 그 고장 인류사를 점철해버린다. 誤文的 假定, 假說에 의해서, 비극적이게도 셋네〔家〕는, 예의 저 절대적 창조주께 종속되어버린다. 人間의 슬픈 전락이 있다. 그러던 날, 앞서 말한, 언어의 황무지로 나아갔던 이가 돌아오며, '포도나무 둥치와 가지'의 비유를 들어서나, 가상 가설적 절대자와 종속자 간에 있던 거리를 좁혀, 종속관

계에 터서리를 낸 일이 있어, 오문에 수정 가필이 행해졌는 듯, 함에
도, 아우구스티누스 들이 들불처럼 일어나, 아무도 모르고 못 보는
밤중에, 그를 한 번 더 십자가에 매달아버리고만 일이, 뒤늦게 알려
진다. 사정이 저러한데도, 그 모두를 허망한 詩學이라고 매도하는,
일련의 反詩꾼(이라고 일러두자) 들이, 역설적이게도, 저들에 합세해,
그의 가슴에 독창을 쏴 던졌다는 후문도 있다. 이런 이런, 이거 이러
다, 아우구스티누스의 아손들과, 저 반시꾼들 든 롱기누스의 창에 맞
아, 이 가련한 목숨 골로 가는 것 아니냐?" 시동은 그리고, 망연히
들을 내어다보다, 경악했는데, 그 광야를, 황폐를 통째로 무겁게 등
에 메고, 어디론가 가며 비척이는 행려자를 본 모양이다. 카인을 본
모양이다. "그는 어쩌면, 아우 아벨을 죽이고 손에 묻히게 된, 이 세
상의 어떠한 세정제(洗淨劑)로도 씻어지지 않는, 그 피를 씻기 위해,
이번에는 (하나님이 그 아벨을 대신해주었다는) 세번째 아우 셋Seth의
피를 생각해, 귀향길에 오르고 있는 중인지도 모를 일이다. 셋을 죽
이고, 그 피로 그 형의 피를 씻으려 하는지도 모를 일이다. 저들 일
가네 '구속(救贖)'의 법칙이 그러하잖느냐. (拙冊『小說法』중「逆增
加」참조.) 그렇거나 어떻거나, 아직도 그러나, 최초의 가출 소년, 그
러나 그도 이제는 늙기에도 지치도록 늙은, 외로운, 우주적으로까지
외로운 카인을, 언제까지고 들을 헤매도록 내버려둬도 괜찮을까? 그
래서 사실론 그의 어미까지도, 그를 저주하여, 그를 제척해버린 것이
었는가? 그러므로 해서, 그는 그 대지를 형벌로 짊고, 디딜 자리가
없어, 저렇게도 헤매야 하는가?" 시동은 그러나, 완강히 고개를 저었
다. 그리고, 잠시 묵묵해 있다, 이었다. "이 시동이, 스승으로 경배
를 바치는, 그이의 고장에서는, 처음 대지를 떠나는 것이 출가(出家)
라고 이른다잖던가? 아마도 그렇다면 저 카인은, 자기편에서 대지를

제척해버렸을런지도 모른다. 변절 개종을 했던지도 모른다. 그에게 대지란 무엇이었겠는가? 아우를 돌로 치고 난 뒤, 뒤늦게 그때서야 깨달은 것이 그것이었겠지만, 대지가 분만해내는 것은 '생명'이라는 환(幻)의 죽음 말고, 또 무엇이었겠는가? 대지란 저주겠거니! 어머니는 저주겠거니! 그래서 보니 그는, 풍문에 들은, 아마도 그 새로운 대지를 찾느라 그러겠지, 동(東)쪽을 향해 걸어가고 있구나!" 시동은 그리고 눈물을 글썽이었는데, 뻔한 것이 그런 것 아니냐, 시동이 자기는, 타의에 의한 유형수는 아니었음에도, 카인과 비슷한 운명을 느꼈을 테니, 그런 것 아니겠느냐. "이렇게 되면, 카인의 끝없는 배회, '성배 탐색'이라는 투의, 대의도 목적도 없는 배회도, 타의에 의한 것은 아니었을지도 모른다는 생각까지 드누먼." 뇌까리고, 시동은, 외로움과, 갈증과, 배고픔으로 광야를 비척이다 쓰러지고, 또 비척이는 카인을, 눈의 안쪽에서 건너다본다. 그러며, 자기도 반드시 의식하고서 뇌까려냈던 것은 아니었던 듯한, 말들에 체했거나, 아니면 되새김질을 하려는지, 그는 존재하기의 까닭으로, 생각할 수밖에 없는 처지가 아닌가, 씨나락 까는 귀신 꼴을 꾸민다.

"그러구 보니 또," 한참 있다 시동은, 중얼거리기 짓을 다시 시작했다. "「잭과 콩대궁」이라는 얘기가 기억나고, 그 얘기 속의, 구름 위쪽에 사는 거인네의 '하프' 생각이 난다." 그리고 멍한 눈인 것이, 시동은, 그 얘기 속의 광경을 떠올려보고 있는 모양이었다. "이 하프는, 누구든 욕심낼 만한데, '탄주하라'는 명이 있으면, 그것 스스로 선율을 울려내는 것이 그것이었거니. 이 '탄주하라'는 명이, 꼭히 저 특정한 거인의 입술 끝에서 떨어져서라야만, 그것이 탄주를 시작하는 것은 아니어서, 잭도 누구도, 그것을 소유하기만 했다 하면 그것은, 그 소유주의 명을 따랐다는데, 이 점은 중요하다. 본능(本能)만을 제외한다면, 살아 있는 것들의 어떠한 언동(루타)도, 그것이 행해지기 전에, 그 언동에 앞선, 어떤 다른, 언동이 아직 못 되는 언동(아르타)이 있어야 가능할 것인바, 그것, 언동 이전의, 언동 아닌 언동을, 유리에서는 '비자Bija'라거나 '쿤다리니(Kundalini, serpent power),'라고 이르는 듯한데, (도중 中原에서 들은 말이지만, 이건 분명 통상적 관념에 일순 어리둥절함을 일으킬 듯하다) '德'과 같은 것이 문잘배쉐의 언어로 통역을 겪는 과정에서 일어난, 전와(轉訛)에 좇아서는, '권력에의 의지'라고도 얘기되는 것인 듯도 싶다. (이 '德'이, Hsiao Kung-chuan의 *A History of Chinese Political Thought*에, 'ethical nature, spiritual powers, Power, moral excellence, power imparted from the Tao[Dao], virtus, moral force, the powers native to beings and things'라고 정의되어 있다는데, 'Will to Power'를 'as a thing is the sum of its effects'라고 이해하면, 양자는 비교의 대상이 될 수 있다는 것이다[*Nietzsche and Asian Thought*, Chicago University Press, 1991]. 저런 견해는 매우 홍미롭되, 稗見에는 그런데, 어떤 경우, 이런 경우는, 그것, 'effects'의 '因'보다 '果'에 더 주안점을 두고 있어 보이는데, '果'에서 보면, 사실은 '德'이 덕스레 딸려 나올 성도 부르지 않는 것은 아니라도, '因' 쪽에서 보면 차라리 부덕스레 '蠱'가 꾸물거려 나오지 않나 하는데, 하지만 남의 고견을 두고 시비하려 할 일은 아닐 테다. 'Bija'는 그러니, 그 '因' 쪽에 시선을 묶고서 하는 얘기가 될 테다.) 그렇다면 저 '탄주하라'는, 언뜻 '밖'의 명인 듯해도, 그것은 '쿤다리니'의 일어남과 같은 의미로 보기로 한다면, '하프'는 '갈피리'에 비해, 보다 더 자동태적이라고 말한다 해도 틀리지는 않을 테다. '갈피리'는 타동태(他動態)인데 반해, '하프'는 자동태(自動態)라는 얘긴 것. '갈피리'의 선율은 그래서, 채워지는 대로 비워지고,

278

비워짐과 동시에 그것은, 새로운 수태를 위한 '암컷'이 되어 있는데, '님'에의, '종말인'적 냄새 나는 사모가 시작된다. (어떤 실용주의자들이 이르는) 질그릇의 쓰임새는, 그 안의 무(無)에 의해서인 것. (實用主義者들껜, 實用性이 없는 것은 潛龍이어서, 勿用인 것. 그래서 저 지극히 추상적인 '無'도, 예를 한 가지만 들면, 질그릇 속에 담겨서야 實用性을 획득한다.) 반해서, 이 특정한 '하프'는, 채우기 위해서 비워진 것이 아니라, 비우기 위해서 채워져 있음인 것." 시동은 그리고, 빈 들 쪽으로 눈을 보내기는 했으나, 보기는 제 안쪽을 보고 있었는 듯, 멍하고, 바래진 눈을 하고 있다.

"보고, 듣고, 느끼는 것을, 새로 배우려는 나도, 사실은 한 개의 갈피리였었거니!" 그러다 시동은, 쳇머리를 썰레썰레 흔들고, "그러나 나는, 저 피리를 어떻게 자명(自鳴)케 할지는 모르겠는 것이다……" 탄식했다. 그러다 갑자기 쿨쿨거리고 웃었는데, "만약 신이 신 자신에 대해서는 女性이라면, 그에 대해 자신을 '갈피리'라고 여기는 모든 정신은, 클, 클크르흐흐, 사포의 손녀(孫女)들이다."—까닭은 그것인 듯했다. 그 웃음소리는 그럼에도 공허했다.

"호랑이 담배 먹던 시절에, 문잘배쉐에서는, 에노크Enoch라는 이가, 사다리를 딛고 하늘에 올랐다는 얘기가 전한 후, 그런 얘기가 한동안 뚝 끊겼다 중년에, 잭이라는 바보 소년 하나가, 땅에 뿌리내리고 자라, 구름 위까지 뻗어 올라간, 콩대궁을 타고 올라, 구름 위쪽에 사는, 한 거인네의 행복을 교란해버린 얘기가 있어, 전한다. 어른들은 왜 그런 얘기를 아이들께 들려줄 필요가 있었을까? 그것이 '신죽이기'의 동화적 한 형태였었던 것이었는가? 이율배반적이게도, 신은, 생명을 창조했을 때, 그 생명과 함께 죽음을 창조했었던 듯한데, 인간은, 또한 이율배반적이게도, 주재하는 신을 상정함과 함께, 돌아서서는 이번에는, 자기의 영장성을 확대하려 하여, 그 상정을 붕괴하려는 음모를 사려 넣어놓고 있었던 듯하다. 아니면, 그 얘기의 주제나 목적은, 하나로 집약해 말한다면, '스스로 탄주하는 하프'였던 것인가? 그것은, 땅 위에 있었던 것이었던 것을, 저 거인이 노략질해 간 것이었는가? 아니면, 그런 것이 하늘 어디에 있다는 풍문을 좇아, (잭이) 그것을 훔쳐내 오려 했던 것이었는가? 또 아니면, 그것 또한 '성배 탐색의 얘기'가 동화화한 것이었는가? 이것은 그리고, 짐작해 보기의 나름일 듯한데, 그런 것 살펴보기에는, 너무도 작은, 나 시동이의 눈에 비추인 바대로는, '바보(?) 잭'의, 그 바보라는 수피, 수동성 즉 차투린드리야의 극복, 그리하여 자동태성 깨우기라는 그것으로도 보인다. 그리하여, 종내, '갈피리'에 대해선 비보며, '하프'에 대해선 희보랄 한 소식을, 타무스Thamus가 전한다, '위대한 신 탐무즈Thammuz는 죽었도다!' 아으 너 인간이여, 그대는 그리하여 스스로 제 선율을 불어내고, 스스로 채우는 하프가 되었거니ㅡ, '인간'이 재림(再臨)했도다! 그러하도다, 인간이 재림했도다! 인간은, 죽었다던 그 웅신(雄神) 탐무즈를, 그의 안에서 부활케 하였노라, 그리하여 이 인간은, 자동적인, 너무도 능동적인 인간을 성취했노라!" 시동은 그리고, 흰등고릴라가 곧잘 그러듯, 제 주먹으로 제 가슴을 둥퍽 둥퍽 쳤다. 그 소리는 그러나, 한 발 너비도 울려가지 못했다. 침울한 침묵처럼 움츠러들어 시동은, 침울한 얼굴로 침묵했다. 발가락 끝만 꼼지락여쌌는데, 침묵 속에 무엇인가가 앉아, 외로움의 씨나락을 까먹는지, 새로 보스락 소리가 난다.

"그러나 나는, 어떻게 이 하프를 내가 탄주할지, 그것은 모를 뿐이다. 나는 어떻게, 소리의 쿤다리니를 일으킬지를 모르고 있을 뿐이다. 어떤 영감을 기다린다? 그것이란 다시 갈피리가 아닌가? 그것이,

눈의, 귀의, 감촉의 타동태가 아니었는가? 광야를 보지만, 그것은 보여진 것이며, 정적을 듣지만, 그것도 들려지는 것이며, 푸석거리는 햇볕을 느끼지만, 그것도 또한 느껴지고 있는 것일 뿐이다. 신겨지지 않은 신발 한 켤레, 거울 파는 전 앞에 세워진 거울, 아으, 또한 갈피리―, (잘 모르겠는) 기쁨(을 말하기는 좀 쑥스럽기는 하되)이나, 문잘배쉐 십 년의 저녁 식탁을 짜게 하고도 남을 만큼 흘린 짠 눈물은, 슬픔은, 그, 그렇다 해도 자명적인 것은 아니었는가? 그러나 분명 그것들까지도 아니다. 눈물이 어디 까닭도 없이 저절로 흘러내리던 것인가? 님의 숨결 중에, 슬픔(만을 예로 든다면)을 담은, 한숨이, 그 갈피리 속에 채워들었기의 까닭일 게다. 때로 때로, 사실은 왼낮 왼밤 내내, 무엇 때문엔지 님도 슬프기만 한 게다. 까닭에 갈피리에서는 노상 슬픈 선율만 불려나온다. '눈은 눈 자신을 못 본다'라고, 꽤는 으스락딱딱하게 깨우쳤던 용수라는 이가, 그러면 그 눈으로, 그 눈의 안쪽에서 무엇이, 또는 누가 내어다보느냐,는 의문을 일으키고 대답하려 한 대신, 그러면 쉽기야 쉽지, 차라리 보이려는 것들을 지우려 했더라는 고기(古記)가 있어 말이지만, 아으 용수여, 나 우매한 시동은, 그러나 아직도 문잘배쉐의 문턱에 앉아, 보이는 모든 것들, 들리는 모든 것들, 그런 모든 것들에서 알맹이를 까내, 고픈 창자를 달래려 하고 있느니!" 시동은, 한숨을 내쉰다. 제 가슴을 쳤을 때 났던 그 북 북 소리를 의기소침이 먹어버린 것이다.

"이후, 저 '잭'은 어찌되었는가? 소문은 그런다, 그는, 코카서스라던가, 그런 무슨 산의 거대한 바위에 묶였다는데, 독수리가 그의 간을 쪼고 있다고, 소문은 그런다. 누가 그를 거기에 묶어 맸는가? 그는 어찌하여 자동성을 잃고, 비극적 갈피리가 되었는가? '독수리'라는 그 폭력은 어디서 나타난 것이었는가?" 많이 의기소침해진 듯, 시동은 책상다리 좌세를 꾸미며 두 다리를 끌어안으며, 제 물음이 사냥개가 되어, 저를 짓찢으려 저를 둘러싸, 이빨을 세우고 있는 것을 본다. 굶주린 개들은, 사냥감을 찾지 못하자, 주인이 풍겨내는 살냄새에 코를 열기 시작한 것이다. 그 주인은, 금기의 방을 열고, 그 안의 금기의 거울을 들여다본, 죄진 얼굴이다.

"「잭과 콩대궁」 얘기 아니었던가?" 시동은, '결론'부터 얻어낸 저 결론이, 세목적으론, 어떤 경로를 밟아 드러나게 되었는지, 그 시작쪽에로 다시 돌아가 살펴보려는 모양이다.

"구름 위쪽에 살던 저 거인은, 동화적 필수적 과장법에 의해서는, 매우 좋지 않은 남자로 되어 있지만, 실제에 있어 그가, 그 완력으로, 개구리 웅덩이의 뱀 임금모양 그 동네 이장이나 동장 노릇을 하며, 동민의 고혈을 짰다거나, 처녀애들을 괴롭혔다거나, 배고프면, 홍당무 뽑아 먹듯, 애들을 집어올려 뚝뚝 잘라 먹었다거나, 그런 아무 얘기도 되어 있지 않는 걸로 보아선, 평온스레 살려 했던 남자였던 것은 충분히 짐작된다. 비해서, 하늘 원정에 올랐던, 저 조무래기는 어땠었던가?…… 그래서 보니, 이 쬐꾸만 놈은, 그 자체가 폭력성으로 똘똘 뭉친 놈이 아니었던가? 아니, 폭력 자체가 아니었던가? 폭력은 반폭력을 일으켜 세운다, 그리하여 평소 온화했던 거인도 또한, 폭력을 휘두르기에 이른다. 두 폭력 간의 목적이나 이념은, '스스로 탄주하는 하프'가 되어 있는다. 결과는, 쾌거, 쾌거! 땅의 폭력이, 하늘의 폭력을 타도 분쇄하는 것으로 나타난다. 거기, 땅의 폭력을 승리로 이끌게 한 중요한 한 인물이 있었으니, 다름 아닌, 바로 그 거인의 거인 안댁이었음을! 그 엔네가 바로, '몸의 우주'의 시인들이 찬양과 경배를 바치는 '가이아Gaia'였음을! 아들과 공모하여, 자청하여 과부가 된다." 시동은 잠시 중얼거리기를 멈추고, 그렇게 되어 있는 얘기의 이 일점이 풀기 어려운지, 생각에 잠긴다.

　"이를 두고, 어떤 이들은, '요카스테 병증Iokaste Syndrome'을 운위하려들지 모른다. 그것을 두고 '복합증'이라고 이르지 않고, '병증'이라고 이르는 것은, 그것은, 모든 어머니들이 다 갖는 것이어서, 아예 거론할 바가 아님에도, 거론될 때는, 그것이 이 여성의 범심(凡心)보다, 훨씬 강하게 드러나, 심지어는 병증이라고까지도 진맥되기의 까닭일 것. 그럴 때, 이 평범했던 여성이, 잠재해 있던, 전여성성(全女性性)을 드러내는 것일 것이다. 그래서 어떠한 폭력도, 그것에 닿으면, 그 뾰족함을 잃는다. 라는 말은 반폭력 대신, 중화(中和)나 인(仁), 아니면 와해의 현상이 일어난다는 얘긴 것. 그렇다 해도, 이 엔네가 무슨 창을 꼬나든 발키리의 모습도 아니어서, 노상 저 거인 남편의 그늘 쪽에 가려져, 있어도 있는 듯싶지 안해, 무슨 배경이나 꿔다놓은 보릿자루 따위로밖에 보이지 않는다. 여성주의를 부르짖으며, 발키리성을 강조하는 이들은, 이런 엔네를 멍청하고, 소갈머리 없는, 무슨 무척추 암컷쯤으로나 건너다볼 듯도 싶다. 남성들 속에도 그런 것이 열 개 중 아홉 넘게 있다면, 여자들 가운데인들 왜 없겠는가? 마는, 그런 엔네가, '잭'네서는, 폭력에 대한 반폭력으로서가 아니라, 和나 검음[玄, 黑]으로서, 아니, 매우 좋지 않게 말해, 엉덩이가 무거워 퍼내지르고 앉아 날쌉지 못한 데다, 멍청해 따져볼 줄을 몰라 노상 손해만 보는, 둥글 넓팡한 정으로서, 그렇다, 결코 그 갚음을 바라지 않는 사랑으로서, 운문적으로 말한다면, '거친 自然에 대한 詩的 抒情'으로서, 아으, 그것은 얼마가 찬양되어져도 여전히, 그 아름다움의 발가락 하나도 다치지 못하거니(!) 남편 라이우스 Laius를 패배케 한다! 이율배반적이게도 그리고 패배당한 남편의 승리를 위해, 그 여자는 자식과 결혼한다. 이 자식이 누구인가? 아무 연척도 없는, 느닷없는 타인인가? 그렇다면 거기 여성의 불륜이 있다. '二陽一陰' 따위를 통한, 우주적 출산이라는 희귀한 처용가를 제외한다면, 자기의 배앓이로 낳은 그 자식은 언제든, 그 여자의 남편이 아니겠는가? 자식 크로노스의 손을 빌려, 남편 우라노스를 패배케 한 어미가, 그 자식과 동침하는 것은, 종족보존 역사의 Illo Tempore인 것. 태생(胎生)과의 관계에만 한정해 말해야겠지만, 생성 중인 태를 확대 외현(外現)해놓았을 때 보이는 풍경은 저러할 테다. 그래서 아버지는 패배를 통해 승리한다." 시동은 또 입을 다물고, 생각에 잠긴다.

"여성(女性)은 아마도, 그 자체로는 언제든 무성적(無性的) '루타'이다. 함에도, 특히 판첸드리야道에, 어떤 종류의 변이된 현상이 드러나는 것이 보이는데, 이 루타에 수용되어지거나 제휴한 '아르타'가, '아버지'인가, '아들'인가에 좇아, 이 루타가, 계모 아니면 백설공주에로 전신하게 되는 것이 보인다. 전자는 언제든 자식을 패배케 하고, 후자는 노상 남편을 패배케 한다." 시동은, 다시 생각에 잠기느라 중얼거리기를 멈춘다.

"이후 저 잭은 어찌되었는가? 소문은 글쎄 그런다. 그는 그 죄로 어떤 거대한 바위에 묶였다는데, 독수리가 그의 간을 쪼고 있다고 소문은 그런다. 누가 그를 거기에 묶어 맺는가?" 시동이의 혀는 다시, 익드라실을 부지런히 오르내리며, 윗가지 위에 앉아 까마귀들이 여기저기서 물어온 세상 흉보는 얘기를, 뿌리에 실어 나르는, 다람쥐가 돼 있다.

"누가 그를, 거기에 묶어 맺는지는, 현재로써는 잘 알 수가 없는데, 어쨌든 그가 거기 묶여 있는 것만은 확실한 것. 동화적 여러 장치나, 소품들을, 성인용으로 대치한다면 '저절로 소리 내는 하프'가 그중 중요한 품목으로 꼽히는데, 그것을 만약, (청각적인 것을) 시각적인 것으로 환치한다면, ('소리'가) '빛'으로 몸바꿈을 하는 것을 보게 된다 (해도, 무리는 없을 성부르다). 스스로 울려내는 소리는 빛이다. 하늘에서는 '빛'인 것이, 땅에서는 '불'이라고 이른다면, 땅의 빛은 그러니 불이다. 한낮 하늘에서 별을 따내리려는, 소년들은, 어느 마을에나 한뒷씩은 있는, 그 흔한 '잭'인데, 그 잭의 별 따기, 즉 탐색이 '불'과 관계되어졌으면, 이후 '프로메테우스'라는 이름을 입고, '권세'라는 '엑스칼리버'와의 그것에서는 '아서'가 나타나며, '성배' 문제로는, '안포-타즈'라는 이름들이 우선으로 꼽힌다. 동화적으론, 왜냐하면, 실현될 성부르지 않는 것을 추구한다는 의미에서, 시작은 그 모두 '용감한 바보 왕자'며, 그리고 그들이 찾으려는 대상은, '세상에서는 그중 아름다운 공주'인 것." 성배라는 이름이 들먹여지면, 우선적으로 안포-타즈라는 이름이 들먹여지는 것이겠으나, 이 경우는, 말한 바와 같은 '용감한 왕자'이기보다는, 유리의 전설(『七祖語論』 3, 「序 童話 한 자리」)에 나오는 '琉璃城'의 성주, '열엿새달 같은 공주'를 볼모로 삼은, '붉은 龍' 같은 이라고 해얄 테다. 아, 그러구 보니, 그 생각도 나는구면." (이런 자리쯤에선, 담배 한 대 피워도 좋을 것인데, 어찌 시동이, 골통대에, 하다못해 마른 풀잎이라도, 침 뱉아 으깨, 채워, 피우며, 그 연기에 한숨 실어 보냈다는 얘기가 없냐. 하긴, 세상이 누렇게 떠 보이도록이나 그는, 말의 담배질에, 구역질을 해대고 있는 듯하다.) 시동은 그러나, '그 생각'은 미뤄둔 듯, 해오던 생각에다 생각을 잇는다.

"훔친 그 '불'로, 프로메테우스는 뭘 했던가? 어찌했기에, 그 형벌로 바위에 묶이고, 독수리는 하필 그의 '간'을 쪼았던가? 누가 그 형벌을 내렸는가?" (패관은 담배 연기 한번 깊이 들이마시고) 시동은 생각을 뿜어내기를 계속한다.

"프로메테우스도, 매우 다른 두 종류가 있거나, 하나뿐이라면, 그
크기가 아자가라구렁이만큼은 크다. 둘이라는 경우는, 그 하나는 '문
둘름'이라는 벙어리뱀이며, 다른 하나는 프로메테우스인 것. 하기는,
저렇게 둘로 나누고 봐도, 어째선지 하나로 보인다. 저 문둘름은, 세
상의 불을 모두 저 혼자 착복해, 세상을 아주 갖다가시나 니플하임
(凍土)으로 만들었다는 그 장본인인 것은 주지하는 바와 같거니와,
그 불을 토해내게 하려 하여, 어떤 '웃기는 새'가, 잭Jack쩍잭 까불
어대기 탓에, 저 벙어리놈이 그만 실소하다, 불을 토하게 되었다는
데, 프로메테우스의 간을 쫀다는 그 독수리가, 저 까불이새는 아닌가
몰라? '간'이 무엇인가? '불'인 것? 이런 견지에선, 저 문둘름과 프로
메테우스는, 이명동인(異名同人)인데, 무엇보다도 주목을 요하는 점
은, 프로메테우스가 거인이었다는 것일 게다. 그의 형 되는 자가, 그
어깨에 땅을 받치고 있어, 땅이 무너져내리지 않는다고 하니, 그 거
인들은, 새끼 개구리들이 보고 와, 어미께 보고해준 일로, 그 어미
가, 자식들 기죽지 말라고, 어미 자기도 작지는 않다는 것을 보여주
려, 계곡의 바람이라는 바람은 모두 들이키려다, 배통이 터져 죽은,
이솝네 소만큼은 컸던 모양이다. 아으, 그러면 알게 되는다, 알게 되
는 것은, 세상이 왜 이리 더러운 냄새에 차 있으며, 미로여서 어디에
도 닿지를 못하겠는지, 그 까닭을 알겠는 것이다. 알겠는 것은, 유리
문(羑里門)의 '균론(菌論)'도 알겠는 것이고, 그리고 알겠는 것은,
유정들은 한번도, 저 문둘름-프로메테우스의 창자 속을 벗어나보지
못했다는 그것도 알겠는 것이다. 사람들은 그래서, 그 구속, 그 장애
로부터의 해방을 성취하려 하기도 하되, 유토피아도 꿈꾼다. 해탈과
유토피아? 하나는 밖으로 꾸어진 꿈이며, 다른 하나는 안쪽에서 꾸

어진 꿈이다." 시동은 피우지도 않은 담배 지랄인 듯, 왝왝 건구역질을 해대다, 그 이상한 순례자로부터 들어뒀던, 당시엔 그저 재미만 있어 쿨쿨 웃었던 얘기 하나를 기억해내고, 오늘은 숙연한 빛을 얼굴에 띤다.

"그이의 고장에, '본종(Bon宗)'이라는 것이 있는데, 이 '본(本?)' 문에서는, 사람의 육신[17] 그 하나하나가 균(菌)들의 우주(宇宙)라며, 상처를 입거나, 독물 따위를 먹게 되었거나, 심지어는 자살을 하는 것 등은, 그 속에 사는 균들을 학살하는 큰 죄악으로 친다,고 일렀더랬다. (얘기가 다른 방향으로 훨씬 진행되어지기 전에, 이 자리에서 거두절미라도 해두어, 새삼 되돌아오는 일을 미리 막음해둘 것이 있다면, 그리고 있는데, 그것은 다름이 아니라, 이 균들의 한 우주라는 한 유정, 한 유정들의 自然死나 病死, 偶發死 등은, 그 균들에 대해서는 '體의 解脫'에 속한다는 것, 그것이다. 그러니까, Microcosmic 體의 해탈은, 끊임없이 되풀이되는 것이라는 얘기인 것. 확대한다면, Macrocosmic 體의 해탈이란들, 이것과 다를 게 있겠는가? 마는 그런 결론을 미리 끌어들일 필요는 없을 테다.) 그런즉슨, 누군가는 법(法)을 이 '균세(菌世)'로 짊어지고 들어가, 저 무명 중생도 교화·구제하는 큰일이 아직도 남았다고, 그래서, 나 시동 웃었더랬더니……, 그이는 그리고, 저 특정한 법을 설한 고장의 우주적 현자들은, 삼천대천세계뿐만 아니라, 저 삼천대천세계의 축소된 형태로서의 사람에 대해서도, 저렇게 밝게 본, 위대한 관찰력을 갖고 있다고 하며, 저들에 대해선 경배밖에 바칠 게 없다고, 합장하여 백 번 머리 숙였더랬는다. 소우주 내의 균들의 입장에서 보면, (그이는 계속했었다) 유정의 육신 하나하나가, 그것들의 삼천대천세계인데, 그 안에서 그것들의 사고(四苦, 生老病死)가 끊임없이 되풀이되어지고 있는 것에 의해, 사람의 몸이 그것들께는 삶의 터전, 즉 체(體)화해 있음을 본다. 이래서 보면, 그 것들의 한 우주도, 사람들이 밖에 대해 이해하는 삼천대천세계와 똑 같은 것이 분명하다. 이런 견지에선, 우리 사람들이 이해하는 우주 도, 그것 자체로는, 하나의 거대한 생명체라고 이해되어지는바, '원 인(原人, Original Man)' 사상은 그렇게 이뤄졌을 법하다. 저 대소 (大小)우주의 시간이며, 그 속에 서식하는 유정들의 수명 따위의 문 제를 들어 생각해보려 하면, 그 얼마나 즐거운, 또는 고통스러운 몽 상이겠으? 그러는 자는, 반나절쯤의 밭갈이를 뒤물리고 말 듯한데, 집 뛰쳐나갈지도 모르겠는 걸. 인해서 이 늙은 비구는, 땅(地球)이라 는, 우리들의 이 삶의 터전은, 다름 아닌, 저 原人의 자궁(子宮)에 해당된다는 믿음을 가져오거니와, 거기서 생성(生成)이 있기 까닭이 다. 이것이 만약, 저 원인의 자궁이라면, 이것은 왜냐하면 생성만을 하는 자리여서, 죽음이 가능치 못하다는 결론이 도출된다. 이것은, '不生不滅'이라는, '마음의 우주'의 달마를, '몸의 우주'에 적용해도 남거나 모자람이 없는 자리라는 것을 알게 하는데, 문잘배쉐에도, 그 것을 명철하게 관찰한 이들이 해놓은 말씀이 있다, '아담은 흙에서 태어나, 흙에서 살다, 흙으로 돌아갔으니, 태어난 바도 죽은 바도 없 다'는 것이 그것이다. 그러던 어떤 때 그런데, 이 자궁 속에서, 판첸 드리야들만의, 불가능하지만 이상스러운 유산(流産) 현상이 일어나 버린 것이다. 재생(再生) 대신에 중생(重生), 즉 거듭 낳기라는 의 지(意志)가 심겨든 것이다. 거듭 낳기란, 꼭히 육신적 죽음을 통한 새 생명만을 의미하는 것만은 아니라는데, 그래서 이것은 윤회나, 재 생과는 판이한, 그래서 자연의 질서를 교란한 의지였던 것이다. 문화 적 의지였던 것이다. 아담이 그리하여, 흙을 떠난다. 하와가, 신을 패배케 하고 인간을 일으켜 세운 것이다. 그것이 인간의 재림인 것.

'말씀의 우주'가 개벽한다. '再生,' '윤회'라는 '몸의 우주'의 복음이, '重生'이라는 '말씀의 우주'의 복음으로 전이를 치렀거니와, 이 또한 그러나, 그것이 계속해서 생명과 연계되어 있는 한, 예의 저 자궁을 벗어나 있는 것은 아니라는 게 살펴지고, 사실은 그런 결론이 도출된다. 이때, 그 자궁을 더러운 냄새의, 누런 양수의, 똥의 웅덩이(黃泉), 즉 짐승의 뱃속이라고 고통 자체라고, 못 견뎌 하는 이들의 탈출에의 음모가 싹트게 될 것인데, 그러면 再生이나 윤회, 重生의 고리를, 꿰미를, 괴로움을 끊어버릴 수 있을 것이라고 믿어 그럴 것이다. '마음의 우주'가 개벽한다." 시동은 그리고, 자기의 귀에다 청력을 집중한다, 어디만큼, 또는 어떤 말의 구절들이 순례자의 법설이고, 어디만큼, 어떤 구절들이 자기의 생각인지, 그것이 불분명해, 그러는 모양이다.

"그 몸이 너무 불어나, 펜리르라는 늑대모양 불어나,—하, 이래서도 개와 구렁이는 同族일 터!—우주를 빼꼭 채워버렸다는 구렁이 아자가라-문둘름-프로메테우스는, 부동(不動)의 바위에 묶였다고 이르는 것일 터이지만, 누가 그를 묶었든, 다른 수 없어 스스로 묶여들었든, 이제 그것이 무슨 상관인가, 이래도 저래도, 그는 더 움직일 수 없이 되어버린 것을……." 시동은, 입을 다물고, 생각에 잠긴다.

"그런데…… 말이지 그런데……" 머뭇거리다 시동은, 빠르게 잇는다. "누가 만약, 늘 거기에 있는 '불'을 개의하기 시작하면 그는, 간(肝)을 앓다, '고자'가 돼버리는 것은 아닐 것인가?" 시동은, 비약하고 있었다.

"자기 속의 어떤 것을, 개의하기 시작하면 그것이 어느 찰나, 대상화(對象化)해버리는 위험성이 있는데, 초월자도 그런 까닭에 의해 유정의 외재적 존재자화한 것인 듯하거니와, 그때로부터 인간은 '심정'이라는 신이 강림한다는 제단 쌓아, 즉슨 갈피리가 되어버리는 것일 것. 어쨌든, 자기 속의 무엇의 대상화란 그래서, 위험한 짓일 게다. 고독한, 침묵의 문둘름은 그러면, 그것을 대상화했기의 까닭으로 불을 잃는다. 목구멍을 통해 후루룽 빠져나가버린다. 입을 꾹 다물고, 침묵을 지켰어야지! '불'은 이제 그의 속에는 없다, 이제 그 불은, (元素가 갖는 초력성에 의해) 예배의 대상이 된다. 사제(司祭)는 이제 고자이다. 스스로 아르타를 분리해내버린, 좀비-은둔게가 방삼는 빈 조개껍질-송장 같은, 루타만 남는다. 이런 고자가 치리하는 대지는 별수 없이 황폐해지고, 그리고 그 황폐를 그는 잃는다. 이 황폐는, 횡적(橫的), 이차원적이라면, 그것 위에서 운영되어지고 있는 삶이나 생활의, 종적(縱的), 삼차원적인 그것은, '가난, 빈곤, 춥고 배고픔'이라는 따위로, 모양새가 바뀌는 것도 보아진다." 시동이는 머뭇거린다. 시동은, 안포-타즈와, 그가 구현했거나, 하려는 그의 유토피아에로 잠시 돌아간 듯하다.

"그는, 그 황폐를 극복하려 하지만, 이제는 그 극복의 방법까지도 생각해낼 수 없고 있다. 그러기 전에 그는 물론, 그 극복의 방법을 강구하기 위해, 주야로 명상하고, (그것은 나 시동이가 노상 봐왔던 것) 세월도 없이 고통했을 것이었다. (그것 또한 시동이 보아왔던 것.) 불 잃은 자리의 아픔은, 이 아픔이었을 것으로, 지금은 보인다. 그러던 중 그는, 저 황폐의 극복에 대해 절망했었을 것이며, 대신, 그것을 차라리 종교화하려 하기 쪽에로 눈을 돌렸을 것이, 지금이라면 용이하게 추측된다. 저절로 따라붙는 추측은, 불모, 황폐를 잃는 이 사제는, 신의 무거운 짐을, 자기의 어깨에 대신 짊어져주었던, 구레네 사람이 되기를 바랐을 것이라는 것이다. 제이의 구레네 사람이 되기는, 잃고 있는 그에게는, 매우 쉬웠을 것도 용이하게 짚인다. 그러자부터 그는, 자기의 환처를 성스러운 앓음이라 쳐, 그 고통을 인고할 만했었을 것인데, 그래서 그는, 고기 낚기에 나설 수 있었을 것이었다. 밖에서는, 이 어부왕이 낚은 물고기가, 문잘배쉐 성민의 일용할 양식이 되고 있다는 풍문이 있다는 풍문도 있었다. 그런 풍문은, '물고기 몇 마리로 몇천 명의 군중을 먹이고도, 광주리 광주리 남았다'는, 이제는 고사(古事)가 되어버린 그것에 연결될 때만 가능한 것일 것인데, 이 의미는, 안포-타즈의 종교가, 모종의 성공을 거두기 시작한 것일 것이었겠는다. 분명하게 말해버리기로 하면, 그는 '인류의 죄'를 대신 짊어졌다는 이의, 수난에 따른 고통을, 대신 앓으려 하던 중, 그 아픔 앓음을 문잘배쉐의 것으로 환치, 확산하기에 성공적이었다는 말인데, 그러기 위해서 이 구레네 사람 시몬은, 그것을 어떤 식으로든, 체계화하지 않으면 안 되었을 것이었다. 그러지 않고, 한 개인의 아픔 앓음의 집단화는 어려울 것은 분명하다. 그래서, 체계화한 종교들이(란, 이제껏 單數였던 主語가, 갑작스레 複數化를 겪은 것이 보이는데, 그러고 보면, 특히 이 한자리에서만은, '안포-타즈'가 보통명사화해 있는 것이 짚인다) 생겨나고, 신(들)이, 회당이나 사원 속에, 성스러운 억류, 유폐를 당하게 되는 결과가 초래되는 것일 것이었다. 그러면 사원이나 회당들 간에, 뛰어넘거나 헐어낼 수도 없이 높고 단단한 담이 세워지고, 이 슬픈 볼모들은, 자기들을 볼모 삼은 이들의, 식탁을 기름지게 하며, 잔을 넘치게 하기 위해 주야로 혹사당한다. 예배라는 따위, 썩는 창자 냄새가 나는 날것들의 털을 뽑고 내장을 씻어, 정결한 상을 마련하기에, 또 뽑은 그 털로 영광의 머리 장식 만들기에, 그리고 신도들이 거둬들인, 기도나 찬송이라는 포도송이 밟아 으깨 포도주 만들기에, 잠시의 휴식도 취하지 못한다. 그것뿐이 겠는가, 자기들을 볼모로 삼은 이들의 장화도, 그 댁 어린 것들의 밑도 닦아줘야 할 뿐만 아니라, 안댁들의 개짐도 빨아, 가슬가슬히 말려야 한다. 그러고도 그것은, 일상적 안[內]일일 뿐이다. 바깥으로, 포교라는 성업을 위해, 지옥의 유황불에 창도 칼도 방패도 대장질해야 하지만, 말한 바의 성업을 위해 이웃 신들의 성역을 공략하는 데 전초에 서기도 해야 한다. 저편 쪽 신의 대가리를 잘라, 창끝에 꽂고, 자비, 박애, 긍휼, 화해, 그리고 평화 따위를, 그 신들이 흘린 피로 크게 써, 창 자루에 높이 매달아 개선할 때는, 그 신들의 처자식들을 모두 노예로 끌고 와, 성벽을 더 높이, 더 굳세게 쌓는 일에 혹사하고, 전리품은 모두, 저들을 볼모로 한 사제들의 창고에 쌓는다. 그럼에도, 이 혹사당하는 슬픈 볼모들을 타도하려는 이들이 또 있는데, 何以故? 어부왕의 사원에는, '聖杯'가 성스럽게 억류되어 있다. 누가 그를 그렇게 만들었는가? 그가 주로 '뫼시는 이로부터 부탁의 서한이라도 한 통 받았는가?' 건 알 수 없으되, 제이의 구레네 사람이 되어버린 자는, 그리하여 제일의 메시야의 짐을, 자청하여 자기가 짊어져버렸으므로 해서, 제이의 메시야가 되어버린 것이다. 제일의 메시야의 '물고기'가, 제이의 메시야의 '성배'가 되어 문잘배쉐 성민들 속에 심긴다. '물고기와 성배'는, 그 루타는 같게 보이지 안해도, 그 아르타는 같은 것들일 테다. '스스로 된 고자'주의를 부르짖는 자나, 고자가 되어 있는 자나, 그 양자는 다 거세(去勢)된 자들인데, 양자는 공히, 그 거세를, 연금술적 질료, 예를 들면 납이나 유황 따위의 변전에 나타나는, 납성이나 유황성의 죽음, 또는 그 거세 다음의 알베도Albedo로 이해하고 있어 보인다. 오늘이니까 말이지만, 스스로 된 고자가 아닌 고자인 자(안포-타즈)의 고자주의의 확대는 사도(邪道)였던 듯하다는 말밖에 할 수가 없는 것이 유감이다." 그리고 시동은 침묵했는데, 이 침묵은 반나절쯤을 침묵 속에 삼켜넣었다. 그러는 동안 시동은, 꽤 오래전의 옛날로 돌아가, 그런 어떤 날의 기억을 떠올리고, 그것 속에 빠져 허우적였던 듯하다. 그리고, 호수도 전에 없이 잔잔하고, 고기도 찌 흔들기에 몹시 게을러, 갖다가시나 그냥 고답적으로 권태스럽던 어떤 오후, 졸음 삼아 그가 도란거렸던 얘기를, 시동은 그땐 졸면서 귓등으로 흘려냈지만, 오늘은 시퍼렇게 깨어, 흘렸던 그 얘기들을, 그것이 혹간 그만의 '리쿠르구스식 사회주의'의 설파나 아니었던가 하고, 새로 주워담고 있다. "리쿠르구스식 사회주의란, 조성(造成)된 어휘 그대로, 그의 치하에서는, '人間'까지도 공유(共有)인데, 리쿠르구스에 대해서는, 그 모두가 그의 사유(私有)화한다는, 그런 뜻이다. '생산수단을 공유로 한다'는 대의에 있어 그것은, '사회주의'를 표방하고 있음에도, 그 공유의 생산수단을 통해, 창출되는 이윤의 (그냥, 말하기의 편리를 위해) 대략 이 할 정도만 생산자들 손에 쥐어지고, 팔 할은 리쿠르구스에게 돌아간다는 경우—이는, 가난의 이념으로 체제화한 사회주의, 리쿠르구스식 사회주의랄 것이다." 어부왕은, 수분으로 혀를 좀 적신 뒤, 이어갔다. "그러면 리쿠르구스는, 손에 움켜쥔 저 비축자산을 무엇에 쓰는가, 그것이 궁금해지기도 하지만 어찌 되었든, 리쿠르구스주의는 너무도 널리 잘 알려진 것 아니냐? 그걸 들어 뭘 더 말할 필요가 있겠느냐. 그렇다면 그것은, 드러내 보이기는 사회주의 이념을 실천하려 하고 있음에도, 그 실체는 이미 그것보다 거리가 먼 체제여서, 그것을 사회주의라고, 또는 이상적 체제라고 추종하려는 자들이 있다면, 그 환상 때문에 그들은, 맹장 정도나 남기고, 모든 것을 잃게 되지나 않을까, 그것이 걱정스럽게 된다." 어부왕은 그렇게, 긴 각주를 붙였었다. 시동은 존재하기 탓에, 생각한다. 하기는, 어부왕이 치리하는, 문잘배쉐라는, 오직 이 한 경우겠지만, 이런 주제, 즉슨 치리하는 자가, '병고-황폐' 따위를 국시(國是)로 삼고 있다는 경우, 치리하는 자가, 자기는 흑사병이나 나병 같은 돌림병을 백성들에게 뿌리려 한다고, 백성들 앞에서 직접으로 밝힐 리는 결코 없는데, 그럴 때 치리하는 자는, 백성을 설득하기 위해, 그럴듯한 (유리의 순례자의 造語, 그리고 그것에 대한, 그의 식의 造意를 빌려 말하면) 에우페메리즘 Euphemerism의 방편을 빌리려 함에 분명하다. '병고,' '불모,' '황폐'에 대한 '가난'이라는 것이, 그것인 것. 오늘, 시동은 그리고, 그 에우페메리즘을 원상에 돌리기에 의해, 그 본의의 전모가 밝혀지고 있음을 보기 시작한다. 그럼에도, 어부왕이, 하필 자기의 시동이에게, 왜 자기를 고백했던지, 그 까닭은 짚어낼 수가 없는데, 그 대답은 찾아도, 못 찾아도, 그것이 무슨 다름을 만들게 된다고는 여겨지지 않는다고, 그래서 시동은, 그 대답 찾기는 덮어둔다. 어부왕의 얘기는 계속된다.

"옛날 옛적, 여기 어디 인근에 한 왕국이 있었더란다. 왕국의 이름은 문잘배쉐였으며, 왕,이라기보다는 성주라고 해야겠지,의 이름은 안포-타즈였더라지. 힘도 좀 세고, 꾀도 좀 남다른 기사 하나가, 어느 고을이나 성을 하나 차지해, 그 안의 백성이 내는 세금을, 자기의 창고에 거둬들이면, 그가 그 백성의 어른이 되어버리던 시절이었겠다." 옛 얘기 조랑거리는 화롯가의 노파모양 왕도, 화도(話道)의 수순을 잘 챙겼었다고 시동은, 우선은 수긍하고, 그러고는 얼굴을 찌푸린다. "'얘기'라는 게 말이다. '옛날 옛적, 어디에 무슨 이름의 왕이 치리하는 무슨 왕국이 있었다'라고 서두를 끄집어내면, 그 당장 그 얘기에서 통시태성(通時態性)이 뽑혀나가고, 공시태(共時態)를 취하는 것이 관찰되어지든데 말이다. 결과는, 투박하게 싸잡아 말하면, 전혀 현실성이 없는, 어느 시대의 얘기도 아닌 허황한 것으로 끝나,

금방 스러져버리거나, 또는, 모든 시대의 얘기로도 되어, 그럴 만한 가치를 지니고 있다면, 불멸성까지 획득할 수 있게 될 것으로도 여겨지는데, 대표적인 것들로 예를 든다면, 아직껏도 인구에 회자하는 동화나, 전설, 신화들이 그런 것들 아니냐? 그 '의미'나 '시대성' 따위들은, 듣는 자들이, 자기들식으로 조립해넣을 테다. 아비는, 이런 투의 얘기의 약처는 약처대로 열어두고서라도, 그 장처 되는 쪽에 강점을 뒀으면 하는데, 그렇게 하기로써, 거 왜 민간에서 흔히 쓰이는, '흘러간 옛 노래'라는 말 있잖으냐, 그런 이미 흘러간 옛 노래에다, 새 정조나 정서를 짜넣게 되기를 바라서 그런다." 족거치! (시동은 흘러간 옛 노래 속에서, 그런 소리 하나를 꺼낸다.) 왕의 얘기의 '序頭'는, '蛇足'이었다, 이런 못 참아낼 oxymoron! 시동 히 웃는다.

"땅의 메시야도, 그 종류는 여럿이겠지." 어부왕은, 갑자기, 거기서부터 새로, 얘기를 시작했었다고, 시동은 기억해낸다. "그 결과야 어떻든, 시작으로써, 백성을, 현재와는 다른, 어디론가 이끌어가려는, 대의와 목적을 가진 자를, 그렇게 이를 수 있다면 그렇다는 얘기다. 모세가 생각나고 기독이 떠오른다……" 어부왕은, 이 대목에서 오래 침묵했었더랬는데, 시동도 오늘, 그 대목에 기억이 머물자 침묵하기를 오래도록 했다. "오늘이라면, 그이가 그때 했던 침묵의 까닭을 알 듯도 싶구먼." 시동은, 이 자리에다 제 의견을 삽입했다. "오늘이라면, 그가 말했던 '복이 있다는 그 가난'을, '병고(病苦)'라고 환치해 들어야 뜻이 통한다는 것까지도 통해지누먼." 말하고 시동은, 어부왕이 했던 말을, 귓속에서 조립하며, 혀끝으로 옮겼다, "그가 치리하는 그 영지 내의, 한 절대적 군주의 병고나 빈혈증 따위가, 확산을 겪어, 집단적 형태를 띠면, '황폐'나 '가난'으로 환치될 수도 있을 것이기도 했다. 그건 어쩌면 당연한 귀결이었을지도 모르는데," 시동이의 얘기는, 어부왕의 것인지, 그 자신의 것인지, 그것도 잘 분간하지 못하게스리 섞이고 있었다.

"허, 허허," 허탈스레 웃고 어부왕은, "우리 말이지, 한번, 땅의 메시야 중에서도, 매우 파격적이랄, 어떤 한 범주의 메시야에 관해 말해보는 것도 심심풀이는 충분히 되겠지?"라고 하며, '우리'라고 말했을 때 그는, 자기의 시동의 눈을 깊이 들여다보았었다고, 그때 그 자리에 있었던 시동은, 기억해낸다. 그리고 얼마나 하릴없고 외로운 늙은네였었으면, 아직 눈도 못 뜬 강아지 정도인 어린 것을 '우리'라고 이르며, 말 상대로 삼았겠는가, 고해청문사로 삼았겠는가, 허기야 그래도, 허공에 대해서보다는 나았겠지, 라며, 시동은, 미소 짓느라 그러는지, 갈라 터지고 갈라 터지느라, 마른 번데기를 물고 있는 듯한 입술에서, 미세한 주름 하나를 조금 폈다. "문잘배쉐 궁내의 유모의 젖에 자라, 성배 밑의 성역 안에서 보호받아져, 너를 지켜보는 이가 헛눈이라도 팔았다 하면, 영락없이 바깥 길거리 애들 속에 섞여, 이상스러운 말부터 주워들어오고 한 적은 있었으나, 너로서는 밖의 사정이나 형편이 어떤 것인지, 알 수가 없겠지. 글쎄, 그렇게 하루하루를 사는 것이 사는 것이려니, 그렇게밖에, 달리 울 밖의 세상은 어떤지, 그들은 어떻게 사는지, 그런 걸 무슨 수로 알겠느냐. 더 보아야 할 것도, 더 들어야 할 것도 없을 일이다. 화롯가에서 옛 얘기를 조랑거리는 할머니들의 입술을 통해서 말고는, 문잘배쉐의 다른 아이들은, 네가 네 멋대로 읽고, 네 멋대로 꿈꾸는 것과 같은, 동화나 전설, 영웅담 같은 것은, 아예 손도 대볼 수 없는 것들이어서, 문잘배쉐의 어린이들은, 너나 파르치발처럼, '용감한 왕자'나, '독룡을 퇴치한 무적의 기사' 등의 꿈도 꿀 수가 없을 게다. 그럼에도 너만은, 네가 즐길 수 있는 모든 꿈을 즐기고 있고, 그 까닭으로 어느 날 문잘배쉐를 떠나려 할지도 모르는데, (아항, 그때 이미, 저 교활한 늙은네는, 자기의 시동이를, 성벽 꼭대기에서, 바깥쪽을 향해, 등때기를 밀어, 떨어뜨려버렸던 것이었구나!) 그러면 그때, 네가 자란 자리에 대해, 새로운 눈으로 뒤돌아보려 할 것이 분명하다. 사실은, 늙은 아비가 바라는 것은 그것이다. 아비가 오늘은 그래서, 장창을 꼬나든 기사나 용감한 왕자 얘기 대신, 문잘배쉐가 어떤 위난에 처할 때마다, 如來한다는 탈리에신Taliesin, 詩人 탈리에신, 창을 꼬나든 무사가 아닌, 하프나 리라를 켜는 하필 시인 탈리에신을 기다린다는 얘기를 들려주었으면 한다. 이제는, 늙은 독룡까지도, 자기가 만든 함정에 자기가 빠져들어, 그 함정을 벗어나기는 이미 좀 늦은 감이 없잖아 있어 말인데,…… 그런즉슨, 왜 파르치발은 아닌가? 글쎄다, 그 얘기를 하려면, 별 필요도 없이 장황해지겠지? 문잘배쉐의, 병든, 흰 용 하나는, 퇴치당하고 싶은 것인 게다. 이 '퇴치'란, 저 병든 흰 독룡의 원하는 식의 죽음, 문잘배쉐의 황폐를 싸안아 죽는 죽음, 그 죽음의 뜻일 것으로, 어느 날 이해해준다면 좋을 게다. 이 병든 독룡은, 기사(騎士)로서는 자기와 비슷한 다른 기사의 창끝에 쓰러지고 싶지는 않은 것이며, 그래서 그는, 문잘배쉐의 시인의 손에 죽기를 바라는지도 모른다. 그럴 때, '황폐'는, 서정화(抒情化)하고, 그 죽음의 시적 변용을 겪어, 그의 죽음은 곧바로 '황폐'화 즉슨 황폐 자체가 되어진다고 믿기어진다. 어떤 이가 흘린 몇 방울의 '보혈(寶血)'이 인류의 죄를 정화했다는, 그 詩學이 이해되어진다면, 이 아비의 시학도, 그것에 연유해 이뤄진 것도 알 만하게 될 테다." 이 대목에서 어부왕은 좀 소리 내 웃었으나, 그 웃음소리는 허탈스레 들렸었다고, 시동은 뒤늦게 느껴낸다. "한 메시야는, 성공하고서, 그 성공이 사실은 패배였다는 것을, 인정하지 않으면 안 되게 된 것이다. 이 패배한 메시야는 그러

고서 새 메시야를 기다리고 있는 것이다. 이런 역설도 없겠는다." 왕
은 그리고, 숨을 좀 고르다 이었다. "유리에서 온 순례자는, 문잘배
쉐의 '에우헤메리즘'이라는 어휘를, 곧잘 고의적으로 왜곡하거나 굴
절, 내지는 전와해서 잘 쓰셨는데, 그것을 그이는 화법(話法)에도 적
용하여, '추상적 아이디어의 구상적 이미지化'라거나, 반대로 '구상
적 이미지의 추상적 아이디어化'라는 식으로, 그것을 분리해내는 얘
기를 들은 일이 있다. 전자는 '空化色'이라고도, 그리고 후자는 '色
化空'이라고도 이르기도 했는데, 후자는 전자에 비해, 보다 더 고차
적 사고력이나 상상력, 분석력이나 종합력을 요한다고, 이해하고 있
다. 그래서 이 아비가 오늘, 너에게 해주려는 얘기는 다분히 추상적
아이디어일 것을, 되도록 구상적 이미지화해서 들려주려 하는데, 들
었으나 잊어버린다는 경우는, 꽤는 손해나고, 심지어는 비극적일 수
도 있겠으나, 그런다 해도 어쩔 수 없는 노릇이겠지. 마는, 어느 날
문득, 이 얘기들이 기억된다면, 그때 함께 기억해내야 할 것은, 이
아비의 입술 끝에서 구상적 이미지화를 당한 것들을, 원상에 돌려,
그러니까 그 본디의 추상적 아이디어를 짚어내, 꿰맞춰야 된다는 그
것이다. 다분히 추상적 아이디어인 것들이 구상적 이미지화를 치르게
되자, 예를 들면, '能(天)'이 '所(地)'化하거나, '宗'이 '政'化하기,
'聖'이 '俗'化하거나, '정신' 대신 '물질,' '영혼' 대신 '육신,' 또는
'황폐, 불모' 따위가 '가난'이나 '억압' 따위의 형태를 띠게 되는 것을
보게 된다는 식이다. 그러고는, 그렇지, 뭘 눙치고, 기시고 할 것도
없지, 확 말해버리기로 하면, 죽고 싶어도 죽지도 못하는 이 아비를
죽이러 돌아와야 할 것이지, 너에게 그럴 능력이 있다고 믿는다면 말
이지. 그러면 문잘배쉐를 덮어 욱죄고 있는, 저 '황폐'의 주술이 풀릴
것이라는,…… 그 희망을 애비는 갖고, 그래서 살고 있다." 왕은

그리고, 눈을 감았는데, 눈꺼풀 접힌 자리에 수분이 솟아올라 있었다. "이제, 이 애비가 의중에 넣고 있는 본디 얘기로 돌아가기로 하자면, 문잘배쉐에 이미 와 있는 메시야에 관한 것이겠다." 잠시 침묵하고, 그리고 이었다. "내가 말하려는 메시야, '파격적 메시야'는, 메시야들 중에서도, '왼손잡이'라거나, '육손이'라고나 일러야 좋을 듯함으로, 그런 이를 두고 뭐래야겠느냐, 그러니 그냥 '파격적'이라고 일러두는 것이지. 이름을 굳이 대라면,…… 가깝자, 그의 이름을, 선인(先人) 중의 '리쿠르구스(Lycurgus, 스파르타의 立法者)'의 이름을 빌려 대명(代名)한다 해도, 안 될 일은 없을 테다. 小弟(Little) 리쿠르구스. 이건 어떤 고유명사가, 보통명사화하여 쓰이는 경우래야 할 것인데, 그 대표적인 예로는, 문잘배쉐의 음송시인 탈리에신이 꼽히잖겠다구? 신들 고장의 비밀을 훔쳐내오고, 사람들 고장의 고뇌와 희망을 노래하는 시인들마다 탈리에신이라고 이르잖나? 어떤 종적(縱的) 추상명사의 횡적(橫的) 고유명사화에, vice versa, 에우헤메리즘이 개입된다면, 마찬가지로, 어떤 고유명사의 보통명사화에도, vice versa, 그것이 개입된다 해도, 우물쭈물 맞기는 할 테다. 리쿠르구스는, 남녀노소라는, 그 전체를 포함한 백성에 대해, 기사(騎士)주의를 앞내세우고, 그들을 수단으로 하여, 자기의 목적을 달성하려 했던 메시야였던 모양인데, 선기사(先騎士) 사상이 부르짖어지면, 그 체제는 집단적 가학성을 드러내는 것으로 보아 무방할 테다. 특히 저런 가학성에 대해 피학성을 드러낸 이가 있다면, 나는 그도 리쿠르구스라는, 같은 이름으로 부르겠다는 것이다. 왜냐하면, 대상을 무시하기로 하면, 양자는 같은 것들이기 때문이다. 아풀레이우스라는 시인은, 루치우스Lucius라는 사람의, 당나귀에로의 전신부를, 그 당나귀 편에서 엮고 있는데, 그러자 독자 쪽에서는, 저 불운의 당나귀에 대해 많은 동정심을 갖게 되는 것은 사실이지만, 누구나의 얘기로까지 확대되는 것 같지는 않을 듯하게 읽히던 것이더라. 만약, 그 반대로, 예의 저 불쌍한 당나귀를 학대하는 사람들의 행위 쪽에서 얘기를 엮었더면, 그것은 누구나의 얘기, 특히 학대받는 이들의 얘기일 수도 있었지 않나 하는 생각도 들던데, 그때 '당나귀'는, 피압제자의 운명의 기호(記號), 그런 어떤 불행한 운명의 상징 같은 것으로 받아들여질 수 있을 것이기 때문이다. 이러면 이 애비가, 실제적으로 피학적 리쿠르구스 얘기를 하려면서도, 그 나타남에 있어선, 가학적 리쿠르구스와 뒤섞여 범벅된 얘기를 하고 있는 까닭도 짐작할 만하겠냐?" 이 대목에서 어부왕은 또, 뭣이 매우 허탈스럽다는, 공허하게 느껴지는 웃음을 웃고, 마실 것을 청해 입술을 적셨었다. "모든 메시야는 물론, 당대 민중의 수준에서 본다면, 파격적이랄 수 있을 터인데도, 이 특정한 리쿠르구스를 특히 파격적이라고 이른 것은, 그가 민중을 이끌어 이루려 했던 유토피아의 성격이 그러해서 그런 것인 것. 그가 구현하려 했던 그 유토피아에의 이상 탓에, 그의 영지는 오히려 황폐에 덮이고, 백성들은 끝없이 빈곤에 허덕이고 시달리기만 했다면, 그리고 그것이 그가 이루려는 위대한 사회였다면, 흐흐흐, 그의 유토피아야말로 그중 파격적인 것이 아니겠는가 말이지?…… 만약 우리가, 이 자리에다, '천국에의 희망' 따위, 종교적이랄 주제들을 엮어넣는다면, 그실은, 리쿠르구스의 이름 대신 기독이 나타날 것이 분명한데, 그렇다면 이 리쿠르구스 또한, 땅과 관계된 어떤 종류의 기독이라는 말도 하게 된다.―근래 발굴된 『유다福音』에 의하면, 기독은 사실상, 인류의 죄를 그 몸에 떠 짊고 수난한 게 아니라, 그의 육신이라는 장애, 그 고통만을 벗어 땅에 남기고, 그가 떠나왔던 자리, 그 위대한 자유의 고장을 '되찾아' 표표히 땅을 떠났던 이였다는, 오래 묵은 새 소식이 있으냐,…… 그러니까 저주의 가리옷 유다가 사실은, 그의 주의 그 잘못 입어진 '몸'이라는 구속, 그 장애를 벗게 해준, 그가 가장 친애했던 제자였다는 것인데…… 그러나 그 『복음』은 다분히 영지파적인데, 이 늙은 아비도 그렇게 믿지는 않는다만— 이 아비가 믿는 분명한 것은, 그는 우리의 죄를 대신 짊어졌으되, 육신이라는 그 고통은 땅 위에 남겨두고 있었던 것이라는 점이다. 그렇다면, 그가 벗어놓아버린 그 고통의 짐을 땅의 누군가는 대신 짊어져야 될 듯하잖느냐? 여기에도 그러자니, 전자와 다르되, 또 결코 다르지 않은 저 파격적 리쿠르구스의 얼굴이 보일 성부른데, 그래서 그는 '피학적 리쿠르구스'라는 말도 하게 되고, 횡적(橫的) 에우헤메리즘까지 말하게 된다." 이만쯤까지 생각이 머물자 시동은, 두터운 세로 주름 덮인 입술에서, 또 미세한 주름 하나를 더 편다. "기독은 땅을 부정하기로 긍정했다면, 리쿠르구스는 땅을 긍정하기로 부정한 대표적인 한 인물이랄 수도 있겠는다. 이건 분명히 모순당착이로되, 시작으로써 후자는, 땅을 강하게 긍정하여 초인(超人)이 되려고 했던지도 모른다. 땅만을 열심히 긍정하다 보면, 하늘에의 소망을 스스로 저버리는 자들도 있을 터인데, 대안은 초인일 수도 있을 듯하잖느냐? 이런 건 형이상적 주제나 이념으로 남아 있을 수 있다면, 그러는 한은 다른 난제들이 다 무산되어버리는 듯싶음에도, 형이하적으로 관(觀)하려 하면 난제 투성이인 것이 저것이기는 할 테다.— '고유-보통명사'라는 투로, 아까 분명히 밝혀두기는 했었다만, 꽤 엉뚱스레, 아주 작은 촌 성주에게 이름을 도난당한, 실제적 리쿠르구스는, 하데스에 쭈그리고 앉아, 무슨 말벌이 아니면, 살무사 같은 것이 귓속에라도 쳐들었는지, 어째선지 귀가 가렵고, 아파 못 살겠다고 울부짖고 있겠다만, 그 이름을 훔친 이 리쿠르구스는, 땅을 긍정하기로 땅을 황폐화하려 했다는 점을, 우선적으로 꼽을 수 있을 테다. 거기, '긍정의 부정'이 논의될 자리가 있다. 그도 어떤 의미에서는 '解脫論者' 였던 듯한데, 이 특정한 메시야의, 아직 분명한 모습을 취하지 않은, 그러니 빙근은 아직도 무의식 속에 있었던 의지도 또한, 백성, 민중의 구제, 구원, 어떤 천형적 속박으로부터의 해방 같은 것의 추구에 있었을지도 모른다는 추측도 가능적이라면 그렇다는 말이다. 그는 어쩌면, '해탈'에도 종류는 둘쯤이 있다고 믿은 것이었다. 문잘배쉐의 태학사들 중, 특히 언어의 문제에 종사하고 있는 이들의 어휘를 빌리면, '記表'의 해탈과, '記意'의 해탈이 그것들인 듯하다. 그러니까, 쉽게 말하면, '기표'가 분쇄돼버린다면, 동시에 '기의'도 그렇게 되거나, 반대로 '기의'가 의미를 상실해버리면, '기표'도 덩달아 무의미하게 된다는 것인데, 이 '무의미'는 액면 그대로의 그것이 아니라, '알맹이 없음,' 즉 '空'의 의미로 이해해야 될 것이라는 것. 이때 '분쇄'나 '무의미'를 '해탈'이라는 말로 환치하면, 저 두 종류의 해탈의 뜻이, 대강 정리될 테다. 치자(治者) 리쿠르구스의 황폐론은 그렇다면, 후자에 속한 것으로 살펴지는데, 그것은 곧바로 그의 대지의 천국, 즉 유토피아의 구현론이랄 것이어서, 그런 의미에서라면, 그 또한 위대한 치적(治的) 보디사트바라고까지 숭앙케도 된다. 그 결과에서 보자면 그러나, 이런 식의 치적 보디사트바들은 흔한데, 그들의 아비가 오난이었더면 좋았고, 어떻게 강보에 싸이게 되었다 하더라도, 어미가 푸타나였었으면 그것도 좋았을 일인데, 어떻게 자랐다 해도, 쇼펜하우어에 잔뜩 심취해버렸었더면 그 또한 좋았었을 일이다. 그 결과에 주목해서 말하자면, 치자(治者) 리쿠르구스의 저 '체의 해탈'은 그러나, 땅에 넘어져서도 하늘을 향했으면 좋았을 것을, 땅에 배를 대고 엎드려, 뻘의 심연, 그 허무주의 속에 함몰해버린 것이다. 치적

302

(治的) 초인은 죽었도다!" 이 대목에서 왕은, 검은 염소가 풀꽃을 물고 먼 산 바래듯, 웃었었다고, 시동은 기억해낸다. "그렇다, 치적 초인은 죽었도다!" 왕은, 시동 자기는 모르는 지방의 방언(方言)을 씨부려대고 있다고, 시동은 그때 생각했었다, 신이 내렸다는 이유라며, 문잘배쉐에는, 예의 저 '방언을 하는 자'들이 더러 있었던 것이다. 시동은 그래서, 성주께도 신이 내렸는지도 모르겠다고, 외면하여 한번 씻득 웃고, 코를 훔친 기억이 있다.

"저 왼손잡이 메시야가 구현하려는 유토피아에 관해 시작을 이렇게 하면 어떨까? 가쟀자, 고유보통명사로 빌려 쓰는 리쿠르구스가 어떻게는 하나로, 어떻게는 둘로 보여져, 너에게 여간만 혼란스럽지 않겠다만, 지금부터는, 루치우스 당나귀를 예 들어 말했던 것과 같이, 가학 편의 그의 얘기를 하기로써, 우회적으로 피학 편의 그를 이해해보려 하고 있다고 알면, 다른 혼란은 없을 터이다." 왕은 시작을 그렇게 했었다. "당시, 저쪽 산자락 어디서, 생각을 숯굽던 숯굽쟁이 하나가, 그 구워진 생각의 숯짐을 메고 내려와, 마을에 놓고 가며, 이 짐 속에는, '빈부(貧富)의 차(差)가 없는 위대한 사회의 구현'에 관한 불의 설교가 있다고 했던 일이 있었던 모양이고, 그러자니, 그것이 궁금해진 인근의 뜻을 같이하는 영주들이, 어떤 정해진 날 모여, 추측컨대, 위대한 교리를 싸놓고 있는 그 짐을 풀어젖혔던 모양이었다. 그것은 실제로 (이런 것에 대한, 그중 간단명료한 정의는, 어휘 사전에서 빌리는 것보다 더 적절한 것도 없다 싶어, 기억나는 대로 빌리려 하거니와, 정직한 고백을 하자면, 사실은 그 지혜, 또는 이론에 대해 아는 것이란, 토끼 뿔 정도밖에 되잖은 걸 어쩌랴? 그런 것을 갖고, 무슨 거대한 황소 뿔이라도 되는 듯이, 이러 받고, 저리 치고 할 만한 형편은 못 되잖으냐? 그런즉 염두에 단단히 둬야 할 것은, 앞으로 되어질 얘기는, 그 '지혜·이론'이 아니라, 그것을 토대로 하여, 탑 쌓는 이들이 탑을 쌓아올리던 중, 무슨 까닭에 의해서든, 갑자기 와그르 무너난 그 '체제', —보다 더 정확하게 말하면, 이 붕괴된 탑의, 여기저기 흩어진 흙벽돌 몇 조각을 쥐어 들어, 귀 맞춰보고 하는 소리라는 것이다. 침소봉대식이지. 그런즉, 재잡손이짓만 하는, 미운 토끼를 잡아, 토막 쳐 국이라도 끓이려들면, 그러는 이는, 먼저 토끼의 귀를 잡아 그놈을 잡으려 해야지, 뿔을 쥐어 그러려들면, 저 멀꿀 같은 녀석 깔보는 토끼가, 뿔 세워, 침 놓으려 달려들 테다) 생산수단의 사회적 공유를 토대로 하고, 자본주의 사회를 유물변증법으로 비판하며, 계급투쟁으로 프롤레타리아 혁명을 주장(『이희승 국어사전』)'하는, 이론을 펴놓고 있었던 모양이었다. 그들이 받은 충격이나 감명 감동은 벨탄 축제 때, 왼 성민이 합심 협력해 만든 벨의 화톳불만큼이나 컸거나, 더 컸던 듯했다—이건, 너무 성급하게 끌어들인 소리겠다만, 그 화톳불은, 가운데, 야수나 가축은 물론, 사람을 가둬넣고, 태워올렸다는데, 이것은 명심해두고 있어야 할 테다. 共有體는, 모든 個人들을 잡아먹고서야 타오른 불기둥이다. 그런 뒤 그것은, 걷잡을 수 없을 힘으로, 왼 들을 태우러 내달을 테다. 그 불길의 이름은 '유물변증법'이다. 그럼에도 하나는 꼭히 부연해두자. 라는 것은, 사람이 타는 연기는 하늘 끝까지 치솟아오르고, 그 기름과 피는, 땅 아래로 깊이깊이 방울져 내릴 것이라는 것이다. 그 아래쪽에서, (소년 Merlin과 폭군 Voltigern 사이에서 이뤄진 전설에 나오는) 붉고 흰, 두 마리의 용이 그것을 받아 마시고, 자랄 테다. '붉은 용'은 (예의 저 폭군의) 'shadow'라는 해석도 뒤따를 법하나, '애 밴 여자와 붉은 용,' 그리고 '흰 어린 양'의 신화가, 장소를 옮기고, 방언을 바꾸는 사이, 저렇게 어떻게 굴절 전와되어진 것이나 아닌가 하고, 의문해볼 점을 갖고도 있다. 그러면 저 이란성 쌍둥이,

두 마리의 용을 임신하고 있는 옌네가 누구인지도 은연중에 밝혀질 것인 듯도 싶다—그 불의 설교에 불알을 늘이다 보니, 저들은, 그 따뜻함을 모든 추운 이들과 함께 나눠야겠다고 하고서나, 그 거룩한 뜻으로 횃불을 만들어 질주하기 시작했던 모양이다. 만국의 추운 자들은, 이 봉화 아래로 모일지어다, 실행에 옮겼던 모양이었다. 그것이사 그럼에도 인류가, 춥고 배고프며 외롭기 따위, 가난을 깊이깊이 인식하기 시작했을 때부터 있어온 꿈이어서, 어떤 고장들에서는, 어떤 종류의 共和國이나 小國의 형태로, 이미 상정, 또는 실행되어져 온 그것들이라는 것인데, 그러니 꼭히 새로울 것까지는 없었겠음에도, 저들이 구멍 난 신발에 새삼스레 끈 달아 신고 질주하러 나선 데에는, 분명히, 앞서 말한, 그 '자본주의'라는 것이, 그것의 계모스러운 얼굴을 더 크게 드러내고 있었던 것이나 아닌가, 하는 부분도 짚인다. 그실 유토피아에의 꿈은, 인류사를 통해, 꾸어지지 않는 시절은 없던 것도 상기해야 할 테다. 말하는 바의 '차(差)'를 없애려면, 무엇보다도 급선무는, 재산의 사유제(私有制)부터 없애야 하는 것은, 제 손으로 저 흘리는 코를 훔칠 만한 이라면, 다 아는 것 아니겠냐? 그럼에도 이것을 특히 우선적으로 지적해두는 것은, 바로 이것이 그 유토피아의 초석이며,—그것을 깨달았을 때에는 이미 늦은 것이 이것이겠지만—동시에, 그 초석 아래 기복해 잠들어 있던, 앞서 말한 그 용이라고 믿게 되다 보니 그런 것이다. 하기야, 목숨까지도 사유(私有)인 것이 싫고 귀찮을 정도로 가난한 이들과 더불어서는, 모든 것이 공유(共有)라는 것이 문제될 것이기는커녕, 쌍수로 환영할 그런 것이었을 것이었다. 첩을 몇씩이고 거느릴 수 있는 자에게는, 불알이 두 쪽밖에 없다는 것이 매일 매일의 문제겠으나, 불혹지세를 훨씬 넘도록 장가들어볼 형편이 못 되는 자에겐, 그것마저도 무겁고, 거추장스러운 것이 아니겠느냐? 그러니 그것까지도 공유일 수 있다면, 흐흐, 몽달이나 손말명이 무엇의 이름이겠냐?" 왕은 그리고 신경병적으로 웃었는데, 그건 치부를 앓고 있는 자의 슬픈 해학이었을 것이라고, 시동은 오늘에사 알아낸다.

"이후, 저 위대한 이상을 가졌던 자들의, 그것에의 실행의 노력은, 어떤 진전을 보였는지, 그것을 말하려 하면, 허으, 늙은네의 조랑거리는 소리 탓에 졸음 겨워, 부지런히 일해야 되는 시간에도 졸아대는, 저 물고기들의, 아직 까이지도 않은 증손주들의 배까지 곯려댈 노릇이다. 그런즉 그 결과만을 말하기로 하면, 그들의 그 원대한 꿈, 치적(治的) 해탈 또한 그냥 하나의 백일몽 같은 것으로, 깨이고 말았더라는 얘기나 하게 될 것이다. 그 낮꿈을 누구들이 꾸었든, 어쨌든 그 꿈을 꾸고 있던 동안, 누구나의 가슴이라도 울렁이게 하는, 구습의 타파다, 구제도의 타도다, 혁명이다, 개혁이다, 진보다, 하는 이름들의 죽창 끝에서는, 피가 강처럼 흐르고, 바다처럼 넘실댔던 듯한데, 그것은 과연 우주적 산실(産室)의 풍경을 연상케 함에 족했을 듯도 싶다. 문제는 그런데, 그 진통에서 흘린 피가, 결과적으론, 상상임신(想像妊娠)이나, 사산아(死産兒)를 분만해내버린 데 흘린 것이었다는 데 있었을 것이었다. 결국엔, 그 자체 내에서 붕괴해버린 것이다. 저 저변의 저면에서 용트림이 일어난 것이다. 그러고도 문제는, 저들의 원대한 대의나 목적은 헛된 낮꿈으로 돌아가버렸음에도, 흘려진 피는 실제로 남아 고여, 햇볕 아래 썩으며, 악취를 풍겨내고 있다는 것이었다. 그 피 값을 그러면 누가 보상하는 것이냐? 어떻게 보상되느냐? 아무 누구의 책임도 아닐 뿐이냐? 그 시절에 태어난, 재수 없는 운명을 탓해야겠느냐? 우주적 질서 속에도, 그런 의미 없는, 거대한 소비가 있을 수 있단 말이냐? 아벨 하나의 흘린 핏소리도 땅으로부터 하늘에까지 사무쳤거늘, 그리하여 하늘이 그(카인)를 저주하고, 땅이 그를 뱉아내버렸거늘. 무고치 않은 자들의 피는 무고치 않다 하되, 그보다도 더 많은 무고한 자들의 핏소리는 누가 듣느냐? 어디로 흘러들어, 무슨 원한에 찬 울부짖음을 만드느냐? 거듭 거듭 묻건대, 그런 의미 없는 소비도 있을 수 있느냐?" 거기까지 생각해내다 시동은, 왕이 앞에 있기라도 한 듯이, 어디서 주워들었던 의문 하나를 기억해낸다. "그런 경우라면, 이런 경우도 생각이 나는뎁지요, 신은 없는데도, 있다는 환상 탓에, 한 삶을 그에게 바치고, 의지해산, 그 삶은 누가 보상하오리까?" 그리고 생각하느라 그랬겠지, 잠시 잠잠해 있더니, "그 대답은 결국 '朞門'에서 빌려오는 수밖에 없겠군"이라고 잇는다. "신이 內在的이라면, 그런 물음은 필요가 없겠는다. 外在的 신은 환상이라 해도, 역시 그런 물음은 불필요하겠는다. 그럴 것이, 신이란, 유정의 끊임없는 진화를 통해, 도달해야 하는, 어떤 하나의 궁극이라고 한다면, 그가 존재치 않는다고 해서, 그의 진화가 멈췄다고는 단정할 수 없기 때문이다. 필요한 것은, 토씨를 하나 바꾸는 것일 듯한데, '신에 도달'하는 대신, '신을 도달'한다고마, 말이지? 그렇다면, 비슷할 듯도 싶었으나, 두 물음은 같은 것이 아니겠는다." 시동은 그리고, 별로 즐거움을 얻어낼 수 없는, 그 기억의 심연에로 가라앉아드느라, 아픈 얼굴이 되어 있다.

"아으, 헛되고 헛되고, 헛되고 헛된 것을! 그리고 헛되고, 그리하여 헛된 것을!" 왕은 깊이깊이 탄식했다. "사람의 욕망이라는, 능동적이며 역동적 추동력 없이, 유토피아는 실현되지 않는다. 이 추동력에 의해, 비록 그와 비슷한 상태에 도달해 있다 해도, 그런데 이번에는 이율배반적이게도, 그 욕망의 까닭으로, 아직도 유토피아는 저만쯤에 있다. 욕망이 있는 한 그러니 유토피아는 결코 실현되지 않는다. '욕망의 주머니를 뽑아내면, 그것이 유토피아'라는 말은, 이런 상태에선 틀리지 않는 말이다. (老子的 유토피아는 이것일 것이었다.) 그러나 욕망이 없는 유토피아는 오래잖아 이제 불잉의 자궁 같은 것으로 변할 소지를 갖는다. 그리고 그것은 불모화할 테다. 욕망이야말로 생산적이며, 그것이 생산의 기계의 원활유였으며, 동력이었던 것이어서, 그것은 한번 시동(始動)했다 하면, 자동력(自動力)을 발생한다. (좀 학식이 있다 하는 이들이 모이면, 이런 건 자기네들끼리 해쌌는 소리일 게다.) 욕망이 뽑히면, 이 생산하는 기계에서 동시에 자동력이 스믈스믈 빠져나간다. 그대로 놓아두면, 이 기계는 멈출 테다. 이 기계를 움직이게 하기 위해, 이제 (리쿠르구스는) 어떤 이념, 대의 등의 현수막을 내걸고, 이 욕망의 자리에다 '의무'를 대치하려 할테다. 여기 어디서 私有의 共有라는, '욕망'과 더불어서는 결코 가능적이지 않던 새 체제가 가능해질 수 있을 수도 있었을 것이었다. '욕망'이 동력(動力)이었음과 동시에 독력(毒力)이었던 것은 말한 바대로이되, '의무'는 그러면 덕력(德力)이 된다는 것은, 일단은 수긍할수 있게 된다. 이 '의무'라는 것에 의해, 유토피아를 향한 거대한 생산 기계가 윤전하기 시작한 것이다. 그러면 예의 저 불모가 어렵잖게극복되어지던 것이다. '욕망'에 비해 '의무'는 보다 더 文化的이던 것이며, 그렇다면 그것은 신성한 것이기도 하다는데 거부 의사를 표시할 필요는 없을 듯하다. 문제는 그런데, 인세(人世)도 그곳 처한 유정들이, 욕망의 주머니를 뽑아내거나 뽑혔을 때, 그 육신 또한 지워내지 안했다면, 그 육신의 까닭으로 보다 더 복합화해 있는 축생도(畜生道)라는 그것에 있게 된다. 그래도 老子는, 그의 착한 심정으로 인간으로부터 소[牛] 따위를 본 듯했으나, 사람은 그들이 개발한지혜Panchendriya에 의해, 한 입에 천 마리의 사자도, 만 마리의 늑대도 잡아먹을 포악함을 가진, 독룡 같은 것이거나, 아마도 더 적절한 비유로는 펜리르 같은 것이라는 것이, 착함도 악함도 갖지 않은 눈으로 본 인간이다. 이 말은, 그것은 묶으려들면 몸이 불어난다. 더 묶으려들면 더 불어나는데, 당분간 그것은 文化的 사슬, 즉 의무에 의해 묶이기도 하되, 그것이 그 줄을 끊는 날, 신들까지도 처참하게 살해당한다. 그것이 라그나뢰크인 것. 축생도의 달마는 그런데 '弱肉强食'인 것. 이 달마에, 치리(治理) 편에서의 文化的 터서리, 끊긴 자리가 생기면, 긍정적 국면에선 아수라도를 이루고, 부정적 국면에선 아귀도(餓鬼道)에 떨어져내리는 것이 짚인다. 아수라들은 폭력주의를 휘둘러, 인근 세상의 행복과 평화에 가공할 위험이 되며, 아귀들은, 먹이를 찾아 산지사방으로 흩어진다. 욕망의 부활인 것. 이제 유토피아는 산산이 붕괴된다. 왜냐하면, 욕망의 보조를 받지 못한 '의무'는 '욕망'만큼 생산적 추동력을 갖지 못한 데 문제가 있던 것이다. 그렇기에 회추리질이 가해지면, 인간은 완전히 노예화한다. 그럼에도 '共有制' 안에서는, '욕망'만큼 무서운 무용(無用)은 없어, 그것이 적시되는데, 앞서 말한 그 무욕의 '의무'라는 덕력이 서서히 독력이 되어버린 까닭이다. 결국 유토피아는 불가능한, 한 종류의 위대한 꿈이라는 것, 그럼에도 이 '꿈'은 꿈꾸기를 위해 필요한 것인 것. 모든 욕망들을 하나에로 모두고, 그 능동적 추동력에 방향과 목적을 제시하기 위해, 그것은 어째도 필요하되, 모든 개인들의 욕망은, 집단화하려 하면, 아이들이 먹는 우유와 마찬가지로, 어떤 나이까지는 성장을 돕되, 그 나이를 넘으면, 그 우유가 써져 독이 된다는 것, 그리하여 노쇠와 죽음을 부르게 된다는 것도, 감찰(感察. 이것은 監察이 아니다)하여, 명심해둬야 할 것이다. 이 펜리르를 길들여, 소처럼 밭 갈게 하고, 말처럼 그 등에 타 먼 거리를 좁히려 하면, 유토피아의 현주소를 욕망 속에서 찾는 것이 권고된다. 자기들만의 통나무집에, 밖을 내어다보기 위해 뚫어놓은 구멍을 통해, 누가 들여다보는 것을 아무도, 원치 않으며, 자기와, 자기의 아내, 그리고 자기의 자식새끼들의 밥그릇에, 타인의 숟갈이 섞여드는 것을 원치 않는다. 아무리 노력해도, 저녁거리를 마련할 수 없다거나, 반 되의 겉보리로 죽을 끓이려는 것을, 어떤 큰손이 빼앗아간다 해도, 이웃의 동정이나 멸시의 눈이 싫어, 아궁이에다 헝겊조각이라도 태워 굴뚝에다 헛 연기라도 피워올린 뒤, 눈물로 밤을 지샌다 해도, 자기의 노력의 결과가 어떻든, 많든 적든, 더 잘살 수 있으면 더 좋겠지만, 그렇지 못한다 해도, 극단적으로, 최악의 경우까지 말한다면, 어떤 큰손으로부터 배급 받는 것보다는, 다른 어떤 큰손에 착취당하는 쪽이, 맵고, 아리고, 쓰리고, 쓰고, 통한스럽더라도, 차라리 낫다고 믿을 것인데, 자기의 삶을, 생활을 자기가 꾸려가고 있는 데서의 그것이 아닌가. 그러고도 세상은, 저런 아픈 피눈물들이 흘러 모인 자리에서, 그 피눈물을 羊水 삼아, 뜨겁게 일어서는 것인 것. 소위 말하는 '資本主義'에 대한 무조건적 예찬인가? '무조건적으로 예찬'할 만한, 그렇게나 완벽한 체제가 그러나 가능하겠는가? 그 체제가, 그 자체 내에 얼마나 많은 구더기들을 득시글거리게 하고 있다 한다 해도, 그것 아닌 다른 체제가 자체 내에서 붕괴한 뒤, 현재까지는, 무슨 다른 대안은 없잖은가? 사실에 있어서는, 이 아비가 이해하는 자본주의라는 것과, 리쿠르구스식 사회주의라는 것은, 세상의 모든 아해들을 홀리는, 마녀와 마술사가 등장하는 동화에서, 그 우화적 비유, 또는 은유를 얻는다. 그 행위의 결과에 의해서 마녀라고 불리우는 이 여성은, 사실은, 아해들의 눈에는, 저그들 어머니보다도 더 아름답고, 못 가지거나 안 가진 것이 없는 데다, 뭘 구해도 내민 아해들의 손을 빈 채 접어들이게 하는 법이란 없이 인자하고 너그러워, 아해들에 대해선 저그들 할머니보다 더 정겨웠던 듯하다. 아해들에 대해 이 마녀는 여신이었던 것이다. 이런 여성이 아해들께 먹이는 음식은, 달고 기름지고 맛있는 것들뿐이어서, 그 음식 맛을 한 번 본 아해들이라면, 원하면 원하는 것보다 더 주어지는 그 식탁을 떠날 수가 없었을 것이었다. 문제는 그런데, 그런 음식에 게걸거리기 시작하면, 아해들의 몸에 변화가 일어나, 동화적 은유대로 따르면, 아해들이 돼지로 변해 있다는 것일 것이었다. 그 변신을 어찌 아해들도 모르겠는가마는, 어느 아해도 그것을 두고 슬퍼하기는커녕, 오히려 깔깔거리고 웃으며, 재미있어 하거나 즐거워하면서, 이 마녀가 주는 모든 육신적, 또는 물질적 쾌감에 더 더욱 침닉하고 들었던 듯하다. 그러는 동안 아해들은, 고향도, 부모도, 심지어는 인간이라는 정신까지 잃기 시작한 것인데, 몸이 비대해지자, 역비례적으로 그 안쪽의 것이 축소되는 현상이 일어난 것이었겠다. 이는, 저 여성을 마녀라고 매도하는 편에 서서 이해하기로 하면, 인간의 상실, 또는 타락 내지는 몰락이라고 하겠으나, 저 물질적 풍요, 그것이 주는 쾌락에 취한 아해들께, '인간'은 차라리 맹장이나처럼 거추장스러웠을 것이었다. 아해들은 이 우리간에 갇혀서, 유토피아의 구현을 본 것이다. 그러다 시간 안에서, 저 마녀의 식탁에 올려진다 해도, 사실 죽음은 누구에게나 오는 것인 것. 살아 있으며, 무엇 때문에 사후를 걱정할 일이겠는가? 반면에, 그 같은 동화 속의 마법사는, 아해들을 꾀어다가는, 대번에 돌로 만들어, 바깥 해변에다 던져놓는다. 인간은 동결한 것이다. 그러곤 필요에 의해, 그 돌 중에서 몇 덩이를 골라, 깨워, 그것들로 배를 채우거나, 밭갈이에도, 또 병사로도 써먹는 모양이었다. 근년에 가다끔 한 번씩 들리는 풍문에 의하면, 먼 나라에서 검은 기름을 실어오던 배가, 향해 도중 선체에 구멍이 생겨, 기름이 유출되자, 바람과 파도에 실려 그 기름이 가까운 해변에 밀려와, 그 해변의 돌들을 그 검은 주술로 덮어버려, 모든 것이 동결되어버렸다 하는데, 바로 이 검은 주술이 그 마법사의 그것이다. 이 주술에 덮인, 그래서 검게 동결해버린 돌들을 되살려내는 다만 한 방법은, 어느 때가 되든, 그 돌들 한 개 한 개에 인간의 손이 닿아, 닦아지고, 문질러지고, 씻어지기에 의해서뿐이라고 한다. 이것이다. 어떠한 치사독이라도, 해독제는 하나쯤 있게 마련인 것. 저 마녀나 마법사가, 인간의 아해들을 꾀어다, 인간의 껍질을 벗기고 짐승의 털을 입혔거나, 동결시켜버렸을 때, 동시에 저들은, 그 마력의 단처, 또는 상처를 열어보이고 있었다고 이해되는 것인 것. 그러니까 저들은, 그 단처, 상처를 역이용하여, 마력을 일으켜냈던 것이 아니었겠느냐는 분석이 따른다. 인간을 잃었거나 동결된 저 인간의 아해들께, 인간의 손이 닿거나, 또는 그것을 자체 내에서 인간이 일어날 때, 그 주술은 저절로 풀려나게 될 것이라는 결론이 그러면 도출된다. 이것이다. 인간이 없이는 설 자리가 없음에도, 바로 그런 이유로 하여, 신들은 인간을 두려워한다. 신들은 인간공포증 Homophobia의 수인들이다. 인간의 재림이 필요하다! 이 희망 하나는 아직도 남아 있고, 그리고 영구히 유효하다. (어부왕 잠시 쉬고, 새로 잇는다.) 너에게 만약, 달리 도피할 문도 없는 자리에서, 저런 선택, 즉슨 돼지일 것인가? 돌일 것인가? 하는 두 가지 선택이 주어졌다면, 너는 어느 쪽을 택할 것인가? 허, 허허, 허기야, 배불리 먹기와, 늘어지게 잠자기를 좋아하는 너 같은 느슥에게 그 대답을 묻는다는 짓은, 눈썹을 한 움큼이나 뽑아 바람 가운데 날려 보내기겠는다. ……저런 마녀와 마법사의 울타리로부터 빼쳐 일어서기 위해서는, 그렇다, 인간의 재림이 시급하다. 사실에 있어, 人間이기의 까닭에, 人間主義를 제외하곤, 이 爲界(프라브리티)에, 무엇이 절대적으로 선하며, 절대적으로 정의롭고 정당한 것이 있겠느냐? 그렇다고 이 아비를, 人間至上主義者로 생각하는 것은 사실은 오해거나, 곡해이다. 人間은 위대한 과정이다. 아비가 人間을 앞내세우는 것은, 니고다로부터 무량겁에 걸치는 진화의 어려운 과정을 통해서, 드디어 획득하게 된, 정신적 진화의 可能性, 그리고 드디어 성취하게 된 해탈에의 절호의 機會 등을 소중하게 여기기 때문이다. 인간만이 그 가능성이며, 그 기회 자체인 것. 人間은 그래서, 소비하기에 너무도 아까운 것인데, 누구들이, 자신이 믿는 정의나, 어떤 대의, 또는 소기의 목적 달성을 위해서, 다른 인간의 人間을 소비품화하는 것은, 많이 생각해보아야 할 일이다. 아까 말한 그 자본주의와 그것 아닌 두 체제가 당분간 땅을 운영해오다가, 그것 아닌 체제가 먼저 붕괴해버리고 말았다면, 그러고도 아직까지는 어떠한 대안도 없다면, 잔존해 있는 民主를 기본으로 한 이 체제 또한, 보다 더 복합적으로 人間을 착취하고, 횡령하며, 구제할 수 없을 정도로 타락하게 하여, 썩은 비계덩이에 득시글거리는 구더기 떼모양, 거지와 창녀, 환각제와 독주에 중독된 자들, 사기꾼과 악당들이 들끓는다 해도, 그리고 빈부의 차가 극심한 그런 세계에서의 빈천한 삶, 뿐만 아니라, 심령까지도 비계에 덕지덕지 뒤엉긴 심지어는 유부한 삶까지도, 어쩌면 삶이 너무 흔전만전이어서겠지, 절망적이라 해도, 菌世, 아으, 人間의 再臨이 필요하다(!) 그런 비 내리는 소리는 없느냐(?) 아직까지는, 비교적으로, 集團보다, 개개의 人間에 보다 더 기여해왔던 것이나 아닌가 하는, 긍정적 의문이 있다. 아비는 땅의 유토피아에 대해서는 매우 회의적이지만은, 그럼에도 땅에서 얻어지는 행복도 모르고 있는 것은 아니다. 엄동을 당해, 한 켤레의 신발을 배급받는 것보다, 모으고 또 어떻게 모으고 해서, 푼전을 저축한 아비가, 별러 장에 가, 자식께 신길 한 켤레의 장화를 사 들었다면, 귀가할 때의 그 아비의 뿌듯함이 어떠하겠는가? 그것이 자기의 삶을 자기스럽게 살기의 행복이 아니겠는가? 자기의 삶을, 생활을, 왜 누구로부터 배급받아야겠는가?" 왕은 울고 있었다.

"어떤 종류의 유토피아는, 어느 시절엔들 어찌 그런 것이 없었겠는가, 마는, 특히 이 시대의 '전위avant-garde'를 표방하는, 일련의 예술과 비교할 수 있을 듯하다는 믿음이 있다. 그것을 말하기 위해서 먼저, (취리히에 망명 중이던) V. I. 레닌의 미술 비평 한 토막을 소개해둘 필요가 있는 듯하다. '나로서는, 표현주의, 미래파, 입체파, 그 외의 다른 主義들을 표방한 창작물들이, 예술적 천재들의 고차적 영감의 산물이라고는 인정하지 않을 것이다. 나로서는 그것들을 이해할 수도 없지만, 그것들도 내게 즐거움을 주지 못한다.' (문외한의 타박에 덩달아 춤추는 문외한은, 더더욱 무지몽매한 문외한이겠으나, 이들의 특성은, 문외한인 것을 조금도 수치로 여기지 않는다는 것이다. 그럼으로 이들은 용감하게 '황제가 께벗었다!'고 부르짖을 수 있다. 저것, 아방가르드에 대한, 간결하게 요약된 어휘사전적 풀이를 좇으면, 그것은 '기성의 관념이나 유파를 부정하여 파괴하고, 새로운 것을 이룩하려는' 사조, 또는 운동 같은 것인 듯한데, 액면 그대로는, 피냄새까지 나는 무시무시한 혁명적 선언이거나 주장으로 들린다. 바꿔 말하면, 아르타/루타를 새로 짓겠다는 당돌한 얘기로도 될 것인데, 혹종의 유토피아 또한, 이 定義, 주장 내지는 표방으로부터 멀리 벗어나 있어 보이지는 않기에 하는 말이다. 투박하게 말하면 그러나, 진정한 의미에 있어서는, 그리고 광의에 있어서는, 고압적 고도의 言語, 그것도 지극히 散文的 언어, 예를 들면 『心經』의 언어 같은 것 말고, 무엇에 의해서도, 어떤 종류의 아르타나 루타도, 파괴되어질 수도 있거나, 새로 창조해낼 수도 있는 것은 하나도 없다고 한다면, 전위파들이, 화폭을 방패 삼고 붓을 창 삼아 십자군모양, '전위'라는 성지 탈환에 나서려 하겠느냐? 예의 이 '아르타/루타'는, '마음門' 쪽에서 보면, 그것이 여하히 새것인 것처럼 보여도, 그 실은, 무량겁 전부터 쌓여온, '習氣'의 방, 즉 '藏識' 속에 쌓여져 있던 것의 재현, 또는 유출에 불과하다고 이해하기로 하면, 저런 얘기가 저절로 만들어진다. 대충 대충 건너뛰고 말한다면, 이런 견지에서는, '새로운 것' 또한, 그 실은 '모방(模倣)'되어진 것에 불과한데, 한 송이 꽃이라도, 열 사람이, 각기 다른 각도에서 본다면, 열 송이 꽃이 드러난다는 식일 터이다. 새것이라 해도, 거기다 꽃 한 송이를 더 보태기이다, 모방도 또한 그러할 것인 것. 이러면, 아방가르드의 입지가 흔들리거나, 좀 난처해질 일이다. 밖의 풍경, 사물이나 존재를, 자기식으로 베껴내는 것만을 '모방'이라고 이른다고, 그 한계를 분명하게 정의해놓고 있다 해도, 결국은 같은 얘기가 될 것인데, 그것이 어떻게나 추상적 관념적 형이상적이라 해도, 자기 속의 그것, 상념, 이미지, 아이디어 따위 등을 구상화하려 하면, 나타난 바의 그것은 여전히 '모방'이라는 얘긴 것. 이것이 '추상적 아이디어의 구상적 이미지화'라는 것인데, '빛(美術)'과 '소리(音樂)'를 주재로 한 예술의 아르타는, 그것이 어떤 것이든, 공시태의(共時態衣)를 입었는가, 통시태의(通時態衣)를 걸쳤는가의 차이는 있겠으나, 구상화를 치른 그 순간 그리고, 루타라는 불의 울타리 속에 갇혀 잠에 들씌운 발키리가 된다. 이 공주를 그 불의 울타리 가운데서 구해낼 영웅은 그런데, 말한 바의 그 고도의, 고압적 언어라는, 시구르트밖에는 없다. 이만쯤에 이르면, 아방가르드를 표방한 일련의 예술가들은, 자기들이 행해내려는 예술이 저주가 된다는, 비극적 운명을 실감하게 될 터인데, 손에 피를 범벅한 사투의 결과, 얻어지는 전리품은, 결국은 '모방'의 한계를 벗어나지 못했을 뿐만 아니라, 투박하게 이렇게 말해 버리자, 발키리를 죽여놓고 있을 뿐인 것이다. 깨어진 투구에, 불에 녹고 타 너덜거리는 전복으로 어깨를 늘어뜨린 채, 재가 된 발키리를 내려다보며, 용감했던 저 전사는 무엇을 느끼겠는가? '이것은 파이프가 아니다.' 그림이 아니잖아? 혼자 투덜댄 뒤, 배시시 웃으며, 자기를 지켜보는 자들 앞에 얼굴을 크게 펴들어, '예술은 사기다!'라고 소리쳐주려 할 테다. 결국 그 수뿐이겠는다. 주눅드는 건, 그의 등을 지켜보던 자들이다. 그 '사기'를 어떻게 이해해야 할지 그것은 각자의 이해 나름이겠으나, ''사기'라고 선언되어진 예술은, 어쨌든 성공한 예술이 아니라는 것만은 부인되지 않는다. 저들은, 그 시작으로, 불의 울타리 속에 감금되어 백 년의 잠에든 발키리를 구해내겠다고, 용감하고도 당돌하게 나서서는, '戰鬪'나 '戰爭'은 이기고도 있어 보였으나, '戰場'은 잃은 듯하다. 그들이 표방한 예술이 저주가 된 것이다. 무엇을 위해서였는가? 어쩌면 그 아픈 고백이 드러내놓고 드러내는 것에 의하면, 이 예술은 안됐게도, 그 자체 내에서 붕괴해버린 것이다. 美의 女神 발키리는 죽었도다! 예의 저런 유토피아주의자들 또한 예의 저런 전위주의자들과도 같이, 모든 기성의 관념이나 유파를 부정하여 파괴하고, 새로운 사회를 이룩하려 하는데, 그 대의나 목적을 가상하다고 하되, 또 어쩌면, 그 루타 쪽에선 가능할지도 모르되, 그들의 착각과 환상은, 그것은 '상태state'에서 구해야 되는 것인 것을, '장소place'에서 구현하려 하고 있다는 데 있어 뵌다. 후자는, 유토피아(장소)를 실현한다며, 유토피아(상태)를 죽이는, 바람직하지 않은 결과를 초래하는 것이 짚이는데 이것에 대한 설명은, 유

316

물론적 변증법에서 이르는, '合'의 상태를 성취했다는 체제를 자체 내에서 붕괴하게 한, 흰 개미들을 살펴보는 데서, 가장 잘 얻어질 듯하다. 상극으로 질서체계를 이룬, 이 프라브리티 어디에, 절대적으로 선하거나 정당한 것이 있겠는가? 그럼에도 완벽한 종합Synthesis을 추구했던 몇 정예들의 까닭으로, 흘린 민초들의 땀과 피의 보상은 누구들이 하는가? 잘못 꾸어진, 한갓 젖은 꿈이어서, 그 몽설은 드룩이 받아먹었다고 해도 되는가? 헛되고 헛되고 헛되고 헛되도다!" 왕은 참담히 울고 있었다. 그의 병고는, 그 극한에 찬 병고는, 그 까닭(이란 複意的으로 씌어진 말이겠는다)인 것을, 그리하여 시동은, 오늘에사 알아낸다.

"그럼에도 아직도, 저 묵은 체제가 보였던, 그 환상의 지극한 아름다움에서 못 벗어나고, 그것의 복구를 꿈꾸는 이들도 없잖아 있을 수도 있을 게다. 그런 이들에 의해, 저 환상에, 실제적 새로운 뼈가 가즈런히 조직되고, 살이 입혀져 피가 돌게 될지도, 현재로써는 뉘 알겠느냐? 그리하여, 어떤 종류의 보다 나은, 말한 바의 그 '대안'으로, 새로운 모습을 차려낼지도, 글쎄 뉘 알겠느냐 말이지. 그러나 뭘 더 말할 필요가 있겠느냐? 이제는 무너난 바벨탑이 그것인 것을! 그 아래 쪽 잠들어 있던 용이 기지개 켜고, 일어난 것인 것을. 이미 무너난 바벨탑 아래를 헤매며, 그 돌덩이들을 주워 귀 맞춰보기로, 무슨 다른 까닭을 찾으려 할 필요는 없다. 누군가가, 쾌도난마식으로, 해놓은 신소리 한마디가, 그 모두를 총괄 요약해놓은 게 있으니, 그것이나 빌려 둘 일이겠다. '...when everything belongs to everybody, nobody will take care of anything...' (Stogite) 그런 것이었겠지! 겠으나, 그것은 외과의적(外科醫的)인 진단으로서는 적확하다고 해야겠을 것이었겠지, 겠으나, 내과의(內科醫)라면, 그보다 한 겹쯤 더 안쪽으로 들어가려 하지 안했을까?" 어부왕은 눈물에 섞어 한 모금의 포도주로 목을 적신다. "내과의라면, 피낭 속의 '정신'이라는 회충의 까닭을 짚어냈을 듯하다는 것이, 너의 이 늙은 아비의 생각이며, 그것이 이제껏 해온 얘기의 대요인 것. 모든 것을 '共有'化하려 했으면, 앞서 말한 그 '욕망'과 함께 그것까지도 공유화했었을 수 있어야 했다는 얘기다. ……결국, 저들의 '빈부의 차 없는 위대한 사회의 구현'이라는 이념은, 민중 편에서는 상상임신(想像妊娠)에 그치고, 지적 정예 편에서는 오나니슴으로 패시시해버려, 빈차(貧差)만 없앤 결과를 초래해버린 모양이었다. 흐, 흐흐 으흐흐." 이 대목에서 어부왕은, 들린 자모양 우는 듯이 웃음을 짖어냈다고, 시동은 기억해내고, 뒤늦게 오늘, 시동도 덩달아, 그러나 들린 듯이는 아니고, 씻득 한번 웃는다. 그리고 시동은, 어부왕이, 해온 얘기의 화미(話尾)를 끄집어내기까지, 화간(話間), 여기로 왔다, 저기로 갔다, 들쑥날쑥하는 식으로, 복수(複數)와 단수(單數)를 헛갈려하며, 시제(時制) 또한 헝클이고 있었다는 것을 살펴낸다. 라고, 헌 귀신 새 귀신들이 출몰했던, 어부왕의 머릿속을 들여다보게 된 데는, 새로 또, 이미 들춰냈던 그 화두(話頭)를 끄집어내는, 왕의 줄 바꾼 얘기가 단서를 제공한 것이다.

"이 영주들 가운데, 말했겠다시피, 그런데, 육손이에 왼손잡이가 하나 있었더니, 땅의 메시야 중의 한 파격적인 이가 그이였다는 얘기다. 위계(爲界)의 질서체계가 상극(相剋)으로 이뤄졌을 때, 어디 절대적으로 완벽하다거나, 절대적으로 선한 체제가 가능하겠느냐? 마는, 까닭에, 기왕에 있어온 공유(共有)체제의 불완전함을 관찰해낸 이 리쿠르구스는, 자기 나름의 한 완벽한 치체(治體)를 구상하여 구현하려는 야심을 키웠던 모양이었다. 들일 되어가는 것을 면밀히 관

318

찰한 뒤, 그가 얻은 결론은, 인간이 짐승과 다른 것은, 배가 고프지 않을 때의 개개인일 때뿐이며, 배가 부른 자들까지라도, 모여 집단을 형성하면, 이 집단으로서의 인간은, 짐승과 다를 바 없다고 한 모양이었다. 광장이나 장터로 몰려드는 사람들, 아 그렇겠군, 『이솝우화』중 「한 웅덩이의 개구리들」을 연상하면 좋겠군, 그 개구리들처럼 모여 우왕좌왕 질서 없이 제멋대로 내닫는 무리를, 말하기의 편리를 위해 '군중(Crowd: throng, mass, multitude)'이라고 이르기로 하면, 이 군중은, 예를 들면, 실에 꿰어지지 않은 한 바구니의 구슬 같은 것들에 비유해도 안 될 일 없어 보이는데, 거기서 어떤 기(氣, energy)가 발생하기는 하되 쓸모없는 것이어서, 무목적으로 흐르는 물에 비유될 수도 있을 테다. 마는, 그것에 수로를 터, 논밭이나, 연자방아 돌리는 데 쓰면 이(利)가 있겠듯이, 저 구슬들 또한 어떤 대의, 목적, 또는 이념이라는 실로 꿰면, 우화적으로 개구리 웅덩이에 임금이 나타나고, 질서체제가 세워진다는 얘기겠는다. 이 또한 '군중'과 비슷한 어휘일 것임에도, 또, 그 말하기의 편리를 위해, 구분을 짓기로 하여, 이번에는 그것을 '집단(Collectivity: congregation, aggregation, group, assemble)'이라고 이르면, 이 집단은 그 자체가 하나의 거대한 유기체로 새로 태어나는 것을 보게 된다. 이 생명체는, 신까지도 그것에 대항 대적치 못할 그렇게나 큰 괴력을 갖는 '짐승'이 되어 있다는 것, 그것이 관찰되어져야 할 것이다. '집단의 정신수준은, 개인의 그것에 비해 매우 낮아, 짐승의 수준에로까지 저하해 있다'는 것이 기억되어져야 할 것이다. 비슷한 어휘라도, 말하기의 편리를 위해 앞서 해놓은 구분에 좇으면, '군중'과 '집단'은 그렇게 다른데, '군중'이라는 어휘 속에 휩싸인 모든 개인들은, 집에서 나올 때 얹고 나왔던 그 대갈통들을 집으로 돌아갈 때도 그대로 달고 있음에, 반해서, '집단화'하기에 좇아 드러난 군상은 형천(刑天—머리 없는 怪人)들이 되어 있다. 그것은 집단화가 서둘러진 과정에서, 그 개인 개인들이, 그들의 '자아'랄 것을, 저절로 잃게 되거나, 상납해버린 결과인데, 그렇게 되어 저 형천들이 잘라 바친 머리통들이 쌓여, 어떤 이념의 바벨탑을 이루면, 그 이념에 좇아, 주장되어지고, 체제화한 것들의 이름은, 붙이기에 좇아, 이렇게도 저렇게도 불리울 것이다. 자연 가운데는, 벌이나 개미들이 그런 유사한 체제를 수립해, 완벽하게 운영하고 있는 것이 보이지만, 그 체제가 완벽하다고 해서, 그 개유정들에 대해서도 성공적이라고 해야 할지 어쩔지, 그 대답은 매우 망설여진다. 진화의 도상에, 와해는 아닌, 정지가 끼어들어버린 듯싶어 그렇다. 까닭에 집단은 '집단자아'랄 것을 갖지 못하되, 거대한 힘을 갖춘 '짐승'에로 떨어져내린다고 이른다. 五官有情이 '자아' (는, 종교적으론 靈魂이라고 이르는 것이 아니겠는가?)를 잃으면, 四官有情에로 퇴행, 또는 추락한다고 이르잖느냐. 이런 얘기는 그러고도, 화자나 청자가, 눈썹부터 많이 뽑아내, 아무의 시린 손도 쬐지 않는 화로에 던져넣어, 누린내를 풍기는 짓이긴 하다. 반복되지만, '집단의 정신적 수준은, 축생도의 그것과 별반 다름이 없다'(Jung)는 것은, '집단심리'를 궁구하는 자들이 터놓고 하는 진단이기는 하다. ……허허, 너의 이 애비도, 그러구 보니 늙은 게군! 늙은네들은 글쎄, 입을 다물고 있어도 말이 많잖더라고? 하물며 쉬지 않고 입을 열고 있음에랴? 유리의 순례자가 그러더군, "To talk all day without saying anything is the Way. To be silent all day and still say something isn't the Way. (若能無其所言, 而盡日言是道. 若能有其所言, 卽終日默而非道.—『血脈論』)" 늙은네는 그리고, 합죽이는 웃음을 웃었는데, 그 웃음이 하 후수훠서, 시동도 그때, 따라서 훗흔 기헉이

했다.

"결과, 그는, 자기를 무리의 중심에 둔, 이라는 말은, 그 자신 저들 공유(共有)의 자아(自我)로 환치한 뒤, 라는 말인데—껑충 뛰어넘고 말하면, 절대적 권력체제를 이뤄놓고 있었던 듯했다. 한담(閑談)도 하나씩 섞기로, 쉬엄쉬엄 가기로 하면, 이렇게 체제를 돈독히 이룬 체제, 속칭 독재주의 체제는, 어떤 꽤 당찬 한 인물이, 화백 제도 속에다 강도(强導)한, 단독 독재주의에 비해, 그것의 붕괴나 타도, 극복이 훨씬 더 어려운 것은 사실일 테다. '개인'은, 어쨌든 어느 날 죽기라도 하되, '체제'는 붕괴되지 않는 한, 죽는 것도 아니지 않느냐. 그런, 피지 말았어야 할 독버섯이 피어난 데는, 다시 또 어떤 유전된 음기 따위, 그 그늘에서 이뤄진 어떤 소명의 문제를 다시 거론케 되겠을 일이나, 평가는 역사가 할 것인데, 만약 어떤 독재자가, —물론 자기의 입신영달을 기조로 하지 않는 자가 어디 있겠는가, 그러니 그것은 기본이라고 쳐두고 말한다면—보다 더 백성을, 그리고 내일을 걱정했다면, 그래서 백성이, 불어나는 배통 탓에, 옷을 새로 재단해 입지 않으면 안 되게 되어, 목화씨 뿌리는 이들의 입부터도 목화꽃처럼 벌어지기 시작했다면, 그런 독버섯은 집단적 음기를 해독하는 독으로서의 독버섯이어서, 때로 때로 하나씩, 역사의 어디 응달에서 피어나는 것은, 결코 바람직하지 않으면서도 바람직한 독버섯이라는 데서도, 살펴보는 눈을 갖는 것은, 자기 시대나, 역사를 그것도 하층 구조 쪽에서, 편견 없이 읽으려는 태도랄 것이다. 그런 독에 의해, 이제껏 수동태적, 피학적이어서, 어떤 변전을 유보하고 있는 질료에, 능동적, 가학적 역동성이 형성되어지기도 하는 것이어서, 毒이 質料의 변전Transmutation을 도왔다고 할 것이다. 그러는 동안 독과 질료 간의 치열한 충돌이 관찰되어지는데, 질료의 백혈구다운 저

항에 의해, 독은 더 독해지고, 독해진 독은 더 빨리 질료의 변질을 도왔을 것이었다. 니그레도가 알베도에로 전이한 것이다. 어떤 용렬한 이가 나타나서, 이 연금의 솥을 와해, 즉 똥으로 추락시키지만 않는다면, 이 질료의 루베도에로의 전이는 어렵잖게 성취될 단계에 온 것이다. 이에 반해서, 질료 쪽이 저항이 미미하다거나 없다고 할 때, 흐흐흐, 질료 대신 毒이 金이 되는, 이상스레 역전된 연금술이 드러나게 될 것이어서, 결과에 주목하게 할 터이다. 이런 자리에서, 전체주의, 군국주의, 등 그 이름이나 형태는 많지 않으나, 같은 체제가 수립되는 것일 것인데, '리쿠르구스식 사회주의'의 강보도, 거기에 두고 있을 것이었다. 질료는 이제 독의 의지에 의해서만 춤추는 망석중이가 된다. 좀비와 산송장의 관계가 그것일 것인데, 질료의 자기 의지는 무참히 거세당했거나, 동결된 것일 것이었다. 이 연금술도, 老子 편에서 보기로 하면, 성공하고 있는 것이 아닌 것은 아니다. 완벽한 성공일지도 모른다. 순정적 치학도(治學徒, 稚學徒)들이, 老子를 잘못 읽고 하는 소리도 같겠지만, 그것이 어떻게나 큰 상처를 열고 있든 어쨌든, 역사의 주체나 주동자는 백성인 이상, '백성을 위한, 백성에 의한, 백성의 치제,' 환언하면, 先民衆主義, 속칭 民主主義야말로, 민중 편에서는 어째도 최선의 치제가 아니겠는가, 현수막 들어 나설 이들도 많을 게다. 그러면 리쿠르구스가, 만근 철퇴를 들고 내닫지 않겠느냐? 그럼에도 그것을 내려치기 전에, 어쨌든 그 철퇴를 휘둘러야 하는 이유는 들려주려 할 테다. 라는 것은, 문자 그대로, 그리고 액면 그대로, 백성이 치주(治主)가 되는, 예의 저 민주주의란, 다만 한 방편, 다수결(多數決)에 의해서만, 가능적으로 성취되는 것이 아니겠냐? 그렇다면, 그 다수 편에 소속되지 않은, 다른 소수는, 가라지 쭉정이양, 무참히 소비되어지고 말아도 괜찮으냐?

이 소수의 정의와 권익은 어떻게 수호되고, 어떻게 보장되느냐? 다수의 횡포, 다수의 압제, 다수만을 위한 정의나 권익의 밑에서, 인고해야 되는 소수에 대해선, 저 다수결주의 체제란, 그 시작에서부터 이미, 오류를 싸안고, 그 상처에서 흐르는 고름을 금박지로 싸 감추고 있는 것보다 더 될 것도 없는 것이 아니냐? 다수결주의가 행해지는 한 그리고, 이 낙후하는 소수도 끊이지 않을 터, 이 상처는 그렇다면 어느 때인가는, 치사병으로 발전할 것 같지 않는가? (리쿠르구스와, 그의 망령shadow 간의 창 싸움joust은 그렇게 초합을 치룰 터이다, 시동은 생각한다. 이제 그의 망령 쪽에서, 방패를 들이밀 차례라고, 시동은 건너다본다.) 만약 그것이, 리쿠르구스의 민주주의에 대한 이해라면, 그것은 治學이 아니라, 稚學의 수준에서, 한 치도 더 내어다보려 하지 않은 편견의 소치일 테다. 사실은, 이 '소수'가 없는 다수결주의란, 다수결주의가 못 된다면, 저 소수가 차라리, 다수의 부족을 보충해주고 있다는 것을 관찰해낼 수 있을 터이다. 그렇게 되어, 민주주의라는 천평칭은 균형을 유지한다. 예의 이 소수에 의해, 다수가, 자칫 전체주의나, 독재주의에 경사하는 것에 제동이 되는데, 이러면, '그 시작에서 싸안은 오류'가 사실은, 가장 건강한, 장처로 변한다는 것을, 부인하려 해도 부인되지 않을 테다. (이번엔, 리쿠르구스가 철퇴를 휘두르려 할 차례라고, 시동은 관전한다.) 치도꾼으로서, 어찌 그만 정도의 稚學을 모를까 부냐? 말한 바의 그 다수결 원칙에 의해 선출될 시한부 통치자와 관계되어서는, 보이기에는 전체가 장처인 듯함에도, 실제에 있어서는, 글쎄 그걸 뭐라고 해야겠느냐, 조루증에 비유한다면, 이해가 쉬울 성부르냐? 보다 더 모욕적으로, 다른 견지에서 말한다면, 값비싼 청루 계집 침방 문 밖에, 화대를 지불할 만한 놈이면, 좆지럭지가 되거나 말거나, 그것 꼬나들고 줄 서 있기라고 해야겠느냐? 먼젓놈이 출싹이고 나오면, 다른놈이 들어간다. 문제는, '民主'랄 때의 그 '民'의 일반적 수준이랄 것인데, 그 주의가 대의로 삼는 그 수준까지 육박하려 하면, 그 구성원 전체가, 완성까지는 바라지 못한다 해도, '人間'이기에 충분히 성숙해 있어야 하는 것이, 전제되어져 있어야 하잖겠는가? 일반적으론, 人皮를 입은 자면, 누구나 人間이라고 이르되, 그 人皮 속에는, 축생도에서 갓 올라온 금수를 싸안고 있어서, 스스로들의 주인 역할을 하기엔, 여러 겁 세월의 진화가 부족하다고 보는 것이, 인간에 대한 모독일지라도, 그것이 현실이며, 사실이랄 땐, 그 드러나는 결과는 반드시 긍정적일 수는 없을 터이다. 서로 적대하여, 내 편/네 편, 내 정의/네 정의, 진보/보수, 온건한 자/불온한 자, 동으로 가기/서로 가기, 라는 식으로, 혼란 혼돈만을 야기할 뿐만 아니라, 서로 간 흠집 내기에 좇아 아무 데로도 가지 못한다. 그것이 조루증의 결과가 아니겠는가? 이것은 부정적 견지에서 만들어질 수 있는 얘기라 치고, 이제 그 긍정적 국면을 확대해보기로 하면, 입어진 人皮 속에 人間이 꽉 차기 시작했다 하잤세라, 하면, 그들은 치제의 필요를 넘어서게 되는데, 결과는 전체주의나 독재주의보다도 더 형편이 나쁘게, 무정부주의 쪽으로 몰락할 위험이 전부이게 될 테다. 그것은, 그 개개인들 편에서는, 완벽한 사회를 구현해 있는 듯이 보일지 모름에도, 그 전체 쪽에서는, 그 자체가 통째로 상처로 보이는데, 萬有를 통틀어, '佛性'이야말로 지고지선의 성품이라고 說하며, 깨달은 이들, 예를 들면 보디사트바나 아라핫들에 대해서까지도, '三藏'을 設하되, 『律藏』 또한 『經藏』, 『論藏』과 동궤에서 중시한, 진정한 까닭을 살펴보는 것은 필요할 테다. 왜? 그러자니, 말하는 바의 그 민중 속에 성숙한 인간도, 축생도에의 향수를 앓는 인간도 섞이게 되는 경우를 그러면 상정해보게도 되지만, 그러면 거기, 은연중에 계급주의가 형성되거나, 빈부의 격차가 심해지게 되는 우울한 현상이 일어남에 분명하다. 그래서도 저래서도, 민주주의란 그래서 보면, 독사와 개구리들이 한 웅덩이 안에서, 서로 제 목청을 높이기 위해 아크흐크할라 우짖어대기 같아서, 아무 곳으로도 가지 못하거나, 퇴행만을 거듭하기나 할 것이어서, 노상 진보나 개혁 따위나 부르짖게 될 것이 염려스럽게 된다. 그러는 동안 인지는 저하되고, 들인 自由와 私有의 맛에 자기 위주의 흡혈귀가 되어 있는다. 그것은 그 광고해 보이기에는, 인간의 존엄성, 가치 따위를 뭣보다 우위에 놓고 있는 듯해도, 타락에로 딛는 걸음걸이를 빠르게 하는 데는 최선의 제도일 수도 있는데, 인간은 보기에 천녀(天女)다운 자유나, 풍요에의 꿈의 까닭으로 인간이되, 어느 정도라도 그것을 구현해내는 데 성공했다 싶으면, 그 꿈의 날개의 밀랍이 녹기 시작한다. 수욕(獸慾)이 그 밀랍의 주성분이었음은, 쉽게 짐작되는 것이겠거니와, 그것의 역동력에 의해 거의 神이 되어졌을 때, 인간은, 어떻게 그 神을 운용, 운영할지, 그것은 모를 뿐이다. 추락한다! 그러나 人皮가 갖는, 영장성은 부인되지 않는다. 그것에 의해서 인간은 사회적 동물이라고 이르기도 하잖는가? 그러니, 한 개인 개인들로서 그들은, 새끼 당나귀만큼도 힘이 없되, 아서왕이 그것을 잘 이해하고 있는 바대로, 집합되었을 때 그 힘은, 막강한 것이어서, 그 힘에다 재갈을 물리고, 고삐를 쥔 자가 있을 수 있다면 그는, 신들까지도 두려워하게 된다. 신의 권세도 신도 수에 비례한다는 것은 널리 알려진 얘기 아니던가? 세상의 끝날까지도 이 인피 입은 짐승들은 성숙하게 될 듯하지도 않지만, 이 리쿠르구스는 그래서, 저 불순한 짐승들에 대해 메시야로서 그들 위에 군림한다. 모든 창조는 힘에 의존되는 것인 것, 힘이 쇠하면 몰락과 붕괴가 따른다. 창조에 대한, 역창조이지. 그런고로 저 집단의 힘을 짚단처럼 묶어 맨다면, 그 集-짚단은, 정의와 선의 여신의 강보가 되는 것이겠거늘. 人皮를 입었으되, 짐승을 반이나, 그보다도 많이 내접해 있는 人間의 쓸모는, 집단화할 때뿐이다. 이 공룡의 등에 탄 자를, 독재자라고도 이르는 소리가 있는데, 그 집단의 막강한 힘을, 어떤 한두 인간이 만들어 낼 수 있다면, 그는 가히 초력적 능력을 가진 자여서, 당연히 따라야겠으되, 사실은, 독재자가 그 힘을 만드는 것이기보다는, 그 힘의 운집의 중심에 있는, 폭풍의 눈 같은, 그 힘이 독재자를 태어나게 하는 것이다. (이 창 싸움에서, 리쿠르구스의 망령은, 치부를 다친 듯하다고, 시동은 관전하고 있다.) 아으 그러나, 리쿠르구스는 어째서, 人皮 속에서 짐승만을 보는고? 그 반쯤은 神性이라고도 이르는, 人間은 어째서 보려 하지 않는고? (망령 쪽의 창끝은, 리쿠르구스의 심장되는 데를 찌르고 들었으나, 리쿠르구스의 표정은 아무 일도 일어나지 않은 듯이 하고 있다.) 이거 우리 말이지, 창질하기에 바쁘다 해학도 잃은 듯한데 말이지, 뭐 좀 웃기는 얘기 하나쯤 들려드릴까? 리쿠르구스의 팔뚝이, 만근 철퇴나 창을 가벼운 삭정이가지처럼 쓴다는 소문이 일자, 막강한 아서왕까지도, 이 리쿠르구스의 까닭으로 목에 생선가시라도 박힌 듯이 앙구찮아하기 시작하자부터, 리쿠르구스네 성문 돌쩌귀에 불이 나기 시작했더라는 얘기지. 글쎄지, 이웃 영주들의 예방이 잦아진 것인데, 해학이랄 것은 다름이 아니라, 자기 영지에서 독재자를 꺼꾸러뜨렸다 해서, 영주가 되는 영광을 입은 자들까지도, 이 리쿠르구스라는 독재자를 예방하기 위해 後門들까지 싸들고 와, 저쑵는〔叩頭〕다는 일이지. 그들을 수행하는 이들이라면, 그들을 도와 독재자들을 참패케 한 지적 정예들일 것은 넉넉히 짐작되잖는다구? 그들까지도, 더러 독재주의가 어떻고, 인도주의가 어떻고, 인권이 어떻고 하는 소리를, 성 밖에서는 소리 내 말하면서도, 이웃 성의 독재자의 독재주의에 대해서는 일언반구도 하려들지 않는다는 건, 우습되 이상하더구먼. 그들 입은 인피 속에도, 예의 저 신성이랄지, 뭐 그런 고상한 것이 들어 있거나, 남아 있기라도 한가 모르겠더라 말이심. 이 리쿠르구스도 못 참아낼, 그들은 구토러람! 저들의 열린 치질에서는 수치의 냄새가 등천을 하고 있노라, 구토러람! 세상을 오염하고 있도다! 구토러람! (리쿠르구스 왝왝 건구역질을 해댄다.) 아으 그래도, 인간의 최후의 보루는 인간인 것, 인간을 인간에게 돌려주는 것, 북돋는 것, 그것은 치리자가 해야 할, 처음이며 마지막 의무인 것. 공은 그러나 인간으로부터 인간만을 타도하고, 인간 속의 짐승만을 확대해 현재 승리에 취해 있으되, 인간 속의 인간에 의해 패배하게 될 것도, 안 보려 해도 안 볼 수가 없구먼. (망령 쪽의 배수진.) 쌔! 이 우둔한 늙은네여, 저들도 사흘만 굶겨보라, 그런 뒤 왼손에는 빵을 들고, 오른손엔 책쭉을 들어, 저들 앞에 군림한다면, 저들보다도 더 온순한 짐승들이 또 있을 듯싶으냐? 빵과 더불어서는 인간도, 더도 덜도 아닌 짐승인 것을, 그것도 순하기 이를 데 없는 암소나 양인 것을! 양이 살기(殺氣)로 하여 무엇을 물려고 내달으며, 암소가 앙심 품고 뒷발길질하는 것 보았남? 그중에는 그런데 毒狗Dog인 것들이 있다. 도척이네 개가 안회를 무는 것을 보면, 이것들은 주인을 위해 전부가 쓸모뿐인 것들, 소들의 땀으로 거둔 것에서 조금씩만 떼어내 먹이고, 양의 털로 짠 것으로 조금만 등 따숩게 해주면, 소를 어거하고, 양을 치는데, 무엇으로 이것들에 비하랴? 그러고는, 이전 체제에서는 무산자 층이 우선적이었는데, 이 새 체제에서는 기사(騎士) 숭배속을 뿌리 깊이, 저들 속에 심어넣는다. 선기사(先騎士) 사상이라는 것 말임세나. 이 체제는 그렇다면, 이전의, '설움받는 이들' 편에 서서, 그들의 권익을 우선적으로 추구한다고 했던, 그러나 붕괴해 버린 그 체제와는, 모든 '사유의 공유화'라는 점에서만 같고, 완전히 다른 체제로 둔갑 변신한 것이 분명하고도 분명하게 보인다. '先民衆' 사상에 대한, '先騎士' 사상이란, 치학(治學) 용어로는 무엇이라고 이르게 될 듯싶으냐? 그러함에도, 희화적이기까지 한 문제랄 것은, 이전 체제를 추종했던 설움받는 이들 편에 선다는 소수의 지적 정예라는 이들이, 그리고 독재자라면 독사보다도 싫어하는 이들이, 이 독재주의 새 체제에 대해서도, 이전의 환상을 그대로 고수하고 있다는 데 있을 테다. 그들은, 둔갑 전신한 이 새 체제의 실모(實貌)를 직시하기를, 아마도 자신들이 고수해온, 고상한 이상(理想)의 균열을 보기가 두려워서일지도 모르지만, 회피하려 하고 있어, 그들을 두고 뭐래야겠느냐? 이렇게 말하면, 되지 못하게 군자연한다고 할 테고, 저렇게 말하면, 자기의 의견과 다르다고 해서, 타인의 의견을 비방하거나 훼방하는 것은 정당하지 못하다고 할 것이 아니겠냐? 그러니, 함구하는 수뿐이겠다. 으흐? 으흐, 으흐?" 그때 갑자기 드러낸 어부왕의 그 신경병적 웃음이 오늘, 시동이게, 이빨도 발톱도 잃은 늙은 사자가 내는 앓는 소리 같은 것이 되어 되들린다.

"아까 언급된 그 '독구'들, 그 주구(走狗) 예찬이 되었든, 선기사 사상이 되었든, 그런 것을 이루려 하면, 이루려는 자는, 그러기 전에, 뭔지 주체사상, 또는 무슨 이념이랄 것부터 앞내세워야 되었을 것은, 뻔한 이치속 아니겠는가? 바로 이것이, 그의 이 복음이 파격적, 또는 왼손잡이적이라는 것인데……." 그리고 왕은, 냉소를 아주 조금 흘렸다.

"이 '나복'이 또한 고유보통명사로 쓰는 소리다만, 어떤 나복이의 명도(冥道) 순례기에 의하면, 명도의 대왕이 타도되었을 때, 보니,

그의 거구를 이룬 것은, 다름 아닌, 모든 죽은 자들의 해골들이, 바벨탑모양 쌓여올려진 그 해골들이었더라는 것이었는데, 아까 '刑天' 얘기하지 않했던가, 사회적, 또는 공유적(共有的), 또는 집단적 자아처럼도 여겨졌던 '이념'의 붕괴는 그러했을시라. 소속될 데 없는, 마른 해골들만 여기저기, 도처에 흩어져 있었을 것이고, 그것은 당분간, 어떤 끈이나 풀로도 통합해내기가 쉽잖았을 테다. 시작에로 다시 돌아간 느낌이 있다만, 이렇게 되어서, 흩어진 말머리를 간추릴 수 있게 되었기는 한데, 그런데, 바로 이것에 착안한, 매우 파격적 영주가 하나 있었던 모양이어서, '빈부의 차' 대신, '빈차(貧差) 없는 사회'의 구현이라는 이념, 또는 주체사상 같은 것을 현수막에 써 들어, 구르는 해골들을 규합하기 시작했던 모양이다. 부(富)에 대한 희망을 잃은, 저 와해, 저 폐허에서, 목자를 잃은 양들모양 우왕좌왕하는, 가난한 이들을 한 기치 아래, 한자리에 모으기는, 꼭히 어렵지만은 않했을 터이다. 그의 신념엔, 가난〔貧〕도,—이건 분명히, '체제'라고 이르는 것이 옳을 테다만, 어찌 되었든 그의 편에서 말하기로 하면—하나의 유토피아의 기초를 닦고, 초석을 놓을 굳건한 지반이 될 수 있다는 게 그의 신념이었던 것이다. 부에의 소망을 잃은 자들이라면, 심지어는, 등 돌려, 부에 대해 질투는 물론, 원한이나 증오감까지 갖게 되는 것쯤, 어렵잖게 살펴진다. 이런 자들과 더불어서라면, 글쎄지, 가난도 이념이 될 수 있던 것이다. '소망'과 '원한'은, 찌그러진 동전의 앞뒤 같은 것이다. '빈부의 차를 없애, 모두 부유하게 사는' 꿈이, 야누스의 오른쪽 뺨이었다면, 빈차 없어 누구도 무엇을 내세울 것 없는, 모두가 뻘건 한 가족, 한 동지인 사회의 구현은 왼쪽 뺨이었을 테다. 이로 인해 그를, 그의 귀에는 말벌이라도 쳐든 듯한 느낌일지 모르되, '왼손잡이나 육손이'라고 부르게 된다. 이건 매우 성급한 애길 성부르지만, 이웃 부자들에 대한 이들의 원한은 오뉴월 서리보다 차고, 질투는 독 오른 독사 같은 데다, 증오는 지옥의 유황불 같았을 것인데, 부의 차가, 매우 더디게라도 조금씩 좁혀지고 있는 이웃들이,—이런 신소리는, 시정에 뒹군다는 소리 중에서 빌린 것이니, 늙은 애비를 이상스럽다는 눈으로 올려다볼 필요는 없다— 알량한 식은 깡보리밥 같은 인도주의로 하여, 저들을 껴안으려 하면, 천축인들이 흔히 쓰는 비유대로, 남의 유부녀나, 독사, 또는 유황불을 껴안기나 다를 바 없을 테다. 이 게제에 이르면, 저들이나 이웃들이나, 비록 인종(人種)은 같다 해도, 인간(人間)은 같지 않게 되어 있어, 인종은 달라도 인간은 같은 사회,의 구현을 선호하는 편과의 사이에 얼음벽이 있음이 보인다. 부정적인 국면에다 눈을 묶어, 어느 편에서 보면, 어느 편은 타락과 몰락의 궤에 올라 있고, 마찬가지로, 다른 편에서 보면 그 상대편은, 동결(凍結)되어버린 것이다. 어떤 편은 체제가 인간의 부패를 부추기고 있는가 하면, 다른 편에선, 체제가, 그것이 확립된 그 순간부터 인간을 동결시켜버리고 있다는 얘기다." 왕은 그리고, 한숨을 한번 불어내고, 포도주로 입술을 적셨다.

"배가 고프고, 헐벗은 자리가 쓰린 가난한 자들의, 배에 기름기 없고, 여러 무늬의 색깔 옷을 치렁치렁 입어 거드럭거리는 자들에 대해 천만 가지로 교차하는 원(怨)과 한(恨)은, 오뉴월에도 서리를 만들 것들이어서, 어떤 그럴듯한 대의를 제시하기에 성공적이기만 하다면, 그 결속은, 수은 방울이 수은 방울을 만나기처럼 그러했을 것인 것. 바닷물 속에서도 그것은 해체 분해되지 않는 것이 아니냐, 마는, 동병상련하는 이들끼리는, 서로 간 강한 자력이 있음인 것. 빈부의 차를 없애려 했던, 그 한 체제의 붕괴가 초래한, 그 와해, 그 폐허는,

그 보기와 달리, 그 저변에, 이상스러운 비옥함을 감춰두고 있었던 것을, 이제는 그러면 알게 된다. 이 '빈차 없는 유토피아'를, 배가 고파 껄덕여싸므로, (아비 된 것이), 아직 껍질도 트지 않은 두꺼비를, 모닥불에서 끄집어내, 쇠고기라고 주면 쇠고기로 알아 뜯으려 덤비는 애까지도, 그 주의주장을 곧이곧대로 받아들였을 리는 없는데, 그래서 저들이 그것을 부차 없는 유토피아에로의 새 길이라고 오인했든 어쨌든, 이 체제의 결속은, 그렇게 되어 용이했었을 뿐만 아니라, 보태 거의 만전적(萬全的)이기까지도 했던 모양이었다. 이 의미는, 그는, 절대권력이라는, 자기만의 성배를 손에 쥐게 되었다는 것인데, 그 자신만의, 그 자신만을 위한, 그 자신만에 의한, 일인 (또는 과두) 민주주의 만세? 그렇다면, 그 민중이야 어떤 형편에 처해 있든, 그 자신(들)의 투쟁, 개혁, 혁명은 이제 끝난 셈이었다. 그렇다, 그(들)의 대업은 그렇게 성취, 완성된 것이었다. (그를 옹위해 그 대업을 성취케 한 이들도 포함해, 單數로 代名하려 하지만) 이제 그는, 더 갈 필요도, 갈 데가 없으니, 아무 곳으로도 가려 하지 않으며, 보이기론, 저들(민중)을 이끌어, 어디론가 열심히 가고 있다는 환상을 만들어내는 일만 남은 것이었을 것이었다. 그 짓이란, 밖에다 내보이기며, 안으로 그에게 남은 과제는, 여전히 저 가난의 유지라는 것일 것인데, 어떤 식의 춘사(椿事)나 오발(誤發)에 의해서든, 비록 황우일모보다 작은 것이라 해도, (예를 들면, 기름진 음식에 배불려보기 같은 것, 그런 것이) 균열(을 만드는 흰 개미 같은 것 중의 하나인데)이 드러났다 하면, 그때부터 그 체제는 그 기초에서부터 흔들리기 시작할 것이기 때문이다. '가난하기'와 '가난을 유지하기'는 두 다른 문제들인데, 역설은, 가난을 유지하기 위해서도 자본은 필요하다는 문제일 것이지만, 그 얘기는 뒤로 미루든, 기회가 닿지 않으면 모르쇠해버리기로 하쟈. 그러면 그 우선적 필수적, 타개해야 하는 문제가 무엇이냐는 것일 것인데, 날것인 채로의 가난은, 그것이 아무리 이념화했다 해도, 심지어는 자살까지도 도모하는, 그것의 인고에도 한계는 있는 것이 아니겠느냐? 그럴 때, 남달리 명석한 이라면, 이 날것을 다른 형태로 익히려 할 것은, 불 보듯 뻔하다. 이 부분이야말로, 그의 파격적 천재성을 여실히 드러낸 것이어서, 한 종류의 초인(超人)을, 그 사상의 실천자를 보게 되어, 경이와 경악감을 금치 못하게 할 뿐만 아니라, 심지어 경배까지 바치게 할 지경이다. 백성을 프리마 마테리아로 삼은, 이 연금술사야말로, '초인 사상'을, 그 초인의 이상을 실현한 자로도 보이기 때문이다." 습기를 청해 마시고, 어부왕은 들린 듯이 이어나갔었다. "가쟜자, 이게 뭐 어느 영지의 역사책을 꾸미자는 것도 아니고, 누구의 전기를 쓰자는 것도 아니라면, 건너뛰기로 하고 해서, 재미있다고 여겨지는 부분만 말해보기로 해야겠는다? 그가, 그것을 위해 무엇을 했었던가—이 부분은 꽤 흥미스러운 대목이 아니겠는가? 그렇겠지러. 그 자리에 필요한 것이란, 민중 각자의 '자아(自我)의 공유화(共有化)'였거나, '공유의 자아의 대체화'였던 것으로 짚인다. 예의 저 '공유의 자아'가 자기라고, 자기를 앞내세우려는 짓은, 일반적 범부적(凡夫的) 집권자들이 해온 짓인데, 이런 라이우스들은, 요카스테의 아들에 대한 두려움으로부터 한 날 한시도 벗어날 수 없을 테다. '요카스테'는, '대지=영토=지배권'의 상징으로 써먹히고 있다는 것쯤은 말하지 안했던가? 말하지 안했다면, 그런 뜻으로 쓰고 있다고, 지금이라도 알면 되겠다." 한 모금의 수분을 더 취하고, 이어서 왕은, 이랬다. "오이디푸스 콤플렉스란, 잠룡(潛龍), 즉 그늘 쪽에 매복해 있는 권력에 대한 의지와 직접적인 관계가 있거나, 그것 자체를 이르는 것으로 아는데, 초래되어진 결과에 주목하

332

면, 범부적 권력자와, 비범한 권력자의 둘로 나뉜 것을 보게 된다. 전자, 범부적인 자는, 공공연하게, 패배당한, 찬탈당한 아비의 가슴을 흙발로 누르고, 어머니와 결혼하는 경우며, 후자는, 민중의 눈에 비추이기는, 인덕(仁德)이 비할 데 없이 높은 자로 부각되어지기 시작하는 경우인데, 이 경우는 실재적인 아버지를 전설화(傳說化)하기에 성공한 인물이던 것이다. 그런 뒤 자기는, 예의 저 역사적 전설적 인물이 된 자의 유업(遺業)을 위한 일꾼, 또는 기수(旗手), 그 사제(司祭) 역을 담당하고 있다고, 흙에 범벅된 장화를, 사제복 아래에 감춰버린다. 그의 잠자리 수청 드는 자는 그리고 요카스테인 것. 저렇게 전설화한 인물은 그러는 동안 성배화(聖杯化)를 치른다. 치도(治道)의 치교화(治敎化)인 것. 성배가 있으면, 신이 없이도 하나의 종교는 체계화할 수 있는 것인 것. 이런 자리에 이르면, 이제는, 대체(代替)된 저 '공유의 자아'의 정체를 물을 필요도 없게 될 테다. '날것이었던 가난'도 또한, 치교적 '고행' 따위의 새것으로 익혀진 것인 것도 알게 될 일이다. 이러는 중 새로 눈 들어 건너다보면, 저 전설, 저 성배의 자리에, 어느 때부터였던지, 실재적 그가 무겁고도 장엄하게 자리해 있는 것으로, 그 자리바꿈이 저절로 이뤄져 있음이 보인다. 그는, 그가 실현하려 했던, 그의 식의 유토피아에 대해, 성공적인 메시야였던 것이다. 그런 뒤, 그는, 밖으론, 자기를 해님처럼 보이려 왼갖 노력을 다했을 터이지만, 안으론, 달님이어서, 박쥐며 독사 따위, 야행성 동물들을 다 풀어놨던 것으로, 밤중의 풍문은 전한다. 해님 얼굴일 때 그는, 미아나 고아들을 정성으로 보살피는 어버이며, 영도자였으나, 달님의 얼굴일 때 그는, 저 민중을 펜리르처럼 여겨, 이 펜리르를 주적(主敵) 삼았을 터이다. 일단, 그가 이루려 했던 체제가 이뤄지기는 했으나, 그것도 든든히 이뤄지기는 했으나, 여전한 그의 느낌은, 그리고 불안과 초조와, 인고키 어려운 공포는, 민중은 그 전체로서는, 아무리 묶어 매도, 그럴수록 몸이 불어나는 펜리르로 보이기의 까닭인데, 그 각인들로서는, 저들은, 두 개의 쓸모없는 주머니들을 갖고 있어 신(神)도 어거치 못해 포기해버린 자식들―, 주머니 하나는, 전에 저 刑天들이 자원해서나, 타의에 의해서나, 떼어내고 남겼던 그 빈자리에, 아직은 흐릿한 윤곽에 불과하다 해도, 어느 틈엔지 돋과낸 저들의 머리통이며, 다른 하나는 위장(胃腸)이라는 이름의 것이었다. 머리통은, 아무짝에도 쓸모없는 잡동사니, 예를 들면 형이상적 모든 것, 예술이라든가, 철학, 종교 따위들로 채워져 있으며, 위장은, 형이하적 무엇으로도, 아무리 채워도 채워지지 않는, 밑 빠진 항아리거나, 에뤼식톤이라는 이름의 거위로 채워져 있던 것이다. 하기는, '민중'의 구성원은 모두가, 상반신은 펜리르며 하반신은 貪-에뤼식톤이 아닌 건 아니다. 아니면, 에뤼식톤의 내장을 가진 펜리르이든―. 어쨌든, 저들 머리통 속의 잡동사니들은, 일반적인 저들보다 잘 배우고, 배움을 많이 채우다 보니 머리통도 커진 데다, ('양심'이라고 이르는 자리를 개조해, 後門을 달아놓을 만큼, 뱀처럼 지혜롭게 되어, 부귀나 명성이 지불된다면, 침 바르지 않은 쐐기를 찔러넣어도 기꺼움으로 허거거릴 후문 몇 벌쯤은 갖고 있는 데다, 아픔이라면, 책형용 죽창까지 들먹일 필요도 없이, 그냥 바늘 끝에 대한 얘기만으로도, 저절로 일어나는 아픔에 대한 상상력 탓에 사시나무 꼴로 사지를 떨거나,―兵士와 書士는, 이래서도 다르긴 하다. 그러니, 아무나 병사 노릇하는 것 아니다. 書士가 兵士 노릇 꾸미려면, 이 병사는 국난에 당해, 칼춤 추고 내닫기 대신, 그 큰 칼 얌전히 옆에 차고, 수루에 올라, 일성호가에 눈물 짜며, 屈原門의 탄식으로, 달을 울린다―) 또, '민중,' '혁명,' '진보' 따위라는 단어만으로도 흥분해하다 못하면 용두질로 여위어가는 이들을 따로 모아, 그들로 하여금 뽑아내고, 세척케 한 뒤, 새로운 잡동사니—란 이 애비의 표현인즉, 액면 그대로 받아들인 건 아니다—를 처넣어주기에, 꽤 성공적일 수 있었던 모양인데, 이런 단계에 이르면 이제, 저 민중 각인의 각인이, 사회적 집단적 인간 속으로 용해되어져, 인간은 없거나, 동결되어버려, '小國'의 치자들이 바랄 만한 치세용(治世用) 금을 이뤄냈다고 할 것이다. 그러면 이제 그 영지를 둘러, 외계와의 사이에, 만 리나 되는 불의 울타리를 둘러놓은 뒤, 활 쏘고, 창 던질 자그마한 구멍만 몇 열어놓는 일은, 필수적일 테다. 이 폐쇄 고립은 거의 완벽할 정도여서, 마사다Masada라는 이름의 성채의 재현 같은 것이라고 연상하면, 대개 될 성부르다. 그리고, 바깥쪽을 한 치도 내어다볼 수 없이 된, 안쪽 주민들께는, 그것이 실제든 아니든, 외세의 간단없는 위협과 침공에 대해, 시시때때로 징 쳐 알리고, 배고프고 지친, 떠돌이 기사들이나 각설이들, 행려자들이 지나다, 성문을 두드리는 일들이 어찌 없었겠는가, 그때마다 성문을 비시겨 열어 기사들을 내보냈다가, 피칠갑을 해서 들어오게 해서는, 불려 알리고, 영주민의 간단없는 경각심을 호소할 뿐만 아니라, 그런 위협에 굴했을 때의 참담함에 관해서도, 그냥 상상만으로도 치를 떨도록, 예의 그 서생들의 입을 나팔 삼아, 세세히 일러둔다. 이 단계에서는, 이전의 체제가 앞[先] 내세웠던 무산자층 대신 기사(騎士)들을 앞내세울 자리를 얻게 되어, 선기사주의(先騎士後民衆)가 제창되고, 실행화함에 무리가 없게 되었을 터이다. 빈차 없는 사회, 즉 무산자 위주주의는, 이제, 선기사주의로 자연스레 자리바꿈을 하게 되고, 해님의 주적들과 달리, 달님의 주적들은, 그 불의 울 안에 소롯이 잠들어버린 것이었다. 궁극적으로는 그러니, 저 성채 주민들이 알아 믿고 있는 것과 달리, 저 선기사주의는, 보다 더, 안쪽 주민들을 어거하는 목적에 기여했던 것이었다고 해얄세라. 그것에 의해 그는, 이념으로서의 가난과, 체험하는 배고픔은, 어디선가 어째선지 조금도 같은 것들은 아니라고 느껴내는, 저들의 위장(胃腸) 속의 혼까지 짓찢는 쪼르륵 소리까지 숨죽여 놓는 일까지도 성공하게 된 것이다. 이것은, 사실로, 완벽한 하나의 예술이던 것이다. 이 성채의 바깥에서는, 저것은 지옥화라고 여기는 이들과, 그 예술가의 천재성, 초인성에 감복하는 이들로, 이 예술에 대한 이해의 태도를 달리하고 있는 이들로 갈려 있었던 듯했는데, 저 안쪽에서 울려나오는, 숨죽인 쪼르륵 소리들을 못 참고, 안타깝고도 안쓰럽게 여기는 이들은, 저것을 지옥화라고 보는 이들이었음은 분명하다. 저 파격적 메시아에 대해 이런 인간들이란, 알량한 인도주의의 이름 아래, 속이 빈 기름덩이여서, 나나니벌의 알슬기에 좋은 숙주이기보다 더 나을 것이 없었을 것이었다. '알량했거나' 말았거나, 이런 따위 인도주의를 부르짖어쌌는 편에서는, 그러는 동안 (점차로, 또는 급속히,) 잘살기 시작했기에, 그런 여유 있는 마음도 챙길 수 있었을 것 아닌가, 이런 상태가 잘 유지되어지기만 한다면, 그리고 성(盛)하면 쇠(衰)한다는, 변화의 균형 잡기라는, 창세와 함께해온, 그 늙다리 '역(易)'까지도, 이 풍성한 잔치에서 슳카장 마시고 만취해, 옴팡한 양지에 쭈그려 앉아, 그 한숨에 세기가 가고, 세기가 오는 낮잠에라도 들어 깨이지 않는다면, 하긴 먼저 그것의 한계는 어디까지라는 식의, 매 개인 소득의 수치부터 정해놓고 말해야겠지만, 부차(富差) 없는 세상까지도, 불원간에 이뤄놓을 듯한 상태에까지 도달해 있었던 듯했다. 하긴 사실은 그러나, 노동자 한 명의 피땀으로, 서른 명 기사들의 위장을 돌보아줘야 되는, 저 안쪽의 형편에 비하면, 바깥사람들은 이미, 올림포스의 신들보다도 잘살고 있는 처지여서—올림포스의 신들이, 숙취 머리는 앓았더라는 얘기는 흔해도, 호메로스도, 베르길리우스도, 소포클레스나 에우리피데스 등, 신들 홍보기 좋아했던 누구도, 오늘날 갑자기 더, 이쪽 사람들의, 심지어 나라 걱정거리까지 되고 있는 비대, 그것의 합병증인 성인병, 당뇨, 고혈압, 심장병 등에 관해서는, 일언반구도 해본 적이 없었다면, 그것이 뭐겠느냐, 허, 허허, 허기야, 신이라고 거들먹거리는 그들의 식사라는 게, 산짐승의 목에서 뿌려지는 피나, 갖은 양념은커녕 소금도 뿌리지 않은 생고기 태우는 연기에 보탠, 도둑놈까지도 그날 일수 좀 좋게 보살펴달라는 투의, 뻔뻔스러운 기구 몇 마디였을 터이니, 신들도, 아래쪽 사는 이들의 인도주의적 차원에서 하는 구호품이 필요했었을 듯하여, 자주 전쟁을 일으켜 참전했던 듯하다. 거기 흐르는 홍건한 피가 그들로 하여금 숙취를 앓게 했던 것 아니겠냐? 어으흐흐흐, 한 잔채워라!—바로 저런 부의 비대증 걸린 이들이, 저 성채를 넘는 쪼르륵 소리를 못 참아 했었을 것도 당연하다 할 것이었다. 자기들도 배고프고 춥고서야 그럴 수 있었겠느냐? 허기는, 새끼는 눈만 켜져가는데도, 보리쌀 치마폭에 숨겨, 마을길에 나서는 어미들도 없잖아 있기는 있느니라. 집안 꼬락서니야 어찌 되었든, 밖에서는, 이 아낙네 상찬이 끊이지 안해, 무슨 부덕상 같은 것이라도 수여하려 할지도 모른다. 두려운 것은 그러나, 이 기름덩이가, 나나니벌의 숙주로 되는 그것일 것이었는다. 개인들과 더불어서는 그래서, 그 후환이야 어쨌든, —있는 얘기 좀 빌려써서 안 될 일 있겠나?—겨울이 시작되는 길목에서, 얼어 굳어가고 있는 독사를 만났다 하면, 품에 품고 와 젖먹이의 포대기 밑에 따뜻이 묻어주는 어진이의 행위는, 얼마를 찬양해도 모자랄 덕행이며, 특히 종교적 수행으로도 강조 설교되어지는 것이겠으나, 그 개인이 속한 집단과 더불어서는, 배불리느라 정신이 팔려

겨울이 다가온지도 모르는, 그런 통통한 영양주머니를 만났다 하면 하는 즉시, 껍질을 벗긴 뒤, 석 섬 물 담은 가마솥에 삶아, 영양실조 의 까닭으로, 길기도 길고 할 일도 없는 밤에도 마누라의 손길을 뜯 어 뿌리치는 일동 남자들에게 보신도 시킬 일이려니와, 그래야 장차 일손도 많아지며, 노후도 보장받을 게 아닌가, 가죽으로는 신발을 만 들어, 맨발로 이삭줍기에 나선 애들에게 신기는 게 덕행으로 변한다.

사실은 앞서 말한 그 종교까지도, 그 수행자 하나하나는, 자기부 정, 자기희생 같은 것을, 구제 구원의 본도(本道)로 삼지만, 한 종가 (宗家)라는 대체(大體)는, 다른 종가와의 사이에 울 두르기를 하늘 까지 높여, 하늘도 구획하려 하잖더냐? 그래서 하늘도 조각이 나고, 조각들 사이엔 넘을 수 없는 울타리들이 선다. ─가, 가만, 가깠자, 이렇게 되면 이거 말이지, 저쪽 어디서 수문이 열려, 조금 비틀거리 면서라도, 하기야 물은 흐르는 동안 어째도 굽이치는 것 아니더냐, 일정한 수로를 따라 흐르던 말의 줄기가, 모르는 새 슬쩍 열려 곁길 로 접어들어 얼마간 흘러갈 성도 부른데, 허허으,…… 사실은 헌데 말이지, 아비 물총새가 의도적으로, 새끼 물총새를, 이쪽 말의 도랑 으로 데려와, 짠물에서, 거둬들일 짠물의 의미뿐만 아니라, 민물 속 에 숨겨져 있는 그것들도 쪼아내는 것을 보여주려 하고 있다면?…… 그리고 이 '짠물/민물'은, 어느 쪽이 어느 쪽이든, '聖/俗'의 뜻이라 고 알아두면, 말의 물에 빠져 물켜다 죽을 일은 없을 게다. 따라붙이 고 있냐?─그러나 종교도, 그것이 얼마나 거대하여 우주적이든, 하 나의 유정(有情)인 이상, 다른 모든 유정들과 같이, 제 발로 든든히 설 때까지 자라야 되고, 그러기 위한 시간도, 유모(乳母)도 필요한 것이라는 것이 아니겠냐? 그러는 동안 그러자니, 사람을 구제 구원하 려 한다는 종교가, 그것만의 다만 하나의 우주밖에 못 보고, 바깥을 부정, 타도하려 하기에 의해, 사실(史實)은, 그들 세상을 더 나쁘게 이끌어왔다는 주장도 있을 수 있으리 만큼, 종교들이 세상을 운영해 왔을 터였다. 이것이 간결 요약한 종교사가 아니겠냐? 병 치르기도 해가며, 나름대로 튼튼히 자란 종교라면 이젠, 자기대로 한 살림을 꾸려나가기에 충분한 골육을 갖췄다는 증거인데, 그렇다면 더 이상, 이웃과의 사이에 담을 높이 쌓고, 찌구락 째구락 분쟁을 일 삼아야 할 이유도 없는 것도 사실이다. 너는 너대로 너의 식구들 굶기지 않거나, 배불려주면 되고, 나는 나대로 또한 그러면 된다. 투박하게 처리해버리기로 하면, 신도들 편에선, 그 門의 法食에는 소금이 없어 못 삼키겠거든, 소금 많이 쓰는 門에로 갈 일이며, 다른 문의 그것은 과다한 기름기로 느끼해 못 삼키겠거든, 담백한 데 찾아가면 된다…… 이런 식이 되어야 할 테다. 자기의 食性에 좇아 하는 변절 개종은, 차라리 찬양되어져야 할 그런 것일 거라고, 유리의 순례자는 그러더군. 그럼에도, 종교처럼 고지식하고, 편협적이며, 고정관념에 찌들 대로 찌든 '수구꼴통'도 없는데, 그것은 그것들에게 뼈를 준 아비의 정액과 살을 입힌 어미젖의 성분이 그러해서 그런 것인 것. 그러나 다 자란 자식들이 도모해야 하는 일은 출가(出家)하여, 울 밖의, 팔만사천도 넘는 광활한 우주의 편력에 올라보는 일일 테다. 그래야만, 몇백 년 몇천 년씩이나 쌓인, 우멍거지 밑의 곱이 씻길 터이다. 그것을 종교의 할례(割禮)라고 이른대도, 삿대질하고 나설 이는 없을 게다. 나는, 저 왕자들이 오른 열세의 길목에 나앉아 있는 동안 백발의 늙은네의 얼굴이, 유리에서 온 순례자를 닮았다고 보아온다. 그이는, 그것의 정립을 위해 일생을 보냈다 했거니와, 그는 저 왕자들의 불알을 까고, 그 자리에다 그것을 채워 넣어주려는 일념으로, 그 길목에 나앉았다는데, '그것'이란, 다름이 아니라 '앎(몸＋말＋

맘)'論이라는 것이라는 것이다. 그이는 그리고, 그이를 듣다 보면, 세상엔 동화란 그것 하나밖에 없는 착각까지 들게 하는, 예의 저 '공주 찾아 떠나는 왕자' 얘기에서, 비유를 불러낸다. 허긴, '뭚'門의, '순화의 나무에 매달린 나무늘보'의 오르기/내리기의 얘기를, 동화적이거나 무용담식으로 축약한다면, 그 얘기 말고는 없을 듯도 싶다. 아담이 어느 날, 늘 곁에 있어왔던, 하와에의 눈뜨기 얘기가 밝히는 바대로, 용감한 바보 왕자 하나가, 어느 먼 나라의 공주에의 소문에 접하고, 그네 찾기에 나선다는 얘기는, 동화적이다. 이 '공주'는, '아름다움〔美〕'에의 상정, 또는 그 상징이라고 번안키는 어렵지 않을 터이다. 그렇다면, 아담의, 자기 세계에 대해 눈뜨기는, 이 '아름다움'에의 인식으로부터 시작되었을 것이라고 이해한다 해도, 무리는 없을 듯하다. 그러는 동안, 이 '아름다움'이 여러 차례의 변용을 치렀을 것이고, 그리하여 드러나기 시작한 것이, 문잘배쉐의 '로고스Logos,'였을 터이다. 이를 '진리'의 상징이라해도 무리는 없을 테다. 다시, 그것의 상징이 '성배'라고 이른다면 무리가 있겠느냐? 그것의 탐색의 얘기는, 무용담Romance이라고 알려져, 네가 밤을 새워 읽어낸 게 그것들 아니냐? 꾸며진 얘기 형식에 좇아보기로 한다면, 여기 두 길이 나뉘어져, 큰 왕자와 둘째 왕자가, 각각 다른 길로 나서, 오른 것으로 되어 있다. 그러나 저 두 길을 좇아 나아간, 위의 두 왕자들의 탐색의 결과는, 언제든 실패만을 거듭하고 있다고, 얘기는 얘기되어져 있다. 허긴 그런 결과일 수밖에 없는 것은, 유리에서 온 순례자의 의견을 빌리자면, 형이상적, 추상적 아이디어를 형이하적, 구상적 이미지화하려 하는 데서, 어쩔 수 없이 뒤따르는 결과가 그러해서 그렇다는 것이다. '사실주의와 허무주의는 같은 한 門의 안/밖의 관계'라는데, 앞서간 두 형 중의 하나는 그래서, '허무주의' 쪽으로, 들어갔

거나 나갔고, 다른 하나는 '사실주의' 쪽으로 나갔거나 들어간 것이
다. 하나는 석화(石化)하고, 다른 하나는 돼지우리간에 갇힌다. 이
카루스 운명의 되풀이이다. 반해서, 셋째 왕자는, 앞서 나선 형들의
거울에, 자신을 비춰본 뒤, 이를테면, 역(逆)탐색이랄, 없는 길을 정
해, 그 없는 길에 오른다. 그는 그러니, 아무것도 찾지 않기의 찾기,
라는, 또는 형들이 찾으려 했던 것을 차라리 되돌리려는, (그것도)
탐색(일 수 있는가 몰라?)에 오른 것이다. 형이하적, 구상적 이미지
를, 형이상적, 추상적 아이디어化하기, 라고 일러야겠맹. 유리의
순례자의 법설을 이렇게 저렇게 귀 맞춰보면, 이 역탐색에도 과정이
나 단계는 있는 듯했는데, 먼저 '아름다움'이라고, 그리고 '진리'라고
일렀던 것의 'SAT'화를 서두르고 난 뒤, 이 'SAT'를 'TAT'화하기,
라는 식인데, 전자(SAT)를 보편적 추상적 아이디어라고 이른다면,
후자(TAT)는, 절대적 추상적 아이디어일 것이라고 어렴풋이 짐작할
수 있는 것 말고는, 이 부분은, 문잘배쉐의 이 늙은네께는, 이해의
범주를 벗어나는 것이더군. 어쨌든, 이 길 없는 길에 오른 셋째 왕자
의 얘기는 그래서, 먼저 떠난 두 형들이 생땀을 흘리며 들어가거나,
나아가는 얘기, 즉 '포월(匍越)'에 따르는 고통의 얘기 대신, (어떤
익명씨의 의견을 빌리면) '간증(干證)'의 형태로 드러날 수밖에 없는
것도 짚여지는데, 그가 없는 길을 택해 역탐색에 올랐다고 했을 때,
없는 길 위에 무슨 족적이 남아 있겠느냐? 그래도 전해진 풍문에 좇
으면, 그의 한 발이 디딘 자리엔, 땀과 피가 범벅된 '苦'라는 글자
같은 것이 새겨져 있으며, 다른 발 디딘 자리엔, 그런 흔적도 없어,
꼭히 읽어야 된다면, '無'가 인각되어있더라 했다. 苦-無, 無-
苦……, 그래서도 누군가가, 이 역탐색의 얘기를 읊으려 하면, '동
화,' '무용담' 대신, 이번에는 '간증' 같은 것이 될 것이 분명한데, 구

상적 이미지가 추상화하기에 좋아, 구상적 모든 것이 사상되어버리면, 그것이야 '줍쇼려' 말고 또 무엇이라고 이를 수 있겠느냐? 이런 투의 '줍쇼려'는 그렇다면, 동화나 무용담들과의 동궤에서 이해하려하면, 오독의 결과를 초래하기가 쉬울 테다. 아으, 그러구 보니, 네 앞에, 길 아닌 길까지 합쳐, 세 개의 길이 열려 있어 뵈누먼. 길목에 앉아 있는 동안백발의 늙은네는, 그 길을 훤히 알고, 어떻게 하면 그 길에 매복해 있는 수많은 장애를 어떻게 극복해낼지도 알지만, 공주의 손을 잡는 자는 자기 같은 늙은네가 아니라 젊은 왕자가 아니드냐고, 웃으시더군. 그때, 너의 이 늙은 아비가 눈치 챘기론, 그 순례자의 믿음에, 이 시절은 그리고, 이전의 각 종단에마다, 하나도 둘도, 오고갔던 그런 그 종단만의 메시야가 아니라, 다른 새 메시야가 필요하거나, 임재해야 되기까지, 시간이 익었다고 예지하고 있는 듯했다. '쑯'論이 확립을 보는 날, 세월 안에서 분명히, 치기를 벗은, 당당하게 성숙한, 모든 종교 간에서, 그 너무도 단단하고 높은 울타리들이, 저절로 허물어나게 될 것이, 이 늙은네 눈에도 보인다. 이 늙은 아비가, 인고의 한계를 넘는 고통을 감내하며, 그래도 끊임없이 목숨을 이어오는 까닭은, 이 탈리에신의 如來를 기다려서이다. 그이(순례자)는, 문잘배쉐의 이 탈리에신을, 하긴 이 고장에서는, 그 생선을 숭앙하기도 한다마는, '연어(鰱魚)'라고도 비유했는데, 그 까닭도 충분히 짐작되기는 하지. 이 연어는, 유리에서 산란되어, 문잘배쉐로 나아갔다고 들었다. '마음의 우주'라는 민물에서 '말씀과 몸의 우주'라는 짠물 속으로 나아갔다는 얘긴 것. 그이의 법설을 빌리자면, 종교도 음식의 메뉴처럼, 그 종류가 많으면 많을수록 더 좋은데, 그러면, 손님들이 자기네들의 식성에 맞는 음식을 골라먹듯, 종교도 또한, 신도, 또는 예배자 각자의 지적 수준이나, 성향 등에 적합한 것을 골라, 신심을 바치게 되어, 투박하게 말하면, 종교와 신도 간의, 또는 신과 예배자 간의 건강한 유대가 기대되어질 것이라더군. 현재까지는, 그것 또한, 자라는 애들과 같이, 성장기를 겪어오느라, 그 '아르타(意, 義)'는 하나로 같은데도, 그 아르타의 형상화에 좇아, 그 '루타(相, 象)'가, 그 종교의 수만큼이나 많게 된 데에, 종교 간의 벽이 생겼다는 것이더구먼. 그리고 그 루타는, 종교의 수만큼이나 많되, 그럼에도 대별하면 세 종류로 모둬질 것이라며, '몸의 우주/말씀의 우주/마음의 우주'가 그것들이라는 것이더라. '몸의 우주'에서는, '초인(超人)' 사상이 부르짖어지며, '말씀의 우주'에서는, '자기부정, 자기희생'이 설교되어지고, 그리고 '마음의 우주'에서는, '本來無一物,' 즉 '공(空)'이 설법되어지는 갑더라. 이 '本來無一物'론이란, 그 종문의 설법자들이, 회피할 수 없이 범해온, (有의 개념을 전제하고서만 가능적) 역설이랄 것으로서, '부정접두어'라는 마직 모자를 쓰기에 의해, 거세 현상이 일어남을 보게 되는데, 이는 말하자면 충격 요법 같은 것이어서, '돈오'도 가능하지만, 정신적 기량이 충분치 못한 禪卵들을 곯길 위험성이 클 터이다. 고자가 된다. '긍정'을 통해서도 그러나, 예의 저 '부정'을 통해 닿으려는 그 같은 자리에 닿을 수 있다면, (빠르거나 늦게나는, 그 수행자의 기량에 달려 있음을!) 이는, 禪卵을 곯기는 일을 최소한도까지 줄일 수 있을 터이다. 유리의 칠조(七祖)는 그 길을 알고 있는 듯해서, 그 길 묻는 이들에게 그 길을 가리켜 보이려, 유리의 동구에 기다려 앉아 있는 듯하다. 그 길 찾는 이들 상대로 그이는, 말로는 '불알 까기'라고 이르되, 그 짓은, 去勢가 아니라, 割禮라고 해얄 듯하다. 거세가 아니라, 할례 말이지. 그이는, 진화론(進化論)을 신봉하는 자라며, 동화나 북구신화에 나오는 것 같은 팔만 유정이 있다는 것은 물론, 천축이나 희랍신화

등에 나오는 괴이한 유정이나, 영혼, 신들 팔만 유정이 있다는 것 또한 군건히 믿고 있다고 한다. 행복하게나 불행하게나, 조악한 물질로 형상을 입은 것들이 나타나, 진화를 시작했다면, 동시적으로, 또는 선존적으로, 행복하게나 불행하게나, 물육을 입지 못했거나 안해, 실육적으로 화현을 못 보았거나 안 본 것들의 진화도 있기 시작했을 것이라는 것이다. 여기까지는 그리고, 二元論, 또는 二分法的으로 이해되는 세상이지만, 특히 四大를 입은 유정의 五官의 눈뜨기를 통해, 아드바이타를 성취함과 동시에, 저 모두는 하나, 또는 無元에 통합된다는 것—그런 식이었다. '몸의 우주'의 유정은, 그 루타는 인간이라도, 그 아르타는 아직 완성되지 못했으므로 하여, '정신은 육체의 도구'라든, '인간은 초극해야 할 어떤 것'이라는 등, 그러기 위해서는, 끊임없이 파괴하고 창조하는 '예술가'가 되어야 한다는 등, 하여설람, 유정의 진화의 방법을, '초인 사상'을 들어 가르치려 했던 모양인데, '초인'은 그러니, '완성된 판첸드리야'에의 한 아름다운 상정이었을 듯하다. 超人論도, 進化論의 한 형태라고 이해하면, 그것은 널리 설파 보급되어져야 하는, 위대한 한 복음일 테다. 거의 전능하다고 할 정도의 가능성을 내장한 '육신적 진화'의 정점은 아마도 거기까지일 것으로 추측된다. 그러나 판첸드리야를 완성하는 것에서, 판첸드리야는 머물려 하지 않는데, 그렇다면 이제부터의 진화의 길은, 이제껏 밖으로 열렸던 것의 내접, 내향, 즉 안으로 열림에 분명하다. (김진석 철학 교수가, 새로운 의미를 부여한) 포월(匍越을, 이렇게 저렇게 어떻게 굴절시켜, 我田引水식으로 해석하려 한다면)의 시작일 테다. 결과, '匍越'이 '超越'을 追越한다. 뱀이 독수리를 먹어치운다. (世俗이란, 어떤 위대한 종교보다도 더 위대한 종교라고 하지만, 다른 모든 종교들이 서는 그 기반이 그것이기의 까닭이라는 것인데, 그리고 이것은 아이러니이지만, 동시에 초월이나 포월해야 하는 그 대상도 또한 그것이라고도 하는데, 그런즉 만약 너무 세속적인 것에 집착하려 하지만 않는다면, '초월'에 대한 '포월'의 상정은, 매우 뛰어난 것이라고 할 테다. '頓悟'가 말하자면, '초월'적 국면이라면, '漸悟'는 '포월'적 국면이랄 수 있을 것인데, 漸修 없는 돈오, 초월은, '푸른 하늘 아래서 벼락 맞기' 같은 것일 것이기 때문이다. 이래서 포월이 초월을 추월한다고 하는 것인 것.) '몸의 우주의 초인'이, 이제 '인신(人神)'에로 탈바꿈을 하는 자리가 여기일 터인데, '신과 짐승의 중간적 존재'로부터 '짐승' 쪽의 무게가 줄어지면, 그를 뭣이래야겠느냐—여기 '말씀의 우주'가 개벽한다고 이른다. 여기서부터는, '자기부정, 자기희생'을 그 진화의 방법으로 삼는다는 것이다. 궁극적으론 그러니, 짐승을 극복하기이겠지. '욕망(欲望)'을 제어하여, '욕생(欲生)'화하는 노력이겠지. '자기부터 사랑하라, 자기도 사랑하지 못하면서, 어떻게 타인을 사랑할 수 있겠느냐?'라는 일련의, 그렇다 '일련'이라고 말했다, 왜냐하면, 그로부터 시작해, 자기부터 강해져라, 자기부터 부유해져라, 라는 따위의 설교가 뒤따를 터이니까 말인데, 저런 일련의 매우 매우 들척지근해서 유혹적인 가르침을 두고, 유리의 순례자가, 매우 매우 짜증스레 규탄했던 소리가 기억나는데, 그건 차투린드리야, 즉 畜生道에 써먹는 설교라는 것이다. 그래서 그것을 '붉은 용의 설교'라고도 이르더먼. '너의 원수까지도 사랑하라!'는 역설적(逆說的) 설교의 까닭은 여기서도 짚여지고, 그것은 또한, '자기부정'을 역설(力說)하고 있는 것이기도 했을 테다. '자기도 사랑하지 못하면서, 어떻게 남을 사랑할 수 있겠느냐? 그럼으로 자기부터 사랑하라!'는, 이 가장 유혹적인 가르침도, 그냥 받아들이려면, 그보다도 더 힘 있는 복음도 없을 성부르지만, 따지고 보려 하면, 두 경우에서만 이해되는 것이라더군. 하나는 '나르시시즘'이며, 다른 하나는 '오우로보르스Ouroboros 症'이라는 갑더라. 이것에 관해서는 좀더 긴 보주가 있어야겠지만, 고기가 입질을 하려 하지 않는, 다른 한가한 낚시질 때로 미뤄두기로 하자. 어쨌든, 본능에 뿌리를 둔 愛我, 我執이야말로, 판첸드리야를 끝없이 삼켜넣는, 그런 괴물이라 하더구먼. 판첸드리야의 패배나 몰락은 그러자니, 어떤 外侵의 까닭보다 內訌에, 더 많이 빚진다고 하더군. 그래서 누가 만약, 나르시시즘도 찬양할 수 없으며, 더더욱이나 오우로보르스증도 수락할 수 없다면, 듣기에는 무척도 달콤해도 저 가르침은, 실제에 있어서는, 넋들을 썩히는 毒의 설교로 변해지는 것도 보이기는 보인다. 이분법적 세계 내에 존재하는 이들은 그런즉, 자기부정밖에 더 도모할 것이란 없다고 하는데, 수피(獸皮)를 벗으려는 고행이겠지. 결과 —神과 짐승의 중간적 존재로부터— 神만 남게 되었을 것이니, 이를 人神이라고, 완성된 판첸드리야라고 이를 터이다. 그럼에도 그도 또한, 이 프라브리티로카(爲界)의 소속이어서, 그 자체로 프라브리티로부터의 탈출까지 성공시켜놓고 있는 것은 아닐 것인 것, 이 자리에 안주하려면 몰라도, 이것으로부터로 벗어나려 하면,—이란 왜냐하면, 淨土까지도 苦海 가운데의 한 섬 같은 것, 심지어는 고해 자체라고 하기 때문인데—그러면 이제, 이제껏 가꿔온, 진화의 핵이며, 추동력이었던 '자아'의 분쇄를 서두르지 않으면 안 된다고 이른다. '자기부정'과 '자아의 분쇄'가, 어떻게 다른 뜻을 갖고 있는지, 그것까지는 말하지 말기로 하자만, 자아가 분쇄된 자리에 '마음의 우주'의 개벽이 보인다는 것. 자아의 분쇄가 완벽히 이뤄지면, 그것은 완벽한 '空'인 것, 핵(核)이 없는 걸 뭐라고 이르겠느냐? 하향식(下向式) 관법에 의하면, 그러니 태어난 것이 있을 수도 없었을 터이다. 그러면 그는 그 '마음의 우주'에서도 무소유(無

346

所有—Avidyamānatva, not existing)인 것, 프라브리티에 대해 니브
리티라고, 상사라에 대해 니르바나라고, 그것을 목샤(解脫)라고, 진
화의 종점이 그것이라고 하는 갑더라. 앞서 말한. '하나로 같다는 아
르타'는, 아무 다른 것도 말고, 언뜻 일상적 관념에 와해를 부르는 듯
함에도, 바로 이 '진화론(進化論)'그것 자체라는 것인데, 그 아르타
를 시정용 말로써 요약해 읊어놓은 것이, '가테 가테 파라가테 파라
상가테(Gone gone, gone to the other shore, gone beyond the other
shore)라는 주문이라는 것이다. 이때 '가테-가다'는, '몸의 우주'의
진로며, '파라가테-피안까지 가다'는, '말씀의 우주'의, 그리고 '파라
상가테-피안에서도 저 너머까지 가다'는 '마음의 우주'의 그것으로
주석될 수 있다는 것. 이 진화론을, 또는 저 꽤는 속어적(俗語的) 주
문을, 축소하고 또 축소하면, (몸＋말＋맘＝)舙論이라고 명명될 수
있다는 것으로 들었다. 그 진화의 과정 쪽에서 별견하기로 한다면,
이 '無上呪'는, 밀종문의 '六字大明呪(옴마니팟메홍)'와 같은 것인
데, 이 나침반의 방향을, '홍메팟니마옴'이라는 식으로, 거꾸로 돌리
면, 거기 악마주의가 드러난다고 하는갑더라. 땅에로, 축생도에로 부
득쓰러져 내리는 것이겠지맹." 왕은, 입을 다물고, 눈을 지그시 눌러
감았으나, 그것도 잠시였다.

　"우리의 얘기가, 일견, 사뭇 곁길로 나아간 듯싶기도 했다만, 반드
시 그런 것도 아니다. 이런 것을 두고 二元, 二分法的이라고 이른
것은 아닐 게다만, 성(聖)/속(俗), 두 뺨, 두 팔, 두 다리를 가지고
서 온 것이 세상사인 것, 속사(俗事)만을 말하려다 보면, 너의 이해
에, 세계는 속사로만 이뤄져, 그렇게 운영되어지고 있다고, 한 눈만
뜨고, 말하는 바의 사실주의, 실용주의의 국면만을 보며 살아갈 수도
있다는 염려도 없잖아 있던 것, 그렇다고 해서 오늘은, 이 늙은 아비

가 수다스럽고 싶어 이러고 있는 것도 아니다. 나의 형편이 어찌 되어갈지, 그것은 나로서도 모르겠으되, 이것은, 너의 늙은 아비가, 언제든 너에게 꼭히 한번은 들려줘야겠다고 회포해온 것이었던 것이었더니……, 너에겐 너무 이른 얘기가 될지도 모르되, 그래서 듣는 대로 흘려버리고 잊어도 어쩔 수 없으되, 현재 너의 마음은, 동화나 민담, 기사담 몇 가지를 제외하면, 다른 세사에 씌어지는 글자는 한 자도 씌어지지 않은 상태가 아니겠냐,—그게 썩 좋은 심지(心地)라고 여겨지는 것이다." 왕은 그리고, 또 잠시 눈을 감고 있더니, 이었다.

"하던 얘기로 다시 돌아가 잇기로 하자면, 말한 바의 속(俗) 편의 얘기가 되겠지, 이런 얘기들을 할 수 있을 게다. '인간은 빵만으로는 살지 못한다.' 그러나 인간도, 빵이 많이 부족할 때는, 빵만 충분하면 살 수 있다고 여긴다. 이런 처지에서는, 삶의 모든 대의나 목적은 당연하게도, 빵에로 모아지고, 치리(治理)에 쓰이는 어휘를 빌리면, 빵이 이념이 되기까지 할 테다. 사실론, 빈부의 차가 없거나, 빈차가 없거나, 부차가 없는 '위대한 사회'의 구현이라는 것 자체가, '빵의 이념' 말고 무엇이겠냐? 살기, 생활,과 더불어서는, 측간에서 부엌까지의 거리가 그중 고단하고 먼 길이던 것이다. 빵 문제만 해결되면, 다른 모든 것은 어떻게 돼도 상관없다고 믿는 자들은, 그 빵에의 갈구 탓에, 자기들도 모른 새, 人間이기를 포기해버리기 시작했거나, 해버린 자들이다. 아사지경에 처해서는, 안회라도 도척이의 가랑탱이 저쪽에, 강냉이떡이 한 덩이 놓여 있다면, 수치나 서슴거림도 없이, 그 가랑이 밑으로 지나, 미친 듯이 그것을 주워 먹고,—이것은 기록으로 남겨진 古事란다만—브라호마나라도, 개 잡아 먹고사는, 개만도 못한 개백정네 숨어들어, 개고기를 훔쳐 먹는다. 배가 고파 허덕이고 있는 한은, 그들도 짐승과 다를 바 없음인 것. 입은 '수피

(獸皮)'의 궁핍이 '인간'을 잡아먹어버린 것이다. 그냥 짐승이다. 아사지경에 있는 인간의 '인간의 존엄성'이라거나, 무슨 '자유' 따위란, 언제든 예 든 그 강냉이떡이나 개고기와 바꿀 수 있는 것들인데, 한덩이 쉰밥에 혼이 팔린다. 그렇게 얻은 강냉이떡까지도 부족할 땐, 모든 비굴함을 담아 애잔해진 배고픈 이들의 눈은, 주인의 기름진 밥상에 묶여 떠날 줄을 모른다. 주인에 대해 이 개들은 이제, 상에서 던지어지는 부스러기를 얻기 위해, 복종밖에 다른 것은 모르게 된, 주인에 대해 매우 쓸모 있는 짐승이기 시작한 것이다. 그것들에게, 밖의 결판 진 잔치들을 알게 해서는 난제들이 속속 발생할 터, 이제는 둘러 성벽을 구축해야 할 차례다. 우리에 가둬야 한다. 그리고 울 밖의 피에 굶주린 이리 떼에의 공포감을 극도로까지 조성해야 할 테다. ……그리고 이것은, 앞으로 읽어갈 책의 서론이거나, 총론이랄 것이라고 해야겠는다." 왕은 잠시 쉬고, 말을 모아, 다시 풀어놓았었다.

"반은 神이고 반은 짐승이라는 벌레들의 세상살이에는, '富와 貧 (빈)'이라는 이름의 두 軸이 있다. 이 벌레들 가운데는 반드시, 蠱 (고)가 있게 마련인데, 이 蠱의 이름은 '貪(탐)'이다. 이 貪-蠱가, 같은 그릇 속의 다른 벌레들을 먼저 살찌워, 그들로부터 젖을 짜내려하면, 그는 '富'의 軸으로 기울고, 반대로 그 벌레들을 삼켜 자기의 몸을 키우려 하면, 이 蠱는, '貧'의 軸으로 기울고 있는 것이다. 재밌다고 해야 할 결과는, 전자는 어느 날, 자기가 키운 벌레들에게 종국엔 잡혀 먹히고(여기 인간의 타락이 따른다), 후자는 그것들을 잡아먹어 神의 반열에까지 자기를 격상시켜놓고 있다는 그것일 게다(여기 凍結된 獸皮가 보인다). 전자는, '반신반수'라는 저 벌레들로부터 '人間'을 보았으며, 후자는 '짐승'을 본 것이다." 왕은 잠시 쉬고, 말을 모아, 다시 풀어놓았다. "그리고 짐승은 글쎄, '먹이와 매'로써만 길들여지는 유정인 것. 저 왼손잡이 메시야는, 이 점을 생래적으로 인지하고 있던 이였는데, 포만된 짐승은 사실, 사냥도 잘 하려 하지 않고 잠자기만을 즐기잖던가. 그것이 자고 있을 때, 주인이 꼬리를 밟아도, 주인을 향해 털을 곤두세우고, 이빨을 드러내 보이는 것인 것. 그러니, 어르고 쓰다듬으며, 산책길에나 데리고 다니려면 몰라도, 이런 짐승을, 누가 어떤 목적에 써먹으려 하면, 결코 배를 채워줘서는 안 되며, 매를 아껴서도 안 되는 것쯤은, 팔푼이라고 일러지는 이들까지도 아는 상식인 것. 그래서 그는, '조삼모사(朝三暮四)'의 지혜를, 분배의 법도로 삼았다. 아침엔, 저 짐승들에게 세 깐(朝三) 음식을 주며, 저녁에는 네 깐(暮四)을 주겠다는 희망을 주고, 저녁에는 저녁대로, 모삼조사(暮三朝四)의 분배책을 썼는데, 한 깐은 언제든 희망으로 채워준 것이었다. 언제든 아낀 그 한 깐은, 말하자면, 치리자 쪽에 대해선, 비축자산이 되었을 테다. 허리끈 졸라매면서, 가난한 사람들이 논도 사고 밭도 사는 것은 바로 이것 아니겠냐?" 왕은 잠시 숨을 돌리고, 그리고 이었다. "그러면 그는, 말한 바의 저 이상한 비축자산을 어떻게 운용했는가, 그것은 매우 흥미 있는 의문거리가 아닐 수 없겠다." 왕은 깊은 한숨을 한번 쉬고, 뭘 생각하느라 흐린 눈이더니, 자기가 내세운 물음에 대답을 일단 보류해둔 듯, 말줄을 바꿨다.

"인간의 성정은 결코 변하지 않는다는 주장도 있으되, 가난, 중병, 전쟁, 종교 등이 개입되면, 언제라도 바뀔 소지를 갖고도 있는데, 이래서 저 요새 내의 민중은, 바깥의 '인간'들과는 같은 인간들이 아니게 되었다는 얘기도 할 수 있게 된다. 이는 분명히, 그는 자신을 신격화해놓기에 성공한 결과였을 것이며, 거기는 그래서 '治敎'랄 하나의 새 종교가 이뤄져 있음을 넉넉히 짐작케 한다. 그래서 그의 '語

錄'이라는, 교리서가, 수천 수백만으로 발간되어, 성경처럼 봉독되어
진다는 풍문이 있는데, '진보,' '개혁,' '타도,' '타파,' '혁명'이라는
범주의 어휘들이 촘촘히, 조직적으로 짜여들어 있을 것이 아니겠느냐
는데, 네가 어느 날 그를, 마음속으로부터, 스승으로 뫼시게 될 게
분명한, 유리에서 온 순례자의 말을 빌리면, '그런 어휘들은 듣기만
으로도, 젊은 피를 끓게 하지만, 늙은 피는 얼게 한다. 젊은이들은
오이포리온이 되고, 늙은네들은 환(鱞)이 된다.' 이 늙은네들도 그러
나, 늙은네들만 태어내놓은, 그런 어떤 이상한 혹성에서 온 이들도
아니다. 그들도 한때는 오이포리온이었던 이들. 젊은 눈은 살아온 삶
의 길이만큼, 역사를 단문체(短文體)로 이해하고 쓰려〔作〕하며, 그
래서 꾀 많은 이들은 이것을 이용하려 하고, 늙은 눈은 그 길이만큼
역사를 만연체나 복합문체로 읽는다. 바람직한 서술은, 저 둘의 문체
가 같은 한 책 속에, 드렁칡스리 얼키설키 섞여 융화하는 것일 터이
지만, 늘상 문제는, 자기네들의 정의만이 최선이라고 믿는 데 있는
듯하다. 앞서 구구히 밝힌 듯하지만, 그러자니 반복되는 듯하지만,
아까는 總論 비스름한 것이었으면, 이것은 各論 비스름한 것이라고
알면 되는데, 그건 그러려니와, 세월 안에서, 앞서 말했던 바의 그
특정한 '전설'이나 '성배' 대신, 그것의 '사제'의 얼굴이 커지기 시작
한 모양인데, 어찌 됐거나, 시뻘겋게까지 형이하적 인물이, 시퍼렇게
까지 형이상적 존재로까지 격상되는 일은, 그 자체가 모순이로되, 숭
앙심은 깊어지면, 신앙심으로 변하는 것일 것이어서, 이 신앙심이,
저 모순성을 덮어버리는 것이었을 테다. 마는, 저들은, 무엇을 신앙
하는가? 시뻘겋도록 형이하적 인물을 두고 '神'이라고는 못할 테다.
그는 '超人'을 성취한 자인가? 하긴 그는, 모든 것을 파괴하기로써,
매일 매일, 그 초토에 자기 나름의 창조를 해온 자며, 위험스레 살고

있었을 뿐만 아니라, 밖의 모든 인간들은, 종말인(終末人)들이라고
믿어온 자였으니, '초인'의 조건을 충족해 있던 자이기는 했다. 했다
해도, 편견의 까닭일 수도 있겠지, 없잖아 있겠으되, 그를 숭배할 수
없는, 그의 이단들에게 보여진 그는, 바닷게모양 옆으로 나아가며,
좀비의 이름을 갖는 은둔게모양, 또는 나나니벌모양, 모든 기름진 허
한 곳으로 비집어들려 하고 있어 보였을 뿐이었을 테다. 그것이 초인
을 완성한 자의 길이던가? 그러고는, 아으 퀴바디스 도미네? 이 백성
을 이끌고, 모세여, 당신은 어디로 가시나이까? 젖과 꿀이 흐르는 가
나안으로이시니까? 밖의 대개의 영지는 이미 가나안이 아니나이까?
당신의, 당신을 위한, 당신에 의한, 당신의 진정한 뜻은 그렇지 않았
었던즉, 그렇다면, 당신을 잘못 이해해서든 어째서든, 보다 나은 사
회의 구축이라는 환상에 사로잡힌 저 백성은, 그런즉 모반을 도모하
고 있으리까? 가나안이 무엇의 이름이리까? 너무 많은 젖과 꿀의 까
닭으로 설사를 하게 되기는커녕, 자기의 허벅지 살이라도 저며 먹으
려 해도 가죽밖에 없어, 그 짓도 못 하게 되는 것이 가나안이리까?—
수면은 여전히 잔잔했으나, 저면엔 미동이라도, 그런 어떤 술렁거림
이 없었을 수 없었을 게다. 이 시점에서는 그가 좋아하는 그 새로운
국면에로의 '진보'나 '개혁'이 필요했을 터이다. 까닭에 새로운 교리
가 설해졌으리라, 선기사주의의 감춰됐던 다른 머리 하나를 드러내
보인 것이다." 왕은 그리고, 아까 자기가 물었던 그 물음에 답을 만
들려 했던 듯하다. "이른바 밤의 그늘이 드리워지지 않는 세계, 즉슨
바다가 닿는 모든 뭍을 자기 발밑에 딛기 같은 것을 내용으로 했을
것이었다. 단적으로 말하면, 예의 저 비축자산을, 그것 한 개로라도
바다를 말리며, 수메루 산도 평지를 만들거나, 그만한 크기의 구멍을
낼 불의 화살을 만드는 데 쓴다는 것이었다. 자기네가 만방의 종주국

이 된다는데, 누군들 꼬장중우라도 벗어 팔아, 그 대사에 일조치 않으려는 자가 있겠는가? 그러함에도, 말해보기의 재미를 위해서, 그렇다, 그런 재미를 위해서, 한담쯤 몇 마디 노닥거려보기로 하자면, 정복하기라는, 그 대답은 이미 되어 있다만, 그래도 묻게 되기는, 도탄에 빠진 민생고는 외면하고, 그들의 고혈을 짜, 그런 파괴를 자행하는 불화살을 만들어서는 무엇에 쓰자는 것이냐, 라는 물음을 안 물을 수가 없게 된다. 노적가리나 곡창, 빵 바구니는 그 독화로 다 태워버렸으니, '貧羞'라고 이를 때의 그 어휘에서 '羞'字는 저절로 탈락해버린 것, 그렇잖은가? 허, 헉, 헉, 커흐흐, 그, 그러구 보니, 그, 그게 구현된 유토피아겠는다. 그런즉 그런 상태에서, 무엇을 두고 다툴 것이 있으며, 없으니, 저절로 평화가 따르고, 누구도 뭘 내세울 것이 없으니, 우월주의가 부르짖어질 수도 없을 터, 그런즉 만인 평등이 저절로 이뤄지며, 우선은 퍼쓸 힘도 없겠을 일이지만, 왜냐하면 누구도 가난을 유산하고 싶지 않겠을 뿐만 아니라, 이 세상 올 땐 누구나, 저 먹을 것은 갖고 온다고 하되, 이런 처지에서는 갖고 나온 그것까지도 빼앗기고 말아, 낳자 배곯아 죽어야 한다면, 그걸 어쩌자고 어떤 시래비 같은 어버이들이 자식을 낳으려 하겠느냐 말이지, 출산기피증이 저절로 생길 터이니, 인구 조절 또한 문제가 될 일도 아닐 것이고, 그것이 모든 화근(禍根)이라는 욕망은, 있어 보아도 저 초토 어디에고 세근도 뻗쳐낼 자리가 없으니, 심지어 종교적 난행으로도 도달하기 어려운 무욕(無慾)의 경지에, 저들은 저절로 도달해 있어, 범죄인들 있을 수 없어 감옥은 빌 터이고, 배워보았자, 그 또한 써먹을 자리가 없거나, 화만 부르기 일쑤다 보니, 배우려 하지 안해 무지(無知)의 덕을 저절로 실천하게 되며, 홀쭉한 배가 힘을 써주지 않으니, 반란이나 폭동 따위의 불씨도 스스로 소진해버린 터, 세계는, 철저한 황폐에 의해서만 그 궁극적 앓음다움에 도달한다, 아름다움에 도달한다." 왕은, 눈물을 흘리고 있었다.

"'외연(外延)과 내포(內包)'라는 말이 있다." 왕은 그리고, 흐린 눈으로, 시동이에게는 보이지 않는, 어떤 대상을 건너다보고 있었는데, 거기 그의 실제적 청자가 있었을 것이라고, 시동은 뒤늦게 보아낸다. 다른 아무 누구도 말고, 거기 왕 자신이 있었을 것이었다. "이제껏 해온 얘기는 그러니까, 주로 그 '외연'에 관한 것이었다면, 지금부터 짧고 투박하게 몇 마디 더 얹으려는 것은, 그러니 '내포' 쪽에 관한 것이 되겠지. 전자는, 어떤 한 집단, 그 공동체, 즉 가시적 대상에, 시선(視線)의 양이 더 많이 쌓인 것이었으니, 그것을 '歷史'라고 가정할 수도 있다면, 후자는, 그 공동체의 중심에 선 이의, 그러나 결코 투명하지 않은, 그의 안쪽, 즉 명도순례담 같은 것이 될 성부르니, 이것은, '歷史'에 대한 '小說'이라고 해야 될 것일 게다." 생각을 정리하느라 그랬을 것인데, 한참을 쉬고 왕은, 그리고 이었다. "외연 쪽의 그는, 보는 이의 입지나, 편견의 까닭이든 어떻든, 왼통 부정적 국면이 확대된, 호전적, 위협적 무자비한 폭력주의적, 그리고 절대적이기까지 자기 위주의 '불량한' 治政者로 부각되어 있으되, 내포 쪽에서, 그러니까 한 人間으로서 그를 살펴본다면, 안은 겉과 달리 보일 수도 있다는 얘기다. 아무리 유능한 정신분석가라고 할지라도, 자기 환자의 모태(母胎) 이전, 무량겁 전까지 소급해, 유전된 習氣의 미세한 가닥까지 다 헤아려내지 못한다면, 그가 분석하고 종합해낸 결과 중의 어떤 것들은, 小說일 수밖에 없다고 말한대도, 반드시 틀린 말은 아닐 성부르잖는가?" 그리고 또 생각하느라, 잠시 침묵한다. "앞서, 그냥 꼽히는 대로 몇 지적해보였다만, 그가 '호전적, 무자비한 폭력주의'라고 평가되는 것도, 이쪽 편 눈에는, 이런 비유도 허락되어질 것이라면 얘긴데, 어쩌면 고슴도치의 바늘털과 같은 것일지도 모른다는 생각이 있다. 이것에는 그러고도 '但註'라는 것이 따라야 할 것일 것이어서, 但註하자면, 다름이 아니라 그것이란, 시작에서부터 그가, 예의 저 바늘털 갑옷을 입은 것은 아니며, 어쩌면 본디는, 살무사의 독아나, 매 발톱 같은 것들이었을 것들이, 그의 입장에서 본 상황의 호전에 좇아, 그것들을 안으로 접어들인 결과라고 보는 것이 옳을지도 모른다는 것이다. 안에 대해서는 그런즉, 아직도 그것들은, 살무사의 독아나, 매 발톱 같은 것일 수도 있을 수 있는 것인 것. '절대적이랄 자기 위주주의'라는 이 점이야말로 이 치정자의, 닫힌 광문을 열어볼 수 있는, 그중 구멍 맞는 열쇠인 듯한데, 앞서 말한 '상황의 호전'이 그 계기가 된 듯하지만, 어느 계기에 이르러서부터 그는, 하나의 治政者를 넘어, 治政을 하나의 藝術, 위대한 藝術로 여긴, 예술가로 변모를 치르지 않았는가 하는 의문이 들고, 또한 수긍되기도 한다. 그럴 만한 단서나 소이는 많되, 그것들을 들먹여보는 짓은, 현재로써는 기약할 수는 없되, 다음 기회로 미뤄두기로 하잤구나. 그러니까 그는, 어느 때로부터 시작해, 治政과 藝術을 혼동했던 듯한데, 결과에 좇아 추측컨대 그는, 老子식 작은 이상국을 실현할 수도 있다는 가능성을 본 듯하다. 또 그리고 결과에서 보건대 그는, 이 예술을 거의 완벽할 정도로 성공시켜낸 예술가로 보이는 것에 대해, 꼭히 어떻게 부인할 수가 없을 듯하다. 이 예술가도, 혹종의 천재거나 모종의 영웅이었다는 것도 또한, 부인할 수가 없을 듯하다. 이는, 그와 동종 예술가들에게는 따라붙는 훈장인데, 이 훈장은, '狂的'이라는 녹을 얹고 있다는 것도 지적해두자. 그리고 순금에는 녹이 슬지 않는다. 老子의 이상적 소국에도 '人間'은 없었듯이 (拙冊 『小說法』 중 「爲想 둘」 참조) 이 리쿠르구스의 예술적 소국에도 '人

間'은 부재라는 점에서, 양국은 유사점을 갖고 있다. 老子는 분명히, 백성 속에 섞여 있어도, 백성이 임금이 있는 줄도 모르는, 大地(아으, 無爲自然!)가 되려 했었을 것이었어도, 이 예술가는 아마도, 백성이 우러러보는 하늘이 되려 했었을 것이어서, 전자의 그것은, 같은 유토피아의 긍정적 국면만 십분 확대되었던 데 반해, 후자의 그것은, 그 반대 국면이 십분 확대되어 있어 보이는 점에서는 다르다고 해얄 게다. 하긴, 하늘은 仁하지 않은 것인 것. 그를 '왼손잡이, 또는 육손이 메시야'라고 이른 소이는 여기에 있다. 모든 예술가들이, 자기가 창작, 창조한 예술에 대해서 神이듯이, 이 예술가 또한 神이 되어버린 것이다. 이런 범주의 예술가들은, 예술사에보다 치정사에 불쑥불쑥 나타나곤 해서, 희귀한 족속은 물론 아닌데, 그럼에도 이 왼손잡이 예술가만은, 그와 동종인 다른 이들과는 매우 다른, 한 특성을 갖고 있다는 것은, 지적해둬얄 듯하다. 다름이 아니라, 다른 예술가들은, 다분히 外向性을 띤 이들이었던 데 반해, 이 특정한 예술가는, 內向性을 강하게 드러낸 것이 그것이다. 풀어 말하면, 이 유파의 다른 예술가들이 모두, 자기네들의 예술의 영역을 확장하기 위해, 밖으로 내달려 나가, 더 넓은 땅(은 화폭이라고 말해야 쓰겠다만, 뭐 그런 문학적이랄 뿐사까지 낼 필요야 있겠냐?)을 빼앗아, 더 많은 인구로부터 조공을 받는 帝王이 되려 했던 데 반해, 이 특정한 예술가는, 자기가 수립하여, 비교적 덜 어렵게 자기 수중에 장악할 수 있는, 한정된 작은 영토, 소수 백성을 둘러, 절폐의 성을 쌓고, 그 안으로 깊숙히 들어가, 神이 되려 했던 자였던 것으로, (나타난 모양새에 의해 보면) 보인다. 앞서 말한 제왕들 중의 얼마는, 물론 神이라고 자처하거나, 당대 민중에 의해 공인된 것도 안다. 그들의 神이라는 이 칭호는 그러나, 에우헤메리즘의 한 형태로서, 이보다 더 우위에 있는 제왕이나 인간은 없다는 그 최고의 명칭이라고 이해해내기는 어렵지 않다. 이 神들은, 에우헤메리즘의 神들이다. 추상적 아이디어의 구상적 이미지화이다. 철저히 무신론주의가 주창되어, 진리로서 수용되어지고 있는 고장의 神은, 이 점에 있어 같지 않다는 것은, 여러 설명 없이도 수긍될 수 있을 터이다. 이 말은 삽입해두자. 잇는다면, 그는 그러고는, 자기만의 왕국을, 이 지구의 밖이나, 어디 동떨어진 데로 뚝 떼어내려 했었을 것이었다. 盲腸이 언제부터도 거기 있어왔으되, 그 육체로부터 언제든 동떨어져 있어왔으며, 왜 그것이 거기 있어야 되는지 몰라도, 이왕에 있어왔으니, 거기 있을, 그것만의 권리를 누리고 있잖은가? 비록 그것이 작은 영지였다 해도, 절폐의 성을 쌓은 뒤, 자기의 예술을, 그 안의 백성이 종교로 숭앙하게 하기 위해서, 그렇게 되기까지, 그가 바친 노력과 시간은, 무슨 수로 계산해내겠는가? 이런 터에, 터를 넓히고 신도 수를 높이려 하여, 배부름의 만족감도 알고, 인간인 것의 권리나 존엄성, 자유라는 따위의 맛을 아는 데다, 인간은, 인간 이상도 이하도 아닌, 그냥 인간이라고 알아 믿고 있는 자들을 데려다, 자기의 신도로 만들려 하여, 이제도 그가 빼틀거리는 노새에 노구를 실어, 눈보라, 찬 비바람, 노숙에, 험산유곡을 헤치려 하겠는가? 그러고도 그 하나하나, 인간이라는 것들을 자기의 신도로 만들기에는, 또 얼마나 많은 공력과 시간을 들여야 하겠는가? 함에도 보장되어진 것은 거기 아무것도 없잖으냐. 커녕은, 닫혔던 자리 외풍이 스며들었으므로 해서, 그 자신 결코 바라지 않았던 일이, 그 성내에서 일어나지 말라는 법도, 보장도 또한 없는 것—. 그가 '이념'화한 '가난'이란, 이런 견지에서는, 하나의 예술, 그에 의한, 그를 위한, 그만의 위대한 예술을 태어나게 하는 진통 겪기 같은 것으로 바꿔 이해해야 할 테다. 다른 예술과 달리, 이 예술은, (未堂이 그

결로 詩에 썼던가?) '달마재 신부'모양, 스며드는 햇볕이나 외풍이 마
(魔)이다. 재가 되어 패시시 무너나버린다. 역사는 그러나 변전하는
것, 빠르게나 늦게나, 그 마가 헤집어드는 것은 어쩔 수 없는 노릇이
라고, 이 현재로써는, 할 수 있는 껏 그 절폐를 더더욱 단단히 하는
수 뿐일 테다. 예를 들면 先騎士주의, 사상 따위를 제창하여, 실천
에 옮기는 짓도, 그런 예방의 일환으로서도 이해된다. 그래도 구멍이
생기지 않을 수 없으면, 비밀리에 그 구멍을 통발이처럼 바꿔, 무엇
이든 들어오기만 하고, 나가지 못하게 하는 것도 한 방법일 수 있을
테다. 그것을 두고 밖에서 그 폐쇄에 구멍이 났다고 여긴다면, 그것
은 外延 쪽만 열심히 보아온 이들이 일방적으로 만들어낸 결론일 테
다. 밤이면 연회의 상좌에 앉아, 신도들의 예배와 찬송의 술에 취하
고, 낮엔 만조백관을 위시한 백성 위에 군림하여, 우주적 권세와 영
광 누리기에, 이 神은 결코 지치지 안했음인 것. 바깥사람들은 그런
그를 두고, 가리옷 유다는 神을 배반했으나, 이 예술가는 人間을 배
반했다고, 人道主義의 기치 아래 모여, 그 성벽에다 저주의 침을 뱉
는다. 그리고 이것은, 그만의 하나의 예술을 완성하고 나서 그 예술
가가 당면하게 된, 그중 무서운 시련이 될 테다. 自存者라고 칭하는
이들에 한정해 말해야 할 것이겠다만, 사실은 헌데, (그도) 四苦에
당하느라 무섭게 찡그린 얼굴의, 다만 한 人間Homo이면서, 자기가
(이 점은 예의 저 자존자들도 마찬가지겠다만) 폭력적으로 둘러친, 자
기식의 예술/ 종교라는 그 울타리 안에서는, (바깥사람들이 그의 예술
을 지옥화라든, 그를 지칭해 뭐라든) 스스로 神의 반열에 오른 그런
자도, 달리 어떻게도 극복하지 못할 공포증을 하나 갖고 있는 것으로
아는데, 문잘배쉐 언어로는 'Homo phobia'라고 이른 그것일 것이
었다. 이 'Homo'는, 그 頭文字가 大文字로 되어있는 것에 주목해

야 할 것인 것. '人本主義,' 또는 '人道主義'야말로 그들에 대해서
는, 하필이면 그들의 치부를 치고드는 그 해독약이 찾아지지 않는 致
死毒 바른 독창이 되어서 그럴 일이다. ('얼굴,'—보다 秘儀的 어투를
걸치기로 하면) '聖杯'냐, '性器'냐?의 문제가 대두한다. (神을 인식
해낸 이 유정들의 '性器'는, 上向的으로, 특히 초월자들과 연계되면, '人
本/人道主義' 같은 어휘가, 그런 이름으로 秘儀化를 겪는다는 것은 보주
해두쟈. 그 반대편에서는, '性器' 대신 '偶像' 같은 것이 드러나는 것도
보인다.) 性器를 보존하려 하면, 聖杯를 잃는다. 聖杯를 고수하려
하면 그는, 다른 선택 없이, 예의 저 毒槍 앞에, 스스로 들보를 떼어
내고, 그렇게도 깊숙이 감춰뒀던 것을 노출하지 않으면 안 될 터이
다. 去勢가 치러지고, '눈보다 더 시려, 극심한 냉병을 일으키는 상
처를 열어 남긴다. 그 극심한 疼痛을 진정시키는 다만 한 방도는, 불
에 타지 않는 Aspindâ 나무(石綿?)까지 태우는 毒이 발려, 벌겋게
달군 인두보다 더 뜨거운, 예의 그 같은 槍頭를, 그 상처에 다시 쑤
셔박는 수밖엔 없다'는 것이더라. 그렇게 해서라도 수호하게 된, 聖
杯는 아직도 물론, 그리고 분명히 그 자리에 있으되, 없다. 神으로부
터 人間이 거세되어버리면, 그것은 동시에, 聖杯의 실종을 부르는,
神까지도 당황케할, 난제가 거기 매복해 있던 것이다. 다시 또 비의
스러울 어투를 빌리자면, 그런 자리에 이제, 聖衣를 입은, 가학적
'탐(貪)-짐승의 대왕'이 출현하거나, 피학적 안포-타즈가 나타난다.
'Oh, Musalvaesche, place of sorrow! Alas, that there is no one
comfort you!' (*Parzival*) '宗敎를 갖는 유정은, 人間밖에 없다'는
명제를 감안하면, 말한 바의 저 神들의 人間恐怖症(Homo phobia)
은, 어떻게도 그 갈래를 정리해낼 수 없는 무서운 역설이며, 붉은 용
에나 비유될 모순당착인 것. 그런즉, 人間이 없는 자리 어디에 神은

있느냐? 人間이 있는 자리에서 神들은 다만 受難한다.—그리고 이 것은 小說이다. 그렇다 이것은 그리고 小說이다" 왕은 얼굴에 처연한 빛을 띠워내고, 눈물 마시듯 습기를 마시며, 강을 향해 시선을 낮게 했는데, 그 시선은, 그의 안쪽으로 무겁게 갈아들어, 오랫동안이나 떠오르지 안했었다. "그, 그럼으로, 자기가 창조한 예술 속에서 神이 된 그를 향해, 'Que Vadis Domine?'라고 물을 일은 아니다. ……아, 아님에도…… 누, 누가…… 어, 어쨌든, 그, 그렇게 물었다면…… 그의 대답은…… 이, 이렇게 되었을 수도 있다, '先民生後騎士'……." 그리고 왕은, 눈물에 범벅된 얼굴에 미소를 떠올렸다. 웅덩이에 연꽃이 한 송이 핀다. "창끝을 조금 휘면, 곡괭이가 된다." 그리고 오래오래 입을 열지 않고 있더니, 탄식하듯 이렇게 말했다. "썰물은, 모래성 쌓느라 여기저기 어지럽게 박힌, 모래톱 위의, 아해들의 그 많은 발자국을 실어다, 바다 밑 누구네 침묵의 성의, 백성들의 못 신은 발들을 신기는가? 아니면 모르는 어느 침묵의 섬에다 길을 트는가? 다 어디로 떠났기에, 썰물 뒤의 모래톱은, 다만 무거운 침묵뿐으로, 대막(大莫)인가?"

그리고, 그것, 이었다. 어부왕의 얘기는 더 계속되지 안했었다.

시동이는, 썰레썰레 쳇머리를 흔들기 시작했는데, 오늘은 시동이도 두 눈 귀퉁이로 눈물을 흘려내고 있다. 시동이의 머릿속엔, 전에 염두해본 적도 없어 엄두도 못 냈을, 이상한 말의 귀신들이 출몰해 난무하며, (시동의 머릿속을) 흥가로 만들고 있던 것이다.

"'불치의 성병/가난' '고성(古城) 문잘배쉐/절폐(絶閉)된 유토피아' '아르타를 잃어 루타뿐인 성배/죽은 이념의 유복자, 즉 빈차 없는 주체사상' '불모의 옌네들/축생도에로 전락한 백성'(손가락 하나를 더 가진) 땅의 메시야/(덜 가진) 땅 '위'의 메시야? 전에 너무도 충분했거나, 넘쳤던 일인분(一人分)씩의 '인간'이었던 것들이, 황폐와 가난의 코카서스 바위에 묶여, 불모와 기아(饑餓)라는 독수리에, 시간도 없이 '인간'을 쪼이며, 자기들의 죄가 무엇이냐고 묻지만, 묻기는 모반이다." 시동이의 흔들머리는 아직도 자리를 못 잡는다. "없었던 자리에 돌아올라, 손가락을 하나 더 가진 자와, 있었던 자리에서 없어져서 하나를 덜 갖게 된 자는, 어쩌면 비슷한 고통을 앓을는지도 모른다는 의미에서는, 비슷한 자들이다. 그들은 앓는 자들인데, 가학도 피학도 그 대상을 없애고 본다면 같은 병증이라고 이르는 소리대로 하자면, 그러하다. 그 같은 앓음앓이가, 밖으로 드러날 때, 보다 더 피동태적 대상을 만났을 땐 가학으로 바뀌고, 반대로, 보다 더 능동태적 대상과의 관계에선 피학화하는 것일 게다. 그리고 아마도, 아니면 분명히, '유토피아'에의 '앓음다운' 꿈은 저렇게 앓는 자들만 꾸는 것일 것이었는데, '창조론'을 고수하거나, '진화론'을 신봉하거나, 어쩌거나, 이 프라브리티로카는, 유토피아를 구현하기에는, 하나의 조건도 맞거나, 구비된 것이 없는, 그저 끊임없이, 그것도 거센 물결로, 흐르기(震動, vritti)만을 계속하고 되풀이하는 고장이어서 그렇다. 알키오네(물총새)의 부부가, 동지를 전후한, 한 엿이레쯤 그 위에다 둥지를 짓는 것 말고는, 누가 저 파도 위에다 누각 지어 잔잡아 음풍농월하려 하는가? 개미귀신 말고, 누가 유사구덩이 전에다 천 년을 견뎌낼 석조 건물을 얹으려 하는가? '창조론'에 동의키로 하면, 이 위계(爲界)는 순화(純化)의 장소며, '진화론'을 받들면 이는, 도태치 않고 투쟁하여, '자연의 선택자'가 되었다가, 그 자연에 구멍을 뚫어, 어디론가 떠나려는 도약력을 연금하는 자리이지, 머무는 자리가 아니던 것이 아니더냐?" 시동은 울고 있었다. 그러며, 전에 없이 어부왕을 그리워하고 있었으며, 그리고 전에 한번도 그런 그림자까지도 깔려든 적이 없었던, 그에 대한 증오가, 가슴 밑바닥에서 일어나, 그리움처럼 타오르는 것을 느끼고, 전율했다. "나의 생각과, 나의 분노는 그래서 사실로, 정당한가? 나는 혹간, 어부왕의 왼쪽 편에서, 나의 왼쪽 편을 건너다본 것은 아니었는가?" 시동이는 울고 있는다. 자기의 광야가 그땐 코카서스 산으로 보였으며, '불새 잡기'라는, 하나의 모반을 도모했다 해서, 어부왕이, 보이지도 끊어지지도 않는 끈으로, 자기를 거기 묶어 매두고, 자기의 품에 안아 젖처럼 먹였던, 그 타액의 독수리로 하여, 무시로 자기의 간을 쪼게 하고 있다고도 알았다. 그러고도 시동이 자기로 하여금, 죽기라는 그 음모까지도 꾸미지 못하게 하려 하여, 매일 석양마다, 성배가 내린다는 빵 한 조각을 비둘기 편에 보내 먹이고 있다. 가난을 연장시키고 있다.

"아으, 그리하여 나는 드디어, 광야를 보았도다! 이 황폐 가운데, 문잘배쉐가, 자궁에 거미줄을 얹고 누워 있으며, 자궁을 잃은 유리가 형해를 드러내, 썩다 말고 말라가는, 해변의 나무토막처럼, 모래 위에 드러나 있구나. 언제적 떠난 해조(海潮)가 파먹고 버린 조가비려니, 자연(自然)이 소박 맞힌 과부로구나, 아르타를 수태(受胎)치 못하는 루타로구나, 해골이로구나! 누가, 무엇이, 이 해골 속에, 무슨 양수(羊水)의 냄새라도 남아 있을 것이라고, 또는 못 다한 말(言語)의 부스러기라도 남아 있을 것이라고, 출몰하여, 무량겁 쌓인 대무(大無)를 부스럭이느냐? 아으, 그대 외로운 해골의 도굴(盜掘)꾼이여, 그대는 어찌하여, 해골 속에도 감추어진 의미가 있다고 여기는가? 어-흐흐, 그리하여 그대 외로운 해골의 도굴꾼은, 해골 속으로 해골을 찾아서, 성배 속으로 성배를 찾아 탐색에 올랐거니? 해골 속으로 나아갈 때는 그러나, 그대 외로운 탐색꾼이여, 그대 입은 것, 가진 것 꿈꾸는 것 모두 하나씩 하나씩 벗어버려야겠거늘? 그리하여 그대 자신이 또한 해골이 되어야 하는 것임을? 아으 그러면 그대, '아르타'를 성취하려 했다가, '루타'를 극복해버렸음을 알게 될 것인가? 그것은 바람직하겠도다? 반복되거니와, 해골 속에서 무슨 의미를 찾겠는가? 자연(自然)으로부터 벗어나면, 세계는 아무런 의미도 없고, 의미없는 것도 아니며, 의미가 없거나 있는 것도 아니며, 의미가 없거나 있는 것도 아닌 것이 아니라는 것, 그리고, 의미가 없거나 있는 것도 아닌 것이 아닌 것도 아니라는 것…… 알기, —해골의 설법이 그것인 것을? 그것이 광야인 것을! 그럼으로 骸骨을 인고(忍苦)할 만하지 못하겠거든, 自然으로부터의 出家는 도모하려 할 것도 아니라는 것?" 시동이는, 울음 끝의 딸꾹질에다, 그런 소리를 섞었다. "나는 그리하여 드디어, 광야를 들었도다! 느꼈도다!"—그런 일종의 절규는, 어떤 이가 불어넣어준 선율을 임신한 갈피리에서 비어져나온 것이기보다는, 자명금에서 울려나온 것인 것이 분명했다.

"무변으로, 대무(大無)로, 휑하며 의미 없이 열리기만 해 있다고 믿었던 그 광야가, 사실은 바람 한 점 샐 수 없이 닫혀져 있었음을, 그리하여 나는 보았도다, 들었도다, 느꼈도다!" 그리고 잠시 망연히 광야를 내어다보다, 구멍 난 바람 주머니에서 바람 빠지는 듯한 소리로 "광야란 앓음다운 것이구나!"랬다. "광야도 허긴 아름답다!" 이 선언은, 시동이 안포-타즈에 귀의하기로써, 그를 타도해버리는 그런 것일 것이었는데, 안포-타즈의 '황폐'가 유리에서 온 어떤 순례자의 '마른 해골'로 전치된 모양이었다. 시동이 투의 '앓음다움'과 '아름다움'은 그렇게 이해된다. 그러고도 오래도록, 있지도 않은 어느 일점의 광야에 눈을 머물리고 있더니, 시동은 씨불이기 또 시작했다.

" '균세(菌世),' 환언하면 병세(病世)를 말하던, 그 호동의 순례자의 눈에는 어쩌면, 불능의 어부왕의 유토피아는, '불능(不能)의 어부왕(魚夫王)'이라는 그 역설적인 칭호처럼, 역설적이었거나, 아니면 역설적이게도, 정당한 체제였던지도 모른다."이때 시동이 '불능의 어부왕이 역설적인 칭호'라고 정의한 데는, 누구라도 용이하게 유추해낼 수 있는 바와 같이, '물고기＝생명'이라는 상징과 '불능'을 같은 자리에 놓고 보았을 때, 저절로 얻어지는 결과가 저변되어 있던 것이었을 것. "'역설적이게도 정당한 체제'였다는 국면부터, 한두 마디로 처리해버리기로 하고, 다음 그 순례자의 눈으로 보기로 하자면, '유토피아'에 대한, 상향적, 보편적, 긍정적이랄 개념을 사상(捨象)해버린다면, 유토피아는, 양지 쪽에서뿐만 아니라, 응달에서도 구현될 수 있는 것이 아니겠는가, 하는 그것이다. 악마주의도 그런 어디서 기반을 얻는 것일 것. 반해서 '역설적'이라는 입장에선, 어부왕의 그것은 분명히, 그 순례자의 안목에는, '자기 불능'을 대체화(代體化)하려 했기에 좇아, 음극으로 기운 논리적 사유를 초석으로, 그렇게 기운 논리가 입는 수사학을 벽으로 했으며, 그리고 그 자신만의 이상(理想)을, 그 대체화(大體化)한 체계의 지붕으로 삼았을 것이라고 고려해보면 그렇다는 얘기다. 그리고 어부왕은, 실제로 자기의 이상을 실현했던 것으로, 지금이라면 보인다. 이후 문잘배쉐라는 성문은, 예를 들면 파르치발이나, 문잘배쉐와는 아무런 연척이 없는 먼 고장에서 온 순례자 같은 경우를 제외하곤, 시래비 기사나 각설이 따위, 가까운 외부의 객들께는 결코 열려본 적이 없어,—그 대부분의 낭인들은, 성내의 성배지기 기사들의 장창 끝에서 꺼꾸러졌던 듯했다—이후 문잘배쉐는 '닿을 수 없는 성'이라는 식으로, 전설 속에 묻힐 만큼이나, 외계와는 동떨어져버린 것이다. 이 왕국의 주체사상은 '성배'거니와, 그것은 그러고도, 그 성의 그중 깊은 곳에 숨겨져 있어, 전설 같은 것이었으며, 신이 그러하듯, 그랬으므로 해서도 그것은 거룩하기만 했다. 그것을 한번도 본 일이 없는 성민(城民)들도, 그것을 신앙의 대상으로 삼아, 마음속에 뫼셨는데, 그러구 보니, 가맜자, 성 떠나왔기 전까진 나도, 그것이 왜 숨겨져 있었어야 되었는지, 그것은 한번도 생각해본 적이 없었잖았는가? 그것은 왜 숨겨져 있어야 했는가? 갑자기 생각난 것이지만, 그래얗기는커녕, 그것은 만방의 햇빛 아래 드러내, 크게 보였어야 하는 것이 아니었는가? 그래서는, 그것을 예배하러 모이는, 만방의 순례자들로, 문잘배쉐의 문지방이 몇만 번이고 닳아졌어야 되는 게 아니었는가? 어디에 있댔다더라? 어디에 있다는 거대한, 네모진 '검은 돌'이 생각나는데, 그것과 반대로, 문잘배쉐의 성석(聖石)은, 왜 자꾸 숨으려는가? 이 성석은 그래서 보니, 그 자체가 역설적이다, 그런즉 그의 유토피아 또한 역설적이지 않을 수 없는 것일 것. 왜인가?" 시동은, 오줌 누고 난 뒤, 저절로 따르는 것 같은 치떨기를 한번 했다. 거기서부터는 생각이 잘 안 이어졌거나, 아니면 문잘배쉐에서의 어린 시절을 떠올려보고 있었거나 하여, 눈은 거의 비어 있었다.

"그이는 어째서 황폐를 꿈꾸었던가?" 시동이의 의문은, 그리고 생각의 단절의 까닭은, 그것이었던 모양이었다. "그는, 생식력을, 그리하여 풍요를 수복해내려기 바라며, 동시에 황폐를 꿈꾸었던 이로, 지금이라면 살펴낼 수 있을 듯한데, 그것은 이율배반이 아닌가?" 쳇머리를 흔들고, 그리고 생각하느라, 느릿느릿 이었다. "낚시질을 빼놓은 나머지 대부분의 시간을, 그이는 성배를 마주해 앉아 보냈었거니와, 그때 그이는 무엇을 생각했었던 것인가?" 시동은 아마, 어부왕에의 그리움을 느끼고 있는 듯했다. "치유력 자체라고까지 알려진 그 성배는 그러나, 그이의 병을 치유치는 안했다. 그런 대신, 그의 죽음만을 한없이 지연해주고 있었을 뿐이었다. 어쩌면 그이는, '치유'를,

자기편에서 거부했었던지도 모른다. 아마도, 어부왕의 '욕생(欲生)'의 역설적임에 문제가 있었을지도 모르겠는 것이다. 그이는, 그이 자신이, 말하는 바의 '사회적 피학증' 그 자체며, 동시에 '사회적 피학증의 희생물' 자체인 듯하다. 전자로서의 어부왕은, 그 십자가(社會的 被虐症)를 자청해 걸머멘 구레네 사람이며, 후자로서의 그도 또한, 그 십자가를 대신 메고 왔다가, 수난당할 자에게 넘겨준 대신, 다른 이가 해야 할 수난까지도 자신이 대신 해버린 그 같은 사람(구레네 사람)으로 보인다." (*Basilides' Teachings*) 반복되는 것을 무릅쓰고, 풀어서 말하면, 모든 개인들이, 크게나 작게나 다 갖고 있는 피학증의 중아화(衆我化), 즉 집단화한 한 형태를 '사회적 피학증'이라고 한다면, '기독은 그것의 희생자victim였으며, 동시에 승리자victor였다(*Social Masochism*, Reik)'라는 얘긴데, 기독 자신이 그런 병증(病症)을 갖고 있었는지, 아니면, 그가 처했던 당시의 사회가, 알고든 모르고든, 그런 병증에 휩쓸리고 있어, 그것을 대신해줄 자를, 알고든 모르고든 찾고 있었던지 어쨌던지, 그것은 다시 다른 얘기가 될 것이겠지만, 어부왕만은, 그의 상처와, 그것에서 비롯된 못참을 고통을, 왜냐하면 그가 한 영지의 영주였으므로 해서, '사회적 피학증화'할 수 있었는 데다, 그것의 희생자이기를 자처할 수도 있었을 것이라는 얘기일 것이었다. "그러고 보면, 가학적 리쿠르구스로 대명하여 작설(作說)한 그의 유토피아론은, 자신의 그것의 안 뒤집기였던 것도 알 듯하다. 문제는," 시동이의 생각은 계속된다. "어부왕은, '희생자'였음은 분명한데, '승리자'일 수가 없고 있다는 데 있잖겠는가? 그는, '리쿠르구스-육손이 메시야'라는 소설(小說)을 통해서는, 예의 이 '사회적 피학증'을, '사회적 가학증'으로 바꿔 말하고 있었으나, 이 단계에 이르면 어느 쪽이든 '사회적 가-피학증

Social Sadomasochism'에로 발전하게 된다는 것도 짚여진다. 어느 편이든, '희생물'은, 그 자신들을 핵(核)한, 그들이 거느린 집단이며, 거기 '승리자'는 없어 보인다. 이것에서, 응달쪽의 운명이 결정되어지는 것인 듯하다. 황폐, 그렇다 황폐는, 사회적 피학증이 극복되어지지 않은 자리에 저절로 몸 드러낸, 결코 거둬지지 않는 '승리'에 바쳐질 '희생'이겠구나!" 시동은 그리고, 해온 생각에 대해서가 아니라, 그 자리에 쳐든 어떤 생각을 부정하려 하여서인 듯, 고개를 세게 저었다. "이런 것을 살펴 알게 된 어떤 기사가 있어, 그가 만약 저 어부왕께, 그를 다치게 했던 그 같은 창을 들어, 이번에는 그의 심장을 겨눈다면, '성배'는 해방되고, 문잘배쉐는 그 황폐의 주술을 풀게 될 것인가?" 하는, 광야에서 첫 밤을 보냈었을 때 했던, 그 생각, 그 의문이 새로 머리를 쳐든 모양인데, 그것에 대하여, 고개를 저은 모양이었다. 이 의문에 의해 보건대 시동은, 어부왕을, 세상의 모든 불을 절취해 제 뱃속에 감춘, 벙어리뱀 문둘름쯤으로, 다시 '새로' 보기 시작한 듯하다.

"어떤 소수 유랑민족은, 자기네 역사를, 나뭇잎이나 양피지 같은 데, '글자'로 써, 바구니 바구니에 담아 불편하고도 무겁게 갖고 다니는 대신, 다른 무거운 짐은 더 감당할 수 없이 된 할아버지 할머니들이, '말'로써 가슴에 뭉쳐넣고 있다가, 어디 잠시 머무는 곳에서, 잠 못 드는 아해들이 모여 옛 얘기를 조르면, 가슴에 뭉쳐놨던 그것들을 조랑조랑 풀어 헤쳐놓았던 모양인데, 아해들 귀에 재미있게 엮으려 하다 보니, 그것들의 대부분은, 전설이나 괴담의 형태를 띠었던 모양이었다. 그들이 스쳐 지나간 자리에서는 그러자니, 그들이 버린 쓰레기 속에, 그런 얘기들도 이삭 되어, 너부러져 있었을 것이었다." 시동은 그리고, 어디서 귀에 주워담았던, 그 이삭 된 얘기 한 자리를 기억해낸다. 그것은, 예의 저 문둘름이라는 뱀 얘기와 대단히 유사한 것으로서, 예의 저 유랑민족의 선조가 살았던 곳에, 어느 해, 거대한 용 한 마리가 일어나, 그 고장의 강이며, 도랑이며, 호수며, 심지어 샘까지, 물이라는 모든 물을 다 삼켜버린 일이 있었다는 것이다(北美州土人談). 이 용의 이름은 알려 있지 않으나, "그것을 구전된 역사라고 이르면, 칠년대한 따위, 계속되는 가뭄 탓에, 물이 있는 곳에로의 그 민족의 대이동의 얘기로도 들을 수 있으며, 그것이 그냥 전설이라고 이르면, 그 한 민족을 그 민족스럽게 하는, '習氣'의 문제를 살펴보게 할 듯하다." 시동은 그리고, '습기'라는 부분에 대해 뭘 살펴보는지, 속으로 접힌 눈을 뜨고, 밖을 보고 있다. "그러고 보면, 한쪽에서는, '불'의 실종에 괴롭힘을 당하고 있음에 반해, 다른 편에서는 '물'의 고갈에 당하고 있다." 시동은 그리고 또 생각에 잠긴다. "저 두 종류의 문둘름의 정체는 그래서 과연 무엇인가?" 툭 뱉아 자문한다. "'정화되지 못한 習氣'의 의인화일 수 있겠는가?" 보태 자문하고, 한 디딤돌을 건너뛴 듯, "왜 그런 독룡들이 나타나는가?" 더보태 자문한다. 그러다가 시동은, 자기 생각의 심연에 빠져 허우적이기 시작한다. "영지파의 '영Spirit과 혼Soul'이, 중원이들에 의해서는, '혼(魂)과 백(魄)'으로 불리는 것으로 아는데, 어떤 개인들의 정신적 진화의 관계에서는, 중원인들의 고견을 빌리는 것이, 혼란을 줄일 듯하게 여겨진다"—이것은, 시동이가 맘먹고 뭔가 살펴내려는 것에 대해, 우선 어휘 개념부터 정리해내고 있는 것으로 들린다. "魂은, '사람의 生長을 맡은 陽氣로서, 정신을 주관한다'고 이르며,—그래서 이는, '지바Jiva'라고 범주를 정할 수도 있어 보이며—'魄은, 陰氣로서, 육체를 주관한다'고 이른다—이는 그래서, '아니마Anima'라고 그 범주를 정할 수도 있어 보인다. '물'은 그리고 陰의

368

원소며, '불'은 陽의 원소인 것. 어느 철, 어느 고장에는 그런데, 魄氣에 비해 魂氣가 승하고, 또 어떤 고장 어떤 철 사는 이들께는, 魂氣에 비해 魄氣가 승한 것이, 그 고장 고장의 민속사에 드러나 있는데, 그 극명한 예로는, '네피림'들과, '아마존 옌네'들 얘기를 들 수있을 테다. 바로 이 부분이, 胎藏에로까지 이어지는 '정화되지 못한 魍氣'와 관계된 부분일 것이어서, 왜 그런 현상이 일어나는지는, 여전히 의문인 채 남아 있는다. 陰陽論이나, 타나토스/에로스의 분석보다도, 그것은 더 깊숙하고도 먼 과거에 이어져 있음인 것. 어찌 되었든, 하던 얘기로 되돌아가기로 하면, '불'을 횡령한 문둘름이라는독룡은 그렇다면 수놈이었으며, 물을 착복한 문둘름은 암놈이었을 테다. 아니 그 반대래도 상관은 없을 것. 견해나 관점에 좇아, 그것은이렇게도 저렇게도 성전환이 가능할 터인데, 陰陽論에 좇아서는, 즉불을 흡수해들이는 것은 암컷(牡)이며, 陰, 즉 물을 삼켜들이는 것은 수컷(牡)이라고도 할 수 있을 것이지만, 친화력 쪽에서 보면, 또성전환이 있게 된다. 친화력 쪽에서 보면, 음양은, 언뜻 상생적 두원소로 보임에도, 상극적 두 힘이 되는 것도 보인다. 음양론을 말하며, 상생 상화를 운위하는 것은, 주로 自然 쪽에서 觀한 결과로서,생식을 염두했을 때는, 어떻게도 부인되지 않는 것도 사실이다. 그러나 밝음과. 어두움, 뾰족한 것과 널팡함, 강한 것과 무른 것이라는 식으로, 대적(對的)인 것들을 들어 쌍으로 만들어보면, 상생보다 상극이 더 많이 보인다." 시동이는, 잠시 입을 닫는다. 그 자신, 자기의탐색이 약간 곁길로 들어서고 있다는 것을 느껴낸 모양이었다. "그이유를 알아보려 하면, 胎藏界까지, 그 거의 불가능한 역탐색을 해보는 것이 필수적이겠지만, 그 부분은, 알 수 없으니 덮어둬버린다해도, 결과 쪽에서만 보기로 한다면, 무슨 오류를 범할 일은 없음에 분명하다. 왜냐하면 결과 자체는 분명하고도 분명하다면 그렇다." 시동은 아마, 자기 얘기 도중 자기 자신 따고들어 힐문하게 될 수도 있는, 가지들을 미리 쳐내고 있는 모양이었다. "물을 삼킨 독룡이나, 불을 삼킨 독룡이나, 그러기에 의해 초래케 한 결과는, 황폐, 불모라는 점에 있어서는 다름이 없다. 다름이 있다면 그것은, 그 고장을 덮은 명기(冥氣)에서 찾아질 것으로 믿어진다. 이것이 예의 저 '정화되지 못한 瞀氣'에 혈맥을 잇고 있는 그것일 것인데, 불, 즉 魂이 실종한 자리의 남자들은, 알게 모르게, 거세증(去勢症)을 드러내게 될 것은 당연한 귀결이며, 마찬가지로, 물, 즉 魄이 약세한 자리의 여자들은, 알게 모르게, 불모증을 드러내는 것도 또한 당연한 귀결이다. 전자의 경우는, 남자도 아니고, 그렇다고 여자도 아닌, '시칸디니'(이것을 남녀추니, 어지자지, 또는 Hermaphrodite라고도 이를 수는 없는데, 古語의 Androgyne이 이것에 근사하다 할 테다. 『마하바라타』에는 그런데, 속은 여자라도 곁은 남자인 Sikhandini라는 이름이 나온다)이며, 후자는 (아마존이라고도, 발키리라도 이를 수도 있겠으나, 그보다는 안은 남자인데, 곁은 여자인) '아디'(라고 이르는 게 더 분명해 뵌다)일 테다. 이것들은, 네모사피엔스Nemo Sapiens로 분류될 것들일 것인데, 시칸디니는 호모사피엔스의 영웅 비쉬마Bhishma를 패배케하고, 아디는 호모사피엔스 영웅 시바에 의해 패배한다는 것이, (『마하바라타』의 전쟁담 속에 있다) 시칸디니들이 땅을 채우면, 비쉬마들이 죽는다. 반대로, 아디들이 번성하면, 시바에 의해 패망한다. (自然道의 균형의 천평칭) 易과, (文化道의 균형의 그것인, '타나토스/에로스'에서 발생하는) 暴力이 기우뚱 기우뚱하다." 시동은, 숨이 가쁜 듯, 심호흡을 해댄다. 그리고, 말줄을 바꿔, "문잘배쉐는 어떤가?" 고향길에 오른다. "그곳의 여성들은, 배에 기름을 얹고는 있지만, 그네들이 받는 정수에는, 불이 약세하여, 태어내놓는 새끼들마다, 시칸디니가 아니면, 아디이다." 이 연상은, 직접적으로 호모사피엔스 영웅에로 이어짐은 분명하다. 파르치발에로 이어짐은 당연하다. 시동은 그리고, 자기 생각의 한 장(章)을 마무리라도 하려는 듯이, "그러나 그 파르치발은 아직도 무소식인 듯하다." 그리고 시동은, 옆으로 비시겨 누우며, 둥글고도 안온한 잠이라도 자려는 모양으로, 제 사태기 새에다 머리를 넣어, 몸을 둥글게 했다. 사실 시동의 광야살이는, 스물네 시간 자기이거나, 스물네 시간 깨어 있기로 스물네 시간이 운영되어져온 것뿐이다.

그러나 시동은, 새로 부스럭이고 일어나 앉는다. 아마도 쥐새끼들 모양, 생각이 부스럭거려싸서 잠을 이룰 수가 없었든 모양이었다. "네모사피엔스의 한 전형으로서는, 노아의 홍수를 초래한 장본인 '네피림'들을 들 수 있을 듯한데, 그것들은 魄氣도 있어야 할 자리까지 魂氣로 채워 넘쳐나고 있던 것들이어서, 오늘날 문잘배쉐의 남자들과는 달라도 많이 달랐던 듯했다. 그러니 아마도, 魂氣가 팽창하면, 사람을 아수라로 만들고, 반대로 魄氣가 승하면, 아귀(餓鬼)를 만드는 듯하다. 거기서 네모사피엔스들이 일어나는 듯하다. 말하기의 편의를 위해, 그렇다 순전히 그 편의를 위해, (『능가경』의 어휘를 빌려) 魂=陽을 '能'이라고 하고, 魄=陰을 '相'이라고 이르기로 한다면, 그렇게 하려 한다 해서 안 될 이유도 없는데, 네모사피엔스는, 이 '能/相'의 짝이 맞지 안해, 틀린 자리에 틀린 것이 접붙여진 데서 나타난 것들이라고, 그리고 또한 편의를 위해, 이 잡종들은 진화의 도상의 횡축(橫軸)에 올라 있다고 이르기로 하면, 잇따라서 호모사피엔스의 정체도 밝혀질 듯하다. 라는 것은, (인간의) 자기 상향적 의지를 '神'이라고 하고, 환자연(還自然) 즉, 하향적 의지, 본능 따위를 '獸'라고 이르기로 한다면, 그 전체로서 이 유정은, 상반신은 神이고, 하반신은 짐승으로서, 종축(縱軸)에 올라 있는 것들이라고, 즉슨 호모사피엔스라고 이를 수 있을 게다. 이 '神/獸' 일신의 유정은 그러나, 그 진화의 과정이 증명하는 바대로, 짝 맞지 않은 두 존재가 접붙여진 것이 아니라, 본디는, 그러니 그 시작은 니고다로부터였겠으나, 판첸드리야의 직전, 즉 차투린드리야였던 것들의, 단계적 변이를 드러낸 것들이어서 잡종(雜種)은 아닌 순종이라고 불릴 것들인데, '순화의 나무'를 기어오르는 나무늘보 같은 것이라 할 것이다. 이 과정에, '브란과 형천(刑天)'이라는 이름들로 불리는, 돌연변이적 인간이 속출하는 것도 보이는데, 브란은 짐승의 자리를 떼어내, 신 자리만 남겨 있으며, 형천은 신 자리를 떼어내 짐승의 자리만 남긴 개새끼(怪色鬼)들인 것. 네모사피엔스들이 땅을 채우면, 말세라고 이르듯, 이 브란이나 형천이 땅을 채운 자리도 말세라고 이를 터인데, 이 '말세'란, 한 주기의 우주를 운영해왔던 그 두 기(氣)가, 극심하게도 균형을 잃은 상태의 의미라고, 보주하는 것은 필요할 듯하다."—이런 자리에, 성력파(性力派)네 '쿨암리타'를 빌려다, 시동이의 몽상의 비유로 써먹는다면, 시동이가 쿨쿨 웃어가며 하는 몽상이, 시동이의 쿨암리타 마시기라고 알게 될 테다. 이 門의 수행자들은, '판차타트바(秘儀, 마이투나)'의 수행 중, 그럼에도 정수(精水)는 쏟지 않아야, 그 극치의 법렬을 얻게 된다고도 하면서도, 이런 비의에서 얻을 수 있는 은총도, 때로 한번씩 따내는 것도 어째 나쁘겠느냐고, 방출을 하되, 그 같은 기관을 빨대 삼아, 그 방출을 되빨아들이는 기법도 공부하는 모양인데, 그 가장 좋은 것은, 월후에 섞인 정수로서, 그것을 쿨암리타라고 이른다 한다. 이 말은 그러니, 시동이의 몽상은 현재, 저런 일종의 외도에서 얻어지는, 쿨암리타 마시기와 비슷하다는 그런 말인 것.

觀雜說

"호모사피엔스의 눈으로, 네모사피엔스들을 건너다보면, 이들의 자기 세계에 대한 이해는, 매우 다르거나, 엉뚱하다는 것을 알게 된다. 문화적 측면에서, 활자화해 보급되어지고 있는 '희랍극' 같은 것을 예로 들어본다면, 로마의 거대한 경기장 같은 데서 공연되는 경우, 당시엔 노예들까지도, 노예석을 가득 메워 즐겼다는 것인데도, 오늘날엔, 그것도 고등한 교육을 받은 자들 가운데서도 그 방면의 공부를 한 이들이나 조금 즐길 수 있다고 하니, 이는 다름 아닌, 관점이나, 이해력에 변화가 있어왔음을 짐작하게 한다. 그런 결과, 이 괴이쩍은 유정들은, 자라 말 배우고, 글 읽기라는, 사회적 제도의 과정에 좇아, 『大學』까지 읽었으나, 『小學』도 '난독성 짜증'을 일으킨다고, 그렇잖아도 해골이 복잡한 세상에 더욱더 해골만 복잡하게 한다고 하며, 뭐든 읽거나 들여다보다, 소금기 많은 눈물을 몇 방울 떨어뜨리게 하거나, 용두질도 좋지, 아니면, 떼굴떼굴 구를 만큼 웃게 하는, 쉽고도 짜릿하게 재미있는 것은 없느냐고, 대놓고 짜증을 내기에도 이른다." 시동은 헤벌려 웃었는데, 쿨암리타의 맛이 썩 좋은 게였다. "『大學』까지 읽은 느슥이 이런 따위 『小學』도 못 알아듣는다 해도, 의기소침해질 일은 그래도 아닌데, (얘기 속의 이런 부분은, 유리의 순례자가 했던 소리를 되풀어먹는 것일 것이었다) 老子 치리하는 나라의 富를 일구는 노가다판에도 쓸모가 없는 것은 아니기 때문이다. 대저 백성은 '몰라야〔無知〕되고, 배 채워진 것〔實其腹〕'만으로 욕망을 일으키지 않음[無欲]이 無爲를 터득한 삶인 것. 道流들의 훈장님들이 그렇게 가르치지 안했던가? 그렇잖다면, 그들은 제자들의 불알까 안주하고, 後門치기밖에, 더한 일이 없다는 소리밖에 더 나오겠냐? 저 大師들이 뭘했기에, 저들의 門下만 벗어났다 하면, 저들의 꿩병아리들이, 아무리 작은 것이라도, 이(利)를 좇아서는 천 리를 머잖다고 달리지만 (이게 세페리스의 詩句지 아마?) 이가 없으면, 아무리 고귀한 것이 지척에 있어도 외면해버리고, 『小學』도 난삽해 못 읽거나, 한다는 짓이, 외로운 용두질이나, 이웃 놈팽이 일 나간 틈타, 이웃 안댁 누운 자리 숨어들기, 그보다 쾌활하게는, 제 대가리를 축구하는 공으로 만들어, 공차는 마당에 뒹굴여 차기에 대가리를 싸맨다. 그러나 제 대가리 차고 놀기 따위는, 하품 나는 시간도 줄이고, 그것을 통해 즐거움도 느끼며, 심신에 쌓인 피로도 푸는 여가 선용의 오락이어야 할 것이, 종교가 되어서야, 좀 생각해볼 것이 있잖느냐? 험구란 결단코 좋은 것이 아니어서, 미리 용서부터 구해놓고 말이지만, 공부하러 학당엘 가려면, 그 보따리 속에 이누마, 대가리를 싸갖고 가야지, 잠하고 공을 싸갖고 가서는 어쩌자는 짓이냐? 그거 한번, 정색하고 물어보쟈. 하는 말로는, '영웅이 없는 시절이어서, (사람들이) 영웅을 찾느라 혈안이 되어 있다'고 하며, '영웅이 그렇게도 필요하다면, 자기 속에서 불러내라'고 지혜스러운 소리를 하기도 하는데, ─神을 밖에서 찾으려 하면 兀者가 되듯이─영웅을 경기장에서 찾으려 하면, 刑天이 된다. 군중심리를 궁구한다는 이들 중의 어떤 이들은, 그 편가르기가 울을 넘고, 관객들의 수나 열광의 도 또한, 그냥 한 울타리 안의 한 경기장 분량을 훨씬 넘어, 부글부글 끓어 넘칠 때, 그런 분위기 속에서 치러지는 경기는, 나타나 보이기론 물론 거대한 축제의 모습일 것이라도, 반드시 축제라고 치부해버릴 수만은 없는데, 이것은 그 나타내 보이는 경기의 크기보다도 더 큰 승/패가 도(賭)되어 있기 때문이라며, 그런 의미에서는, 그것은 디오니소스 제(祭), 그보다 더 무섭게는, 상고 시절 마야Maya족들의 경기(에서 는, 패배한 쪽의 심장이 도려내져, 제단에 그 피가 뿌려지는데, 이는, '聖의 중심에 폭력이 있다'는 증언을 그 반대로 바꾸는 예이다. 그 폭력 의 중심에 聖이 있었다)처럼, 축제의 모습을 꾸민 일종의 전쟁, 그것 으로 치러진다고 정의한 뒤, 그래서 운집한 열기는, 이긴 편에 대해 서는 잠시 에로스의 형태로 전신하고, 진 쪽에 대해서는, 타나토스를 형성하게 되잖나 분석하고시나,—종교적 삼매경에도 비교될 이 열 기, 이 흥분, 이 거인적 힘의 결속에 관해서는, 전체주의, 군국주의 라는 투의 어휘를 동원해, 현자들이 이미 훑고 지나갔으니, 그것을 되풀이하려거나, 이삭이라도 주워보려는 짓은, 하려 하지 않음만 같 지 못하리라—결과는 언제나 부정적이라고 종합해내게 될지 모른다. (拙文『山海記』중,「8. 에켄드리야의 새끼〔色氣〕들—머리 없는 怪有情 좀비」참조) 부정적 결과들이 초래된다는 것은, 무엇보다도, 자아의 상실에서 그 까닭을 짚어내보아야 되는 것이라며, 이것은 사실은 '상 실'이라기보다는, 하나의 광열하는 집단이 이뤄지고 있었을 때, 그 개인들 당자들이, 자기들 쪽에서 그것을 자원해 헌납했다고 보는 게 옳을지도 모른다는 것. 자아가 상실된 자리에서 그런즉 무슨 긍정적 결과가 뒤따르겠는가, 그것은, 종교적 삼매경에도 비교될, 저 흥분의 도가니에서 깨어날 때, 그 각자 모두가 심사숙고해보아야 할 것이라 고 할 테다. 자아를 잊고서 성취되는 종교적 삼매경과, 경기장에서 자기의식이랄 것을 저당 잡히고, 가진 몸짓 다해 함성하기에서 얻어 지는 열기와 흥분은, 그 닿는 자리가 어쩌면 비슷할 것임에도, 하나 는 자아의 차원을 벗어나 위로 올랐으며, 하나는 흙밭에 뒹굴고 있다는 차이가 있음도 부인되지 않을 듯하다. 하나는 상승하는데, 다른 하나는 몰락한다.—그 뒷전에서, 자원해 자아를 저당 잡힌, 한 기간의 괴뢰들의 등에다 철사줄을 매고, 利를 챙기는, 외눈배기 거인, 에켄드리야들은 제외하고 말해야겠지만—그들이 골패 짝에 얹은 승/패라는 칩chip은 칩cheap이다. 이겼다 해도, 그것으로 바꿀 수 있는 것은 별로 많지 않거나, 없다. 하기는 뒷전에서 철사줄을 늘인 자들에게 쥐어지는 얼마쯤의 이(利)와, 마당에 나가 땀을 흘렸던 극소수의 망석중이들에게 입혀진, 어떤 종류의 명예까지도 없는 건 아니다. 마는, 그 祭戰에 참가했던 이들에게 오는 결과는 왜냐하면 그 흥분이 컸으므로 해서, 오는 허탈감 또한 비례하거나, 더 클지 모른다. 공허함을 달래기 위해, 그때 그 자리에 참석했던 할아버지는, 무릎에 앉힌 손주께, 치렀던 경기 얘기 하기로 여생을 보낸다. 저 무수한 자아들이 쓰레기처럼 흩어져 뒹구는 자리에서 문제는 발생한다, 라는 것은 육신적 즐거움[快]을 위해 달려가면 갈수록, 달려가는 자의 대갈통은, 산정에서 굴러 떨어지는 시시포스의 바위처럼, 아래로 아래로 몰락한다는 그 문제이다. 거기 '몸의 우주'라는 짐승의 대왕의, 먹어도 먹어도 채워질 줄을 모르는, 목구멍이 열려 있다. 그러면 어느 시절, 어떤 시래비 자슥일지 모르되, '이 시절에 성인(成人)이 몇이나 있느냐?'고 묻고 나설 것도 없잖아 있을 것이었다. 육신적인 것 쪽에로 눈을 돌리다 보니, 그 육신들은, 전에 언제고 그런 적이 없었게스리, 장대해져, 이 시절엔 범강장달이 따로 찾을 것도 없는데, 시래비 자슥이 묻는다, 그 대가리에 바람 말고, 뭐든 짤랑거리는 것이 들어 있느냐? 또 아니면 짚북더미 속에 무슨 한 알캥이 씨앗이라도 남겨져 있느냐? 그러자, 분노한 군중이 돌 들어, 입에는 독의 거품을 물고, 눈에서는 독화를 뿜어내려 하자, 그 시래비 느슥, 비굴한 듯한 웃음 웃으며, 文化와 文明을 비슷한 어휘라도, 文明은 물질적 진보쪽을 이르기로 전제하기로 하자면, 文化 쪽에서 보이는, 어떤 부류의 몇 사람들은 그렇게도 보인다고, 스름스름 뒤꿈치를 빼려 할 테다. 그러며, 속으로, 나는 코페르니쿠스를 스승으로 뫼신, 그의 불머슴이거든. '지구는 그래도 돈다!' 흐흐홋, 너희 중에 成人이 몇이나 있느냐?" 시동은, 쿨암리타에, 점점 더 대취증을 드러내고 있다.

"자기 당대를 사랑할 수 있는 사람들은, 똥밭에서도 젖만 가려 먹는 백조거나, 젖바다에서도 똥만 가려 먹는 돼지들임에 틀림없다. 돼지들께는 그리고, 어느 시절에나 없이, 자기 사는 세상은 행복하기만 할 뿐인데, 어느 시절이나 없이 그 세상은, 똥으로 가득 찼으니 그럴 일이다." 누가 듣기에나, 매우 모독적이랄 소리를 지껄이며 시동은, 건구역질을 좀 했는데, 앞서 냉소적 부정적으로 매도해버린, 자기 당대의 '문화'라는 것에 대해 생각해보는 모양이었다.

"그 시대의, 그 시대적 아르타(Signified)가, 그 시대의 루타(Signifier)를 결정한다. 言語와 분리해, 저런 언어학적 어휘가 쓰여졌을 때, 그리고 그 어휘 속에 '시대'라는 투의 역사성이 부여되어져 있을 때, 나 시동이처럼 아둔한 자의 귀에도 저것은, '文化'에 대한 한 방정식을 이루고 있음을 느끼게 된다." 시동은 클클거린다. "어떤 걸출한 정신이 써낸, '만화는 예술이다'라는 만화론에서 배운 것을 써먹기로 한다면, "漫畵는 文學과 美術의 자식"이라는데, ($c = a + b$, 이 방정식을 그대로 이용해) 저 아르타 자리에 文學을, 그리고 루타 자리에 美術을 대치한다면, 거기 文化가 저절로 드러나 보인다. 그러니 이 자리에 이르면, 모든 시대의 현재 진행형의 역사는, 만화화한다는 결론이 도출되게 된다. 즉 이 현장의 문화를, 한 어휘로 정의한다면, 그리고 할 수도 있다면, 그것은 만화에 통합된다, 해도, 여러 분분한 이견 끝에, 종래 그것에로 재통합될 것일 게다. 이러면, 이 만화라는 것이 갖는 통념적 위상에 변화가 따른 것을 보게 되는데, 이는 협의적인 것의 광의적인 것에로의 확대인 것." 뭔지, 꽤 드렁칡이 되어 있는 생각을 정리하려 하는 듯, 시동은 잠시, 자기의 안으로 가라앉는다. 떠오른다. "'문학과 미술의 자식이 만화'라는 그 정의는, '추상적 아이디어와 구상적 이미지'라는 식의, 두 극점, 또는 자장(磁場), 또는 천평칭의 두 접시 같은 것이, '아버지/어머니'라고, 전제되어 있다. 그리고 시동은, 헝클어진 생각을 정리하느라, 잠시 또 침묵한다. 하고서, 이어 이런다. "그러면 이 우선적으로, 이 문화의 기의로서의 문학의 성격이거나, 개념이랄 것을 정리해낸다면, 문화의 기표도 또한 저절로 그 성격이나 개념이 정리될 것일 것인 것. 그리고 이런 것은, 비록 그것들이 가설(假說)은 아니라 해도, 그 전체를 다 드러낼 수 없다면, 가설이라는 전제는 강하게 해둬야 할 터이다. 그 기의, 즉 아르타는 그러니, 아주 우주적이거나 사회적, 문화적인 것으로서, 둘만 가정(假定)해두기로 한다면, 하나는 '말씀의 우주' 즉 '말씀Logos'이며 다른 하나는 '추상적 아이디어,' 즉 '習氣'―그러니까 사회적 경향이나 풍조, '집단적 음기'의 발로 같은 것들일 게다. 그러면, 그 기표, 즉 루타는 그러면, '몸의 우주,' 즉 '욕망Libido'이며, (이는 일견 '아르타'性을 띠어 있어도 보이되, Logos에 대비해보면, 루타 役인 것도 부인되지 않을 테다. 그리고, 이것들은 假定이다) '구상적 이미지'는, 현재 운영되어지고 있는 바의 그 사회상일 테다. 주목해둬야 되는 것은, 이 가설에는, '마음의 우주'가 부재라는 것이다." (그것의 부재의 이유까지 일러주려 하면, 화자가 청자의 기저귀까지 갈아줘야 될 테다. 아서라! 그런즉, 입 꾹 다물고, 돌아앉아, 딴전이나 피우고 말겠다.) 시동은 그리고 또 잠시 침묵한다. 생각이 목구멍에 고이는 대로 줄줄 풀어내면, 말이 되는 것은 사실이지만, 그 말이 말에 추돌 현상을 일으키지 않게 하려면, 저누무 말들의 가운데서, 말을 하려는 자가 나서서 교통정리를 하지 않으면 안 될 것이었다. "아마도 그리고, 다른 말을 주억거리려 하기 전에, 먼저 이런 구분을 해두는 것은 필요할 듯하다. 文學은 (이 자리에서 詩는 내보내쟈!) 보다 더 眞理를 추구하는 산문적 행위(concrete image→abstract idea)라면, 美術은 보다 더 美를 추구하는 운문적 행위(abstract idea→concrete image)이다, 라는 식으로, 허허, 말이 되든 말든, 말이지, 되면 좋고, 안 돼도 안 될 일은 흐미 없다, 말이다. 이 둘의 불륜에서는 그렇다면, 그 부모의 혈통이 어떻게나 귀족적이었든, 파리아(Pariah, untouchable class)의 출산밖에 더 기대되지 않는다. 그럴 수밖에 없는 것은, 眞理와 美는 그것들 자체만으로 존재할 땐 고귀하고 고고함에도, 섞이려/섞으려들면, 예를 들면, 붉은 포도주와 막걸리를 타거나, 암사자가 수캐와 교미하기처럼, 서로가 서로를 훼방하거나, 추악한 잡종을 태어나게 하기의 까닭이다. 그러구 보니, 이제는, 문화-만화, 만화-문화라는, 그 '만화'에 관해서 말해도 될 만큼, 가설이나 가정, 전제 따위는 충분히 되어진 듯하다. 그러자, 예의 이 문학과 미술의 야합에서, 제일의 자식으로서 튀기Hybrid가 나타나며, 제이의 그것으로서, 양성구비Hermaphrodite가 까여져 나오고, 막둥이로서 무성Neuter의 두루뭉수리가 비어져 나오는 것이 보인다. '튀기'라는 경우는, '얘기를 갖는 그림은 만화다'라는 소리를 할 수 있게 되어, 이것의 족보를 거슬러 올라가보려면, 혈거민들의 벽화에까지 미칠 성부르다. 그리고 이것, '그림으로 하는 얘기'라는 것이, 만화에 대한, 그중 근사한 정의, 곧바로 만화가 되는 것일 것이었다. 그렇다면, 이것은, '용감한 신세대의, 용감한 새 예술'이랄 것도 아닐 것이다 보니, 이것을 두고, 더 주억거릴 말도, 필요도 없지 싶으다. 이렇게 덜고, 저렇게 꼽고 하다 보니, 제이의 자식, 즉슨, '양성을 구비'한 자식만 슬하에 남는데, 양성구비랄 때는, 시바 神이나 괄태충모양, 한 몸에 요니와 링가를 구비한 경우와, 그에 비해 조금은 색다르게 여겨지는, '미노타우로스 (Minotauros, 牛人)'와 '나라심하(Narasimha, 獅人)'가 그 전형으로 보인다. 그러자 이 양성구비도 두 종류가 있는 것을 알게 되는데, 문제는, '소 대가리나 사자 대가리의 사람'이라는 이 범주의 유정에게 있다는 그것이다. 이것들이 그 루타, 즉 기표를 그렇게 입었을 때, 그 아르타, 즉 기의까지 변용을 치러, 말하자면, 아비를 살해하고, 어미를 간하는 불한당 같은 자식이 되어 있다는 것이다. 루타가 라후 (蝕)가 되어, 아르타를 잡아먹고 있다. 그것이 문제라는 것이다. 말을 원상에로 돌리면, '문학'이 죽고, '미술'이 죽는다는 것이다. 그보다 더 거슬러올라가면, '말씀의 우주'가 파괴당하고, '추상적 아이디어'가 죽는다. 그 대표적인 것의 하나가, '神'이라는 존재가 아닌가? 비의적 어투를 걸치기로 하면, 붉은 용이, 어린 양을 잡아먹고, 그 어미를 마누라 삼는, 종말적 광경이 벌어진다. 이러면 라그나뢰크가 문턱을 넘어서고 있다. 그리고 남은, '무성'의 경우는, 가장 특징이 없는, 저열하고 치졸한 경우여서, (이거 입에 못 담을 소리도 같지만, 그것의 성격을 규정지으려면, 어쩔 수 없이, 그런 수사학을 입게 되어 있어, 스스로도 부끄럽고, 민망하다. 마는) 문학은 몸이 붐벼 진한 거품 이는 자리에, 진한 기름기가 더 많이 고인다는 것을 시험해 보이며, 미술은, 전위avant-garde라는 이름의 마직보(魔職褓)를 덮어쓰고서, 민중을 사기 친다. 이 '사기 치기'는, 그들의 입술에서 흘러나온 것인즉, 그것을 빌린 자를 두고, 흰 눈 떠 건너다보려 할 일은 아니다. 자칭, 또는 공인 예술가라는 이들 자신들은, 자기들의 짓/질하기를 '사기'라고 떠들어 공언하는데도, 그것들에 접하는 자들은, 그것들이 커다란 상상력의 창조물이라고, 예술이라고, 진품으로 보아주려는 짓/질은, 어째 좀 희화적인 데가 있어, 뒤떨어진 무식배로 하여금 쿡쿡 웃게 만든다. 이 희화스러운 짓/질을 할 수 있는 자들이 그리고, 시대의 지성의 선주자들이라고, 풍문은 전한다. 해서 안 될 소리인 듯하지만, 쌔! 이 '문화'는 사정없이 떨어져내려 있다. 그럴 수밖에 없는 것이, 모든 구상적, 물상적이라는 것은 그 자체가 중력(重力)덩이여서, 그것에 제휴했거나, 그것에 의존해야 하는 모든 것은, 떨어져내리게 되어 있기 때문이다. 그 모두를 들어올리는 것은, 하나뿐이다. 라는 것은, 이 '만화' 속에다 '마음의 우주'를 개벽해내는, 그 하나의 방법뿐이다. 그러면 미노타우로스나 나라심하는, 뿔을 뽑히고, 허리가 꺾일 테다. 아르타가 루타를 제압한다. 만화가 극복된다. 그래서, '추상적 아이디어를 구상적 이미지화'하는 수사학은, 손해나는, 종말을 부르는, 매우 어리석고, 좋지 않은 수사학이라고 매도하게 되는 것이다. 거기서 '만화'가 드러나기 때문이다. '구상적 이미지를 추상적 아이디어화'하는 수사학을 개발해야 한다고 주장하는 소이는 여기에 있다. 그러면 '마음의 우주'가 개벽하게 되기 때문이다. 그러면, '몸·말·맘'의 세 우주가, 그 가장 건전한 형태로 운영되어질 것이기 때문이다. 성인이 몇이나 있느냐, 는 물음은, 그래서 거기서 발원한다. 아으, 그랬거나 저랬거나, 이래도 씨부랄녀러 한 세상, 저래도 생조시 빠질 한 세상, 조지야 빠질라믄 빠지라구 한 오백 년 씨부라며 사자는데 웬 말이 많으? 걸 어쩌겠다고 해골을 복잡하게 할 일이겠으? 장가길이나 장(場)길 가는데, 누구나 다 나귀 타고 가는가? 터벅터벅 걸어서 간다 해도, 불알이 떨어지거나, 조지 빠

져, 자다 깨 봉창 구멍 뚫지 못하는 것도 아니잖으? 이거, 밤중에 웬
홍두깨냐고, 자다 깬 마누라들 홍감해 퇴정부리는 소리 들리지도 않
으? 웬말이 그리 많으? 금맥(金脈)은 그리고, 다수가 마찰하는 자리
의 그 뜨거움 속에서 이뤄지고, 그래서 거기에 있다잖은가? 그들로
하여금 그 금을 토해내게 하려면, 정상배들은 갖다붙일 필요도 없겠
으나, 예술질 한다는 이들은, 저 문둘름의 두통을 일으키는 역린(逆
鱗)만은 피해서, 간지럽혀야 할 테다. 그래서 저것이 웃고 나자빠지
게 해드리거나, 눔물, 콥물, 용개물 따위를 흠뻑 배설하게 해드려야
할 테다. 그 짓인들 그러나 어디 쉬운 일이겠는가? 풍파에 놀란 사공
비포라 몰을 사니, 구절양장이 몰도곤 어려웨라, 이후란 비도 몰도 말
고, 호미 들어 풀뿌리라도 캐어 먹으리로라. 흐흐흐, 문제는 그런데
궐자여, 풀뿌리 캐기에 자네의 손만 상채기 입어 부르트는 것이 아니
라, 그 거친 음식의 까닭으로, 자네 마누라의 똥구녕 또한 상채기에
부르트는 데 있을 터이다. 마누라가 월후 중엔 그런즉 스스로 하는
위로에 슬프게 자빠질 일이겠네야. 하다면, 아무리 풍파가 심하다해
도, 비쩌라 어쑤와, 놋좆에 침발라 나서는 수밖에 더 있겠으? 『大學』
읽은 지도 하도 오래돼서겠지, 『小學』도 질겨 소화해내지 못하는 에
켄드리야의 창자에 차투린드리야용 『大學』이 무슨 말여? 불에 달군
쇳덩이 같을 터, 걸음마 배우고 익히기 시작한 『千字文』이라면 좋다.
구멍이 네 개 정도인 통소에다, 그 건반이, 여든 개가 넘는 무슨 그
런 소리 창고의 그 소리를 다 넣으려 해서는, 통소가 폭파해버릴 위
험이 있다. 기립 박수 대신 그 악사는, 악취미에다, 음악이 음악답지
도 않은 것을 음악이라고 음악 한다고, 사기성이 짙다는 욕설과 침에
덮인다. 겨울 베쩡이모양, 배가 고파, 문전들을 끼웃거린다. 에켄드
리야에게는 에켄드리야의 즙을, '트린드리야(三官有情)'에게는 트린

382

드리야의 젖, 판첸드리야에게는 판첸드리야의 술을 먹여얄 게다. 역사는 변전한다고, 그리고 발전도 한다고 하되, 어쩌면 생필품 등과의 관계에서는 그럴는지는 몰라도, 반드시 그래 보이지만도 않은데, 않을 것이, 소크라테스가 길을 왔다리 갔다리 하며, "너 자신을 알라!"라고 씨부렁대며, 건 뭔 소려, 배고프면 먹을 줄 알고, 먹었으니 똥 눌 줄도 알려니와, 먹으려니 일할 줄도 알고, (요즘엔, 훨씬 깨우친 젊은네들 중에서, 無子主義를 들고 나서는 이들도 있다는데) 새끼 낳아야 세상이 운영되어갈 것도 알아 (봐여, 누구는 그게 자기 죽이는 줄 몰라서, 혼육을 갈아치우는 고행을 자초하는 줄 알어? 자기 몫의 우주적 달마는 수행해야겠다 보니, 고통 탓에 일그러져 무서운 얼굴 해감선도, 도지기는 기본으로) 씹할 줄도 알고, 결과, 누구네서 애가 하나 誕生 (했다는 소리는, 근래는, 흰 쥐가 검은 쥐새끼 깐 데 대고도 하는 소리 아니던가?)했다는 소식에 접하면, 속으로는 '莫生兮其死也苦'라고 써〔苦〕하면서도, 겉으론 한껏 경하의 웃음 들척지근하게 웃어 찾아볼 줄도 알며, 또 그런 축복의 강보에 싸여 자란 애가, 어느 날 문득 보니, 고생 자국으로 왼통 얼룩진 늙은 얼굴인 데다, 팩 쭈그러진 체신도 만 근이나 무겁다고, 병석에 누워, 문안 온 사람도 못 알아보는 것을 보고시나는, 속으로는, 거 얼른 숨 넘겨버리지 않고 끄닐끄닐 함시롱, 반나절 빛이라도 더 거머쥐어볼까 안간힘을 다하는데, 그런 즉 누가 그 반나절 품값이라도 줄 일 있으? 이거 쇼펜하우어가 똥 누다 엉덩이춤 출 얘기겠는데, 거 반나절 볕 더 쐬어 저승꽃 더 무성하게 해봐도, 그 꽃 따 술 담그기엔 너무 늦었다구, 욕지거리는 지거리대로 뱉아댐시롱도, 겉으론 無常해싸며 한숨 불어낼 줄도 알고, 그의 상여 나간 뒷전에선, '莫死兮其生也苦'라고 탄식은 탄식대로 하고시나는, 이제 그 무겁기만 운명처럼 무거웠던 한 삼태기의 흙을 벗었으니, 공은 독수리겠어야! 속으론 부러워하고 경하하기도 할 줄 안다면, 그래서 초상집 뒷간에서 크흐흘 웃을 줄도 안다면, 온 녀석들 같으니, 등에 짊어진 천 근 혹부리 같던 늙은네 저절로 떨어져 자기 갈 길 갔는데, 우는 상 꾸미기는 체면 문제라 그러네? 이런 것이 '나'라는 것 두고 아는 것 아니겠다구이? 그러잖음, 공이 '나' 대신, 뒤따라 다니며, '나'의 기저귀 채워줄 것은 아니제 시방? 다 알아버린 데 대놓고, 뭘 더 알라는 겨? 젠장 뭘 더 알라는 겨? 길을 왔다리 갔다리 하고 있을 때, 그 길 옆에서 노자는, 무위를 깔고 자빠져 누워, 거 뭐 할 소리도 아닌 소리, '道可道 非常道 名可名 非常名,' 글쎄 이게 입에 담을 소린가, 'Now you see, now you don't,' 글쎄 이게 입에 담을 소린가, 뭘 잘못 쳐먹었관대 눈 감고 아웅허능 겨? 그래도 그 시절엔 그런 소리들을 알아먹었던 듯한데, 이 시절엔, 못 알아먹겠는 것이다. 알아서는 또 뭣에 쓰자는 것이겠냐? 예를 들면 신발장수가, 모자에 관해 알아야 할 무슨 긴한 이유가 있냐는 것이다. 요 얼마 전에 있던 얘기지만, 어떤 놈 하나가, 거 뭐 '삼 년'이란, 학문과 더불어서는 촌시랄 것임에도, 그 삼 년 '天地玄黃'(은『千字文』시작의 네 글자이다)도 못 깨우쳐, 농조(弄鳥)질로나 번민의 밤을 새우고 했더니, 놈이 어느 날 새벽에 봉창을 뜯고, 시 한 수 읊어 '焉哉乎也(는『千字文』끝의 네 글자이다. 놈은, 우둔한 놈이라는 귀퉁머리나 맞기의 서럽기도 서러운 삼 년을 허송세월한 것만은 아니었던 모양이다. 이런 자리에, '匍越이 超越을 追越한다'는 소리의 쓰임새가 있어 뵌다. 漸修를 통한 頓悟의 관계일 테다) 何時讀고?' 했더라는데 ("天地玄黃 三年讀, 焉哉乎也 何時讀"), 흐흐흐, 수십 년 세월『大學』읽고도, 새로 '天地玄黃' 읊고 누워 '대장부 살이가 이만하면 요족하다'라고 대통한 소리하고, 팔베개에 머리 없는 자식놈을 눈 곱게 흘기곤, 요즘 어먼님들은 술 빚고 떡 하기에 바쁘다. 이럴 때, 어먼님들이, 빚은 술 들고, 떡 이고 가 바칠 데란, 훈장님들밖에 더 없을 테다. 어떻게 좋게스리 가르쳤기에 자식놈이, 하늘[天]일 따[地]일 모두 통하고, 하늘색[玄]은 푸르고, 따색[黃]은 누런 것도 알아, 대통한 대장부 하나 만들었나유, 乎也! 술 떡 많이 드실 만헌개, 드시고, 배 두들김시랑 얼큰한 김에 주무실라믄 주무시드래도, 더 가르치려 마서유, 그랬다간 자식놈이, 무슨 정의나 이념이 있는지 없는지도 모르겠으나, 남들이 다 그러는데 자기만 뒤질세라, 아무튼 봉준이 노릇하겠다고, 마빡에 '必勝' 써붙이고, '파이팅!' 하며 내닫거나, 쫄쫄거리는 배로, 반딧불에 글 읽던 아비, 할아비들이 혀 차며 아까워할, 그것 한 자루면 어둔 밤 세 권 책도 읽거나 쓸, 애먼 촛대에 불 써(켜)붙이고, 그 불에 뭘 밝히려는지는 모르되, 이왕에 훤해져 있는 길로 달리거나, 또 아니면, 너그럽기 한량없는 대장부스리, 뭘 얼싸안는다구시나, 앞가슴 헤벌레 풀어젖히고, 반쯤 얼고 있는 독사나 창병에 문드러진 근을 비단바지로 가린 놈이나 갈한 목구멍 탓에 백주에 나선 흡혈귀나, 면이나 무조건적으로 품에 안을 뿐만 아니라, 앞에 흥부를 껴안고 있으며, 뒤에서는 후문을 열어, 놀부의 침도 안 바른 비역질에 허걱거리는, 거룩한 놈 될까 두렵네유!" 시동 크흠, 콧바람 낸다. 쿨암리타에 대취한 듯하다. 乎也!

"네모사피엔스가 이룬 신판 문화를, '만화'라는, 재활용 금박지에 싸잡아, '만화'라고 (이르는 자에 대고 가래침을 튀기려면 투기든, 또 아니면 가시쟁이로 엮은 首經을 씌운 뒤, 옷 벗기고 가시쟁이 휘추리로 등짝을 갈기든 어쩌든, 그건 도류들의 족 꼴리는 대로 짓밟을 일이겠지만) 정의해버린 일이 있었거니와, 그때의 그 '만화'는, 지금 새로 말하려는 이것에 비하면, 일종의 추상적 아이디어 같은 것이기도 한데,

그것의 구상적 이미지화에 나타난, 실제적으로 창작, 제작되는 그 '만화'에 대해서도 어찌 눈을 돌려보지 않을 수 있겠는가. 해서 말인데, 예의 이 '만화가'들께는 사실, 얼마나 많은 기립 박수를 보내야 충분할지 모른다. 그것은, '미술과 문학의 자식'이어서, 말한 바대로, '용감한 신세계의, 용감한 새 예술'이라는 것은, 어떻게나 차거운 눈으로 보려 해도, 부인되지 않기 때문이다. 이 한 낡에는, 미술적 상상력과, 문학적 그것, 그리고 대중적 '흥행'이라는 열매가 주렁주렁 매달려 있다. 있는 것뿐만이 아니라, 따려면 누구라도 쉽게 딸 수 있게 펴들어지고 짜들어져 있다. 표현되어진 대로만 따른다면, 그건 완벽한 예술임에 분명하다. 그렇기에 그 과육 맛은, 망고 맛이다. 감 맛도 있고, 바나나 맛도 있는가 하면, 흙 맛도, 늙은 남자의 젖 맛도, 똥갈보의 사랑 맛도, 또, 현재까지는 금단일 듯싶은 남의 계집 맛도, 영계 맛도 있다. 흐흐흐, 그렇다고 망고의 맛이 복합적인 것도 아니어서, 그냥 망고의 맛이다. 여기 분명히, 저 새파랗게 젊은 예술의 당당한 승리가 있다. (이것에는, 만화 공화국의, '판타지의 器物化'라는 電影器라거나, 器物化한 머릿골— '電腦' 따위들도 들춰져야겠으나,) 문제는 그런데, 이 '새 예술'을 소화해내는 편에서 발생하는 것이, 살펴지는 데 있는 듯한데, 그 모두 해쌌는 소리 있잖으냐, 그 '맛' 또는 '재미'를 위해, 그것을 게걸스레 먹는 편에서는, 아마도 호모사피엔스의 자산 중에서도, 고급한 것에 포함될, 두 가지의 품목을, 저당 잡히게 될 수도 있다는, 바로 그것이다. 글쎄, 해쌌는 소리 좀 빌리면 어떠냐? '만화—미술' 쪽에서는, 그것을 보는 눈의 '문학적 상상력'을 덜어가고, '만화—문학' 쪽에서는, 그것을 읽으며 눈앞에, 또는 눈 안에 펼쳐질 '미술적 상상력'을 저당 잡히게 된다는 것이다. 이런 견지에서라면, '만화'를 통해 '보고/읽기'를 동시적으로 행해 얻어지

는 '재미'는, 일석이조(一石二鳥)인 듯함에도, 실제에 있어선, 그 반
대 현상이 일어나는 것을 보게 되어, 걱정스럽기까지 하다. 라는 걱
정은, 두 마리의 새는 얻었는데, 돌 한 개는 잃었었지가 않나 하는
점이 짚여서인데, 이 '한 개의 돌'을 그의 '자아'라고 환치하기로 하
면, 이는 손실 중에서도 큰 손실일 테다. 좀비와 산송장의, 매우 불
쾌한 관계를 떠올리게 되어, 불쾌하고 언짢다. 사실은, 텅 비어 있기
보다는, 어떤 종류이든, 좀비라도 하나 쳐들어 좀비가 되는 것이 낫
다고 해얄랑가? 그러나 당최, 이런 의문의 종기 탓으로 농조질도 못
하겠다고, 의원을 찾아, 물을 일은 아니다. 그래 보았자, 에끼 이눔
아, 이게 외상(外傷)이지, 어째 내종(內腫)일까 부냐고, 핀잔 받는
다." 시동은 킬킬거린다. 쿨암리타에 대취한 게다.

　"여러 여러, 헤아릴 수도 없이 많은 운명들이 모였다 헤어지고, 부
딪쳤다 깨어지는, 이 세상이라는 장소는, 그리고 거기서 영위해야 하
는 삶은, 모두 다 어디론지 바삐 바삐 가기 위해 모여드는 이들의 역
마을[驛站]만 같다는 소리는 유행가에 되풀이되는 소리다. 뒤꿈치에
서 연기가 풀풀 나도록 달리기 위해서, 어쩔 수 없이 기다려야 되는
인고키 어려운 하품의 시간, 확대한다면, 거의 무의미하기까지 한
삶, 그것이 역마을의 시간인 것. 그 극복하기 어려운 시간의, 그 삶
의 짐승의 뱃속에서, 죽음을 극복하고 튕기쳐나기 위해, (거 무슨 잡
동사니를 모아놓았는지, 아무리 뒤적여보아도, 뭣 하나 짚여지는 것이
없어, 난독성 짜증에 부아까지 치미는, 楚里의 계룡산 자락에서 살다 내
려왔다는,) 朴姓某氏라는 줍쇼리꾼의 품바타령 듣는다고, 하릴없는
시간을 허비하겠는가? 『요나書』[18) 얘기겠네만, 저 레비아탄의 뱃속을
벗어나기 위해서? 그러다 보면, 희망 없는, 시간이라는 레비아탄의
뱃속에서 토해져 나올 일이겠는가? ("니브리티를 성취치 못한 有情은

어떤 것이라도, 한번도, 이 짐승의 뱃속(畜生道)을 벗어나본 일이 없다고 한다면, 有情들은, 보다 더 눈에 힘을 주어, 자기네들이 '밖'이라고 이해하는, 그 '무엇의 안'인 것을 면밀히 관찰해보아야겠습지."『七祖語論』1. 9쪽. 아으, 그래서, 이 레비아탄은 어디를 가는가? 아마도 아무곳으로도 가지 않는다. 그럼에도 그것이 가기를 멈춰본 적이 있는가? 프라브리티!) 아서! 말어! 집어쳐! 흐흐거리며, 그래도 이 촌 잡설의 늙은탱이(蕩兒)가 이런다, 에끼! 시방 가을도 깊어, 쉴 자리 찾아야 할 때인데, 거 어쩌자고 아직도, 땅에 배 대고 흙 먹는 소리나 하라는 겨? 아낙네라면 몰라도, 늙은탱이가, 자식, 며누리에, 에린 손주들까지 줄느런히 앞에 앉혀놓고, 청루 기생들이나, 시래비 자슥들께 들려줄 음담패설에, 눈물 짜는 사랑질 얘기 따위를 할 수야 있겠느냐고, 눈을 휘번득이며, 그런 것이라면 다른 데 가서 알아보라고 그런다. 그러며, 늙은탱이가 젊은네들 등 긁어주는 효자손이여? 노발대발한다. 하면서도, 곁에 앉은 할멈까지도 못 알아들을 만큼 한껏 낮춘 소리로, 헤헤, 말이지, 그, 그런 얘기라도 해, 해볼 만큼, 재주나 입담이 있고서야, 삼동에도 백결(百結)의 마포옷 입고, 깨진 거문고 앞에 앉아, 이웃 들으라고, 방아타령으로 떡 찧는 소리나 내고 앉았겠으? 그런다. 또 말이지만, 예를 들면, 샤갈이나, 마그리트, 황주리나 염성순 등, 누구 환쳐놓은 것이, 볼 때마다, 어떤 흥감을 돋운다고 해서, 그 화폭을 옆구리에 끼고 역마을엔 물론이고, 측간까지 가져가, 그것 들여다보며, 풍류나 서정에 잠겨 흥감을 똥 눈달 수도 없잖은 일 아니겠는가." 쿨암리타의 시궁창에 빠져 허우적이다 시동은, 머리 한번 솟구쳐올리고, 한번 숨 들이쉰다. "바쁘기만 똥줄이 땡기게 바쁨에도, 정작으로는 그 목적지도 잘 모르겠어서 서성거리게만 되는, 고래 뱃속만 같은 그런 역마을에서 들여다보고 읽기에는, '만화'보다 더 좋은 것도 없는 건 없는 거다. 그래서 그것은, 변덕 부린 소릴 주억거리게 하는데, 그 내용이 어떤 것이든, '문학과 미술의 자식'인지라, 어째도 그것은 '판타스틱한 예술'이어서, 용감한 신세계의 용감한 새 예술인 것은 분명하여, 부인되지 않는다." 그리고 시동은, 잠시 말을 끊었다 새로 말을 잇는다. 그의 혼자서 하는 얘기대로라면, 허긴 그가 어디쯤 꽤 멀기도 먼 여로에서 돌아오며, 열세(閱世)도 나름대로는 했었을 것이라는 짐작도 하게 한다. 노상 그렇지만, 어떤 일어난 생각이 그를 생각하게 하는 듯했다. "진화론문의 아손 하나가 진화론문의, 진화-역진화의 도식으로 삼는, '니그레도(黑)→알베도(白)→루베도(赤)→'라는 연금술의 '질료의 변전'의 기초적 도식을 차용해 말한다면, 양자(Homo/Nemo) 공히 '니그레도'를 그 변전의 기점으로 삼는다 해도, 네모사피엔스는, '니그레도-대지(大地)'를 기준으로 삼아, 하향, 또는 몰락(의 詩學이, 한때 젊은 가슴들을 들끓게 한 적도 있었던 듯하다), 즉 역상승, 니그레도→逆알베도→逆루베도→라는 식으로, 발전을 꾀하기에서 나타난 이들이라는 것인데, (순조전이적 상승을 돕는 힘이 魂氣-에로스라면, 退調, 또는 逆調전이의 저력은, 魄氣-타나토스가 되어 있는 것일 것 짚인다) 중아(衆我), 또는 집단적 삶과 더불어서는, 아무리 순조전이식으로 질료의 변전이 행해졌다 해도, '루베도'에 이르면, 모래시계가 차면 기울어야 하듯이, 자연적으로 퇴조전이를 겪어, 그 형태는 결코 전과 같을 수는 없으되, 루베도→알베도→니그레도에로 몰락해서는 대지에 부득쓰러져 내리는 것일 것, 거기서는 그러나 더 몰락할 수가 없으므로, 다시 →알베도→루베도로 상승하기를 되풀이 하는 것이겠으나, 저 역조전이는 그 반대편에, '대지'에 도달하는 것이 그 정점(頂點)이 되어 있다는 차이는 밝혀보아야 할 것일 것이다. 이 네모사피엔스들도 똑같이, 태어나기는, 어머니라는 여자의 하문으로 태어나서, 그 어미의 두 젖퉁이 중, '에로스(魂)' 쪽이 아니라, '타나토스(魄)' 쪽 젖퉁이를 빨아 자란 것인데, 그 시대적 집단적 기운, 성향, 또는 욕망이 그러해서, 그 시대가 계모성을 드러냈기의 까닭일 테다. 한쪽 젖퉁이에는 '타나토스'라는 독을 담은 이 계모의 이름은 '정화되지 못한 習氣'이다. 이 계모의 검은 젖에 자라면, 자식들은, 이전의 순조전이에서 이뤄져온, 모든 기존적 가치나, 의미 따위란, 곰팡이내 나는, 낡고 보수적인 것들이어서, 타도해버려야 할 것들로만 보여, 한마디에 뭉뚱그리면, 우주적 금기까지 깨뜨리려 덤빈다. 그들이 발 딛어 나간 자리엔 모든 것이 소비되어 있다. 유린당해 있다. 네모사피엔스란, 비유로 말하면, 흡혈귀에게 목덜미를 물렸느냐, 아니냐에서 나뉘어진 두 종류의 인종처럼, 그 나이와 상관없는 것일 것이어서, 늙은네라도 그것에 피를 빨렸으면, 그도 흡혈귀가 되는 것과 같은 관계일 것이다. 이 말은, 노아의 홍수 전에도 네피림들로만 땅이 채워져 있던 것은 아니며, 땅의 남자들도 함께 섞여 있었던 것처럼, 같은 시대 같은 장소에도, 네모/호모사피엔스들이 섞여 있는데, 아주 늙은 네모사피엔스가 있는가 하면, 아주 젊은 호모사피엔스도 있다는 그 말이다. 그런 현상은 어느 시대 없이 있어온 것이고, 역사의 발전이나 쇠퇴(도, 어떤 부정적 힘의 까닭이라면)의 힘도 거기에서 발생하고 있는 것으로도 보이지만, 그러니 그 두 힘의 균형의 유지야말로 바랄 만한 것일 것인 것. 그 균형의 천평칭의 호모사피엔스 쪽 접시가 무겁게 채워 오르기 시작하여 그쪽으로 기울기 시작하면, 시시포스의 이 역사의 바위는, 위쪽으로 떠밀려 오르고 있는 중일 게다. 이러는 동안 시시포스는, 바위를 다 밀어 올려놓고 나면, 그 바위 위에 걸터앉아, 잠시라도 좀 쉬며, 땀도 거둬낼 수 있을 것이라고 희망을 가질 것인데, 미래를 내어다보려면, 두 눈을 다 잃든지(Tiresias), 한 눈이라도 잃어야(Odin) 되는 모양인데, 시시포스는 두 눈을 다 뜨고, 열심히 산의 정상만을 올려다보느라, 그 바위는 올려놓으면, 그 즉시 저절로 다시 굴러 떨어지게 되어 있는 것을 모르고 있는 게다. 몰라야, 그 고역을 파기하지 않을 테다. 몰라야 바벨탑 짓는 역사에 동원된 이들의 손이 빨라진다. 그가, 주저앉아 죽기를 한하고 일어서려 하지 않으려 한다면, 신들은 그에게다, 무슨 다른, 그 형벌에 버금갈 새 형벌을 부과해야 할지, 새로 고심해야 될 터이다. 시시포스의 두 눈을 놔둬, 자기의 발밑과, 산정만을 열심히 보게 한 신들은 현명했다. 비약하기로 하여, 잇는다면, 예의 그 자기의 형벌로 주어진 그 바위를 밀어올리는 그 힘을 시시포스는 어디서 구했겠는가, 신들이 협력했겠는가(?), 그것은 다름 아닌, 그가 입은 獸皮에서밖에, 달리 얻어진 것은 아니었는데, '순화의 나무' 기어오르는, (進化란 더디다!) 나무늘보의 역설이, 시시포스에게서 고스란히 그대로 재연되고 있다. 라는 말은 그러니 우회하여, 시시포스가 밀어올리는 그 바위 또한, 다른 것이 아닌, 그 자신의 육신이라는 그 중력의 덩이라는 말일 게다. '진화의 추동력은 몸으로부터 얻어진 것이어서, 그것을 벗는 순간 진화도 멈춘다'는데, 나무느림쟁이의 고통과 고뇌는 거기에 있음인 것. 이 느림보가, 천 년에 한 치씩, 조금씩 조금씩 나무를 오르며, (이놈들 교미하기는 그런즉, 교미의 중간도 채 오르기도 전에, 새끼가 태어나, 어미 똥구녁에 붙는다 소리 안 나오겠냐? 허지만, 새깽이놈 또한, 뭔 그리 급할 일 있겠는가?) 오르는 것만큼 수피를 벗으면, 그것은 발목쯤에 가 쌓여, 흘러내리되, 여전히 발목을 굳세게 물고 있다. 그러다 이 늘보가, 나무의 꼭대기 되는 데에 닿고 난 뒤에, 나타내는 다음의 진행은, 여러 가지로 나타나, 흥미로운데, 어떤 것은, 그 나무 끝에다, 개짐이나 기저귀, 버선 빨아 매달아 말리듯, 수피를 차 던져 걸어두고, 빠져나가, 알맹이가 보이지 않게 된 것이 있는가 하면, 어떤 것은, 머리를 돌려, 뿌리의 아래쪽으로 슬금슬금 되돌아오는 것도 있다. 뻘게져 추운 혼에, 수피 다시 입어내리기이다. 아마도 이 느림보들은, 나무 끝에서, 갑작스러운 한기를 느끼고, 둘러보다, 전혀 기대치 못했던, 空, 그리고 無에의 공포와, 고지공포증을 일깨워낸 듯하다. 저 아래, 굳건히 발 딛고, 등 대 슧카장 즐길, 뜨뜻한 대지가 있어, 그것에의 그리움을 더해 느끼게도 되었을 테다. 츠쯧, 我執의 까닭이다. 오우로보로스症이다. 그 까닭으로, 그리고 習氣의 까닭으로, 大地는, 아래에만 있었던 줄 알았었내비다. 저 나무 끝에서, 수피를 한번 탁 차 벗어버리고 나아가는 꿧에도, 大地는 있어, 그것이 '空'이라고도, '無'라고도 일러지는 것을 갖다가시나! '밝은 잠의 바다 속으로 용해되어져들기나, 그 밝은 바다를 자기라는 한 방울 밝은 잠 속에로 용해시켜들이기'를 우주적 법렬 속에 들기라고 이르거늘, 어쩐다고 저 느림쟁이는, 회로에 올라, 내리기를 오르기 시작했는고? 그래서 하긴, 프라브리티道는, 그 무한의 동력을 얻는 것이겠는다. 이 '無'나 '空'에서 性別을 보지 않는 쪽에서 아마, '禪Exoterism'이 나타나고, 그것에서 性別, 특히 '女性'을 본 쪽에서 (禪에 대비해서, 들취진 어휘인즉, 품성을 갖지 않는 것은 아니라 해도, 그것은 방편으로 빌린 것이어서, 꼭히 샤머니즘Shamanism에의 理心을 일으키려 할 일은 아니다) 巫(Esoterism, 또는 Occultism)의 法理가 형성된 듯하다. (Gur Bum 어디에 있는 얘긴데) 다르마보디와 미라레파가 만난 일이 있었던 모양이지만, 그 둘은 그래도 전혀 달라 보이지 않았다는 것은, 뭔지 그들이 이해한 궁극이라는 것에 대한 (우리들의) 이해를 돕는다. 이름들은, 그리고 그 성배 탐색의 방법들

은, 같은 것들은 아니어서, 전자(禪)의 法輪 굴리기를 ('佛'도 佛이
지만, 보다더 本'性'에 주안점을 둔) '大乘'이라고 이른 것으로 알며,
후자(巫)의 그것을 '金剛乘'이라고 이르는 것으로 안다. '바즈라야
나(금강승)'는, 소승과 대승을 아우르는 것이라고 알려져 있으되, 유
리의 '眇'論은, '大乘과 金剛乘을 아우르는 小乘'이라고, 거기서 온
순례자는 설한다. 그것이 '眇輪'이라는 것이다. 그것을 왜 '小乘'이라
고 일렀던지, 그것은 하나의, 주요한 話頭로 주어진 것일 게다." 시
동은 입을 다물고, 이제는 흰 창이나 검은 창이나, 묽어져, 핏발 선
회색의 눈으로, 광야를, 내어다보았는지 들여다보았는지, 보기는 보
고 있는데, 광야는 이제 그의 일상(日常)이고 있다. 일상화한 것들
중에는 그런데, 꾸역꾸역 구태여 구별을 지으려 하잖으면, 보는 자와
대상 간의 간극이 없어져버리는 것도 있다. "'空/無'가 性別로는 '女
性'이라는 것은, 충격적이다. 그러나, 충격적일 필요까지도 없다고도,
또 짚어진다. 密宗 편에서는 그것이, 궁극에 닿는 禪定의 방편이며,
그것이 도달해야 하는 궁극은 아니라는 점은, 살펴두는 것이 필요할
듯하다. 궁극은 파라상가테Parasaṁgate, 즉 피안 너머에서도 더 너
머의, 상태 아닌 상태라는 뜻으로 받아들여져야 할 게다. 바즈라야나
의 이 空/無는 그리고, '마음의 우주'의 女性이라는 투로 설해진 자
리는, 한두 군데가 아니다. 그러니 냅둬, 냅둬두자." 시동은, 잠시
침묵하고, 잇는다. "그럼에도 그것(空/無)은, 그 아르타도, 그 루타
가 드러내 보이는 그대로(牡) 곧이곧대로 받아들이려는 자는, 이 시
동이 같은 맹추밖에 없을 테다." 시동은 히쭉 웃었는데, 쿨암리타의
취기는 썩 좋은 게 였다. "사실은 이런 맹추까지도 그렇게 받아들일
수가 없으니 이런 소리겠는데, 그러구 보니, 『도마福音』 맺음 장(章)
에 이런 얘기가 있었던 것이 기억나는구먼. '시몬 베드로가 말하여,

여성(Soul)은 영생을 위해 가치가 없는즉, 우리 중에서 마리아는 내보내자. 라자, 예수 가라사대, 보라, 내가 그 여자를 남성(Spirit)으로 만들지니, 그러면 그 여자도, 너희 남성들과 같이 생령이 될 것이라. 여성이라도, 자신을 남성으로 바꾸기만 하면, 하늘 나라가 저희 것임을,'—이때, 저 마리아가 어떤 특정한 마리아였든지, 그것은 확실치 않되, 확실하다 해도 바뀔 것은 없지만, 않으므로 해서 일반적 보편적 여성의 대명사라고 치부해버려도 안 될 까닭은 없을 테다. 이때 이 '女性'의 割禮가 치러졌을 터였다. 女性의 男性化라는, 그 轉身이 거기 있었을 터였다." 그리고 시동은, 뭐가 썩 재미나 못살겠는지, 클클거리고 웃어쌌는다. "그, 그래서? 사실로? 저 마리아의 하복부에 느닷없는 육괴가 돌출했었겠는가? 클클클, 시동이 같은 맹추라면 그렇게 믿었을 수도 있었겠지. 마는, 베드로가 그것을 확인해보기 위해, 마리아의 치마폭 속에다 털 난 손을 밀어넣어보았겠는가? 언감생심! 그렇다면, 魂의 이 靈化를 두고, 이제도 性別을 운위하려 하겠는가? 흐흐흐," 시동은 흐흐거리는데, 쿨암리타의 맛은 고로초롬이나 좋았던 게다. "마리아는, 하복부에 男根을 돋과내지 않았음에도 이제는 男性이다. 男性에 대해 말하는 바의, '스스로 된 고자'가, 이제는 이 여성 아닌 女性의 性別이래얄 것이겠는다. '스스로 된 고자'란 아마도, 또는 분명히, 남성의 능력을 만재한 남근을 여전히 굳건히 붙이고 있어도, 이미 남성은 아니다. 이는, 앞서 말한 바의 그 '空/無'의 성별(牡)을 두고도, 그대로 적용되는 것일 수 있다는 믿음이 있다. 양자는 그래서, 단계나 국면은 다를지라도, 같은 상태를 드러내고 있다고 여겨진다." 그리고 시동은, 한참 동안이나 입술을 열지 안했는데, 나름대로는, 빌린 의견의 종합에 하자가 없었던가를 반성해보았던 듯했다. 그러다 웃음기를 머금고, 잇는다. "그, 그러구 보니, 마리아가, 이 시동이의 소맷자락을 부여잡고, 우는 목소리로, 그런즉 여성의 남성화는, 구체적으로 어떻게 가능되어지느냐고 묻고 있구나. 이거 딱하게 되었도다. 가장 쉽고도 그럴듯한 대답은, 그럴 능력을 구비한, 그이에게 묻는 것이 옳지 않겠는가, 라고, 그 대답을 전가해버리는 것이겠는데, 그래도 부여잡은 소매를 놓지를 않는데, 이를 어쩐담?" 시동 크룩 크룩 웃는다. "여성은, 영원한 여성은, '소피아'라고 일렀으며, '테오토코스'라고도 일렀고, '블랙마돈나'라도도 일러오는 것을 아는데, 그것의 장소화(場所化)로서는 그러니, 여성은 '천국'이라고 이를 것이라면, 무엇이 문제겠는가? 이 여성들의 계모적 측면에서 '릴리트,' '메두사,' '드룩' 등이 드러났을 터. 그것의 장소화에 '지옥'이 샅 벌려 누워 있음인 것." 시동은 그리고, 자기 광야, 그 황폐를 건너다본다. 그것이 시동이께는, 장소화한 계모처럼 여겨졌을 법하다. "그리고 천국은, 그리고 지옥도, '장소Place'가 아니라 '상태State'라고 바꿔 이해한다면, 천국이 저희 것인 것을!" 그러나 시동은, 자기의 소매 끝을 부여잡은 손이 풀려나갔다고는 느끼지 못했다. 大體(凡) 쪽에서 이해되는 여성은 그렇다 해도, 小體(個) 쪽 여성에 대해서도, 그 꼭 같은 관법을 적용하려 하면, 어째선지, 어디선가 품이 너무 남아도는 듯하게 여겨진 것이다. "아까, 여성의 남성화를 말했는데, 그것은 하긴, 확실히 추상적, 형이상적 아이디어여서, 누구의 심정에나 다 절실히 호소되는 것은 아닐지도 모르겠다. 이럴 때, '추상적 아이디어의 구상적 이미지'화라는 방편이 쓰여먹히는 것일 듯하구먼. ……그, 그러구 보니, 저 꽤는 형이상적 아이디어의 형이하적 이미지를, 고스란히 그대로 현현해낸 유정이 하나 생각나누먼. '다금바리(자바리, Epinephelus),' 아으 다금바리! (『도마福音』속의) 저 최초의 어부왕은 그런즉슨, 베드로와 마리아

앞에, 이 물고기를 잡아올려 보여준 것이었는가?" 그리고 좀 생각을 정리하는 듯하다, 시동은 잇는다. "이 특정한 물고기는, 치어로부터 성어가 되기까지 대략 십 년은, 암컷으로 고해(상사라)를 헤치며, 새끼 치고 하다, 이후는 수컷으로 성전환을 한다고 일러져오는 것인 것. 그것이 여성이었을 때, 상사라의 창조는 끊임없이 계속된다. 여성인 것의 지난함이여! 그것이 남성화를 성취했을 때, 니르바나의 창조(는, 수사학적 압력에 의한 '寂滅'의 轉訛래야겠는다) 또한 끝없이 계속된다. 남성인 것의 지복함이여! 그 반대편에서는, 나라카의 사멸과 파괴 또한 끊임없을 터이지. 남성인 것의 至毒함이여." 시동은 또 좀 생각하는 듯하다, 또 잇는다. "이 성전환의 일점을, 그렇구면, '바르도'라고 이해해내기는 용이허구먼. 마리아 개체들의 구원은, 자기 구원은, 베드로와 꼭 같이, 이 바르도를 어떻게 통과하는가에 의존될 것이겠는다, 안 그런가?" 또 잠시 침묵하고, 줄 바꾼 듯한 소리로 이런다. "이제는 그렇다면, 이 형이하적 이미지를, 본디의 자리로 되돌리는 일만이 남았을 것이겠는가? 魂性의 靈性化, 아으, 영성!" 시동은 다시 또 자기 속으로 가라앉아들었는데, 숨 한번 먹고 가라앉은 거북이모양, 이번엔 얼른 떠오르지는 안했다. 익사치 않은 한, 그래도 안 떠오를 수는 없을 테다.

　"神이 죽었으며, 人間이 죽고, 그리고 動物, 우주적 동물이 죽어간다는 풍문이(拙箸 『小說法』, A Return to the Humanet) 흉흉한 세상에선, 갓난애들까지도 환각제 섞인 젖을 보채, 저승에까지 사무치도록 운다. 한 주기의 우주가 끝나가는 징조일 성부르다. 이런 시절에, 고맙게도 그런데, '靈性'의 문제를 들고 나와, 그것의 수복, 또는 회복을 부르짖는 자들이 있어, 사실 아직 그것은 먼 뇌우라도, 비묻어 있는 듯해, 습기가 느껴지기도 한다. 반복되는 듯하지만, 이는

선지자적 부르짖음이 아닌 건 아니다. 사실은 선지자적이다. '靈性의 회복'을 위해선, 무엇보다도 여성의 힘이 필요한데, (中原人의) '魂' 또는 (문잘배쉐의) '靈,' 또는 (天쯔人의) '지바'란 性別로는 '男性'이기의 까닭이다. (Kabhalism의 'Ruach'은, 'Spirit'의 뜻이라는데, 'Holy Spirit'이 男性名詞인 데 반해, 저 'Ruach'은 女性名詞라고 이른다 한다. 저것은 그래서 'soul'이라고도 번역되는 듯하다. 이는, Adam을 태어나게 한 'Elohim'이라는 이름의 분석의 결과 드러난 性別인 듯한데, 'Eloh(單數, 女性-Ruach)'에 'im'을 합치면 複數形이 됨과 동시에, 男性名詞化한다는 것. 그럼에도 'Elohim'이 兩性을 구비한 것은 아닌 듯하며, 'Elohim'이라는 어휘가 그렇듯, '아버지이면서 동시에 어머니'였던 자였던 듯하다. Kabhalist들의 저 특정한 'Ruach'은, 그럼으로 Kabhalism 속에 머물려두고, 말해갈 일인데, 현재 말하는 이 '靈'은 보다 더 영지파적이거나 中原의 '魂' 같은 통념적인 그것이기 때문이다.) 천재적인 촉수를 가진, 극소수의 엔네들이, 그 촉수에 느껴지는 어떤 진동에 의해, 이것을 감지하는 것으로 아는데, 그리하여 세계를 한층 더 높이려기뿐만 아니라, 習氣의 中和 같은 것을 도모하려(는 것이, 반드시 의식적, 의도적이어야 할 필요는 없을 테다)하여 女性主義가 부르짖어지게 될 터이다. '女性主義'에는 그러나 이런 것만 있는 것은 아닌 것이어서, 그것을 고려해 범주별로 분류키로 한다면, 이것에는 '우주적 여성주의'라는 계관을 씌워주어야 할 것이다. '靈'이 男性이라는 의미에서는 그러자, 남자라도, 예의 '영성'을 부르짖고, 그것의 수복을 절규하는 자리에 참가해 있다면, 그도 女性主義者라는 얘기를 할 수 있게 된다. 그러니 여성주의는 여성만이 주장하는 것은 아니라는 얘긴 게다." 시동은 잠시, 혀를 쉬게 한다. "그것을 우주적 여성주의라고 계관을 씌우는 것은, 왜냐하면 그들이 靈性을 현수막

했을 때, 어쩌면 그네들 무의식 속에서, 말하자면, 판첸드리야의 男性들이, 자기들의 내부의 어떤 장엄한 우주에서, 神을 인식해냈기와 같이, '소피아'나 '테오토코스'를 인식해냈을 것이며, 그리하여 '靈'을 감쌀 치마 열두 폭을 펼쳤을 것이었다. (天國의 은유는 저러한 것.) 그러므로 해서, 사실은 그네들 자신이 소피아며, 테오토코스인 것." 그렇게 혀를 태우고 있었을 때의 시동의 입에선 두꺼비 혀 모양의 불이라도 뿜어져나오는 듯했는데, 갑자기 침울한 얼굴을 짓자, 나이며, 별이며, 가뭄 등이 그렇게 만든, 가랑잎 같은 얼굴이 새로 드러난다. "이런 것을 두고, 이념이라고 하기는 좀 그렇고 하니, 대의 (大義)라고 이르기로 하자. 이런 대의를 품은 자들은, 어찌 그 대의를 실천에 옮기려 하잖겠는가? 그러려들자, 자기대로 최선이라고 믿는 방법에 좇아, 그 양태도 여럿으로 드러나게 됐을 터였다. 그중에서도, '권력'을 그 수단이나, 방편으로 삼으려 하는 것이, 그중 쉽게 짚여진다. 하기는 무엇을 바꾸는 데는, 무엇이 또 권력보다 속한 효험을 내는 것이 있겠는가? 그것은 사랑보다도 강하고, 피보다도 강하며, 심지어는 죽음보다도 강하다. 글쎄 그것은, 무엇보다도 막강하다. '권력'은 이 상태에서는 아직 추상적, 막연한 어떤 개념에 머물러 있어, '靈性'과도, 어떻게는 매우 유사해도 보인다. 神은 권세며, 전능한데, 그래서 신은 아름답다. 神에 도달하게 하는 것이 '靈'性이며, 靈力이다, 대개 이런 투로, 권력과 靈性이 반죽된다. 권력이 추상성에만 머물러 있을 때, 대개 저런 투의 생각의 반죽은, 혼돈스럽기는커녕, 대개는 정연하게도 보인다. 그러나 靈性은, 형이상적 아이디어임에 반해, 권력은, 형이하적 이미지화 할 때만, 그 힘의 쓰임새(用)가 생기는 것이어서, 언제든, 어떤 '竻'에 제휴한다는 것이 관찰되어진다. 권력은 '몸의 우주'에 미칠 때, 그 가장 고도한 강도를

398

드러낸다. 이 극미의 한 송이 꽃은, 그 줄기가 폭력이라는 강철로 되어 있어도 보인다. 이제 그 꽃을 쥐어 들어보이는 자가 구체적으로 드러난다. '공주(는 이 경우 권력의 상징일 테다)의 입맞춤을 받자마자, 개구리가 영준한 왕자에로 변신한다.' (이 민담은 그러니, 여자 상속제가 지켜지고 있는 고장에 속한 것이었던 것도 유추케 된다.) 이 왕자가, 얼마나 나무토막스럽든, 눈이 가늘든, 그것은 이미 문제도 되잖는다. 가는 눈은 까올리면 된다. 그는 다만 영준해 보일 뿐이다. '아름다움'에 대해 환장하여 사죽을 못 쓰는 공주(는 이 경우, 특히 '美'를, 그것도 文化道의 美를 추구하거나 찬양하는 자들을 두고 들춰낸 이름인데)들이, 홀을 쥔 이런 자들을, 아름답게 묘사해주려 하는 (짓이, 예의 저 '입맞춤'일 테다) 것은, 왜냐하면 그들이 쥐고 있는, 저 홀이 아름다워서이다. 어떤 의미에서나 '공주' 쪽에서, 저런 흉물스러운 '개구리'에게 입맞춤해주기는, 드러나기에 매우 추악한, 매우 뚱멍청이식이로되, 저 童話의 '입맞춤'은, '거친 自然을 감싼 詩的 抒情' 같은 것을 동화적으로 표현해내고 있는 것일 것이었다. 이런 자리에, 실학자들이 '예술가'들을 건너다보며, '그들은 眞理가 아니라, 美를 추구하는 자들'이라는, 비아냥 섞어 하는 정의를 빌려보는 것은, 편리할 듯하다. 저들은 아마 옳게 말했으며, 옳다는 경우, 이 세상에는, 두 종류의 聖杯가 있다는 것을, 은연중에 밝히고 있다고도 알게 된다. '美'와 '眞理'. 그러자 먼저 묻게 되기는, '권력'은 '진리'인가, 라는 것인데, 보는 눈에 따라서는, 그리고 그것이 형이상적 아이디어인 채 머무는 한은, '진리'의 편모도 드러내 보이지 않은 것은 아닐 터이지만, 쉽게 만들어지는 대답은, 그것은 '眞理'에 소속되기보다, 다른 자리에 소속되어지는 것이, 보다 타당할 성부르잖는가, 하는 우문의 그것이다. '이것이냐/저것이냐,' 즉 '이것이 아

니면 저것이다' 식의 논지인데, 그렇다면 그것은, 보다 더 '美'科에
속한 품목이 아니겠느냐는 우답이 도출된다. 그러자 이런 식의 논지
에 곧 바로 따라붙는 다른 결론 하나는, 그것이 사실로 그렇든, 아니
든, '영성'은 眞理科에 속한 품목이라는 것이다. 하기는, 自然道에
서가 아니라, 文化道에서 '美'를 찾으려 하면, 물론 만으로 억으로
많은 것도 사실이다, 그럼에도 그리고, 그 극치의 (文化道의) 美는,
'권력'이 아니겠는가 하는 소견이있다. 이런 의미에서라면, 꽤 업적
이 큰 어떤 詩人들이, '권력의 앞잡이'로 전락되어, 오명을 남기게
된 그것까지도, 변명이 될 듯하다. (그 나타나 보이기에는 '권력의 앞
잡이'처럼 보여도, '권력을 앞잡이' 삼아, 이 세상을 보다 낫게 만들어보
려는 자기의 대의에 이용하려 했던 이들도 있다면, 저런 호칭은 분명히,
피상적이며 모독적일 수도 있겠으되, 이렇게 보아도 사실은, 돌아가는
자리는 다시, 비슷해 보인다.) '詩人' 또한, 散文家들과 달리, '眞理
가 아니라, 보다 더 美를 추구하는 자들'이라고 편가르기에 무리가
(왜 없겠는가마는) 없다면 그렇다. 이것에 눈을 묶인 시인들도, 이 극
치의 美를 그냥 그대로 형이상적 아이디어인 채 둬두고 찬미의 노래
많이 지어 바쳤더면, 위대한 이름을 남겼었을 수도 있었을 것이었으
나, 형이하적 이미지화하기에 성급을 부리다, 위대한 이름 대신 오명
을 남기는, 불미로운 결과를 초래하게 되었었을 수도 있다. 제우스의
것까지도, 구상화해서, 아름다움을 잃지 않는 권력은, 없어 보인다고
해도, 史實이 事實인 이상, 과언은 아닐 성부른데, 그것의 추상성이
구상화를 치르려 하면, 피칠갑하기밖에, 다른 방도는 없는 것이 그것
이라고 하면 그렇다. (堯舜 같은 聖君들은, 손에 쥐어진 이 용천검을
차라리 갑 속 깊이 감춰넣는 이들이다 보니, 이런 자리 뫼시기가 매우 거
시기하고 머시기하다.) 이 '피'를 꼭히, 살상에서 흘리는 그것으로만,

뜻을 한정하려들면, 그런 자는 그의 우멍거지에서 피를 내보이고 나서서 의사가 소통해질 듯하다. '영성'의 기치 아래서, '권력'에 시선을 모은 자들이 범한 큰 한 오류는 이것일 성부르다, 眞理科에 속한 품목의 수복을 위해, 美科에 속한 수단을 빌리려 했다는, 그것일 성부르다. 왜 안 되느냐, 는 물음은, 다짜고짜식이랄 것이어서, 답하려 하여, 없는 지혜 더 축내려 할 필요는 없을 게다. 그럼에도, 그 동기나 의도는 높이 살 만한 것은, 분명하고도 분명하다. '이것이냐/저것이냐,' 즉 '眞理냐 美냐'라는 식으로 되지 못한 논지의 범주를 한정하다 보니, 거룩한 뜻을 가진, 예의 저 '美'의 탐구자들을, 무세월 양추질이란 해본 일도 없는 입에 올렸는데, 그들이 기라성처럼 세상을 채우고 있는데도, 그럼에도 그 세상이 좋아져본 적이 없었다면, 그 책임을 누구에게 물어야 되겠는가?" 입을 다시느라 쩝쩝거리고, 오래 침묵하더니, 말줄을 바꾼다.

"'靈性'과 '女性主義'가 언뜻 운위되었으니 말이지만," 시동은, 다시 또 쿨암리타 맛에 갈증을 낸 듯하다. 그럴 때마다 그는, 外道에 나서더라. "그 대신, 조금 속진 묻은 女性主義에 관해, 말의 침이 고이는 듯싶지만, 그래봤자 눈 위에 서리 쌓이기식일 테다. 흰 것 위에다 흰 것 보내기일 테다. 이왕 얘기가 나왔으니, 보다는, 꽤는 재미있게 짐작되는, 지금까지는 없거나, 앞으로도 없을지도 모르는, 女性主義에 관해 조금 혀를 늘이기로 한다면, 존재하기의 까닭으로, 죽지도 못해 존재하는, 이 시동이의 존재의 시간이 좀 덜 껄끄럽게 흘러갈 일 아니겠는가?" 조금 흐흐거리는 얼굴이다. "이 재미있을 듯한, 소일거리를 재밌게 요리하기 위해서는, 먼저, 저 선지자들 중에서도, 골목 어귀나, 장구에 서서, 말세를 뿌리는 자들부터 상좌에 뫼셔야 하는데, '독사의 자식들아!'라고 어디에나 없이 마구잡이로 똥

물을 끼얹는 저들에 의하면, 세상은, 지옥에서 꾸물꾸물 무더기로 올라온 독사며, 황충, 전갈이며, 지네, 피 빠는 박쥐 떼, 즉슨 붉은 용과 짐승의 대왕의 목구멍과 똥구멍에서 토해져나왔거나, 똥 싸 뭉개진 것들로 가득 차 있다는 것이다. '의인'이란 다섯 개도 없다는 식이다. 아마도 말세의 증후는 그러한 듯하다. 선지자들의 눈에, 저것들은 싹쓸이해버려야 할 것들이지만, 또한 사랑 탓에, 탕자의 어버이 되는 이들이, 자식 돌아오기 기다리듯이, 저것들 또한 죄 많은 것들이 회개하여, 사람으로 돌아오기를 빌어, 밖으로 나선 자들인 모양이다. 흐흐흐, 저들은, 자기 당대민을 지옥의 벌레로 여겨, 혐오하고 저주하면서도, 자기는 그 세계를 사랑하기의 까닭으로, 그들을 구제 구원키 위해 나섰다는 것이다. 예를 들면, 말한 바의 우주적 계관 쓴 여성주의도 있고, 흐린 눈 까올려 넓게 보려는 여성주의도 있는가 하면, 코 높인 여성주의, 아무나 아무렇게나 이해하는 여성주의, 이런 여성주의, 저런 여성주의, 많기도 많은 그 여성주의들 다 냅두고, 시동은 시방, 주름살 없애준다며, 돌팔이의원이, 여성의 이마인지, 목덜미인지, 어딘지 뉘 알아, 보톡스 주사 잘못 놓아주어, 혹부리를 붙이게 된 그 여성주의로, 노닥거려보았으면 하여, 먼저 이 경우와 어느 부분에서 매우 비슷한, 말세론자 얘기를 들춰냈는데, 이 여성주의를 운위하려면, 먼저, 아마존 여전사나, 발키리다운, 똑똑하고도 서슬이 퍼래서, 마동이 같은 서민의 새끼들은, 감히 근접도 못해볼 여성을 앞내세워보아야 한다. 그러면 얘기가 제대로 풀려, 시간도 홀맺힘 없이 흐른다. 저런 여성들에게 보이는, 일반적(?) 어떤 여성들은, 꿀 장수 여편네들모양, 보지를 한 보따리 해 머리에 이고 다니며, 수놈이라면 문둥이께도 그 보따리 열어 먹이는 년들이거나, 처먹는 것만 좋아해, 몸이 하마처럼 불어나, 제 허벅지 갈무리하기도 어려워

퍼드러져 누워만 지내는데 대놓고, 파리 떼가 윙윙거려, 새끼만 우크르하니 까재끼는, 흰 암톳 같은 년들이거나, 지나는 길목에 놓여, 지나는 놈이 이리 굴리면 이리 구르고, 저리 굴리면 저리 구르는, 눈도 귀도 입도 없어, 보도 듣도 말하지도 못하는, 크기만 누렇게 큰 호박 같은 년들이거나, 농번기에도, 갈 밭뙈기가 없다 보니, 사내가 노름판에서 개평 뜯어, 보리쌀줌이라도 싸오는가 기다리며, 토방에 퍼내지르고 앉아, 애놈의 코딱지나 뜯어먹어 쫄쫄거리는 배 달래는 년들이거나, 시어미한테 머리끄덩이 끄시고, 서방 새끼 발길질에 채여, 부엌 구석에 쭈그리고 앉아 훌쩍이는 년들, 뼈 없는 묵 같은 년들, 죽어 해파리 될 년들, 문둥이 발싸개 같은 년들, 멍청한 년들, 빌어먹을 년들, 방정맞은 년들, 망할 년들, (여성이, 같은 여성에 대해 하는 학대나 멸시, 모독보다도 더 큰 것은, 사실 말이지, 사내들께서는, 그렇게 흔하게 찾아지지 않을 것이었다. 자기도 여성인 나쁜 계모나, 사나운 시어미들이 하는, 남의 여아들에 대한 핍박은, 일동의 우물을 쓰게 하는 정도가 아니라, 그 침 튀긴 북을 들어 두들긴다면, 그 소리들은 적의 병사마다 쓰러져 눕히고도, 그 독력은 남을 테다. 다행인 것은 그럼에도, 계모, 시어머니 등이, 여성보통명사가 아니라는 것일 게다) 그런 년들에 대한 '사랑'의 까닭으로, 이년들아, 치마폭에 보리쌀줌이라도 싸 들고 마을의 주막에도 가, 위장 속에서까지 꿈틀거리는 낙지 안주에, 쐬주도 좀 처먹고 돌아와, 부엌은 싸늘한 채 애나 울리고 자빠졌는, 사나놈 좆자리 되는 데 무릎치기도 해보고, 이래도 해보고, 저래도 해보다, 높은 자리에도 올라, 애 방자야, 곁에 있는 크고 실한 사내놈 하나 불러, 예으이—, 가서 십전대보탕 한 잔 받아오거라, 소리도 좀 높이고 해보라고, 축적인다. 그들도, 아침으로 면도만 하지 않을 뿐이지, 사내들과 다를 바 없다. 거기 잘못된 것은 천만에 하나도 없다. 세상은 그렇게 되었어야 옳다는 것이, 나 시동이의 확고한 신념이기도 하다." 시동, 클클거린다. "나 시동은 그러고도 또, (선지자들이 그렇게 읽는) 세상의 종말적 증후군도, 그렇게 만들어온 자들이 누구였겠는가, 그들이 그 세상을 앞서서 운영해왔으니, 글쎄 누구였겠는가, 남성들이었다면, 그 치유는, 즉슨 세계의 내일은, 그렇다면, 女性들에게밖에 기대할 수 없다고도 믿어, '계관 쓴 여성주의' 예찬을 바쳤던 것이었다. 글쎄지, 이 세기의 종말적 증후군을 보라, 누가 이 세상을 운영해왔던가? 대답은 미리 되어져 있는 것, 발키리들이 이르는, 男根 단 이들, 사내들이 아니었는가? 그렇다면 그들에게 무엇을 더 기대할 것이 남았겠는가? 무슨 기적이 일어날 성부른가? 그들께 무슨 희망이 남아 있는가? 자기의 세상을 열심히 지켜본 이들이라면, 대개는 그렇게 눈을 돌리게 마련일 듯하지만, 이제도, 아직도, '희망의 노래'를 부르고 싶거나, 듣고 싶어 하는 이들이라면, 태어났을 때, 그것 하나를 구비치 못하고 태어났다고 해서, 그것이 휘둘러지는 포악에 눈물 흘려온 자들께로 눈을 돌려, 새로 찬찬히 살펴보려 함에 분명하다. 뭘 더 장황스레 주억거릴 필요가 있는가, '아직도' 분명히, 희망은 거기에 남아 있거나, 숨어져 있다고 보고, 믿으려 할 것이다. '치마만 입었지, 열 사내 뺨치는 남자'라는 말로서, 똑똑한 여성을 형용하는 속담이 있다. 이런 여성의 문잘배쉐 이름이 '발키리'거나 '아마존'일 테다. 마는, 그래서 이 발키리들이 하는 짓은 무엇이었는가? 결국은 그들도, '치마만 둘렀을 뿐'이지, 그들이 어떤 종류의 혐오감을 갖고 타도하려 했던, 예의 저 남근주의자들이 해온 것과 같은 그 똑같은 짓의 되풀이 말고, 무슨 다른 짓에 나서, 그 과업을 성취했는가? 그 뻔한 대답을 듣자고, 이런 물음을 묻는 것 아니다. 그 뻔한 대답되는 데까지 이루자고 부르짖어진 것이 '여성주의'라면, 그건 일견 아름답기도 하되, (女流들은, 이런 망발스러운 어투를, 부아 나도 참아야지 어쩌겠는가?) 망발스러운 기치여서, 그것 하자고 뭉칠 필요도 까닭도 없는 것이었던 것을! 되풀이 되풀이 되어져온 얘기가 이것이지만, 전쟁이나 온역, 천재지변 같은 것이 일어나, 그 균형을 조절하려들지 않는다면, 인구 팽창이라는 것이 결과하는 데, 좋아, 저절로 여성의 권위는 격상하게 마련인 것이, 다른 형태의 '易의 균형 잡기'로 드러나는 것인 것. 이것을 보다 분명하게 밝히려 하면, 새로 한 벌, '魂氣/魄氣'의 얘기를 주억거리는 것이 필요할 것인데, 그렇다면, 되어진 얘기는 생략해버리는 것은, 청각이 가벼워질 일일 테다. 인지가 보다 더 개발된 세상에선, 이것 중의 어떤 것도 그 확연한 모습을 드러내는 일이란 없어, 어떻게 보면 보이고, 어떻게 보면 보이지 않아, 매우 복합적 형태을 취해 있다고 여겨지는데, 그럼에도 그 알쏭달쏭한 여러 겹의 옷을 벗겨내고 본다면, 보여지는 것은 인구증가의 필요가 있을 땐, '一夫多妻Polygamy' 쪽으로 기울어, 하나의 수컷이 여럿의 새끼를 까내재끼게 함에 반해, 인구가 팽창해지면, 그 반대의 현상Polyandry을 드러내게 된다는, 그것인 것이다. 혹자는, 저게 무슨 빙충스럽고도 망발된 소리냐고, 흰 눈 떠 삿대질하고 덤비려 할지도 모르지만, 이 시절에 보여진 그 증후군 속에서 한두 가지만 예 들어 보이기로 한다면, 이 이전 주기의 세상에 나타났었던 이제는 없는, '공룡Dinosaur 숭배'도 그 하나며, 운동경기장에서 뿜어올리는, 광열적 열기도 그런 하나라고 분명하게 짚어내 보여줄 수 있을 게다. 전에는 '짐승의 대왕'이라고 일렀던, 이 시절의 저 '공룡'은 무엇이겠는가, 잃어졌거나, 잃어져가고 있는 '男性,' 특히 性器와의 관계에서의 그 '강장함'의 상징은 아니겠는가?—이 자리에서 분명히 해둬야 되는 것은, 같은 대상이라도, 인구 증가가 필요할 때에 보이는 그것과, 인구의 팽창의 까닭으로 보이는 그것은, 같은 것으로 보여지지 않는다는 것일 게다―운동경기장에서 영웅을, 즉 남성적인 남성을 찾기도 또한, 이런 복합성의 한 발로일 때, 그 관중은 성교의 절정에도 비교될, 무아지경에 이르기까지 광열적일 수 있는 것일 것, 으로도 '관찰되어진다.' ('관찰된다' 대신 '관찰되어진다,' 또는 '본다' 대신 '보여진다'라는 투의 수동태적으로 드러난 語尾들에 접하면, 성가실 때가 많기는 많다. 이것에 관해서 말하려 하면, 상당량의 말이 소비 '되어질' 것이겠으나, 이런 것을 알면서도 구태여 그것을 쓰려 하는 말꾼이나 글꾼이 있다면, 첫째는, 회피할 수 없는 경우가 짚이고, 둘째는……, 셋째는, 넷째는……, 그리고 끝으론, 말하거나 글자로 쓰는 이가, 직접적으로, 듣는 이나 읽는 이와 얼굴을 맞대려 하지 않아, 슬그머니 회피하려 할 때도, '쓰여지는' 경우도 '짚여진다.' 게다가 말은 生動하는 것인 것. 이 말을 길들이는 길은 한 가지만 있는 것은 아닐 테다. 재갈에 물려진 말이, 굴레에도 씌워진다. 受動態 말은, 能動態 위에서만 가능하다는 말이 되어졌겠는다. 수동태 말은 그러다 보니, 보다 더 복합적이겠는 듯이, 관찰되어지기도 한다.) 어찌 그뿐이겠는가, 찾아보려 하면, 인구 팽창의 기운에 좇아, 남성의 추니화 경향은, 어떤 사소한 모서리에서라도 흔하게 찾아지는 것일 것인 것. 이 일처다부(一妻多夫)주의는 그래도, 한동안(이 얼마일지 뉘 알아?) 정신적인 것에 머물러 있을 수 있는데, 그것이 실제적으로도 현실화되어질지, 아니면 어떻게 극복되어질지, 그것은 아직 씌어지지 않은 독본 읽기에 속하는 문제일 테다. 그렇다면, 부르짖어지는 여성주의란, 이제도 '우주적 여성주의'는 성배처럼 뫼셔두고 말이지만, 매우 빙충맞고도 뒷북치는 식의, 망발스러운 운동이 아닌가 하게 되는 것. 어디서 창병 얻어 돌아온 영감놈의 학대에 시달리며 늙어온,

그 무슨 노파스러운 짓인가? 그래도 여성주의자들이 뭔가를 더 부르 짖어야겠으면, 안포-타즈의 불능의 회복 같은 것이 되어야 하잖을 것 인가? '靈性'이 운위되는 여성주의는, 저렇게 이해되어져도 되는 것 이 아니겠는가? 男性을 흙발 밑에 딛고 일어서려기보다, 그들을 흙 밭에서 안아 일으켜 세우는 것이, 이 시절의 한 '희망의 노래'가 되잖 겠는가? 이 남성들은, 오천 년보다도 더 늙어, 흙밭에 꼬꾸라져 누워 서는, 이제는 일어서기조차 못하고 있다면, 그래서 누군가가 그들을 일으켜 세우지 않는다면, 문잘배쉐는 극복되지 못한다. 남성들의 두 터운 그늘 아래서 희미해져, 이제껏 잘 보이지 않던 여성들의 얼굴이 그러자, 새로 크게 보인다. 발키리-아마존들이 그렇게도 혐오증을 갖고, 냉대 멸시해온, 앞서 말한 이런 년 저런 년 멍청한 년들이, 흩 어진 옷깃을 여미면서 배시시 웃고 일어선다. 그들이 남자를 배 위에 얹고 떠받쳐왔을 뿐만 아니라, 세계도 또한 떠받침해오고 있었던 것 이, 그러자 새로 보여진다. 풍요함을 잃은 적이 없으되, 불모에 당하 는 여성은, 창세부터, 언제든, '여기, 이 자리'에 있어왔다. 그렇다, 그들은, 납작하게까지나 밑자리에 깔려 세계를 밑받침해오고, 블랙 마돈나들은 그 세계를 떠들어 올려온다. 블랙마돈나의 재림이 필요하 다! 사내들이란, 자기들의 세상에 대해서는, (歷史에 대한 宗敎만큼 이나) 해스러울 때가 많은데, 그들의 군홧발 지나간 자리에선, 오래 오랫동안 풀 한 포기도 자라지 못한다. 그들은 노상 전투나 전쟁에는 이기고도 (이것을 일러, 革命이라거나 文明이라고 금박지로 포장해온 것일 것이었다) 戰場을 잃는다. 이 아수라들은, 허리 아래쪽 짐승의 울부짖음을 뭉쳐 막강한 힘을 만들어서는, 허리 위쪽의 신을 타도하 려 하여, 원정에 오르는데, 신은 머리통이 잘리고, 그리고 남는 것은 刑天이다. 무참한 자기 거세를 초래한다. 문잘배쉐의 황폐이다." 시동은, 히죽히죽거리며, 번들거리는 눈을 휘번덕여쌌는다. 그러다 오래오래, 아마도 반나절쯤 입을 열지 안했다. 아마도, 자기 처한, 광야, 그 황폐에 마음을 묶고 있었던 듯한데, 새로 씨부렁거려진 소리대로 따르면, 대략 그러해 보인다.

"그래도 아직은 형편이 그렇게 나쁜 것은 아니다. 아닐 것이, '몸과 마음'이 현주소를 같이 해 있는, 이란성 쌍둥이라면 그렇다. 저것을 구태여 '구상적 이미지'화한다면, '骸骨'과 '肛門'이 같다는 얘기겠는데, 羑里式 觀法으로는 그렇다. 시를 다퉈 증가하는, 균들의 세상〔菌世〕에로, 그런데 '마음의 우주'의 소식을 짊어진 탈리에신이, 오고〔如來〕 있다는 풍문이 있으니 그렇다. 그러니, 보다 더 구상적으로 밝혀보기로 한다면, 아니, 사실은 보다 더 비의적 어투를 빌려보기로 하자면, 항문을 통해, 속으로 쏟겨들어간 불이, 똥 창자(는, 菌世거니!)를 거쳐, 해골에 도달한다는 얘기로 되겠다. 해골은 재인것. 재를 성취한다. 이 불-탈리에신을 임신한 검은어미는, 이 자식의 딸이겠도다. 블랙마돈나─문잘배쉐,가 만삭에 임했다는 그 복음은, 유리를 둘러서 왔다는, 타무스라는 사막의 수부가 전한 것이었거니. 인간의 이 어미는 앓는 어미이다. 자식은, 이 어미의 옆구리를 터 나올지도 모른다. 자식을 승리하게 하려 하여, 어미는, 아비를 패배케 하고, 자기는 노상 희생한다. 그리하여 어머니가 태어난다. 그리고 인간이 재림하는도다!" 그리고 시동은 어째 좀 숙연해진 얼굴로, 광야를 내어다본다. 그러다, 쿨암리타에 취해서 해본 배회로부터 돌아온다.

"하기야 나도, 삶 자체를 역마을에서 보내야 되는 시간처럼 여기고 있는 데다, 갈 데가 어디일지를 모르겠다 보니, 다 가버린 것처럼 믿고 있는 것은 아니라 해도, 더 갈 데도 마땅스레 떠오르지도 않으니,

이런 소리겠지만, 내게는 없으나, 다른 이들에게는 있는, '생활(生活)'이라고 일러야겠을, 바쁘게 사는 '삶'에, 잠시 잠시 끼어드는, 하품 나는 시간을, 역마을에서 서성이는 시간이라는 식으로, 빨리 건너뛰어버리고 싶어 하는 일을 두고는 동의할 수가 없구먼. '생활'과 '삶'은, 일반적으로 동의어일 것이라도, 나 시동에게는 '생활'이라는 것이 없다 보니, 이렇게 나눠 얘기지만, 그 하품의 시간이야말로, '생활' 속에 끼어든, 다만, 또는 오직 그만의 '삶'의 시간은 아니겠는가, 하는 생각도 있어 말인데, 생활을 위한 시간은, 회피할 수 없이 치러야 하는 시간임으로, 차라리 그것을 대합실의 시간이라고 바꿔 생각해버리면, 어떤 현상이 나타날 것인가?" 시동은 그리고 씻듯 웃고, 이랬다, "내가 그 대답을 얻게 될 때, 알려줄꾸마." 그러곤 킬킬거렸다. 쿨암리타의 여취가 있는 듯했다. 그리고 거기까지, 중얼거리기로 풀어온 생각의 꼬리를 보려는지, 이어 이랬다. "종말인들을 두고, '반은 두더지고 반은 난쟁이'라고, 모독적인 언사를 마구잡이로 휘둘렀던 사내도 있었더니, 하기는, 하기는 말이지, 그들은 그래서 보면, 차투린드리야와 판첸드리야의 접경 어디서 서식하고 있는 유정으로도 보인다. '자연'을 만약, 니고다로부터 차투린드리야의 총체라고 보고, 그것을 상징화하여 '두더지'라고 이른다면, '문화'는, 저 두더지의 중력에 당하는 '난쟁이'의 모습을 띠어 있어도 보인다 말이지. '난쟁이'가, 진실로 인간적인, 그것도 거인적인 인간을 회복해내려거나, 성취하려 한다면, 아으, 초인의 의지여, 그대는, 저 '두더지'뿐만 아니라, '난쟁이' 또한 극복하는 수밖에는 없으리로다. 다시 다른, 비유나, 상징을 만들기로 하여, '자연의 폭력성'을 '솔개'라고 환치하고, 노상 그 폭력에 시달리는 '문화'를 '비둘기'라고 상정하기로 한다면, '시비왕(尸毗王)의 고행담'을 새로 고려해보게 하는데, 그러자 시비는 무엇을 위해 그 고행 난행을 자초했었던지, 그 까닭까지도 살펴진다. '여리고의 고행자'에게서도 그것이 어렵잖게 짚여지는 대로, 시비 또한, 자기 속의 두 상반된 의지를 두고 고뇌했던 자였었을 것으로 짚이는바, '비둘기의 의지와, 솔개의 의지'였었을 것인 것, 그의 과제는 분명히 '솔개'의 극복에 있었을 것인 것. '차투린드리야를 판첸드리야에로 들어올리는 종교는 예술'이라는 전제하에서는 그러면, 저 '비둘기'는 '예술'이라고 이해하는 것은, 당연한 귀결일 것. 그렇다면, 인간은, 진실로 인간적인 인간을 고수하려 하거나, 성취하려 하거나 재림을 서둘려 하면, '솔개'의 추적을 피해, 시비의 가슴에 안겨들어 보호해주기를 바라는, 저 '비둘기'를, 솔개에게 내주어서는 안 될 것이다. ……그러고도 이것은, 언제가 될지는 모르지만 시비 왕은 그럼에도 종내는, 저 '비둘기'를 죽여야 할 게다. 비둘기는, 그의 '자아'였었을 수도 있다고, 환치하고 보면 그렇다. 비둘기는 그리고, 죽어야 할 것이다. 그러면 그의 고행도 끝날진저! (尸毗王的) 고행이란 궁극적으론, 욕망(欲望), 욕생(欲生), 번뇌(煩惱), 법열(法悅) 등, 모든 욕균(欲菌), 욕연(欲緣, 羯磨)을 철저하게 끊자는 것이 아니겠는가. 허무(虛無)를 극복한 황폐화(荒廢化)가 아니겠는가? 허무를 극복한 황폐화라 말이렸음? 아으, 황폐는 아름다운가? 그것은 루타며, 루타를 벗어나 있고, 아르타며 또한 아르타를 벗어나 있다!" 시동이의 눈은 번쩍거렸으나, 잠시 후엔 그 눈에, 혼돈이랄 운무가 덮여, 눈과 눈빛 사이에 궁창이 나뉘지 안했다. 그 아래쪽으로 시동은 깊이깊이 가라내려 앉고 있는다.

"선지자적(이란, 반드시 지혜 있는 자라는 의미는 아닌 듯하며, 대신 어느 누구보다도, 충혈된 눈으로 자기의 세계를 쏴본 자라는 뜻이 더 강해 뵈는데)이려 하면, 그는, 지혜 있는 이들이 입도 다물고, 눈도 내려 감아, 낮잠에라도 들려 하며, 그 시절의 짐을 시간에다 떠맡기려 하는 것에 반해, 라그나뢰크를 준비하는 로키(Loki, 'Loki's Flyting')가 된다. 로키는, 자기의 세계를 저주했거나, 헐뜯었으니 그는, 안됐게도, 빛이 닿지 않는 동굴에 처넣어졌으며, 그러곤, 자기의 자식(Narvi)의 터뜨려내진 창자를 오랏줄로 하여 묶였는데, 묶는 대로 그것은 쇠처럼 단단하게 굳었더라고 했다. 신들은 그런 뒤, 한 마리 거대한 독사를 그 천정에 매달아두고, 시간도 없이, 시간에 맞춰, 그의 얼굴에다 독을 떨어뜨리도록 해두었더라고, 얘기는 전한다. 죄의 까닭으로, 범죄자를 사형해버리는 것보다도 더 극형은, 그 죄인을 영구히 죽이지 않는 형벌인 듯하여, 프로메테우스, 시시포스, 익시온, 탄타루스, 그리고 안포-타즈도 꼽아야겠지, 등은 죽지도 못하며, 면역도 가능되어지지 않는, 늘 갱신되는 고통에, 이 현재도 당하고 있다는 것은 널리 알려진 얘기거니와, 로키에게 주어진 이 형벌도, 인류가 생각해낼 수 있는 그 극형 중의 하나인 것은 분명하고 분명하다. 이 형벌의 비의(秘儀)스러운 부분을 펴본다면, 로키라는 이 아비를 삼켜, 창자 속에 담아버린 괴물은, 다른 누구도 말고 그의 자식이었던 듯한데, 아비에 대해서 자식은 '미래(未來)'가 아니겠는가. 그리고 형벌로서 주어진 시간은, 독사 말고 다른 것은 아닌데, 그것은 영겁을 회귀한다고 하는 데에, 저 형벌의 우주적 비극, 저주가 있을 테다. 불행하고 비극적이되, 이런 형벌에 처해진 자들이 있다. 안포-타즈는 제외해야 하겠지만, 저들은 천기(天機)를 누설한 자들이다. 받는 고통, 우주적 고통이라는 의미에 있어서는, 앞서 예 든 이들과, 안포-타즈 또한 별로 다름이 없는 처지에 있다고 하겠으나, 안포-타즈의 고통은 주어진 것이 아니라, 자초한 것이라는 다름은 있는데, 그것은 그가, 우주적인 대의를 조금도 잘 읽어내지 못했거나, 곡해한데 연유한 것으로 보인다. 『유다福音』의 기술자에 의하면, 그의 주가 입은 '몸[肉身]'은, 잘못된 하나의, 어떤 종류의 형벌 같은 것으로서, 그래서 입어진 그 몸의 까닭으로, 그의 주 또한, '몸 입은 것들이 사는 세상'에로 별수 없는 유형길에 올랐다는 것인데, 배반의 형태로 나타난 유다의 도움에 의해, 그의 주는, 그 형벌, 그 유형, 한마디로 그 고통으로부터 해방을 성취했다는 모양이었다. 그 복음은 그 자리에서 더 들리지 않는다. 그런데 그 뒤 복음은, 안포-타즈에 의해 들리기 시작한다. 안포-타즈는, 할례에서 잘린, 어린 예수의 귀두를 덮었던 피부 조각을 찾아 헤맸었기모양, 이번에는, 성년이 된 그(예수)가 벗어버린, 그 몸의 행방을 찾아 헤맸던 모양인데, 어느 날, 홀연히, 안포-타즈는, 자기가 입고 있는 그 몸이, 다름 아닌, 자기가 찾아 헤맸던 이가 벗어놓은 바로 그것이라는 것, 그것을 깨우친 모양이었다. 그러니까, 유다는 자기의 주의 옷 벗기를 거들어주었던 자였는데, 그렇게 벗은 옷을 대신 입어준 자는 안포-타즈였던 것이다. 성배에 대해서처럼, 안포-타즈는, 무엇의 아르타보다, 그것의 루타를 끊임없이 추구해온 기사였던 것인데, 그의 '우주적 대의'의 고의적이거나, 고의적이 아니거나, 오독 곡해 현상은 여기 어디서 일어난 듯하다. 라는 것은, 『공관복음서』라는 복음서들이 전하는 복음에 좇으면, 예수는, 입어진 몸, 그 형벌, 그 유형, 그 고통을 벗기 위해 '땅의 여리고'의 40일을 살고 간 것이 아니라, 땅의 모든 고통을 그 몸에 싸안아서는, 송두리째 그 몸을 우주의 게헤나에다 퍼버리려, 그 몸을 입어왔던 자였더라고 하는 것이 아니던가? 이는 물론 詩學이 아닌 것은 아닐 테다. 마는, 모든, 이 육신의 장소에서의 'concrete image'들의 'abstract idea'화에는, 일견 詩學이라고 보이는, 이 태막을 거처서라야만 가능하다는 것, 그래서 그쪽 편에서는 그것이 實

學化한다는 것, 그것도 염두해둘 필요는 있다."침묵, 가라앉기, 낙수 깊이 기복하기.

"'잭'은 이후 어찌 되었더라 했더라?" 떠오르기. 시동이 씨나락 까먹는 소리—, "파르치발은 이후 어찌 되었을꾸?" 다시 한 톨 더 까먹고 시동은, 이어서, "안포-타즈는, '거세(去勢)'를, 그리고 그에 수반한 '상고(傷苦)'를 치열하게 마주하기, 환언하면 '사회적 피학증'에 수난한 이였으나, 운명적으로, 안포-타즈의 대를 이어 성배지기가 되게 되어 있다는 파르치발은 그래서 무슨, 그리고 무엇의 역(役)으로 선택된 이인가?" 자문하고 시동은, "'성배'의 어느 쪽 뺨을 그는 보게 될 것인가?" 생각하고 시동은, 이었다. "성배의 여러 은총이나 덕성들 중에서도, 크게 꼽히는 것들 중의 하나는, 앓는 이들을 낫게 한다는, 그 치유력일 것이지만, 이 앓음은 육식적인 것만을 의미하는 것은 분명 아니었을 것이었다. 성배지기 어부왕은 그런데, 자기의 육신적 상처가 치유될 수 있다 해도, 자기의 고통에서 하늘의 즙을 빠는 그는, 고통으로 백결이 된 그 옷을 그러니, 결코 벗고 싶지도, 벗으려 하지도 않을 것은 분명하고도 분명하다. 파르치발은 그래도 꼭히 돌아올 이유가 있는가?" 생각해보는지, 잠시 잠잠하다. "그래도 돌아와 성배지기의 대를 이어야 하는 것이 그의, 하늘이 정해놓은 임무라면, 돌아오기는 돌아올 것인데, 성배지기는 있어야 되는즉, 젊음까지 연장해준다는 성배를 지키는 자의 얼굴의 주름살이며, 저승꽃이 볼썽사납다는 이유로, 보다 생기 있는 얼굴로 대치하겠다는, 의미는 아닐 것이겠지. 파르치발이 짊어질 짐이 또 있던가?" 생각하고 시동은, "하기야, 전원이 황폐해져 있은즉, 어찌 돌아오려 하지 않으리오?" 한 구절 귀거래사(歸去來辭) 읊조렸다. "그가 어디서, 찾아 떠난 성배를 찾았거나, 어느 날 갑자기 깨달았기를, 성배는 그러나 문잘배쉐에 있는 것을, 헛되게 멀리 헤맸다, 뒤늦게 새롭게 깨닫게 되었거나, 또 아니면 신산험로에 지치고, 그 또한 노쇠했다고 여겨, 떠난 자리에의 끓을 수 없는 향수를 느끼고, 돌아오려 해 돌아오는 길에 올랐다면, 처음과 둘째 경우라면, 그가 성배지기로 나앉았을 때, 그가 무엇을 하려 할지, 그것은 물을 것도 못 될 터이다. 그러나 빈손으로, 사람도, 탄 말도 지쳐, 쉬고 싶어서, 그리고 떠난 땅에 몸을 누이고 싶어서, 그래서 돌아오는 길이라면, 무엇을 생각하게 될지, 그것은 궁금하다." 시동은 그리고, 파르치발이 탄 말발굽 소리라도 들리는가, 저쪽에서 오는 그의 모습이라도 보이는가, 누구를 기다리는 이들이 사립짝 너머 귀 보내고 눈 보내듯, 광야의 어디라 없이 눈을 멀리 보낸다. "외부의 사람들이나, 문잘배쉐를 떠나 뒤돌아보는 사람들은 누구나 없이, 문잘배쉐가 앓고 있다고, 어부왕이 성불구로 하여, 문잘배쉐라는 비옥한 대지가 불모화해져 있다고, 문발배쉐는 황폐의 대명사라고, 또는 숙주라고 그렇게 알고 있는 것으로 아는데, 이것은, 어떤 한 집단의 중심에 서 있는 자의 얼굴과, 그 집단 속에 있으며, 집단을 이룬 개체의 얼굴의 크기를 가늠해보게 하게 한다. 어느 고장에나, 생래적이든, 똥을 칠갑한 애의 아랫두리를 핥던 개의 이빨이 잘못 다쳐서든, 창병의 까닭이든, 투기심이 남다른 마누라가, 남의 계집이라면 사죽을 못 쓰고 보채는, 남의 음수 묻은 것을 물어 떼내버려서든, 또 아니면, 마상창질하기에, 재수 없게도 치부에 창을 맞아서든, 이래서든 저래서든 어째서든, 고자들은 섞여 있는 것임에도, 그런 고자들이 섞여 있다고 해서, 그 까닭으로 그 고장에 황폐가 초래되는 일이란 없는 것이 아니더냐? 그뿐만 아니다, 한 무리의 중심에 있는 자라도, 너무 많은 배설의 결과, 정수 속에 버글거려야 될 벌레가 줄어졌기뿐만 아니라 쇠약해, 그렇게도 많은 비빈들의 아랫배

414

에 기름이 쌓였어도, 그래서 그네들 침상 어디에서고 애 우는 소리가 들리지 않는다 해도, 그래서 대(代) 잇기에 어떤 차질까지 있는다 해도, 그 땅이 불모화하는 것은 아닌 것. 어떤 이가 그 집단의 중심에 앉았기에 좇아, 그 집단, 그들의 서식지에 변화가 올 수 있는 것은 얼마든지 보인다. 그래서 농업이 발전한다거나, 목축업이 성황해진 다거나, 이웃의 땅을 쳐들어 국토가 확장된다거나, 사유의 공유화가 서둘러진다거나, 독재주의가 행해지고 있다는 식으로, 그 변화의 형태는 여럿으로 드러날 수 없는 것은 아니다. 그러나 어째 '문잘배쉐' 인가? 불모와 황폐의 고장의 '가난'도 가난이지만, 그보다는, 그 가난은, '불모, 황폐'의 보다 더 구체적 대명사였거니―. 그 성주의 불구뿐만 아니라, 그 환처의 고통이, 어떻게 그렇게 확대 확산을 겪을 수 있는가? 그 대답 찾기는 성배 탐색만큼이나 어렵거나, 아니면 그 '대답'이, 찾아야 하는 성배일 테다. 문잘배쉐는 그래서 문잘배쉐이다. 우주적 '치유력,' '빛돌'이라는 '聖杯'와, '성불구,' 그리고 암흑이 공존하는, 저 회화적이며, 역설적 일점이, 문잘배쉐를 우주의 중심에 놓게 하는 관건이던 것이어서, '문잘배쉐'인 것이다. 그 성주가 구레네 사람 시몬 역을 자처하기에 의해, 문잘배쉐는, 우주 내의 구레네던 것이다." 시동이의 독백은, 잠시 멈춰진다. 존재하기 때문에 생각한다는, 시동의 존재하기가, 잠시 휴지 속에 가라앉는다. "문잘배쉐가 그러자, 뭔지 그 의미를 구상화하기 매우 어려운, 추상적 아이디어화해버리는 것이 보인다. 그런데 안포-타즈의, 일차적, 그렇다 일차적 위대한 승리며, (그 승리가 동시에) 패배는, 이 형이상적 아이디어의 '성배'에로의 구상적 이미지화에 기여했다는 것일 것이었다. 이것은, 안포-타즈라는 용감한 기사가, 퇴치하기 위해 불러낸, 독룡 같은 것인데, 결과는 그것이 안포-타즈를 뱃속에다 쳐넣어버린 것이 보인다. 성배는 不毛다. 이것에다 '땅의 소망'이라는 단서는 붙여야 할 것이다." 시동의 씨불임에, 잠시 휴지가 끼어든다. 그러다 말줄을 바꾸듯이, "파르치발은 돌아오고 있는 중이거나, 반드시 돌아올 것인데, 자기를 위해서일 것인가, 아니면 문잘배쉐를 위해서일 것인가? 자기를 위해서라면, 어쩌면 돌아오는 길에 올랐다가도, 다른 방향으로 말머리를 돌릴 수도 있다. 그러면 누가 성배지기의 대를 이을 것인가? 문잘배쉐를 위해서라면, 그는 과연 무엇을 생각하고 있을 것인가?" 시동의 의문은, 다시 거기로 돌아가 있다. "두 경우가 짚인다, 하나는, 안포-타즈는, 聖杯나 基督의 '人現'이나 '現在'라는 데 신념을 묶는 일이며, 다른 하나는 '象徵'이라고 치부해버리는 일이다. '人現'이나 '現在'랄 때 그는 어쩌면, 롱기누스의 독창을 쥐어, 그의 가슴을 겨눠 던지려 할지도 모르며, '象徵'이랄 땐, 그 같은 창을, 문잘배쉐의 '불모와 황폐'를 겨냥해 던지려 할지도 모른다." 시동은 그리고, 침묵의 무거운 돌을 매달고 정적의 심연 아래로 가라앉아 내려갔는데, 시간까지도 정지해버린 자리에로 무량겁의 시간이 흘러갔거나, 쌓였다. 시중(時中)에로 가라앉아든 것이다. 그런 어느 일순, 그 정지의 심연 바닥으로부터, 뽀그륵, 공기 방울이 솟아오른다. "바랄 것은 그러나, '황폐 불모,'라는 페노메나Phenomena를, 노우메나Noumena로 바꾸려 하지 않기 아니겠는가?" 이는, 문잘배쉐에 와서, 문잘배쉐의 언어를 얼마쯤 습득한, 유리의 순례자의 입냄새를 묻혀 있어 뵌다. 유리의 언어로는, '色'일 것을, '노우메나'라고 번역했었을 것이 추측되고, 그렇다면 '페노메나'는 '空'의 그것에 근사한 어휘로서 들춰진 것이라는 것도 짚어내진다. 구차스럽고도 귀찮도록 써먹혀온 'concrete image'와 'abstract idea'도, 이런 것들과 닮아 있어 뵈는 것인 것. "또 어쩌면, 새로 바랄 것은 그럼으로, '황

416

폐, 불모'라는 페노메나를, 노우메나로 바꾸려 하기가 아니겠는가?" 그것이, 안포-타즈의 자식이며, 유리의 순례자의 불머슴인, 시동이 가, 이때껏 해온 방황과 배회를 통해 이해하는 문잘배쉐의 '황폐와 불모'인 것은 분명하다. 안포-타즈편에 다시 서기이다. "그것은, 그 런데, 이렇게 보면 '노우메나'며, 저렇게 보면 '페노메나'이다." 시동 은 다시 그러나, 자기의 입지를 구축하려 하는 모양이다. "'황폐, 불 모'를, 추상적 아이디어로 보느냐, 구상적 이미지로 보느냐는, 관찰 자의 관점에 따라 다르겠으나, 추상적 아이디어를 구상적 이미지화 (空化色)하려 하면, (神이 실종되듯) '성배의 실종'이 따르고, 반해 서, 구상적 이미지를 추상적 아이디어화(色化空)하려 하면, (에덴이 그랬듯) '문잘배쉐'가 실종해버리는 것을 보게 될 것으로 보인다." 시 동은 후자 쪽에 주목하고 있는 듯하다. 시동이의 문잘베쉐는 없거나, 모든 곳에 있는 게다. 그것이 그의 광야일 것이었다.

시동은 입을 다물고, 광야 쪽에다 시선을 보냈다. 자기의 광야를 새로 내어다보려는 모양인데, 그러는 어느 순간부터 시동은, 어지럼 병 기를 느낀 듯하여, 눈에서는 중심이 흔들리고 있었다. 광야가, 아 니면 시동이의 눈이나 마음이, 펄럭이거나 출렁이기 시작한 것이다. 그 텅 빈, 열림/닫힘이, 일순, 어차피 열려 있는 열림 쪽으로만 끝없 이 확대 확산하더니, 삼차원적이던 것이 이차원으로, 그리고 대무(大 無)라고도 이를, 무차원화해버리는 것이었다. 시간의 현재, 그리고 장소의 이 일점으로부터 시발한 이 확산은, 영겁의 시간의 과거는 물 론, 미래 쪽으로 보라쳐(vritti)간 가〔邊〕 없는 원(圓)운동이었으나, 어차피 있었지도 않은, 모든 입체(立體)들로부터 입체성이 사상(捨 象)되기에 좇아서 드러나는 그 평면(平面)은 시동의 눈엔 사각(四 角)으로 보였으되, 시동이로서는 현재, 시각이나 생각의 능동성을 잃고 있어, 보여지거나, 인식되어지는 대로만 보고, 인식할 뿐이기는 하다. 저것은 시동이게 견딜 수 없는 두려움을 일으켰는데, 어지럽게 했으며, 건구역질을 돋쫬다. 그 모두는, 정적한, 침묵의, 무음 속에서 일어나고 있던 것이었다. "나는 그러고도, 보는 것을 배우려 하잖았던가?" 죽을 듯이 건구역질을 해대며, 그 견뎌내기 어려운 공포에 당하면서도 시동은, 그래도 눈만은 간신히 어떻게 뜨고 있다. 시동이, 의, 뜬 그 눈에 보여진 대로만 좇아 말한다면, 그 자신을 포함한 이 대천세계의 모든 입체는, 어떤 원심적 운동의 확력(擴力)에 의해, 얼음덩이가 녹기에 좇아 일어나는 현상과 마찬가지로, 입체성을 잃고, 평면으로 펴 늘여져서는, 늘어진 그 당장 모든 방향으로, 사방으로 흘러 빠져 갔는데, 누가 우주의 끝 간 자리를 보았겠는가, 마는, 거기 끝난 자리가 있었다고, 그래서 자기는 그것을 보았다고, 시동은 믿었다. 이 擴力이 보여주는 것에 좇으면, 모든 운동은 직선적이라는 것이었는데, 그런데, 동(動)에도 끝은 있다고, 그래서 자기는 그것을 보았다고, 시동은 믿었다. 그 너머는 그러나 더 건너다보이지 안 했다고, 뒤늦게야 기억해낸다. 끝 간 자리를 보았다는 자가, 그 너머를 개의하고 있다는 것을 그리고 알아내고 시동은 실소한다. "사람의 인식의 그물에 걸려 구상화하지 않는 것도 있겠는가?" 씨불이고 "그러나 그 구상화한 인식을 언어로 표현해내려 하면, 애기 잦는 심술궂은 노파가, 키클롭스Kyklops에게다 '놈Gnome'의 옷을 입히려기처럼, 입혀진 부분보다 입혀지지 못한 부분이 더 많은 까닭은 무엇인가? 사람의 언어는 아직도, 그들의 무의식이라는 대지에 대해 '놈'이러라! 놈들이 주야로, 그리고 몇 겁을 곡괭이질해 파내려가도, 모이는 보석은, 오물에 묻은 하초에 약으로 쓸 'a piece of earth'도 못 되거니." 시동은 좀 우울해진 얼굴이다. "그 '너머'가 또 있을 것

이라면, 그게 어째 '끝'이겠는가? 어쩌면 그런데, 의식으로서든 무의
식으로서든, 인식은 그 너머를 인식하고 있음에 분명한데도, 언어로
표현되어지는 부분은, '놈'의 바짓가랑이에 억지로 끼어 넣어진, 저
거인의 새끼손가락이거나 새끼발가락 같은 것이다. '놈'의 바지가 입
혀진 부분을 통해서라도 그러나, 저 거인의 크기는 가늠해볼 수 있
어, 심술 맞은 얘기 잣는 할멈께 귀를 기울이게 된다." 그리고 시동
은 실소인지 냉소인지, 뭐 그런 걸 흘리는데, 개꽃 물고 밤중 서낭당
에 서 있는 야홍이 꼴이다. "혹간 나 시동이는 죽었던 것이 아니었는
가?" 의문하고, "그래서 나 시동은, 나의 바르도로 내려간 것은 아니
었는가?" 보태 의문했다. "바르도라기에는 그러나," 멈춧거린다. "만
약에 바르도가, 갈마의 어지러운 재현의 자리라면, 저주와 은총이 뒤
섞인 폭우와 폭풍, 천둥번개가, 쏟기고, 불고, 쳐 내리는 스산하기
이를 데 없는 자리였다면, 나 시동이 본 그 광경은, 그것이 매우 비
일상적이었다는 것이었다는 것을 빼기로 하면, 보이지 않는 어떤 큰
손이, 널어 말렸던 이불폭을 개기 위해, 펴기 같은 그런, 그, 그런,"
시동은 매우 멈춧거리고, 우물쭈물하고 있다. "누구나 볼 수가 없었
을 뿐이었지, 저런 일이란, 매 순간 매 찰나 있어왔거나, 있어갈 것
은 아니었겠는가? 제 꼬리를 문, 오우로보르스-프라브리티의, 늘 새
로 태어나고, 새로 죽기의 되풀이? 죽는 편에서 보면, 얘기 잣는 할
망구가, 저 거인의 정체를 알아보자고, 그가 대취해 잠든 사이, 그의
옷을 벗겨내기, 그런데 이상하다고 해얄 것은, 벗겨지자마자, 그 벗
겨진 부분이 지워지는지, 보이지 않게 된다는 것이다. 그의 실체를
알아보자고 한 짓이, 결과에선, 실체 대신 실종을 드러낸다. 그 거인
은, 옷을 입기에 의해서만, 입은 그 부분만 모습을 드러냈던, 있지
않은 있음이었던 것이나 아니었는지 모른다. 그것의 이름이 '마야파

마(Mayapama, maya-幻, pama-如)'라고 일렀던 이들은, 그러나 저
것의 정체를 이미 파악하고 있었던 이들이었던 게다." 시동은 잠시
머뭇거리고, "그런즉 실체는, 또는 실다움이라는 것은, 그 거인이 옷
을 입지 않는 한, 보여지는 것은 아니어서, 아예 비었거나〔空〕 없는
것〔無〕인지도 모르겠는 것인 것. 인간이 개발했다는 언어의 한계는
아마도 거기까지다." 그리고 시동은 씻득, 짧은 냉소랄 것을 흘렸다.
거짓으로 가래침 한번 뱉는 시늉하고 시동은, 존재하기의 까닭으로
생각한다는, 그 존재를 이어갔다. "그러면, 지워졌다, 실종했다라고,
그 거인의 입성 쪽에서 만들어졌던, 수사학 이후, 그 거인은 어찌 되
었다는가?—이것이 의문이고, 또한 문제다. 왜냐하면 이 경우의, 저
실종은, 어떤 관객의 시각상의 실종이며, 그의 인식상에는 그것의 실
존이 부인되지만은 않기 때문인데, 그렇다면 이것은, (황우일모 정도
의 '有'의 개념을 황우일모만큼도 돋과 갖고 있지 않은) '없음〔無〕,' 절
대적 無라거나, 영(零)과는 분리해야 할 듯하다. 벗었다 해도, 그것
은 입혀질 수 있었던 것이며, 또 입혀질 수 있을 것이라면, 그렇다.
그 대답은 그런데, '無'에서까지도 실용성(實用性), 이(利)를 찾는
이들이, 오래전부터 이미 만들어갖고 오며, 실제적으로 응용, 또는
사용해오고 있는 듯하다." 그리고, 전에 어느 문전에서 빌었던 지혜
를, 기억의 바랑 속에서 꺼내 먼지 털어낸다. '충(冲)'이, 대개 그것
에 유사한 것이 아닐 것인가? 그것은 '虛' 字의 뜻으로서, 본디 '충
(盅)'인데, 이것에 대한 주석은, '器가 虛함,'이라는 즉, '질그릇의
쓰임새는 當其無'라는, 그 '無'와 동의어인 것으로 짚여진다. '道冲
而用之, 或不盈'(道體는 空虛하여 이것을 사용하여도 或 채우지 못할
는지도 모른다. 『老子』) 이 '冲'은 그러니, 위계(프라브리티)의 '無'라
고, 또, 예의 저 '거인'의, 옷이 입혀지지 않은 부분이라고, 분류 한

정해도 별 탈 날 일은 없어 뵌다. 그것에 옷을 입히면, 실용성이 드러나고, 옷을 벗기면, 본(本)으로 돌아가, '冲,' '虛,' 나 시동이 인식하는 '大無' 같은 것으로 머물러 있을 듯하다. 이것은 그리고, 외람되게도, 멋대로 빌린 지혜이다." 시동은 그리고, 자기의 대무를 내어다보다, 잇는다. "나 시동이 본 광경은, 그러니 말인데, 나 시동이의 환본(還本)이었는가? 환본의 모습은 그런 것인가? 나 시동이만의 '쥐카이 바르도'의 열어 보임이었는가? 이 순간, 자아의 분쇄가 이뤄진다면, 투박하게 말해 '광휘' 속으로 용해되어버릴 터이며, 자아의 무산에 좇아서는, 투박하게 말해 '무명(無明)' 속에 그렇게 되고, 고집스레도 자아를 꿍치고 있으면, 거기서부터 시작해, 그 아래쪽 바르도들이 열려 보일 듯하게, 건너다뵌다. 이 '無明'은 그리고, 畜生道나 植物道에 대한, 현자들의 완곡어법이거나, 차라리 모독어법으로 씌어진 어휘인 것도 모르지는 않는다. '분쇄와 무산'은 그런즉, 편의를 위해, 어휘사전에서 도용하기는 했지만, 그것의 구분은 분명히 해둬야, 나 시동이 되는 대로 시벌거리고 있는 것만은 아니게 될 듯하다. 또한 말하기의 편리를 위해, '분쇄'에는 그것을 행하려는 자의 능동적 의지가 개입되어 있다고 정의하기로 한다면, '무산'은, 그 반대로, 의지의 개입이 없는 수동태적이라고 할 수 있을 듯한데, 허, 허허 허긴, 나 시동이의 귀에만은 제법 솔깃한 대목이 있어도 들린다. 그, 그런즉, 그것이 환본의 한 예시(豫示) 예시(例示) 같은 것이었을 수도 있었다면, 나 시동은 그러구 보니, 상상임신이나, 오나니슴에 떨어진 것은 아니었던가?" 머리를 긁적이고, "그런즉 나 시동은, 아직 죽은 것이 아닌 것만은 확실한 게다." 확인하고, 나아간다. "그러구 보니 나 시동은, 자아의 '분쇄냐 무산이냐'라는 식으로, 환본에도 종류는 둘쯤이나 되는 것처럼 건너다보아온 듯한데, 何以故?"

묻기는 쉬워도, 대답하기는 쉽지 않은 듯, 앉음 자세를 고쳐보기도, 크기가 좀 큰 모래를 쥐어, 던져보기도 하고, 그런다. "'本'에도, 아마도 문화도의 것과, 자연도의 것이 있는 듯하다. 에덴동산에서 그 비유를 빌려오기로 한다면, 자연도의 그것은, '지혜의 나무' 쪽을 오르는 나무늘보가 딴 열매며, 문화도의 그것은, '생명의 나무'를 오른 것이 그 나무의 열매를 따먹는 것으로 보인다. '지혜의 열매' 까닭으로, 죽음이 초래되었다면 그렇잖으냐? 이눔 나무늘보여, 따먹으려 했으면, '생명의 열매'를 땄어야지, 어쩐다고 죽음의 열매였을까 보냐? 결과에서 보면, 이 후자는 내리기로 오른 듯하다.—또 누구로부터 빌려 쓰는 그 얘기지만— '날것→익히기'의 축에 오른 유정의 '익혀지고 난 뒤' 돌아가는 本은, 文化道의 것이며, '날것→썩기'의 축에 오른 유정의 '썩기'에서 흐르는 즙이 스며드는 本은, 自然道의 그것인 듯하다. 왜냐하면 이제 겨우 오관(五官)을 구비하기 시작한 듯하니, 나 시동이로서는 문화적 환본은 어쩌면, '적멸(寂滅)'이라고 이를 수 있는 것이나 아닌가, 하는 만큼만 추측해두는 수밖에, 뭘 더 주억거리려 할 것도 없지만, 자연도의 그것에 관해서라면, 의문 나는 게 한두 가지가 아닐 성부르다. 이번에 불러내면, 천세번째나 됨에 분명한데, 이런 자리에 아담이 불려나오지 않을 수가 없으니, 또 불러내는 바이지만, 그는 흙으로 빚어진 몸으로 흙 위에 살다 흙에로 돌아갔으니, 정작으론 태어난 바도 죽은 바도 없다는 그 얘긴 것. 이런 경우, 뭘 자다 봉창 뜯기 식의 還本이여, 이기는? 이런 경우, 누구는 '진종일 입만 다물고 있었는데도, 말이 많았다'고 이른 것이며, 말 많은 자를 노파라고 이르니, 저들은 노파들이라고 매도해도, 삿대질하고 나설 자도 없겠구나. 노파들 같으니라고!" 시동은 재밌어하고 있다. "이거 꽤 근사한 비유가 하나 생각나는데, 들 가운데 있는 움막을 하나 건너다보면, 그만한 크기의 공간을 구획해 있는 것이 먼저 보이되, 그것이 무너났거나, 불타 스러졌을 때 보면, 그것이 구획했던 그 공간은 거기 없고 있는 것이 또 보인다. 공간이 공간에로 돌아간 것이 아니라, 공간 사이에서 구획이, 벽이며 지붕이 지워져버린 것뿐이다. 어째서 그것이 환본이겠으? 노파들 저그들끼리 아웅거리는 소리대로 따르면, '자연에서 왔으니 자연으로 돌아간다.' 또는, '대지에 의지해 살다, 눕고 싶을 때 그것의 품으로 돌아가 편히 눕는다'라는 식인데, 그 짓이란 그러니, 슬픈 것도, 그렇다고 뭐 그리 짜들어지게 기쁠 것도 없는, 자연의 순리에 좇아, 따른 짓이라는 것일게다. 돌아간 것이다. 그래도 괜찮은가? 죽음이, 위대한 자유(涅槃)의 성취를 위한, 그 마지막 관문이라고 이르는데, 그 자리에 당도해 설람은, '적멸(寂滅)'에의 공포증을 일으키고, 뒤돌아, 좇이야 물러나라믄 물러나고, 빠질라믄 빠져라 내뛰어도 괜찮은가? 그러다 사관 유정 사는 동네 빽한 불빛 좇아가, 시간의 검은 혀가 둘로 짜개진 청상과부가 홀로 바느질하고 있는 자리에 들어 하룻밤 새우는 정도는, 역진화의 도상에선, 그래도 최선이랄 것이 아니겠는가? 그렇잖으면, 삼관유정으로, 이관유정으로, 일관유정으로, 그러고는 '本'에로! 本에로? 本에로. 還本이다. 무위자연주의자들의 환본은 그래서 그런 것인가? 그들은, 그들의 육신을 이룬 사대(地水火風)밖에, 다른 것은 가져본 적도 없었던가? '날것→썩기'의 축에는, 허긴 그것 말고, 또 무엇이 있겠는가? 자연도에 소속된 것은 그렇게 자연으로 돌아가는 것이야 당연하다. 자연적이다. 제오대(氣 따위)란, 그 유정이 숨 넘어갔을 때, 이미 그 자리에는 없는 것인 것. 그것은 그러면 어디를 갔는가?" 시동은 잠시 어눌해진다. "그것도 本, 氣의 本으로 돌아가겠는가? 그러면 그것 자체도 '적멸'은 아닌가?" 시동은 잠시 실어증을 드러낸다. "……허, 허나, 여기 어디 이 시동이가 간과한, 중요한 일점이 있었군그랴." 시동은 생기를 찾는다. "'氣'도 그러고 보면, 종류는 둘쯤 있던 것이었겠는다. 하나는 '情(Anima, 活性, Prakriti소속)'이며, 다른 하나는 '性(Jiva, 魂, Purusha소속)'이라고 이를 것인 것. '情'은 한 생명의 '氣가 다했다'고 할 때, 이럴 때 선현들의 지혜를 빌리는 것은 썩 편리하다. 지렁이의 것이나 독수리의 것이나, 전갈의 것이거나 다름없이 한 방울 한 방울의 빗방울이 그러듯, 그 氣海 속으로 스며들어버리는 것이라면, 그 자리에 이미 氣는 없다. '性'의 경우도 비슷하되, 다름이 있다면, 이 한 방울 한 방울씩의 빗방울이 저 氣海를 그것 속에 싸안아버린다는 것일 게다. 이것이, 이 시동이식의 오류의 몽상이 아니라면, 자연도적 환본은 이때의 이 '썩기'란 시간의 역행, 역류, 그 역진행의 모습이 드러난 것이겠거니─. 모든 것이 평면화한다. 삼차원, 이차원, 무차원으로, 모든 것이 本으로 돌아간다(還). 그것은 그래도 허무는 아닌가? 왜냐하면 '本'은 허무가 아니라서? 아으, 나 시동은, 그것의 한 건조한 형태를 본 것이었는가? 광야를? 그리하여 나는 광야를 본 것이었도다!" 시동의 얼굴빛은 그런데 몹시 흐려서, 우중충한 얼굴이다. 시동이의 이 '보았다'는 말은, '보여진 것'의 반대쪽에서 새어나오는 것인 것이 분명했다. "그리하여 나는, 광야를 이해해야 할 것이겠노라." 보태 씨불였다.

충분히 자기를 제어하거나, (雜鬼雜神 나부랭이들의 내침에) 방어할 만큼 수련이 되어 있지 못하거나, 스승을 곁에 뫼시고 있지 못한 독학꾼의 선정은, 와해라는, 위험한 춘사를 초래하기가 쉬운 듯하다. 시방 시동은, 녹는 얼음물처럼 퍼 늘어져 있으며, 그런즉 그 광야에 새가 있었다면, 그의 맹장에서 이물조각을 찍어올리려 했을 것이었

424

다. (서장의 『미라레파의 傳記』에 그런 얘기가 있다.) 이제, 그도 어떤 흡인력에 의해, 미려에로 빨려 끌려가기 직전에 처해 있는 중인데, 이런 위급한 지경에 시동은, 유리에서 왔다던 그 순례자를 언뜻 그리 워했으며, 그래서일 그 까닭으로, 자기의 양미간 되는 자리에, 그가 고요히 좌정해, 빙그레 웃고 있는 모습이 보였다. 그리고 그가 핀잔 하듯, 말하는 소리를 들었는데, "이누마, 무엇을 보는 것을 배우려 했으면, 먼저 눈깔부터 뽑아내고 보려 했었어야지! 최소한 한 개라도 뽑아내고, 그리고 한 번쯤이라도, 세상을 거꾸로 내려다보기라도 했 었어야지!"—그 소리는 천둥 같은 침묵, 침묵 같은 천둥으로 시동이 의 전신을 울려 퍼졌다. 그리고 그뿐, 그는 더 이상 시동이게 보이지 안했다. 시동이는 그래서 울었으며, 그러고는 눈깔을 후벼 파내버릴 결심을 하곤, 두 손가락을 굳게 세워, 제 눈을 향해 공격했다. 불똥 이 튀고 아팠으며, 그런 후에는 어둠이 쇄도했으나, 아직은 손바닥에 뽑힌, 피범벅된 눈알이 올려져 있지는 안했다. 그러는 어느 한 순간 그런데, 그이가 즐겨 반복해서 들려주었던 '루타에 의지해 아르타를 이해하려 하면, 오류를 범하기가 쉽다'라는 말이 기억났으며, 그래서 부터는, 제 손가락으로 제 눈을 공략하려는, 아픈 짓은 그만두었는 데, 장님은, 차라리 더 무섭게 루타를 감지하려 하여, 말 배우기 시 작한 애들처럼, 그것을 익힐 것이어서, 눈이 보이지 않는다고 해서, 아르타가 보이는 것도 아니라는 데로, 시동이의 생각은 옮긴 것이다. 그런 대신 시동은, 독수리에 쪼이듯 제 손가락에 찔림을 받다, 해당 화보다 붉어진 눈으로, 새로 다시, 광야를 내어다보기 시작했다. 적 멸도 비슷한 것을, 대무를 내어다보기 시작했다. 아직도 눈알을 눈두 멍 속에 갖고 있다는 것은, 좋았다.

　그런데 또 별일이었다. 그제서야 시동은, 아까는 자기가, 어디에

거꾸로 매달려, 한 눈만 뜨고 그 세상을 내려다보았던 듯하다는 생각
도 했다. 생각하는 사이, 그 탄지경에, 이번엔 새로, 시동이의 시야
에서 광야가 햇볕 좋은 날 잔디에 널어놓은 이불폭이, 일진광풍에 휩
쓸리듯 펄럭이더니, 완전히 뒤바뀐 모습을 드러내기 시작하고 있었
다. (아마도, 자아의 분쇄에 실패한 그의 선정이, 여기저기 무산되어진
자아를 새로 조립해내기 시작하고 있었던지도 모른다.) 그 텅 빈-열림-
닫힘이, '열림' 쪽으로만 확산하는 것만은 아니었던 모양이다. 그것
은 어느 가[邊](가 있었었다면 말이지만)에 닿자마자, '닫힘' 쪽으로,
역확대 역확산을 시작하고 있던 것이었다. 처음 광풍기에 의해서처럼
되돌아선 이 운동은, 갑자기 잔잔해진 듯싶더니, 이번에는 아주 느리
게, 태풍의 전조에 따라, 바다가 더 이를 데 없이 정적함으로 꿈틀거
리듯, 어느 한 중심을 향해 밀려오고 있었다, 광야가 요동하고 있었
다, 밀물하고 있었다. 종내, 지진이 아니면 폭풍이 그 모습을 드러냈
던지, 이 역확산의 속력은 평균적 시간의 방파제 따위를 무너뜨리고,
눈보다도 마음보다도 더 빠른 속도로 해일하기 시작하고 있었다. 그
러자, 없었던 것에서 있음이 일어나고, 누웠던 것이 서며, 멈췄던 것
이 꿈틀거렸다. 무차원, 이차원, 삼차원으로, 한 세계가 빠르게, 무
섭도록 빠르게 조립되고 있었다. 여기, 구심력적 역확력(逆擴力)이
있었다. 대무(大無)가 대유(大有)를 드러내고 있었다. 시동이 또한,
그 모든 단계를 겪고 있었는데, 시동이 본 바에 의하면, 그 역확산은
어느 한계까지, 하나의 삼차원적 세계를 일으켜 세웠으나, 그 한계를
넘자부터, 모든 것을 축소화하기 시작하고 있었다. 작아짐은 그리고
평율적이었는데, 예를 들면, 코끼리는 벼룩만 해지고 수메루 산은 앞
동산만 해졌다는 식이다. 여기 어디, 옥초(沃蕉)가 있었다. 문둘룸
이 있었다. 무엇인가가 에뤼식톤처럼 먹어치우는, 그런 축소화가 계

426

속된다면, 종내는, 산도, 바다도, 대지까지도 보이지 않게 될 것인데, 대유(大有)란 작은 것 중에서도 가장 작은 것(微塵, atom)이었던 것을! 점(點)이었던 것을! 시동이 아까 보았던 그 무차원적 四角에서 모든 것들의 立體性이 드러나자, 그것은 三角의 형태를 취했는데, 點은 그래서 三角인 것. 신은 그러면 그의 호주머니 속에서, 이 하나의 삼각 진 미진을 끄집어내, 새로 생기를 집어넣으려 하거나, 아니면, (미진이었던 것이) 시간의 시작과 함께 불어난 데다, 그런 어떤 조건들까지 충족되게 된다면, 니고다(最初의 生命)에로 바꿔 나타날 수 있기도 할 것이었다. (그리고 시동은, 자기가 자기 앉은 자리에서 떨어져 내려, 무엇에—란 여전히 我執이었겠지—대롱대롱 매달려, 그리고 공포로 인하여 한 눈만 간신히 뜨고, 그 세상을 올려다보았다는 것까지도 생각해냈다.) 여기서 어디서 그래서, '열리기/닫히기'가, 같은 일점에서 만나게 되는 것이 관찰되어지는데, 시동은 이것을 두고도, 또한 공포에 떨며, 건구역질을 해댔다. 어느 일순 그런데, 그것 또한 그리고, (여기에서는 뚜렷이 보이는) 어느 일점에 모두어지는가 하자, 소롯해졌는데, 시동이 보았기에 이 '소롯해졌기'란, 종으로든 횡으로든, 드러나 있던 모서리〔角〕들이, 어느 틈엔지, 어떻게 해서였던지 깎여, 보이지 않게 되었다는 말인데, 그리고 드러난 양태가 사실론 둥글었는지 어쨌는지, 그것은 시동으로서는 알 수가 없었으되, (얘기 잣는 노파라면, 옷을 입히지 않으면 보이지 않는 저 거인의 몸에다, Gnome의 옷을 입혀, 點부터 드러내고, 三角, 四角까지 형상화해냈으니, 외투 또한 입히려 할 것이었다) 그러나 원(圓)이 드러나 있었다. 이것은 무한대의 사각을 내접(內接)한 무한소의 삼각을 내접하고 있어, 이 원의 사리(舍利, 外皮)는 세 겹이었다. 이 세 겹의 사리의 안쪽에는 그러면 무엇이 있었던가? 그 또한 원이라고 (보는 것이 아니

라) 이해해야 된다면, 예의 저 세 겹 사리의, 안쪽에로의 무한정의 중복이 있는 것이나 아닌가, 투박하게 말하면 결국은, 알맹이란 있는 것도 아닌 것이 아닌가, 하는 데까지 생각은 달려갈 것이었다. 밖의 시간의 소급 역류의 현상이 일어날 듯한데, 그러면 시동은, 어린 시절로부터, 모태에로 환원했다가, 모태 이전의 백세(百世), 오백세, 만세, 무량겁 세전(世前)에로의 회로에 올라 방황하게 될 터이지만, 시동이 보았던 대로, 만약 소멸이 그 종점이 아니라면, 거기에서도 역회전의 일점은 있을 테고, 거기 여래태가 있는지도 모른다. 이것은 그리고, 나중에, 시동이의 반추에서 흘러내린 거품이지만, 시동이 자기가 보았다는 것은, 「창세기」가 읊어졌거나, 씌어져본 적이 없는 이들 門에서, 우주와 존재를 이해하는 한 방식의 '圖式'이 저러했던 것이나 아닌가, 하고 썰레썰레 쳇머리를 흔들게 되는데, 곧이어, 그것이 만약 '元型的'인 것이라면, 그것을 두고 '도식적'이라고 매도하는 것은, 약간의 단독(短讀)의 혐의를 벗지 못할 것이라는 데 생각이 머물자, 흔들머리가 멈추는 것이었다. (이런 자리에, 稗官이라는 것이, 개기름에 망고살 두께의 속진을 덮은 더러운 얼굴을 내밀어도 어떨랑가 모르겠으되) 시동이가 '도식적'이라고 이르는 이 세 겹 사리는, '극대'가 '극소' 속에 내접해 있어, 어떤 종류의 반란을 도모하고 있었던 것이 눈치채지는데, 그것은 어쩌면, 시동이 아직도 아집(我執)을 여의지 못했거나, 아니면, 'Mind only' 門의 법(을 두고, 되잖게시리, 되잖을 구분을, 구태여 하기로 해 말하면)을 거꾸로 관(觀)하지나 안 했던가, 하는 우문이 있다. 라는 것은, 그게 그 소리고, 그 소리가 그거지만, 유심문(唯心門)의 법설을 투박하게 요약한다고 하면, '마음이 현상계다'라는 것을, 시동은, '현상계란 마음이다'라는 식으로, 역관(逆觀)하고 덤볐던 것이나 아닌가, 하는바, 그 소리가 그거며, 그

428

게 그 소리지만, 그러자 한쪽에서는 '마음'이 확대되고, 다른 쪽에선 '우주'가 축소된다. 어허, 야 뭐야, 'Only don't know!'(거 뭔 소려?) 건 어쨌든, '시간' 그것에 묶인 운동, 또는 '운동'에 묶인 시간 속에서, 시동 자신이 본 것은, 사라진 것들이, 그것의 역회전 속에서 고스란히 되살아나는 그것이었는데, 시동은 그래서 그것의 되풀이를 두고, 시간의 시간 속에 휩싸인 것만 싸갖고 온다는 식의 '영겁회귀'를 말하는 이나, '여래태'를 본 이들은, 훨씬 이전에, 이 확산과 축소의 되풀이를 본 이들이었다고, 믿는다. "사물이나 존재는 알맹이가 없어, 그냥 환이라고 하는 편에서는, 그것이 문잘배쉐 인류를 행복하게 해온 것 같은, 창조설을 엮을 수가 없었을 것이어서, 아직도 한 우주는 널팡하게 너즈러져 있는데도, 조직화해내지 못해, 아무 의미도 이뤄내지 못하고 있음인 것. 알맹이가 없는 것에서 무슨 의미를 찾겠는가?" 이 대목부터서는, 시동은, 생각을 더 이어나갈 수 없는지, 앓는 듯이, 끙끙대며, 가부좌(를, 통상적으로 '책상다리 앉음새'라고 써먹어오는 듯한데, 禪官은 그것을, 두 무릎 세우기 좌세로 믿어 써먹고 있다는 얘기는 했던 듯하다. 그 두 무릎 모두어진 자리에 대가리를 얹으면, 그것이 개다리상판에 삶을 돼지머리 올리기 비슷해 보이지 않는가? 그런 얘기도 하잖았던가?)를 책상다리로 바꿨다가, 상다리를 풀어 뻗쳐내 버릇없는 좌세를 꾸몄다 어쨌다, 저랬다, 별지랄 용천발광 다 하고 있는다. "무엇을 두고, '마음(唯心)' 쪽에서, 하향식(下向式) 관법을 고수하면, 존재나 사물들에서 알맹이가 뽑혀져나가거나, 아예 없던 것이 발견되어, 空이라고 부르짖게 될 게다. 이는 神話에서 實話가 조립되어진 그것의, 양말짝 뒤집기식의, 그 뒤집기가 될 것인데, 결과 實話가 神話化한다. 다시 말하면, 실제적 구상적 모든 것이, 가상적 허구적인 것으로 변한다는 그 말이 될 게다. 아니면,

구상적 이미지의 추상적 아이디어화 하기이다. 이런 자리에, 어떤 이들이 그래서 '중관론(中觀論)'을 제창하고 나섰다는 풍문이 있다. 그리고 그것은 풍문이다. 그런 것이 줍쇼리라는 것이다. 눈감고 아웅하기가 그것이다. 투박하게 말하면, 모든 것이 비었다고 이르며, 빔에 도달하기가 절대적 실다움에 미치기라는 것, 비었다고 말하며, 인연을 들먹이는 것, 그런 모순당착, 그런 역설을 백 군데 기웠어도, 백 군데의 구멍이 나 있는, 中道(Mādhyama)라는 그럴싸한 헌 중우로 털이 부수수한 하초를 가리고 저것들은, 털이나 뽑고 자빠졌는다. 그들도, 특히 '눈'을 내세워, 다른 것들도 휩싸버리고 있으니, '눈'을 하나 예 들면, 눈은 눈 자신은 보지 못함으로 본다고 이를 수가 없다는 투인데, ('Seeing activity'라고 英譯되어 있는 것을, '눈'이라고 싸잡아버린 것인데, 그래도 양자는 같은 것이 아니라고 우기려는 이는, 그렇게 우겨댈 일이다. 그래도 종내, 그것들은 같은 것이 될 것이라면, 뭣하자고, 쓸데없이, 장황스럽게 될 말을 소비할 일이겠는가?) 불성(佛性)이 없는 것(狗子)은 불성이 없어 불성을 못 본다는 얘기쯤이라면, 토 달고 나설 것은 없다, 그러나 이 부정주의자들은, 마음공부(心學)는 되었으나, 뇌공부(腦學)에는 문맹인 까닭으로, '보는 것'과 '보이는 것' 사이의 거리를 못 본 듯한데, 사물을 보는 것은 눈인 듯하되, 그것을 인식해내는 것은 머릿골이 되어 있다면, 그러고도 무엇이든 모두 부정해버린 뒤에야 실다움이 보일 것이라면, 사실은, 눈이 아니라, 머릿골이었어야 되잖았을까? 그렇다는 즉슨 '空得'이라는 그거 간단하다. '面壁九年'씩이나 하느라, 머릿골도 쇠었겠고, 어깨뼈며 슬관절도 물러났었을 것인데, 그 어쩌자고 그런 어리석은 짓을 했을 일인가? 그 벽에 돌진해, 대가리를 부숴버리고, 그런 뒤 뭘 따져볼 일이 아니었겠어? 空이 송두리째 엎질러 있음을! 그것처럼 위대한 부정주의가 또 있겠는가? 그래도 그런 것이 아니라면, 이마빡에 박힌 눈을 뽑아, 먼저 발바닥에 박아넣었어야 했을 테다. 그것 신발 삼아, 개놈들 길 나섰다 하면, 땅이라는 독본 읽듯, 땅부터 열심히 읽고 딛고 했었어야 했다. 그 눈이 그보다 더 읽어나가지 못한다면, 별수 없겠는다. 되돌아와서, 다시 시작해보는 수뿐이다. 땅이라는 교본은 다 읽었으면, 이제는 발밑에 박힌 그 눈을 뽑아, 가슴에 달아야할 테다. 그래야 땅보다 조금 높은 세상을 읽으러 덤빌 게 아닌가?"
시동은, 고이지 않는, 그러니 없는 마른 가래침을 한번 퉤 뱉는다.
"배운 것이 없어 불학무식한 시동은, 한편에선, 이 세상은 하나님이 지었다고 믿는 안포-타즈의 젖을 빨고, 다른 편에선, 이 세상은 그러나 지어진 바가 없다고 설하는 유리의 순례자의 침을 먹어 자라서 말인데, 진정한 의미에 있어서의 중관은, 하향식 관법으로서가 아니라, 상향식 관법, 즉 진화론에서 그 올바른 모습을 드러내는 것은 아니겠는가? 이 상향식 관법은, 몸과 말씀의 우주의 무엇 하나도, 그것이 알맹이가 없는 빈, 그래서 헛것이라고 주장하는 대신, 그 모두는 있는 그대로보다도 더 진하고 뜨거운 데다 무거운 실다움이라고 체험해낸다. 사관유정까지는 '생명(情)'과, 그 생명의 원동력이 되는 '魄(아니마)'이, 알맹이가 되어 있으며, 그 이후의 유정에게는, '생명과 정신,' 즉 '魂(지바)'과 '自我'가, 그 핵이 되어 있음인 것! 그러는 중, 마음의 우주에 도달한 뒤에는, 그 모두는 알맹이가 없는 환이며, 그래서 실다움이 결여된 것이라고, 다시 우주를 읽게 될 것인데, 여기서부터는, 우주 대신 개인이 주제가 되는 것일 것이겠는다. 십만독해온 『心經』, 새로 처음 읽거라! 그것을 下向的으로 확대 확산하려 한다면, 예의 저 모순당착의 유사구덩이에 떨어져, 空得을 했다고, ('空'을 '得'하다니? 그것도 그런 무슨 대상이드냐?) 공허한 울음을 울려 보내게 되는 것이, 그 결과일 테다. 설법자가 '환자의 병증에 좇아 처방전을 쓰기'처럼, 맞춤복식의, 아무리 듣는 이의 귀에 맞는 법을 설한다 해도, 결과는, 환자가 아니라, 의원이 세상의 병증을 불러일으킨다. 이런 亂麻가 없겠는다. 그것 간추리기가 그렇게도 어려워, 팔만대경까지 읊고도, 읊은 자가 나중에, 자기는 아무것도 설한 바가 없다고, 입 씻을 일은 또 뭣여? 下向式 관법을, 슬쩍 돌려, 上向式 관법으로 바꾸기만 하면, 快刀 쓰일 자리가 거기 있잖으냐? 간단한 것 아니냐? 걸 어쩐다고, '환자의 병증' 따져가며, 노파 노릇 하려, 야단차리고 법석 펼 일이 있느냐?" 눈을 휘번덕여싸며, 시동은 삿대질하는 흉내까지 내쌌더니, 갑자기 풀이 죽은 듯, 책상다리 무릎 위에다, 턱을 올리고, 망연히 자기의 광야를 내어다본다. 그러다 본다. "오른다고 올랐으나, 거꾸로 매달려 올랐던지, 이 시동이의 눈은, 광야밖에 아무것도 더 보지를 못하고 말았구나. 그 광야에서 그러고도, 나의 40일을 나는 아직도 다 살아내지를 못했구나." 그리고 시동은, 무슨 거인의 해골의 두 눈두멍 같은, 눈앞의 구릉을 건너다본다. 그러곤, 갑자기 건구역질을 해댄다. "구멍이라는 모든 구멍은, 질척거리는 음모(陰謀)라고 읽어야겠는도다! 더러움이라고 일러야겠노라! 악취라고 말해야 하리로다!" 더러움을 토해낸다. 그리고 잠시 잠잠해 있는가 하자, "음모란, 그것에서 하여튼 무엇이 일어나기에, 하는 소리거니와, 여래(如來)까지도 그 음모, 저 음모, 저 더러움, 저 악취에서 如來하거니!" 건구역질을 멈춘다. 잠시 잠잠해 있더니, 새로 시작이다. "그러구 보니, 여기 어디가 그 경계여서, 두 개의 길이 갈려 열려 있음도, 천한번째 새로 보인다. 늘 보아온 그대로, 그 한 길은, 나서는 대로 돌아오지 못하며, 다른 길은, 나선 대로 다시 돌아와져버리는 길, 거기 길의 '음모'가 있음인 것. 고해에 沃焦가 있다더니, 광야에 尾閭가 있었도다." 그리고 시동은 그것으로부터 눈을 거둬, 다시 광야를 내어다보며, 그것이 일순 꺼풀을 벗고 보여주었던, 그 알몸의 확대와 축소의 광경을 떠올려보았다. 시동이의 열세가 어디까지였는지는 몰라 모르되, 어디서 카레 맛도 본 적이 있다면, 그 고장 흔해빠진 전설 중에, 어떤 신의 인현(人現의 이름은 크리슈나이다) 하나가, 어렸을 때, 유모가 그의 입속을 들여다보니, 그 안에, 한 벌의 우주가 고스란히 담겨 있었더라 했는데, (극대의 극소 속의 內接이었을 것) 그가 자라서, 그럴 까닭이 있어 한번 자기의 본모습을 보였는데, 곧바로 한 우주가 드러났다는 얘기도 들었음 직하다. 전부터도 언뜻 얼핏 그래오지 않는 것은 아니지만, 오늘은 확연하게, 시동이의 광야 또한, 그런 식으로 의인화해, 시동이께 나타내 보인 듯하다. 일체만물, 삼천대천세계를 품어들였다 되뱉아내는 그것은, 어머니라는 계집(如來胎)이었다. 이 오르페우스는, 질척거리는 음모, 이 계집의 요니의 안쪽을 다녀온 것이었댔구나. 바르도는, 업의 역류에 좇아, 모든 염태(念態)에 따라 다 다르게 체험된다고 하거니와, 시동은 오늘 그 바르도를 체험한 것이었댔구나. 두 개의 바르도가 있었다. 하나는 접어들이는 것이었으며, 하나는 들어내는 것이었다. '드는 문'과 '나는 문'은, 같은 한 문이라도, 들어가려는 자와, 나오려는 자에 의해 둘로 나뉘기모양, 바르도 또한 문이 둘인 듯해도, 하나였다고, 시동은 알아낸다. 그 문을 나서는 시간의 길이는, (인세로 열린 문만을 두고 말하면) 280일이며, 문을 들었다 나기는, 49일이 걸린다고 알려져 있으되, 드는/나는 그 일점은, 장소로는 所中이며, 시간으로는 時中이어서, 같은 '꼿'인 것. 여기서는 그래서 일어나지 않으며, 태어나지 않고, 일어나지 안했으니, 멸하지 않으며, 태어나지 안했으니 죽지 않는다,고 이른다. 만약 운동이 개입되지만 않는다면, 그것 자체는 니브리티이다. 문제는, 이 문은, 니브리티에 있는 것이 아니라, 프라브리티 가운데 있다는 것일 것. 운동이 무엇에 의해, 무슨 까닭으로 일어나느냐는 물음에, 용수보살식 대답을 하려하면, 그때 '서근의 삼(麻)'으로 꼰 회추리질이 필요해진다. 그렇잖으면, '인연' 따위를 주억거리려 하여, 말의 삼실에 엉겨 꼼짝 못하게 되기 쉽다. 프라브리티 자체가 그 운동(Vritti)이 아닌가? 바르도는 프라브리티였다. 그리고 그것은 계집의 자궁이었다. 황폐는, 프라브리티라는 흙밭[泥田]에, 잘못 발을 빠뜨린 백조가 아닌가? 순야타(空)를 싸안은 루파(色)를 무엇이라고 해야겠느냐? 황폐는 잠든 발키리며, 라는 말은, 번안하면, 발키리의 잠이며, 저를 태운 불새의 재이다. (이 '불새의 재'는, 「나무꾼과 鶴女」라는 童話에서, 도난 맞은 鶴衣라고 얘기되어져 있는 것인 것.) 불새는, 재새[灰鳥]이다. 이 재새의 역설적 난제는, 재새의 날개는 재 속에서만 얻어지는데, 날아오를 때는, 재만을 남긴다는 것, 그러니 날개를 다시 벗어놓지 않으면 안 된다는 것이다. 進化論門의 '色'의 이해는 저러한 것. '재냐 불이냐' 즉 '알과 닭' 중, 어느 쪽이 先在的인가는 문제 삼을 것은 못 된다. 판첸드리야의 '인식'이라는 것이 문제된다. 이 인식에는, 언제든 (문잘배쉐 어휘를 빌리면) 'Thing'이 먼저 있고, 다음 'No-thing'이 따른다. 이것을, 특히 龍樹門의 아손들이라면, 'No'가 먼저 있은 다음 'Thing'이 있다는 투로 읽으려 할 것도 짐작되지 않는 것도 아니지만, 반드시 정독이라는 믿음은 없다. 유리에서 유사한 어휘를 하나 빌려오자면, 'Asaṁskrita'쯤 될 터인데, 이 'A(無)'는, 'Saṁskrita(爲)'를 부정하는 접두어, 그러니까 'Saṁskrita'가 먼저있고, 다음 'A'라는 부정적 접두어를 붙이기에 의해, 상스크리타가 부정된 것—無爲가 그것인 것. 앞서 'No' 또한 그 役인 것. 언어의 이 '부정접두어'(의 문

제는, 앞서 '유리의 순례자'와 '것11' 간에서 한번 얘기되어졌었던 듯한
데)를 매우 즐겨 쓰는 환쟁이들을 전위파라고도 일러오는 듯한데, 그
중 전형적인 것이랄 것을 하나 예 들어 보인다면, (마그리트의) '파
이프 그림'에다 붙인, '이것은 파이프가 아니올시다' 같은 것일 것이
다. 이는, '루타에 의존해 아르타를 이해하려 하면, 오류를 범하기
쉽다'라고, 언어의 전단성, 독단성을 갈파한 이에 의해 이미 밝혀져
있는 그 문제인데, 환쟁이들이, 언어의 전단성을 '미의 추구'에 원용
하고 있음은, 눈살을 찌푸리게 할 경이에, 경악이 되잖는 것은 아니
다. 왜라? 구상적 自然이나 文明을 모방했어야 할 환쟁이들이, 어쩐
다구시나 언어의 독단성, 심지어는 그 짝맞지 않은 모순성을 모방했
는가, 또는 짜깁기했는가, 라고 묻다 보면 그렇게 된다. 이런 미술은
그래서, (그러기 전에 튼실히 갖춰야 할 이유나 보주를 다 생략하고 부
정적으로 말하면) 고전적 의미에 있어서의 미술도 아니며, 더더욱이
나 문학도 아니다. 그것이 취급한, 'abstract idea'를 'concrete
image'로 짜깁기한, 매우 인공적, 그냥 幻이다. 이런 종류의 幻 앞
에서는, 보는 자가 괜스레 얼굴을 붉히게 되는데, 눈 뻔히 뜨고 서서
사기를 당하고 있는 느낌으로 그렇다. 글쎄 구상적 파이프를 보고 있
는데, 그것은 파이프가 아니라고, 빼앗아간다. 불알을 훑인다. 이런
저런 독단성, 모순성을 뛰어넘으려 하면, 그때 직관(直觀)의 문제가
거론될 성부르기도 하다. 그러면 환쟁이네 환판에는 그림이 부재하거
나, 무슨 색깔만 칠갑되어 있을지도 모르는데, 환의 실종이며, 또한
언어의 자폭 현상이 일어나게 마련일 테다. 마는, 이렇게 보여진[觀]
것은, 말해온 바의, '옷을 입히지 않으면 그 몸의 먼지털 하나도 보
이지 않는 거인'과 같은 것인 듯한데, 번안하면, 루타(相)를 배제하
고 인식한 아르타(能)랄 것이 그것일 것이어서, 그것을 두고서는, 이

제는, 오류를 범했다고도, 또는 범하지 않했다고도 할 수가 없는 것일 게다. 그것을 두고서는, 무엇으로도 기준을 세울 수가 없을 것이기 때문이다. 이렇다고도 저렇다고도 말해낼 수 없는 것을 두고시나, 아눗타라삼막삼보디라고 주장하는 것도 독단적일 테다. 그러면 그것이란 도대체 무엇이냐? 재채기나, 농조질에 종달새 후두둥 나르기, 또는 꿈 없는 깊은 잠과도 같은 無에의 체험, 그것도 긍정적 체험이라고 이를 것이겠나? 咄, '체험되는 無'도, 절대적 의미에 있어서의 無냐? 형체 없는 有, 예를 들면 '神'이랄지, '本,' '아름다움'이나 '그리움' 따위도 無냐? 왜냐하면 형체가 없으므로 해서? 'Only don't know!'—(골목 어귀에서, 어린 시동이 배운 소리 중에 이런 게 있다더라) 짜샤, 씨바, 조또 모르겠거든 '모른다'는 소리까지도 하지 말았어야지! '다만 알 수 없다는 것이 전부를 아는 것이다' 아니냐? 모두다, 덩달아 주화입마되어 있는 것은 아니잖여? 짜샤, 고기는 국수 밑에 감춰! (咄, 小說하기의 雜스러움!) 그, 그러나, 이 괴이한 유정들의 인식은 늘 그런 식인데, 먼저 肯定하고, 다음 그 긍정을 무한대로 확대하거나, 무한소 너머까지 否定한다. 言語라는 새끼들이 어지럽게 까여져 나온다. 羑里에서는, 'Thing임과 동시에 No-thing'을, '마른 해골'이라거나 '마른 늪'이라고 이른 듯하며, 문잘배쉐에서는, 어떤 특정한 민족만의 '割禮'의 확산에 따라 치르게도 되었음 직한 轉訛의 결과, '살아 있는 神의 잘린 머리통, 즉 去勢된 神'이라거나, '聖石, 聖杯'라고 이해한 듯하다. 하나는, 'Thing'을 통해 'No-thing'쪽에 주목한 듯하며, 本體(Noumena)에서 現象(Phenomena)을 보고, 즉슨 형이하적 이미지를 형이상적 아이디어에로 還送한 듯하며, 다른 하나는, 'Thing'쪽에 눈을 묶어, 現象에서 本體를 본 듯하다. 즉슨, 형이상적 아이디어를 형이하적 이미지에로 끌어내린 듯하다. 시동이식 저 양자의 合成語는, 그런즉 무엇쯤이나 되겠는가? 그것이 황폐였다. 황폐는 그것이었다! 광야는, 그 잠에 들씌워진 발키리구나, 그렇다. 그 재 속에 억류된 불새구나!

"아으 무명동자여, 그대의 과제는 그런즉, 웃췌다다르솨나(虛無主義)에 떨어져내리지 않고서, 본체론(本體論)을 현상학(現象學)으로 바꾸는 것일 것이겠느냐! 아으 그러면, 그대의 잘린(去勢) 손가락 자리에, 공지(空指)가 보이겠느냐!" 부르짖고 시동은, 한 무드라를 해보였는데, 그것은 두 마리 뱀이 서로 꼬리를 물어 둥글어진 형상이었다.

6. 所中

　제 귀에만 들린 어떤 부르는 소리를 따라서, 지워지지도, 사라지지
도, 잊혀지지도 않는, 어떤 영상이 앞서가며 부르는 대로 좇아 떠났
다가 시동은, 그것이 멈춰졌기에 둘러보니, 자기가 돌아와져 있음을
알았다고, 돌아왔다고, 백 번, 만 서너 번, 그 광야에 대고 자기의 귀
향을 알리기는 했었지만, 시작이 끝에, 끝이 시작에 물려 있는 그 길
의 소중(所中)에, 발을 유폐당했던 자가, 또는, 발에 유폐되었던 올
자(兀者)가, 어떻게 그것의 창자 속을 벗어날 수 있었던지, 그것을
두고선, 그 이상한 이정(里程)을 새겨 있는, 그 선바위 말고, 그리고
해 말고, 때로 때로 집 비우는 달인들 알 수 있었겠는가, 마는, 고자
질하지 않기의 달마에 묶인 저것들이 말하지 않으니, 누가 알겠는가,
그러니 알 수가 없었을 일이었다. 한편으론, 어쩌면 시동은, 발가락
까지도 중독이 된, 그 꿈꾸기로써만 무세월 떠나고, 벗어놓아둔 신발
을, 벗어놓은 후 한번도 꿰어 신어본 적이 없었으니, 그 (이정을 새
긴) 선바위 밑이나 빙빙 돌거나, 존재함으로 생각도 한다는 그 생각

하기나, 잠자기로 세월을 보냈던 것이나 아닌가 하는, 짐작을 하게 하며, 또 한편으론, 일단 가출을 도모한, 그 나이 또래의 한낮에 별 보기놈들이 대개 그러하듯, 어찌 되었든 어디만큼이라도 가보기는 볼 일이라고, 떠나보기는 했었을 수도 있었는데, 이런 경우라면, 시동 은, 유리(羑里)라는 데서 왔다는 순례자를 떠올리고, 그의 사찰이라 도 한번 둘러보려는 생념으로, 그가 밟았던 길이라고 제멋대로 믿은 길을 거꾸로 밟아, 거기 어디쯤이라도 갔다 돌아선 것이나 아닌가 하 고, 짐작하게도 한다. 시동이 생각에, 그 '잠든 돌의 나비'가 거기 어 디쯤에 날고 있을 것이라고, 여겼을 것도, 시동이의 모든 언행을 통 해 짐작할 수 있게 된다. 털어놓고 말하면, 시동이의 믿음엔, 그 '나 비'는, 그 순례자의 '유리(羑里)'에 날고 있었다. 시동이 분명하게 들 었기엔, 그 순례자 또한, '성배'를 찾아, '문잘배쉐'에로 왔다고 했었 는데, 그 얘기를 듣고, 가출을 결심하고 있었을 때 시동은, 문잘배쉐 에는 '성배라는 잠자는 돌'이 있고, 유리에는, 그 잠에서 빠져나간, 그 '돌의 꿈,' 나비가, 불새가 있다고, 막연하게지만, 그렇게 믿고 있 었을 것이었다. 좀더 불알이 여물게 되었을 때 시동은, 같은 한 '성 배'의 '루타'는 문잘배쉐에 있고, '아르타'는 유리에 있다는 식으로, 동화용 어휘를 성인용으로 바꿔 쓰기도 하는데, 그래서 보면 시동이 께, 세상엔 '문잘배쉐'가 둘이 있거나, '유리'가 둘이 있었다. 아니면, 같은 하나인 것이, 장소를 달리해 있는 것일 것이었다. 그렇다면 유 리 또한, 어떤 마법, 또는 주술에 덮여 찾기 어렵거나, 목전에 두고 도 못 보거나, 찾아 목전에 두고도 들 수 없는 고장일지도 모르는 것 이어서, 하는 말로는 그런다, 거기 찾아 떠나, 아직도 거기 닿지 못 한 기사들은, 아직도 험로 위에서 방황하지만, 찾아 그 동구 앞에 닿 은 이마다, 거기 들려는 대신 등 돌려 되돌아선다고, 하는 말로는 그

런다. 풍문대로 따른다면, 거긴, 거기로 통하는 길만 있고, 그리고
그 길가에 앉아 있는 늙은네 하나가, 한 켤레의 쇠신발과, 하나의 쇠
지팽이를 팔아 연명하려 기다려 있다는데, 그가 앉은 자리가 동구라
고 이른다 하되, 그 안쪽이래야 할 자리엔 풀 한 포기도 없는 사막 말
고는, 성벽도 아무것도 둘러쳐져 있지 않다는 것이었다. 그런 곳은,
들어가보아도 나가져 있어, 거기서부터 또 얼마를 헤매야 들[入]지
를 모르게 생겼으니, 쇠신발과 쇠지팽이가 필요한 것이 아니겠는가,
하는 말로는 그런다. 그러고도, 거기 어디, 찾으려 하는 성배가 숨겨
져 있기만 하다면, 왜 탐색을 멈추겠는가마는, 그 쇠신발장수의 말대
로라면, 찾아보아야 그것은, '마른 해골' 하나라며, 그런 해골은 누구
나 하나씩 달고 있기에, 저 안쪽으로 걸어 들어간 자마다, 못 나오면,
해골만 하나씩 남기게 된다, 라는 것이었다. 이 '마른 해골 한 덩이'
얘기는, 풍문으로서가 아니라 시동은, 어부왕과 그 순례자의, 주고받
던 얘기에서 이미 들어 알고는 있었음에도, 시동이 그것의 아르타를
찾겠다고, 그 순례자가 밟았다고 여겨지는 길을 좇아나간다는 짓은,
아무래도 난삽하거나, 역설이다. 그러므로 해서 시동이의 이 오디세
이아는, 그 결말 부분뿐만 아니라, 사실은 그 서두부터 흐려, 종잡을
길이 없게 되어 있을 테다. 시동은, 그 '마른 해골'이 혹간 그 나비,
불새의 둥지라고 믿기라도 했던가? 문제는, 그런 둥지라면, 문잘배
쉐가 그것이어서, 시동은 그 둥지에서 자라온 것이 아니었는가? 그
래서 사실론, 예의 저 선돌까지도, 시동이가 그 자리를 떠났던지, 어
쨌던지, 그것을 발설하지 못하고 있을 것이었다. 말로는 '돌아왔다'
고 떠들어 밝히고 있음에도, 어디를 출발점으로, 그러니 '둘로 나눠
진 길'의 어느 길을 택해 나갔었던지, 그것은 시동이 자신도, 분명하
게는 모르고 있었다. 다시 '출발점'에 닿았다면, 그 의미에 있어서만

440

은, 시동이 돌아온 것은 분명한 사실이다. 고로, 어떤 정신이, 꿈쩍도 없이 잘 살다가, 한 발 잘못 내딛기에 의해, 시간(時間)의 가운데도 그것(時中)이 있듯이, 장소의 가운데도 있는, '소중(所中)'에 풍덩 떨어져들기는, 우선은 비극이다, 그것도 그만의 한 우주적 비극이다. 시동이, 날이 갈수록 더해서 느끼는 비극이 바로 그것인데, 술 취해 비틀거리며 걷는다고 해서, 그들이 다 웅덩이에 빠지거나, 야홍(夜紅)이에 홀려 절벽 쪽으로 나아갔다 떨어져내리는 것도 아닌 것을 보면, 결코 흔하게는 아니지만, 이런 구덩이 속에 떨어져든 데는, 떨어져든 자의 발목을 쥔, 그런 무슨 필연적 까닭, 운명(運命)이라는 이름의 '복선(伏線)'이 있음을 살펴보게 한다. '우연'이라거나, 우발, 춘사는 아니라는 얘긴 것. 시동이와 더불어, 이제 그것을 되살펴보려는 짓은, 새삼스러운, 그리고 해온 얘기를 되풀어야 할 것이어서, 이젠 그 '복선'이 아니라, 그 결과를 주목해봄만 못할 게다. 시동이 '보려는 것을 배우겠다'고 하여 배운 것만은 하나, 밝혀둘 필요는 있어 보인다. '중심(中心)'을 여의지 못해, 한사코 고수하려 하면, 그러는 자의 모든 운동은, 회전(回轉)만을 되풀이한다는 것이다. 그 '운동'이 어떤 것이든, 죽지 않았으므로 표출하거나 내접하는, 산 자의 모든 행위를, 그냥 '운동'이라는 어휘로 포괄해버리기로 해도 된다면, 그렇다는 얘긴데, 회전하는 운동을 '원(圓)운동'이라고 이르는 게 아니던가? 라는 말의 저의는, 모든 운동은, 그것 자체로는 직선적(直線的) 진행일 것임에도, 그것이 어떤 '중심, 소중이라고 이르는 곳'에 묶이면, 직행성에 굽힘이 드러나, 직행하기가 회전하기로 바뀐다는 얘긴 것. 상식인 것. '시간'은 아마도 프라브리티 로카(界)에만 있는 것일 것이어서, 브리티(振動)에 의해 발생하는 것일 것인데, 그렇다면 먼저 '순간'의 개념이 서고, 다음 '영원'의 개념이 뒤따를 것일 게다. 합치면, '순간의 연속이 영원'이라는 것일 것인데, 이 '순간'에 주목하면, '시간'에 생각을 묶인 자들이, 시간의 입구에서 쉽게 빠져드는 바대로, 시간은 '단절적'이어서, 존재 또한 단절적으로 이해되어진다. '연속' 쪽에 시선을 풀기로 하면, 아마도 '순간'의 시간이란 있는 것이 아니며, 그래도 그런 것이 있다면, 그것은 '시중(時中)'에의 이해를 함께해야 한다는 주장도 있게 될 것이다. 예의 저 시간의 입구를 벗어났거나, 더 깊숙이 들어간 이들은, 미구에 '如來胎'를 상정하기에까지 이른 듯한데, 어쩌면 저것(時中)은 그것과 긴밀한 관계가 있을 듯해 보인다. 그래도 다름이 있다면, 하나는 '극소의 시간'의 것이며, 다른 하나는 '극대의, 또는 무(無)의 시간'의 그것일 듯하지만, '극소와 극대는 같다(즉, 아트만의 equivalent는 브라흐만)'라는 명제를 도입키로 한다면, 결국은 그것들은, 다른 것들이 아니라는 데로 모아질 테다. 시작과 끝이 물려 회전하는 운동에는, 그렇다면 시작에서 끝까지라는 한정량이 있는 것이라고 상정되고, 무한 또한 그것의 되풀이라고 이해되어지는 것인 것, 시간에 대해서도 그렇다면, 같은 얘기를 할 수 있을 테다. 시동이 보는 것을 배우려 하기에 좇아, 자기 처한 광야에서 본 '광야'는, 그 확대/역확대, 그 축소/역축소였던 것은, 주지하는 바대로이다. 난제는 그러나, 장차는 '회전'에로 몸 바꾸게 될 그 운동, 그 시간에도, 느림과 빠르기가 있어, 같지가 않다는 그 점인데, '중심'에서 가까우면 가까울수록 그 회전은 빠르고, 멀면 멀수록 그것은 더뎌 보인다는, 글쎄 '더뎌 보인다'는 그것이다. 이는 특히, '시간'과의 관계에서 난제가 되는 것일 것으로, 그 문제에 봉착했을 때 시동은, 혼란을 느꼈다. 시동의 생각은, 거기 묶여, 어떻게도 진행을 성취해내지를 못하고 뱅글거리다, 땀 낸 끝에 자기의 생각이, 엉뚱하게 비약해버린 것을, 알아냈다. 라는 것은, 사실은, 중심에 가까운 쪽이나, 가장 먼 쪽이나, 그 회전의 속도는 조금도 틀림이 없이 같은 것이 아니겠느냐는 것이다. 만약에 회전의 속도를, 거리 쪽에서 재기로 한다면, 중심에 가까운 쪽의 그것이, 먼 쪽의 그것에 역비례적으로 늦는 것이 아니겠느냐는 것까지도 시동은 생각해냈는데, 중심에 가까운 데서의 회전이, 촌척의 거리를 촌시에 획한다면, 중심에서 가장 먼 곳의, 어느 일점에서 어느 일점을 십 척의 거리라고 가정한다면, 그 촌시에 그 십 척을 달리는 시간은, 촌시의 십 배나 빨라야 될 것이라는 것을 생각해낸 것이다. 시동의 생각엔, 여기 어디 확대와 축소 간의 비밀이 있는 듯하다고 했으나, 그가 터득한 물리(物理)는, 그보다 더 지혜를 이끌어내지 못했다. '동화'나 '민담' 따위나 읽고 자라다, 일찍 가출해버린 시동이게, 그보다 더한 지혜를 물을 수도 없을 테다. 그런 것은, 생각하기만으로 풀릴 문제도 아닌 것이 아니던가. 그런 대신 시동이, 자아와 우주, 주체와 대상이라는 문제로 눈길을 돌리자, 이제껏 '중심'이라고 했던 자리에, 다른 한, 작은 치차 바퀴가 생겨난 것을 보고 섬뜩 놀랬는데, 그러자 밖의 큰 치차에 이빨을 물린, 이 작은 치차는, 더할 수 없이 빨리 돌기를 시작하고 있던 것이다. 시동은, 새로 어지러워, 건구역질을 하고, 바닥을 긴다. 때에 누군가의 음성이 들리는 듯한데, 이누마, 중심이라는 개 말뚝을 쑥 뽑아내든, 묶은 개 올가미를 싹뚝 물어 끊어버리면, 개새끼가 용 될 거 아녀? 그것이, 언제부터, 어디에 생겨난 무엇인지는, 길든 개새끼는 알아도, 이 늙은탱이는 모르겠다만서두…….

"그리하여 나는, 돌아온 것이다." 시동은, 그 같은 소리를 천 번하고도 보태 구천 몇 번쯤 되뇌이는데, 돌아왔다는 것을, 자신에게만이라도 분명히 해두려는 의도인 게다. 이렇게 되면, 그 선언에는, 뭔지

그만의 뜻을 내포하고 있는 것이 분명하다고, 들어야겠는다. 그는 그
렇게 발설하지 않으니, 사실이 그런지 어떤지는 모를 일이라도, 짐작
되어지는 것 중의 한둘은, 그것은 (개) 껍질 벗은 야호의 고고 소리
가 아닌가, 즉슨 예의 그 소중(所中)이라는 펜리르의 배를 가르고,
훌쩍 뛰어오른 개구리 울음소리는 아닌가, 흐흐, 개 껍질 벗은 개구
리! 아니면, 피안(彼岸)을 향해 가고 가고, 넘어가고 넘어간 데서도
더 너머에까지 가고 보니, 다시 또 차안(此岸)이더라는 것인지, 어떤
것인지―어쨌거나 반복되고, 강조되는 말에는, 반드시, 그만의 뜻이
함축되어 있었던 것만은 분명하다고, 들어야겠는 것이다. 시동은 그
리고, 생각의 알을 품은 뒷자리를 좀 고쳐 틀어 앉는다.
　한 마리 정충(精蟲)의, 도태치 않으려는 고투가 과연 어떤 것이겠
는가? 히포크라테스문(門)의 아손들에 의하면, (아비로부터) 한꺼번
에 (어미 속으로) 좍 쏟겨내린 수백만의 정충들이, 하나의 난자(卵
子)를 향해 일제히 질주한다, 예의 이 난자는, 희귀하게는 둘도 셋도
받아들이지만, 일반적으론 하나밖에 용납하지 않는다고 이른다. 천
국은 활짝 열려진 꼿이라고 믿으면서도 시동은, 그 꼿을 드는 넋들
쪽에서는 그 꼿을 새로 건너다보게 하는 모양인데, 천국 들기의 좁고
도 어려운 문은 거기서부터 시작되는 것일 것이었다. 밀종문의 아손
들이 들려준 소문은, 이것들의 의지가 되어 있는 것은, (*Bardo
Thödol*) 아비/어미에 대한, 형언할 수 없는 호애나 질투로 되어 있
다는데, 요컨데 성욕(性慾)이 문제다. 그럴 것이 그것이 모든 물질적
생기(生起)의 생기(生氣)이기의 까닭일 것. 그것에다, 쇠고기의 지
방이나, 대리석 무늬 모양, 갈마까지 촘촘히 수놓아져 있으면,―예
든 비유의 구상적 이미지의 추상적 아이디어化로서 말이지만―그 고
기를 두텁게, 또는 그 전체로서 엎고 있는 유정을 사람이라고 이르는

것이니, 그것 여의기는 참말이지 어려울 수밖에 없겠을 일이다. 자식들은, 어버이들이 살고, 땀 흘리고, 생각하고, 고통하고, 염원했던 것들의 남김, 또는 그 찌꺼기를 물려받아, 그들의 삶을 계속해 사는 것으로는 잘 보이지 않으며, 자기들만의 삶을 새로 꾸려 사는 듯하니, 어쩌면 그것만은 그대로 고스란히 유전되는 것이 아닌 듯이 짚여지는데, 그러면 이 갈마란 무엇의, 또는 누구의 갈마냐 라는 의문이 생긴다. 이를테면, 정자의 것이냐, 아니면 난자의 것이냐, 또 아니면, 그 양자가 하나로 합쳐질 때, 그것 또한 합쳐져 하나가 된 것이냐, 라는 식이다. '남성 속의 여성성/여성 속의 남성성/정신적 남녀추니' 등을 짚어내는 이들이라면, 갈마란, 어느 쪽의 단일성을 띤 것만은 아니라는 주장도 하게 될 성부르다. 그러면, 난자란 밭이며 씨앗은 아니잖느냐, 라는 의문이 급하게 따라붙게 되는데, 얻어질 대답은 뻔하다. 콩 심은 데 콩 나고, 팥 심은 데 팥 맺히게 하는 것이 밭 아니냐? 갈마는 그러니, 난자에가 아니라, 정자 속에 이미 수놓여져 있다는 대답일 게다. 그러자, 말하는 바의 '유전인자'와 '갈마'가 뒤섞여, 콩 넌 멍석에서 콩 가려내기처럼 그렇게 되는 현상을 목도하게 된다. 그런데 글쎄지, 말이지, 콩 심은 데 콩 나고, 팥 심은 데 팥 난다. 확대하면, 사과 떨어진 자리에서 사과나무 자라며, 수여우 받은 암컷 여우에게서는 새끼 여우가 나고, 사람의 남자를 받은 사람의 여자는, 사람의 아해를 분만하는 것이, 그 속담이 내포한 진리일 게다. 무슨 그런 인자의 까닭일 게다. (이건 별로 찬양 못 할 짓일 것이라도, 실학꾼들의 호기심이란 매우 장난꾸러기다운 데가 있어, 이미 그런 실험에 성공했으되, 쉬쉬 덮어 숨기고 있는지, 어쩌는지는 몰라 모르되) 아직까지는, 사람의 여자가, 사람의 사촌이라는, 수원숭이의 새끼를 뱄다는 얘기는 들리지 않다 보니 하는 말이지만, '난자'가 그냥 '밭'이기만 하다면, 뻐꾸기가 알 깨이려 그런 수고를 할 필요도 없을 일이다. 거 얼마나 똥집 한 점이 좋아, 그 좋은 암탉을 겁간해버리기로, 뻐꾸기의 심신도 쇠락해지려니와, 다자다복 또한 저절로 따르는 것인 것을, 저런 순 꾀 많은 우악한 놈도 없겠구나. 그래도 냅둬라, 저그들이야 생쥐의 암컷에게다 코끼리 새끼를 임신케 하든, 개구리의 암컷에다 생쥐 새끼를 우크르르 처넣어주든, 나물 먹고 물 마신 뒤, 팔 베개하여 누웠다, 벌떡 일어나 대들보를 끌어내려 이빨을 쑤시던 중 짜부러져 뒈지든 말든, 냅둬라 냅둬. 냅두지 말아야 할 것은, '因子'라는 것은 그러니, 꼭히 인간이라는 유정에만 한정된 것이 아닌, 범 우주적인 품목으로서, 四大와 그것 버무려 만들어진 생명과의 관계에서 살펴지는 것임에 반해, '羯磨'는 꼭히, 五官有情, 그것 중에서도 '自我'를 확고히 개발한 유정과의 관계에서만 문제가 되는 문제라는 것이다. '유전인자'론과 달리, 이 '갈마'론은, '자아'라는 꾸리에 '갈마'라는 실을 두리두리 감게 된 유정, 즉 판첸드리야들만이 '바르도에 든다는 얘기에로도 발전할 수 있을 게다. 판첸드리야까지 진화를 성취치 못한 유정들은 그러면, 어디로 가는가, 라는 의문이 제기될 듯하지만, '本'에로 돌아가는 것 아니겠느냐는 대답은 저절로 묻혀나오는 것일 것. 그렇다면 이것들을 두고서는, 환생이나 윤회 따위의 문제를 거론할 여지가 없어 보인다는 얘기로도 발전할 수 있을 듯하다. 이것들의 번식은 그런즉, 순전히, 땅에 남아 있는 것들의 유전인자에 의해서라는 것은, 실학꾼들이 잘 밝히고 있는 것인 것. 이 유전인자 속에, 또는 입어진 몸 속에, 진화의 동력이 내장되어 있는 것일 것. 자벌레에게 만약 어떤 종류의 춘사가 없다면, 그것은 꼭히 나비를 이루듯이, 춘사가 없는 한 五官有情은 '해골'에 도달하게 되어 있는 것인 것. 이 춘사란, 오관유정의 욕망과 갈마에 의해 일어나

는 것들이어서, 바르도에서는 이것들이 어지럽게 헤어져간다고 이른
다. 위쪽에서는 '해골'을 성취하고, 아래쪽에서는 늑대로도 노루나
토끼에로도 떨어져내린다. 이 상승과 몰락을 통해, 한 판첸드리야의
자아나 갈마가 분쇄되거나 무산되는 점에 있어선 같되, 몰락의 경우
엔, '갈마' 대신 '인자'의 태보들이 열려, 비린내를 풍기고 있다. 시
동이도 또한 한 마리 정충이 자란 자이지만, 그 정충의 고통이나 고
뇌를 알 수 없는 것이 문제다. 어쨌든 궁금해쌌는 애들을 상대로 한,
옛날식 성교육(性教育)은, '왕자가 하나 있었더란다'로부터 시작해,
공주를 만나게 되기까지의 모든 고난과 역경 헤치기, 그러던 끝에 공
주 만나 '잘 살았더래'로 맺음하는 식으로 되어 있는데, 소자궁(小子
宮)의 대체화(大體化) 쪽에서는 그렇다면, '기사담'이나 '무훈담,'
심지어는 수도자들의 '고행담'까지도, 저런 동화적 성교육이 성년용
으로 바뀐 것 이상은 아니라는 식으로 이해할 수 없는 건 아님에도,
그런다면 히포크라테스들의 눈은, 냉소로 하여, 굳게 얼어들고 말 테
다. 그들은 왜냐하면, 그들의 돋보기로 소자궁만을 냄새나도록 들여
다보다, 그 냄새에 정신이 아찔해져, 말하자면 머릿골의 반은 휘발해
버린 까닭이다. 장작을 아무리 잘게 쪼개보아도, 불이 보이지 않듯
이, 갈마나 혼 또한, 그런 것이 아니겠는가. 그럼으로 저들이야, 그
냄새에 취해, 자기들만의, 아마도 홑겹의, 진리를 설하든 말든, 히뜩
까뒤집어 눕든 말든, 냅둬라, 냅둘 일이라도, 이쪽 편 사정은 사정대
로 딱한 대목이 있다. 라는 것은, 성공적으로 수태된 정충의, 되풀이
되는 낙태, 또는 오나니슴이라는 것이다. 볼프람Wolfram이라는 패
관은, 파르치발이라는, 한 키 큰 기사의 편력의 얘기를 통해, 그의
성공담을 들려주려 했던 듯하되, 결과는 역적으로, 그의 오나니슴의
과정만을 소상히 밝혔던 것으로 보인다. 그의 얘기를 좇으면, 파르치

발은, '문잘배쉐'라는 난자를 뚫고 든 당찬 정충인 듯한데, 결과에서 보면, 일단 수태는 되었으나, 그 열 달을 채우지 못하고, 어미의 허벅지를 흘러내려버린 것을, 안 볼래도 안 볼 수 없게 되어, 민망스럽다. 그 오나니슴을 두고, 일련의 성배(聖杯) 석학들은, 그것은 그가, '성배 비의(聖杯秘儀)'에 가담(되어지게)하기 위해서 꼭히 치렀어야 할 의식이었다고까지 풀이한다. (학자, 또는 비평가들이, 텍스트라는 독룡의 뱃속에 스스로 걸어 들어가, 먹혀버리는 것은 이런 식이다.) 그 결과 그가, 안포-타즈의 대를 이을 '성배지기'가 될 것이라고 하는데, 과연 으스락딱딱하지 않은 것은 아니다. 아닐 것이, 주어진 재료를 훼손하지 않는 한계 내에서라면, 저런 종합은, 으스락딱딱하다고밖에 달리 말할 수가 없기 때문이다. (저들은 그래서, 저들이 택한 텍스트라는 독룡께 먹혀졌다고 이른 것이다.) 저들 중에, 분석력이나 종합력에 보태, 최소한도의 창의력이나 상상력을 가진 이가 있었다면, 적어도 한두 번쯤은, '성배지기의 임무나 사명'은 무엇인가,를 물었어야 했을 터이다. 허긴 그러려들면, 거기서 갑자기 '허구(虛構)'가 불쑥 일어나, 저들을 삼킨 그 독룡을 삼키려 덤비는, 엉뚱한 일이 벌어질 수 없는 건 아니다. 마는, 제 목숨을 지키려는, 공포를 수반한, 고집스러운 일념 탓에, 네미 숲의 '다이애나 사당지기 버-비우스'가, 윤년이라면 삼백예순여섯 날, 주야로, 촌시도 한시름 놓을 겨를도 없이, 심지어 새 풀잎이 자라는 소리에도 경기를 일으켜, 살(煞)이 씌어나는 눈을 휘번득이고 살피듯이, 하여설람에 '성배지기'는, 무엇으로부터 무엇을 지키려는 것인가, 그것은 글쎄, 우선적으로 물어졌어야 되었던 것이다. 이 '하늘에서 떨어진 돌,' 빛돌, 또는 소금은, 메카에 있다는, '알라의 오른손Yamin Allāh,' 만방이 우러러 경배하는, 거대한 '검은 돌'과 달리, 달라도 많이 달리, 누구의 눈에도 보여지게 하려 하지 않는데, 그런즉 오히려 감추고 숨기려 하는데, 그러니 단적으로 말하면, 가리고 감추기가 지키기였던가(?)—왜 그래야 되었는가, 저들은 그것 또한 의문해보았어야 하잖았겠는가? 그것(빛돌)은, 그것을 보는 이의 병을 낫게 하며, 배고픈 이에게 배부름을 줄 뿐만 아니라, 선하게 원하는 모든 것을 주는 것으로 알려진 것인 것, 그러나 무엇보다도 그것은, '빛'이었을 것인데, 그렇다면 그런 것을 땅광 속에 왜 감춰둬야 했는가, 어째서 켠 불을 땅광 속에 넣고, 문을 잠가야겠는가, 비록 겨자씨만 한 것이라도, 그런 것쯤 의문해볼 자기만의 의견도 없었던가? (이래서, 말한 바의 저 석학들은,—이건 물론 이런 경우에 한해서만 할 소리겠는다만—이것저것 닥치는 대로 박치기 하던 중, 대가리는 닳아질 대로 닳아져 구두쇠처럼 민들거려도, 그 속에는, 화폐개혁 이전의, 또는 그것 쓰이는 자리가 다른 고장의 녹슨 달란트 몇 개나 굴르고 있다는 소리도 하게 된다. 문제는 그럼에도, 그 중의 어떤 이들은, 그 엽전 몇 개로, 모든 텍스트의 의미를 다 사들일 수 있다고 믿어 자처하는 데 있을 테다. 실상은 어떤가 하면, 어떤 물건들은, 불러진 값이, 자기의 호주머니 사정을 훨씬 넘는 것도, 또는, 가진 엽전이 그 자리에서는 통용 가치가 없는 경우도 흔하다는 것이다. 예를 꼭 하나만 들면, 흐흐흐, 개고기 파는 자리에 가서, 누가 양고기를 사려 하기 같은 경우일 테다. 사정이 그러하다면, 입 다물고, 자기네 엽전으로써 계산될 만한 물건이나, 또는 그것이 쓰여질 자리에로 자리를 옮겨 앉으면 된다. 그러려들면, 하기야 자괴감도 왜 없겠는가? 그 되잖은 물건으로부터 무시당하고, 모독당한 느낌인들 왜 또 없겠는가? 그럴 때, 공들의 호주머니를 가리기에 좋은 방법이 있거니, 저 가게에서는, "羊頭를 걸어놓고, 개고기를 판다."고 왼 장바닥에 떠들어주면 된다. 개중에는, 개고기는 쇠고기보다 열 배는 맛있다고, 개고기 맛 들인 자도 있어,

그 소리 좇아 덜렁여 불편한 하초를 움켜쥐고, 첩년네 갈 궁리하며, 양
두 걸린 집으로 달려갈 이도 있을지 모르는데, 먹은 것이 뱀고기였다면,
그것도 문제다. '개와 뱀은 동류의 유정'이라[는 소리는 Zend Avesta에
있둥만] 카잖든가? 비 묻은 구름 끼지 말아야 된다, 그랬다간 이 고기
먹은 자들마다, 클클클, 짢天한다는 소리가 등천하게 될 것인데, 일손들
이 저렇게 되었으니, 내년 봄갈이가 벌써부터 걱정스럽다. 唵, 小說하기
의 雜스러움!)

성물(聖物) 모독죄로, 비록 지옥도에 떨어지는 한이 있더라도, 저
런 의문은 어디까지 나아가게 하는가 하면, 문잘배쉐에, 실제로 그런
'성배'가 비치되어 있기는 있는가, 라는 데까지 닿게 한다. 있으되,
그것은 누구라도 꿀컥 삼킬 만큼 작은 데다, 하도 많은 도척이들이,
그것을 빼앗으려 하거나 도둑질하려 함으로, 그렇게 감춰둘 수밖에
없다면, 무적이라는 천군(天軍)은 무엇의 용도며, 선하게 원하는 것
이면 무엇이나 이뤄준다는, 그 복음은 얼마나 멀리 미치는 것일 수
있는가, 그런 것도 묻게 된다. 듣기로는 그런다, 동정을 잃어본 적이
없는, 백성의 수보다 더 많을 듯한 범강장달이 같은 기사들이, 그것
지키기에 주야도 휴식도 몰랐다고 하되, 그리고 그들에 의해서, 문잘
배쉐 찾아드는 기사 자처하는 시러배들이 무참히 낙마했다 하되, '지
키기'로 하여, '베풀기'가 장애 받아서야 되겠는가? (이것이 아마도,
시동이 이해하는, 안포-타즈의 先騎士後百姓주의였을 것이었다.)

그러고도 제기될 의문은, 아직도 천만 가지로 많다. 그러나 그런
의문이 제기되었어야 되었던 이유는, 아마도 하나일 것인데, 그러니
탁 털어놓고, 그 이유만 들춰내기로 한다면, 이렇게 될 것이었다, 라
는 것은, 문잘배쉐가 그것 자체까지 오리무중 속으로 가라앉아들려
하며까지 숨기려는 것은, '성배'가 아니라, 아으, 주여 용서하소서!

450

사실은 그것의 '부재(不在)'가 아닌가, 하는 그것이다.

그렇다면, 파르치발께 분명히 보여졌다는 그 성배는 무엇이었는가? 아마도 그러나, 그것을 묻기 전에, 그 성배 밑에서 기저귀 찼다, 떼고 자란 시동이가, 그것의 '나비,' 즉슨 '불새잡이'에 나선, 그 까닭은 무엇이었는가, 그 대답을 해놓고 있음에도, 요즘 안포-타즈가, 하룻밤에도 삼백 번은 더 묻고, 한 번 더 묻듯이, 그것부터 물어야 할 것인 듯하다. 시동이 자신, 당시, 그것을 분명하게 인식하고 있었다는 믿음은 없으되, 시동은 분명히, 무의식 속에서, (당시로는 무의식적이지만) 그것의 '루타'와 '아르타'를 분리해보고 있었던 것만은, 그가 세운 대의와 목적에 의해 유추된다는 것은, 천한 번도 넘게 유추된 바이다. 이 말은, 약간만 비약하기로 하면, 문잘배쉐의 성배는, 그 루타와 아르타가 짝 맞지 않은, 보다 모독적 폭언을 쓰기로 하면, 아으, 주여 벌하려 하시니까? '인위적(人爲的) 성배'였을 수도 있다고 할 수 있을 듯하다. 돌팔매를 무덤 삼고, 무덤에 들어서는 무저갱에로 한없는 몰락을 겪기라도 불사키로, 보다 더 직접적으로 말하면, 저것은 '우상(偶像),' 그렇다 그런 어떤 것이 아니었는가, 한다는 얘기가 된다. 유리의 순례자가, 매우 민망한 어투로, '해골, 마른 해골' 한 덩이를 보았다고 말할 수밖에 없었던 저의도, 그러면 여기 어디서 짚인다. (修辭學的 질서의 까닭으로, 반복을 회피할 수 없는 경우가 자주 생기는데, 그런 경우라면, 꾀 있는 청자는, 머리칼 귓등으로 쓸어 넘기는 척, 손바닥 펴 슬며시 귀를 덮기도 하고 그러드먼) 같은 것을 보았음에도, 시동은 그 루타만 보고, 파르치발도, 그 의식(儀式)을 통해 뭘 보기는 보았으나 그냥 환상적이어서(그의 침묵도 이것에 연유했었을 것이었다), 비약해 말하면, 아르타일 것에의 희미한 인식을 좀 가졌었을 것인데, 그랬기에 이후, 파르치발의, 그 구상적, 실제적, 본디의 '루타의 회수'와, 시동의 '아르타 찾기'라는 두 다른 탐색이 시작되는 것일 것이었다. 그것의 '부재'를 '인위적인 것'이 대신하고 있다면, 이는 위난 중의 위난이어서, 행방불명이 된 그것 찾기에, 결국 마당발 아서왕의 도움까지 필요하게 되었음도, 넉넉히 짐작된다. 파르치발을 위시한, 원탁의 기사들이 그리하여, '성배의 성'을 지척에 두고도, 그것을 뒤로 한 채, 따로 따로, 나름 나름으로, 모든 방향, 모든 고장으로 흩어져 간다. 하기는, 예의 저 '성배 秘儀'가 다름 아닌, 선택된 자들만을 상대로, 비밀리에 '성배 不在'를 공표한 자리였다면, 그가 그 비밀한 회합에 참석했었기, 그 비의에 가담했었던 의식이 그것이었다고 해내는 분석에 오류는 없어 보이기도 한다. 근자에, 이 성배 傳說에 각별한 관심을 가져온, 성배 석학들이, 이 성배 비의에서라도 돌아온 듯이, '성배는 없다'라는 식으로, 그 비밀을 두고 성급한 누설을 하고 있는 듯도 싶은데, 사실로 그래서, 볼프람도, 은연중에라도, 그것을 밝히고 있는가? 사실이 그래서 그러했던가? 그러했으므로 파르치발은, 그 의식이 끝난 뒤, 다시 돌아와 '성배지기'의 대를 잇게 되기까지, 문잘배쉐의 바깥뜰을, 그렇게도 멀리 헤매지 않으면 안 되었던 것이었을까? 이 새로 만들어진, 가설에 편들지 않기로 하면, 그것이, 파르치발의 오나니슴이다.

　독신죄를 무릅쓰고까지 앞서 주억거린 얘기를 종합하기로 한다면, '성배 탐색'이란, ('마음의 우주'의) 밀종적 수도행, 또는 그 고행이, '말씀의 우주'식으로 번안되는 과정에서, 드러난 결과라는 투의 주장을 할 수 있게도 된다. '마음의 우주'에서는 그것을 '친타마니(如意珠)'라거나, '파드마마니(蓮石)'라고 이른다는 것은, 이제는, 천 번하고도 한 번 더 알고 있는 얘기―. 이 말은 그러니, 만방이 우러르는, 거대한 '검은 돌'과 달리, 이 특정한 '빛돌'은, '밖'을 밝히는 것이기보다, '안'을 밝히려는 것으로서, 그것을 찾으려는 모든 탐구적 정신들의 심정에, 그것이 놓일 제단을 갖고 있다는 것이다. 켠 불을 넣고 감춘, 땅광이란 이것일 게다. 비록 그것이 그 제단 위에 놓여 있어도, 찾으려 하지 않는 자에겐, 없다. 찾으려 하되, 그것의 '루타'에 마음을 묶여, 밖으로 내달리려 하면, 결과는 오나니즘일 게다. 돌아온 파르치발이, 어느 날부터 성배지기 자리에 얼굴을 보이기 시작한다면, 그로부터 나타나게 될 문잘배쉐의 변화를 관찰해보고서야 할 얘기겠지만, 현재로써 (시동이께) 짐작되어지는, (반복되는 듯하지만) 그가 할 수 있는 일은, 두 가지쯤으로 추측할 수 있을 것인데, 이는 사실 두 끝에 창두를 단 양두창 같은 것이기는 하다. 그 창두 하나는, '사회적 가학증(加虐症)'일 것이며, 다른 하나는, 안포-타즈와 똑같이 드러내는 '사회적 피학증'일 테다. 전자의 경우, 그는 먼저, 롱기누스의 창을 꼬나들어, 안포-타즈의 가슴을 겨눠 찔러 덤빌 것인데, 왜냐하면 안포-타즈가 그 주술 자체이기 때문이다, 안포-타즈가 있는 한, 문잘배쉐의 주술은 깨어지지 않는다, 후자의 경우, 그는 안포-타즈의 고통을 자기에게로 전가하려 할 것이다. 다른 쪽의 창끝을 자기 가슴에 대고 엎어지기이다. 전자는, 보다 더 치도적(治道的)이어서, 이후, 파르치발이 어떻게 문잘배쉐를 운영하게 될지, 그것은 그의 야망과, 민중에의 이해가, 그 진로를 결정해줄 것일 것. 결과는, 누구라도 추측할 수 있거나, 못할 것일 것이다. 어쨌든 '병(病)-가난'이 국시(國是)였던 것이, 바뀔 것만은 분명하다. 안포-타즈의 성공과 실패는, 저것이 종교의 한가운데 서 있는 주제와 유사함에 의해, 이 '국시 자체'를 종교, 즉 祭政一致로까지 승화하는 데는 성공적이었으나, 그것을, 땅에서 한 치 반 치도 떠들어 올리지 못했다는데 실패가 있었을 것이었다. 이유는 분명하다, 라는 것은, 그가 주체

사상으로 삼았던 '성배'가, '하늘에서 떨어져내린 돌('Lapis Lapsus ex Caeblis,' A Stone fallen from Heaven)'인 것은 분명함에도, (벼락과 마찬가지로, 땅에 닿아 파고들었을 때) 흙에 묻혔을 것이라는데 마음을 묶었을 것이었다, 이후 그것은, '땅속에서 캐어낸 돌('Visita Interiora Terrae; Recitificando Invenies Occultum Lapidem.' Visit the interior of the earth; through purification thou wilt find the hidden Stone)'이라고 바뀌어 안포-타즈의 심령을 점유했었을 것이기 때문이다. 그것은 흙에 버무리되어 있어, 그 흙을 털어내는 일이 안포-타즈의 난행의 전 내용이었을 테다. 라는 추측은, 그의 (얘기되어진) 유토피아론을 통해 충분히 가능하다. 안포-타즈의 병고는, 그때부터 더해지기 시작했었을 것이고, 그런 까닭으로 그것은 치유키 어려웠을 것이었다. '임금의 귀는 당나귀 귀!'라고, 밝힐 수 없는 말 한마디, 아으, 목에 걸린 납비녀, 그 이물 하나를 토해내고 싶어 하다, 하다못해 귀 없는 대나무숲 찾아 어느 한 자리 토하고, 그 납비녀 묻어뒀던 어떤 복수장이모양, 이 시동도, 하다못해 이 정적의, 침묵의, 무언의 그중 후미진 데, 쇠똥 한 무더기 자리만큼만 열어서라도, 뽑아내버리고 싶은, 납비녀가 목에 걸려 있음을! 제발 저 귀도 혀도 없는 무음이, 입을 열지 말아주었으면! 안포-타즈 임금의 불치병은, 虛無主義며, 無神論!—아으, 그 말 한마디. 聖杯는 그의 物神이며 理念일 뿐, 神은 아니었다. 그의 병은 '흙병'이었다. '니고(泥苦)'였다. 그와 달리, 안포-타즈의 니고를, 파르치발 자신이 대신하려 할 경우는, 실제적으론, 오존ozone막이가 되어 있지 않은 문잘배쉐에, 해가 둘씩이나 한꺼번에 떠올라 있기와 같아, 성민이 당하게 될 고통이나, 그들 숙지(宿地)의 황폐가 두 배로 더해지는, 매우 바람직하지 않은 결과가 초래될 수도 있을 것이었다. 그럴 때, 두 개의

해 중의 하나는, 달〔月〕이 되어지는 것이 최선일 테다. 안포-타즈는 그것을 너무도 잘 알고 있었으며, 그 얘기가 그래서 그의 '유토피아 론'에 섞여들어져 있던 것도, 시동은 눈치 챈다. '성배지기'의 자리에, 파르치발의 얼굴만 보이고, 안포-타즈의 얼굴은 그늘 쪽에만 있어야 될 일인 것. 그런 후 파르치발은, 안포-타즈와 마찬가지로, '성배 자체'가 아니라, '성배가 있다.' 또는 '없다'는 그 '비밀'을 수호하려 하여, 네미 숲의 버-비우스적 고행을 자초할 것이 짚인다. 왜 인류의 소망에다 재를 뿌릴 일이겠는가? 그는 천만 번도 더 생각할 것이며, 금수는 식물(食物)이 되는 것만 먹지만, 사람은, 보태, 식물이 못 되는 꿈도 먹어야 산다, 라고 또한 천만 번도 더 생각하고, 순교자이기를 자청함에 분명하다. 이것이, 오나니슴만을 되풀이해온, 그의 성배 탐색을, 순교냐, 오나니슴이냐, 둘 중의 하나로 결정짓게 되는, 최후의 한 관문일 것인데, '병-가난'은, '자기부정'이라는 종교적 수행의 중심에 선 주제라는 것은 앞서 밝혔거니와, 그것의 체제화에 치도(治道)가 머리를 쳐들었던 것이, 안포-타즈식의 종교, 즉 유토피아였다면, 그리고 그것이 그의 성공이었음과 동시에 실패였다면, 이 성민들은 이런 자리 어느 일점에서 동결되기 시작해, 성배를 노리는, 침략적 외세에 대한, 자기 수호, 또는 보호라는 제이의 본능을 눈떠냈을 것이며, 그것이 동결(凍結)을 더욱더 굳게 했을 것이었다. 언〔凍〕수은(도 어는가 몰라?) 방울처럼 만들었을 것이었다. 이 동결이 풀리지 않는 한, 저들은 밖의 사람들과 꼭히 같은 '人間'이라고 보기에는, 거기 빙벽이 가리고 있어 어려운데, 비록, 말해, 어느 때, 그러니 파르치발의 어떤 대의에 의해, 그 성문이 활짝 열린다 해도, 실제적 의미에 있어선, 그것은 루타의 개방이며, 아르타의 개방까지 되기엔, 누구도 확측해낼 수 없는 시간이 걸리게 됨은 분명하다. 그들 중의 어떤 이들은, 어떤 경로에 의해서는, 그들 안에서 그 준비가 되어 있음으로 해서, 성문이 열림과 동시에, 바깥사람들과 화해롭게 어울림에 어떤 종류의 불편도 없겠으나, 혹자는, 오랜 기간 동안에 걸쳐 굳어진, 예의 저 제이의 본능의 까닭으로, 갑작스러운, 낯선, 새 물결에 어떻게 적응할지를 몰라, 털과 발톱을 세우면서도 꼬리를 사리고, 한사코 움츠리며, 의심하고, 주저할 터인데, 비유로 말하면, 그런 이들게는, 애정을 가진 채, 한 손에는 먹을 것을 들고, 다른 손엔, 자기네의 정의라는 올가미를 들어, 자기를 껴안으려드는 바깥사람들은, 나찰이나, 심지어 지옥의 유황불로도 보일 수도 있을 터이다. 바깥사람들은, 자기들식의 인도주의로 하여, 예의 저 제이의 본능이랄 것이 (다르마보디 전용어 하나를 빌려 쓰자면, 그러고도 물론 이 단어는, 말줄의 흐름이 그러해서, 凍結 쪽에만 쓰려 하고 있는 듯한 인상을 주게 될 것도 회피되지 않지만, 그 반대편의, 解弛될 대로 해이되어, 곪은 상태에까지 떨어져내리고 있는 쪽에 대해서도, 마찬가지로 쓰여지는 그런 것인 것) '性'에로까지 용해되어버리지 않은 동결을, 그런 채로 품으려 하면, 얼고 있는 독사를 품기나 같은 결과를 초래하지나 않나 하는 우려도 없잖을 수 없을 것이다. 이(利)만을 우선으로 챙기려는, 치도꾼들의 가식적 인도주의의 가락에 맞춰 춤추려는 자가 아닌, 진정한 인도주의를 회포한 자들이라면 그런즉, 예의 저 동결된 인간들을 품으려 내닫기에, 조금도 성급함을 부릴 필요는 없다고 생각할 테다. 이럴 때, '문화적 장치'(란, 미리 깨우친 한 학자 노귀남 박사의 의견을 빌린 것인데)라는 것이 운위될 것인데, 비유로 말하면, 태어나서 다 자란 때까지, 울에 갇혀, 하나에서 열까지 사람의 손에 의지해 낮잠이나 잤던 늑대를, 거친 들에다 풀어주려 하면, 그러기 전에, 그것으로 하여금, 자꾸 인가 쪽으로 와 비실거리는 대신, 그 들에서 도태

456

치 않고, 제 힘과 용기로써 생존할 수 있는 능력이 생기게 되기까지, 이미 개가 되어 있는 그 늑대에게, 들 공부를 시키는 일은, 무엇보다도 우선적 필수적인 문제가 아니겠는가—이것이 예의 저 '문화적 장치'라고 이르는 것일 게다. 안포-타즈가, 한편에선 파르치발을 기다리며, 다른 편에선, 탈리에신을 그리워하는 것도, 이것과 어디서 연관이 있어 뵌다. 파르치발은 어떻게 해석되든, 탈리에신은 '문화적 장치'라는 쪽에서, 그를 기다리게 되는 분명한 이유가 있어 뵌다. 어찌 되었든, '성배'란, '없는 것'이 아니라, 아직도 '찾아야 하는 것'일 것인 것, 그렇다, 그것은 아직도 찾아야 할 것인 것이다. '성배'는 그리고, 결코 '없는 것'이 아니어서, 아직도 그리고, 만세를 두고, 그것을 찾으러 나선 자의 대상으로서 '있'으며, 찾아지기도 할 것임은, 결코 부인되지 않는다. (이런 이유로, '聖杯는 없다'고 선언했던 이들의 그것이 '성급했다'고 이른 것인 것.) 다만 그것의 '이름'들이 다를 뿐이었을 것인데, 진화론자들께 있어서 그것은, 종국에 분쇄해버려야 할 대상으로서의 '자아'이기도, 창조론자들에 대해선 '신'이기도, 또 예술가들에 대해선 '미(美),' 실학(實學)이나, 지혜 따위를 주제 삼는 이들에겐 '진리(眞理)'일 수도 있을 것인 것. 재미 삼아 얹어둘 것이 있다면, 'A Theory of Everything'도 그것이다. 찾지 못한 것과 없는 것은 다르다. 다만 찾지 못했을 뿐이다. 안포-타즈는, 어쩌면 그의 성급함과, 시야의 좁음, 보태서 결벽증의 까닭으로, 자기가 다수를 사기 치고 우롱하고 있다는 생각에 괴롭힘을 당했던 듯하여, 치유할 수 없는 상처를 열고, '있지 않은 것을 있게' 하려 하여, 자기의 유토피아를 구현하려 한 것으로 이해되는데, 그의 후임자로 운명 지워진 파르치발에게 바라기는, 비록 그 탐색의 시작점으로 돌아왔다 해도, 그것이 종착점이 아니라, 새로운 탐색을 위한 새로운 시작점으

로 알아, 새로 시작하게 되기며, 이번만은, 안포-타즈라는, 한 성배
지기의 불치의 병을 치유하기로써, 그 성의 황폐를 수복하려 하기보
다, 그 성의 황폐를 극복하기에 의해, 안포-타즈의 병도 회복되기를
바라는 데로, 대상과 목적을 바꾸기 같은 것일 것이다. 臨濟義玄으
로부터 이 한 문장 쓰기의 도움을 빌린다면, 주어(主語)와 객어(客
語)의 위치가 바뀌어져야 된다는 얘기다. 다시 말하면, 어느 쪽이 루
타며, 어느 쪽이 아르타이든, 그 위치도 바뀌어져야 한다는 말이다.
안포-타즈식 문법은 고로 교정(校正)되어야 할 것이었다—이것은,
시동이 깊이 경애하여 늘 그리워하고 안부를 궁금해쌌는, 아비 안포-
타즈에 대한 저항이며, 모반이래얄 것이었다. '지 애비 쳐 죽이고,
지 에미 씨발누무 후레자식의 발작(Oedipus Complex/Judas
Syndrome)'이래도 상관은 없을 테다. (Oedipus Complex와 달리,
종교적 병증이라고 그 특성이 짚여지는, Judas Syndrome은, 기독의
Antithesis라는, 'Fierce' Untouchable 자라투스트라에게서 그 극명한
형태가 드러나 보이는 것은, 이제도 살펴지면, 천두번째이다. 이 특성을
드러내기 시작하면, Homo Sapiens가 Nemo Sapiens化하는 것으로 얘
기되어져 왔거니와, 이들이 땅을 채우면, 終末이 온다고, 걱정 많은 늙
은네들이 걱정한다는 소리도, 이번에 하면, 천세번째가 될 테다. 이들은
'終末人'이라기 보다는, '終末을 초래하는 이들'이래얄 것이다. 魂의
Antithesis가 魄이며, 이 魄의 大王을 'Beast'라고 한다는 얘기는, 그러
니까 천네번째 하는 소리겠는다.) 시동 자신은 알 수가 없었을 것이었
지만, 그가 아비의 문장을 교정한 그 순간, 아비와 자식 간에 이어져
있던 배꼽줄이 탁 끊겨버린 것일 것이었는데, 한 뚤파(Tulpa, Tbtn.)
가, 그것대로 독립해버렸다고 해얄 것이었다. 이것은, 안포-타즈의
뚤파로서만, 그가 먹인 기(氣)에 의존해 존재해왔던, 시동이라는 뚤

파의 자주(自主), 당당한 한 승리가 아니었겠는가. 人間이 再臨했도
다! 역사의 강 위를 떠 흘러온 바구니 속에서, 한 영아가 成人으로
태어난 것이다. 어미는 아직도, 새끼를 낳을 준비로, 자궁에 기름을
덕지덕지 얹고 있는데, 아비가 늙고 쇠약한 노새여서, 저 기름진 전
원을 황폐케 하고 있으니, 자식이라도 어찌 歸去來辭를 읊지 않을
수 있으리오? 그렇게, 아비에 대한 모반을 감행하기를 통해, 분명히
시동은, 세번째로 동정(童貞)을 떼인 것일 것이었는데, 첫번째는,
남근을 구비해 어머니의 하문을 나섰을 때, 두번째는, 이것은, 할례
로도, 성인제(成人祭) 치르기로도 보이는데, 한 여성의 자궁에 새로
들기로써, 세번째는 그리고, 이것은, (유다로서가 아니라, 오이디푸스
로서) 아비를 거부하거나 살해하기라는 행위를 통해, 어미를 마누라
삼기로써 그런 것이다. 이 '어미-마누라'가, 다름 아닌 시동이의 '광
야'라는 것까지도 일러주랴? 첫번째 동정 떼기에서 그는, 남근을 구
비하고 있기는 했으나, 결과 무성(無性)으로 한데 드러내져 있었는
데, (사내가 떼이게 되는 이 童貞은, 하와가 잃은 處女性과 마찬가지로
영구히 회복되지 않을 것인 것) 두번째의 그것에서 그는, 성(性)은 찾
았으나, 근(根)은 잃었다고, 노새 꼴로, 그것 찾아 방황하기에 오늘
에 이른 것이지만, 오늘 아비의 척추를 부러뜨리고 이 오이디푸스는
그리하여, 한 독립한 인간을 성취한 것으로 건너다 뵌다. 물의 자궁
에 담겼다, 문잘배쉐라는 불모(不毛), 그 재[灰]의 모태에로 이월했
던, 한 불덩이의 태어나기가 저러하다. 이것이, 한 무명의 고행자의
전기(傳記)의 전 내용이다. 광야가, 황폐가, 정적과 무음이, 그의 강
보가 된 것이다. 재나무가 그렇게 告知한 문잘배쉐의 탈리에신이,
광야에 태어난 것이다!

'돌아왔다'는, 시동이의 선언을 좇아 해온 얘기는, 실제로 그가, 저

선바위 밑을 떠나, 어디만큼 가던 중 밤이 되어, 아무 곳에서나 한 밤 새오쟈, 어느 나무 밑에 쭈그리고 잠에 들었더니, 밤중 되어 심히 목이 갈했겠다. 잠에 취한 채, 버릇이 된 대로, 물그릇을 찾아 더듬은즉, 물이 채워진 그릇이 만져져, 슳카장 들이켰겠다. 동도 텄겠을 일, 잠깨보았었겠다. 알았었겠다. 자기가 마셨던 물은 다름 아닌, 장구벌레며 실지렁이가 득시글거리는, 누구의 해골에 담겼던 것이었음을, 무상이었음을, 흐흐, 어찌 토악질이 일어나지 않았을 수 있었겠느냐, 느꼈겠었다. 왝 왝 토해내며, 발길을 되돌려, 그 길로 쪼루룩 달려왔는지, 그것도 아니면, 누구라도 이른 아침 고향을 등지려 할 때는, 자기의 그 낮살까지의 젊음을 옷이나 신발처럼 벗어 동구에 걸어두고 놓아두고, 뻘건 몸으로 떠났다, 해지려 하니 추운 데다, 주름살이며 꾸둥살을 무겁게 얹고, 그것이 무거워, 각시야, 각시 너 보러 왔어(!), 그래서 품바 품바 돌아를 온 것이었는지, 하긴 그 까닭이었을 것이지, 흙에다 흙발(흙) 댔으니, 어디 족적인들 남겠느냐, 그뿐만이냐, 흙으로 흙 디뎌 나간단들, 그 흙밭이지, 또 다른 밭이겠냐, 까닭일 것이어서, 어디로 나아간 족적이란 한 개도 없는 것으로 보건대는, 苦無/無苦—한 발자국도 어디로 나아간 적은 없었는지도 모른다. 그래서 시동이가, 떠나지 않은 자는 돌아오지도 않는다, 라고 해설라므네, 한 발자국도 이 광야를 벗어나지 안했다면, 이제 현실적인 문제를 물어보잖을 수 없게 된다, 뭘 먹고, 뭘 마시고, 무슨 수로 오늘 이때껏 살아왔느냐, 는 것이다. 그러나 뒤늦게, 왜 그런 염려를 꺼내는가? '자라투스트라가 서른이 되었을 때, 그는 고향과 고향의 호수를 떠나, 산에 든 뒤, 자기의 정신spirit과 고독을 즐기며 십 년을 살았으되, 지치지 안했다.'—그러나 아무도, 매우 후하게도, 그는 그 십 년 동안, '소금'의 문제는 어떻게 해결했었던가, 운 좋게도 그 산에, 십 년을 핥아도 남을 염석(鹽石)이라도 한 덩이 있었던 가, 또 아니면, 그의 동굴은, 소금장수가 지나는 길목에라도 있었던 가, 그것도 아니면, 그가 산마루에서 낚아올린다는 '신의 대갈통'에 서 뚜둑 뚜둑 흘리는 짠물을 핥아 염분을 보충했던가, 하는 매우 산 문적, 현실적 물음은 물으려 하지 않은 듯하다. 그건 어째도 우문이 어서, 한 가을 달빛 저녁, 귀뚜라미들 모여 하는 교향곡의 악상을 깨 뜨리는 당나귀 울음소리 같은 것이라고 쳐두기로 한다 해도, 이후의 그의 '정신 즐기기'와 드러내는 언동이 초(礎) 한 자리(基)를 살펴보 게 하는 단서를 제공한다고 보면, 그렇게 우문만은 아닌 것을 알게 된다. 체내의 염분의 균형이 어긋나면, 이 경우는, 염분이 과다해진 경우인데, 물론 이것이 직접적 원인은 아니겠으나, 그것에 따른 여러 부작용에 의해, 종국엔 정신이상증까지도 일으킬 수 있다고 이르는 바, 'Spirit을 즐긴다'는 그의 매일 매일 살기는, 사실 너무 짜와서 탈 이었던 듯하다. 'Spirit'이라는 추상적 아이디어는, 구상적 이미지화 하면, '빛'으로도 몸바꿈을 하게 되는 것은 용이하다. 그것의 물상적 세계에로의 이차적 구상적 이미지화에서 드러나는 것은, 분명히 '소 금'인데, 그런즉 그의 나날이 얼마나 짜왔겠는가? 재밌는 것은, '빛' 은 '魂氣'일 것임에 반해, 물상적 세계에의 제휴에 의해, '소금'이 되 자, 그것은 '魄氣'화해 있다는 것일 게다. 魂의 몰락이 보인다. '神 의 죽음'이 보인다. 아항, 그래서 이 사내는, 자기의 Spirit에서 소금 을 빼고, 꺼떡없이 살았던 것이었구나! 그런즉슨, 그것은 물을 것도 못 되는 우문인 것을. 하, 하기는 그러구 보니, 해가 설핏 기우는 시 각이어서, 문잘배쉐의 하늘을, 시동이의 일용할 양식을 발톱에 꿰 단, 빛에 쐬어 붉은 빛돌도 같은 그 흰 비둘기가 날아오는 것이, 보 일 듯 말 듯할 때도 돼 있다. 이것이다, 이것이, 시동이도, 어부왕과 마찬가지로, 최소한도의 생명만을 부지해오게 한 그것인데, 어부왕 자신도, 시동이보다 (식물을) 더 취한다거나, 시동이 안 누는 똥을 눠가면서 살아오고 있는 것이 아닌 것은, 문잘배쉐 성민이라면 다 알고 있다. 그 식물은, '성배가 차려 하사한 것'이어서, 시동이를 두고 보건대, 꼭히 수분이라거나, 염분을 따로 섭취하지 안해도, 어쨌든 목숨의 심지에다 최소한도의 기름을 주는 모양이었다. 모든 어머니들의 젖이 그렇잖으냐, 이 한 조각 빵도 그래서, 성배가 흘려내는 젖이 고체화한 것이었던 듯하다. 그 음식을 날라 오는 이 비둘기가, 처음 그것을 발톱에 꿰차고 왔던 그 비둘기인지 아닌지, 시동은 모를 뿐이다. 이 '비둘기'는 그래서, 시동이의 방랑이나, 아니면 광야에서 보낸 시간의 길이를 궁금하게 하는데, 그 비둘기가 그 비둘기인가, 아니면 그 비둘기는, 이 새 비둘기의 할머니거나, 증조모거나 고조모쯤 되었을 것인가, 시동이로서는 모를 뿐이다. 그럼에도 여전히 갖다가 시나, 이런 문제에 마음이 묶인 이들이, 고개를 갸웃거리며, 툴툴거려지는 것을 참을 수 없어 한다면 말인데, 들려줄 말이 준비되어 있지 않은 것도 아니다. 雜說쟁이가 아니라, 이것은 小說匠들이 해야 하는 짓인데, 뒤 가지 경우를 제시할 수 있을 게다. 하나는, 그 비둘기가 매일같이 발톱에 꿰차고 온 빵떡이, 그 선바위 밑에 쌓여 곰팽이에 슬리다, 재가 되어가고 있었다는 것이며, 그러고도 따라붙는 의문이 있다면, 그 의문은, 문잘배쉐의 새 길들이는 자에게 갖고 가 펴보일 것이며, 다른 하나는, '아비 모를 애를 뱄다는 시녀'('것11')가, 음식 나르는 비둘기를 어깨에 앉히고, 가다끔 한 번씩, 말 타고 그 선바위 밑에 와 시간도 잊고 시간을 보내다 갔다고, 그 좀 짜안스럽기도 할 얘기를 엮어넣을 수도 있다는 것이다. 그런다면, 쳇머리로 툴툴거릴 필요도 없는 것 아니겠으? 마는, 그러려들면, 시동이의 배

462

회나 행방이, 저절로 확연해져, 되어져오고 있는 얘기까지 바뀌게 됨에 분명한데, 문제는, 얘기꾼 당자도 사실은, 사실로 시동이가 이 광야를 떠났던지 어쨌던지, 그것을 모른다는 데 있다. 그럴 것이, 이것은, 이 시동이의 胎藏에 연결되는 얘기지만, '菌世'나 '광야의 인체적 이름이 그것일, '누구(는 九祖이다)의 항문 속에 집어넣어진 빛돌'이, 어떻게 열두 발 그 긴 창자 속을 벗어날 수 있었을는지, 있는지, 있을지, 현재까지도 그것을 알 수 없다 보니, 알 수 없는 일 아니겠으? 어쨌거나, 광야의 룀플스틸트스킨이 그였다. (시동은 아직까지도 제 이름을 찾지 못하고 있는 것인 게다.) 그렇다고, 머리칼이나 수염에, 그리고 주름살에, 평균시간의 테가 새겨진 것도 아니어서, 못먹고 못 가꾼 자가 덜어낸 세월의 길이도 알 수 없을 뿐이다. 어쨌거나, 요즘 먹이를 날라 오는 이 비둘기는, 어찌나 상냥하고 정이 많은지, 이냥 돌아가려는 대신, 시동이의 무릎에도 앉고, 손바닥에도 오르며, 가슴에도 포옥 안겨, 시동이를 빤히 올려다보다, 시동이의 갈라 터진 입술을, 더듬는 듯, 부리로 부드럽게 쪼기도 하고, 또 아무것도 쪼아낼 것 없는 바닥을 헤쳐, 뭐든 입에 넣어서 해롭지 않을 것, 예를 들면, 죽은, 무슨 벌레의 껍질이거나, 검불 부스러기 같은 것을 찾아내, 시동이의 입에 넣어주기도 하고 그랬다. 그러며 지는 해를 안타까워해 하는 듯이 해보이기도 했는데, 그 빛이 좀 남았을 때, 새는 돌아가야 하기 때문이었을 것이다. 새도 눈물을 흘리는지는 몰라도, 떠나려 날개깃을 여밀 땐, 눈에는 눈물이 고여 있는 듯이 시동은 들여다보곤 했는데, 새는, 그날치의 이별이 슬퍼 그러는 모양이었다. 시동이도, 그날치의 이별이 슬프고 했다.

7. 달마(法)

광원. 선바위 아래, 시동 두 무릎을 세운 좌세로, 두 무릎 위에, 왼쪽 볼태기를 얹고 있다. 잠시 후, 유리(羑里)에서 온 순례자 등장. 소품(小品)으론, 시동의 발치 앞에 놓인, 퇴색한 신발 한 켤레. 선순례자의 그림자도 짧아져, 가뭄에 시든 시동을 덮어주지도 못하는 정오 무렵.

시동: (넋두리) '여기에는, 씨앗 하나 뿌릴 비옥함이 없넵지,
　　　　　　　그런즉, 아무 곡물도 자람이 없음,
　　　　　　　반려자를 얻지 못하여 처자들만 슬피 울고,
　　　　　　　그러니 사람의 새끼인들 태어날 수가 없으며,
　　　　　　　나뭇가지에도 잎은 하나도 보이지 않고,
　　　　　　　들에도 푸른 풀이 자라지 않음.
　　　　　　　새들도 둥지를 짓지 않고, 노래도 부르지 않으며,
　　　　　　　불운한 철, 짐승들도 새끼를 배지 못하넵지.'

(*From Ritual to Romance*)

순례자: (등장. 조용히 시동이 곁에 다가와, 선 채) 그건, 무슨 천덕
스러운 가납사니가 부르는 품바타령이냐? 너 또한, 하나의 성배기사
였으면, 그 대도(大道)의 대도(大刀) 엽희 차고 수루에 올랐거들랑,
칼춤이라도 한번 춰 해나 달을 놀래키든 웃기든, 그 검기로 해나 달
을 쪼개려든다면 몰라도, 쭈구시고 앉아 애간장을 끓이는 따위 짓은,
당고추 같은 시집살이 하는 새댁이나 하는 짓이여! 그따위로 약해 빠
지고, 징징 짜는 한탄가나 부르며, 쭈구시고 앉아, 무슨 초인적 대도
를 획책한다고 할 수 있겠료? 그러려거든, 아예 괴나리봇짐에 대
의라는 것 싸 메고, 떠나지 말았어야지! 너의 고향에서는 그 고기가
불멸의 영양을 준다는, 돼지나 치며, 동정은 암돼지께 바치고, 새끼
우크르 하니 까젖혔을 일이지 갖다가시나는! 재나무가 너를 '탈리에
신'이라고 이르더라만, 그따위 조그만 기를 갖고 한탄가나 부르는 것
이 '탈리에신'이겠어? 누가 너를 일러서도, 성배기사라더라만, 제 살
이나 핥고 자빠져 있는 들개 같은 것도 기사냐? 이 늙은 중의 번들거
리는 앞자락으로, 너의 코나 팽 풀게 하여, 닦아주고 싶구나그리. 가
진 빵떡이나 물이 있었더면, 좀 먹였을 거를. 이누마, 힘내 목을 곧
추세워! 저 하나 간수치도 못하는 것이, 뭐를 어째? 문잘배쉐를 어
째 보겠다구? 불알 떼낸 가납사니 같으니라구?

시동: (어리둥절해졌거나, 현실감이 없어서였거나 한참이나 정신이
없다, 때에야 갑자기 의식이 드는지, 좌세를 얼른 고치고, 그의 발등에
이마를 조아려댄다.) 아, 스, 스승, 님, (그리고 목이 멘다.) 뵙고저
하였었니다!

순례자: 허? 허으! 이거 첨 들어보는 소린데, 내가 너의 스승?이
랐고시나? 그렇걸랑, 청승 떠는 대신, 스승에 대한 예로서, 만달라라

도 하나 바쳐보라마!

시동: (어리둥절해 하며) 그, 그게 뭐, 뭣인지는 모르겠사오나, 분부시라면 어찌 거역하오리까?

순례자: '네 머리통을 잘라 한가운데 두고, 네 사지로 밖을 둘러 울을 삼는다면.' 그것이 만달라인 것,[19]

시동: (잠시 머뭇거리고 있다 뭘 생각하고서인지, 제 손아귀를 벗어날 만한 모난 돌을 하나 주워 들어) 소자를, 제자로 거두어주소서! (제 머리를 향해 내려치려 한다.)

순례자: (얼른 그 손에서 돌을 빼앗아 멀리 던지며) 케흐흥, 멀쩡한 녀석 같으니라고! 어찌 됐든, 이렇게 말하자, 네가 바치려는, 너의 몸·말·마음은 통째로 수락되어졌다고 그렇게 말해두자!

시동: (한참 흐느낀 끝에) 어디로 가시나이까?

순례자: 기신키도 어려워지기 시작했으니, 이젠, 기다리는 할멈께나 돌아갈까 하는 중이다.

시동: 아, 사, 사모님이 계셨나유?

순례자: 거기, 유리(羑里) 말이지, 어디 토굴 속에 놓아둔 채, 챙기지 않은 내 해골 말이지. 다비(茶毘)되었을 한 짝 신발 말이지. 다른 한 짝은, 글쎄라,

시동: (머쓱해져, 눈만 껌벅거리다. 유리가 그쪽에 있다는 동녘을 향해, 읍한다.) 경배하오니다.

순례자: (시동 곁에 자리 잡아 앉으며, 자상스러운 음성으로) 그래 돌아가려 하니, 어부왕도, 돼지치기 늙은네도, 재나무님, 그리고 가능하다면, 너도 한번쯤 더 보았으면 해, 갔던 길 되밟아오자니, 너까지도 보게 되었으니, 이젠 귀갓길에 올라도 되겠다 싶으구먼.

시동: 성주 어르신께선 아직도 생존해 계시더이까?

순례자: 암믄이지! 언제는 그러잖았더냐만, 이번에 뵈니 그이는, 거의 다 꺼져가는 화로더군. 겨자씨만 한 불씨가 아직도 그래도, 그 재 속에 남아 있었으나, 어느 순간에 소롯해져버릴지 모르겠더라 말이지. 그것도, 파르치발이나, 너에 대한 기다림이어서, 자기의 것 같지도 않더라구. 성배가 주는 젖줄을 스스로 끊지 않는 한, 그래도 그는 꺼지지 못할지도 모른다만, (한숨, 깊은 한숨) ……헌데, 근래, 어부왕이나 왕비, 다른 궁인들이 몹시 아꼈던 시녀 하나가, 아주 오랜 세월을 병석에 누워 앓다가, 급기야 타계를 했다는데, 그 슬픔까지 얹어, 사실은 참혹하더군. 문잘배쉐는 상가여서 침울하기만 하던데, 그 시녀는, 아비 모르는 애를 낳다, 사산을 한 뒤, 몸져누웠다는군. 궁중에선, 그 애가 만삭이 돼갈수록, 그 아이에 대해 왼갖 소망과 기대를 다 걸었던 듯했다. 해서, 그 세월이 다 흐른 오늘까지도, 그 애 얘길하며, 자기들 말로 그러더라, 슬픈 행복에도 잠긴다고, 어쨌든, 아이의 울음소리며, 떠드는 소리가 들린다는 일은 좋은 것 아니냐? 잘 운영되는 세속이야말로, 그중 좋은 종교라 이르잖느냐?

시동: (아주 낮은 목소리로) 그 애가 자랐더면, 지금 몇 살이나 되었다 하더이까?

순례자: 건 물어볼 생각도 못했으니, 알 수가 없는 걸. 사산된 아이는, 제 어미 고향의 장속(葬俗)을 좇아, 꽃 함께 구유배에 실어 어미 고향 쪽으로 떠나보내며, 태워, 수장 겸 화장을 했더라는 얘기였는데, 그것이 그들께는, 그들의 마음을 오래오래도록 슬픔으로 채운, 행복한 기억의 전부인 듯했다. 넋이라도 고국 찾아 돌아가라고, 에미의 장례도 그렇게 치러줬다 하더라. 여성은 그러나, 태임 받은 그때 이미, 태임 받은 자리 떠나게 되어 있는 것 아니냐? 아마도 여성은, '고향'을 임신하고 티어난 까닭일 성부르다. (시동이로서는 거의 알아

들을 수 없는, 혼잣말하여) 그래서일 수도 있겠다만, 그 두 넋들은, 그러나 아직도 문잘배쉐에 떠돌고 있더군. 에미의 것은, 끊기 어려운 어떤 집념의 까닭으로 떠나려 하지 않으니, 그 집념이 훨씬 희석되어질 때까지 세월이나 기다릴 일이겠지만, 사산된 아이의 넋은, 저쪽편 사막의 어디 열린 자궁이 하나 기다리고 있어, 동행할 성부르니, 이번 행로는 좀 덜 쓸쓸하겠다 싶으다. (그리고, 말을 만들지는 않고, 생각만 하여) 딸이 어미를 딸로 태어나게 하는 일 따위란, 태장(胎藏)에서는 어지럽게 일어나는 것인 것, 을!

시동: '여성'은 죽어도, '어머니'는 불사(不死)라고 이르는 것으로 알아오는데요, (눈은 어디를 보냈는지, 뜨고 있었어도 없었지만, 느리게, 뭘 골똘히 살펴가며, 말은 그렇게 자아냈다.) 일회분의 이 불사(不死)는, 어미가 자기를 태우고 난 재 속에서 새로 태어나는 아기불새에로 전신(轉身)을 치러서가 아니라 (말은 그렇게 하고 있어도, 눈은 그 자리에 없다. 말은 거의 불가능한 비약을 겪고 있었거나, 그 자신에게만 이해되는 복합적 의미가 혼합 혼동되어 있었을 것이었다.) 새끼가 타고 난 재 속에서 일어난, 어미의 새끼의 새끼새인 듯하군요. (넋 빠진 웃음을 웃고, 그때사 눈을 찾아내, 순례자를 우러러본다.) 그 장속(葬俗)이 그런 생각을 하게 하는구먼요.

순례자: 허, 허허, 허긴 (혼잣말하여) 그건 태장에서는 어지럽게 일어나는 일인 것인 것, 을! (그리고 말하여) 그런 불사도 있겠구나. 새끼새에로 이월되기의 불사(不死)라면, 그것이 하긴 불사겠는가. 그건 식물적 윤회에 좇은 재생(再生)이래야겠지?

시동: '일회분 불사'라는 것도 그러나, 있는 것이겠니까?

순례자: 듣기로는 그랬었다, 그 어미의 죽음은, 물론 잃은 아이에 대한, 어떻게도 메울 수 없는, 상실감, 허탈감에 보태, 안부도 모르

게 된 노부모에 대한 염려와, 걱정, 그리고 그 아이의 아비에 대한 사랑이, 죽음으로 이끈 병이었다고 그러더군. 이러면, 어머니는 죽어도 여성은 불사라는 얘기로 바뀔 성도 부른데, 저 어미는, 아이를 잃고부터서, 어떤 특정한 인쿠부스incubus의 출몰에 당하기 시작하는 듯하더니, 세월이 갈수록 점점 더 심해져, 깨어 있을 때까지도, 허우적이고 해쌌다, 종내 몸져누운 뒤 못 일어났다더군. 문제는 그 어미가 그것을 물리치려 하거나, 자기를 단속하려 했기 대신, 자기를 더 열어 내주었다는 데 있었다고 하는 갑더라. 그러면서도, 그 인쿠부스의 까닭이었을 것이라며, 목숨의 줄을 붙들어, 한사코 놓지 않으려고도 했더라는 얘기더군. 아까 너는, 보기나 듣기에 따라서는, 그 꽤는 운문적으로도 여겨지는 장속(葬俗)에 좇아, 불새를 연상했던 듯도 싶은데, 그리움이나 사랑의 까닭으로 한사코 목숨을 연장해오다 죽은 그 젊은 엔네의 죽음은 그렇다며, 그냥 '일회분'인 것만으로 끝나버릴 성 부르지는 않구먼그라. "사랑은 불가능한 죽음"(아, 김진수!)이라고 이르는 소리도 있잖으냐? 헌데, 그들 얘기대로 하자면, 뭣보다도 슬프고 안 된 것은, 그 시녀는, 다른 시녀들처럼, 시녀 역을 자임하기는 했지만, 어느 나라에서 유학 온 공주였다며, 무남독녀였기에 돌아가면 부왕의 대를 이어, 그 막중한 책임을 맡게 되어 있었는데, 그러는 중 공주는, 아비 모를 씨앗을 회임하고 있었는 데다, 무슨 까닭이었는지 분명치는 안했어도, 문잘배쉐를 떠나고 싶어 하지 안했던 차, 공주의 본국에 그동안, 아주 짧은 기간 내에, 민중혁명이랄 큰 격동이 있었던 모양이어서, 돌아갈 자리를 잃었더라고도 하더구먼. 처음, 엉뚱한 곳에서, 작은 봉기의 봉화가 한둘 나타나더니, 불씨를 두고 눈뭉치 같다고 말하면 좀 이상스럽기는 하다만, 그게 그만 산에서 굴리는 눈덩이처럼 되어서는, 방방곡곡에 눈사태로 덮어버렸더라지. 안포-타즈의 문잘배쉐가 그러하듯이, '형이상적 아이디어'의 체제화의 둘레 안에서, (보다 분명히 말하면) 신의 대역을 하는 자의 치리하에 있는 민중은, 자기들 육신 속에 영혼을 빌려갖고 있다는 이유로, 영혼세(靈魂稅) 바치기에 만 년 등골이 빠져도, 그런 식의 봉기나 혁명 따위가 거의 기대되지 않음에도, 그 반대편에서, 어떤 인간이 神이 되어 있는 경우는, 그 민중의 육신 속에는, 저쪽 민중의 영혼처럼, 봉기의 불씨를 하나씩 은닉해놓고 있는 것인 것, 결과, 저 공주의 고국에선 왕권제가 붕괴했던 모양이었다. 결과 공주는, 시녀들에게 주어진 자기의 그 작은 방에서, 한 시녀로서 한 삶을 마쳤다는 것이더군. 지금은 성주비(妃)가 손수 그 일을 맡아 하고 있다더라만, 해가 지려는 매일 그 시각에, 아예 같이 살며, 뭔지 노상 말을 주고받는 비둘기, 발에, 빵 한 조각을 정성스레 쥐어 날려 보내는 일이, 그 공주의 전 일과였었다고 하더군. 그렇게들 말하며, 저 시녀들 곡비(哭婢)들처럼, 까마귀 떼처럼, 울어쌌더군.

시동: (어째선지 울먹이며) 그렇다면 죽음으로 끝맺은 사랑들은, 어디로 가 모이는 것이리까?

순례자: 글쎄라……, 그건, 마, 말이다, 밤이 새도록 흘러내리는 달빛은 어디로 가 모이는가, 그런 걸 묻게도 허구만, 보리나 밀의 뿌리 속으로 스며드는 것이겠는가? 하와의 아담에의 사랑이, 아직 오늘까지도, 끄떡도 없이 세계를 받치고 있다는 얘기도 있더라만……, 글쎄라……, 새들이 지저귀는 소리들은, 어디가 모이겠는구? 바람은 꽃내음들을 모아 어디다 쌓아놓는구? 환과고독의 한숨들은?

시동: 시간을, 측정할 수 없이 된 지 오래라서, 그게 어제였는지, 그저께였는지, 몇 달 전이었는지, 어떻게 말씀드릴 순 없사오나, 그, 그런, 것들이 쌓이는 꼿을 본 듯도 싶은데……광야에 관해 말씀이오

니다, ……처음엔 몹시 두려워 도저히 그 광경을 마주할 수가 없었
사온데,

순례자: 근래 네가 한번, 이 아비를 부른 적이 있었잖다구?

시동: 그, 그때였구먼이요.

순례자: 아담이, 밤낮으로 보아왔던 하와를, 어느 날 갑자기 눈여
겨보기 시작했다는 그런 식이었을 터이지?

시동: 마, 말하자면, 그런 식이었겠구먼요. 그건 절대로 미(美)/
추(醜) 같은 어휘로 형용할 수 있는 그런 것이 아니었음에도, 겨, 결
국은 아름다웠구먼요! 광야도 아름다웠었습니다! 소자는 그날, 광야가
옷을 벗고, 알몸을 보여주는 것을 보았다고 여기다, 믿기에까지 되었
니다.

순례자: 하기는 어떤 것들은, '美'라고도, '眞理'라고도 결코 이를
수 없는 것들이 있는데, 그럼에도 미나 진리의 수준이랄 것에 육박하
고 있는 것들이 있는 듯싶더라 말이지. 뭣보다도 먼저 '사랑'이 예 들
어지겠지. '無에의 긍정적 체험'이라고 이르는 사마디(三昧) 같은 것
말이지. '아름답다'고 표현해내는 게 그럼에도, 함축적일 성부르군.
옷 벗은 광야라?…… 가땄자, 너의 동네에는, 귀신도 갖가지로, 종
류대로 많기도 많던데, 그 중에서 대유(代喩)에 써먹을 만한 것을 하
나 골라 말한다면, '밤'의 의신화에 '닉스(Nyx, Nox)'라는 여신이 있
던데, 네가 본 광야도 말하자면 그와 비슷하겠냐? 이 경우는, 문잘배
쉐 말에서 빌려, 유리식으로 슬쩍 굴절해 쓰기로 하자면, 노우메나의
페노메나化래도 되겠냐?

시동: (뭘 우물거려쌌고, 꾸물거려쌌느라, 얼른 대답하고 안 나선다.
보았다는 그 광경을 재연해보는 모양인데, 순례자의 미소와 인내심은
후하다.) 반드시 그것과도 같지 않다는 생각이 드누먼요. 소자가 본

것은, 저 죽은 듯한 광야의 갑작스러운 확대와 역확대의 광경이었었니다.

순례자: 허 허허 허, 기자바위의 몸에서 땀이 흐른 얘기구나. 그런 너의 체험은, 결코 흔한 것이 아닐 것으로 여겨 말인데, 가맜자, 그것인즉슨 그러니, 가맜자, 너만의 한 세상, 좀 확대해서 말하면, 한 우주의, 한 주기(週期)의 시말(始末), 의 그 전모를 목도했더라는 말이겠느냐?

시동: 지금이니까 분명히 말씀드릴 수 있사온데, 그 광경 속엔, 입체(立體), 사물의 입체만 있었사오며, 저를 포함해서까지도, 존재(存在)는 있어 보이지 안했던 것으로 기억되네이다. 소자가 본 것은 그러니까, 모든 입체들이 펴 늘여져 평면화했다가, 아마도 무(無)에까지 닿지 안했나 하는 순간, 그 평면에서 새로 입체들이 드러나서는, 전과 같이 세상을 가득 채웠다가,…… 그때 어떤 운동의 역행이 있었을 것이옵는데, 그것은 이번엔 미진에로까지 축소해서는, 또한 무(無)의 이전으로 스러지는, 그 광경이었더니다.

순례자: (풀을 뜯다, 풀꽃 하나를 물게 된, 늙은 山염소 먼 데 내어다 보듯 하고시나) 그, 크러니, 크러니깐두루 말이다, 가맜자, 그러니깐두루, 가맜자, 넌 너만의 바르도, 몸 입고 이승에 앉아서, 바르도에로 나아간 것이 아니었느냐, 그런 믿음도 드누먼. 세상은, 보는 눈이 보는 대로, 좇아 그렇게 보여준다고 하듯, 바르도 또한 그렇게 보여주는 것일 것임에 분명한데, 너의 이 바르도는, 몸을 잃은 '염태(念態)'들이 체험한다는 그것과, 글쎄 말이지, 그 차원이 달라도 무척 달라,…… 훌쩍 건너뛰고 이렇게 말하자, 노우메나의 페노메나화에 좇아, 자아 또한 페노메나화한 것이 보인다. 몇 마디 더 얘기하다 보면, 축소를 통해서도 그 같은 말을 할 수 있을 것인데, 이 경우는 뒤집혀

지기가 되겠으나, 그건 필요 없는 말일 게다. 여기 이상한 확산이 있는데, 단수(Phenomenon)의 복수화(Phenomena)가 그것이다. '進化'라는 발사대에 올려진 네가 탄 '인칸(人間, Humanet, 乘, 야나)'이라는 化箭rocket을 발사하여, 대기권을 뚫어올라, 저 무한대의 空가운데로 진입했다 하면, 그리고 만약 斷見(虛無主義)에 떨어져 날개를 태우고 부득쓰러져 내리지만 않는다면, 너는 견디기 어려운 두 종류의 변화를 목도하게 될 터이다. 하나는, 실제적이라고 굳게 믿어왔던 밖의 사물, 세계, 우주 따위 大體가, 그 실체성을 잃어 신기루(maya)처럼 떠흐르는 광경일 것이며, 좋아, 다른 하나는, 금강석과도 같이 견고하다고 믿어왔던 自我의 분열 분화의 현상일 터이다. 이 단계에서는 그러면, '알맹이'라고 고수해왔던 自我 또한, 다름 아닌 '用役의 체,' 또는 '體의 用'에 불과했던 것이 아니었겠는가 의문하게 될 것인데, 自我도 또한 '알맹이'는 아니었다는 것이 밝혀진 것이렸는다. 요기들에 의하면, 마음에 알맹이가 없다고 부정하면서도, 그 마음에 '프라나prana 마음'이라는 것이 또 있다고 이르듯이, 自我라는 것도 그래서 보면, '人間'이라는 體 속의 '프라나', 즉 '用' 役을 담당해왔던, 그러나 그것 또한 알맹이가 아닌 體에 불과했다는 것을 알게 될 것이겠는다. 그래서 空論派에서는, '넋까지도 不滅은 아니며, 그것을 知覺者(Hpho, Tbtn. knower, conciousness-principle)라고 이른다 한다'(*Bardo Thödol*). 이게 무엇이겠느냐?…… 해온 바 대로 자네네 문잘배쉐식 어투를 다시 걸치기로 하면, 구상적, 또는 형이하적 이미지를, 추상적, 또는 형이상적 아이디어화한 뒤, 그것을 복수화(複數化)하면, 그것이 體의 解脫이다. 그것이 '色卽是空'이며, 色化空이다. 재 속에서 날아오르는 불새는, 재를, 해골을 극복한 것이다. 그리고 그것이 다시 해골 속에 내려, 재가 돼버리면, 불새가 불새 자신을 극복한 것이다. ('...again and again the universe, moving and still, is burnt by Agni. The supreme purification of this entire universe is to be accomplished by ashes...' *Hindu Myths*) '마음의 우주'의 寂滅은 그런 것일 테다. '마음의 우주'의 '寂滅'은, '自我'의 분쇄라는, '體'의 무화(無化)에서 드러나는 것일 게다. 그러므로 해서, 너의 바르도는, 몸을 잃은 염태들이 체험한다는 그것과, 그 차원이 다르다고 이른 것인 것, 강조하기 위해, 한 번 더 풀어 말하면, 이 '단수'의 무수무량의 '복수'화에 좇아, '자아'인들 어찌 그 복수만큼 분열하거나, 확산되지 않겠느냐? 이때의 이 자아의 수는, 그 복수의 수와 같을 테다. 이것의 펴 늘여짐 또한 그러해서, 우주의 크기겠는다. 이제 그것은 무소부재로 편재하는 것이로되, '없다〔無〕'라고 이르게 될 테다. '마음의 우주'의 '寂滅'이라는 어휘가 그 것일 성부르잖는가? 분쇄된 자아가 우주이다. 自然의 이런 분열이 없다면, 色界의 재생, 윤회, 즉 유정의 증가나 감축의 문제가 이해키에 난삽한 문제로 등장할 테다. (拙文「제6의 늙은 兒孩 얘기」「제8의 늙은 兒孩 얘기」 참조) 이런 견지에서는, 色界의 어떠한 유정도 人間 아닌 것은 없어, 種의 기원은 人間에서 찾아야 될 테다.

시동: 소자는 하오나, 아무 곳으로도 갔거나, 가져 있지 안했나이다. (이 말은, 함축적으로 들어야 될 듯하다.) 소자까지도 합쳐, 그 안에 존재란 없었거든입지요.

순례자: (한참이나 침묵하고 있다. 조용히) 어쩌면 너는, 유리(羑里)라는 사막쯤에, 가져 있었지 안했겠는가?

시동: 소자는, 그곳을 향해 발걸음을 옮겨본 듯했사오나, 들어가보지는 못했던 듯하오니다. (자신 있게 말할 수 없는 것이 민망한 듯, 머리를 긁적인다.)

순례자: 그 유리를, 그러니 가깠자, 요 근래 들어〔入〕본 모양이군 그랴. '여리고 사막'이나, '황폐의 문잘배쉐'와 같이, 유리도, 이 이 승 어디에 있는, 바르도의 예형(例型)이거나, 전형으로 알려져온 고 장이라잖느냐.

시동: 문잘배쉐에서는, 거기 살면서도, 그런 풍문이 있다는 얘기를 많이 들어왔었었습니다.

순례자: 앞서 '自我도 體'라고 이른 것은, 이것과 다른 차원에서 이뤄진 것이었으므로, 그것은 그것대로 기억해두기로 하고, 이번에 는, 일반적으로 구분해내는, 그 '體/用' 쪽에서 말해보기로 하면, 바 르도도 그런즉, 종류는 뒷쯤 있는 것이 짚여지잖는다구? 파드마삼바 바(연화존자)의 바르도 견문록을 통해 널리 알려진 바르도는, 물질로 이뤄진 몸 벗은 염태들이 통과해야 하는 중음(中陰), '바-중간,' '도-섬,' 무슨 역마을 같은 것이라면, 분류해내기의 편의를 위해, 이 것은 '用'의 국면의 바르도라고 이른다 해도 무리는 없을 성부르 다…… 이 의미에선 그러니, 물질로 해 입은 몸을 입고, 통과해야 하 는 이승도, 바르도, 즉 逆바르도라고 이해하는 것은 옳을 것인데, 이 것들은 성격상, 그것의 안/밖의 관계라고 보면, 같은 바르도라고 묶 을 수 있을 듯하다,—이 바르도/역바르도를 한 범주의 바르도라고 이르기로 하면, 지금 말하고 있는 이것은, '用'이 사상된, 순전한 '體'의 국면의 바르도라고 해얄 듯하다. '用의 바르도,' '體/用 합성 의, 逆바르도,' 그리고 '體의 바르도'라고 일단 구분해놓기로 하면, 알아듣기가 쉬울 듯하다.

시동: (거의 성급하게스리) 그러하오니까, '體'의 국면의 그것이 있다는 말씀이시겠는데요,

순례자: (여전히, 꽃 물고 먼 데 바래는 山염소 꼴로시나) 바로 그거

구면. 가땄자, 이런 것은 상정이라기엔 좀 뭣한 데가 있어 뵈누면……, 아무튼 말이지, '체'의 국면의 그런 것이 있다면,…… 은, 가정적 어법이 되었다만……, '체'가 있는, 그러니 물질로 이뤄진 세상의 그것이 아니겠다구? 逆바르도에 있는 바르도란 말이겠는다. 여기 이 세상에, 말한 바의 여리고도 문잘배쉐도 있는데, 여리고나 문잘배쉐를 바르도, 체의 국면의 바르도라고 보는 눈은, 菱里門의 한 아손의 것이다. 재밌다고 해얄 것은 말야, 用의 국면의 바르도는, 거기 처한 염태가, 벗어나기까지 '49일'이 걸린다고 알려져 있으며, 體의 국면의 그것은 '40일'이 걸린다고 알려져 있는 그것이다 말이지.

시동: 유리의 40일을 살아내기는 지난하고 지난한 듯하오니다! (눈물을 글썽인다.) 소자는, 아직도, 그 첫날도 살아내고 있다는 믿음을 갖지 못하고 있을 뿐이오니다.

순례자: 자벌레는, 오체투지(五體投地)로 기어〔匍〕, 천리만리길을 좁혔어도〔越〕, 나비가 되어 날기까지는, 제 몸 길이만큼도 움직임을 이뤄내지 못했다고 본다 해도 틀릴 성부르지 않는데, 나비를 이뤄내려, 그 자벌레가, 그 자벌레라는 껍질을 벗으려 하는 그 일정기간 동안에, 어떤 식으로든, 하나의 바르도가 거기 개입된다는 것이, 이 아비의 믿음이다. 그리하여 그 자벌레가, 나비를 성공시켰을 때, 匍越이 超越을 追越했다고 이를 테다.

시동: 소자는 하오나, 그것의 속살은 보았으나, 그것이 나비가 되어 날았다던가, 그런 변화는 보지 못했었을 뿐이니다.

순례자: (허허허 웃고) 연화존자의 견문록에서 읽어 알게 되는 바르도는, 염태가, 물질로 이뤄진 몸을 벗어, 물질로 이뤄진 세상을 떠나 체험하는 꼿이어서, '시간과 공간'이랄 때의 그 공간, 분명하게 말하면 물질적 공간, 더 분명하게 말하면 '장소(場所)'라는 것이 더 이

상 필요치 않게 되어 있을 것임은 용이하게 짚여지는 것, 그러자, 물질적 공간에 묶였던 '시간(時間)' 또한 거기서는, 그것의 평균성(平均性)이라는 동아줄을 끊어버릴 것도 용이하게 추측되어지는 것, 그것은 당연한, 자연적 현상이 아니겠는가? 그런즉 거기에서 무슨 일이 일어날 것으로 건너다보여지는가? '시간의 오두(五頭)'라는, '시간의 과거, 미래, 현재,' 그리고 그 현재의 시간 속에서만 인식되어진다는, '극소의, 또는 심소(心所)의 시간,' 그리고 그것의 대체(大體)적인 것으로서의 '극대의, 또는 無의 시간'들이— '時中'은 시간이 아닌 시간이어서, 예의 저 '五頭'에 합칠 수 있는 것은 아닐 듯한데, 그것은 이제 그 모습을 나타내는 것이 보인다—그 달마의 선을 무너뜨리고, '時中' 속에로, 사태져들고, 해일해드는 것일 것이었다. 이제 거기 평균적 시간은 없을 테다. 그러자 그 시간 속에 휩싸여 있던 모든 것들이, 보자기 풀려 어지럽게 흩어질 것인데, 그 광경은, 평균성에 길든 정신들로서는, 마주하기에 극난함에 분명하다. 이 바르도는, 예의 '用'의 국면의 그것이라고, 분류했었거니와, 그렇다면, '體'의 국면의 그것은, 이것과 사뭇 대조적일 것이라는 것은, 저절로 짚여지는 것이겠는다. 여기는 '시간'이 없는 대신, '장소'만 남아 보이는데, '장소' 쪽에서는, 유정/무정들의 영고성쇠 또한 '입체'거나 '평면'에 불과할 뿐이게 되는 것도, 어렵잖게 짚여지는 것인 것. '생명, 존재'라고 명명되어지는 것들은 어쩌도, '用'의 국면에 소속된 것이라면, 반드시 그러하다는 것이지. '여기는 시간이 없는' 대신 '운동'만 있는 것으로 보이는데, 까닭은, '시간과 운동'이 반드시 같은 것만은 아니라면, 그렇다. 허긴 그것들은 같은 것이라고 주장할 수도, 또 하지 못할 수도 있을 듯도 싶은데, '과거·현재·미래'라고 분류하는, 그 평균적 시간에 눈의 초점을 맞추기로 하면, 같다고 주장할 수 있을 것이며, '극소·극대의 시간'에 마음을 묶으면, 같은 것들이 아니라고 인정하지 않을 수 없을 게다. 이 경우는, 그 둘은 같은 것들이 아니라고 전제해야 될 성부르다. 네가 목도한 광경은, 분명하게는, 낮꿈 꾸던 요한이 본, 산 허상들이 들끓는 밧모섬의 그것과는 정반대의 것으로서, 말하자면 표리의 관계일 성부른데, 너의 경우, 그 품에서 단 하나의 유정도 일으켜내지 않은 것을 두고 유추컨대, 너의 밧모-바르도는, 글쎄 또 말이다만, 평균적 時間이 실종해 있어 뵌다. 所中 내지 心所의 확산/역확산 속엔, 생명을 싸안아들였다 풀어헤치는, 그 영겁회귀하는 시간이 유입해들 틈이 없었던 것이었을 게다. 그것이 '해골'이다. 그래서 '用/體'가 균형을 유지해 있는 시간과 공간이 逆바르도, 즉슨 우리들이 현재(現在) 실존(實存)하는 이승, 즉슨 이 세상이라는 것인데, 이런 의미에서는, 이승이야말로, 그것도 사람들 세상이야말로, 위험스럽게도 복된 자리라고 건너다 뵌다. 이 '체'의 바르도는 그런데, '體'라는 것의 성격이 그런 것 아니냐, 물질적으로 이뤄진, 물질적 세상에서만, 어떤 이들에게, 그것도 아마도 매우 희귀하게 체험되어지는 것일 것인데, 아까 비유로 빌린 '자벌레의 나비 되기'의 비유가 이것이지만, 이것은 특히 五官有情의 진화의 고투에서만 나타나는 것으로 이해된다. 문잘배쉐의 탈리에신은, 분명히 그렇게, 체의 바르도를 통과해서라야만 如來할 것도, 지금은 분명히 보인다. '황폐'와의 관계에서는 그러할 테다.

시동: (우물거리고, 꾸물거리고, 캑캑 헛기침하고, 뒤통수 긁고, 해쌌더니) 결국 황폐는, 광야는, 극복되어질 수 있는 것이 아니군입쇼?

순례자: (품속에서 뭘 빠르게 끄집어내더니) 건 무슨 뚱딴지 같은 소려? (그것으로 시동이 머리를 사정없이 두들겨 팬다.) 게 뭔 소려? (그리고, 손에 쥐었던 것을 꾸물대며 다시 품속에다 넣는데, 시동이 보

니 그것은, 제가 뽐내해쌌던 그 신발과 매우 흡사한, 그러나 바닥에 흙이 묻어본 적이 없는 신발 한 켤레였다.) 너의 병든 아비 안포-타즈는, 거기서 물고기를 낚아내려, 아직도 낚시질을 하고 있고, 그의 바람난 아들놈 하나는, 그 같은 자리에서 불새를 구워내려, 거의 타 죽어가고 있는데, 건 무슨 소리냐 말이라구?

시동: (민망하고, 기죽어, 움츠리고 있으면서도, 우물거리듯 반복해) 그래도 광야는, 그 황폐는, 한 포기 푸른 풀도, 귀뚜라미 소리 하나도,

순례자: 인석아! 너 모양다리로, '體'를 '用'화하려 하기는, 그 반대편에서 비유를 빌려 말하면, '그릇〔器〕 속의 無'에서 이(利)를 취해내려 하기 대신, '그릇' 자체를 '無'化하려기가 아니겠남?

시동: (매우 우둔한 얼굴이 되어선, 나름으로 뭘 재고, 깎고, 다듬느라, 우물거리고, 꾸물거리고, 캑캑 헛기침하고, 뒤통수 긁고 해쌌더니, 느닷없이 몸을 일으키는가 하자, 순례자 앞에 넙죽 절해 부복한다.) 헤! 헤헤! 헤! (이거 뭔 소려? 남쪽 가는 기러기 소리여 뭣여? 웅덩이의 연이 피는 소리이기라도 했으끄나? 거 뭔 소려? 멍청하기 이를 데 없이 보이던 얼굴이, 손가락 하나를 탁 잘린, 俱胝네 무명동자 꼴이다. '喝'字의 原音이, 저런 식의 헷소리로 들린다는 소리도 있기는 있다.)

순례자: (시동이를 일으켜 앉게 하고, 말을 바꾸려는 듯) 그래서, 너의 불새잡이 짓은 끝났다는 겨? (자상스러운 목소리로 묻는다.) 허긴, 네가 목도했다는 광경을, 이 아비 쪽에서 재구성해보기로 한다면, '모든 입체들이 펴 늘여져 평면화했다가, 無에까지 닿았다'고 할 때 너는, 광야에 내린 불새의 소진을 보았던 것이나 아니었겠는가? 그리고 '그 평면에서 새로 입체들이 드러나서는…… 이번엔 미진에로까지 축소해서는, 또한 無의 이전으로 스러졌다'는, 스스로 일군 불에 스스로 다비(茶毘)를 치른 그 불새가, 그 재 속에서 새로 일어나,

날아오르는 것으로도 보이는데, 아으 그러고는 다시 또 재에로 돌아
갈 것임을! 뒤집힘이려니! 가정해서, 전자를 변전하는 변(邊)이라고
이르기로 하자면, 후자는 원전하는 각(角)이라고 이를 수 있잖을까?
그, 그렇기로 말하면, 너는 너의 불새를 성취했다고 해야겠느냐? 성
취라 말이지. 그런가 그래서? 불새잡이 짓이 끝났으끄나?

　시동: (좀 들린 놈모양, 이상스레 번들거리는 눈으로 광야를 훑어보
다, 그 눈빛을 접는다. 그리고, 좀 엉뚱하다 싶은 소리를 꺼낸다.) 저
광야가 보인, 그 확대/축소를 만약 도면화(圖面化)하기로 한다면입
지요, '양극(兩極)을 갖는 타원형' 같은 것으로 드러나잖을까 하고도
생각했는뎁샵지요,

　순례자: 그건 이 아비께는 조금도 생소한 것은 아니어서, 너로부터
그 얘길 듣게 되니, 우선 경악을 금할 수 없고, 또 경이스럽기도 한
데, 가, 가쟀자, 형상대로만 좇아 말한다면, 그건 말이지, 새잡이가
물고기를 낚아올린 것처럼도 보여, 여간만 어리둥절해지는 게 아니다
만, 흐흐흐, 연목구어(緣木求魚)가 있다더니, 너는 물에 드리운 낚
시 끝에, 새를 낚아올린 것이었느냐?

　시동: (다시 엉뚱하다 싶게) 어느 시작점과, 종점을 무시하기로
하면입지요, 그 운동은 당연히 원(圓)을 이뤄낼 것임에도, 그 두 극
점을 무시할 수 없다 보니,

　순례자: 여기까지는 무리 없이 따라붙이고 있다만, 그런즉 그것은
'물고기'이지, '불새' 같아 뵈지는 않구먼그랴.

　시동: 뱀이 허물벗기를, 자벌레가 나비 되기로 치환할 수도 있다
면, '물'의 상상력의 자리에다, '불'의 상상력을 대체하거나 대입할
수도,

　순례자: 옴와기쇼리뭉(Hail to the Lord of Speech Mum)! 허나 비

약도, 도약대가 있고서야 가능하거나, 아니면 충분한 주석이 뒤따라야 할 듯하잖는가?

시동: 불모의 '광야'라는 구상적인 것을, '황폐'라는 추상적인 것으로 대체하는 것에는 별 무리가 없는 것이 아니오리까?

순례자: 그, 그것인즉슨 그러니깐두루, 아까 '닉스'라는 밤의 여신 얘기했잖았더냐? 그러니깐두루, 이번에는 그것의 반대편에서, '대지'의 여신 '가이아'를 고려해보게 하는데, 저쪽은 만질 수 없는 것(abstract idea)의 의신화(concrete image)며, 이쪽은 만질 수 있는 것(concrete image)의 의신화(abstract idea)라는 점에서 그렇다는 얘긴 것. 이는, 나마(Nama, 名)/루파(Rūpa, 相)의 관계로도 보인다. 둘을 붙여 '나마루파'라고 한 어휘를 만들면, '나마, 즉, 이름' 자체가 '루파, 즉 형태'라는 의미를 띠는 것일 것이며, 반대로, '루파나마'라고 바꾸면, '형태가 이름'으로 전신을 치르는 것이 보인다. 이런 투로 보기로 하면, 너의 '광야-황폐'도 이해 못할 것은 없어 보이기는 허누먼. 그렇다고, 받아두기로 하잖세라. 그런데? 그래서? 저것이 너의 불새잡이와 어떻게 연관이 지어지는구?

시동: (새로 물어진 그 물음 자체가, 결론짓기라고 여기고 시동은, 대답하지 않고, 잠잠히 있다. 다시 또, 엉뚱하다고 여겨질 소리를 했다.) 특히 '황폐'에 생각이 많이 머문 어느 날, 소자께 새로 시작된 우문이 한 가지 있었사온데요,…… 성주님의 상고(傷苦)는 혹간, '균(菌)'의 까닭이기보다, '무균(無菌)'의 까닭이나 아닌가,

순례자: 허허허, 能使得爺錢(능사득야전, He made good use of his father's money). 그러구 보니, 너도 귀향길에 오를 때도 돼 있어 뵈누먼. 안포-타즈는 그러면, '탕자의 비유'쯤 생각해내고, 살찐 돼지라도 잡으려 하잖겠냐?

시동: 파르치발님이 돌아오는 대로, 그이는 앓기로부터 해방될 것이라 하옵는데,

순례자: 나도 물론 그렇게 들어 알고 있고, 어부왕의 소망이 그것인 것도 모르지 않지만, 그이는, 그렇게 앓도록 내버려두렴! 그는 스스로, 앓기 위해 선택된 자가 아니냐? (순례자의 이 말은, 수사학적으론 불가능하되, 이런 경우는, 反수사학적 언사가, 말 되어지지 않은 여러 가지 것을 함축해 있는 듯하다고 시동은 듣고 있다.) 그는, 이왕에 잡힌 물고기를, 스스로 놓치고 만 자가 아니냐? (이 말은, 풀어주었다, 放生했다의 뜻으로 쓰고 있는 것은 아닌 듯함으로, 그는 불가능한 수사학을 계속하고 있다.)

시동: 파르치발님께 건 희망은 그러면 무엇이겠나이까?

순례자: (낄낄거리며) 그건 엄살이겠지! (이건, 의미상의 불가능한 수사학일 것.) 그러다 보니, 예를 들면, 그의 시동이까지도 약방문을 구하러, 온 천지를 헤매 다니게 되잖나?

시동: (씻득 웃고) 아직도 파르치발님의 소식은 없었사오니까?

순례자: 글쎄, 그 얘긴 못 들었다만, 만약 네 말대로라면, 파르치발인들 뭘 어쩌겠냐? 균이 없는, 무균의 병을 무슨 처방으로 다스리겠느냐는 말이지? 이 얘기가, 반드시 비슷한 것처럼은 보이지 않되, 상통하는 점은 있어 보여 말인데, 그런 무균의 병을 앓는 이가, 유리에도 있어, 인구에 회자한다. 유마힐(Vimalakīrti)이라는 거사인데, 그 또한 노상 병도 아닌 병고에 시달리느라 병석에 누워 지냈더라지. 하루는 문수(Mañjuśrī)라는 보디사트바가 병문안을 갔더라 했다. 안포-타즈에게 물었어야 될 그 꼭 같은 물음 묻기를, "거사님의 이 병은 어떻게 시작되었으며, 언제나 낫겠습니까?"랬더라지. "중생이 앓고 있는데, 어찌 나 혼자만 앓지 않을 수 있으리까? 중생의 고통이

482

다 없어질 때, 나의 병고도 없어지리다." 안포-타즈는 어쨌을지 모르겠다만, 그의 대답은 그랬다더라. 이 병에도 균은 있는 것이었겠느냐? 그럼에도, 이 둘의, 자기 황폐에 다름이 짙이지 않는 것은 아니다. 라는 것은, 하나는, 자기의 '주(主)'의 고통에 대해, 구레네 시몬이 되려 했음에 반해, 하나는 '중생'의 구레네 사람이 되려 했다는 다름이 있다.

시동: 이거 흔히 하는 얘기여서 빌려 써도 괜찮다면 말씀인뎁습죠, '비 맞는 이를 위해 같이 비 맞아주려, 그 곁에 서 있어주기'도 갸륵하기는 하옵지만 입습죠, 우산 함께 받아, 비 맞는 이를 밥집에 데려다, 따뜻한 밥 한 그릇이라도 대접해주는 일은 어떨갑쇼? (빙충맞게 웃는다.) 그런 처지도 못 돼, 같이 비라도 맞아주려 하면, 두 배의 비나 청하게 됩습죠. (빙충맞게 웃는다. 순례자도 비슷하게 웃는데, 같이 비 맞고 있는 꼴이라, 두 배로 빙충맞다.) 운수 사납게도 그런데, 저 비 맞는 이가 배고픈 강도라든, 사람의 피에 중독되어 심하게 갈증을 느끼고 있는 흡혈귀였다면 문제가 좀 꼬이겠는걸요. (저쪽 어디서, 귀 가려운 유마힐이 듣고, 비시긴다.)

순례자: (낄낄거리며) 靈龜曳尾(령구예미, The sacred tortoise drags its tail), '광야가 은혜를 얻었나니!' (그리고, 두 손을 바닥에 대고, 허리 굽혀, 시동이의 벗은 발등에 이마를 댄다. 그리고 허리를 펴고, 시동이의 입술에 입술을 대, 그리고 침[20]을 먹여준다. 그리고 일어나, 시동을 내려다보며, 그리고 이런다.) 유리 촌속(村俗)으론, 내가 너에게 '해골'을 물림해야겠지만, 그 짓도 그러나, 외식(外飾)이랄 것인 것. 필시 오래잖아, 너도 너의 '해골' 하나쯤 챙겨 갖게 되겠을 일. 평강을 비노라.

—순례자, 표표히 그 자리 떠난다.—

뒤 한번 돌아보지 않고, 해를 등지고 걸어가는 순례자의 등을 바래며, 시동은 울고 있었다. 그의 모습이 촛불 크기만 해졌을 때, 시동은 뒤늦게 황황히 몸을 일으켜, 세웠다가, 무릎 꿇고, 흙바닥에 이마를 끌박듯이 해, 절하고, 또 절하고 했다. 그러다 눈을 들어 그 녘을 보았을 땐, 그 하나의 '촛불'은 사라져, 보이지 안했으나, 거기 어디 그 때도 빛은 있었다. 발자국은 한 개도 없었다. 시동은, 울고 있었다.

시각이 그런 시각이었던 모양이어서, 시동이의 일용할 양식을 날라주는 그 비둘기가 날아오는지, 문잘배쉐 쪽 하늘에, 다른 한 촛불이 나타나, 광야를 밝히고 들었다.

그 석양빛이 다 꺼져들고, 어둠이 깊어들었어도, 그 비둘기는 그러나, 문잘배쉐에 돌아가지 못했다.

追記: 비둘기는, 자기의 피라도 내, 무세월 가뭄에 갈라 터진, 시동이의 입술에 묻혀주고 싶어, 싶어, 싶어 했었을 것이었는데, 시동은 그 밤, 혼신의, 전 존재의, 영혼의, 말〔言語〕의 심지, 그 혀로 그리고, 그 붉은 기름을 핥고 빨아, 붉게 그리고 희게, 그리고 검게, 자기를 태워올리고 있었을 것이었다. 검은, 그리고 흰 재, 그 광야에서, 아으, 그리고 한 마리 붉디붉은 불새가, 꿈틀거리는 구리뱀으로 날아올랐거니—.

8. 목샤(解脫), 혹은 出家

身是純化樹(신시순화수)
語如蠕懶熊(어여연라웅)
時時勤攀登(시시근반등)
心開優曇華(심개우담화)

〔溫肉派(요가派, 또는 進化論派) 第七祖의 偈頌 참조. '身是菩提樹
/心如明鏡臺/時時勤拂拭/勿使惹塵埃'* 라웅＝나무늘보.〕

시동이 실제로, 어디만큼이라도 떠났다, 구하려 했던 불새까지는
아니더라도, 그것의 붉은 깃털이라도 하나 뽑아, 품속에 넣고 돌아오
던 중, 다시 거기 닿았기에, 잠시 쉬느라 그랬던지 어쨌던지, (그 일
이라면, 예의 저 선돌에게라도 물어보는 수밖엔 없겠제맹?) 그 같은 자
리에서 소롯해진 그를, '바람의 혀와 시간의 쉬라는 벌레'들이 가만
두지 안했던 모양이어서, 습기와 살은 다 파 먹히고, 희둑스레한 뼈

를 한 무더기 오소록이 남기고 있던 것이, 해 아래 드러나 있었다. 훨씬 벗어버리고, 아무런 부끄러움도 없이, 세상에 자기를 드러내 보인, 그 형상을 좇아 (패관 투의) 추측을 해보기로 하자면, 시동은, 문잘배쉐 쪽을 향해, 책상다리 좌세를 꾸며, 두 팔로 두 정강이를 껴안아 모은 뒤, 세워진 두 무릎 위에 얼굴을 받쳐 올려놓은 그대로, 앉았던 자리에서 한 발자국도 떼어놓지 안했거나, 못했었던 것 같았다. 그렇게 몇 날, 몇 주야, 몇 달, 몇 성상, 또는 몇 세기를 보냈던지, (이 또한 선돌에게나 물어보는 수밖엔 없겠지만) 굵은 사지(四肢)뼈로 밖을 구획하고, 갈비뼈 따위 잔뼈들로 안을 꾸민, 그 한가운데, 몹시 퇴색한 데다 얼룩져 있었으나, 가즈런히 놓여진 한 켤레의, 그 뿜나는 신발 위에 놓여진 희둑스레한 해골은, 어째선지, 그만한 크기의 붉은 돌로 보여, 앓음다웠다. 그가 찾아 떠났었던 그 불새의 잠든 모습이 그것이었는지, 아니면 일곱 색깔을 흩트리며 그것이 날아가버리고 난 뒤, 남은 재가 그것이었는지, 저 선돌 말고, 또 누가 그것을 알겠는가. 마는 어찌 되었든, 문잘배쉐를 향해, 두 눈두멍을 끝간 데 없이 깊이 열고 있는, 강낭콩꽃 빛깔의 저 해골을 얹은, 한 무더기의 뼈는, 예의 그 이정을 새긴, 선돌이 편 그늘을 편안스레 덮고, 무슨 비밀을 발설하고 있었으나, 해골의 입을 통해 흘러나온 언어를 이해해내기는, 한 손뼉을 쳐낸 소리의 의미를 터득하기와 다르지 안했다.

모든길은그러나시작에물려있음을!

아으, 그런즉슨, 시작하지 말지어다!

이티 마야 쉬루탐(Iti mayâ śrutam. 如是我聞)

486

註

1) '우리들의 무의식은 밖에 있다. 또는 밖 자체다'라고, 본 패관이 제창한, 일견 망발스러운 주장은, 특히 '봄(몸+맘)의 우주'에 적용되는, 사이비심리학적 명제 (왜냐하면 저것은 종교적 주제던 것이다)라고 밝혀둬야겠다. '맘(마음)의 우주'에서는, 우주 자체, 또 거기 소속된 모든 존재나 사물이 다 마음의 풍경 이상은 아니(『능가경』참조)라는 점에 유의해보기를 바라며, '몸의 우주'에서는, 축생이 자라기에 좇아, 밖을 깨우치기에 의해서만, 저 살벌한 세계에서 도태치 않고, 생존할 수 있다는 것이, 관찰되어지기를 바라는 바이다. 그리고 '맘'과 '몸'의 현주소(現住所)는 같은 것. 이런 얘기는 왜인가 하면, 저 '어부왕이 기다리는 기사는 파르치발'인데, 이 파르치발이 패관에게는, '우리의 무의식은 밖에 있다/밖 자체다'라는, '봄의 우주'의 무의식론을, 고된 탐색을 통해 육적(肉的)으로 가장 잘 대표하고 있는, 한 전형성을 띤 인물로 이해되기의 까닭이다. 집을 떠나고 있었을 때의 파르치발은, 대략 차투린드리야(四官有情)의 상태에 머물러 있었는데, '성배 탐색'이라는 하나의 대의와 목적에 의해, 간난신고를 겪으며 헤매는 동안, 판첸드리야(五官有情)를 성취하고, 거기서도 좀더 나아간 것으로, 볼프람Wolfram von Eschenbach의 『파르치발』은 읽힌다. 아마도 종내 '안'에서 찾게 될 '성배'를, '밖'으로 찾아 헤매다 그는, '안'으로 돌아와 '밖/안'의 경계를 몰라버리게 되었을 듯하다. 만약 우리가, '성배'의 의미를 한정하려고 들지만 않는다면, '성배'는 인류가 존속하는 한, 그리고 그들이 삶의 의미를, 그리고 실다움(진리)을 의문하는 한, 탐색의 대상으로서 존재할 것임은 분명하다. 각설하거니와, 어부왕이 기다리는 기사는 바로 이 파르치발이었더랬지만, 그리하여 그가 일찌감치 나타

나기는 했더랬지만, 그냥 지나가는 말로라도 한번 그가, "폐하의 병은 어떻게 하면 나을 수 있으리까?"라고, 묻기만 했었기로도, 왕의 병도 치유하고, 자기의 과업도 완수할 수 있었을 것이었다는데도, 그의 미숙(차투린드리야)의 탓으로 돌려야겠는가, 그는 꿀 먹음은 벙어리나 꿰다놓은 보릿자루모양, 앞에 성배를 둬 건너다보면서도, 입을 봉하고 묵묵히 앉아 있기만 했었으므로 하여, 왕의 병도 치유할 수가 없었거니와, 자기의 숙명적 과업도 완수할 수가 없이 되어, 이후의 그의 탐색이 시작되었다고, 볼프람은 자아올린다. 이것에 대한 해석은 분분하다. 그리고 그것을 聖杯 秘儀에의 入門 같은 것으로 이해하는 듯하다. 허허, 이런 자리에 패관이 나서도 될랑가 어쩔랑가 모르겠어도, 참을 수 없어, 나서 한마디하게 되기는, 패관은, 수많은 얘기를 禪帖에 주워 담아왔거니와, 저 따위로 씨먹지 않은 얘기는, 전에도 들어보지 못했거니와, 후에도 들어볼 것 같지 않다는, 쓴 소리 한마디일 것이다. (그럼에도 패관도, 차투린드리야의 판첸드리야에로의 진화에도 과정은 있다는 것을, 잊고 있는 것은 아니다.) '위대한 시인 볼프람'도 하긴, 그것이 끝맺음이 되었어야 할 '성배, 성배의 城'부터 앞내세워놓고, 그것의 탐색의 얘기를 시작하려 하니, 다른 방도를 찾지 못해, 여러 밤잠을 설피지 않을 수 없었을 것이라는 것도, 짐작 못할 바는 아니로되, 그게 무슨 빙충맞은 소린가? 그러나 進化論을 고수하는 本 稗官의 소신엔, 그 까닭은 누구라도 용이하게 짚어낼 수 있는 것이겠지만, 인류는, 에덴이라거나, 파라다이스, 황금시대 등등, 있어본 적이 없는 아름다운 과거를 창조했던 듯하게 여겨진다. 반복되는 느낌이 있지만, 時制에 좇아 말하면, 그 아름다운 과거는, 그 과거의 미래 쪽에서 꾸어진 꿈이었던 것, 것이 어떤 경로로 해서든, 그 미래 쪽의 미래로 미뤄진 무량겁 과거인데, 時制의 이런 뒤엉킨 뱀구덩이 속에서도 우리는, '如來心地의 要門(藏識?)'이라거나, '集團無意識' 따위의 방을 빠끔히 들여다보게 된다. 그래서 그런 것들은 歷史라기보다, 보다 더 神話라고 이르는지도 모르겠으나, 그런 뒤 인류는, 그것들의 재구현이라는, 달콤하고도 전도된 꿈을 꾸기 시작했던 듯하다. 일견 기독의 수난으로부터 시작된 듯한 聖杯傳說도, 그 연원은 훨씬 더 먼 과거 쪽에로 소급되어진다는 설이 유력한데, 그렇다면 이것까지도, '창조되어진 과거' 속에서 잃어진 한 꿈인 것이라고 이해해도 안 될 일은 없어 보인다. 에덴에의 복귀라든, 성배 탐색 등은 그러니, 미래 속에서 구현하려는, 창조되어진 과거이다. 파르치발의 미숙함을, 독자가 만약 이런 견지에서 읽기로 한다면, 허긴 우리 모두는 미숙한 파르치발이다. 불알을 제 손 안에 쥐고서, 그것을 찾겠다고 저자거리를 헤매는 식이다. 우리 모두는 빙충맞다. (쯔, 小說하기의 雜스러움!)

2) 본디 이 '聖杯傳說'은, 이단의 신들을 예배했던 이들의 것이었던 것이, 중년에, 가톨릭과 기독교의 歷史 속으로 끌려든 것이라는 것은 주지하는 바대로이다. 그렇다면,

어떤 '傳說'에 대한 歷史家들의 접근법과, 雜說꾼의 그것이 부합해야 할 필요가 반드시 있는 것은 아니라는 주장도 할 수 있게 된다. 그것이 기억되어지면, 전설은 전설의 꼬리를 물어, 다시 다른 전설을 이뤄내기를, 그 전설이 함량한 乳液이 다 해질 때까지 계속된다는 것을 알아(그런고로 그것들이 文化的 遺産이 아니겠는가!), 歷史家들 편에 서서, 本 雜說에 소개된 저 전설의 眞僞를 가리려 할 필요는 없을 터이다. 볼프람의 『파르치발』에 얘기되어져 있는 '성배(聖杯)'는, '예수가 만찬 때 썼던 잔(Chalice—나중에, 아리마데 요셉이, 이 잔에다, 십자가 수난에 흘린 예수의 보혈을 받았더라고 했으며, 그에 의해 Glastonbury에로 옮겨진 것도 그것이었다는 설이 있다),' 또는 '예수와 막달라 마리아와의 결혼식장, '가나의 혼인 잔치'에 신랑이 썼던 잔(이 잔은 나중에, 막달라 마리아에 의해, 프랑스로 옮겨졌다고 이른다)'이 아니라, '돌(Lapis, Ltn., 'Lapis Lapsus ex Caelis.')'이었다는 것이, 주목을 요한다. 이것은 그럼으로, 로마교황청에서, 그것(聖杯)이 너무 '여성적'이라고 비난 매도한 것과 달리, (稗見에는) '남성적'인 것으로 이해된다. 그것이 지나치게 '여성적'이라고 비난에 처했던 까닭은, '보혈을 담은 잔,' '혼인 잔치 때 신랑이 썼던 잔'이, 그것에서 머물지 않고, 더 침중하게 秘儀化를 겪은 결과로, 기독의 피를 직접 받았던 잔이라면, 그것은 다름 아닌, 그의 신부였던 '막달라 마리아,' 더 구체적으론, 그네의 '子宮' 말고 무엇이겠느냐고, 주장되어지기 시작한 데 기인한 것일 것이었다. ('聖靈'을 수용해 아기예수를 수태한 聖母 마리아야말로 '聖杯'라고, 막달라 마리아를 聖母 마리아와 환치하기로서, 그 門에선 '聖杯傳說'을 받아들였다는 얘기도 들린다.) 이렇게 되어 우리는, 볼프람을 통해, 성배에도 종류는 한 가지만 있는 것이 아닌 것을 알게 되었거니와(러시아인들의 '성배'는 '대지' 자체였다는 것도 첨부해둘 필요가 있을 듯하다), 이래서 보면, '성배'란 반드시 '여성성'만을 띤 것은 아니었던 것인 게다. 그런데 바로 이것(성배=돌)에 연유하여, 소급되어진 說일 성부른데, '성배 전설'은, 그실 湖東에 그 母胎를 두고 있다는 얘기가 있어, 흥미롭다. 湖西에서 그것이 운위되었기 오래전에, 호동의 經典들은, 이 '염원을 이뤄주는 보석(Cinta-mani, Skt., Wish-gem. 또는 'Padma mani,' 蓮 속의 보석)'에 대한 희망을, 에린 중생들 살기의 어려움 속에다 심어주어오고 있던 것은, 아는 이들은 알고 있는 것인 것. (그런데 가깝자, 이런 '성스러운 돌'을 운위하는 자리에다, 패관의 어리석기 이를 데 없는 稗見을 하나 얹어둬도 될라는가 어쩔라는가, 매우 망설이게 됨시롱도, 혀끝까지나 내려 대룽거리는 것을 되삼키기도 쉽잖다. 게다 보태 두려운 것은, 패관의 견문의 소잡하므로 하여, 다른 이에 의해 이미 밝혀져 있는 것을, 자기 생각이라고 주억거리고 있지나 않나, 그, 글쎄 그것도 모르겠으되, 그런 경우라면, 패관 서슴지 않고, 경배하여 그의 문하에 들 것인 것.) 稗觀에는 그런데, 이 '돌'의 출처가 호동일 수도 있다는 설에 동의하면서도, 문 잘배쉐에 秘置되어 있는 그것만은, 반드시 '수입품' 같지는 않은 듯하다는 것이다. 라는 祕觀은, 전해진 다른 한 古記를 염두하다 이뤄진 것인데, '아기 예수가 割禮를 받고 있었을 때, 어떤 한 노파가 나타나서, (예수의 귀두를 덮었던) 그 잘린 피부를, 자기에게 줄 수 없겠느냐는 청을 했던바, 주어졌더랬더니, 나중에, 막달라 마리아가, 예수의 머리와 발등에 부은, 그 한 옥합의 나드기름spikenard 속에 그것이 저장되어 있었(음이 밝혀졌)다'는 얘기가 그것이다. (*The first Gospel of the Infancy of Jesus Christ* 2:1-4)그가 입술에 댔던 '잔' 하나까지도 '성스러운 것'으로 숭앙되는데, 하물며, 그의 眞肉이랴. 그것도 할례에서 잘려나간 살점이, 아무렇게나 취급되어, 이웃집 강아지라도 물어가버리게 했겠는가? (그가 나중에, '스스로 된 고자'主義를 부르짖었던 것을 감안하면, 저 '할례식'은, '去勢 의식'으로도 이해된다.) 패견에는 바로 '이것'이, 어떤 경로에 의해서였든, 저 문잘배쉐에로 옮겨져, 안치된, 그 '성스러운 돌, 하늘에서 떨어져내린 돌, 성배'나 아닌가 하는데, 다른 누구도 말고 하필이면, ('치유력'이 있는) 그것을 뫼셔 지키는 사제왕이, 다른 어디 오장이나 육부, 사지도 말고, '치부'라고 완곡어법을 입은 '性器'를 앓고 있다는, 바로 그 까닭으로 그런 것이다. 패관이 앞서, 억측이랄 것을 계속하던 중, 어린 예수가 치른 (유태인들만의 儀式인) '할례'를, 나중에 '去勢儀式'으로 바꿔 설교에 나섰다는 투의 얘기를 했거니와, (패관은 그럼으로 하여, 학자들 간에 설왕설래, 논구 중인 '예수의 결혼' 문제를 상징적으로 이해하고 있지만, 그리고 그런 상징화를 통해서만, 유태인 예수가 이방인들 심령 속에도 확고하게 자리 잡게 되는 것이지만) 이에 준해 어부왕의 병고의 까닭을 짚어보기로 한다면, 이런 추측을 가능케 하는데, 어떤 기사의 독창에 '치부'를 다쳤을 때, 그것은, 이방인 어부왕이 치른 할례 의식은 아니었겠는가, 그런 뒤, 나중에 '성배'를 뫼시기 시작했을 때, 그는 그것을 '거세 의식'으로 바꿔버리지 안했었겠는가, 다시 말하면, 어부왕은, '하늘에서 떨어진 돌,' 그 '男根'을 분리해 뫼시고 예배하기 시작했을 때, 자기 거세에 대한 깊은 인식을 갖게 되었던 것이나 아니겠는가, 하는 것이다. 우리들의 주인공 侍童이, '예수와 어부왕'의 두 얼굴이 겹쳐짐을 보곤 했던 것은, 이런 까닭으로 짚어진다. (예수야말로, '사람을 낚는 어부'들의 왕이었던 것은, 주지하는 바대로인 것. 두 번 태어나기[重生] 위해서 판첸드리야는, 먼저 自己去勢 즉, 獸皮를 벗어버리지 않으면 안 되는 것일 것이었다. 그것이 낚여져올라온 '물고기'로 은유를 입었음인 것. '물고기'란 '생명'의 상징이라잖느냐. 그리하여 어부왕은 '해골'에 도달한다.) 어부왕은, 시동을 더불어 낚시질을 할 때론, 탄식처럼 "어째 이리도 시간은 더디게 흐르는고? 그것이 흐르기는 흐르고 있는가?"라고도 했으며, 그때 그는, 자기가 다른 아무 곳(곳+것)에도 말고, 時間 속, 그러니 '時中'에 유폐되어 있다는 것을 느낀 듯했는데, 어떤 때론 또, "태워져 재가 된 불사조는, 바로 저 성스러운 돌의 힘에 의해, 그 잿더미가 빠르게도 새로운 생명을 회복해낸다고 하거니……, 불사조는 그렇게 태어나, 전과 같이 광휘에 넘치고, 아름답게 빛나거니……(*Parzival*)"라고도 했는데, 그는 분명히, '重生'을 염두에 두었던 것이었을 게다. 어쨌든, 두 종류의 성배 중의 하나는, '母姐魂Mother Soul'의 상징이었다면, 문잘배쉐의 그것은, '火炟靈Father Spirit'의 그것이었을 게다. 친타마니.

문잘배쉐가 그러면, 우리들께는 무슨 희망인가? 그 황폐의 극복은 어떻게 될 것인가? '어떻게 앓기 시작했사오니까?' 묻기로, 그 불모는 풍요를 되찾을 것인가? 삶은 '앓음(苦)'이라고 보면, 그럴 수 있겠지맹. 그 '앓음'의 까닭의 중심에 그리하여, '성배'가 놓여 있음인 것. 나름대로, 깜냥껏, 기름땀을 쏟아가며, 그것을 찾으려는 우리 모두도 그리고, 그 실은 無名이다. (咄, 小說하기의 雜스러움!)

3) 이는, 中原學의 '體/用,' 요즘 湖西 '言語學'에서, 새롭게, 주요하게 다루는 'Signifier/Signified'의 출처, 그 原典의 문제를 고려하게 하는데, 반복하지만, 고려해보게 하는데, 言語學的으론 그실 불가능한 시도인 것이, 아래 인용하는 說法에서 변호되는 것을 보게 된다. 이것이, 패관이, '체/용,' '記表/記意' 대신, 경배를 바치며, 붓다의 어휘를 빌리는 관건이 되고 있는 것인 것.

Artha/Ruta— "*The Lankāvatāra* here makes a distinction between words(Ruta) and meaning(Artha), and advises us not to understand Artha by merely depending upon Ruta, to do which is quite ruinous to comprehension of reality."

"Words(Ruta) and meaning(Artha), therefore, are to be separated"

— *Studies in the Lankāvatāra Sūtra* D. T. Suzuki

"This is said one should not grasp meaning(Artha or reality), according to words(Ruta)."

"...things are not as they are seen, nor are they otherwise."

—*The Lankāvatāra Sūtra.*

4) '모험' 또는 '성배' 탐색에 오른, 아서Arthur왕 시절의 기사들은, 생식철의 畜生道에서처럼, 상대를 만나기만 했다 하면, 창 시합joust에 돌입한다. 이 일을 두고, 바로 그런 얘기를 쓰고 있는 볼프람 자신도 그럴만한 이유도 없이, 서로 상해하거나 살해하는 일을 두고, 얼마쯤의 의문을 제기한 대목이 없잖아 있기는 있다. 저들은, 시쳇말로 이르는 어떤 이념ideology 한 가지 없이, 등산꾼들이 그런다던가, 山이 거기 있으니 오른다, 마찬가지로, 나아가는 길 앞에 상대방 기사가 나타나 있다는 그 한 이유만으로, 수인사가 어디 있겠는가, 먼저 창을 꼬나들어 찌르고 덤비는데, 瞎榜 패관이 읽었기로는, 그 이유 없는 싸움을 정당화시켜주고, 영웅화하는 데, '여성(女姓)'들이 동원된다. 참 별스러운, 이데올로기가 못 되는, 그러나 이데올로기가 되어버린 저 맹목적

기사들의 필사적 창 쓰기는, 뒷전에서 구경만 해도 되는 패관께는, 무척이나 재미가
있어, 이것저것 닥치는 대로, 그냥 몇 줄 읽은 기억이 있다. 稗見(이전에, 누가 그런
얘기를 했을지도 모르되)에는, 저들의 행위 자체는 축생도적인데, 이때 저들을 축생
도에서 들어올리는, 부드러운 손이 있는바, 거기 '여성'의 역할이 있어 보였다. 아풀
레이우스의 『금당나귀』니, 괴테의 『파우스트』에서는, 이 관계가 보다 더 종교적 형태
를 드러내는 것은, 주지하는 바와 같거니와, 예를 들면, 거친 '自然'을, 詩의 抒情에
감싸면, 갑자기 섬세해지고, 그 정서가 '文化'化를 치르는 것처럼, 반복되지만, 남성
들의 야만성, 폭력성에다 월계관을 씌워주는 것이 '여성'이던 것. 허긴 거기엔 '사랑'
이라는 이데올로기가 있었던 듯도 싶다. 바로 이 '여성의 사랑'이, 詩에 있어서의 서
정성 같은 것이어서, 남성들의 야만성, 폭력성을 文化化해온 錬金液이었던 것. 사랑
의 힘은 그런 것이었던 게다. 이렇게 이해하다 보면, 읽혀지는 기사담은 모두, '여성
찬배'를 주제로 한 듯이도 여겨져, 여성주의의 승리의 개가를 불러도 좋을 성싶은데,
그러나 분명히 짚여져야 되는 것은, 당시의 '여성'들은, 남성 자신들의 야만성, 짐승
적인 모든 것을 정당화하고, 변호하려는 데, 하나의 숭고한 도구로서, 自請해, 남성
들에 의해 이용되어졌었거나 않나 하는 점이다. 이것은 숙독을 요하는 대목이다. (패
관의 의도와 달리, 앞부분, 곡해를 살 여지도 있겠다 싶어) 부연해두려는 것은,
Arthurian Romance에 등장한 기사들의 '여성 숭배'는, 이 여성들은, 다름이 아니라,
'삶과 죽음을 관장했던 옛 女神들의 人現(化身)들이라고 믿기어졌던 것과, (북구 지
방에서) 해〔日〕를 女性이라고 숭앙해왔던 풍속에서 비롯되었다'는 유력한 설이 받침
하고 있으며, '여성=영토=지배권' 등이, 전설적으로 수용되어, Arthur 왕까지도, 왕
비 Guinevere의 攝力下에 있었던 듯해도, 꽁생원 패관은 여전히, 男性에 대한 女性
의 승리는, '自然에 대한 詩的 抒情性'이라는 그것에 있으며, '支配權' 같은 것에 있는
것이 아니라는 졸견을 고수하고 있다. '자연에 대한 서정성'이라는 것에다 땀내를 묻
히기로 한다면, (Arthurian Romance에 나오는) 그것은 '女性의 情 있는 가랑이(the
friendship of her thighs,—이는 마침내, Royal Prostitute에로까지 발전했던 모양이
었다. 이 娼女들이 그 요니 속에다, 왕들을 가둬버린다. 하기는 大地란 娼女인 支配者
이다)'와 유사한 것으로서, 그 '후한 요니' 속에 들기로써, '짐승'에 가까운 것들이 '사
람, 또는 사내'가 되어 다시 태어나는 것이라는 것이 관찰되어져야 할 것이다. (이런
얘기는 拙作 『小說法』의 '承' 章에로 이어진다.) 그래서 어머니의 허벅지 가운데는,
'再生의 샘'이 있고, 女性의 그것에는, 조야한 질료의 변질을 돕는 '錬金 솥'이 있다
고 해얄 것이다. 거기 여성(牝)의 '검은 神秘'(玄)가 찬양되어질 자리가 있다. 이것
이 거추장스러운 비계를 제거한 뒤, 뻘겋게 남은, 오로지 女性과, 오로지 男性이 마
주쳤을 때, 일어날 수 있는, 땀의 거품이 이는 현상에 대한, 정직한 얘기가 될 것이다.
그러고도 여분의 곡해가 있다면, 권고하거니와, 그건 겨울 베짱이 공양용으로 쌓아두

려마. (呸, 小說하기의 雜스러움!)

5) '谷神不死, 是謂玄牡'(『老子』제6장) 이라는, 老子의 道說이 稗官을 찌럭대온다. 그러던 중 이대로 두었다가는, 저 잡년 등쌀에 죽지 못살겠다 싶어, 장도를 꼬나들고 한달음에 내달았던바, 그 갑(甲)에는 이미, 다른 장도가 찔려 있음을 발견하고, 本處容 넘새스러 노래했더라. 그래서 다시 본즉, '谷神'은 '골짜기神'이라는, 한 陰神이 아니라, '谷=凹'과 '神=凸'의 野合으로 이뤄진, 한 마리 괄태충이던 것이었던 것. 거기 그것들 (凹凸=陰陽) 간의 內緣의 비밀이 있던 것이다. 그것까지는 좋았는데, 그러고나자 이번에는 '玄牡'이라는 것이 난제로 가로막고 있던 것이었는데, 이 년 또한 한 장도에 베려 내달다. 패관은 한 번 더 처음의 노래를 부르지 않으면 안 되게 되었던바, 이 또한 암수일신의 괄태충이던 것을 알게 된 까닭이다. '玄牡' 또한, 기존의 해석대로, '신비한(玄) 암컷(牡)' 또는 '검은(玄) 암컷(牡)'이기보다는, '하늘빛(玄은 이 경우 '牡'의 개념일 것이었다)과 암컷(牡),' 즉 '하늘빛=凸=陽,' '암컷=凹=陰'이라는, 天·地간의 내연의 관계가 있던 것이더라. 이런 눈으로 보면, 그다음의 '玄牡之門, 是謂天地根'의, '門'과 '根'이 동일시되더라는 것도, 부연해둘 필요가 있을 듯하다. 老子는 그래서, 일견 '陰'만을 천지의 원리로 본 듯했음에도, 그실은 '陰陽'을 그것이라고 본 것으로 이해된다. '門'과 '根'은 性別상의 다름을 감안하고서도, 같은 것임으로, '門'만을 내세워 말하기로 하면, 이는 '始前/始後'의 한가운데 있는 것으로서, '時中/所中'이라고 이를 수 있을 테다. 이 '門'을 나서는 것은 '有爲(Saṁskrita, 또는, Praviritti, Skt.)'며, 뒤로 사리는 것은 '無爲(Asaṁskrita, 또는 Nivritti, Skt.)'이다. 이 '門'이 모든 '增加/逆增加'를 저울질할 것이어서, '易'이라고 이를 수 있을 것인데, 그래서 그것이 '天地之根'이랄 것이다. 自然道에서는 저러해 보이며, 같은 것이 文化道에서는 또 달리 읽혀질 수도 있다는 것이 稗見이다. 보태 부연해둘 것은, 稗官은, 모기 몸에, 몽상과 상상력이라는 독수리 날개를 달고 있는 자며, 學工은, 그의 學尺에 의해 뿔을 뽑힌 황소라는 (이렇게 말해도, 혼나지 않을까?) 것쯤 일 게다. 고로, 패관이 억지를 부리고 있다면, 한 수 베풂음을 인색해하지 말지어다. 혜(喝)헤헤―(呸, 小說하기의 雜스러움!)

6) 패관의 소신엔, '시동'이가, 탐색에 오르며, 그 목적과 대의를, 그이(魚夫王)를 위해 세웠던, 그의 성주는, '時間'의 한가운데, 다시 말하면 '時中'에 유폐되고, 그의 성주의 侍童은, ('時間과 空間'이랄 때의 그) '空間'(이를 '場所'라고 번안한다 해도 무리는 없을 테다)에, 다시 말하면 '所中'에 갇힌 듯하다. 이 '時中'과 '所中'은, '가르바(Garbha, Skt., D.T. 수주키에 의하면, 中原 번역자들이 저것을, 이상스레 '藏'이라고 번역했으나, 예를 들면 '如來藏' 따위, 그 원의는 '胎'라고 한다)'라고도 이를 그런 것

註 493

인데, 그래서 그것은 '胎'임과 동시에 '骸骨'이라고, 그 양자가 하나로 나타난 것이라고 주장한다 해도, 종교적 문학적 상상력 속에서는 틀릴 성부르지 않다. '胎'는 그 자체가 그것인대로, 같은 것의 '女性'적 국면을 담당하고, 그렇다면 '骸骨'은, '男性'적 국면을 담당하는 것일 것. 여기, 밝은 달 아래 나서, 처용이 노래(心經) 한 자리 불러 젖힐 곡절이 있다. (노래가사까지 읊어주랴? 唑, 小說하기의 雜스러움!)

7) "Munsalvaesche is not accustomed to let anyone come so near unless he were ready to face perilous strife or make the atonement which outside this forest is known as Death." *Parzival* (唑, 小說하기의 雜스러움!)

8) Iscariot Judas의 傳記는, Jacobus de Voragine의 *The Golden Legend* 중, *St Mathias Apostle* 편에 기록되어 있어, 나중에 그를 만나뵙게 될 영광을 갖게 되면, 허락은 그때 받기로 하고, 우선은 빌렸다. (唑, 小說하기의 雜스러움!)

9) 이 부분은, 문잘배쉐 주변의 황폐도 황폐지만, 연화존자의 傳記 속의 한 일화의 변용이라는 것은 밝혀두는 것이 필요할 듯하다. 그는, 어느 고장을 정복했다 하면, 그 고장 사내들은 치고, 여자들은 취했더랬더라는데, 法種을 심어 넣으려는 목적이 없었다 한다면, 천하에, 이런 변강쇠도 없었겠는다. (唑, 小說하기의 雜스러움!)

10) D. T. Suzuki 英譯 *The Lankāvatāra Sūtra*, Chapter Two IX, 120~123의 法은, 佛法이, 회피할 수 없이 갖게 된 두 국면에 관해 설해진 것으로서, 稗見엔, 매우 중요하게 여겨져, 이 자리에 소개해 두는 바이다. (唑, 小說하기의 雜스러움!)
"120. Establishing myself in the Dharma, I preach the truth for the Yogins. The truth is the State of Self-realization and beyond categories of discrimination."
"121. I teach it to the Sons of the Victorious; the teaching is not meant for the ignorant."
"123. According to the nature of a disease the healer gives its medicine; even so the Buddhas teach beings in accordance with their mentalities."

11) Drug—이는, *Zend Avesta*에 나오는 Succubus인데, 패관이 꼭히 '불의 예배자'들의 夜紅이를 빌린 까닭은, 시동이의 탐색이 '불새 잡기'라는 데 있다는 것을 고려하면, 그 까닭이 저절로 짚일 듯하다. 이 드룩은, 사내들의 夢泄을 받아, 새끼를 배는, Succubus로 알려져 있다. (唑, 小說하기의 雜스러움!)

12) Vishnu-멧돼지, Brahmā-백조의, Svayambhū(Shiva Linga)의 두 끝 가는 데 찾기의 얘기는, 本 雜說 속에 실답잖도록 되풀이되어 있는데, (되풀이되는 건 어찌 그 것뿐이겠는가? 한 얼굴은, 웃거나 울기 따위 여러 표정을 드러낼 뿐만 아니라, 잘 磨 琢된 보석도 多面을 갖는데, 그 까닭으로 빛이 발산된다. 이는, 인류의 '성배 탐색'에 의 두 大道를 가리켜 보인다고 믿다 보니 그렇게 된 것이다. 결과 브라흐마의 去勢, 性轉換이 초래되어, Sakti 숭배속이 일어난 것으로 얘기되어져 오고 있다. 주목을 요 하는 것은, 中原 道家의 요가는, '陽'을 氣의 勃力으로 삼고 있음에 반해, 天竺 탄트 라파에서는, '陰(Śakti, Kundalinī, Serpent Power)'을 그것으로 삼고 있다는 점이 다. 그래서, 되풀이되는 얘기지만, 'Śakti가 없이 Śhiva도 Śhava(송장)이다'라는 연 금술적(Yoga) 명제가 이뤄지는 것일 것이었다. 稗見에는 그것이, 佛家의 密宗門에 서 한 번 더 뒤집혀졌지나 않나 하는데, 예를 들면 '空'은 陰이며, '지혜'는 陽이라고 되어진 설법에 의하면 그렇다는 생각이다. (呬, 小說하기의 雜스러움!)

13) '智慧의 열매'—이 얘기 또한 수없이 되풀이되어 있거니와, 예의 이 열매 따기 를 두고, 근래 일련의 석학들이, 그것을 처음 손대 따낸 이는, 아담이 아닌 하와였다 는 데 주목하고, '지혜'에 관한 우선권을 여성에게 부여하려는 경향도 있어 뵈는데, 허 긴 창조 이전부터 하나님과 함께 해왔다는 'Sophia(지혜)'가 그것 아니겠는가. 마는, 예를 들면, 정신적인 것도 있으며, 육신적 것도 있다는 식으로, 이 '지혜'에도 종류는 여럿이나 있는 것이나 아닌가 하는데, 本文 속에서는 그것을, '생명의 열매'와 대비해 본 자리도 있었음을, 읽어본 이는 기억하고 있겠지만, 「창세기」에 보이는 정황대로 따 르면, 저 지혜는 보다 더 육신적인 것으로 보인다면, (稗官 이전에, 다른 선각자들에 의해 분석된 바이지만) 패관이 男根主義的 돋보기 벗기를 싫어하고 있다는 비방에 처 할 것인가? 이후 만들어진 것이 분명한, 저들의 神話는, 수상한 얘기를 전하고 있어, 그게 석연찮은데, 惑說엔, Lilith라는 마녀가 있었다고 하여, 아담의 첫 아내가 그네였 다던바, 그 관계에서 카인이 태어났다고 이르되, 이 경우엔, 어디서 갑자기 저 릴리트 가 불쑥 불거졌는지, 그게 썩 궁금해진다. 他說을 좇으면, 저 '간교한 뱀'에 의해 하 와는 이미 童貞을 잃고 있었다고 하여, 그 관계에서 릴리트라는, 카인의 씨 다른 누나 가 태어나 있었다고도 한다. 이는 'Arthur王 傳說'의 백미 중의 하나인, 'Merlin'의 출 생의 전설에서 되풀이되어져 있어 뵌다. Merlin의 아비는 마귀였으며, 어미는 순결한 수도녀였더니, 여차여차, 이 관계에서 태어난 아들이 멀린이었다는 것. 이 관계에선 딸 대신 아들이 태어나 있는 것이 다를 테다. 건너뛰고 말하면, 예의 저 '지혜의 열 매'를 두고 라면, '無知, 無智'에 반대되는 '智慧'쪽에서도 물론 살펴볼 만큼은 살펴보 아야겠으되, 당시의 정황을 참작한다면, 이 지혜는 보다 더 形而下的인 것이 아닌가, 하는 것이 稗見이라는 얘기다. 만약 이런 의미라면, 저 석학들의 의견은 천만 번 동의

되어질 것일 듯하다. (呰, 小說하기의 雜스러움!)

14) '永劫回歸'—"Whatever things that are thought have been in existence in the past, to come into existence in the future, or to be in existence at present,—[all such are unborn]." (D. T. Suzuki 英譯 *Lankavatāra Sūtra Sagathakam*. 182.) 이 法說을 떠들어대는, 저 찬달라를 건너다보건대, Śiva의 엄지발가락 밑에 눌린, 十頭의 Rāvana가 연상된다. 붓다의 손바닥 위에서 천 리 만 리를 내뛰는, 이 놈(Gome)을 보아라!

붓다의 저 설법에 대한, 漢譯은, '過去所有法/未來及現在/如是一切法/皆悉是無生'이라고 되어 있으며, 國譯은, '과거의 법과/미래 및 현재의/이와 같은 일체법은/모두 다 無生이라네'로 되어 있다. '如是'를 통해, '過去所有法'이, 미래에도 현재에도 저와 같이, 되풀이된다는 뜻을 읽어낼 수 없는 것은 아니라도, 國譯을 통해서는, 그것이 거의 기대되지 않는 것을 짚어낼 수 있다. 漢·國 兩譯은, '無生'에 중점을 두려는 열성에 의해, 차라리 '無生'이라는 주제를 모호한 것으로 만들어놓고 있다. '天地玄黃 三年讀 焉哉乎也 何時讀?' (呰, 小說하기의 雜스러움!)

拙冊 『神을 죽인 자의 행로는 쓸쓸했도다』 (문학동네) 참조. 本 雜說 중, 어쩌다, 또는 빈번히 등장하는, 기독의 Antithesis(Nietzsche)를, 本 稗官은, 그의 말을 그대로 빌려, 'Fierce' Untouchable, Chandala라고 이해하는 바이지만, 이 졸책에서 취급하는 것은, 그의 『자라투스트라는 이렇게 말했도다』에만 국한되어 있다는 것은, 분명히 해두지 않는다면, 그의 아손들 손의 모난 돌에 맞아 피 흘리기 똑 좋을 테다. (呰, 小說하기의 雜스러움!)

15) 어느 나이에 들어서면서부터 本 稗官은, 자신이 쓴 雜說까지도 들여다보기를 싫어해—이는 글자 혐오·공포증 같은 것이라고까지 진단된다. '글자'가 뭘 움켜내는 神通力을 가졌다고 생각하는 나이와, 그것은, 움켜낸다며 차라리 부숴버린다고 생각하게 되는 나이가, 앞서 말한 '어느 나이'이다. 게다 근래 '펜 공포증'까지 겹친 것은, 小說한 바 있다—술 마시고, 마신 만큼, 애먼 여름 잎에다 우박 퍼붓거나, 연꽃이 곱기만 하다는 까닭으로 그것들 속에 꼴린 혀 박기식 (Da! Damyata, Da! Datta, Da! Dayadhvam) 상소리나 지껄이다 코 골아 자기로,— 이런 자는 'Fierce' Untouchable(Chandala)이 맞다— 독서라는 것은 되도록 회피하고 지내왔더니, 무식하다는 것은, 비유로 말하면, 엄동에 송아지 등에 입힌 멍석 같이, 푸근해 좋다는 믿음까지 들던 것이다. 이런 瞎輩가 써놓은 글자도 그러니, 취해 비틀거릴 것이어서, '난독성 짜증'을 일으킬 것임에도, 할배가 사랑방에 펴져 눠 잘 때로 조금씩 打字 연습이나 책읽기로 소견법을 삼던, 안방의 瞎妄嫗가, 할배 토해놓은 줍쇼리를 타자하다,

496

어떤 독자들껜, 이 章의 '재나무'가, 이웃나라의 어떤 '유명한 작가'의 『천년의 침묵』
에 나오는 나무와, 최소한 그 장치 부분이라도 비슷한 것이 아니겠는가, 하는, 오해를
일으킬 수도 있는 느낌이 있다고 해, 정직하게 말하면 그러니, 누구의 '흉내 내기'의
시비에도 걸릴 수 있는 게 아니냐는 얘길 것인데, 할배는 크게 웃었더라. 그런즉은 그
를 스승삼아, 그의 문하에 든다면, 오해가 생길 까닭이 뭐겠느냐는 것인 것. 이 줍쇼
러 끼적거리기가 끝나는 대로, 예의 저 독본을 봉독해보려 하지만, 할배의 이 '재나
무' 또한 할배네 선산에 있는 것은 아니고, *Norse Myths*의, 그 뿌리를 독룡이 휘감고,
시간도 없이 갉아대기의 까닭으로 노상 '앓기'로만 무량겁을 사는, '우주나무-
Yggdrasill'이며, 이는, '어부왕'의 植物道的 Euhemerism으로 빌려진 그것이다. 그러
니까, 人世의 性不具의 '魚夫王'이, 植物道의 벼락 맞고 앓는 '재나무'라는 식이다. 그
리고 물론 瞎榜秭官과 더불어, 사람의 말로써 말하는 '나무'라면, 그 원전은, 전래하
는 童話들에서 구해야겠지만, 아주 젊었던 시절에 끼적거렸던, 「나무의 마을」이라는
短篇에로까지 이어지는 것이라는 것은 補註해두자. 이렇게 되면, 저 '유명'하다는 이
가, 이 무명의 할배께 문안하러 와야겠으나, 그 실은 무고한 이를 두고 이런 떼를 부
린다면, 이는 망령의 소치 말고 무엇이라겠느냐. 그를 위해, 할배 쪽에서 굳이 변명을
해주기에 나선다면, 판첸드리야의 머릿골〔腦〕이라는 것이, 『능가경』의 한 주요한 주
제가 되어 있는, '藏識,' '정화를 성취 못한 習氣가 쌓인 곳,' 또는 '여래태(藏)'라는
바로 그것이어서, 그것을 박살내지 않는 한, 누구도 그것으로부터 자유스러울 수 없
어, 물론 새로운 해석, 변형 등이 가능해도, '새로운 것'이란 실제에 있어, 아무것도
창조되어지지 않는다는 얘기까지도 할 수 있다는 얘기쯤 부연해둘 수 있을 게다. 그래
서 사람들은, 서로 간 아무런 연척이 없어도, 비슷하게 느끼기도, 비슷하게 생각하게
도 되는 듯한데, 그래서 소통도 가능하게 되는데, 그럼에도 물론, 一官, 四官, 五官,
十官有情 간에 있는 차이는, 천하 없어도 부인되지 않는다. (咄, 小說하기의 雜스러
움!)

16) Adonis—패관이, '삶(몸+말+맘)'論을 定立하던 중, '再生'을 '몸의 우주'의
달마며 복음으로 이해했었을 때, '아도니스 秘儀가 드러나 보였으므로, 그것을 빌려
'몸의 우주'의 기반으로 삼았었으나, 몸-말-맘이, 서로 단절적이 아닌 (그것들도 단절
적이라고 주장하고, 그럴듯한 얘기로 밑받침을 삼았다면, 파격적이며 반항적 정신만
이, 그 시대를 앞질러간, 혜성적 지성인이라고 믿는 이들로부터, 아으, 얼마나 큰 기
립 박수를 받았을 것인가! 그것들을 단절적으로 보려 하면, 그것이 비록 그 진실과 얼
마나 멀리 가게 되든, 그것이 뭐 그렇게 어려울 일이겠는가?) 계속적인 진화의 軸이
라는 점에 주목하고 본즉, '아도니스 비의'로써는, '몸의 우주'의 루타는 설명이 됨에
도, 아르타까지 충족시키지 못한다는 생각이 들기 시작했었드랬다. Jainism, 그중에

서도 *Uttarādhyayana Sutra*에 그것의 든든한 받침이 있음을 발견하기는 최근 일인데, 까닭에, 패관의 경배심을 함께한 패관의 시선이, 자꾸 그것에 닿아쌌던 것이다. 예의 저 경전이야말로, 저 셋의 우주를 꿰는, 하나의 진행적 법의 화살이던 것인데, 말과 마음의 우주를 개벽해도 결코 무너져내리지 않을, 몸의 우주의 기반이 거기 확고하게 되어 있던 것이다. 그러므로 해서, 基督이나 佛陀에 대해 바친 것과 같은, 그 같은 경배를 뒤늦게 Mahāvira께도 바치게 된다. 새로, 집수리를, 할 수 있는 껏 완벽하게 하려다 보니, 이 부분이 확대되어 보일 수도 있는데, 결과, 근래의 拙文들은, 마하비라 찬양 일색으로도 보일 수도 있어, 어떤 종류의 곡해가 야기될 수도 없지는 않았을 것이었다. (咄, 小說하기의 雜스러움!)

17) Just as living beings who are the essence

abide in the outer world of the four elements which is their vessel,

likewise in the personal body formed of the four elements there are 360 communities of worms.

Just as the internal essences are manifest in the outer vessel,

so in each community of worms

there are ten of thousands of minute beings,

and the ones that are produced from them surpass all calculation.

For every being that is killed numberless minute beings die.

For every being that you set work numberless minute beings suffer.

For every being whose womb is worked

countless small living beings feel faint.

Therefore as for its harmfulness,

This taking of life and the suffering of worms

Is like setting fire to a forest,

For they see the drops of blood like fire.

As for setting animals to work and the suffering of worms,

They feel as though pressed into a dungeon where there is no escape.

As for the wretchedness of having their life-force in harness,

They see themselves as bound with iron fetters.

As for copulation and the suffering of worms then,

It is as though an epidemic pervaded their whole realm,

And they see the bodily element of seed as though it were poison.

(西藏의) *The Nine Ways of Bon*

-Ed. and trans. by David L. Snellgrove

비슷한 法說이, *The Flower Ornament Scripture*(*The Avatamsaka Sutra*, Trans. T. Cleary, p.489. Shambhala)에도 있다.

'There are countless microorganisms is my body whose life depends on me. If my body is satisfied, so are they…'

(咄, 小說하기의 雜스러움!)

18) 『요나書』—이 雜說꾼이, 언제 저런 제목의 줍쇼리도 썼던가, 의문할 이들도 몇 있을 듯하다. 말이 나온 김에 아예, 절판된 그것들의 年代順이라도 밝혀두는 것은 해스러울 듯하지는 않다. '民音社' 간행, 『朴常隆 小說集』(1971) 「羑里場」의 '노트'에 "시간에 있어서의 五頭의 문제는, 아직 발표되지 않은 나의 長篇 『요나書』의 주제가 되어 있기 때문에, 이 소설에선 요약에 그쳤다"고, 밝혀졌던 바의 그것이, 나중에 '韓國文學社'에 주간으로 있던 때, 李文求公이 산파 역을 담당해, 수년 후에야 출판을 본, 『죽음의 한 硏究』(韓國文學社 간행, 1975)의 (또 그 빌어먹을 누구) '노트'(냐?)에, "졸작 『죽음의 한 硏究』는 그리고, 다른 졸작 「羑里場」의 '노트'에서 『요나書』라고 밝혀졌던 그것이 改題를 당한 것이라는 것을, 밝혀두는 일은 꼭히 필요한 듯하다"라고, 밝히고 있는 그것이다. (그러고도 그것도, 돈 벌기에 해를 여러 개씩이나 저물리고 난 끝에, 가능했던 '자비출판'을 통해 햇빛을 보게 되었더라는 것도, 말해두자.) 이후, 작고한 김현 교수의 귀뜀에 좇아, '文學과知性社'(1986)에서 재출간을 본 것이, 현존판 『죽음의 한 硏究』인 것. 그런즉 왜 새삼스레 『요나書』이겠느냐는 의문이 들 것도 분명한데, 그것은, 그것이 들먹여져야 되는, 本文의 전후 사정을 고려한다면, 구태여 대답을 만들지 안해도 될 듯하다. 요나의, 레비아탄의 뱃속으로부터 탈출의 얘기─, 그것이 假題 『요나書』였던 것이다. 이 레비아탄은, 중첩된 바르도이거나, 상사라이다. 苦海 속에 자맥질하는 고래, 그 고래 뱃속에 삼켜진 요나, 아으, 그리고 누구는 요나 아닌 이도 있는가? 이 고래 뱃속은, 숨 막히도록 어둡고, 비리지 않는가? (咄, 小說하기의 雜스러움!)

19) ㄱ, 연금술사들의 '현자의 돌' 만들기의 도식에 이런 게 있다고, 주워들었다. '먼저 원을 만든 뒤, 사각을 내접하라. 그 사각 속에는 삼각을, 그리고 다시 원을 만들면, 현자의 돌이 나타날 것이다.'

ㄴ, 티베트의 詩聖 밀라레파의 先祖師 나로파가, (그의 스승) 티로파의 명에 좇아, 만들어 바친 만달라가, 대략 저런 꼴이었는데, 티로파 가라사대, "〔……〕너의 머리통을 잘라서는 한 가운데 놓아두고, 그리고 너의 팔과 다리들을 둘러, 둥글게 배치할지어다." 그 원전은 金剛乘(Vajrayāna)門에서 구해지는 것을, 유리에서 왔다는 이상한

순례자가 빌렸을 때는, 庶子的으로라도, 그가 어느 門에 법의 배꼽줄을 잇고 있는가를 밝히고 있는 것일 것이다. 의 이런 괴상한 발설을 통해, 아는 이들은 눈치 챌 것이지만, 동시에 괘념해둬야 할 것은, 예의 저 '羑里'는, 모든 종단으로부터 환속했거나, 파문당한 이들이 모여들어, 이뤄진 고장이라는 그 점이다. 이런 식의 第三乘(Vajrayāna), (또 혹간 第四乘)에 관해서는, 이 (씌어진 글은) 고아(와 같다는 말을 상기하기 바라지만)가, 어떠한 대접을 받고, 어떠한 처지에 있든, 어버이가 나설 부분은 아니거나, 넘어선 것으로 안다. (咄, 小說하기의 雜스러움!)

20) 이것이 羑里門에서 하는, '祖의 傳授儀式'인 것은, 拙箸『죽음의 한 硏究』를 일별이라도 해본 이들은 알고 있을 터. '발등에 이마대기'는, 大地, '몸의 우주'에 바치는 경배며, '입술에 입 맞춰 침 먹이기'는 '말씀의 우주'에 祭酒 바치기인데, '해골'은, 그 자체가 '마음의 우주'의 祭壇이 되어 있는 것인 것. 혹자는 中原禪家의 六祖 慧能은, 五祖로부터 傳受한 '衣鉢'을 傳授한 바가 없으므로, 禪代가 '六祖'에서 끊겼다고 그럼으로 '七祖'의 도래는 불가능하다고, 언뜻 흠잡을 데 없는 해박한 주장을 하는 듯도 싶은데, 닭이 세 해 쳐 울기 전, 자기의 主를 배반했던 베드로처럼, 긴박한 순간에 이르러, 혜능도, (예의 저 의발을 빼앗으러 추적해온 慧明이라는 자 앞에서) 예의 저 의발을 팽개쳐버렸기로서, 禪家의 전통은 물론, 스승에 대해서도, 변절개종을 해버렸던 일을 고려해보면, 결과적으로, 그는 스스로 儀式的 국면에서의 '六祖'라는 그것 자체를 부인해버린 것으로 이해된다. '衣鉢이라는 게 무엇이냐, 상징(表)아니냐?' 그렇게 그는 자기변호를 했던 모양인데, 이후 이 '상징'은, 비유로 말하자면, 알맹이 빠진 조개껍질 같은 것이 되어버린 것인 것. 특히나 '本來無一物'論을 주장하는 이가 傳受한 衣鉢이라는 물건도 그러려니와, 목숨이 위험해지자, 그것 지키겠다고 그 門의 聖表를 아무렇게나 저버리는 짓도, 어째 좀 그렇고 그렇다. (南方 뙤놈은 여전히 뙤놈이었던 게다.) 그러고도 그를 '六祖'라고 이르는 것에는 변함이 없는데, 이렇게 되면, 衣鉢에도, '表,' 즉 形而下的인 것과, '義,' 즉 形而上的인 두 종류의 것이 있음을, 알게 된다. 문제는 그리고, 그것이다. 라는 즉슨, 예의 저 '의발'의 '루타(表)'부분이 탈락을 겪지 않았었을 수 없었음에 의해, 이후 그것의 '아르타(義)'부분이, 어떤 식의 秘義(儀)的, 형이상적 형태를 취하지 않을 수 없게 되었다는 그것이다. 그리하여 '七祖,' '八祖'가 如來했도다! 자야! 자야! 자야!
아으, 雜說하기의 앓음다움!

追記: '로키'의 혀끝에서 능멸당하지 않은 신이란 하나도 없었으므로 하여(Loki's flyting), 신들이 내달아, 저 음험 방자한 변절자를 묶어 벌주려했기로부터, '신들의 황혼'이 시작되었다는 얘기(*Norse Myths*)가 있다. 그러자, 분노의 모난 돌을 쥔 군중

가운데 내몰린, 결코 결백 무고치 않은, 발가벗기운 어떤 여자 하나가 연상된다. "어? 임금이 께벗었네!"라고, 하지 말았어야 할 소리를 했다가, 그 군중의 煞을 쏴내는 눈총 속에 외롭게 버려진, 어떤 애의 멍청한 얼굴도 떠오른다.

혀 놀려져, 이미 쓰어진 글씨임으로, 구부려 바닥에 뭘 더 쓸 것은 없다. 그런즉 그 글씨를 쓴 자는, 다만 침묵의 말이나 할 뿐이겠는다, 누구라도, 자기만은 전순히 무고하고 정당하다고 여기는 자가 먼저 돌로 치라!

그 죄로 로키는, 신들의 손에 죽임당한, 자기 아들놈의 열두 발 창자(가 오랏줄로 쓰였던 모양이다)에 단단히 묶여, 이 세상에서는 그중 어두운, 찬 동굴바닥에 던져졌으며, 그 얼굴 위에로, 그 천정에 매단 독사의 독아에 독액이 고이는 대로 떨어져내리게 했더라 하는데, 모두 그를 버렸음에도, 평생을 충실하게 그를 지켜주어온 그의 안댁 시긴Sigyn만은, 그런 자를 남편이라고, 그래도 그의 곁에 남아, 나무그릇에 그 독을 받아, 채워지는 대로, 다른 자리에다 엎질러내고 하기를, 라그나뢰크까지 했던 모양인데, 아무리 로키라고, 이런 엔네를 두고, 과연 무엇을 생각하고, 무엇을 느꼈겠는가? 저런순 로키까지도, 저주키는커녕 애정으로 지켜주려는 시긴이, 지척에 와 있는 라그나뢰크를 지연시키고 있을 테다. 남성우선주의도 비슷한 냄새 같은 것이 좀 풍기는 듯도 싶어, 시긴들에 관해서 말하지 못한 것은 어쨌든 유감이다. 로키는 그러나, 자기의 혀가 뽑혀, 천정에 매달려, 자기를 모욕하고, 고문해대고 있다는 것은 알지 말았으면 좋겠다.

티 베미(Thus I say.)

쓰러지는 우주를 말로 쌓기

— 박상륭 『雜說品』에 대한 생각

김 진 석

1

    기존 형식으로 보면 『雜說品』은 전작 장편소설이었을 것이다. 그러나 처음부터 작가는 그 형식뿐 아니라 내용을 비튼다. 유리(羑里)에서 온 순례자가 어부왕을 방문하고 이야기도 나누며, 성배 탐색을 자신이 수도승으로서 해온 고행과 엮어놓는다. 이 파격적인 주제와 이야기 방식은 처음부터 소설의 근대적 형식을 두드리고 또 두드려, 깰 정도이다.

    우선 '성배 탐색'이란 주제에 대해 생각해볼 점이 있다. 그것은 흔히 전적으로 기독교적 전통에 속하는 주제라고 여겨지지만, 그렇지도 않다.[1] 또 그 주제는 벌써 그 자체로 근대적 소설 형식에 대한 성찰

---

1) 『제식으로부터 로망스로』의 저자인 제시 웨스턴은 말한다. "기독교 예술이나 전설 체계에서는 성배 이야기의 흔적도 찾아볼 수 없다. 성배 문학 외에는 이 이야기의 존재를 찾을 수 없으며, 그러므로 이 이야기가 순수한 전설에서 내려온 것이라기보다는 로망스 문학의

혹은 의문을 유발한다. 비록 중세 문학 이후에 잘 알려진 주제이며 현재에 이르러서도 추리소설에 영향을 주는 주제이기는 하지만, 좁은 뜻의 근대 문학적 주제라고 보기는 어렵다. 문학적으로 많이 다루어진 주제이기는 하지만, 차라리 제식(祭式)에 속하는 주제이며 따라서 근대적 문학 이전에, 인간의 존재 형식과 연관된 아주 오래된 주제이다. 유리에서 온 순례자가 스스로 어부왕과 관련된 '성배 탐색' 과정을 이야기하는 이 책에서 그래서 '성배 탐색'도 근대적 소설로 발전되고 점차 흡수될 제식의 흔적으로만 여겨지지 않는다. 무엇보다 소설 대신에 '잡설'이라는 형식이 새로 등장했으며, 거기에 덧붙여, 『금강경』 등의 불교 경전에서 내용을 담는 그릇으로 사용되는 품(品)의 형식이 추가되었기 때문이다.

그저 소설이라고 하지 않고 굳이 '잡설'이라는 새로운 형식이 나온 이유는 뭘까. 잠깐만 이전 텍스트로 거슬러 올라가보자. 작가가 기존의 근대적 소설 형식에 안주하지 못했던 것은 잘 알려진 사실이다. 신화적이고 사변적인 요소는 태연하게 문학적 형식을 밀어내곤 했다. 그런데 1999년에 출간된 『평심』에서, 작가는 '소설의 형식'을 많이 수용한 듯했다. 특히 '로이'나 '왈튼 씨 부인' 그리고 '미스 앤더슨'이 등장하는 단편소설들이 그 점을 보여준다. 박상륭의 작품에서는 아주 드물게 일상에서 만난 인물들이 이야기에 등장하는데, 그들은 직접

<hr />

한 창조품이라는 점이 분명해진다. [……] 이와 마찬가지로 민속적 근원을 주장하는 이들 역시 성배전집 중 근원이 분명히 밝혀질 수 있는 부분, 예를 들면 파르치발 이야기 같은 것이 원래는 성배와 아무 연관이 없다는 반대에 직면한다. [……] 즉 성배 전설의 주요 양상들—예를 들면 황무지, 어부왕, 엄숙한 축제가 열리는 숨은 성, 그리고 신비로운 피 흘리는 창과 잔, 그리고 끊임없이 음식이 나오는 그릇 등—이런 것을 다 포함하는 원형으로서의 민담은 우리가 아는 한 존재하지 않는다." 『제식으로부터 로망스로』, 문학과지성사, 1988, 11~12쪽.

이야기의 주체가 되지는 않더라도 소설적 관점을 살려주는 역할을 했다. 2005년의 『小說法』에서는 이 성찰과 고민들이 복합적으로 엉켜 있음을 알 수 있다. 이 책에서 박상륭은 극시(劇詩)의 형식을 빌려, 흔히 사변적 요소들로 여겨지는 것들을 최대한 거르면서, 기존의 문학적 형식에 가까이 가보려고 했다. 그 책의 해설을 쓰면서 김윤식도, 박상륭이 드디어 문학의 이름에 걸맞은 소설들을 썼노라고, 그래서 비평의 임무를 수행하게 되었노라고, 약간은 기쁨에 들떠 있었다. 그런데 바로 이렇게 소설의 문학적 형식에 충실하게 쓰는 바로 그 순간에도, 박상륭은 그 소설적 틀을 왠지 갑갑해하게 느꼈던 듯하다. 그래서 그 책도 그냥 '소설집'이 못 되고 '창작집'이라는 이름을 갖게 되었지만, 작가의 형식에 관한 고민은 그 정도로 그치지 않았다. 2005년의 창작집 『小說法』의 첫번째 소설인 「무소유」는 이 점을 극적으로 보여준다. 가만히 보면 이 단편은 벌써 어부왕과 시동이의 이야기를 다루고 있고 성배 탐색·파르치발·황무지 등의 주제들을 담고 있다는 점에서 『雜說品』의 뿌리라고 말할 수 있다. 더욱이 주제들의 씨앗을 담고 있을 뿐 아니라, 「무소유」는 소설 형식을 넘어가는 다른 형식을 이미 제안해놓고 있었다. 이 책의 특이한 주제가 생긴 배경과 '잡설'이라는 특이한 '문학적' 형식이 생긴 이유를 살피기 위해서, 좀 길더라도 다음을 읽어보자.

〔헤헤, 애보다 배꼽이 더 커졌구나. 앞서 궁시렁거린, 화롯가의 노파의 이 빠진 소리 따위를 '얘기', 시쳇말로 이르는 '小說'이라고 이르는 듯하되, 무엇이든 다 주워 담을 수 있으리라 여겼던 그 바구니까지도, 결국은, 담을 수 있는 말〔言語〕의 한계가 있다는 말이겠냐, 무엇이겠냐? 까닭에 매우 빙충스레, 뱀에 대해 다리까지 붙여놓고, 한다는

504

소리는, 이런 잡스런 그림을 두고 환쟁이는, 雜畵, 또는 幻畵(추상화
의 어떤 것도 이 범주일게나?)라고 이르고, 稗說公은, 한마디로 '즙쇼
러'라고 이른다고 이르며, 수염을 쓰다듬어 내린다. 허긴 그래서 보니,
즙(雜)것이 되었든 말았든, 이 바구니는 전도 밑도 없어 보인다. 환쟁
이는 그리고, 그대 마음속의 '바르도'로 내려가보라, 그러면 그대, 그
꼿은 이런 雜幻으로 빼꼭 넘쳐나고 있음을 알게 될 것이어늘……, 즙
쇼러꾼은 또, 우주를 마음이라는 한 보자기에 싸으려 들면, 별수 없이
저렇게 즙스러워진다고, 野狐가 獅子吼한다. 아기야, 배꼽 펴느려
라, 그 배 타고 고기잡이 가잤세라, 어사와.][2]

잡설과 잡화, 더 나아가 잡환. '잡설'이라는 형식이자 개념은, 소설
이 담을 수 있는 말의 한계가 있다는 인식과 더불어 우주를 마음이라
는 보자기로 싸서 담으려는 의도 아래 생긴 것이다. 박상륭다운 고뇌
와 도발이 만들어낸 심상치 않은 글쓰기 형식인 셈. 그가 인물의 몸
동작이나 심리를 묘사하는 소설적 장치에 만족하지 않은 것은 이미
오래된 일이다. 몇몇 인물의 인생 궤적을 묘사하고 서술하는 수준에
서는 '몸과 말, 그리고 마음의 우주'를 이야기하기 어렵다고 여겨지기
때문이다. 판소리 형식이나 타령조를 빌려 작가는 수시로 개입한다.
말이 점점 많아진다는 것도 작가는 잘 알고(시동이 왈, "참 말씀도 많
이 쌓으시네유", 231쪽; "늙은네들은 글쎄, 입을 다물고 있어도 말이 많
잖더라고? 하물며 쉬지 않고 입을 열고 있음에랴?", 320쪽), '잡다한'
개입이 난독성을 불러일으킨다는 것도 잘 안다("거 무슨 잡동사니를
모아놓았는지, 아무리 뒤적여보아도, 뭣 하나 짚여지는 것이 없어, 난독

2) 박상륭, 『小說法』, 박상륭 창작집, 현대문학, 2005, 44쪽.

성 짜증에 부아까지 치미는, 峽里의 계룡산 자락에서 살다 내려왔다는, 朴姓某氏라는 줍쇼리꾼의 품바타령 듣는다고", 387쪽). 우화와 전설, 그리고 동화가 동서의 경계를 넘어 상징적으로 해석되고 해설되는 것도, 정도 차이는 있지만, 이미 있던 일이다. 거기에 더해, 종교적이고 철학적인 분석들이 논문 뺨치며 등장한다.

물론 근대 소설도 자아 탐색을 하는 과정에서 생기는 새로 알기와 새로 앓기를 모르지 않으며 그것들을 문학적 아름다움으로 서술하려고 한다. 그러나 박상륭은 그것으로 부족하다고 여긴다. 성배 탐색이든 자아 탐색이든 마음의 우주 탐색이든, 그것보다 더 깊고 더 아픈 알기와 앓기가 있다고 여기는 것이다. 이 책 이전에도 그는 단편적으로 이 미학적 아름다움을 '앓음다움'으로 변형시키고 확장하려는 작업을 해왔다. 다만 이번 책은, 작가의 몸이 세월을 견디는 흔적들이 쓸쓸해지고 나이테의 껍질이 더 두꺼워지는 과정 속에서, 이전 작업들을 통합했다. '잡설'이란 형식은 이제 이들 장치들을 통합적으로 작동시키는 새로운 형식으로 등장한 셈이다. 이 형식은 일반적인 소설의 틀에서 조금 벗어날 뿐 아니라, 다루는 주제의 영역과 추상의 정도가 매우 광대하고 무변하다. 독자는 때로는 글이 이렇게 '모든 것을 주워 담으려고' 해도 되는가라고 자문해야 할 정도이다. 물론 박상륭이 정말 모든 것을 잡스러운 방식으로 주워 담지는 않는다. 기존의 문학적 경계선이나 틀과 다른 것을 추구한다는 표현일 뿐이다. 잡설(雜說)은 정말 이상하게도 잡기(雜技 혹은 雜記)와 너무 다르다. 구체적인 서사의 끈이 보이지 않는 자리에서 독자는 때로 혼미해지는데, 작가가 고요한 정적과 황야 속에서 길어낸 잡환(雜幻)과 시적 언어들은, 때로는 머리를 더 깊이 심연 속으로 내리 끌기도 하고, 때로는 갑자기 맑게 만든다. 새로운 추상성이 철학적 사유의 결정이라면,

새로운 시적 언어들은 서정적 고행의 열매들이다.

세부적으로 보면, 우화와 전설에 대한 상징적 해석, 그리고 종교적·철학적 차원의 추상이 점점 길어지고 깊어지는 것과 동시에, 그 추상성을 보완하고 인물들의 구체성을 확보하기 위하여, 이미 『小說法』에서 두드러지게 선보였던, 극시적 형식이 폭넓게 등장한다. 이 둘, 곧 추상성과 구체성은 이 책에서 '불새'의 비상을 가능하게 하는 두 날개인데, 언뜻 보면 추상성이 언제나 긴 듯하고 그래서 구체성은 항상 옆에서 퍼덕이면서 균형을 잡느라 애쓰는 듯하다. 저 추상적 사유는 이 새, 황폐의 재를 툭툭 털고 그 속에서 타오르며 높이 더 높이 날아오르려는 '불새'가 높이 날게 하는 동력을 제공한다. 이것은 박상륭 글쓰기에 독특한, 아니 독보적인 우뚝함이다. 이 독보성에 대해선 이미 많은 필자들이 언급하였으니 더 말할 필요가 없다.

물론 이 높이 또 높이 날아오르는 추상적이고 추상같은 불새는 때로는 인신의 장관을 보여주려는 데 치우쳐, 재로 흩어지는, 아니 쉽게 흩어지지 않은 채 흩어질 순간에도 갖은 악다구니를 쓰는 구체적 몸과 행위들을 소박하고 찬찬히 보여주지는 않는다. 오히려 불새는 바로 그 소박하고 허무한 구체성의 재도 너무 무겁다고 여기며, 그것을 뚫고 깃털만큼 가벼운 비의를 건져내 날아오르려고 한다. "그럴 수밖에 없는 것이, 모든 구상적, 물상적이라는 것은 그 자체가 중력(重力)덩이여서, 그것에 제휴했거나, 그것에 의존해야 하는 모든 것은, 떨어져내리게 되어 있기 때문이다. 그 모두를 들어올리는 것은, 하나뿐이다. 라는 것은 이 '만화' 속에다 '마음의 우주'를 개벽해내는, 그 하나의 방법뿐이다. [······] '구상적 이미지를 추상적 아이디어화'하는 수사학을 개발해야 한다고 주장하는 소이는 여기에 있다. 그러면 '마음의 우주'가 개벽하게 되기 때문이다"(381쪽).

그렇다, 박상륭의 사유는 가볍다. '이상하리만치' 가볍다. 이 가벼
움을 인식하지 못한 채 그의 글을 읽는 독자들은 그의 말들의 긴 사
슬이 무겁다고 느끼겠지만, 실제로 그의 글이 추구하는 것은 가벼움
이다. 말들에게도 몸이 있어서 끝없이 웅웅거리며 계속되는 그것들
자체로는 가볍지 않을 수 있지만, 말들의 마음이 추구하는 것은 가벼
움이다. 끝날 줄 모르고 계속되는 그의 문장들도 모두 날기 위해, 스
스로를 들어올리기 위해, 기고 또 기는 말들이다. 그래서 마침표 대
신 계속되는 쉼표는 벌써 그 가벼워지기를 실행하느라 가볍다. 그래
서 또, 구체적인 육체들의 희로애락에 잡힌 채 그들의 일상을 맴도는
문장은 구체성의 무게에 사로잡힌 꼴이라고 여겨진다. 하루하루는,
그것만으로는, 너무 무겁다. 하루하루에 사로잡힌 몸은, 그렇게 잡혀
있는 몸으로는, 무겁다. 그 육체들이 타고 남은 재들도, 그렇게 산
육체들 자체의 흔적으로서는, 무겁다. 그 재를 뚫고 불새는 일어서고
날아야 한다. 가볍게 날아야 한다. 이렇게 가볍게 높이 날려면, 몸의
일상적 구체성에 사로잡혀 있으면 안 된다고, 그는 본다. 그래서 그
는 담을 수 있는 말의 형식을, 소설의 틀을 살짝 넘어, 그 소설의 틀
을 비틀면서, 잡설로 확장한다.

　그렇지만 이 잡설이 그냥 생긴 건 아니다. 박상륭은 그 이전에도
'소설하기의 잡스러움!'을 공공연히 누설하고 다녔다. 그만큼 소설의
틀 안에 갇혀 있기를 은근히 혹은 떠들썩하게 거부했다. 작가로서 그
는 묘사하거나 관찰하는 데 머물지 않았다. 그것도 말의 기표에 깊이
사로잡히는 일이라 여겼기 때문이다. 구체적 이미지를 침묵 속에서
길어 올리는 바로 그 순간에도, 그는 보란 듯이 사변 혹은 추상의 도
끼날을 들이대곤 했다. 구상적 이미지가 추상적 보편성을, 그리고 다
시 이것이 저것을, 잃어버리지 않아야 했기 때문이다. 이 과정에서

구체적 이미지와 추상적 보편성 모두 과격해지는 것도 자연적이리라. 구체적 이미지는 소설적 묘사나 관찰보다 더 밀도가 높은 극시의 차원으로 옮겨가고, 추상적 아이디어는 동양과 서양의 벽을 거침없이 뻥뻥 뚫거나 휙휙 넘어 다닌다. 역사성보다는 신화적 차원이 우월성을 확보했기 때문이다.

이 '추상적 아이디어'의 한 예를 들면 신 혹은 인신(人神)이다. 이것은 크게 보면, 그저 하루하루의 먼지와 먹이 속에서 기어 다니기만 하는 육체를 넘어간 자리에 있어 보인다. 그래서 너무 커 보인다. 그러나 그는 그저 큰 것만은 아니다. 그것은 애초에 목적으로 주어진, 그래서 인간의 짐승적 육체를 쉽게 초월하는 주어는 아니다. 오히려 무거운 육체가, 무거운 육체만이 먼지처럼 쓰러지는 하루 속에서 자신을 변형시킨다. "진화의 추동력은 몸으로부터 얻어진 것이어서, 그것을 벗는 순간 진화도 멈춘다"(391쪽).

2

흔히 어부왕과 파르치발이 추구하는 성배의 전설은 성스러움과 남성성을 추구하는 남성들에 대한 이야기로 여겨진다. 원인 모를 병에 시달리는 어부왕은 성배를 찾아서 황폐에 시달리는 땅을 치유한다고 흔히 전해진다. 그러나 『雜說品』은 남성성을 단순하고 소박하게 추구하지 않는 것은 물론이거니와 그 병이 단순히 성배를 찾기만 하면 치유되는 그런 병이라고 생각하지 않는다. 아울러 그 병은 단순히 외부의 병균에 의해 육체에 심어진 것도 아니다. 시동이가 재나무와 나누는 이야기를 들어보자.

시동: 저, 저, 저한테는, 성주님과, 또 회당 벽에 걸린, 가로지른 나무에 못 박힌 이와, 어쩨 좀. 어느 대목에서는 좀,

재나무: 같아 보였다는 말이 하고 싶은 걸 삼켰겠지?

[……]

재나무: 넌, 잎도 꽃도 열매도 못 맺는 나무를 너의 성주와 매우 흡사하다고 생각해온 것이 아녔냐?

시동: 죄송스럽지만, 그랬네유!

[……]

재나무: 안 그렇기는 뭐가 안 그려? 그이가 스스로 된 고자이기 까닭으로, 안포-타즈가 그 고자병을 대신 앓고 있다고, 것도 어렴풋이는 알고 있을 거를?

시동: 사실은, 그렇게 믿어왔네유! (돌을 쳐쌌는다.)

재나무: 이건 시작으론 역설이어서, 한 일 세기 가량이나 말을 많이 하고 나면, 그것의 보편화를 획득할 성부른 그런 얘긴데, 문잘배쉐의 천국, 유리의 無生(Anutpanna)에 들기엔, 고자 되기가 불알을 구비하기일 테다. 수피(獸皮) 벗기가, 스스로 고자 되기로는 보이지 않느냐? (233~35쪽)

인간이 수피를 벗는 일이 고자 되기인 한, 고자 되기는 거의 필연적이다. 못 박힌 자는 그런 점에서 스스로 고자 된 자이며, 어부왕은 그 고자병을 또, 대신 앓는다. 그런 점에서 고자 되기, 그리고 황폐는 바깥에서 주어진 불행한 병이 아니라 스스로 꿈꾼 것일 터.

"그이는 어째서 황폐를 꿈꾸었던가?" 시동이의 의문은, 그리고 생각

의 단절의 까닭은, 그것이었던 모양이었다. "그는, 생식력을, 그리하여 풍요를 수복해내려 바라며, 동시에 황폐를 꿈꾸었던 이로, 지금이라면 살펴낼 수 있을 듯한데, 그것은 이율배반 아닌가?" 〔……〕 "치유력 자체라고까지 알려진 그 성배는 그러나, 그이의 병을 치유치는 안했다. 그런 대신, 그의 죽음만을 한없이 지연해주고 있었을 뿐이었다. 어쩌면 그이는, '치유'를, 자기편에서 거부했었던지도 모른다." (365~66쪽)

병과 황폐는 스스로, 자기 안에서 만나는 어떤 것이다. 바깥에 병균이 없어도 만난다. 그러니 이 모든 결함을 초월할 성배를 찾으러 성지로 떠난다는 것은 부질없는 일이다. 다시 유리의 순례자를 만날 때, 시동이는 이 점을 깨닫는다.

    시동: 〔……〕 성주님의 상고(傷苦)는 혹간, '균(菌)'의 까닭이기보다, '무균(無菌)'의 까닭이나 아닌가.
    〔……〕
    순례자: 〔……〕 만약 네 말대로라면, 파르치발인들 뭘 어쩌겠냐? 균이 없는, 무균의 병을 무슨 처방으로 다스리겠느냐는 말이지? 〔……〕 그런 무균의 병을 앓는 이가, 유리에도 있어, 인구에 회자한다. 유마힐이라는 거사인데, 〔……〕 (481~82쪽)

다만 안포-타즈와 유마힐의 '자기 황폐'에도 작은 차이는 있다. "그럼에도 이 둘의, 자기 황폐에 다름이 짚이지 않는 것은 아니다. 라는 것은, 하나는 '주(主)'의 고통에 대해, 구레네 시몬이 되려 했음에 반해, 하나는 '중생'의 구레네 사람이 되려 했다는 다름이 있다"(483쪽).

여기에 이르면 독자는 박상륭이 왜 유리의 순례자를 낯설고 먼 '성배 탐색'의 길로 떠나보냈는지 짐작하게 된다. 가장 높은 산줄기 히말라야를 힘겹게 타고 넘어가는 새처럼, 박상륭은 잡설의 상승기류를 타고 동을 넘어 서로 갔고, 어부왕의 황폐가 유마힐의 황폐와 같고도 다름을 아는 순간, 다시 서를 넘어 동으로 온다. 그럼으로써 그는 기독과 부처의 앓음과 앓음다움을 저 추상의 높이에서, 곧 동과 서를 동시에 날아본 새의 높이에서, 발견한다.

바로 이 순간 시동이는 다른 중요한 점도 발견한다. 십자가를 걸머진 사람이나 어부왕 모두 흔히 말하듯이 인간의 죄를 대속하기 위해 그런 고통을 당하는 건 아니다. 그들은 '사회적 피학증의 피해자이자 승리자'였다. 말하자면 그들은 피해자가 됨으로써 승리자가 되었을 것이다. 고통당함, 앓음다움은 사회적 맥락에서 가학증과 물리고 또 맞물린다. 가학증과 피학증의 문제, 곧 폭력의 문제는 작가가 이 책에서 새로 집중적으로 탐색하는 몇 주제 중 하나이다. 어부왕도 아들인 시동이가 죽여야 할 대상으로 설정된다. 시동이가 그 아비를 죽이는 데까지 나아가야 할 일이 있는데, "이것은, 시동이 깊이 경애하여 늘 그리워하고 안부를 궁금해쌌는, 아비 안포-타즈에 대한 저항이며, 모반이래얄 것이었다"(458쪽). 그럼으로써 아비의 황폐를 극복할 수도 있겠는데, 그러나 그래서 얻는 것도 새로운 황폐에 다름 아니다.

성배 찾기는 사실은 그래서, 꼭 성스러운 성배를 찾는 일도 아니며, 성배는 바깥에서 꼭 찾아질 보물도 아니다. 아마도 우상, 그렇다, 그런 것이다. "하여설람에 '성배지기'는, 무엇으로부터 무엇을 지키려는 것인가, 그것은 글쎄, 우선적으로 물어졌어야 되었던 것이다"(448쪽).

성물(聖物) 모독죄로, 비록 지옥도에 떨어지는 한이 있더라도, 저런 의문은 어디까지 나아가게 하는가 하면, 문잘배쉐에, 실제로 그런 '성배'가 비치되어 있기는 있는가, 라는 데까지 닿게 한다. [……] 숨기려는 것은 '성배'가 아니라, 아으 주여 용서하소서! 사실은 그것의 '부재(不在)'가 아닌가, 하는 그것이다. [……] 그렇다면 파르치발께 보여졌다는 그 성배는 무엇이었는가? [……] 문잘배쉐의 성배는, 그 루타와 아르타가 짝 맞지 않은, 보다 모욕적 폭언을 쓰기로 하면, [……] '인위적 성배'였을 수도 있다고 할 수 있을 듯하다. [……] '우상(偶像),' [……] 시동은 그 루타만 보고, 파르치발도, [……] 아르타일 것에의 희미한 인식을 좀 가졌었을 것인데, [……] '성배 탐색'이란, ('마음의 우주'의) 밀종적 수도행, 또는 그 고행이, '말씀의 우주'식으로 번안되는 과정에서, 드러난 결과라는 투의 주장을 할 수 있게도 된다. (450~52쪽)

성배 탐색이 밀종적 수도행으로 연결되는 지점에서, 기독교에 갇히고 그것에 사로잡힌 성배는 사라질 수밖에 없다. 그것은, 부처가 부처를 만나면 부처를 죽여야 하듯이, 죽여야 할 우상으로 존재한다.

그러나 그것을 우상이라고 부른다고 모든 문제가 해결되는 것은 아니다. 오히려 바깥에 있는 것으로 발견된 우상의 존재는 다른 발견을 촉구한다. 마음의 우주의 고행은 이제까지, 몸과 말씀의 우주의 고행이 주로 바깥에서 이루어진 것과 달리, 안에서 이루어진다. "이 말은 그러니, 만방이 우러르는, 거대한 '검은 돌'과 달리, 이 특정한 '빛돌'은, '밖'을 밝히는 것이기보다, '안'을 밝히려는 것"(452~53쪽)이다. 안, 황폐를 확장하면서 마음의 우주를 확장하는 안의 문제는 이렇게 시작된다. 바깥의 황야에서 끝없이 방황했는가 하면, 그것은 안이었다.

이 안팎의 언저리에서, 잠깐 여성성에 대한 이야기가 필요할 듯하다. 여기쯤에 이르면, 성배·어부왕·파르치발의 이야기가 그저 강건한 남성과 생식력의 회복으로 이어지지 않는다는 것은 환할 것이지만, 거꾸로 이 이야기들이 여성성에 대해서는 어떤 빛을 비추는 것인가? 이와 관련해서 작가는 많은 측면과 후면을 비추고 또 되풀이해서 비추는데 그 분량만 해도 엄청나서, 이 짧은 해설이 그 점들을 차분히 다루기는 아예 난망이다. 아디와 시바의 신화를 빌려 작가는 성교를 폭력과 결합시킨다.

이 전장에서 아디는, 여성적 폭력성(暴力性)이라는 뾰족함을 잃은 것만은 확실하고, 시바 또한, 남성 쪽의 그것의 무뎌짐을 당한 건 확실해 보인다. 시바 쪽에서는 그것이 '거세'로 나타났음에 반해, 아디 쪽에선, 그것이 한번의 죽음으로 치러진 것은, 이미 얘기되어진 바대로인 것. 그렇다면, 꽤는 지리멸렬하기까지 한, 이런 되풀이엔 (稗官 나름의) 목적이 있을 것인데, 그것은, 아디의 그 한번의 죽음은, '새[新]아디'의 부활로 이어진 것이나 아닌가, 그리고, 시바의 '거세'는 (밝혀진 바대로) '친타미니'나 문잘배쉐의 '성배'의 형태로, 땅의 유정들 심정에, 하나의 우주적 희망과 소망으로 심겨진 것이 아닌가, [……] (173쪽)

성배가 거세된 남성성과 연결된다는 것은 위에서 언급되었는데, 이제 그 폭력적 성/폭력의 싸움을 통해 '폭력적인 여성'이 타도되고 그를 통해 '새 아디,' '새 여성'이 태어난다고 암시된다. 그녀가 '시동이의 불새'다. "어떠한 폭력도 그것에 닿으면 그 뾰족함을 잃는 인(仁)함, '검음[玄]'을 지키기, 지키되 중심(中心)을 드러내지 않"(178쪽)

는 여성. 어부왕의 불능의 회복이 가능하다면, 이 여성성의 덕택이라
고 말해진다.

이 불새는 몸의 우주를 진화시켜 마음의 우주를 열리게 하는 비의
이다. 추상(抽象)의 힘으로 불새가 드러내 보이는 비의는 추상같다.
하루하루의 일상에 치이는 몸을 가진 여성, 에로스와 죽음의 이중 꽈
배기에 꼬여 허덕이는 여성, 나이 듦의 무게에 까지고 짓눌리는 여
성, 그리고 남성의 폭력에 다시 폭력으로 맞서는 여성, 곧 오늘의 소
설들이 흔히 초점을 맞추는 피해자로서의 여성의 모습은 그 추상같은
추상화의 높이에서 보면 거의 보이지 않는다. 혹은 보인다 해도, 타
오르는 불을 뚫고 날아오르는 불새의 신화적 이미지에 의해 덮인다.
그래서 그 여성은 신화적 혹은 우주적 모습에 가깝다. 폭력적 갈등을
둘러싸고 사회적 힘을 키우는 여성이 아니라, 사회적 폭력을 당했기
때문에 오히려 축복되는 여성. 혹은 "男性을 흙발 밑에 딛고 일어서
려기보다, 그들을 흙밭에서 안아 일으켜 세우는"(407쪽) 여성. 그래
서 사회적 주체로서의 여성과 우주적 여성 사이에 알게 모르게 틈이
벌어지는 것도 사실이다.

그렇다면, 부르짖어지는 여성주의란, 이제도 '우주적 여성주의'는
성배처럼 뫼셔두고 말이지만, 매우 빙충맞고도 뒷북치는 식의, 망발스
러운 운동이 아닌가 하게 되는 것. 어디서 창병 얻어 돌아온 영감놈의
학대에 시달리며 늙어온, 그 무슨 노파스러운 짓인가? 그래도 여성주
의자들이 뭔가를 더 부르짖어야겠으면, 안포-타즈의 불능의 회복 같은
것이 되어야 하잖을 것인가? (406~07쪽)

소설적 정밀화와 비교하면 시동이의 여성인 불새는 형이상학적인

측면이 있다. "어떠한 폭력도 그것에 닿으면 그 뾰족함을 잃는 인(仁)함"으로서의 여성은 궁극적인 모습임에 틀림없기 때문이다. 아예 비의의 '비' 자도 꺼내지 않은 채 담담하게 사회적 현실을 보여주는 훌륭한 소설들도 왜 없겠는가. 그와 비교하면 박상륭은 거침없이 비의를 현시한다. 다만 그 비의는 극시적 대화의 현재성을 통해 두들겨지고 담금질된다.

극시적 형식은 소설적 형식보다 당사자들에게 생생한 현재성을 준다. 그래서 역설적으로 그들의 대화를 바깥에서 듣는 삼자에게는 그들의 대화가 그들끼리 웃고 떠드는 넋두리처럼 보일 지경이다. 때로는 아주 작은 미미한 기미만으로도 그들은 서로 알아듣고, 때로는 이성적 내용에 상관하지 않고 해학적 정서의 극단만을 추구하는 듯하다. 이 이상한 대화는 말의 내용이나 기의를 목표로 삼아 한발 한발 앞으로 나아가기보다는, 기표와 기의가 서로 어긋난 상태에서, 언제나 마음의 우주 혹은 비의라는 틈으로 슬쩍 빠져나갈 준비가 되어 있는 듯하다.

그러나 저 '우주적 여성주의'는 극시적 현재성을 통해서가 아니라 패관의 논설 혹은 '사변'을 통해 발언되지 않았는가? 그것도 사실이다. 한편으로는 극시적 형식, 다른 한편으로는 논설과 '사변'(이것은 일상적 경험의 관점에서 한동안 경원되거나 혐오의 대상이었다. 그러나 판타지나 SF문학도 가만히 보면 여러 가지 모습으로 '사변'을 변주하지 않는가. 그 점에서 그것은 새로운 관심을 모으고 있다고 해야 할 듯하다) 이 잡설의 공간을 형성한다. 후자의 공간에서 패관(稗官)은 신화와 동화를 모으고 해설하는데, 이것들은 서로 다른 역사적 현재들을 조명하고 설명해줄 위상을 가진다고 여겨지기 때문이다. 구체적 역사보다 신화적 보편성이 높은 자리에 있다는 점에서, 패관의 해설은 우주적 혹은 신화적 위상을 확보한다.

3

이 비의 중의 하나가 '인신'(人神)인 것은 이미 언급되었다. 이것을
바라보는 작가의 관점이 일종의 진화론적 성격을 띤다고 할 수 있는
것은, 몸에서 말로, 그리고 다시 마음으로 진화가 일어나기 때문이다.
그리고 그 인신과의 관계에서 박상륭이 지난 몇 년 동안 니체와 싸움
을 벌인 것도 어느 정도 사실이다. '신의 죽음'을 소리 높여 외친 사람
과 상대를 하지 않을 수 없었으니. 이 점 또한『小說法』의 해설을 쓰
면서 김윤식이 강조했다. "니체는 그 자신은 물론 갓 판첸드리아의 단
계에 이른 유정물이지만 멀쩡한 우리 오온을 갖춘 유정물을 셋이나
넷 정도의 세포를 가진 짐승으로 잘못 판단했다는 것." "그러기에 니
체가 한없이 가련하다는 것. 정작 독룡(毒龍)의 희생자라는 것." "쓸
쓸하다는 것. 니체를 보고 있노라면 안타깝다는 것. 그 좋은 머리로,
신을 죽였으니 그 뒷모습이 쓸쓸할 수밖에 없다는 것."[3]
　니체가 역사의 무대에서 신과 싸우느라 거의 온 힘을 뺀 것은 사실
이고 그 덕으로 혹은 결과적으로 물신화된 대중문화의 파도가 해일처
럼 밀려온 것도 사실이다. 그래서 박상륭은 '신의 죽음'을 두고 니체
와 싸웠다. 신화적 혹은 마음의 우주의 차원에서 신은 죽을 수 없다
고 믿었고, 그렇게 싸울 땐 박상륭도 대단한 싸움꾼이었다. 그러면
의도적으로 성배의 고향 유럽을 다루는『雜說品』은 어떤가? 그는 이

---

3) 박상륭,『小說法』, 박상륭 창작집, 현대문학, 2005, 362쪽.

전처럼 단순하게 동양과 서양을 대립시키는 대신, 수도승을 직접 거기 이르게 하고 머물게 한다. 그리고 어부왕이나 파르치발의 앓음이 유마힐의 앓음과 다르지 않음을 체험하게 한다. 그래서 수도승도 성배가 그 자체로 기독의 성스러움을 보장해주는 상징이라기보다는, 시대의 깊은 황폐 속에서 생긴 우상이라는 것도 알게 된다. 그렇다면 니체가 차라리 신을 죽게 만들려고 했던 까닭도 그는 이제 이전과는 조금 다르게 파악하지 않을까?

우선 박상륭은 죽는 것은 다만 구체적인 이미지이고 추상적 개념은 죽지 않는다는 관점을 유지함으로써, 니체와 거리를 취한다(61쪽). 그러나 추상적 개념으로서의 신이 죽지 않는다고 해도, 이것이 어떤 힘을 가지느냐는 물음은 여전히 남는다.[4] 이 물음은 다름 아닌 '형이 상학적-신화적-종교적 위상'에 대한 물음이기도 하다. 기본적으로 니체에서 아주 약해진 것이 바로 이 위상이라는 점에서, 박상륭과 니체의 거리는 거기서 일단 확정되는 듯하다. '재림한 인간'이 '초인'과 어떤 관계에 있는지 평가할 때도, 그 거리는 유지되는 듯하다. "글쎄, 듣기로는, '초인 사상'을 부르짖은 자의 성공에 비해, 더 큰 패배는, '자아'를 고수하여, 분쇄해버리지 못한 데에 있다는 소리가 있더면" (118쪽). 들은 말인 양 이야기되었지만, '재림한 인간'의 관점에서 '초인'은 자아를 고수하는 것으로 평가된다.

이런 거리 두기에도 불구하고, 이전과 비교하면 박상륭은 니체에 대해 매우 유연한 태도를 보여준다. 실제로 그가 말하는 '재림한 인

---

4) 물론 니체가 흔히 알려져 있듯이 단순히 '신은 죽었다'고 말하지는 않았다. 니체는 자신이 직접 이 선명한 말을 하지 않고 '한 미친 사람'이 대신하게 했다. 그는, 인간이 자신을 주체로 믿고 자유를 꿈꾸는 한, '신은 죽지 않는다'고 생각했다. 이 경우의 신은 물론 그가 그렇게 싸웠던 기독교적 신이 아니라 신화적이고 종교적인 성격을 가진 신일 터이다.

간'은, 위의 '형이상학적-신화적-종교적 위상'에 대한 기본적인 차이에도 불구하고 '초인'이나 자라투스트라의 모습에 꽤 가까워졌다.

　만약 '인간은 신과 동물의 중간적 존재'라면,—이것이 의인화하면 브란의 머리통을 단 刑天이겠구나—저 양자가 짝 맞춰지는 자리에, 독수리 편에선, '흠 없는 어린양,' 또는 '인신'이 출현하고, 그 독사 쪽에서는, '붉은 용,' 또는 '짐승의 대왕'이 나타날 것이었다. 한쪽은 '짐승'을 극복했으며, 다른 쪽은 '짐승'을 성공한 것이다. (197~98쪽)

이런 설명은 니체가 말하는 '초인'과 크게 다르지 않다. 그래서 초반부에는 다소 거리를 두던 태도는 후반으로 갈수록 달라진다. 박상륭은 니체 사상을 멀리하는 대신, 자신이 구분한 몸/말/마음의 우주의 단계에 맞춰 해석하게 된다. 이 세 종류의 우주를 구분한다면,

　'몸의 우주'에서는 '초인(超人)' 사상이 부르짖어지며, '말씀의 우주'에서는 '자기부정, 자기희생'이 설교되어지고, 그리고 '마음의 우주'에서는, '本來無一物,' 즉 '공(空)'이 설법되어지는 갑더라. 〔……〕 '몸의 우주'의 유정은, 그 루타는 인간이라도, 그 아르타는 아직 완성되지 못했으므로 하여, '정신은 육체의 도구'라든, '인간은 초극해야 할 어떤 것'이라는 등, 그러기 위해서는, 끊임없이 파괴하고 창조하는 '예술가가 되어야 한다는 등, 하여설람, 유정의 진화의 방법을, '초인 사상'을 들어 가르치려 했던 모양인데, '초인'은 그러니, '완성된 판첸드리야에의 한 아름다운 상징이었을 듯하다. 〔……〕 '몸의 우주의 초인'이, 이제 '인신(人神)'에로 탈바꿈을 하는 자리가 여기일 터인데, '신과 짐승의 중간적 단계'로부터 '짐승' 쪽의 무게가 줄어지면, 그를 뭣이래야

겠느냐—여기 '말씀의 우주'가 개벽한다고 이른다. (343~45쪽)

비록 몸/말씀/마음의 우주에서 가장 아래인 몸의 우주에 제한하기는 했지만, 박상륭은 니체의 '초인'과 나름대로 화해를 하는 모습을 보인다. 그러나 더 나아가면 그가 '자기부정'과 '자기희생'의 덕목으로 내세운 말씀의 우주도 니체에서 없지 않다. 아니 오히려 '초인'이나 '강자'의 개념에서 가장 중요한 것이 자기희생일 터이며, 그 점에서는 그와 '인신'의 간격은 박상륭이 생각하는 것보다는 작을 수 있다. 다만 형이상학적이고 신화적이며 종교적인 성격을 강하게 가진 '마음의 우주' 단계에 상응하는 측면이 니체에서는 없다고 할 것이다.

어쨌든 니체에게 관대해지면, 저 '신의 죽음'도 다르게 보일 수 있지 않을까? 왜냐하면 아비를 죽이는 일은, 더구나 황야에 황폐가 찾아드는 때에는, 신화에서도 드물지 않지 않은가? 시동이도 황야에서 밤을 새우고 난 후 어부왕을 죽이는 일을 꿈꾸지 않았는가?

이번만은, 안포-타즈라는, 한 성배지기의 불치의 병을 치유하기로써, 그 성의 황폐를 수복하려 하기보다, 그 성의 황폐를 극복하기에 의해, 안포-타즈의 병도 회복되기를 바라는 데로, 대상과 목적을 바꾸기 같은 것일 것이다. [⋯⋯] 이것은 시동이 깊이 경애하여 늘 그리워하고 안부를 궁금해했었는, 아비 안포-타즈에 대한 저항이며 모반이래얄 것이었다. '지 애비 쳐 죽이고, 지 에미 씨발누무 후레자식의 발작 (Oedipus Complex/ Judas Syndrome)'이래도 상관은 없을 테다. (Oedipus Complex와 달리, 종교적 병증이라고 그 특성이 짚여지는, Judas Syndrome은, 기독의 Antithesis라는, 'Fierce' Untouchable 자라투스트라에게서 그 극명한 형태가 드러나 보이는 것은, 이제도 살

펴지면, 천두번째이다. (458쪽)

이렇게 니체 사상을 통합하려는 흔적과 노력이 목격된다. 어떤 점에서 박상륭의 '인신'은 흔히 '초인'이라고 번역되는, 그러나 바로 그렇게 번역되면서 오해를 낳고 또 낳는 인간보다 더 높이 진화하려는 욕망을 품고 있다. 인간들의 잡다한 사회적·정치적 욕망을 눈앞에서 목격한 후, 니체는 형이상학적이고 신화적이며 종교적인 차원보다는 의도적으로 세속적인 것들에 초점을 맞추게 되었기 때문이다. 말하자면 일부러 '더러운 것과의 더러운 싸움'에 자신을 던져 넣었다.

4

그러나 '마음의 우주' 단계에서 설법되는 '本來無一物', 곧 공(空)은 너무 높거나 멀게 보이지 않는가? 너무 형이상학적이거나 신화적이거나 종교적으로 보이지 않는가? 『雜說品』의 이야기인 황야의 고행 자체가 시작도 끝도 없어 보이지 않는가? 길고 길면서도, 현실 사회의 제도와 얽힌 갈등은 거의 등장하지 않는 이야기가 그런 인상을 부추길 수 있다. 국가를 이뤄 힘겹게 사는 중생들, 하루하루를 지나는 동안 별별 사건들과 다 씨름해야 하는 중생들에게는 그렇게 보인다.

주인공 격인 시동이는 특별한 행동도 하지 않는다. 인물의 행위가 아니라 신화적 의미들이 축을 이루기 때문이다. 이야기의 내용은 '기껏해야' 다음이다. 시동이는 애비가 병을 앓고 있는 성을 떠나 황야로 갔지만 며칠을 거기서 묵었는지 스스로 알려고 하지도 않은 채 쓸쓸하게 떠돈다. 떠돌다 다시 순례자를 만나 이야기를 나눈 후에, 뼈만 한 무덤 남기고 사라진다. 그 해골의 입에서 나온 소리는 다음 같았다.

　　모든길은그러나시작에물려있음을!
　　아으, 그런즉슨, 시작하지 말지어다! (486쪽)

　이걸 '해탈'이라 부른다. 그런데 가만히 보면, 그냥 '해탈'이 아니
다. 마지막 장의 제목은 '목샤(解脫), 혹은 出家'이다. 처음에 가출
(家出)이 있었다면, 끝에는 해탈과 출가(出家)가 있다. 출가는 흔히
말하듯이 단순히 세속을 떠나는 일에 그치지 않는다. 처음에 집을 나
서기가 있었고, 그렇게 나서기를 반복해 끝나지 않을 듯한 그 나서기
의 반복이 끝내 끝나는 순간이다. 가출한 후 5장의 '시중(時中)'에
이르기까지 시동이의 행보는 다음 주문에 의해 이끌리는 듯했다. "모
든시작은끝에물려있음을!"(237쪽). 그러나 이제 끝내 끝에 도달한
순간 해골의 입에서 들리는 소리는 조금 다르다. "모든길은그러나시
작에물려있음을!" 중간까지는 끝이 시작을 꽉 물고 있는 듯한데, 끝
에 와보니, 다시 시작이 끝을 꼭 물고 있다. 시작과 끝은 물리고 물
린다. 이쪽으로 물렸다가 다시 저쪽으로 물린다. 양쪽으로 물려 있기
에 단순한 끝이 없을 듯하지만, 그래도 끝내 끝의 모습을 하는 것이
있으니, 해골이다.
　이 해골은 끝이면서도 끝을 내지는 못한 채, 다시 시작으로 물린
다. 그렇다면 다시 시작해야 한다. 그러니 해골의 입에서 나온 말과
달리, 다시 시작해야 한다. 해탈한 해골의 입에서 나온 소리는, 시작
하지 말지어다, 라고 들리지만, 그 소리에서도 기표와 기의, 루타와
아르타는 언제나 그러하듯이 어긋난다. 해탈은 간단한 듯하면서도 간
단하지 않다. 해탈은 끝으로 물렸다가 다시 시작으로 물린다. 왜 그

런가? 물고 물림이 어떤 움직임 속에 있길래?

　박상륭의 형이상학에의 의지 혹은 '마음의 우주'에의 의지는 지극하다. 때로는 너무 높고 멀어, 따라가지 못할 정도이다. 그는 모든 시간을 꿰뚫으려 한다. 세속의 무게에 묻히려는 시간과, 그 시간에 묻히려는 육체를 모두 한 코에 꿰뚫으려 한다. 꿰뚫어 끌어올리려 한다. 때로 허망함에 사로잡힌 독자는 그 형이상적 추상성에 의문을 가질 수 있다. 그 꿰뚫으려는 힘을 자신의 몸속에 상상하기만 하면 되는 것일까?

　그러나 그의 형이상학적 의지는 그저 높이 날아오르기만 하는 건 아니다. 그는 '육체의 해탈'을 추구하기는 하지만, 그 추구는 그 말의 의미에 사로잡힌 채 맹목적이지는 않다. 순례자가 시동에게 이르듯이, 불새는 육체의 해탈을 비유한다. 그러나 이 불새는 그저 저 높은 허공으로 훨훨 날아오르지는 않는다. 언제나 다시 재로 내려앉아야 한다.

　　구상적, 또는 형이하적 이미지를, 추상적, 또는 형이상적 아이디어화한 뒤, 그것을 복수화(複數化)하면, 그것이 體의 解脫이다. 그것이 '色卽是空'이며, 色化空이다. 재 속에서 날아오르는 불새는, 재를, 해골을 극복한 것이다. 그리고 그것이 다시 해골 속에 내려, 재가 돼버리면, 불새가 불새 자신을 극복한 것이다. [……] '마음의 우주'의 寂滅은 그런 것일 테다. '마음의 우주'의 '寂滅'은, '自我'의 분쇄라는, '體'의 무화(無化)에서 드러나는 것일 게다. (473~74쪽)

　불새는 불새 자신을 극복해야 한다. 어떻게? 다시 해골로, 재로 내려앉으며. 육체의 해탈은 육체의 '무화'로 내려온다. 여기서 '무화'는 그저 없어짐을 말하지 않는다. 이 점을 말하기 위해 박상륭은 '적멸'을 한 번 더 푼다.

　그러므로 해서, 너의 바르도는, 몸을 잃은 염태들이 체험한다는 그것과, 그 차원이 다르다고 이른 것인 것, 강조하기 위해, 한 번 더 풀어 말하면, 이 '단수'의 무수무량의 '복수'화에 좇아, '자아'인들 어찌 그 복수만큼 분열하거나, 확산되지 않겠느냐? 이때의 이 자아의 수는, 그 복수의 수와 같을 게다. 이것의 펴 늘여짐 또한 그러해서, 우주의 크기겠는다. 이제 그것은 무소부재로 편재하는 것이로되, '없다〔無〕'라고 이르게 될 테다. '마음의 우주'의 '寂滅'이라는 어휘가 그것일 성부르잖는가? (474쪽)

　'마음의 우주' 단계에서 자아의 적멸은 소멸이 아니라, 무수한 개체로 분열되고 확산되는 일이다. 이 무수한 자아들은 한 지점에 못 박혀 있으면서도 감히 거의 모든 것을 포괄하는 데 미친다. 그래서 역설적이게도, 없는 것과 같다. 이 복수화를 통해 해탈은 다시 일상의 높이로, 일상의 구석구석으로, 일상의 지옥으로 내려온다.
　그래서 이 지옥 가는 길, 곧 "바르도는 몸을 잃은 염태들이 체험한다는 그것과 다르다"(474쪽)고 박상륭은 말한다. 이 점을 찍어내는 힘, 그것이 박상륭적 사변의 뒤집어 메치는 힘이다. 바르도는 저 먼 지옥, 중음(中陰)만이 아니다. 그는 바르도도 역(逆)바르도로 뒤집힌다고 본다.

　순례자: 〔……〕 '여리고 사막'이나, '황폐의 문잘배쉐'와 같이, 유리도, 이 이승 어디에 있는, 바르도의 예형(例型)이거나, 전형으로 알려

524

져온 고장이라잖느냐.

　시동: 문잘배쉐에서는, 거기 살면서도, 그런 풍문이 있다는 얘기를 많이 들어왔었었습니다.

　순례자: 〔……〕 이 의미에선 그러니, 물질로 해 입은 몸을 입고, 통과해야 하는 이승도, 바르도, 즉 逆바르도라고 이해하는 것이 옳을 것인데, 이것들은 성격상 안/밖의 관계라고 보면, 같은 바르도라고 묶을 수 있을 듯하다. —이 바르도/역바르도를 한 범주의 바르도라고 이르기로 하면, 지금 말하고 있는 이것은, 〔……〕 '體'의 국면의 바르도라고 해얄 듯하다.

　시동: (거의 성급하게시리) 그러하오니까, '體'의 국면의 그것이 있다는 말씀이시겠는데요. (475쪽)

　시동은 왜 거의 성급하게시리 이 '체(體)'의 국면의 바르도에 관심을 가지는 걸까? 흔히 바르도는 몸을 잃은 염태들의 공간으로 여겨지지만, 그와 달리 몸을 가진 채 지나는, 같으면서도 다른 바르도가 있다. 아주 생생하게 난리를 치는 몸들이 왔다 갔다 하는 바르도. 이 바르도를 석권한 건 다름 아니라 흔히 말하는 '서양문화.' 그래서『雜說品』은 그 고장으로 순례자를 보낸 것이다.

　여기 이 세상에, 말한 바의 여리고도 문잘배쉐도 있는데, 여리고나 문잘배쉐를 바르도, 체의 국면의 바르도라고 보는 눈은, 羑里門의 한 아손의 것이다. (476쪽)

　서양 문화가 대세를 이루는 현세는 다르게 말하면 '체'의 국면의 바르도 중에서도 지독한 곳일 게다. 인간은 죽어서만 바르도를 건너는 법이 아니라, 살아서도 현재의 바르도를 건넌다. 그렇게 바르도를 건너야 해탈이 온다, 올 것이었다. 정말 건넜어야 그것은 올 것이었다.

그런데 인간의 '병'은 아직 그 바르도를 건너지 않았으면서도 마치 벌써 건넌 것처럼, 건넌 후에야 체험할 그것을 미리 당기고 앞당겨서 간단히 상상하는 육감을 가진 짐승 아닌가? 심지어 몸이 지척거릴수록, 나비가 되어 훨훨 날아가는 꿈을 잘 꾸는 별난 짐승 아닌가? 그렇게 나비는 상상으로도 얻을 수 있지 않는가? 그러나 역시 그 나비 되기는 바르도의 개입을 통해서만 제대로 이루어진다는 게 순례자의 소견이다.

자벌레는, 오체투지(五體投地)로 기어〔匍〕, 천리만리길을 좁혔어도〔越〕, 나비가 되어 날기까지는, 제 몸 길이만큼도 움직임을 이뤄내지 못했다고 본다 해도 틀릴 성부르지 않는데, 나비를 이뤄내려, 그 자벌레가, 그 자벌레라는 껍질을 벗으려 하는 그 일정기간 동안에, 어떤 식으로든, 하나의 바르도가 거기 개입된다는 것이, 이 아비의 믿음이다. 그리하여 그 자벌레가, 나비를 성공시켰을 때, 匍越이 超越을 追越했다고 이를 테다. (476쪽)

자벌레는 나비가 되어 날면 된 것이다. 그러면 인간은? 나비 꿈을 꾸곤 하는 그는 그 꿈만으로 나비가 되는 걸까? 자벌레는 몸을 꼬부린 채 기고 또 기며 나비가 되어 난다. 육체로 기면서 육체를 넘어가는 인간도 "오관유정(五官有情)의 진화의 고투"(478쪽)를 겪는다. 이 진화는 몸이 해골로 돌아간 후 개입되는 바르도를 통해서도 일어난다고 하지만, 특히 기존의 바르도와 다른 현실의 바르도를 통해 일어난다. 앞의 바르도를 벗어나는 데 49일이 걸린다면, 뒤의 바르도를

벗어나는 데는 40일이 걸린다. 아마도 시동이의 행보는 이 바르도에
서의 40일에 가까울 것이다(물론 거기서는 하루가 일 년 같기도 하다).
유리도 그렇지만 성배의 고향 역시 이 바르도의 전형이다.

어쨌든 이 바르도의 개입을 통해서 자벌레는 나비로 진화하고 인간
은 오관유정으로 진화한다는 것은, 나비나 오관유정으로의 진화가 자
벌레나 인간에게 그저 초월적 목적으로 주어져 있지는 않다는 것이
다. 그렇다고 거꾸로 그저 몸뚱이를 많이 꾸부린 채 움직이기만 하면
그 움직임의 경험적 결과로 그 진화가 차곡차곡 쌓이는 것도 아닐 것
이다. 진화는 바르도를 통해, 바르도에 의해, 그리고 아이러니이기는
하지만 바르도를 위해서도, 일어난다. 바르도의 개입은 진화의 고투
를 비로소 '앓음답게' 한다. 아름다움은 '앓음다움'을 통해 존재하며,
다른 한편으로 '앓음다움' 그 자체로 존재한다. 그래서 자벌레의 나비
되기와 인간의 진화는 다른 가운데서도 비슷하다. 유충의 몸으로 기
고 또 기면서 자벌레는 가볍게 나비가 되는데, 이 나비의 아름다운
날갯짓은 저 바르도 속에서의 기어감을 통해 비로소 '앓음답게' 된다.
인간의 몸도 유충 못지않게 기어감으로써 유충의 몸을 가볍게 넘어갈
수 있는데, 오관유정으로의 아름다운 진화는 바르도 속에서의 기어가
기를 통해 비로소 '앓음다운' 기어 넘어가기로 거듭난다.

어부왕의 전설이 생긴 고장, 그 동네야말로 현재 '체'의 국면의 바
르도라고 파악하는 순간, 순례자는 시동에 대해 자신을 '이 아비'라
부른다. 그리고 시동은 자신을 '소자'라 칭한다. 어부왕의 자식인 시
동이 어떻게 갑자기 유리에서 온 순례자의 자식이 된 걸까? 유리의
저쪽, 거기도 유리처럼 바르도의 황야여서일까? 아니면 순례자 스스
로 문잘배쉐의 병자가 된 것일까? 아니면 시동이의 여자인 시녀(그
녀 역시 유리 쪽에서 건너간 여성이었는데)가 시동이의 애를 낳았지만

모녀가 모두 죽은 정황과 연관이 있을까?

한국을 떠나 캐나다 밴쿠버로 간 민물연어 박상륭은 거기서, 여기를 떠난 바로 거기서, 유리의 수도승이 되었었다. 그 공간에서 선가(禪家)의 六祖와 七祖를 이어가려 했다. 그러던 중 다시 서울로 왔고, 여기서 놀랍게도 캐나다보다 더 정신과 영혼이 먼지처럼 사정없이 부숴지고 있는 황폐한 광경을 목격했다. 그래서 그는 이곳에서 더 마음의 죽음을 슬퍼했다. 그 슬픔을 겪은 후 그는 이 책에서 수도승을 유럽으로 보낸다. 그러고는 시동과 말 나누는 재나무에게 말하게 한다(벼락 맞은 이 재나무는 성불구가 된 어부왕과 같은 신화적 위상을 가진다).

> 재나무: 예의 그 이상한 순례자가 흘린 말로는, 자기도 '친타마니'라는 성배를 찾아 헤매는, 중기사[僧騎士] 꼬락서니라고 하되, 사실은 그 문(門)의 '팔조(八祖)'를 찾아, 그쪽(羑里)엔 말이지, 자기 신던 신발만 남겨두고, 라는 말은, 거기선 모두 '칠조(七祖)는 입적했다'고 믿고 있을지도 모른다는 그 말인데, 먼 길을 무세월로 헤매고 있었던 것으로, 이 늙은네는 알고 있어오는다. (227쪽)

유럽으로 온 수도승은 유리 쪽에서는 입적했다고 믿어지는 七祖인데, 그는 거기서, 다름 아닌 병든 땅에서, 八祖를 찾는다.

시동을 만난 후 돌아가는 순례자는 그의 입술에 입술을 대, 침을 먹여준다. 침 먹여주기는 조(祖)의 전수의식(傳授儀式). 꼼지락거리는 자벌레가 나비 되어 날기는, 유충스러운 인간이 조의 위치에 오르는 것과 똑같지는 않고 비슷하다. 나비가 되는 자벌레는 허다하지만, 조가 되는 인간은 사실 드물기 때문이다. 이 높이에서 일어나기에 잡설은 추상같다. 소설로 담기 어려울 정도로.

이 조(祖)는 제사장이다. 인간 세상의 상극적 고통과 폭력들을 다 위무하는. 몸/말/마음의 우주의 상극적 고통과 폭력을. 그러기 위해 그는 동방의 유리에서 어부왕의 마을까지 순례를 다녀온다. 이 창작의 스케일은 세계적이다. 이 세계성을 확보하기 위해 그는 지역 언어 한국어를 담금질하고 또 담금질했다. 한 작은 지역 언어가 세상을 말하는 데 슬픔, 그리고 바르도가 없을 수 없다. 한글로 이 세상을 담을 것인가? 담을 수 있을 것인가? 세상은 이 한글에게 바르도였고, 다시 역바르도였다. 조가 되는 인간에게 세상이 그렇듯이.

조(祖)가 되는 인간은 세상을 바꿀까? 세상을 바꾼다는 게 무엇일까? 확실한 것은 바르도는 진화한다는 것이다. 바르도가 진화할수록, 세상은 역바르도로 바뀐다. 바로 그런 세상에서 인간은 조가 되기를 꿈꾼다. 박상륭은 그래서 이 제사장, 조를 치장하지 않는다. 조는 이전처럼 거창하게 의발을 전수하지 않는다. 그것도 사유의 권위와 장식일 터이니. 조는, 조에게, 남루할 정도로 소박하게 전수된다. 조, 조들은 조용히 침을 먹이고 먹는다. 유리촌의 습속을 따르자면 '해골'을 전수해야 하겠지만, 그것도 격식 차리는 일 아닌가. 평범한 인간이 아니라 조들이 등장하는 그의 소설은 현대의 비루한 리얼리즘 대신에 고전적 스케일을 고집하기는 하지만, 그렇다고 해서 이들이 시대착오적 고전주의를 요구하는 것은 아니다. 이들은 오히려 보통 사람들보다 더 높이 날았다가 더 낮게 쓰러지며, 해골을 높이 극복했다가 다시 낮게 해골로 쓰러지고, 자벌레보다 몸을 더 구부리고 또 구부림으로써 더 '앓음답게' 몸을 풀고 몸에서 벗어난다.

5

이것으로 겨우 『雜說品』의 줄거리를 따라왔다. 그러나 이런 식의 해설은 턱없다. 박상륭이 잡설로 성취하려는 것은, 특별하다는 말도 진부하기는 하지만, 특별하기 때문이다. 글과 인간에 관한 한, 그는 '절대적인 것'을 추구한다. '절대'의 감각을 싹 잃어버리는 시대에 그는 그렇게 한다. 고집스럽게 그렇게 한다.

그렇다고 해서 무슨 고상한 이야기가 누구나 알아들을 수 있는 멋있는 모양으로 주어지는 것은 아니다. 잡설 형식은 처음부터 끝까지 문제적이다. 이야기를 하는 기존의 안정된 형식이나 관점은 깨지고 또 깨진다. 이른바 결말 부분에 와서 조(祖)와 조들이 인간존재의 목적으로 언뜻 떠오르는가 싶지만, 마음의 우주가 이상적인 진리의 모습으로 환하게 개화하는 것도 아니고 해탈이 명확한 구원의 의미로 주어지지도 않는다. 오히려 육체는 쓸쓸이 해골로 돌아갈 뿐이다. 그는 몸과 말과 마음을 하나로 통합하는 끝없이 원대하고 착잡한 표현을 만들었지만, 그렇다고 이것이 그들 사이에 조화로운 진화를 보장하거나 확보하지는 않는다. 다만 그들이 끊임없이 진화하고 역진화하는 복잡한 과정들이 암시되고 언급될 뿐이다.

이 '마른 해골 한 덩이' 얘기는, 풍문으로서가 아니라 시동은, 어부왕과 그 순례자의, 주고받던 얘기에서 이미 들어 알고는 있었음에도, 시동이 그것의 아르타를 찾겠다고, 그 순례자가 밟았다고 여겨지는 길을 좇아나간다는 짓은, 아무래도 난삽하거나, 역설이다. 그러므로 해서 시동이의 이 오디세이아는, 그 결말 부분뿐만 아니라, 사실은 그 서두부터 흐려, 종잡을 길이 없게 되어 있을 테다. (440쪽)

위에서 구상성과 추상성이 불새가 비상하게 하는 두 날개라고 비유적으로 말했지만, 그것도 비유일 뿐이다. 이 두 형식은 오히려 잡설을 잡설로 만드는 복잡한 형식이라고 해야 맞다. 극단적인 극시적 구상성과, 마찬가지로 극단적으로 사변적인 추상성이 동시에 존재하는 잡설의 공간은 박상륭이 오랜 여정 끝에 도달한 독특한 공간인데, 그 두 극단 안에서 잡설은 몸을 지나 말로, 그리고 다시 말을 지나 마음으로 내달린다. 그렇다고 순차적으로 진행하는 질서정연한 진화가 펼쳐지지는 않는다. 현실이 역바르도인 것처럼, 마음은 이상적인 목적이나 주체로 존재하지 않는다. 비록 영적인 것이나 성스러운 것이 존재한다고 하더라도, 그것은 도저히 뗄 수 없이 폭력과 한 몸으로 섞이고 또 섞인다. 폭력 속에서 성스러운 것이 태어나고, 다시 성스러운 것 속에서 폭력이 나온다. 박상륭은 이 점을 밝히기 위해 폭력의 다른 얼굴들을 보여주고 또 보여주었다.

바로 이 점이 중요하다. 현재의 많은 담론들이나 소설들이 삶과 존재의 어느 한 구석이나 분위기 혹은 기미를 확대하여 일반화하는 경향을 보인다. 생태나 평화를 궁극의 지점으로 제시하는 경향이 두드러지듯이. 그에 비해, 박상륭은 짐승적인 것에서 영적인 것까지, 더러움에서 숭고함까지, 폭력에서 성스러움까지, 평화와 전쟁까지 모든 것을 상극의 질서 안에서 보여준다. 예수의 죽음에서부터 민주주의에서 대중과 권력의 관계에 이르기까지 폭력은 굽이굽이마다 스며든다. 이 잡설의 방식이 결코 쉽고 좋은 결과를 가져올 수 없는 건 당연한 일. 말 그대로 잡화(雜畵)와 잡환(雜幻)들이 넘친다. 이것들은 간단히 조망하기 힘든 복잡한 텍스트를 낳는다. 다만 과거에는 그래도 제식적이고 문학적인 텍스트가 공적이고 사회적인 맥락에서 읽혔다면, 시대는 바뀌고 있다. 텍스트는 알게 모르게 사적인 기록으로 치부된다. 몸과 말과 마음의 우주를 다루는 텍스트가 사적인 기록으로 읽힌다고 생각해보라! 얼마나 뒤집힌 세상일 것인가.

다만 박상륭의 텍스트는 일상적인 기록이 아니라 신화와 동화의 원형들에 근거한다는 점이 다르다. 극시적 구상성도 가만히 보면 다름 아닌 신화와 우화의 원형적 순간들에 바짝 다가가 있기 때문에 고유의 구상성을 확보한다고 할 수 있다. 마지막으로 우리가 주의를 기울일 점은 박상륭이 이 신화적이고 우화적인 소재의 가치 혹은 비싼 값을 인식하고 있다는 것이다.

화롯가에서 옛 얘기를 조랑거리는 할머니들의 입술을 통해서 말고는, 문잘배쉐의 다른 아이들은, 네가 네 멋대로 읽고, 네 멋대로 꿈꾸는 것과 같은, 동화나 전설, 영웅담 같은 것은, 아예 손도 대볼 수 없는 것들이어서, 문잘배쉐의 어린이들은, 너나 파르치발처럼, '용감한 왕자'나 '독룡을 퇴치한 무적의 기사' 등의 꿈도 꿀 수 없을 게다. 그럼에도 너만은, 네가 즐길 수 있는 모든 꿈을 즐기고 있고, 그 까닭으로 어느 날 문잘배쉐를 떠나려 할지도 모르는데, (아항, 그때 이미, 저 교활한 늙은네는, 자기의 시동이를, 성벽 꼭대기에서, 바깥쪽을 향해, 등때기를 밀어, 떨어뜨려버렸던 것이었구나!) 그러면 그때, 네가 자란 자리에 대해, 새로운 눈으로 뒤돌아보려 할 것이 분명하다. (296~97쪽)

작가가 일상이 아닌 동화나 전설에서 이끌어낸 잡설의 소재들은 선이 굵은 영웅담에 가깝거나 근원적인 원형성을 추구한다. 원형적 혹은 고전적 소재인 만큼 그것들은 쉽게 사적인 이야기로 떨어지지 않는다. 슬슬 기어가는 문장들의 당당함은 거기서 기원한다. '소설하기의 잡스러움'을 한탄하던 작가는 사실은 혀를 차고 있는 게 아니었다. 그는 잡설하기의 당당함에 마음을 주고 있었다.

이 우화와 전설 차원의 영웅담들은 그러면 몸, 인간이 짐승과 공유하면서도 그로부터 분리시킨 몸의 갖가지 짐승스러움과 폭력스러움을 벗어난 것일까? 우화와 전설은, 비록 일상 속에서 언제나 다시 시작하는 개인들 주위에 둥둥 떠다니는 부스스한 먼지에서는 벗어나 있지만, 인간 영혼이 언제나 다시 시작하는, 시작해야 하는 벌판의 불안과 공포, 폭력과 헛소리를 벗어나지는 못한다. 오히려 어떤 점에서 그 영웅담들은 원형적인 만큼 불안과 공포를 응축시킨다. 짐승의 몸을 가진 채 말과 영혼을 진화시키는 인간은 오히려 짐승보다 더 복잡한 불안과 공포를 겪는다. 폭력이 매번 새로운 모습으로 인간의 행위와 욕망에 스며드는 것도 당연하다. 그래서 몸에서 말로, 말에서 마음으로 가는 길은 결코 단순히 속죄의 길도 구원의 길도 아니다. 굽이마다 폭력은 새 얼굴로 치장한 채 인간을 기다린다. 이렇게 매번 얼굴을 바꾸는 폭력의 이야기는 다름 아니라 동화와 전설의 이야기다. 따라서 승리의 영웅담은 언제나 나름대로 폭력적 성격을 띤다. 콩대궁을 타고 하늘로 올라간 동화가 바로 그 높은 하늘에서 영적인 것과 신적인 것을 죽이는 폭력적 우화이듯이.

그러나 인간은 그래도 올라간다, 매번 하늘로 올라간다. 콩대궁을 타고 기어 올라간다. 땅의 공포, 땅의 중력을 극복하기 위해, 하늘, 하늘 꼭대기까지 타고 올라간다. 땅에 퍼져 있는 비릿한 공포와 폭력을 잊기 위해 높은 하늘로 올라가지만, 그렇게 올라가는 승화의 과정은 그것을 정말 잊는 건 아니고, 몸의 계단에서 말의 계단으로, 그리고 다시 마음의 계단으로 자신을 끌어올리며 모습을 조금씩 바꾸는 일이다. 말하자면 공포와 폭력은 단세포적인 단계에서 잡화와 잡환의 단계로 복잡해진다. 혹은 진화한다. 짐승의 몸에 깃든 육신의 공포와 폭력을 잠시 잊었는가 하면 인간 몸에 깃든 공포와 폭력이 생생해지고, 이것을 잠시 잊었나 했더니, 우화와 전설 속 영웅들이 겪는 공포와 폭력이 결정체로 반짝인다. 또는 이것들은 서로 섞이고 교환되면서, 까마득한 옛날의 동물 우화가 인간의 현재 행동을 설명한다. 최고로 발달했다는 인간 사회인 민주주의의 모습이 '개구리 웅덩이의 나무토막 임금과 물뱀 임금'의 우화를 통해 이야기되는 식이다. 결국 파르치발과 어부왕, 조(祖)와 조들의 행동도 원초적인 몸의 공포와 폭력으로부터, 그리고 그 몸이 진화하면 할수록 새로 생겼던 공포와 폭력으로부터 벗어나지 못한다. 가장 원초적인 것, 가장 흙먼지 같은 것은 길게 길게 이어져, 영적인 것, 짐승이며 인간이며 신적인 것을 따라잡는다. 끝까지 따라온다. 거리를 벌리고 벌려도 따라온다. 멀리 멀리 떠나왔다고 여긴 공포가 어느새 해탈 직전 해골을 따라잡는 식으로.

그래서 해골 되기 또한 쉽지 않다. 짐승과 인간의 욕망을 포기한다고 그저 해골로 해탈하는 것도 아니다. 아무리 포기하고 또 포기해도, 아니 포기하고 또 포기할수록, 해골의 길은 멀다. 해골을 만나기 전에, 해골 가진 인간은, 무엇보다 우화와 전설이 이야기하는 인간은, 피학성과 가학성의 폭력 속에서 돌고 돈다. 돌리고 돌려진다. 특히 희생하는 자들은 모두 그들이 한편으로 유발한 인간의 가학성에 찔리면서 피학의 길에서 구른다. 그들은 최고의 가학유발자들인 셈이다. 동서양의 우화와 전설은 찾기만 하면 언제나 찾아지는 원형적 영웅과 희생자, 가학자와 피학자들로 들끓는다. 그들은 고통과 폭력을 두려워하지 않고, 오히려 그를 통해 몸과 마음의 신비를 완성하는 자들이다. 시간이 흐르고 흘러도 매번 그 일을 하는 판박이들이다. 무화(無化)하면서 무화(無花)하는 폭력은 그렇게 우화와 전설 속에서 판을 박고 모양을 박은 것이다. 박상륭이 우화와 전설을 즐겨 소재로 삼는 중요한 이유도 여기서 찾을 수 있다.

그러나 말이 그냥 세상이나 우주에 닿기 힘들다는 걸 왜 그가 모를 것인가. 심지어 말을 높이 쌓을수록, 세상과 우주는 저 멀리, 빙글빙글, 도망간다. 또 말을 정연하게 높이 쌓을수록, 세상은 거꾸로 풀풀 흩어지고 쓰러진다. 혹은 해탈해도, 세상의 일들은 다시 더럽게 꽁꽁 뭉친다. 이 점을 절절히 아는 그는 그래도 그래도 세상에, 저 아득한 세상에 닿으려 했다. 한국어 문장으로 닿으려 했다. 무시무시하게 고독한 말의 공력을 들였다. 풀풀 쓰러지는 우주를 한국어로 쌓았다. 쓰러져도 또 쓰러져도 또 쌓았다. 잡설의 공력으로. 이 궤적이 거의 전설 수준이다.